Christoph Martin Wieland

Die Abenteuer des Don Sylvio von Rosalva

Erste Fassung

Herausgegeben
von Sven-Aage Jørgensen

Philipp Reclam jun. Stuttgart

Universal-Bibliothek Nr. 18163

Gesamtherstellung: Reclam, Ditzingen. Printed in Germany 2001
RECLAM und UNIVERSAL-BIBLIOTHEK sind eingetragene
Marken der Philipp Reclam jun. GmbH & Co., Stuttgart
ISBN 3-15-018163-1

www.reclam.de

Der Sieg der Natur über die Schwärmerey,

oder

die Abentheuer

des

Don Sylvio von Rosalva,

Eine Geschichte

worinn alles Wunderbare natürlich zugeht.

Zwey Theile.

Ulm, 1764.

Auf Kosten Albrecht Friederich Bartholomäi.

Nachbericht des Herausgebers,

welcher aus Versehen des Abschreibers zu einem Vorberichte gemacht worden.

Ich muß es dem guten Willen der Leser überlassen, ob sie glauben wollen oder nicht, daß dieses Buch den Don Ramiro von Z * * *, der einige Jahre Gesandschafts-Secretarius bey einem bekannten Spanischen Minister an einem deutschen Hofe gewesen, zum Verfasser habe. Ich meines Orts gestehe, daß ich die spanische Handschrift nicht selbst in Händen gehabt; allein mein Freund, der Herr Übersetzer, erzählt mir in einem Schreiben, worinn er mir aufträgt, die Ausgabe dieses Werks zu besorgen, eine so umständliche und wohlzusammen hangende Geschichte der besagten Handschrift und ihrer seltsamen Schicksale, der Ursachen warum, ungeachtet des günstigen Urtheils, so der Erzbischoff von T * * * davon gefällt, dieselbe in Spanien niemalen zum Druck gelangen können, und auf was Art sie, vor einigen Jahren in seine Hände gekommen; daß ich mir die Mühe nicht geben mag, an der Wahrheit seiner Erzählung zu zweiffeln. Er versichert mich, daß alle diese und noch viele andre sehr merkwürdige Anecdoten, dieses Buch betreffend, in einer weitläuffigen Zuschrift enthalten seyen, welche Don Ramiro an seinen Gönner, den berühmten Minister Don Richard von W * * * gerichtet habe, und die er dem Leser nicht mißgönnt haben würde, wenn er nicht durch viele eingefallene Geschäfte an Übersetzung derselben wäre gehindert worden.

Ich lasse alles dieses an seinen Ort gestellt seyn. Was ich gewiß sagen kan, ist, daß mich Don Sylvio von Rosalva so sehr belustiget hat als irgend ein Buch von dieser Art, und daß ich bey Durchlesung des Manuscripts so oft und so herzlich lachen mußte, daß meine Frau, welche wußte, daß ich allein in meinem Cabinete war, endlich in voller Bestürzung herbey gelauffen kam, und mich fragte, was mir fehle; denn sie besorgte in der That, ich möchte närrisch geworden seyn, eine Besorgniß, womit sie, ich gestehe es, meinem Verstande eben keine Ehre anthat. Meine Frau, die eine gute Art von einem Haußweibe ist, und sich ihre Augen eben nicht mit vielem Lesen verderbt, hat, wenn sie gleich kein gelehrtes Frauenzimmer ist, doch so viel Vernunft, daß sie weißt, wenn man lachen und wenn man weinen muß. Ich bat sie also, sie möchte sich zu mir setzen, und da laß ich ihr das Capitel vor, wobey sie mich so laut lachen gehört hatte; ich war noch nicht bis in die Mitte gekommen, so fand sie die Einfälle des Pedrillo so schnackisch, daß sie auch zu lachen anfieng, und weil sie die Gewohnheit an sich hat, daß sie nicht wieder aufhören kan, wenn der Anfang einmal gemacht ist, so lachte sie so lang und viel, daß ich selbst auch wieder darein kam, und vor Lachen nicht mehr fortkommen konnte; denn das Leben ist, wie man weißt, so ansteckend wie das Gähnen. Mein Schreiber wollte eben gewisse Acten in meinem Zimmer holen, wie wir im besten Lachen waren; weil er nun eine gar feyerliche, sauertöpfische Art von einem Kerl ist, so blieb er, bey unserm Anblick, mit der Feder hinterm Ohr in der Thüre stehen, und machte eine Mine gegen uns, als ob er dächte, wir wären dem Tollhause entloffen. Ich sagte ihm warum es zu thun sey, und ersuchte ihn nur ein wenig da zu bleiben und zuzuhören; ich las fort, und wurde alle Augenblick durch das Kichern meiner Frau und mein eigenes Lachen unterbrochen; Anfangs hielt sich mein Herr vom Dintenfaß so gut, daß es nicht besser seyn konnte; er machte ein paar Augen wie ein Cato, und veränderte nicht die kleinste von den Falten, in die er sein Gesicht alle Morgen zu legen pflegt, ungeachtet etliche Stellen kamen, bey denen ich und meine Frau uns beynahe aus dem Athem lachten; allein endlich triumphirte doch Pedrillo über seine stoische Unbeweglichkeit, und eine gewisse Stelle, auf die ich im Lesen kam, würkte mit einem solchen Nachdruck auf sein Zwerchfell, daß er in ein wieherndes Gelächter ausbrach, welches desto lauter erschallte, je mehr er sich bemühet hatte es zurück zu halten; das Stuben-Mensch, die indessen auch an die Thüre gekommen war, machte die vierte Stimme in diesem Sardonischen Concerte, und da der Lerm, den wir machten, in kurzem auch die Köchin, und Hanß, den Haußknecht, herbey zog, so wurde durch diese neue Verstärkung der Effect unsrer wiehernden Symphonie so heftig, daß die Leute auf der Strasse stehen blieben und mit zu lachen anfiengen, ohne daß sie wußten warum? Kurz, es lag nur an mir alle meine Nachbarn mit ins Spiel zu bringen, und wer weißt, ob das Gelächter sich nicht von Gasse zu Gasse fortgewälzt und endlich die ganze Stadt samt den Vorstädten in Erschütterung gesetzt hätte, wenn ich nicht so klug gewesen wäre, mein Manuscript wegzulegen, mein Gesinde wegzuschelten, und meine Frau auf ein anders Capitel zu bringen. Ich bitte den geneigten Leser um Verzeyhung, daß ich so frey gewesen bin, ihn mit solchen Kleinigkeiten aufzuhalten; ich weiß selbst nicht wie es gekommen ist, daß ich mich so vergessen habe; denn ich kenne die Ehrerbietung sonst ganz wohl, die ein Vorredner dem hochansehnlichen Publico schuldig ist, und ich wollte in der That nur sagen, wie gute Hofnung ich habe, daß Don Sylvio und sein getreuer Pedrillo nicht wenig beytragen werden, der Hypochondrie und dem Spleen Einhalt zu thun, welche, wie ich höre, aus England nach Frankreich, und von den Franzosen, (die nun schon einmal dazu bestimmt sind, uns ihre Galanterien anzuhängen) seit einiger Zeit auch zu uns Deutschen herüber gekommen seyn, und sonderlich unter den Damen und jungen Herren bereits starke Progressen gemacht haben sollen.

Weil man aber doch aufrichtig seyn, und das eine sagen muß wie das andre, so kan ich nicht bergen, daß ich einen gewissen Papefiguier kenne, der dieses Buch in einem ganz andern Lichte betrachtet, und an dem es in der That nicht liegt, daß es nicht als ein kleines Ungeheuer in der Geburt erstickt worden. Er ist eine Art von einem Petriner, der, Verstands halben gewiß keine Ketzerey erfinden wird, aber dagegen zum Ersatz einer von den eigensinnigsten Köpfen in der Christenheit. Er geht schon seit dem vorletzten Jubel-Jahr dienstlos herum, und lebt indessen, bis der Jansenißmus, wie er hoft, durch ein allgemeines Concilium eingeführt seyn wird, von der Gutherzigkeit der Christen und vom Nachtisch des benachbarten Adels. Denn er ist ein erklärter bockbeiniger Janseniste, und das ist eben die Quelle seines Unglücks. Allein er hat, wie gesagt, den Muth noch nicht verlohren, daß seine Parthey die Oberhand gewinnen werde, und er sieht den Fall der Jesuiten in Frankreich als einen glücklichen Vorboten an, daß der Untergang des grossen Drachen vor der Thüre sey, welcher bisher, wie er sagt, die ganze Welt verführt habe. Dieser ehrliche Mann, der sich zuweilen zum Mittagessen bey mir einlädt, kam neulich in mein Zimmer zu einer Zeit, da ich eben meiner Geschäfte wegen keine Acht geben konnte. Er durchnisterte also indessen meine Papiere, und da kam er, zum Unglück auf das Manuscript des Don Sylvio. Ich dachte gleich, daß es Händel absetzen werde, und ich betrog mich nicht; er hatte kaum eine Viertelstunde darinn herum geblättert, so warf er es wieder auf den Tisch, und gerieth in einen so heftigen Eifer über ein so gottloses und gefährliches Buch, daß ich Gewalt brauchen mußte um ihn zu verhindern, daß er es nicht auf der Stelle ins Camin warf. Er wollte sichs nicht ausreden lassen, daß die

Abentheuer des Don Sylvio eine Allegorie oder Parabola sey, wie er es hieß, deren geheimer Sinn und Endzweck auf nichts geringers als auf den Umsturz des Glaubens, des Evangelii des Pater Ouesnell und der Wunder des Herrn von Paris abgesehen sey. Mit einem Wort, er machte einen solchen Lermen, daß er mich, als einen Layen, der seiner eignen Einsicht in dergleichen Sachen nicht trauen darf, endlich selbst ungewiß machte, ob ich gleich bey Durchlesung des Manuscripts nicht das mindeste gefunden hatte, das mir die Absichten des Verfassers hätte verdächtig machen können. Weil ich nun als der erbettene Herausgeber dieses Buchs, den sichersten Weg gehen, und gewiß wissen wollte, woran ich wäre, so communicirte ich das Manuscript einem angesehen Geistlichen, welcher dermalen Dechant zu * * * ist und bey jedermann den Namen eines der gelehrtesten und frömmsten Priestern in unsrer ganzen Revier hat, und bat ihn, er möchte mir seine Gedanken davon offenherzig entdecken, indem ich sehr ungleiche Urtheile darüber hätte fällen hören. Dieser rechtschaffene Mann schrieb mir zurück; »er hätte den Don Sylvio nicht ohne Vergnügen durchlesen, ob er gleich gestehe, daß ohne einen besondern Beruf diese Art von Lectur einem Mann von seinem Stande nicht sonderlich anständig sey; er vermuthe sehr, daß der Verfasser kaum eine andre Absicht gehabt habe als sich und seinen Lesern eine Kurzweil zu machen, eine Absicht, die an sich selbst und in ihrer gehörigen Maaße und Einschränkung nicht verwerflich sey; die Thorheiten der Menschen, ihre Vorurtheile und irrige Meynungen, und die Ausschweiffungen ihrer Einbildungskraft und ihrer Leidenschaften zu verspotten, sey nicht nur erlaubt sondern so gar nützlich; und wenn in einem Buch, das mehr zur Belustigung als zum Unterricht geschrieben sey, und worinn guter Humor und scherzende Satyre herrsche, der scherzhaft Ton selbst über ernsthaftere Gegenstände ausgedehnt werde, so sey auch dieses so lange die Schranken der Anständigkeit nicht überschritten werden, ganz wohl zu dulden, indem die Wahrheit ein jedes Licht vertragen könne, und das Lächerliche niemals an der Wahrheit selbst hafte, sondern vielmehr bloß dazu diene, die falschen Zusätze, womit sie in den Köpfen der Menschen vermengt werde, von ihr abzuscheiden; und wenn auch, im übrigen, die Absicht des Verfassers gewesen wäre in der Person des Don Sylvio die Schwärmerey, und in Pedrillo den Aberglauben und die Leichtglaubigkeit des Pöbels, und überhaupt dasjenige, was Juvenal *veteres avias* nenne, in ein lächerliches Licht zu stellen, so würde er der Religion dadurch vielmehr einen Dienst als den geringsten Abbruch gethan haben; und ihm eine solche Freyheit übel ausdeuten, würde um so viel unbilliger seyn, da die heiligen Väter selbst sich meistens keiner andern Waffen als des lachenden Spottes und der beissenden Ironie gegen den herrschenden Aberglauben ihrer Zeiten bedient hätten etc. etc.«

Dieses gelinde Urtheil von einem Mann, dessen Aussprüche bey mir eine entscheidende Autorität haben, beruhigte mich wieder vollkommen, und ich gesteh es, daß ich ihm recht dafür verbunden bin, daß ich beym Don Sylvio wieder unbesorgt und nach Herzens Lust lachen darf.

Ich überlasse es nun den Lesern, was sie thun wollen, ob sie dabey lachen, lächeln, sauer sehen, schmählen oder weinen wollen. Mir liegt weniger daran als dem Verleger; denn dieser hat sich, die Wahrheit zu gestehen, darauf verlassen, daß Don Sylvio ein lustiges Buch sey, und er würde sich schwerlich damit abgegeben haben, ein paar tausend Copien von den Einfällen des Hrn. Don Ramiro von Z** auf seine Unkosten machen zu lassen, wenn man ihn nicht versichert hätte, daß die Medici in hypochondrischen und Milz-Krankheiten, in allen Arten von Vapeurs, und hysterischen Zufällen, und so gar im Podagra, ihren Patienten künftig den Don Sylvio statt einer Tisanne einzunehmen verschreiben würden.

R * * * am N. den
2. Octob. 1763.

P. F. X. D. R. G. N.
und S. S. D.

Die Abentheuer des Don Sylvio von Rosalva.

⟨Erster Theil.⟩

Erstes Buch.

Erstes Capitel.

Character einer Art von Tanten.

In einem alten baufälligen Schloß der Spanischen Provinz Valencia lebte vor einigen Jahren ein Frauenzimmer von Stande, die zu derjenigen Zeit, da sie in der folgenden Geschichte ihre Rolle spielte, bereits sechzig Jahre unter dem Namen Donna Mencia von Rosalva sehr wenig Aufsehens in der Welt gemacht hatte.

Diese Dame hatte die Hofnung, sich durch ihre persönliche Annehmlichkeiten zu unterscheiden, schon seit dem Succeßions-Krieg aufgegeben, in dessen Zeiten sie zwar jung und nicht ungeneigt gewesen war, einen würdigen Liebhaber glücklich zu machen, aber immer so empfindliche Kränkungen von der Kaltsinnigkeit der Mannspersonen erfahren hatte, daß sie mehr als einmal in Versuchung gerathen war, in der Abgeschiedenheit einer Kloster-Celle ein Herz, dessen die Welt sich so unwürdig bezeugte, dem Himmel aufzuopfern. Allein, ihre Klugheit ließ sie jedesmal bemerken, daß dieses Mittel, wie alle diejenigen, so der Unmuth einzugeben pflegt, ihre Absicht nur sehr unvollkommen erreichen, und in der That die Undankbarkeit der Welt nur an ihr selbst bestrafen würden.

Sie besann sich also glücklicher Weise eines andern, welches sie nicht so viel kostete, und weit geschickter war die einzige Absicht zu befördern, die bey so bewandten Umständen ihrer würdig zu seyn schien. Sie wurde eine S p r ö d e, und nahm sich vor, ihre beleidigten Reitzungen an allen den Unglückseligen zu rächen, welche sie als Wolken ansah, die den Glanz derselben aufgefangen und unkräftig gemacht hatten. Sie erklärte sich öffentlich für eine abgesagte Feindin der Schönheit und Liebe, und warf sich hingegen zur Beschützerin aller dieser ehrwürdigen Vestalen auf, denen die Natur die Gabe der transcendentalen Keuschheit mitgetheilt hat, und deren blosser Anblick fähig wären, den muthigsten Faunen zu entwafnen.

Donna Mencia ließ es nicht bey der blossen Freundschaft bewenden, die der nähere Umgang, die Sympathie und die Ähnlichkeit ihres Schicksals zwischen ihr und einigen Frauenzimmern von dieser Classe stiftete, mit denen sie zu Valencia, wo sie erzogen worden war, nach und nach Bekanntschaft gemacht hatte. Sie richtete eine Art von Schwesterschaft mit ihnen auf, die in der schönen Welt eben das war, was die Mönchs-Orden in der politischen sind, ein Staat im Staat, dessen Interesse ist, dem andern allen möglichen Abbruch zu thun, und die sich den Namen der Anti-Grazien erwarben, indem sie mit dem ganzen Reich der Liebe in einer eben so offenbaren und unversöhnlichen Fehde stunden, als die Maltheser-Ritter mit den Musulmannen.

Um ihre Zusammenkünfte auch dem gemeinen Wesen so nützlich zu machen, als sie ihnen selbst angenehm waren, erwählten sie die Beförderung der Tugend und guten Sitten unter ihrem Geschlecht zum Gegenstand ihrer großmüthigen Bemühungen; denn die klägliche Verderbniß desselben war, ihrem Urtheil nach, die wahre und einzige Quelle alles Unheils in der Welt. Sie legten zum Grund ihrer Sittenlehre, daß die Besitzerin eines angenehmen Gesichts unmöglich tugendhaft seyn könne, und nach diesem Grundsatz wurden alle ihre Urtheile über die Handlungen und den moralischen Werth einer jeden Person ihres Geschlechts bestimmt. Ein Frauenzimmer, welches gefiel, war in ihren Augen eine Unglückselige, eine verlohrne Creatur, eine Pest der menschlichen Gesellschaft, ein Gefäß und Werkzeug der bösen Geister, eine Harpye, Hyäne, Syrene und Amphisbäne, und alles dieses und noch etwas ärgers, je nachdem es mehr oder weniger von dem ansteckenden Gifte bey sich führte, welches nach dem System dieser Sittenlehrerinnen eben so tödtlich für die Tugend als schmeichelhaft für die Eigenliebe und verführisch für die armen Mannsleute ist.

In diesem strengen Character hatte sich Donna Mencia bereits über fünfzehn Jahre der schönen Welt zu Valencia furchtbar gemacht, als Don Pedro von Rosalva, ihr Bruder, den Entschluß faßte, Madrit zu verlassen, wo er den Rest eines im Dienst des neuen Königs aufgewandten Vermögens verzehrt hatte, eine Pension nachzusuchen, die er nicht erhielt, und nun, da es zu spät war, nicht wenig bedaurte, daß er ihn nicht lieber angewendet hatte, ein kleines altes Schloß zwo oder drey Stunden von Xelva, das einzige, was ihm von seinen Voreltern übrig war, in einen bewohnbaren Stand zu setzen.

Er hatte von einer Gemahlin, die ihm kürzlich gestorben war, einen Sohn und eine Tochter, deren zartes Alter so wohl als die Regierung seines kleinen Hauswesens eine weibliche Aufsicht erforderte. Er übertrug dieses Amt seiner Schwester, welche leicht zu bewegen war, die Demüthigungen, so sie in Valencia erlitten hatte, gegen das Vergnügen zu vertauschen, die vornehmste Frau in einem Dorfe zu seyn; eine Denkungsart, die sie vielleicht dem grossen Cäsar abgelernt haben mochte, der bey seinem Durchzug durch ein elendes Städtchen in den Pyrenäen seine Freunde versicherte, daß er lieber der erste in diesem armseligen Städtchen, als der zweyte in Rom seyn möchte.

Der Gram über fehlgeschlagene Hofnungen ließ den guten Don Pedro die Annehmlichkeiten der Freyheit und des Landlebens, dessen wahre Vortheile ohnehin seinen Landsleuten noch unbekannt sind, nicht lange geniessen. Er starb, und hinterließ seinem Sohn, Don Sylvio, einen Stammbaum, der sich in den Zeiten des Gargoris und Habides verlohr, ein verfallenes Schloß mit drey Thürmen, etliche Pacht-Höfe, und die Hofnung nach dem Tode der Donna Mencia eine Erbschaft von alten Juwelen, Brillen und Rosenkränzen, nebst einem ansehnlichen Vorrath von Ritterbüchern und Romanen mit seiner Schwester zu theilen.

Don Pedro starb desto ruhiger, da er seinen Sohn, ob er gleich das zehnte Jahr kaum erreicht hatte, in den Händen einer so weisen Dame ließ, als Donna Mencia in seinen Augen war. Denn ihre erstaunliche Belesenheit in Chronicken und Ritterbüchern, und die Beredsamkeit, womit sie ihre tiefe Einsichten in die Staats-Wissenschaft und Sittenlehre bey der Mahlzeit und bey andern Gelegenheiten auszulegen pflegte, hatten ihm eine desto grössere Meynung von ihrem Verstande beygebracht, je weniger seine Martialische Lebensart ihm Zeit gelassen hatte, eine mehrere Kenntniß von dem, was man die polite Gelehrtheit heißt, zu erwerben, als etwan das wenige seyn mochte, was ihm aus seinen Schul-Jahren in einem nicht allzugetreuen Gedächtniß übrig geblieben war.

Zweytes Capitel.

Was für eine Erziehung Don Sylvio von seiner Tante bekommen.

Donna Mencia betrog die Hofnung nicht, welche sich ihr Bruder von ihrer Sorgfalt und Geschicklichkeit gemacht hatte. Denn so bald der junge Sylvio von dem Vicarius des Dorfs so viel Latein gelernt hatte, daß er die Verwandlungen des Ovidius verstehen, und von dem Barbier eines benachbarten Fleckens, dem Amphion der Gegend, so viel Musik, daß er etliche Dutzend alte Balladen auf der Cither accompagniren konnte; so nahm sie es auf sich selbst, ihn zu allen den übrigen Eigenschaften auszubilden, welche nach ihren Begriffen einen vollkommenen Cavalier ausmachten.

Das schlimmste war, daß sie diese Begriffe aus dem Pharamond, der Clelia, dem grossen Cyrus und andern Büchern von dieser Classe geschöpft hatte, welche nebst den Abentheuern der zwölf Pairs von Frankreich und der Ritter von der runden Tafel den vornehmsten Theil ihrer Bibliotheck ausmachten. Ihrer Meynung nach lag in diesen Büchern der ganze Reichthum der erhabensten und nützlichsten Kenntnisse verborgen. Sie glaubte also ihren Untergebenen nicht besser anweisen zu können, als wenn sie ihm die Begriffe und den Geschmack beyzubringen suchte, so sie selbst aus so lautern Quellen geschöpft hatte, und die glücklichen Fähigkeiten des jungen Don Sylvio begünstigten ihre Absichten so sehr, daß er, ehe er noch das fünfzehnte Jahr erreicht hatte, zum wenigsten eben so gelehrt als seine gnädige Tante war. Er besaß in diesem zarten Alter bereits eine so ausgebreitete Erkenntniß von der Geschichte, der Natur-Kunde, der Theologie, der Metaphysik, der Sittenlehre, der Staats- und

Kriegs-Kunst, den Alterthümern und den schönen Wissenschaften als irgend einer von den gelehrtesten Helden des grossen Cyrus, und wußte mit so vieler Beredsamkeit über die subtilsten Fragen aus diesen Wissenschaften zu peroriren, daß die Bedienten des Hauses, der Vicarius, der Schulmeister, der vorbesagte Barbier und andere Personen von Distinction, die den freyen Zutritt im Hause hatten, sowohl die Wunder-Gaben des jungen Herrn, als die weise Erziehungs-Kunst der gnädigen Frau nicht genug bewundern konnten.

Was dieser letztern an ihrem Neffen am besten gefiel, war die ausserordentliche Begierde, wovon er brannte, den erhabnen Mustern nachzuahmen, von deren grossen Thaten und Helden-Tugenden er bis zur Bezauberung entzückt war, und womit er seine Einbildungs-Kraft so vertraut gemacht hatte, daß er sich endlich beredete, es würde ihm nicht mehr Mühe kosten sie auszuüben, als er brauchte sich eine Vorstellung davon zu machen. Donna Mencia zweifelte nicht, daß Don Sylvio mit so edlen Neigungen und einer so heroischen Denkungsart dereinst eine grosse Rolle in der Welt spielen und den Helden, welche sie am meisten bewunderte, an Ruhm und Glück eben so ähnlich werden müßte, als er es ihnen an Schönheit und persönlichen Annehmlichkeiten war.

Drittes Capitel.

Psychologische Betrachtungen.

Man wird sich um so weniger wundern, daß die Einbildungs-Kraft des Don Sylvio von einer so wunderbaren Erziehung einen seltsamen Schwung bekommen mußte, wenn wir sagen, daß eine ungemeine Empfindlichkeit, und, was unmittelbar damit verbunden ist, eine starke Disposition zur Zärtlichkeit unter die Gaben gehörte, womit ihn die Natur bis zum Übermaß beschenckt hatte.

Junge Leute von dieser Art lieben überhaupt alle Vorstellungen, welche lebhafte Eindrücke auf ihr Herz machen, und Leidenschaften erwecken, die, in einem leichten Schlummer liegend, bereit sind von dem kleinsten Geräusch aufzufahren.

Kommt dann noch hinzu, daß sie fern von der Welt, in einer ländlichen Einsamkeit und Einfalt, unter den natürlichen Vergnügungen des Landlebens und frey von den Arbeiten desselben erzogen werden; So erhalten die wunderbaren und paßionirten Vorstellungen eine verdoppelte und desto stärkere Gewalt über ihr Herz, je geschäftiger die Phantasie in solchen Umständen zu seyn pflegt, das Leere auszufüllen, so die beständige Einförmigkeit der Gegenstände, die sich den Sinnen darstellen, in der Seele zurück läßt. Unvermerkter Weise verwebt sich die Einbildung mit dem Gefühl, das Wunderbare mit dem Natürlichen und das Falsche mit dem Wahren. Die Seele, welche nach einem blinden Instincte Schimären eben so regelmäßig bearbeitet als Wahrheiten, bauet sich nach und nach aus allem diesem ein Ganzes, und gewöhnt sich an, es für wahr zu halten, weil sie Licht und Zusammenhang darinn findet, und weil ihre Phantasie mit den Schimären, die den grösten Theil davon ausmachen, eben so bekannt ist als ihre Sinnen mit den würklichen Gegenständen, von denen sie ohne sonderliche Abwechslung immer umgeben sind.

In diesem Falle befand sich der Jüngling, welcher der Held unserer Geschichte seyn wird. Die natürliche Lauterkeit seiner Seele war des Argwohns, ob er etwan betrogen werde, unfähig. Seine Einbildung faßte also die schimärischen Wesen, die ihr die Poeten und Romanen-Dichter vorstellten, eben so auf, wie seine Sinnen die Eindrücke der natürlichen Dinge aufgefasset hatten. Je angenehmer ihm das Wunderbare und Übernatürliche war*, desto leichter war er zu verführen, es würklich zu glauben; zumahl da er in die Möglichkeit auch der unglaublichsten Dinge keinen Zweifel setzte. Denn für den Unwissenden ist alles möglich. Solchergestalt schob sich die poetische und bezauberte Welt in seinem Kopf an die Stelle der würklichen, und die Gestirne, die elementarischen Geister, die Zauberer und Feen waren in seinem System eben so gewiß die Beweger der Natur, als es die Schwehre, die Anziehungs-Kraft, die Elasticität, das electrische Feuer, und andere natürliche Ursachen in dem System eines heutigen Weltweisen sind.

Die Natur selbst, deren anhaltende Beobachtung das sicherste Mittel gegen die Ausschweiffungen der Schwärmerey ist, scheint auf der andern Seite durch die unmittelbaren Eindrücke, so ihr majestätisches Schauspiel auf unsre Seele macht, die erste Quelle derselben zu seyn.

Das angenehme Grauen, so uns beym Eintritt in den dunkeln Labyrinth eines dichten Gehölzes befällt, beförderte ohne Zweifel den allgemeinen Glauben der ältesten Zeiten, daß die Wälder und Hayne von Göttern

* — — — — *ut omne*
Humanum genus est avidum nimis auricularum.
Lucret.

bewohnt würden. Der süsse Schauer, das Erstaunen, die gefühlte Erweiterung und Erhöhung unsers Wesens, die wir in einer heitern Nacht beym Anblick des gestirnten Himmels erfahren, begünstigte vermuthlich den Glauben, daß dieser schimmervolle, mit unzählbaren nie erlöschenden Lampen erleuchtete Abgrund eine Wohnung unsterblicher Wesen sey.

Aus dieser Quelle kommt es vermuthlich, daß die Landleute, denen ihre Arbeiten keine Zeit lassen, die verworrenen Eindrücke, so die Natur auf sie macht, zu deutlicher Erkenntniß zu erhöhen, überhaupt abergläubischer als andre Leute sind; daher die körperlichen Geister, womit sie die ganze Natur angefüllt sehen; daher die unsichtbaren Jagden in den Wäldern, die Feen, die des Nachts auf den Fluren im Kreise tanzen, die freundlichen und die boshaften Kobolte, der Alp, der die Mädchen drückt, die Berg-Geister, die Wasser-Nixen, die Feuer-Männer, und wer weiß, wie viel andre Hirn-Gespenster, von denen sie so vieles zu erzählen wissen, und deren Würklichkeit bey ihnen so ausgemacht ist, daß man sie nicht läugnen kan, ohne in den Augen der meisten von ihrer Classe entweder albern oder gottlos zu scheinen.

Nehmen wir nun alle diese Umstände zusammen, welche sich vereinigten, der romanhaften Erziehung unsers jungen Ritters ihre volle Kraft zu geben, so werden wir nicht unbegreiflich finden, daß er nur noch wenige Schritte zu machen hatte, um auf so abentheuerliche Sprünge zu gerathen, als seit den Zeiten seines Landsmanns, des Ritters von Mancha, jemals in ein schwindlichtes Gehirn gekommen seyn mögen.

Viertes Capitel.

Wie Don Sylvio mit den Feen bekannt wird.

Zum Unglück für seine Vernunft befanden sich unter den Büchern, womit eine grosse Kammer des Hauses angefüllt war, eine Menge Feen-Märchen, wovon Don Pedro ein grosser Liebhaber gewesen war, ob er gleich von seiner weisen Schwester wegen seines Geschmacks an solchen unnützen Possen, wie sie es nannte, nicht selten angefochten wurde. Denn in so grossem Ansehen die Ritterbücher bey ihr stunden, welche sie mit den Chronicken, Historien und Reisebeschreibungen in einerley Classe setzte, so verächtlich waren ihr alle diese kleine Spiele des Witzes, die bloß zur Unterhaltung der Kinder oder zum Zeitvertreib der Erwachsenen geschrieben werden, und durch nichts als die angenehme Art der Erzählung sich Leuten von Geschmack empfehlen können.

Don Pedro gestand ihr willig ein, daß es Schäckereyen seyen; aber sie vertreiben mir, sagte er, doch manche langweilige Stunde; je schnackischer die Einfälle sind, die der närrische Kerl, der Autor, auf die Bahn bringt, desto mehr lach' ich, und das ist alles, was ich dabey suche.

Die weise Donna Mencia, welche, wie alle wunderliche Leute, nur ihre eigene Grillen vernünftig fand, ließ sich zwar durch diese Antwort nicht befriedigen; allein die Arabischen und Persianischen Erzählungen, und die Novellen, und die Feen-Märchen blieben nichts desto weniger in ruhigem Besitz ihres Platzes in der Bibliotheck, und da sie meistens nur in blaues Papier geheftet waren, so verbargen sie sich so bescheiden hinter die ehrwürdigen Folianten und Quart-Bände der Donna Mencia, daß sie nach dem Tode des alten Ritters in kurzem gänzlich vergessen wurden.

Allein, vermuthlich wollte die Fee, die sich in das Schicksal des jungen Sylvio mischte, nicht zugeben, daß er seine Bestimmung verfehlen sollte; und da er einst in Abwesenheit seiner Tante, deren Ernsthaftigkeit und ewige Sittenlehren ihm sehr beschwerlich zu werden anfiengen, in der Bücher-Kammer herum stöberte, um sich etwas zur Zeitkürzung auszusuchen, so gerieth er, es sey nun von ungefehr oder durch den geheimen Antrieb der besagten Fee, auf ein starkes Heft von Feen-Märchen. Er steckte es voller Freude zu sich, und zog sich, so geschwind er konnte, in den Garten zurück, um den Werth seines Funds ungestört erkundigen zu können; denn es schwante ihm schon beym Anblick der Titel, daß es sehr angenehme Sachen seyn müßten.

Die Kürze dieser Erzählungen war das erste, wodurch sie ihm gefielen, so sehr war er der dicken Folianten müde, woraus er seiner Tante täglich etliche Stunden lang vorlesen mußte. So bald er aber eine oder zwey davon durchlesen hatte, war nichts dem Vergnügen zu vergleichen, das er darüber empfand, und der Gierigkeit, womit er alle die übrigen verschlang.

Ein gewisser Instinct, der auch die einfältigsten unter den jungen Leuten lehrt, was sie ihren Aufsehern sagen dürfen oder nicht, warnte ihn, seine liebe Tante nichts von der Entdeckung merken zu lassen, die er gemacht hatte; allein der Zwang, den er sich hierüber anthun mußte, machte ihm die Feen nur desto lieber, und er würde die ganze Nacht durch gelesen haben, wenn man, wie Tasso ehmals in seinem Gefängniß wünschte, bey den Augen einer Katze lesen könnte. Denn die Vorsicht der Donna Mencia für seine Gesundheit, und für die Ersparung der Kerzen hatte ihm schon von langem her die Mittel zu gelehrten Nacht-Wachen benommen.

Allein, so bald der Tag anbrach, war er schon wieder munter; er nahm sein Heft unter seinem Haupt-Küssen hervor, durchlaß mit fliegenden Blicken ein Märchen nach dem andern, und wie er mit der ganzen Sammlung fertig war, fieng er wieder von vorn an, ohne es müde zu werden. So oft er konnte, begab er sich in den Garten oder in den angränzenden Wald, und nahm seine Mährchen mit. Die Lebhaftigkeit, womit seine Einbildungskraft sich derselben bemächtigte, war ausserordentlich, er las nicht, er sah, er hörte, er fühlte. Eine schönere und wundervolle Natur, als die er bisher gekannt hatte, schien sich vor ihm aufzuthun, und die Vermischung des Wunderbaren mit der Einfalt der Natur, welche der Charakter der meisten Spielwerke von dieser Gattung ist, wurde für ihn ein untrügliches Kennzeichen ihrer Wahrheit.

Dieser Punct fand desto weniger Schwierigkeit bey ihm, da er durch seine bisherige Lebensart vollkommen dazu vorbereitet war. Denn seit dem Anfang seiner Studien, der mit den Verwandlungen des Ovidius gemacht worden, war ihm bisher kein einziges Buch in die Hand gekommen, das ihm richtigere Begriffe hätte geben können; im Gegentheil verschiedene Schriftsteller aus den Zeiten, da die Pythagorisch-Cabbalistische Philosophie durch ganz Europa im Ansehen stund, hatten durch ihre systematische Träumereyen von Planetarischen und Elementarischen Geistern, von Beschwörungen, geheimniß-vollen Zahlen, und Talismannen, und von jener vorgeblichen Weisheit, die ihren Besitzer zum Meister der ganzen Natur machen könne, ihn so sehr in seinen Einbildungen befestiget, daß selbst die wundervolle Haselnuß der Babiole, und das Stück Leinwand von vier hundert Ellen, welches der Liebhaber der weissen Katze aus einem Hirsen-Körnlein auspackte, und sechsmal durch das feinste Nadel-Öhr zog, in seinen Augen nichts unbegreifliches hatte.

Es hinderte ihn also nichts, sich dem Vergnügen gänzlich zu überlassen, welches er aus den Feen-

Mährchen schöpfte, von denen er nach und nach unter der Maculatur, die den Boden der Bücher-Kammer deckte, noch eine grosse Menge hervor zog, wovon immer eines abentheurlicher als das andre war, und worinn er eine Unterhaltung fand, die er um alle Lustbarkeiten der Welt nicht vertauschet hätte.

Er konnte nicht so vorsichtig seyn, daß seine eben so strenge als scharfaugichte Aufseherin nicht endlich die Ursache seiner häuffigen Spatziergänge in das Lustwäldchen entdeckt, und ihm eine sehr scharfe, sehr gelehrte und sehr langweilige Strafpredigt deßwegen gehalten hätte; allein das diente, wie es zu gehen pflegt, zu nichts anderm, als daß Don Sylvio behutsamer wurde, und sich besser in Acht nahm, seine Neigungen und angehende Entwürfe vor ihr zu verbergen.

Die Wahrheit zu sagen, er hatte sie jederzeit mehr gefürchtet als geliebt; allein seit dem sein Gehirn mit Florinen, Rosetten, Brillianten, Cristallinen, und wer weiß, wie vielen andern überirdischen und unnatürlich schönen Schönheiten angefüllt war, so wurde er nicht selten versucht, die gute alte Tante für eine Art von Caraboße anzusehen, deren tyrannische Ober-Herrschaft ihm von Tag zu Tag unerträglicher wurde.

Sie mochte also sagen, was sie wollte, die Bezauberungen, die Schlösser von Diamanten und Rubinen, die verwandelten oder in Thürme und unterirdische Palläste eingesperrte Princessinnen und die zärtlichen Liebhaber, die unter dem wunderthätigen Schutz einer guten Fee den Nachstellungen einer bösen glücklich entgehen, blieben im gänzlichen Besitz seiner Einbildungs-Kraft; er las nichts anders, er staunte und dichtete nichts anders, er gieng den ganzen Tag mit nichts anderm um, und träumte die ganze Nacht von nichts andern.

Fünftes Capitel.

Seltsame Thorheit des Don Sylvio. Seine Liebe zu einer idealischen Princeßin.

In einer so seltsamen Gemüths-Verfassung konnte nichts natürlicher seyn, als daß Don Sylvio endlich auf die Thorheit verfiel, sich eben solche Abentheuer zu wünschen, wie diejenige, deren Erzählung ihm in den Mährchen so viel Vergnügen machte.

In kurzem gieng er noch weiter; er bemühte sich die Phantasien, womit sein Kopf angefüllt war, zu realisiren, und sich, so gut er konnte, in die Feen-Welt zu versetzen.

Er gab deßwegen allem was um ihn war, Namen aus seinen Mährchen. Ein artiges Hündchen, das er hatte, mußte an statt Amorett, wie es vorher hieß, Pimpimp heissen, weil das Hündchen der Princeßin Wunderschön so geheissen hatte; und er verstieß eine aschfarbe Katze mit weissen Pfoten, die sein Günstling gewesen war, um einer ganz weissen willen, die zu Ehren der Princeßin Weißkätzgen mit allen ersinnlichen Höflichkeiten überhäuft wurde.

Alle Morgen und Abend gieng er etliche gemahlte Fensterscheiben in einer halb eingefallenen Gallerie des Schlosses zu besichtigen, in der Hofnung, gleich dem Prinzen Höckerich Gemählde darauf zu finden, die ihm einigen Aufschluß über sein künftiges Schicksal geben würden; und er durchsuchte wohl zwanzigmal alle Winkel des Schlosses vom Dach bis in den Keller, ob er nicht irgendwo einen bezauberten Schrank oder eine Falltreppe entdecken möchte, die in einen unterirdischen Pallast führte. Er fand freylich nichts, und die Fenster-Scheiben wiesen ihm einmal wie das andre nichts als geharnischte Ritter, die mit eingelegten Lanzen wohl ein paar hundert Jahre schon aufeinander zurannten; allein er wußte sich sehr gut deßwegen zu trösten. Er war noch nicht völlig achtzehn Jahre alt, und er hatte aus den meisten Mährchen gesehen, daß ein Prinz oder Ritter wenigstens achtzehn Jahre alt seyn muß, um Abentheuer zu haben.

Inzwischen legte er in einer Ecke seines Gartens eine Art von Laube an, die dem Blumen-Schloß ähnlich seyn sollte, worinn die Fee Immerschöne die süssen Augenblicke, die sie in den Armen ihres geliebten Schäfers genoß, vor ihrem Hofe zu verbergen pflegte. Er ließ etliche Linden, die er dazu bequem fand, so zurichten, daß ihre Stämme die Grundpfeiler, die untersten Äste den Fußboden, und ihre Wipfel das Dach dieses seltsamen Lusthauses wurden; die Wände waren von Myrthen mit Rosenhecken und Geißblatt durchwunden, und hinter derselben war eine Treppe von Wasen so gut angebracht, daß man sie nicht gewahr wurde.

In diesem grünen Schloß, wie Don Sylvio es zu nennen beliebte, hatte er ein kleines Cabinet angelegt, welches er, um ihm ein desto Feen-mäßigeres Ansehen zu geben, mit den schönsten Schmetterlingen austapezierte, die er auf seinen Spatziergängen in dem benachbarten Walde und an den Ufern des Guadalaviar, der nicht weit von seinem Garten vorbey floß, gefangen hatte.

In diesem Cabinet brachte er oft halbe Nächte mit Träumereyen über die wunderbaren Begebenheiten zu, die er sich wünschte, und die er in kurzem zu erfahren hofte. Unvermerkt schlief er über diesen phantastischen Betrachtungen ein, und günstige Träume setzten die Abentheuer fort, worinn er wachend sich zu verirren angefangen hatte. Eine schöne Princeßin die er liebte, war gemeiniglich der Gegenstand davon; nur war das beschwehrliche dabey, daß er sie allemal in der Gewalt der Fee Fanferlysch oder einer andern neidischen alten Hexe sah, die seiner Liebe die verdrießlichsten Hindernisse in den Weg legte. Bald mußte er sich mit Drachen und fliegenden Katzen herum balgen, bald fand er alle Zugänge zu dem Pallast, worinn sie gefangen gehalten wurde, mit Distel-Köpfen besät, die sich in dem Augenblick, da er sie berührte, in eben so viele Riesen verwandelten, und ihm den Weg mit grossen stählernen Kolben streitig machten. Nun grif er sie zwar an, wie es einem tapfern Ritter zukommt, und hieb auf jeden Streich ein paar Dutzend mitten voneinander; aber kaum war er mit ihnen fertig, und im Begriff als Sieger in den Pallast hinein zu gehen, so mußte er sehen, wie seine geliebte Princeßin auf einem mit Fledermäusen bespannten Wagen durch den Schornstein davon geführt wurde. Ein andermal fand er sie auf einer Blumenbank an einer Quelle sitzend, er warf sich zu ihren Füssen, er sagte ihr die zärtlichsten Sachen vor, und sie schien ihn mit Vergnügen anzuhören; allein indem er sie umarmen wollte, (denn man weiß, daß die Liebe in Träumen nicht alle die Gradationen beobachtet, die einem Schäfer an den Ufern des Lignon vorgeschrieben sind) so sah er mit Entsetzen, daß er die Gestalt der dicken Maritorne, der Viehmagd des Hauses an seinen Busen drückte, und erhielt von Lippen, die ihm einen Augenblick zuvor lauter Nectar und Ambrosia zu düften schienen, einen von Knoblauch und Käse so kräftig durchwürzten Kuß, daß er vor Eckel und Abscheu des Todes hätte seyn mögen.

So nichtig nun immer diese eingebildete Unglücksfälle waren, so lebhaft war gleichwohl der Schmerz, den sie ihm verursachten. Er hielt diese Träume für böse Vorbedeutungen, und zweifelte nicht, daß er eine mächtige Feindin habe, die darauf beflissen sey, ihn in der Liebe unglücklich zu machen, die er bereits in einem hohen Grade für die bezaubernde Unbekannte empfand, welche er nach dem Schlusse des Schicksals zu lieben bestimmt war.

Sechstes Capitel.

Abentheuer mit dem Laubfrosch. Warum Don Sylvio nicht gemerkt, daß der Frosch keine Fee war?

Der Gedanke einen unsichtbaren Feind von solcher Wichtigkeit zu haben, beunruhigte unsern jungen Helden nicht wenig; jedoch da er in seinen Mährchen keinen von Feen oder Zauberern verfolgten Prinzen gefunden hatte, der nicht von einer andern Fee beschützt worden wäre, so ermunterte ihn die Hofnung wieder, daß er nicht der erste seyn werde, an dem diese Regel eine Ausnahme leiden sollte.

Weil es nun in der Feen-Welt eben so wie in unserer Alltags-Welt der Gebrauch ist, daß man selten jemand Dienste zu leisten pflegt, von dem man nicht eben dergleichen oder noch grössere zurück erwartet; so wünschte sich Don Sylvio nichts so sehnlich, als eine Gelegenheit zu bekommen, sich die Dankbarkeit irgend einer grosmüthigen Fee verbinden zu können.

Indem er einst in diesen Gedanken an einem Graben in seinem Garten vorbey gieng, sah er auf der andern Seite einen Storch, (einige Nachrichten sagen, wiewohl ohne genugsamen Grund, daß es eine Störchin gewesen) im Begriff einen artigen Laubfrosch zu erhaschen, der unbesorgt quackend im Gras herum hüpfte.

Don Sylvio würde auch aus blossem Antrieb seines Herzens, welches sehr gütig und mitleidig war, nicht saumselig gewesen seyn, dem nothleidenden Frosche zu Hülfe zu kommen; Allein der Gedanke, daß es vielleicht eine Fee und wohl gar eben der wohlthätige Frosch seyn könnte, so der Princeßin Mufette und ihrer Mutter so gute Dienste geleistet hatte, setzte ihm Flügel an; er sprang über den Graben, und verjagte mit einem Stecken, den er eben in der Hand hatte, den langbeinichten Erbfeind der Frösche in eben dem Augenblick, da er im Begriff war, den kleinen unschuldigen Quäcker hinunter zu schlingen. Der Storch ließ seinen Raub fallen und entfloh, und das Fröschchen sprang in den Graben, ohne sich zu bekümmern, wem es seine Rettung zu danken habe.

Don Sylvio blieb an dem Graben stehen und erwartete, daß es in Gestalt einer schönen Nymphe, oder doch mit seiner Rosen-Haube auf dem Kopf wieder hervor kommen werde, um sich für einen so wichtigen Dienst gar schön bey ihm zu bedanken: er wartete über eine halbe Stunde, aber zu seiner nicht geringen Befremdung wollte weder Frosch noch Nymphe zum Vorschein kommen.

Eine so ungewöhnliche Undankbarkeit an einer Fee war ihm unbegreiflich. Wenn es auch, dachte er, die kleine häßliche Magotine, die alte Ragotte, oder die Fee Concombre selbst gewesen wäre, so sollte doch ein Dienst von dieser Art vermögend gewesen seyn, sie zu einiger Erkenntlichkeit zu bewegen. Könnte es aber nicht seyn, besann er sich einen Augenblick darauf, daß es ihr nicht erlaubt ist, mir jetzt in ihrer eigenen Gestalt zu erscheinen, oder, daß sie es, aus andern Ursachen auf eine Gelegenheit verschiebt, da sie mir ihre Dankbarkeit durch eine würkliche Dienstleistung beweisen kan?

Diese Vermuthung schien ihm, weil sie mit seinen grillenhaften Wünschen am besten überein stimmte, bey mehrerm Nachdenken so wahrscheinlich, daß er voller Zufriedenheit in sein grünes Schloß zurück gieng, und keinen Augenblick länger zweiffelte, daß diese Begebenheit in kurzem irgend eine wichtige Veränderung in seinem Schicksal nach sich ziehen würde.

Vermuthlich werden einige Leser sich wundern, wie es möglich sey, daß Don Sylvio albern genug habe seyn können, um aus dem widrigen Ausgang dieses Abentheuers nicht den Schluß zu ziehen, der am natürlichsten daraus folgte, nehmlich daß der Frosch keine Fee gewesen sey. Allein sie werden uns erlauben, ihnen zu sagen, daß sie die Macht der Vorurtheile und vielleicht ihre eigene Erfahrung nicht genugsam in Erwägung ziehen. Nichts ist unter den Menschen gewöhnlicher als diese Art von Trug-Schlüssen; das Vorurtheil und die Leidenschaft macht keine andre.

Ein alter Geck, der durch seine Freygebigkeit die Treue seiner Liebste zu erkaufen gedenkt, schreibt die funkelnden Augen und die glüende Wangen, womit sie ihn empfängt, der Freude zu, die ihr seine Ankunft verursache, und bedenkt nicht, wie viel wahrscheinlicher es wäre, sie auf die Rechnung eines jüngern Buhlers zu setzen, der inzwischen in einem Schranke steckt, und seines leichtglaubigen Unvermögens spottet.

Ein Indianer kauft seinem Bonzen Amulete ab, die wider alle Krankheiten dienen sollen; er wird krank, und die Amulete helfen nichts. Was schließt er daraus? Vielleicht daß seine Amulete keine solche Heilungs-Kraft haben, und daß der Bonze ein Betrüger ist? Nichts weniger; alles was er daraus schließt, ist, daß er dem Götzen, dessen Bild er am Halse getragen, nicht Andacht genug bewiesen, und den Bonzen nicht Allmosen genug gegeben habe.

Keine Leute sehen mehr Verdienste an sich selbst als diejenige, an denen sonst niemand keine sieht; wer wollte ihnen auch zumuthen, die Verachtung, die sie für eine Würkung des Neides halten, der weit natürlichern Ursache zuzuschreiben, daß andre unmöglich so partheyisch für sie seyn können als sie selbst?

Dergleichen Beyspiele liessen sich ins Unendliche häuffen. Es ist wohl wahr, die Thorheit des Don Sylvio wird dadurch nicht kleiner; aber es ist auch zu seiner Entschuldigung genug, daß er wenigstens keine schlimmere Schlüsse macht als andere ehrliche Leute.

Siebendes Capitel.

Don Sylvio findet auf eine wunderbare Art das Bildniß seiner geliebten Princeßin.

Einige Tage, nachdem sich das Abentheuer mit dem Laubfrosch zugetragen hatte, gieng Don Sylvio mit dem Anbruch des Morgens in den Wald, um Schmetterlinge zu suchen, von denen ihm noch einige zu Ausschmückung seines Cabinets abgiengen.

Er hatte sich schon über eine Stunde weit von seinem Schloß entfernt, als er eines wunderschönen Papilions ansichtig wurde, der sich nur wenige Schritte von ihm auf eine Blume setzte. Seine Flügel waren Lasur-blau, mit einer Einfaßung von Purpur verbrämt, die in der Sonne wie Gold glänzte. Don Sylvio glaubte ihn schon erhascht zu haben, aber der schöne Sommer-Vogel schlupfte unter seinem Strohhut weg, und verbarg sich in das dichteste Gebüsche.

O, rief Don Sylvio, ich muß dich haben, und wenn ich dich auch bis in das unterirdische Reich des Königs Hammels verfolgen müßte, wo es kleine Pastetchen regnet, und gebratne Feldhüner auf den Bäumen wachsen.

Der Sommer-Vogel, der sich auf den Vortheil seiner Flügel verließ, schien ihm eine so weite Reise ersparen zu wollen. Kaum hatte Sylvio ihn aus dem Gesicht verlohren, so fand er ihn wieder ein paar Schritte vor sich, auf einem Roßmarin-Strauch sitzen. Er wollte ihn wieder haschen, aber es gieng wie das erstemal; der schöne Papilion schien seiner nur zu spotten; oft gauckelte er in kleinen Kreisen um ihn herum, dann setzt er sich wieder, aber entwischte allemal, wenn er im Begriff war gefangen zu werden.

Dieses Spiel daurte so lange, bis Don Sylvio endlich merkte, daß er in eine ihm ganz unbekannte Gegend verirrt war.

Jetzt reuete es ihn, daß er sich einem Schmetterling zu lieb so weit eingelassen hatte: allein, da es nun einmal geschehen war, so wollte er doch so viele Mühe nicht umsonst gehabt haben, und ließ nicht nach, bis er endlich so glücklich war den Papilion zu erhaschen, der ihm mehr Mühe gemacht hatte, als jemals eine Spröde, seit dem es Spröden gibt, ihrem Liebhaber gemacht hat.

Seine Freude war ungemein, und in der That konnte man keinen schönern Sommer-Vogel sehen. Er betrachtete ihn lange mit einem desto lebhaftern Vergnügen, je mehr er ihm Mühe gekostet hatte, und er war jetzt im Begriff ihn in ein kleines Keficht zu stecken, so er zu diesem Ende bey sich trug, als es ihn däuchte, als ob der gefangne Schmetterling ihn mit einer flehenden Mine und gesenkten Flügeln anschaue. Er bildete sich so gar ein, (denn Einbildungen kosteten ihn nichts) daß er so laut geseufzt habe, als ein Papilion nur immer seufzen kan.

Mehr brauchte es nicht, um ihn auf seine gewöhnliche Grille zu bringen, und es kam ihm ganz wahrscheinlich vor, daß es vielleicht eine Fee oder eine verwandelte Princeßin seyn möchte. Denn, dachte er, ist die Prinzeßin B u r z e l i n e eine Heuschrecke gewesen, so kan eine andre eben so gut ein Sommer-Vogel seyn. Er besann sich also keinen Augenblick ihm die Freyheit wieder zu schenken, um die er ihn so beweglich zu bitten geschienen hatte.

Der erledigte Sommer-Vogel flatterte fröhlich davon; und Don Sylvio gieng ihm nach, voll Erwartung, was daraus werden möchte, als er ein paar Schritte vor sich etwas im Grase blinken sah, welches seine Aufmerksamkeit an sich zog. Er hob es auf, und fand, daß es eine Art von Kleinod war, mit grossen Brillianten besetzt, und an einer Schnur der feinsten Perlen befestiget. Er betrachtete es auf allen Seiten, aber wie groß war sein Erstaunen, als er, von einem ungefehren Druck auf eine Feder, die er nicht bemerkt hatte, einen grossen Türkis in der Mitte auf die Seite springen, und ein kleines sehr künstlich auf Email gemachtes Brustbild entdecken sah, welches eine junge Schäferin von ungemeiner Schönheit vorstellte.

Er stund etliche Augenblicke unbeweglich, und wußte nicht, ob er seinen Augen trauen sollte; Er besah und befühlte es immer wieder von neuem, um sich zu überzeugen, daß es keine Einbildung sey, und je mehr er es betrachtete, desto mehr beredete er sich, daß es das Bildniß einer Göttin, oder doch zum wenigsten der Allerschönsten Sterblichen sey, die jemals gewesen, oder künftig seyn werde.

Unsre schönen Leserinnen werden ihm dieses übereilte Urtheil desto eher zu gut halten, wann sie bedenken, daß er von seiner Tante, die aus bekannten Ursachen sehr wenig Gesellschaft sah, in einer so strengen Einsamkeit erzogen worden war, daß er außer ihrer eignen angenehmen Person, ihrer Kammerfrau, der Wittwe eines Sennor Scudero, welche bereits fünf und dreißig Jahr eingestand, der dicken Maritorne, und den Bauerweibern im Dorfe in seinem Leben nichts gesehen hatte, was auch nur im uneigentlichen Verstand zum schönen Geschlecht hätte gerechnet werden können. Denn seine Schwester, die in der That ein hübsches kleines Mädchen gewesen war, hatte sich schon in einem Alter von drey Jahren verlohren, und man vermuthete, daß sie von einer Zigäunerin gestohlen worden sey, welche jemand um dieselbe Zeit nicht weit vom Schlosse angetroffen haben wollte.

Don Sylvio mußte also nothwendig von der Schönheit dieser Schäferin ausserordentlich gerührt werden, da sie unter den Figuren, an die er seine Augen hatte gewöhnen müssen, nicht anders ausgesehen hätte, als wie Latona unter den Einwohnern von Delos, als sie in Frösche verwandelt, ihr am Ufer entgegen quäkten. Kurz, es deuchte ihn unmöglich, daß Gracieuse, Bellebelle, die Schöne mit den goldnen Haaren, oder Venus selbst so schön gewesen seyn könnten, und er wurde vom ersten Anblick an so verliebt in dieses Bildniß, als es jemals ein irrender Ritter, oder ein Arcadischer Schäfer in seine Dulcinea oder Amyrillis gewesen ist.

Endlich, rief er in seiner Entzückung aus, endlich hab ich sie gefunden, sie, die ich mit ahnender Sehnsucht überall suchte, die ich zu lieben bestimmt bin, und o! daß keine zu kühne Hofnung mich täusche! sie, die mein glückliches Schicksal bestimmt hat, mich durch ihre Liebe den Göttern an Wonne gleich zu machen. O! gütige Fee, die du meiner dich annimmst, wer du auch seyst, dir allein danck ich dieses überraschende Glück! Wer anders als du legte in dieser öden Wildniß, die vielleicht vor mir keines Menschen Fuß betreten hat, dieses himmlische Bildniß in meinen Weg? O! vollende deine Wohlthat, zeige dich mir, und laß zu deinen Füssen mich hören, wo ich sie finden kan, sie, deren Schattenbild schon genug ist, eine unauslöschliche Liebe in meiner Brust anzuzünden. Denn das schwöre ich bey allen Göttern, die der Liebe günstig sind, und wenn ich sie auch am Quecksilber-See, mitten unter den Ungeheuern der Fee Lionne, im Ringe des Saturnus, ja selbst in der grossen Aquavit-Flasche der Feen suchen müßte, bis ich sie gefunden habe, soll kein ruhiger Schlaf auf meine Augen sich senken!

Also sagt er und schwur; ihn hörten die Nymphen im Hayne,
Und die Fern, und –

Je nun! wahrhaftig! das sind ja gar Hexameter? Was für ein ansteckendes Fieber der Enthusiasmus ist! die begeisterte Rede des Don Sylvio ergrif uns, ohne daß wir es gewahr wurden, und wenn uns Apollo nicht in Zeiten beym Ohr gezupft hätte, so könnten unsre armen Leser mit einem ganzen Wolkenbruch von Hexametern geängstigt worden seyn, eh wir gemerkt hätten, daß es nicht recht richtig in unserm Kopfe sey. Wir wollen also hier einen Augenblick ruhen, und, ehe wir diese wahrhafte Erzählung fortsetzen, unserm Blute Zeit lassen, wieder in Prosa zu fliessen.

Achtes Capitel.

Reflexionen des Autors und des Don Sylvio.

Mancher denkt zu fischen und krebset, sagte der weise Sancho bey einer gewissen Gelegenheit zu seinem Herrn. Nichts begegnet öfters, als daß man etwas anders sucht und etwas anders findet. Saul suchte seines Vaters Eselinnen, und fand eine Crone; Don Sylvio suchte Sommer-Vögel, und fand ein schönes Mädchen, oder doch ihr Bildniß.

Nun war er verliebt, so verliebt als man seyn kan, und einzig darauf bedacht, wie er auch das Urbild seines kleinen Gemähldes finden wolle. Denn ob er jezt gleich wußte, wie seine Geliebte aussah, so wußte er doch weder wer sie war, noch wo sie sich aufhielt.

Es ist leicht zu errathen, was ein gewöhnlicher Mensch an seinem Platz gedacht oder gethan hätte; aber davon ist die Rede nicht; Don Sylvio dachte und that nichts wie gewöhnliche Menschen. Die Gedanken, die sich uns andern am ersten darbieten, fielen ihm allemal am lezten und gemeiniglich gar nicht ein; und wenn ihm ein sonderbarer Zufall begegnete, so rieth er augenblicklich diejenige Ursache dazu, die es nach dem Lauf der Natur am wenigsten seyn konnte.

Wie leicht konnte das kleine Miniatur-Stückchen eine blosse Phantasie eines Malers gewesen seyn? Oder war es nicht eben so möglich, daß es eine Person vorstellte, die längst verstorben war, und konnte sich also Don Sylvio nicht in dem Fall des Prinzen Seif-el-Muluk in den Persianischen Erzählungen befinden, der sich, ein paar tausend Jahre zu spät, in eine Maitresse des Königs Salomon verliebte?

Diese oder dergleichen Gedanken kamen unserm Helden nun nicht in den Sinn. Je mehr er der Begebenheit dieses Morgens nachdachte, desto mehr überzeugten ihn alle Umstände, daß es der Anfang eines so ausserordentlichen Abentheuers sey, als vielleicht jemals einem jungen Prinzen oder Ritter begegnet seyn möchte. Allein was sollte er nun anfangen? wo sollte er die schöne Schäferin suchen? Wen sollte er fragen? Der blaue Sommer-Vogel, der ihm vermuthlich Nachricht von ihr hätte geben können, war verschwunden, und ohne eine nähere Anweisung auf Gerathwohl in diesem Walde fortzugehen, schien ihm desto gefährlicher, da eine von seinen unsichtbaren Feindinnen, von deren Bosheit er so viele Proben zu haben glaubte, ihn eben so leicht auf den unrechten, als sein gutes Glück auf den rechten Weg bringen konnte.

Nach langem Nachdenken, welches durch die Betrachtung seines schönen Bildnisses oft unterbrochen wurde, dauchte ihn zuletzt das sicherste, zuzuwarten, bis er von dem blauen Papilion eine nähere Nachricht von seiner Geliebten erhalten haben würde. Denn es war nun etwas ausgemachtes für ihn, daß es eine Fee gewesen sey; und da sie für die Freyheit, so er ihr geschenkt, sich schon so erkenntlich zu beweisen angefangen, so zweifelte er nicht, daß sie fortfahren würde, ihn die Würkungen ihrer Gunst verspüren zu lassen.

Inzwischen hatte Pimpimp, sein Hündchen, der, die Sprache ausgenommen, dem Hündchen der Prinzeßin Wunderschöne, ja dem kleinen Toutou selbst weder an Artigkeit noch Verstand etwas nachgab, ihn im ganzen Walde aufgesucht, und die Freude war auf beyden Seiten sehr groß, da er seinen Herrn endlich gefunden hatte.

In der That fieng Don Sylvio an zu merken, daß es bald Mittagessens-Zeit seyn werde, und es war ihm überaus angenehm, einen Wegweiser bekommen zu haben, der ihn aus diesem Walde, worinn er sich noch nie so weit vertieft hatte, wieder nach Hause führen konnte. Denn so bezaubert die Liebhaber in den neuern Zeiten immer seyn mögen, so ist doch, wie schon ein berühmter Schriftsteller vor uns angemerkt hat, die Mode, ganze Jahre ohne Essen und Trinken nur von der Liebe allein zu leben, heut zu Tag so sehr abgekommen, daß auch der allererhabenste und geistigste Verliebte in diesem Stück ein ausgemachter Epicurer ist! Eine Abänderung, welche wir unsers Orts um so weniger mißbilligen können, da wir glauben, daß sich das schöne Geschlecht nichts desto schlimmer dabey befinden dürfte.

Don Sylvio gieng also, oder stolperte vielmehr mit dem Schatz, den er so unverhoft gefunden hatte, nach Hause; denn er beschaute ihn im gehen so oft, daß er alle Augenblicke über einen Stock fiel, oder an einen Baum anstieß.

Unterwegs gerieth er im Nachsinnen über sein Abentheuer auf tausend wunderliche Gedanken; es fiel ihm ein, ob dieses Gemählde nicht vielleicht die Fee selbst vorstelle, die ihm in Gestalt des blauen Sommer-Vogels erschienen war. Vielleicht liebt sie mich, dachte er, (denn es wäre doch nicht das erstemal, daß ein Sterblicher diese Ehre gehabt hätte,) und sie hat eine Probe machen wollen, was ihre wahre Gestalt für einen Eindruck auf mein Herz machen werde.

Diese Einbildung gefiel ihm so wohl, daß er sie eine lange Weile fortsetzte, allein zuletzt mußte sie doch wieder einer andern Platz machen, und so gieng es an einem fort, bis er zu Hause anlangte. Kurz, der blaue Sommer-Vogel und die schöne Schäferin hatten seiner Phantasie einen so ausserordentlichen Schwung gegeben, daß man sich nicht irren kan, wann man in kurzem sehr seltsame Würkungen davon erwartet.

Es möchte übrigens scheinen, als ob die Thorheit unsers jungen Ritters seit einiger Zeit so stark zugenommen habe, daß der verdächtige Zustand seines Gehirns seiner scharfsichtigen Tante unmöglich habe verborgen bleiben können. In der That wäre es auch nicht anders gewesen, wenn diese Dame Zeit und Musse gehabt hätte, ihren Neffen zu beobachten. Allein ausser dem, daß sie ihn, seitdem er das siebenzehente Jahr zurück gelegt, aus der engern Aufsicht und der strengern Zucht freygelassen hatte, die sich für sein Alter nicht mehr schickten; so war sie seit einigen Wochen mit einer gewissen Sache beschäftiget, um derentwillen sie öfters abwesend zu seyn, und in das benachbarte Städtchen zu fahren genöthiget war.

Vermuthlich mußte diese Angelegenheit von nicht geringer Wichtigkeit für sie seyn; denn, wenn sie wieder zurück kam, schien sie wider ihre Gewohnheit so tiefsinnig und zerstreut, bekümmerte sich so wenig um die Geschäfte des Hauses, redete so viel mit sich selber, und so wenig in Gesellschaft, und sagte, wenn sie mit den Bedienten zu reden hatte, so oft eines für das andre, daß ausser ihrem Neffen jedermann über eine so grosse Veränderung sich nicht genug verwundern konnte.

Es ist leicht zu erachten, daß man über die Ursache derselben allerley Vermuthungen anstellte; allein die

Vorsichtigkeit der Donna Mencia, und die Verschwiegenheit der Dame Beatrix hielten so gut aus, daß die Sache ein Geheimniß blieb; und das wollen wir sie auch so lange bleiben lassen, bis die Zeit, die endlich alles offenbar macht, sie zu demjenigen Punct der Reiffe gebracht haben wird, worinn Geheimnisse von dieser Art sich insgemein selbst zu verrathen pflegen.

Neuntes Capitel.

Folgen des Abentheuers mit dem Sommer-Vogel. Der Leser wird mit einer neuen Person bekannt gemacht.

Der getreue Pimpimp hatte seine Zeit so wohl genommen, daß er mit seinem Herrn eben anlangte, als es Zeit war zu Tische zu gehen. Ein tiefes Stillschweigen herrschte über der Tafel, und Don Sylvio war, wie man leicht denken kan, derjenige nicht, der es unterbrochen hätte. Er war zu sehr in seine Angelegenheiten vertieft, als daß er hätte bemerken sollen, wie sehr es seine gnädige Tante in die ihrige war. Eben so wenig beobachtete er, daß sie sich ungewöhnlich geputzt hatte, und daß sie von Zeit zu Zeit in einen gegenüberstehenden Spiegel Gesichter machte, welche dem Pedrillo, der bey Tisch aufwartete, so sonderbar vorkamen, daß er sich in die Lippen beissen mußte, um nicht überlaut zu lachen.

Nach dem Essen kündigte Donna Mencia ihrem Neffen an, daß sie in Geschäften genöthiget sey, in die Stadt zu fahren und darinn über Nacht zu bleiben.

Don Silvio war zu höflich einige Neugierigkeit über die Natur dieser Geschäfte merken zu lassen, und er konnte es desto leichter seyn, da er in der That keine hatte. Sie schieden also sehr vergnügt voneinander, und unser junger Ritter verschwand bald darauf, ohne daß jemand im Hause gewahr wurde, wohin er gieng.

Da er gewohnt war, die Sieste in seinem grünen Schloß zu halten, so vermißte man ihn nicht eher als da es Abendessens-Zeit war. Man suchte ihn hierauf im Hause, im Garten, in den Feldern, im Wald, aber überall umsonst; Man rief seinen Namen, aber da war kein Don Sylvio.

Der vorgedachte Pedrillo, ein junger Bursche aus dem Dorfe, der ihm zur Aufwartung gegeben war, eine Küchenmagd, ein Stallknecht und die schöne Maritorne, deren wir schon erwähnt haben, machten in Abwesenheit der Donna Mencia und der Dame Beatrix, ihrer getreuen Kammerfrau, die ganze Hausgenossenschaft aus. Diese vier guten Leute waren nicht wenig betrübt darüber, daß sie nicht wußten, was aus ihrem jungen Herrn geworden sey; denn sie liebten ihn wegen seines angenehmen und leutseligen Wesens recht herzlich. Nachdem sie ihn nun beym Mondschein bis in die späte Nacht umsonst gesucht hatten, kamen sie endlich auf den Gedanken, daß er vielleicht zu seiner Tante gegangen sey; denn das Städtchen war kaum drey Stunden weit vom Schloß entfernt. Sie giengen also heim und legten sich schlafen.

Allein Pedrillo, der oft genug um seinen Herrn war, daß ihm seine Neigung zur Feerey nicht unbekannt seyn konnte, kam bey näherm Nachdencken auf die Vermuthung, daß er sich auf einem seiner gewohnten Spatziergängen im Walde, vielleicht über irgend einem Abentheuer, verirrt haben möchte. Er stund also den folgenden Morgen früh auf, und durchstöberte nochmals den ganzen Wald, ohne glücklicher zu seyn als den Abend zuvor. Er wollte eben wieder heimkehren, als er in einem Felsen, um welchen etliche Reyhen von wilden Lorbeer-Bäumen im Cirkel stunden, eine mit Geißblatt bewachsene Höle gewahr ward.

Pedrillo, dem es ungeachtet seiner ziemlich schaafmäßigen Mine nicht an Witz fehlte, und der in den Ritterbüchern und Mährchen nicht weniger bewandert war als sein Herr, hielt diesen Ort für Feen-mäßig genug, daß er ihn vielleicht darinn finden könnte. Er betrog sich nicht; denn wie er an den Eingang der Grotte kam, sah er ihn auf einem Lager von Mooß und Blumen ausgestreckt in tiefem Schlafe liegen; der kleine Pimpimp schlief zu seinen Füssen, neben ihm lag seine Cither, und an seinem Halse hieng das Kleinod mit dem Bildniß der schönen Schäferin.

Pedrillo, der es noch nie gesehen hatte, wurde von dem Glanz der Steine und Perlen, wovon dieses Halsgeschmeide schimmerte, nicht wenig geblendet; und ob er gleich kein grosser Kenner von Juwelen war, so däuchte ihn doch, daß sie wenigstens zehen Dörfer, wie das seinige, werth seyn könnten. Er betrachtete sie lang ohne auf das Gemählde Acht zu geben, und konnte nicht begreiffen, woher Don Sylvio einen so kostbaren Schmuck bekommen haben möchte. Seine Neugierigkeit wurde endlich so dringend, daß er sich kaum enthalten konnte ihn aufzuwecken. Das that er nun zwar nicht, denn Pedrillo war ein so höflicher Bauer-Junge, als irgend einer in Valencia; aber er nahm doch die Cither, und klimperte darauf so laut er konnte, und endlich sang er gar dazu, ohne daß er seine Absicht desto mehr erreichte.

Nun, bey meiner Six! rief er endlich ganz ungedultig aus, das geht nicht natürlich zu; wenn das nicht ein bezauberter Schlaf ist, so versteh ich nichts davon. Vielleicht steckt die Zauberey in diesem Kleinod hier; wenn das wäre, so ist es besser, ich nehm' es ihm vom Hals, oder ich zerbrech es gar, wenns nöthig ist, als daß mein junger Herr hier ein paar tausend Jahre wie ein Murmelthier in einem Stück verschnarche.

Indem er das sagte, langte er nach dem Kleinod, stieß aber von ungefehr mit dem Ellbogen an den Don Sylvio an, der davon erwachte, und, weil er die Augen noch nicht recht aufthun konnte, den Pedrillo nicht sogleich erkannte, sondern nur eine Menschen-Figur sah, die ihm seine geliebte Schäferin stehlen wollte.

Er gerieth darüber in eine ausserordentliche Wuth. Verfluchte Zauberin, rief er, ist es dir nicht genug, daß du diese unschuldige Princeßin ihrer himmlischen Schönheit beraubt und in einen elenden Sommer-Vogel verwandelt hast? Willst du mir auch das einzige rauben, was mir das Übermaaß meines Unglücks noch erträglich machen kan? Aber wisse, vorher must du dieses Herz ausreissen, worinn ihr Bildniß mit feurigen Zügen eingegraben ist.

Ums Himmels willen, Herr, rief Pedrillo, indem er an dem Eingang der Grotte zurück sprang, was meynet ihr mit allem diesem seltsamen Zeug? Ich bin weder ein Zauberer noch ein Schwarzkünstler, GOtt sey Dank; ich bin Pedrillo, euer Diener von alt-christlichem Geschlecht, so gut als einer in unserm Kirchspiel, und es thut mir leyd, nachdem ich euch in allen vier Enden der Welt gesucht habe, euch in dieser verfluchten Grotte und in einem solchen Zustand anzutreffen, was sagt ihr da von Zauberern und von dem Übermaaß der Sommer-Vögel, die in Princeßinnen verwandelt sind? GOtt sey es geklagt, ich dachte gleich, daß es nichts Gutes bedeuten werde, wie ich euch hier eingeschlafen fand.

Bist du Pedrillo, versetzte Don Sylvio, der sich indeß die Augen gerieben hatte? Wenn du Pedrillo bist, wie deine Gestalt es allerdings zu bezeugen scheint, so bin ich schon zufrieden, und die Vorwürfe gehen dich nichts an, die ich dir machte, indem ich dich für einen andern ansah. Aber was wolltest du mit diesem Bildniß anfangen.

Mit was für einem Bildniß, fragte Pedrillo?

Schurke, versetzte Don Sylvio, mit dem Bildniß, das du im Begriff warest, mir zu entwenden, als ich von einer unsichtbaren Hand erweckt wurde, um einem so grossem Unfall zuvor zu kommen.

Beym Element, Herr Don Sylvio, erwiederte Pedrillo, ich glaube ihr träumet, wenn ihr nicht noch was ärgers thut. Wir suchten euch gestern den ganzen Abend, bis um die Zeit, da, GOtt sey bey uns! die Gespenster zu gehen pflegen; aber es war alles umsonst. Diesen Morgen früh lief ich im ganzen Wald herum, und suchte alle Gesträuche und Büsche durch, endlich fand ich euch in dieser Höle schlafen, und da sah ich dieses Kleinod, und weil ihr so gar fest schliefet, so bildete ich mir ein, daß es vielleicht ein Telesman seyn könnte, wodurch ihr in dieser Höle in einem ewigen Schlaf bezaubert liegen müßtet, bis jemand käme, der den Telesman zerbräche, wie ich dergleichen Exempel viel in den grossen dicken Büchern gelesen habe, die in der gnädigen Frauen ihrer Bücher-Kammer stehen; und weil ihr mir nun lieb seyd, Herr, und weil ihr mich daurtet, daß ihr wie Dämonion, den die Göttin Dina einsmals bezauberte, daß er hundert Jahre lang schlafen mußte, damit sie sich recht satt an ihm küssen könnte, die alte verliebte Hexe! ihr wißt ja die Historie, Herr? sie steht in einem alten Buch, das ich aus der Erbschaft meiner Großmutter für dreyzehn Maravedis annehmen mußte, ob es gleich keinen Deckel und kein Titel-Blatt mehr hatte; es waren die Menge gemahlter Figuren darinn, woran ich mich erlustigte, wie ich noch ein kleiner Junge war, und dann las mir meine Großmutter die Historien, die daneben stunden, es ist mir, als ob ich sie noch vor mir sitzen sehe, die gute alte Frau, GOtt tröste sie! Aber was wollt ich sagen? Ja, und seht ihr, weil ihr mich nun halt daurtet, wollt ich sagen, daß ihr so lange schlafen solltet, und so wollte ich den Teleman zerbrechen; das ist das Ganze, seht ihr, und ich denke, da ist nichts, darüber ihr euch erzürnen sollet.

Don Sylvio, so gute Lust er auch hatte, böse zu seyn, konnte sich doch des Lachens nicht enthalten, da er den Pedrillo so reden hörte. Höre, Pedrillo, sagte er zu ihm, es ist mir schon genug, daß du es nicht übel gemeynt hast, aber ich versichere dich, du warst im Begriff mir einen sehr schlimmen Streich zu spielen. Es ist nur allzugewiß, daß ich von demjenigen bezaubert bin, was du für einen Talisman angesehen hast; aber lieber wollt ich das Leben verliehren, als zugeben, daß diese Bezauberung aufgelößt würde. Ich habe diese Nacht Sachen von grosser Wichtigkeit erfahren; aber frage mich nicht was es sey, du sollst alles wissen, so bald es Zeit ist; denn ich bin deiner Dienste benöthiget: Mehr kan ich jezt nicht sagen.

Pedrillo verstund kein Wort von diesen Reden; aber das machte ihn eben desto neugieriger. Ich will auch nichts fragen, Herr, sagte er, indem sie nach Hause giengen, ihr habt mir's verboten, und ich weiß den Gehorsam wohl, den ich euch schuldig bin; denn erstlich, so seyd ihr mein Junker, weil ich aus eurem Dorfe bin, und dann seyd ihr mein Herr, weil ich in eurem Muß und Brodt stehe; denn obgleich die gnädige Frau die Haushaltung führt, so weiß ich doch wohl, daß alles aus eurem Beutel geht. O das versprech' ich euch, wenn ich schon einfältig aussehe, so merk' ich doch wohl, wo der Hase liegt. Ich will also nicht neugierig seyn und fragen, was das für wichtige Dinge sind, die ich nicht fragen darf, weil ihr mir sie nicht sagen könnt, ob ihr schon wolltet, wenn es Zeit wäre, daß ich sie wisse? Sagtet ihr nicht so, Herr? Aber es ist doch was seltsames, ich glaube bald, ich bin selbst bezaubert; denn ich verstund euch sonst alles was ihr sagtet; aber seit dem ich diesen Telesman angerührt habe, ist mir nicht anders, als ob ihr calecutisch redet. Ich will gleich des Todes seyn, wenn ich von allem, was wir da miteinander gesprochen haben, ein Wort verstehe. Ich habe schon oft gehört, viel wissen macht Kopfweh; aber wenn einer wißte, wo ihr diese Nacht gewesen seyd, da wir euch in der ganzen Welt suchten, so könnte einer vielleicht errathen, .. mehr sag' ich nicht, ihr könntet sonst meynen, daß ich vorwitzig sey, und euch fragen wolle, und Vorwitz das ist mein Fehler nicht. Was mich nicht brennt, das blase ich auch nicht. Zum Exempel, wenn ich vorwitzig wäre, so hätt' ich wohl erfahren können, warum die gnädige Frau seit acht Tagen so oft in die Stadt fährt; denn unter uns geredt, Herr, ich gelte was bey der Frau Beatrix, ob ihr mirs gleich nicht angesehen hättet; Sie hat es hinter den Ohren, das versprech ich euch, wenn sie schon einen so grossen Rosenkranz am Gürtel hängen hat als ein Waldbruder, und so leise daher tritt, als ob sie auf Eyern gehe. Stille Wasser gründen tief, und es sind nicht alle Köche, die lange Messer tragen. Kurz und gut, Herr, ich gieng gestern bey ihrem Zimmer vorbey, und wie sie sah, daß ichs war, denn die Thür war halb offen, so rief sie mir, und bat mich, daß ich ihr das Halstuch heften möchte; und da weiß ich nicht, wie es kam, aber ich sollt es auf dem Rücken heften, und da heftete ichs vornen, und konnte nie fertig werden; aber sie lachte nur über meine Ungeschicklichkeit, und, GOtt verzeyh mirs; ich glaub, ich wäre noch dabey, wenn die gnädige Frau nicht geschellt hätte. Das erstemal hörten wir nichts, so viel hatte ich zu thun; aber sie schellte wieder und das so stark, daß Frau Beatrix sagte: Ich muß gehen, Pedrillo, sonst werde ich gezankt; wenn ich gewußt hätte, daß du so ungeschickt wärest, so hätt ich dich nicht geruffen; denn siehst du, du machst schon so lang, und jezt muß ichs doch selbst heften. Und da lief sie fort, Herr, und, was ich sagen wollte? Ja, da hätt' ich sie fragen können, warum die gnädige Frau so oft in die Stadt fährt, und zu wem, und dieses und jenes, aber wie ich sagte, über dem Halstuch hatt' ich alles vergessen. Ihr seht also, daß ich nicht neugierig bin; denn die

Dame Beatrix war bey guter Laune, und ich glaube, sie hätte mir alles gesagt.

In diesem Ton fuhr Pedrillo den ganzen Weg lang fort, ohne daß Don Sylvio darauf Acht gab, was er schwazte, so sehr war er in Gedanken vertieft. Allein, so bald sie zu Hause waren, erinnerte ihn sein Magen, daß er seit gestern Mittag gefastet hatte; denn, wie wir schon bemerkt haben, die Bezauberung erstreckte sich bey ihm niemals bis auf den Magen. Er ließ also einen Eyer-Kuchen und ein paar fricaßirte Hüner zum Frühstück machen, und aß mit so gutem Appetit, daß Pedrillo wieder Muth schöpfte, und eine bessere Meynung von dem Verstande seines Herrn faßte, als er diesen Morgen gehabt, da er ihn von Verwandlungen, Princessinnen, und bezauberten Sommer-Vögeln reden hörte.

Zehntes Capitel.

Worinn Feen, Salamander, Princeßinnen und grüne Zwerge auftreten.

So bald die gröste Hitze vorbey, begab sich Don Sylvio mit seinem getreuen Pedrillo in den Garten, setzte sich an dem schattenreichesten Ort desselben unter eine Laube von Jasmin, und nachdem er ihm ernstlich untersagt hatte, ihn in seiner Rede nicht zu unterbrechen, wie es so ziemlich seine Gewohnheit war, so erzählte er ihm umständlich alles, was ihm, von dem Abentheuer mit dem Laubfrosch an bis auf den Augenblick, da er ihn in der Grotte schlafend gefunden, begegnet war.

Wir übergehen dasjenige, was unsern Lesern schon bekannt ist, und fangen seine Erzählung da an, wo die unsrige stille gestanden, nehmlich bey seiner Entfernung, welche seine Hausgenossen in so grosse Unruhe gesetzt hatte.

So bald meine Tante abgereißt war, fuhr Don Sylvio fort, so gieng ich wieder in den Wald, um den Ort zu suchen, wo der blaue Papilion verschwunden war, und mir an seiner statt dieses Bildniß hinterlassen hatte, wovon nunmehr das Glück oder Unglück meines Lebens abhängt. Ich nahm den kleinen Pimpimp mit mir, weil ich hofte, daß er den Weg, den wir miteinander gegangen, durch seinen Instinct leichter wieder ausspüren würde, als ich mich dessen erinnern könnte. Ich betrog mich nicht, ich erkannte den Ort, und nachdem ich ihn aufs sorgfältigste durchsucht hatte, in der Hofnung, vielleicht etwas zu finden, das mir einiges Licht geben könnte, wem das Bildniß zugehöre, fieng ich an allenthalben umher zu laufen, ob ich den blauen Sommer-Vogel wieder entdecken möchte, den ich, nachdem was mir begegnet war, für keinen gewöhnlichen Sommer-Vogel halten konnte. Wenn es, dachte ich, eine Fee ist, wie ich zu glauben Ursach habe, so bewegt sie vielleicht die Unruhe, worinn sie mich sieht, mir wieder sichtbar zu werden, und mir die Nachrichten zu geben, ohne welche ich nicht länger leben kan.

Ich suchte also den ganzen Wald aus, ich fand Sommer-Vögel genug, aber der blaue war nirgends zu sehen. Die Nacht nahm überhand, und Pimpimp war so müde, daß er nicht mehr laufen konnte. Ich war es nicht weniger als er, und da ich diese Grotte, wo du mich gefunden hast, gewahr wurde, so beschloß ich die Nacht da zuzubringen. Ich machte mir ein Lager, und Pimpimp schlief neben mir ein, während, daß ich den Gedanken nachhieng, die meine Umstände mit sich brachten. Der Mond schien so anmuthig, daß er mich zu einem Spaziergang unter den Bäumen, die vor der Grotte stunden, einzuladen schien.

Ich war nicht lange auf und nieder gegangen, so sah ich einen plötzlichen Glanz, der die Bäume und Gesträuche weit umher vergüldete. Ich stutzte auf, und erblickte eine feurige Kugel in der Luft, die weit höher als der Mond zu schweben schien, und sich langsam gegen den Ort, wo ich stund, herab senkte. Du kanst dir nicht vorstellen, Pedrillo, wie groß die Freude war, die ich über diesen Anblick empfand.

Die Freude? unterbrach ihn Pedrillo, nun wahrhaftig, Herr, ihr seyd doch nicht wie andre Leute gemacht; ich würde über ein solches Wunderzeichen gleich zu Tod erschrocken seyn, und ihr konntet euch freuen? Sagte ich dir nicht, daß ich keine Zwischenreden haben wollte? versetzte Don Sylvio; wenn ich mich freute, so hatte ich eine sehr gute Ursache dazu; denn ich wußte wohl, daß es eine Fee war, und mein Herz sagte mir vor, daß es diejenige sey, die ich suchte. Meine Erwartung betrog mich nicht. Die feurige Kugel, die im Annähern immer grösser wurde, zersprang nah über mir mit einem grossen Knall, und an ihrer statt sah ich eine wunderschöne Dame auf einem Wagen von Carfunkeln, der von zween feuerfarben geflügelten Schlangen gezogen wurde. Um sie her flatterten auf einer kleinen silbernen Wolke eine Menge Salamander, in Gestalt kleiner geflügelten Knaben von überiridischer Schönheit; ihre Haare schienen gekräuselte Sonnenstralen, ihre Flügel Feuerflammen, ihr Leib weisser als der Schnee im Sonnenschein, und die Farbe der Morgenröthe schimmerte um ihre Stirn und auf ihren Wangen. Dem ungeachtet wurden sie alle von dem Glanz der Fee verdunkelt, welcher so blendend war, daß mir das Gesicht davon vergangen wäre, wenn sie die Vorsicht nicht gebraucht hätte, mich mit ihrem Stabe zu berühren.

Don Sylvio, sagte sie zu mir, ich bin die Fee Radiante, welcher du neulich in der Gestalt eines kleinen Frosches ein Leben gerettet hast, von welchem so verächtlich es schien, dasjenige abhieng, worinn du mich jezt siehest. Du weißst, daß wir alle hundert Jahre acht Tage lang die Gestalt irgend eines Vogels oder Thiers annehmen müssen, daß wir in dieser Zeit den Gebrauch aller unsrer Macht verliehren, und allen Zufällen ausgesetzt sind, denen die thierische Natur unterworfen ist. Die acht Tage, in denen ich genöthiget war ein Laubfrosch zu seyn, waren bis auf etliche Stunden verstrichen, als das Vergnügen, mich bald wieder in meiner eigenen Gestalt zu sehen, mich unvorsichtig genug machte, meinen Graben zu verlassen, und mich der Gefahr auszusetzen, die mir ohne deine großmüthige Hülfe verderblich gewesen wäre. Der Schrecken, den ich in dem Schnabel des Storchs ausgestanden hatte, hielt mich ab, dir sogleich für meine Errettung zu danken, und da ich in wenigen Stunden meine eigne Gestalt wieder erlangt hatte, nöthigten mich die Salamander, deren Königin ich bin, meine ersten Augenblicke ihren Angelegenheiten zu schenken. Allein so bald ich wieder Zeit hatte an die Meinigen zu gedenken, erinnerte ich mich, wie viel ich dir schuldig sey, und dachte auf Mittel, dir meine Dankbarkeit zu beweisen. Meine Bücher, die ich zu Rathe zog, belehrten mich, daß du vom Schicksal bestimmt seyest eine gewisse Princeßin zu lieben, aber daß deinem Glück Schwierigkeiten entgegen stünden, die du ohne einen mächtigen Beystand schwerlich zu besiegen vermögend seyn werdest. Ich komme nun dir diesen Beystand anzubieten. Deine Geliebte wird von der Fee Fanferlüsch verfolgt, weil sie sich nicht überwinden konnte, einen gewissen Zwerg zu heurathen, der ein Neffe dieser Fee ist, und wegen seiner grünen Farbe der grüne Zwerg, oder auch, weil er gemeiniglich auf einer Bremse zu reiten pflegt, der Bremsen-Reiter genennt wird. Weil die Princeßin unbeweglich blieb, so ist sie vor kurzem von dieser grausamen Fee in einen blauen Papilion mit purpurfarbem Saum verwandelt worden, mit der Bedingung, daß diese Bezauberung nicht eher aufhören solle, bis sie in diesem Zustand einen geliebten Liebhaber gefunden hätte, der ihr den Kopf und die Flügel abreissen würde. Unglücklicher Don Sylvio! der blaue Sommer-Vogel, den du diesen Morgen fiengest, war deine Princeßin; sie sah dich im Walde, und liebte dich so bald sie dich sah; sie floh nur vor dir, weil sie sehen wollte, ob du ihr nachgehen würdest; und ließ sich willig fangen, so bald sie versichert war, daß sie dir selbst in Gestalt eines Sommer-Vogels nicht gleichgültig sey. Als sie sich in deiner Hand sah, bemühte sie sich dir zu sagen, wie angenehm ihr diese Gefangenschaft sey; aber die grausame Fanferlüsch hatte ihr auch die Sprache geraubt, und sie konnte nichts hervor bringen als einen Seufzer, den du unglücklicher Weise für ein Zeichen hieltest, daß sie den Verlust ihrer Freyheit beklage. Dein mitleidiges Herz bewog dich, sie wieder fliegen zu lassen; sie flatterte traurig fort, würde aber vermuthlich bald wieder zurück gekehrt seyn, wenn sie nicht in eben demselben Augenblick den grünen Zwerg erblickt hätte, der auf seiner Bremse angeritten kam, und die Zähne so abscheulich gegen sie blöckte, daß sie sich vor Angst zehen tausend Flügel wünschte, um desto schneller entfliehen zu können. Zum Glück für sie war ich eben im Begriff dich aufzusuchen; ich sah die Gefahr, worinn sich die arme Princeßin befand, und eilte ihr zu Hülfe, nachdem ich einem meiner Salamander befohlen hatte, das Bildniß der Princeßin in deinen Weg zu legen. Ich setzte dem grünen Zwerge nach, welcher, zu schwach sich mit mir in einen Kampf einzulassen, alle mögliche Gestalten annahm, um mir zu entwischen. Endlich verwandelte er sich in eine kleine Wolcke, allein ich ward es so gleich gewahr, und druckte ihn zwischen meinen Händen so fest zusammen, daß er in Tropfen zerfloß. Die Leute, die unten im Feld arbeiteten, sahen daß es Blut regnete, und hielten es für eine böse Vorbedeutung.

Der grüne Zwerg befand sich so übel in dieser Presse, daß er in seine eigene Gestalt zurück trat; allein er behielt sie nicht lange; ich verwandelte ihn in einen elfenbeinernen Zahnstocher, mit der Bedingung, daß er seine natürliche Gestalt nicht eher wieder bekommen sollte, bis er gedient hätte, den hintersten Stockzahn eines achtzigjährigen Mädchens auszustochern, die noch eine unbefleckte Jungfer wäre.

Beym Element, unterbrach ihn Pedrillo, ich bin der Fee Radamante ihr gehorsamer Diener, aber sie denkt nicht, was sie thut; auf diese Art wird der arme grüne Zwerg ewig ein Zahnstocher bleiben; denn seht ihr, Herr Don Sylvio, ich will nicht Pedrillo heissen, wenn ihr mir in der alten und in der neuen Welt eine achtzigjährige Jungfer finden könnt, die noch Zähne auszustochern hat, oder ein achtzigjähriges Mädchen mit Zähnen, die noch eine Jungfer ist.

Dafür laß ich den grünen Zwerg sorgen, versetzte Don Sylvio, wenigstens wird er lange genug suchen müssen, daß ich nichts von ihm zu besorgen habe. Aber sagte ich dir nicht schon zweymal, daß ich nicht unterbrochen seyn will? wenn wir gute Freunde bleiben sollen, Herr Pedrillo, so laß michs nicht zum drittenmal sagen.

Gut, Herr, erwiederte Pedrillo, fahret nur fort, und erzürnet euch nicht; ich will so still seyn wie eine Maus, ihr wisset, daß ich sonst kein Plauderer bin, aber wie ihr von dem Zahnstocher und von der achtzigjährigen Jungfer –

Zum Henker, rief Don Sylvio, du verfluchtes Plaudermaul, du fängst ja wieder von fornen an –

Nein, Herr, sagte Pedrillo, ich wollte nur sagen, daß ich euch nicht mehr unterbrechen will, und daß ich es auch dißmal nicht gethan hätte, wenn nicht der Zahnstocher –

Ich wollte, schrie Don Sylvio, daß du selbst ein Zahnstocher wärest; so höre doch und schweige, oder das soll das letzte Wort seyn, das du jemals von mir gehöret hast.

Diese Drohung erschreckte den Pedrillo, der seinen jungen Herrn überaus lieb hatte; er legte die Hand an den Mund, zum Zeichen, daß er nichts mehr sagen wolle, und Don Sylvio fuhr also fort:

Die Fee hielt ein wenig inn, nachdem sie ihre Erzählung geendiget hatte, und ich ergrif diesen Augenblick mich ihr zu Füssen zu werfen, und ihr meine Dankbarkeit in den lebhaftesten Ausdrücken zu bezeugen.

Mächtige Fee, setzte ich hinzu, sie haben so viel für mich gethan, vollenden sie ihr Werk; haben sie dem grünen Zwerg die Gestalt eines Zahnstochers geben können, was für Mühe wird es sie kosten, meiner geliebten Princeßin ihre eigene wieder zu geben?

Es ist nicht in meiner Macht, erwiederte die Fee, eine Bezauberung aufzulösen, die eine meiner Mitschwestern gemacht hat. Dieses Abentheuer ist für dich aufgehoben. Versäume keine Zeit, Don Sylvio. Nimm deinen getreuen Pedrillo und den kleinen Pimpimp mit dir, und suche den blauen Sommer-Vogel so lange, bis du ihn findest. Ich besorge sehr, daß die boßhafte Fanferlüsch ihren Neffen an ihm und an dir selbst zu rächen suchen werde; aber laß dich durch keine Schwierigkeiten abschrecken, und sey versichert, daß du meinen Beystand, wo er nöthig seyn wird, nie vergeblich anruffen sollst.

Mit diesen Worten verschwand die Fee, der Wagen, und die Salamander. Ich befand mich so abgemattet, daß ich in einen tiefen Schlaf fiel, und ich schliefe vielleicht noch, wenn du mich nicht aufgeweckt hättest.

Du hast nun gehört, Pedrillo, was mir die Fee befohlen hat; ich habe keine Zeit zu verliehren. Wir müssen uns auf den Weg machen, meine geliebte Princeßin zu suchen, und ich hoffe, daß du dich nicht weigern wirst, mich zu begleiten.

Eilftes Capitel.

Ein Gespräch zwischen Pedrillo und seinem Herrn. Zurüstungen zu der beschlossenen Wanderschaft.

Pedrillo hatte seinem Herrn mit grossem Vergnügen zugehört, indem er die Geschichte von der Fee, und von der Princeßin und vom grünen Zwerg erzählte, denn er war ein ungemeiner Liebhaber von Mährchen und Wunder-Geschichten. Allein da er hörte, daß Don Sylvio Ernst daraus machte, und daß es darum zu thun sey in der Welt herum zu ziehen, um einen blauen Sommer-Vogel aufzusuchen, so wollte ihm die Sache nicht recht einleuchten. Er kratzte hinter den Ohren, zuckte die Achseln, und sagte endlich nach einigem Zaudern:

Bey meinem Leben, Herr Don Sylvio, ich weiß nicht was ich sagen soll, aber mir däucht, daß ihr das alles eben so gut hättet träumen können als etwas anders; und wenn ich nicht wißte, daß ihr das ehrlichste Gemüth auf der Welt seyd, so möchte einer, GOtt verzeyh mirs, fast denken –

Wie? fiel ihm Don Sylvio ein, zweifelst du etwan an der Wahrheit meiner Erzählung?

Nein wahrhaftig, versetzte Pedrillo, daran zweifle ich im geringsten nicht; aber die feurige Kugel und der Frosch, der eine Fee ist, und der grüne Zwerg, der sich in die Princeßin verliebte, und der Sommer-Vogel, den ihr heurathen, und in eine schöne Princeßin verwandeln sollt, und der Zahnstocher – Wenn ich euch die Wahrheit gestehen soll, Herr, aber ihr müßt es nicht übel nehmen, seht ihr, so glaub ich, daß euch alles dieses nur im Traum so vorgekommen ist; man träumet oft gar wunderliche Dinge; zum Exempel, mir träumte letzthin –

Wahrhaftig, rief Don Sylvio, dem die Gedult ausgieng, ich habe jetzt nichts zu thun als deine Träume anzuhören. Sage mir, du unvernünftiges Thier, wenn es ein Traum gewesen ist, daß ich die Fee Radiante gesehen habe, und daß sie mir gesagt hat was ich thun soll, um meine unvergleichliche Princeßin zu finden; ist es auch ein Traum, daß ich ihr Bildniß an meinem Halse trage?

Mit diesen Worten nahm er das Kleinod, drückte die Feder, und zeigte dem Pedrillo das kleine Bildniß, welches unter dem grossen Diamant verborgen lag.

Pedrillo machte grosse Augen, indem er das Bild eines Frauenzimmers sah, das, wie ihn däuchte, tausendmal schöner war als die Frau Beatrix selbst.

Beym Sanct Velten, rief er, nun sag' ich kein Wort mehr; so ist das die Princeßin, die euch die Fee Radicante versprochen hat, und die in einen blauen Schmetterling verwandelt ist? Nun muß ichs freylich wohl glauben, daß alles die Wahrheit ist, was ihr mir erzählt habt; wahrhaftig, wenn ich sie nicht mit meinen eignen Augen sähe, so hätt ichs nicht geglaubt. Das ist wunderbar! Aber von wem könntet ihr es auch sonst haben als von einer Fee? denn ich wollte meinen Kopf wetten, daß der kleinste dieser Steine wohl zehen Bauren-Höfe werth ist. Aber ich habe oft gelesen, daß solche Sachen bey den Feen nur Kleinigkeiten sind; bey ihnen sind die Diamanten so gemein wie die Gassensteine, und ich bin versichert, daß die Frau Rademante an ihrem Nachtgeschirr grössere Edelsteine hat als die Königin, welche GOtt erhalten wolle, an ihrem Halsbande. Beym Element, solche Sachen findt man nicht im Schlaf; ihr müßt also wohl gewacht haben, und wenn ihr gewacht habt, so habt ihr nicht träumen können, wie ich sagte, und so muß es wohl wahr seyn, daß die Princeßin ein Sommer-Vogel ist. Laßt sie mich doch noch einmal sehen – Meiner Treu, das ist doch recht hübsch! Wie freundlich sie einen ansieht? Wenn einer nicht wüßte, daß es nur gemahlt wäre, so meynte man, es werde gleich den Mund aufthun und reden. Der Henker hohle die verfluchten Unholden, die so unbarmherzig seyn konnten, ein so hübsches kleines Gesichtgen in ein Unziefer zu verwandeln! Wahrhaftig, Herr Bremsen-Reiter, solche schöne Princeßinnen macht man nur gleich für deines gleichen, daß dich die Kränke! du Mistfinke, du! Meynst du, weil sie so klein ist, daß ein Mückenflügel ihr ganzes Gesichtgen verdecken könnte, so sey sie nur gleich für einen krummbeinichten, buckligen, grünen Heuströffel gewachsen, wie du bist?

Dummer Junge, fiel ihm Sylvio ein, ich glaube, du bildest dir gar ein, die Princeßin sey nicht grösser als sie in diesem Bildniß ist? Sie ist hier nur so klein gemahlt, weil es die Kleinheit des Raums nicht anders zuließ, aber das verhindert nicht, daß sie nicht zum wenigsten so groß sey als die Diana, oder die schöne Alie, welche gewiß nicht die kleinste gewesen seyn muß, da ein so grosser Riese als Moulineau war, sie mit Gewalt zur Frau haben wollte; und gesetzt auch, daß sie etwas kleiner wäre, so wäre sie nur dadurch den Gratien desto ähnlicher, welche von den Poeten und Mahlern kleiner vorgestellt werden als andre Göttinnen, um die Anmuth und Lieblichkeit dadurch auszudrücken, um derentwillen sie die Ehre verdienen, die Gespielen und Aufwärterinnen der Göttin der Liebe zu seyn.

Das ist auch nur billig, versetzte Pedrillo, denn man sagt im Sprüchwort, was klein ist, das ist artig, und wenn auch gleich die Princeßin nicht grösser wäre als eine Pariser-Puppe, so wollt ich doch wetten, daß sie das drolligste kleine Ding ist, das man nur an einem Sommer-Tag sehen mag. Pedrillo, mein Freund, fiel ihm Don Sylvio ein, wir verderben hier die Zeit mit unnützem Geschwätz, indessen daß meine Geliebte vielleicht in Gefahr ist –

Bey meiner Treu, Herr, unterbrach ihn der voreilige Pedrillo, das wollt ich eben sagen; für eine so schöne Princeßin könnte auch nichts verdrießlichers seyn, als daß sie keinen Augenblick sicher ist, wenn irgend eine verfluchte Dohle oder Krähe daher kommt, und sie ihren Jungen zum Futter wegschnapt, Sapperment, sie würden sie gewiß so gut aufschnabuliren, als ob sie nur ein gemeines Unziefer und nicht eine grosse Princeßin wäre, wie ich nun selbst glaube, daß sie ist, seit dem ich ihr Bildniß gesehen habe.

Was du da sagst, erwiederte Sylvio, macht mir keinen Kummer, ich verlasse mich deßhalb vollkommen auf den Schutz der Fee Radiante, allein wenn dieser Schutz mehr als hinlänglich ist, sie gegen alle Dohlen und Krähen der Welt sicher zu stellen, so ist er es doch nicht gegen die Nachstellungen der boshaften Fanferlüsch; denn du hast gehört, daß die Entzauberung des blauen Sommer-Vogels für mich allein vorbehalten ist. Was meynst du, Pedrillo, wär' es nicht am besten, wenn wir uns jetzt gleich auf den Weg machten, da meine Tante nicht zu Hause ist? Wir sind hier alle bey einander, ich und du und Pimpimp; wir wollen gehen und die Princeßin suchen, sie mag auch seyn wo sie will; für das übrige wird die Fee sorgen.

Ihr seyd sehr eilfertig, Gnädiger Herr, erwiederte Pedrillo, aber mir däucht, ihr denkt nicht daran, daß man auf Reisen allerhand Dinge braucht, mit denen man auf den Nothfall versehen seyn muß –

Und mir däucht, unterbrach ihn Don Sylvio, du weißst nicht, was du sagst. Wo hast du jemals gehört oder gelesen, daß ein Prinz oder Ritter, der unter dem Schutz der Feen in der Welt herum reißt, eine solche Vorsicht gebraucht hätte? Sie haben allezeit schöne Kleider, feine Wäsche und Geld, so viel sie brauchen; sie übernachten insgemein in bezauberten Pallästen, wo sie aufs beste bewirthet werden, und wenn es auch begegnet, daß sie sich in Wäldern und Einöden verirren, so steht doch, eh sie sichs versehen, eine Tafel vor ihnen, die von unsichtbaren Händen gedeckt, und mit den niedlichsten Speisen besetzt wird, und sie schlafen in anmuthigen Grotten oder unter Lauben, die von den Nymphen gepflanzt worden, auf einem Lager von Blumen ein.

Das ist alles wohl hübsch und gut, sagte Pedrillo, aber, die Wahrheit zu sagen, Gnädiger Herr, ich möchte mich nicht gar zu sehr darauf verlassen. Man hat unter den Feen seine Freunde und seine Feinde, und ich habe wohl eher von Prinzen und Princeßinnen gelesen, die auf dergleichen Reisen mit guten Zähnen manchmal übel gebissen haben. Vorsicht schadet niemalen, pflegte meine Großmutter zu sagen, ein Sperling in der Hand ist besser als ein Hasel-Huhn im Busche; Kurz, wenn ihr euch rathen lassen wollt, Herr, so will ich gehen, und etwas Wäsche, und kalte Küche und etliche Flaschen Wein in einen Zwerch-Sack zusammen packen; sorget ihr für einen guten Beutel voll Realen, und wenn das geschehen ist, so wollen wir uns immerhin, weil es nun einmal so seyn muß, auf den Weg machen, und gebe der Himmel, daß wir weder blaue noch grüne Zwerge antreffen, die uns unsre Princeßin streitig machen.

Don Sylvio, welcher, seine Grillen ausgenommen, der beste Mensch von der Welt war, ließ sich von Pedrillo überreden, und gieng mit ihm in das Schloß zurück, nachdem er aus Furcht, den Vorwitz seiner Leute zu erregen, das Kleinod mit dem Bildniß der vermeynten Princeßin in seine Tasche gesteckt hatte. Ungeachtet seines Vertrauens auf die Feen, unterließ er doch nicht, indeß daß Pedrillo den Keller und die Speißkammer durchnisterte, sich etliche Ringe, die er von seinem Vater geerbt hatte, und seiner ganzen Baarschaft zu bemächtigen, welche sich, die Wahrheit zu gestehen, nicht über zehn oder zwölf Ducaten belief, in seinen Augen aber eine Summe war, mit der er sich unter dem Schutz der Radiante bis zu den Gegenfüßlern zu reisen getraute. Er zog sein feinstes Hemd mit Spitzen an, ein Wams von grünem Atlas mit schmalen goldnen Spitzen besetzt, und mit rosenfarbem Taffet gefüttert, rosenfarbe Beinkleider und Strümpfe, und der Federbusch auf dem Hut war von eben dieser Farbe. In diesem Aufzug, worinn er es mit allen Narcissen und Hyacinthen der Poeten hätte aufnehmen können, wartete er mit Ungedult auf seinen Reisegefährden, in der festen Entschliessung, sich noch vor der Wiederkunft seiner Tante heimlich davon zu machen.

Zwölftes Capitel.

Unmaßgebliche Gedanken des Autors.

Wenn wir diese Geschichte ein halb Dutzend Jahrhunderte früher hätten schreiben können, so würde dieses Capitel überflüßig gewesen seyn. Es gibt Zeiten, wo dasjenige, was man Wunderdinge nennt, so alltäglich ist, daß die Leute nichts wunderlichers finden als eine natürliche Begebenheit. Allein in denjenigen, worinn wir leben, scheint die entgegengesetzte Denkungs-Art so sehr überhand genommen zu haben, daß wir kaum hoffen dürfen, unter allen, die diese Geschichte vielleicht lesen werden, auch nur einen einzigen zu finden, den wir bereden könnten, daß in dem vorigen Capitel nichts erzählt worden sey, was nicht alle Tage begegnen könne. Seit der Erfindung der Vergrösserungs-Gläser haben die unsichtbaren Dinge ein böses Spiel, und man braucht nur ein Geist zu seyn, um alle Mühe von der Welt zu haben, die Leute von seinem Daseyn zu überzeugen. Kurz, wir möchten sagen was wir wollten, so würde uns doch niemand glauben, daß eine Fee Radiante sey, oder daß der blaue Papilion eine Princeßin, und ein Zahnstocher jemals ein grüner Zwerg gewesen sey.

Bey solchen Umständen halten wir für das beste, wenn wir nur frey gestehen, daß wir selbst von allem, was Don Sylvio seinem getreuen Pedrillo erzählt hat, eben so wenig glauben als von den Gesichten unsrer frommen Landsmännin, der Schwester Maria von Agreda, oder von den Erzählungen vom rothen Mützchen und irgend einem andern Märchen, womit uns ehmals unsre geliebte Amme einzuschläfern pflegte.

Dem ungeachtet nöthigt uns die Wahrhaftigkeit, deren wir uns im Lauf dieser ganzen Geschichte befleißigen, zu versichern, daß Don Sylvio in seiner ganzen Erzählung nichts gesagt habe, was nicht in gewissem Sinn eben so würklich war, als es die meisten andre Geschichten aus der Geisterwelt sind.

Um dieses scheinbare Paradoxum zu begreiffen, müssen wir uns erinnern, daß es eine zweyfache Art von Würklichkeit gibt, welche *in concreto* nicht allemal so leicht zu unterscheiden ist, als manche Leute denken.

So wie es nemlich allen Egoisten zu trotz, Dinge gibt, die würklich ausser uns sind, so gibt es andre, die blos in unserm Gehirn existiren. Die erstern sind, wenn wir gleich nicht wissen, daß sie sind; die andre sind nur, in so fern wir uns einbilden, daß sie seyen. Sie sind für sich selbst nichts, aber sie machen auf denjenigen, der sie für würklich hält, die nehmliche Würkung, als ob sie etwas wären; und ohne daß die Menschen sich deßwegen weniger dünken, sind sie die Triebfedern der meisten Handlungen des menschlichen Geschlechts, die Quelle unsrer Glückseligkeit und unsers Elends, unsrer schändlichsten Laster und unsrer glänzendesten Tugenden.

Welche Fee oder Zauber-Pallast ist schimärischer als dieser Nachruhm, von welchem doch die grösten Männer gestanden haben, daß er der Endzweck ihrer schönsten Unternehmungen gewesen sey? Alexander, der den fabelhaften Zug des Bacchus nach Indien realisirte, und sich in tausend freywillige Gefahren stürzte, damit die Athenienser von ihm zu reden hätten, zog einer eben so unwesentlichen Schimäre nach als Don Sylvio, da er auszog um den blauen Papilion zu entzaubern; in den Augen eines kalten Zuschauers der menschlichen Handlungen ist der erste ein so grosser Thor als der andere, und dieser hat wenigstens den Vorzug, daß seine Schimäre keinen Schaden that, da die Schimäre des Eroberers von Asien eine halbe Welt unglücklich machte.

Doch wir fangen an zu merken, daß wir uns in Betrachtungen versteigen, die uns weit genug von unsrer Absicht entfernt haben, daß wir verlegen sind einen geschicktern Übergang zu finden, als den die Miscellanien-Schreiber zu machen pflegen, wenn sie nach einem halben dutzend Digreßionen wieder dahin zurück wollen, woher sie gekommen sind.

Um also wieder zur Sache zu kommen, so werden wir bey der Erzählung unsers jungen Ritters einen Unterschied machen müssen zwischen demjenigen was ihm würklich begegnet war, und zwischen dem, was seine Einbildungs-Kraft hinzugethan hatte. Wir haben ihn, wie man sich erinnern wird, nach dem Abentheuer mit dem Papilion und dem Bildniß in einem Zustand verlassen, worinn seine Phantasie auf einen ausserordentlichen Grad erhöht war. Die Lebhaftigkeit der Bilder, die sich ihm darstellten, nahm mit der Macht desto mehr zu, je weniger sie von äussern Empfindungen geschwächet wurde; es brauchte nur noch einen Grad, um sie selbst zu einer Art von Empfindungen zu machen. In einer solchen Disposition wurde er eine feurige Kugel gewahr, die in der Luft daher schwebte, und nach einer

Weile nicht weit von ihm zersprang. Dieses nicht ungewöhnliche Meteor, welches ein Naturforscher mit beobachtenden Augen angesehen hätte, vollendete die Bezauberung eines Don Sylvio. Er erinnerte sich, in seinen Mährchen öfters solche flammende Kugeln gefunden zu haben, aus denen allemal eine Fee auf einem diamantnen Wagen, von sechs Schwanen oder vier und zwanzig Hammeln mit goldnem Vließ gezogen, hervor kam. Nach seiner Weise war also diese natürliche Erscheinung der Anfang einer übernatürlichen, und mehr brauchte es nicht, um die Phantasien, die schon geformt und zur Geburt zeitig in seinem Kopf lagen, in eine Reyhe von vermeynten Empfindungen zu verwandeln, die von einem Traum nur darinn unterschieden waren, daß er dabey wachte, und durch ihren Zusammenhang mit seinen vorhergehenden und nachfolgenden Ideen desto stärker betrogen wurde, sie für würklich zu halten.

Dieses ist wenigstens nach unserer Meynung die wahrscheinlichste Erklärung, die man von dergleichen Visionen geben kan; Allein wir sind weit entfernt sie jemanden aufdringen zu wollen. Don Sylvio war allein, da ihm die Fee Radiante erschienen seyn soll, und man kan allen Zweiflern, Materialisten, Deisten und Pantheisten kühnlich Trotz bieten, jemals zu erweisen, daß die Fee Radiante, oder ihre Erscheinung etwas unmögliches sey. Wir können also unsre Erklärung für mehr nicht geben als für eine blosse Vermuthung, und wenn die Liebhaber des Wunderbaren geneigter seyn sollten, hierüber dem Don Sylvio selbst zu glauben, welcher unstreitig ein Augen-Zeuge und ausser allem Verdacht eines vorsetzlichen Betrugs ist; so haben wir nicht das geringste dagegen einzuwenden.

Zweytes Buch.

Erstes Capitel.

⟨Ein Exempel, daß Sprödigkeit den Zorn der Venus reitzt.⟩

Indessen daß Don Sylvio zu seiner abentheuerlichen Wanderschaft Anstalt machte, war Donna Mencia beschäftiget, ihn durch ein Mittel zurück zu halten, von welchem er sich eben so wenig träumen ließ als sie von seiner Liebe zu einem bezauberten Schmetterling.

Wir haben bereits gemeldet, daß sie seit einiger Zeit häuffige Reisen in das benachbarte Städchen that, um welche Don Sylvio sich zwar nichts bekümmerte, die aber in der That auf nichts anders abzielten, als ihm einen schlimmern Streich zu spielen, als er von der vereinigten Bosheit aller Fanferlüschen und Carabossen der ganzen Welt nur immer hätte erwarten können.

Man erinnert sich vielleicht noch, daß die Donna Mencia, ungeachtet ihrer ausserordentlichen Sprödigkeit, in ihrer ersten Jugend keine gänzliche Feindin der Liebe gewesen war; und wenn wir die Wahrheit unverblümt sagen sollen, so ist vielleicht niemalen ein Frauenzimmer gewesen, dem die Tugend, wozu die Unbarmherzigkeit der Mannsleute sie verurtheilte, beschwehrlicher gefallen wäre. Man will so gar wissen, daß seit dem sie sich aus der grossen Welt in eine Einsamkeit zurück gezogen, welche der erzwungenen Sprödigkeit nicht sehr günstig zu seyn pflegt, ihre Bedürfnisse mehr als einmal so dringend geworden, daß sie (wenn wir es anders ohne Beleidigung des Geschlechts, zu dem sie gehörte, sagen können) so gar einem gewissen Stallbedienten im Hause, Aufmunterungen gegeben, die vielleicht nicht ohne Würkung geblieben wären, wenn die Reitzungen der jungen Maritorne diesen plumpen Liebhaber nicht gegen alle Vorzüge eines hochadelichen Gerippes unempfindlich gemacht hätten. Was auch an dieser Anecdote seyn mag, so ist gewiß, daß sie in diesem Stück unglücklich genug war, um genöthiget zu seyn, in den unzulänglichen Täuschungen einer aufgereitzten Einbildungs-Kraft den Schatten eines Vergnügens zu suchen, dessen Grösse ihre Unerfahrenheit nach der Wuth ihrer Begierden abmaß. Der Abscheu, den sie vor den Erzählungen eines Bocaz und selbst vor den unschuldigsten Scherzen eines Lope de Vega bezeugte, hinderte nicht, daß die Gespräche, die irgend ein moderner Sotades der berühmten Alysia Sigea aufgeschoben, das Buch waren, welches allezeit unter ihrem Hauptküssen lag; eine Gewohnheit, die sie vielleicht mit dem Exempel des heiligen Chrysostomus zu rechtfertigen glaubte, welcher den eben so sotadischen Comödien des Aristophanes die nehmliche Ehre wiederfahren ließ.

So unanständig es vielleicht scheinen möchte, daß wir durch Aufdeckung dieser Heimlichkeiten die Vortheile vernichtet haben, welche die Welt von dem erbaulichen Beyspiel der keuschen Donna Mencia hätte ziehen können, so nöthig war es, die Pflichten der historischen Treue in diesem Stücke zu erfüllen, da eine übertriebene Discretion die Wahrhaftigkeit unsrer Geschichte, in Absicht dessen, was wir nun zu melden haben, nicht wenig hätte verdächtig machen können.

Um also unsre Leser nicht länger aufzuhalten, so war es nur mehr als zu gewiß, daß weder ihre Tugend, noch der Stolz auf ihre Geburt noch sechzig Frühlinge, die sie bereits erlebt hatte, ihr zärtliches Herz gegen die

Liebe zu schützen vermochten, die ein gewisser Procurator von Xelva so glücklich war ihr einzuflössen.

Sie hatte ihn bey einer bejahrten Freundin kennen gelernt, bey der er in Geschäften öftere Besuche ablegte, und die Nachrichten, die sie von seinen Umständen einzog, schienen dem Anschlag überaus günstig zu seyn, den sie beym ersten Anblick auf seine Person gemacht hatte.

Dieser würdige Mann nennte sich Rodrigo Sanchez, und war, sein Talent für die Rabulisterey ausgenommen, durch seine körperliche Vorzüge merkwürdiger als durch die Annehmlichkeiten seines Geistes. Er war ein untersetzter Mann von mittler Grösse, breit geschuldert, krause Haare, kleine funkelnde Augen, die von grossen schwarzen Augbrauen, wie von einem dunkeln Gebüsche, beschattet wurden, eine grosse Habichts-Nase und ein paar Beine, die im Nothfall stark genug gewesen wären, einen Atlas zu unterstützen.

Wir können nicht für gewiß sagen, ob die Figuren von dieser Art den Spröden von Profeßion überhaupt so gefährlich sind als man bemerkt haben will; gewiß ist, daß Herr Rodrigo in den Augen der Donna Mencia ein Adonis war, und die Ehre hatte beym ersten Anblick über die Abneigung zu siegen, so sie jederzeit gegen den Ehestand hatte spüren lassen, und den Wunsch in ihr zu erregen, mit ihm an dieses Joch gespannt zu werden, ungeachtet er kaum vierzig Jahre hatte, und noch ein Junggeselle war.

Wenn die Augen dieses neuen Adonis nicht dankbar genug waren, in ihr eine Venus zu sehen, so hatte er doch, so bald er merkte, daß es um eine Heurath zu thun sey, einen Beweggrund, der auf Leute von seiner Art eben so kräftig zu würken pflegt, als die persönlichen Reitzungen auf Liebhaber von feinerm Metall.

Der Herr Procurator hatte von einem ältern Bruder, der ein Juwelen-Händler gewesen war, eine Nichte,

Mergelina genannt, die seit dem Tode ihrer Eltern, nebst einem Vermögen von hundert tausend Ducaten unter seiner Vormundschaft stund. So gleichgültig ihm seine Nicht für ihre eigene Person war, so zärtlich liebte er ihre Ducaten, und er hatte schon lang umsonst auf ein gesetzmäßiges Mittel studirt, sich derselben, oder doch eines guten Theils davon zu bemächtigen, als die Leidenschaft, die er das Glück hatte der Donna Mencia einzuflößen, ihm eine erwünschte Gelegenheit zu geben schien, seine Absicht zu erreichen. Seine Nichte, welche unstreittig ein sehr reitzendes Vermögen besaß, hatte bereits etliche Freyer abgewiesen, weil sie nur bürgerlich waren; denn sie hatte sichs nun einmal in den Kopf gesetzt, entweder eine Edelfrau zu werden oder als Jungfer zu sterben. Herr Rodrigo zweifelte also nicht sie zu allem zu bereden, was er nur wollte, in so fern er ihr einen Hidalgo zum Mann geben könnte; allein die Schwierigkeit war, einen zu finden, der so gefällig wäre, als es Herr Rodrigo haben wollte. Die Nachrichten, die er von der Freundin der Donna Mencia erhielt, machten ihm Hofnung, daß sich niemand zu seinen Absichten besser schicken könne, als Don Sylvio, welcher ihm als ein junger Edelmann beschrieben wurde, der ohne alle Erfahrung oder Kenntniß der Welt, ungemein großmüthig und dabey gewohnt sey, sich in allem von seiner Base regieren zu lassen. Er beschloß also sein Glück zu versuchen, und von dem verliebten Anstoß der alten Mencia so viel Vortheil zu ziehen, als nur immer möglich seyn möchte. Freylich spielte er die Rolle eines seufzenden Schäfers so lächerlich, als man sich vorstellen kan, allein er brachte doch Feuer genug darein, um eine so zärtliche Person, als Donna Mencia war, zu überreden, daß er der Verliebteste unter allen Menschen sey.

Allein, so bald sich diese Dame ihres Sieges gewiß hielt, erinnerte sie sich dessen, was sie ihrer Tugend und ihrem Character schuldig war, und machte so viele Umstände, daß der Herr Procurator, welcher sich wenig auf die Kunst verstund, die Spröden zahm zu machen, die Gedult zehnmal verlohren hätte, wenn er durch keine stärkere Gewalt als die bejahrten Annehmlichkeiten seiner Grausamen zurück gehalten worden wäre. Das beste für ihn war, daß es ihr selbst so viel Mühe kostete, die keusche Flamme, wovon sie brannte, zu verbergen, daß sie für gut befand, seine Probzeit um so mehr abzukürzen, als sie keine Ursache hatte an der Stärke seiner Leidenschaft zu zweifeln. Sie willigte also endlich ein den Herrn Rodrigo glücklich zu machen, die zweyfache Heurath des Oheims mit der Tante, und des Neffen mit der Nichte wurde beschlossen, und der Herr Procurator setzte einen Contract auf, worinn die Vortheile der erstern nicht vergessen waren.

Donna Mencia hatte ihren Neffen allzuwohl gezogen, als daß sie an seiner Einwilligung im geringsten hätte zweifeln sollen. Indeß machte ihr der Gedanke doch einige Mühe, daß diese doppelte Verbindung dem Adel ihres Geschlechts, auf den sie immer stolz gewesen war, in den Augen der Welt nicht wenig derogiren würde; und so sehr auch die Heftigkeit ihrer Leidenschaft durch die blendenden Verdienste des Herrn Rodrigo Sanchez gerechtfertiget zu werden schien, so würde sie sich doch kaum haben entschliessen können, derselben eine so grosse Bedenklichkeit aufzuopfern, wenn Herr Rodrigo, der ein starker Genealogiste war, ihr nicht Hofnung gemacht hätte, in kurzem einen Stammbaum zu Stande zu bringen, in welchem er den Ursprung seiner Familie in gerader Linie von einem natürlichen Sohn des Castilianischen Königs Sancho des Grossen herleiten wollte.

Zweytes Capitel.

Ein Gemählde im Geschmacke des Calot.

Don Sylvio, der den Kopf von Schmetterlingen und grünen Zwergen voll hatte, ließ sich wenig davon träumen, daß seine gnädige Tante, indeß, daß er auf die Befreyung seiner beflügelten Princeßin dachte, damit umgieng, ihn mit einem Bürger-Mädgen von Xelva zu verheurathen, und, wenn man die Wahrheit sagen soll, mit dem häßlichsten Dinge, das jemals geheurathet worden ist.

Er war also nicht wenig bestürzt, da er sie, ehe noch Pedrillo mit den Zurüstungen zur Reise fertig war, in Gesellschaft eines Frauenzimmers und einer Mannsperson, die ihm gänzlich unbekannt waren, zurück kommen sah. Er erstaunte noch mehr, da er diese fremde Figuren in der Nähe betrachtete, und insonderheit kam ihm die junge Dame so ausserordentlich vor, daß er sie Anfangs für eine angekleidete Meerkatze hielt. Pedrillo, der ihnen aus der Kutsche steigen half, hatte alle Mühe von der Welt, sich beym Anblick derselben des Lachens zu enthalten, und Don Sylvio, so höflich er sonst war, trat in der ersten Bestürzung ein paar Schritte zurück, ohne die Zufriedenheit zu bemerken, die sich bey seinem Anblick über ihr liebliches Gesicht ausbreitete.

In der That hatte die weise Mencia, um eine Nichte zu haben, die ihren eignen Reitzungen keinen Eintrag thäte, keine bequemere Person auswählen können, als Donna Mergelina.

Wir wollen einen Versuch wagen, ob wir die Einbildungskraft unsrer Leser in den Stand setzen können, sich einige Vorstellung von ihr zu machen.

Sie war vollkommen zwey Ellen und vier Daumen hoch, von einer Schulter zur andern bey nahe eben so breit, und überhaupt so regelmäßig gebaut, daß ihr

Kopf ungefehr den vierten Theil ihrer Höhe ausmachte, Hals, Brust und Unterleib aber sich so unmerklich in einander verlohren, daß man unmöglich sehen konnte, wo eines anfieng und das andere aufhörte. Ungeachtet der ausserordentlichen Länge ihres Kinns stellte ihr Gesicht doch ein ziemlich regelmäßiges Viereck vor, denn ihre Stirne war gerade um so viel zu niedrig als ihr Kinn zu lang war. Ihre Augen waren so rund, und standen so weit aus dem Kopf hervor, daß das Beywort, welches Homer der Juno zu geben pflegt, ausdrücklich für Donna Mergelina gemacht zu seyn schien. Ihr Mund war von einer so geräumigen Weite, daß man den Schaumlöffel des Prinzen Tanzai, ohne die mindeste Gefahr ihrer breiten Zähne darinn hätte hin und wieder schieben können, und wenn ihre Lippen jemals von einem Poeten zum Sitz der Gratien gemacht worden sind, so müssen wir gestehen, daß es ein Canape war, auf dem diese Göttinnen Platz genug gehabt hätten, sich im Nothfall noch mit etlichen jungen Liebes-Göttern herum zu tummeln. Ihre Nase war in der That um etwas zu klein, denn man hatte Mühe zwischen ihren dicken und hangenden Backen etwas erhabenes zu entdecken, welches man endlich an den aufgestülpten Naßlöchern für eine Nase gelten lassen mußte; allein das war auch das einzige an ihrer ganzen Person, woran sich die Natur zu karg bewiesen hatte. Zum Ersatz hatte sie hingegen einen Rücken, der so hoch war, als sie sich nur wünschen konnte, ein paar hübsche lange Ohren, und die Hände und Füsse so breit, als es nöthig war, damit sie im Wasser und auf dem Trocknen zugleich leben könnte. Allein, was selbst nach ihrer eigenen Absicht alle diese Schönheiten verdunkeln sollte, war ein Busen, aber ein Busen, wie man, zumal in Spanien, wenige sieht; in der That ziemlich weiß, aber von einem so unmäßigen Umfang, daß er für eine Statue der Venus Callipygos sehr füglich das Modell zu einem ganz andern Theile des Leibes hätte abgeben können. Sie schien sich auf diese Art von Schönheit so viel einzubilden, daß sie dieselbe mit einer Freygebigkeit auslegte, welche von strengen Sittenlehrern vielleicht ärgerlich hätte genennt werden können, wenn sie weniger eckelhaft gewesen wäre.

Was die Farben betrift, so die Natur gebraucht hatte, ein solches Meisterstück auszuschmücken, so waren sie allerdings so wunderbar gemischt, daß sie einem Vandyk zu schaffen gegeben hätten. Sie hatte weder blonde Haare wie Ceres, noch braune wie Venus, noch goldfarbe wie die Schöne mit den goldnen Haaren, die ihrige waren feuerfarbig und dabey von Natur so geradlinicht und kurz, daß sie die Kunst und Gedult einer Cypaßis* zu Schanden gemacht hätten. Ihre Augen waren hellgrau, Stirne und Wangen olivenfarbig, und wo es sich gehörte, mit braunroth getuscht, ihr Maul, (wenn es uns für dißmal erlaubt ist dieses Wort zu gebrauchen) spielte ein wenig auf meer-grün, und verlohr durch die Schwärze ihrer grossen ungleich gewachsenen Zähne nicht das mindeste von seiner Anmuth; und ihre Arme und Hände hatten eine so natürliche Leder-Farbe, daß sie die Ausgabe völlig ersparen konnte, die andre Frauenzimmer auf Hunds-lederne Handschuhe wenden müssen.

Alles dieses nun, welches ohne Zweifel eine Art von Figuren ausmachte, die man selten anderswo als auf Caminen zu sehen bekommt, war durch einen Putz erhöht, der von dem Geschmack der schönen Mergelina eine so gute Meynung erweckte, daß man sie nur anzusehen brauchte, um die ungemeine Harmonie des Leibes und der Seelen in ihr zu bewundern, die nach den

* *Ponendis in mille modis perfecta capillis*
Comere sed solas digna, Cypassi, Deas.
Ovid.

Grundsätzen des Pythagoras die höchste Schönheit ausmacht. Sie trug einen Rock von hochgelbem Atlas mit Silber gestickt, ein Corset von grünem Taft, himmelblaue Bänder, eine Feuerfarbe Feder, carmesinrothe Schuh mit Gold, und rosenfarbe Strümpfe mit silbernen Zwickeln.

Diese liebenswürdige Person hatte mit Hülfe des höflichen Don Sylvio kaum einen kleinen Saal erreicht, in welchem Donna Mencia ihre Besuche anzunehmen pflegte, als ihr erstes war, zu einem Spiegel zu watscheln, um, wie sie sagte, die Unordnung zu verbessern, so die Reise in ihrem Anzug gemacht hatte. Man setzte sich hierauf, und während daß die Dame Beatrix mit einigen Erfrischungen erwartet wurde, schien jede Person in dieser kleinen Gesellschaft verlegen zu seyn, was sie mit sich selbst und mit den andern anfangen sollte. Donna Mergelina spielte mit ihrem Fächer, oder gafte in den Spiegel, dem sie sich gegen über gesetzt hatte, Herr Rodrigo sah bald die jugendliche Mencia bald seine Beine an, Don Sylvio machte grosse Augen und schien zerstreut, und die gute Tante hatte immer den Mund halb offen; ohne daß sie wußte, was sie sagen wollte.

Herr Rodrigo war eben im Begriff zu bemerken, daß es schön Wetter sey, als die aufwartsame Beatrix herein trat, um die Conversation mit einem grossen Korb voll frischer, trockner und eingemachter Früchte zu beleben. Jezt wurde der Gesellschaft auf einmal leicht ums Herz. Donna Mergelina hatte Anlaß ihre gute Erziehung sehen zu lassen, indem sie mit vielen Complimenten und Verneigungen die Ungelegenheit bedaurte, die man sich ihrentwegen mache; Complimente und Grimaßen, die von der höflichen Donna Mencia mit eben so vielen Gegen-Complimenten und Gegen-Grimaßen beantwortet wurden. Man machte hierauf die Beobachtung, daß die Erdbeere sehr groß und die Kirschen von vortrefflichem Geschmack seyen, man lobte die eingemachten Nüsse und Pfersiche, und Donna Mencia nahm davon Anlaß zu einer gelehrten Abhandlung von der Kunst Confituren zu machen, bey welcher der Herr Procurator so lange Weile hatte, daß er sich möglichst angelegen seyn ließ, den Gegenstand derselben aus dem Wege zu räumen, um das Gespräch auf einen Proceß lenken zu können, den er würklich unter Händen hatte, und wovon er, so bald er Gelegenheit hatte das Wort zu nehmen, die Damen auf eine sehr galante Art unterhielt.

Drittes Capitel.

Gespräch zwischen der Tante und dem Neffen.

Nach einiger Weile kam die Dame Beatrix mit verschiedenen Weinen und abgezogenen Wassern wieder in den Saal, und während, daß sie, auf einen Wink ihrer Gebieterin, die Gäste mit ihrem geistreichen Gespräch unterhielt, zog sich diese mit ihrem Neffen in ein anders Zimmer zurück, um ihm zu erklären, was dieser Besuch zu bedeuten habe.

Ihr seyd ja ganz ausserordentlich geputzt, Don Sylvio, fieng sie an; Ihr wußtet doch nicht, daß ich Gesellschaft mitbringen würde?

Nein, gnädige Tante, erwiederte Don Sylvio, erröthend und stotternd, aber – ich weiß nicht – ich vermuthete –

Ihr bedürft gar keiner Entschuldigung deßwegen, versetzte Donna Mencia, ihr hättet euch zu keiner gelegenern Zeit putzen können, und ich bin geneigt es einer Art von Ahnung zuzuschreiben.

Hierauf nahm sie Platz, räusperte sich etlichemal, und eröfnete ihm endlich nach verschiedenen Vorreden, nicht ohne ein wenig zu erröthen, ihr gedoppeltes Vorhaben, ihn mit der schönen Mergelina zu vermählen, und das Eigenthums-Recht über ihre eigne Person dem verdienstvollen Herrn Rodrigo Sanchez abzutreten. Sie unterließ nicht ihm die grossen Vortheile anzupreisen, die ihm aus dieser Vermählung zugehen würden, und ihren Reden nach hatte er Ursache, sich ihr für eine so ausnehmende Probe ihrer Fürsorge für seine Glückseligkeit noch sehr verbunden zu achten.

Allein Don Sylvio war weit entfernt, so gelehrig und dankbar zu seyn, als seine Tante vermuthet hatte. Das Erstaunen, das ihn beym Anfang ihrer Rede befiel, verwandelte sich beym Ende derselben in einen Unwillen, den er kaum zurück halten konnte. Jedoch that er sich die äusserste Gewalt an, und sagte endlich nach einer ziemlich langen Pause mit einer Mine, worinn mehr Befremdung als Verdrießlichkeit herrschen sollte: Ich gestehe ihnen, Frau Tante, daß ich nicht begreiffe, was sie mit allem diesem haben wollen. Ich bin kaum achtzehen Jahre alt; meine Geburt und die Erziehung, die sie mir gegeben haben, bestimmen mich in kurzem, diese müßige Landlebens-Art zu verlassen, und auf dem Wege ritterlicher Abentheuer ein anständiges Glück zu suchen. Sie selbst haben mir diese Denkungs-Art eingeflößt, und nun wollen sie mich plötzlich mit einem kleinen Bürger-Mädgen verheurathen, dessen Mißgestalt und persönliche Mängel fähig wären, auch den geldgierigsten Harpax abzuschrecken, und mit welchem ich lebenslänglich verurtheilt seyn würde, mich in dieses elende Dorf zu verbannen, um mein Unglück und meine Schande vor der ganzen Welt zu verbergen –

Ihr vergeßt, erwiederte Donna Mencia, die Ehrerbietung, die ihr mir schuldig seyd, und ich gestehe euch, daß ich mehr gehorsam –

Gehorsam? fiel ihr Don Sylvio hitzig ein, wenn sie mich an ein Ungeheuer anfesseln wollen, dessen blossen

Anblick zu vermeiden ich bereit wäre in den offnen Rachen eines Löwen zu rennen?

Man weißt sehr wohl, erwiederte Donna Mencia mit einem hönischen Nasenrümpfen, daß ihr euch ausserordentlich viel mit eurer Schönheit wißt; aber wir wollen uns in keinen Streit hierüber einlassen. Donna Mergelina verdient die Verachtung gar nicht die ihr für sie habt, sie ist eine liebenswürdige Person, und wenn sie es auch weniger wäre, so ist eine Parthey von hundert tausend Ducaten wahrhaftig keine Sache, die ein kleiner Edelmann, der jährlich kaum hundert Pistolen werth ist, so trotzig ausschlagen kan.

Es ist noch nicht so lange, Gnädige Frau, antwortete Don Sylvio gelaßner, daß sie den Werth eines Edelmanns nicht nach seinen Einkünften abwogen; und wenn hundert tausend Ducaten meine Augen nicht genug bezaubern können, um diese Person, die sie Donna Mergelina nennen, liebenswürdig zu finden, so ist es ausser dem Himmel, dem ich mein Herz zu danken habe, niemand anders als Donnā Mencia, die mich den Reichthum verachten gelehrt hat, so bald er mit Niederträchtigkeit erkauft werden muß.

Und worinn besteht denn, erwiederte sie, das Niederträchtige, wenn ihr Donna Mergelina heurathet? Sind gleich ihre Voreltern durch Unglücksfälle genöthiget worden, eine Abstammung zu verbergen, die vielleicht so edel ist als eine im Königreich (ich weiß was ich rede, Don Sylvio) so hat doch das Glück, das ihnen seit dem desto günstiger gewesen ist, sie in den Stand gesetzt, ihre eigene Familie wieder empor zu heben, und der unsrigen einen Glanz wieder zu geben, den eine schimpfliche Dürftigkeit auszulöschen bereit war.

Unverschuldete Dürftigkeit ist nie schimpflich, versetzte Don Sylvio, mit Wangen, die von einer edeln Röthe glühten; überlassen sie es mir, Gnädige Frau, für den Glanz meines Namens zu sorgen; ich spüre Muth genug in mir, dem Unglück Trotz zu bieten, welches ihn zur Dunkelheit zu verurtheilen scheint. Donna Mergelina mag edel seyn, wenn sie wollen; aber ich versichere sie, wenn sie auch von dem grossen Cid selbst abstammete, und mir alle Goldgruben von Peru zur Mitgift brächte, so werde ich sie nicht heurathen.

Du wirst sie nicht heurathen? rief Donna Mencia, mit einem Ton, der sich für einen Untergebenen von zwölf Jahren besser geschickt hätte. Ich sage dir aber, daß du sie heurathen sollst, oder du sollst sehen, ob Donna Mencia das Ansehen zu behaupten weißt, das ihr die Natur und deines Vaters Willen über dich gegeben haben: du sollst sie heurathen, sag ich oder –

Keine vergebliche Drohungen, unterbrach sie Don Sylvio mit einer Mine und einem Anstand, der sie ein wenig bestürtzt machte; ich kenne den Umfang meiner Pflichten gegen sie, und die Grenzen ihrer Rechte über mich. Heurathen sie immer den Herrn Rodrigo Sanchez, ich werde mir nie einfallen lassen, es übel zu finden; aber erlauben sie mir in den Jahren, worinn ich bin, eine Verbindung abzulehnen, die sich in keiner Betrachtung für mich schickt.

Bey diesen Worten gerieth die alte Dame in Flammen. Ich verstehe dich, rief sie, und klappte etliche faule Zähne zusammen, die noch wie alte Denkmäler hier und da aus ihrem weiten Munde hervor ragten, ich sehe die ganze Bosheit des geheimen Vorwurfs, den ihr mir machen wollt; aber ich verachte euch und alles was ihr sagen könnt. Wie? ein Knabe von eurem Alter sollte besser wissen als ich, was sich schickt, oder was sich nicht schickt? doch es ist unnöthig, daß ich mich ereyfere. Wenn du noch zu unreif bist, den Werth meiner Fürsorge für dich zu schätzen, so werde ich doch nicht zugeben, daß deine Unbesonnenheit dich eines Glücks verlustig mache, welches alles übertrift, was du jemals erwarten konntest. Du machst den Versuch zu früh, ein

Joch abzuschütteln, das ich leichter oder schwerer machen kan, je nachdem ich es nöthig finde; denn kurz und gut, mein Herr Neffe, ihr steht unter mir, und ich werde mir Gehorsam zu verschaffen wissen.

Ihre Aufführung, erwiederte Don Sylvio ganz ergrimmt, beweißt, daß graue Haare nicht allezeit sichre Bürgen der Weisheit sind. Wissen sie aber hiemit, daß ich weder alt noch jung genug bin, mich zum Opfer ihrer lächerlichen Leidenschaft machen zu lassen. Ich entlasse sie aller Pflicht für mein Glück zu sorgen; und wenn ich ihre mißgeschaffene Mergelina und die hundert tausend Ducaten, womit sie meine Liebe bestechen will, verschmähe, so glauben sie nur, daß ich meine Ursachen habe (ich weiß auch was ich rede, Donna Mencia!) und daß ich unter dem Schutz, worinn ich stehe, alle Drohungen verachten kan, womit sie mich wie einen kleinen Züchtling zu schrecken gedenken.

Mit diesen Worten eilte er aus dem Zimmer fort, und begab sich in den Garten, wo er vor Unwillen ausser sich selbst hin und wieder lief, und mit Ungedult auf seinen getreuen Pedrillo wartete.

Viertes Capitel.

Muthmassungen des Don Sylvio. Er verabredet seine Entweichung mit dem Pedrillo.

Pedrillo, der was er auch sagen mochte, eben so vorwitzig als plauderhaft war, hatte an einer kleinen Seitenthüre des Zimmers die ganze Unterredung angehört, die sein Herr mit Donna Mencia gehabt hatte.

Wie er nun sahe, daß er im grösten Zorn in den Garten lief, so schlich er ihm nach und traf ihn in einem Gange von Castanien-Bäumen an, wo er, die Hände auf dem Rücken gefaltet, mit grossen Schritten hin und wieder gieng, und ziemlich laut mit sich selber redete. Er sah so wild aus, daß Pedrillo sich nicht getraute ihm näher zu kommen. Allein so bald Don Sylvio seiner gewahr wurde, rief er ihm und sagte: Ich sehe wohl, daß du dich vor meinen Vorwürfen fürchtest; denn wenn deine unzeitigen Sorgen nicht gewesen wären, so wären wir jezt schon weit von diesem verwünschten Hause entfernt, woraus wir nun, wie ich besorge, ohne den Beystand der mächtigen Radiante schwehrlich entkommen werden. Aber besorge nichts, mein Freund; ich weiß, daß du keine böse Absicht hattest, und ich bin nicht so unbillig, daß ich dir Begegnisse zur Last legen sollte, an denen allein mein widriges Schicksal und die Bosheit der Zauberer meiner Feinde schuld ist.

Mit diesen Worten nahm er ihn bey der Hand, führte ihn in eine Laube, und nachdem er ihm befohlen hatte, sich auf allen Seiten umzusehen, ob sie auch allein wären, sagte er mit leiser Stimme zu ihm: Höre, Pedrillo, ich will dir meine innersten Gedanken entdecken; ich bin vollkommen überzeugt, daß diese alte hagre Frau, die du mit den zweyen Ungeheuern aus der Kutsche steigen sahst, nicht meine Tante Donna Mencia ist, ob ich gleich beym ersten Anblick selbst betrogen wurde, sie dafür zu halten. Ganz gewiß ist es die boshafte Fanferlüsch, die ihre Gestalt angenommen hat, um desto gewisser die Anschläge zu zerstören, welche die wohlthätige Radiante zu meinem Glück gemacht hat. Ich habe Merkmale, Pedrillo, die mir keinen Zweifel übrig lassen, denn so gut auch diese anmaßliche Donna Mencia sich zu verstellen wußte, so bemerkte ich doch in der Unterredung, die ich mit ihr hatte, etlichemal etwas gräßliches in ihren Augen, das meine Tante niemals gehabt hat. Kurz; denn ich kan mich jetzt nicht umständlich heraus lassen, ich habe über diesen Punct nicht den mindesten Zweifel. Fanferlüsch wird die Verwandlung des grünen Zwergs erfahren haben, und, um zu verhindern, daß ich mit Hülfe der mächtigen Radiante nicht dazu gelange den blauen Papilion zu entzaubern, ist sie in Gestalt der Donna Mencia hieher gekommen, um mich zu einer Heurath zu nöthigen, die ich verabscheuen würde, wenn gleich diejenige, die sie mir zur Braut aufdringen will, eben so schön wäre als sie abscheulich ist.

Glaubt ihr das, Gnädiger Herr? antwortete Pedrillo, der ihm mit grosser Aufmerksamkeit zugehört hatte, wenn ich die Wahrheit gestehen soll, so dächte ich fast selbst, daß ihr recht haben könnet, denn ich merkte gleich, wie ich sie aussteigen sah, daß es nicht mit rechten Dingen zugieng, und seit dem ihr mir eure Gedanken gesagt habt, wollte ich schier wetten, daß diese Donna Schmergelina, oder wie sie heißt, des grünen Zwergs leibliche Schwester wäre, wenn sie nicht, GOtt behüt uns, noch etwas ärgers ist; denn ich will nicht ehrlich seyn, wenn ich in meinem Leben einen so häßlichen Wechsel-Balg gesehen habe. Jetzt reut es mich, daß ich ihr nicht gleich auf die Füsse sah; aber das hab ich doch gesehen, daß sie ganz grün im Gesicht und am Leibe war, und daß sie einen Buckel und ein paar entsetzlich lange Ohren hatte.

Mit allen diesen Schönheiten, versetzte Don Sylvio, verlangt sie nichts geringers, als daß ich sie heurathen soll.

Ihr sollt sie heurathen? rief Pedrillo, heurathen? Ihr ein solches Mondkalb heurathen? Ihr müßtet ja gar den Verstand verlohren haben; verzeyht mir, gnädiger Herr, daß ich so sage, denn ich weiß doch wohl, daß ihrs nicht thun werdet. Zum Henker! was bildt sich das Affen-

Gesicht ein? das wäre wohl ewig Schade, wenn ein so hübscher junger Herr einem solchen kleinen Meer-Drachen in den Armen liegen sollte! Beym Element, da wird nichts draus, Jungfer Schmergelina! laß dir heim geigen, oder, wenn du ja geheurathet seyn willst, so laß dich den Zwerg Migonnet heurathen, der schickt sich besser für dich, hi, hi, hi; das würde mir ein Paar seyn, das zusammen taugte! Sapperment, wenn er ein dutzend Finken und Distelvögel auf der Nase sitzen hätte, wie die Historie sagt, so setzte sie ein halb dutzend Meerschweinchen auf ihren breiten Busen! das würde gut lassen! daß dich die Pest! Ja wohl da! Man heurathet nur gleich solche Leb-Kuchen-Gesichter! Ich habe zwar gehört, daß sie hordreich seyn soll, aber wenn sie sich auch von Fuß auf übergülden liesse, so möcht ich sie nicht, ob ich gleich nur ein armer Kerl bin. Weniger Geld, Jungfer Fanferlüschin, und mehr Schönheit, oder sucht eure Heurather anderswo, wenn ihr so gut seyn wollt.

Don Sylvio mußte über den Eyfer, womit Pedrillo alles dieses närrische Zeug vorbrachte, lachen, so wenig er auch Lust dazu hatte; da er es aber gar zu lange machte, so fiel er ihm endlich ein, und sagte: Mein lieber Pedrillo, die Sache ist ernsthafter als du dir vielleicht einbildest; Fanferlüsch ist eine von den schlimmsten und rachgierigsten Feen, die jemals gewesen sind, und ihre Macht ist nicht geringe; wenn sie es ist, die diesen Abend in Gestalt meiner Tante hieher gekommen ist, mir diese ungeheure Mergelina aufzudringen –

Sapperment, unterbrach ihn Pedrillo, den diese Worte plötzlich auf einen andern Ton stimmten, wenn die gnädige Frau, eure Tante, nicht eure Tante, sondern, wie ihr sagtet, die verfluchte Fanferlüsch ist, so helf uns der Himmel! denn wie wollt ihr, daß wir uns gegen Zauberer und Gespenster helfen sollen?

Höre, Freund Pedrillo, sagte Don Sylvio, es ist kein ander Mittel übrig, als daß wir uns in dieser Nacht noch aus dem Hause machen.

Diese Nacht noch? rief Pedrillo ganz erschrocken aus; o gnädiger Herr, bedenket doch, was ihr sagt! die Nacht ist ohnehin Niemands Freund, aber in solchen Umständen, seht ihr, wollt ich keinen Fuß aus dem Hause setzen, und wenn ihr mir auch so viel Quadrupel geben wolltet, als ich Haare auf dem Kopf habe. Ich will des Todes seyn, wenn wir nicht bey jedem Tritt und paar tausend Gespenster, Drachen und Stachelschweine antreffen, die uns allenthalben den Paß verrennen. Ich bitte euch, Herr Don Sylvio –

Schweige mit deinen abgeschmackten Possen, sagte Don Sylvio, hab ich nicht das Bildniß der Princeßin, deren Anblick gewiß allein schon hinlänglich ist, alle Ungeheuer von Africa in Ehrfurcht zu halten, und auf allen Fall hat uns ja die Fee Radiante ihren Schutz versprochen. Wir werden dem Ansehen nach eine schöne heitre Nacht haben, und wenn auch der Mond nicht schiene, so zweifle ich nicht, daß sie uns im Nothfall einen von ihren Salamandern oder etliche schicken wird, die unsern Weg beleuchten, und uns gegen alle Verfolgungen der Fanferlüsch sicher stellen werden. Mit einem Wort, Pedrillo mein Freund, wenn du mich lieb hast, so sey mir zu meinem Vorhaben behülflich; denn wenn wir diese Gelegenheit zur Flucht versäumen, so weißt der Himmel, ob wir sie jemals wieder finden werden. Sey versichert, daß ich nicht undankbar seyn werde. Ich verspreche nicht gern mehr als ich halten kan; aber wenn ich einmal meine Princeßin gefunden habe, so darfst du darauf zählen, daß dein Glück gemacht seyn soll. Willt du mich aber nicht begleiten, so sey versichert, daß ich lieber allein gehen, ja lieber tausendmal den Tod leiden, als noch eine Nacht in diesem verwünschten Schlosse bleiben will.

Pedrillo war ungeachtet seiner Furchtsamkeit der gutherzigste Narr von der Welt, die Thränen kamen ihm in die Augen, da er seinen Herrn so reden hörte, und er entschloß sich endlich allen Gespenstern, Fanferlüschen und Schmergelinen zu trotz mit ihm davon zu gehen, in welcher Stunde der Nacht es ihm belieben werde.

Fünftes Capitel.

Ein Spatziergang.
Klugheit des Don Sylvio.

Sie hatten ihre Abrede kaum genommen, als sich in einiger Entfernung die schmetternde Stimme der Donna Mencia hören ließ, die ihre Gäste, frische Luft zu schöpfen, in den Garten führte, der zwar aus Mangel an Unterhaltung wild genug aussah, aber seiner Anlag und Einrichtung nach überaus anmuthig war. Pedrillo hatte kaum so viel Zeit, sich hinter etliche Hecken von Myrthen in einen andern Gang zu schleichen, wo er unbemerkt aus dem Garten kommen konnte; Don Sylvio aber blieb auf seiner Bank sitzen, bis ihm die kleine Gesellschaft näher kam.

Da es ihm, ungeachtet seiner Thorheiten, nicht an Vernunft fehlte, so begrif er bey der ersten Überlegung, daß er um die Entweichung, die er vorhatte, besser zu verbergen, ein Betragen annehmen müsse, welches ohne mit der Erklärung, die er seiner anmaßlichen Tante gegeben, einen allzustarken Absatz zu machen, doch Hofnung fassen liesse, daß er nach und nach vielleicht gewonnen werden könnte.

Er gieng also der Gesellschaft mit langsamen Schriten und einem Gesicht entgegen, welches weder ganz bewölkt noch ganz heiter war; er mischte sich mit einer guten Art in ihre Gespräche, und verbarg so gut er konnte, den Eckel und das innerliche Grauen, so ihm die Schwester des grünen Zwergs in desto höherm Grad verursachte, je mehr sie sich Mühe gab ihm zu gefallen, und ihn merken zu lassen, wie sehr er nach ihrem Geschmack sey.

Zu gutem Glück ersetzte die Eitelkeit der schönen Mergelina alles, was eine Person von feiner Empfindung an seinem Betragen vermißt hätte, so reichlich, daß sie vollkommen mit ihm zufrieden schien, obgleich alles, wozu er sich zwingen konnte, in den Gränzen der gleichgültigen Höflichkeit blieb, die man einem Gast und dem Geschlecht schuldig ist, wozu sie zu gehören schien.

Was seine Tante betrift, so konnte wohl nichts überflüßigers seyn, als die Sorge, die er sich machte, daß sie sein Vorhaben nicht argwohnen möchte. Sie wußte, daß er weder Geld noch die mindeste Bekandtschaft in der ganzen Gegend hatte, und es fiel ihr also nur nicht als etwas mögliches ein, daß er mit einer Flucht umgehen könnte, wozu ihm alle Mittel fehlten. Es ist wahr, der Ton, womit er sich unterstanden hatte sich ihr entgegen zu setzen, und besonders die letzten Worte, die ihm im Unwillen entgangen waren, hatten sie stutzen gemacht, und sie hatte sich vorgenommen, sich im Hause zu erkundigen, ob vielleicht in ihrer Abwesenheit etwas vorgegangen sey, das ihn zu einer so ungewöhnlichen Sprache veranlaßt haben könnte. Allein die Nothwendigkeit ihrem geliebten Don Rodrigo (denn zu Rosalva war Herr Rodrigo Sanchez so gut Don, als ein Gusmann) Gesellschaft zu leisten, hatte ihr noch keine Zeit dazu gelassen; und da sie ihren Neffen jetzt so höflich gegen Donna Mergelina sah, so hofte sie, daß er sich indeß eines bessern besonnen habe, und hielt es für unnöthig sich mehr um Ausdrücke zu bekümmern, die, wie sie glaubte, gar wohl, blosse Eingebungen einer unbesonnenen Jugendhitze gewesen seyn könnten.

Sechstes Capitel.

Don Sylvio wird in die Gärten der Fee Radiante entzückt. Seltsames *qui pro quo* so daraus entsteht. Unangenehme Folgen desselben.

Unsre kleine Gesellschaft, oder doch wenigstens die Damen, welche die Seele davon ausmachten, befanden den Spatziergang so angenehm, daß die Nacht sie überschlich, ohne daß sie es merken wollten.

In der That war es eine Nacht, welche dazu gemacht schien, die Liebe zu begünstigen, eine so angenehme und heitre Nacht, daß die keusche Diana keine schönere gewählt haben konnte, den schönen Endymion einzuschläfern, oder die Göttin der Liebe, ihren Adonis glücklich zu machen.

Die zärtliche Donna Mencia und ihr Äneas blieben unvermerkt in einer dicht bewachsenen Laube zurück, ungeachtet es ziemlich dunkel darinn war, und die nicht weniger zärtliche Mergelina drückte ihrem Begleiter die Hand mit einem Nachdruck, der geschickter war die Stärke ihrer Leidenschaft als die Leichtigkeit ihrer Hand zu beweisen, in der Absicht ihn aus einer Träumerey zu erwecken, worinn er sich seit einer geraumen Weile verlohren hatte.

Nicht weniger als die übrigen von den Schönheiten der schlummernden Natur gerührt, die im dämmernden Mondschein, wie in einem Nachtgewand von durchsichtigem Flor, in nachläßiger Anmuth ausgestreckt zu liegen schien, hatte der entzückte Don Sylvio vergessen, wo er war, und wen er neben sich hatte. Er bildete sich ein in die bezauberten Gärten der Fee Radiante versetzt zu seyn, er glaubte unter gewölbten Gängen von etherischem Jasmin und niemals welkenden Rosen zu wandeln; die Sterne däuchten ihn lauter Salamander und Salamandrinnen, die sich auf dem Azur des Himmels mit Contre-Tänzen belustigten, und die Frösche, die sich in einem benachbarten Graben hören liessen, waren in seinen Ohren eben so viel entzückende Stimmen, die den Ruhm seiner unvergleichlichen Princeßin und das Glück seiner Liebe besangen. Kurz, er war so sehr ausser sich selbst, daß er in dem Augenblick, da ihn die schöne Mergelina die Schwehre ihrer Hand fühlen ließ, sich einbildete, seine geliebte Princeßin an seiner Seite zu sehen.

Wie? rief er ganz entzückt aus, darf ich meinen Augen glauben? Götter! ist es ein Traum, womit mein Sehnsuchtvolles Herz mich täuscht, oder seh ich sie würklich, schönste Princeßin, und hat endlich die Stärke meiner Leidenschaft die Gewalt einer verhaßten Zauberey übermocht, und ihnen diese himmlische Gestalt wieder gegeben, deren blendender Glanz die abwesende Sonne ersetzt und einen neuen reitzendern Tag über die verschönerte Natur ausbreitet? –

In diesem Ton der erhabensten Schwärmerey fuhr er eine gute Weile fort der erstaunten Mergelina Dinge vorzusagen, von denen sie nicht das mindeste verstund, ohne darum weniger davon gerührt zu werden. Sie merkte doch wenigstens aus dem Ton und der Lebhaftigkeit, womit er sie sagte, daß die Rede von sehr feurigen Empfindungen war, und da sie die Sprache der feinen Welt nur aus Ritterbüchern und schwülstigen Romanen kannte, und überdiß von der Erziehung des Don Sylvio bereits die günstigsten Vorurtheile bekommen hatte, so beredete sie sich leicht, daß dieses die schöne Art sey, wie Leute von Stand und feiner Lebensart ihre Liebe zu erklären pflegten. Denn der Gedanke, daß er ihrer vielleicht nur spotten wolle, so wahrscheinlich er auch einer dritten Person geschienen hätte, war natürlicher Weise der letzte von allen, die einem Frauenzimmer von ihrer Gattung einfallen konnten. Sie hörte ihm also ohne Unterbrechung mit desto mehr Vergnügen zu, da sie hoffte, daß die schönen Sachen, die er ihr vorsagte, und die sie ihm in der That gerne geschenkt hätte, am Ende doch zu gewissen Erläuterungen führen würden, wovon sie aus dem geheimen Umgang mit einem jungen Krämer in ihrer Nachbarschaft, einem sehr antiplatonischen Gesellen, gewisse Begriffe erhalten hatte, und welche allerdings mit den Begierden, wovon sie gepreßt wurde, besser übereinstimmten als die erhabensten Liebes-Erklärungen. Um inzwischen doch nicht ganz unthätig zu seyn, und diese erwünschte Augenblicke so viel an ihr war zu beschleunigen, lehnte sie sich mit einer zärtlichen Art an ihn, drückte seine Hand an ihren Busen, der von zärtlicher Sehnsucht bis an den Hals empor stieg, und drähte ihre gläsernen Augäpfel so schnell im Kopf herum, daß sie electrisch wurden, und funkelten wie die Augen einer Katze im dunkeln.

Allein, es sey nun, daß die Einbildungs-Kraft unsers Helden durch die ungeheure Menge von Galimathias, womit er seine vermeynte Princeßin bewillkommt hatte, erschöpft war, oder daß keine Verblendung, Schwärmerey oder Bezauberung stark genug seyn konnte, gegen das nähere Anschauen der Donna Mergelina auszuhalten, so warf er kaum, indem sie aus dem Gebüsch hervor kamen, und eine lichte Stelle betraten, einen Blick auf seine Gefährtin, als er mit einem grossen

Schrey und einem nicht geringern Entsetzen von ihr zurück bebte, als dasjenige war, womit die Princeßin Lädronnete an statt eines Gemahls, den sie sich schöner als den Liebesgott eingebildet hatte, den scheuslichen grünen Serpentin in ihre Arme verwickelt fand.

Himmel, was seh ich? rief er ganz bestürzt aus, was für eine entsetzliche Verwandlung? ha! verfluchte Fanferlüsch, haben die Verfolgungen, die ich schon von dir erleiden mußte, deinen ungerechten Haß noch nicht befriedigen können? Was hab ich dir gethan, daß du in dem Augenblick, da ich meine geliebte Princeßin zu umarmen glaubte, diese abscheuliche Zwergin an ihre Stelle schiebst, in deren eckelhaften Umhalsung ich ohne das wohlthätige Licht der keuschen Göttin, vielleicht selbst zum Ungeheuer geworden, oder wie vom Anblick der Medusa zum Stein erstarrt wäre? Aber glaube nicht, daß ich eine solche Beleidigung ungerochen lassen werde. Rede, du kleine unausgeschaffene Mißgeburt, wo ist meine Princeßin? dein Leben hängt an deiner Antwort. Ich kenne die lächerliche Ansprüche, die du an mein Herz machst; aber wisse, daß du, trotz allen Fanferlüschen und grünen Zwergen, unter meinen Füssen wie ein Wurm zermürset werden sollst, wofern du sie nicht in diesem Augenblick wieder in meine Arme lieferst –

Wer bey diesen Reden aus den Wolken fiel, war die arme Mergelina. Der grimmige Ton, womit er sie ausstieß, und die drohenden Geberden, womit sie begleitet waren, erschreckte sie so heftig, daß sie ein fürchterliches Geschrey erhub, auf welches Donna Mencia und der edle Rodrigo nicht ermangelten so schleunig herbey zu eilen, als es die Unterredung erlaubte, worinn sie begriffen waren.

Man kan leicht erachten, wie sehr sie über dasjenige erstaunten, was sie sahen und hörten. Der Zustand, worinn sie den ergrimmten Don Sylvio antrafen, und die Erzählung, so ihnen die beleidigte Schöne nicht ohne grosse Thränen-Güsse von allem demjenigen machte, was vorgegangen war, brachten sie allerseits auf den Schluß, daß er verrückt seyn müsse; und die Reden, womit er in der Hitze seines Affects gegen sie alle fortfuhr, waren nichts weniger als geschickt, sie auf bessere Gedanken zu bringen.

Inzwischen lieffen auf den Lerm, den diese Scene machte, auch die Bedienten des Hauses herbey, und das Ende davon war, daß Don Sylvio, ungeachtet des tapfern Widerstands, den er that, an Händen und Füssen gebunden in sein Zimmer getragen wurde.

Man kleidete ihn aus, brachte ihn zu Bette, und bestellte den getreuen Pedrillo, auf ihn Acht zu haben, indessen daß Donna Mencia in ihrer kleinen Hauß-Apotheck beschäftiget war, ein niederschlagendes Pulver für ihn zurecht zu machen, und die schnellfüßige Maritorne abgeschickt wurde, den Barbier zu holen, der ihm eine Ader öfnen sollte.

Siebentes Capitel.

Don Sylvio kommt wieder zu sich selbst. Unterredung mit Pedrillo. Wie geschickt dieser die vermeynte Fanferlüsch zu hintergehen weißt.

So heftig die Anstösse waren, mit denen Don Sylvio zuweilen befallen wurde, so schnell pflegten sie vorüber zu gehen, wenn sie ihren nächsten Grund in demjenigen Theil der Seele hatten, welchem der göttliche Plato seinen Sitz zwischen der Brust und dem Zwerchfell angewiesen hat.

Er befand sich also kaum etliche Minuten allein, so erholte er sich wieder und verwunderte sich nicht wenig, sich in seinem Zimmer, und in seinem Bette zu sehen.

Endlich erblickte er in einem Winkel den Pedrillo, der auf die erste Bewegung, die er an seinem Herrn vermerkt, sich verkrochen hatte, aus Besorgniß, er möchte wieder einen Anstoß von Raserey bekommen.

Bist du hier, mein guter Pedrillo, rief ihm Don Sylvio mit einem sanften Ton der Stimme zu, indem er ihm die Hand entgegen bot; ich dachte schon, du hättest mich auch verlassen; aber du hast ein gutes Herz, und es soll dich auch nicht gereuen, daß du so viel Ergebenheit gegen mich zeigst.

Pedrillo weinte vor Freuden, da er seinen jungen Herrn, den er für rasend gehalten hatte, so gelassen und vernünftig reden hörte, und bezeugte ihm seine Freude in den lebhaftesten Ausdrücken, die er in der Eile finden konnte.

Ich begreiffe weder, was du mir da sagst, antwortete Don Sylvio, noch was mit mir vorgegangen ist. Es sind noch nicht sechs Minuten, so befand ich mich in den Gärten der Königin der Salamander; kanst du mir nicht sagen, wie ich hieher gekommen bin, und wer mir Hände und Füsse so gebunden hat?

GOtt steh uns bey, rief Pedrillo halb erschrocken, was sagt ihr da von Salamandern und von der Königin? die ihr gewiß so wenig gesehen habt, als ich meine Ur-Älter-Mutter? Wißt ihr denn nicht was euch begegnet ist? Aber sie sind auch mit Eu. Gnaden so umgegangen, daß es kein Wunder ist, wenn ihr eine Ohnmacht gekriegt habt. Ich war eben im Begriff, meinen Zwerchsack heimlich aus dem Hauß zu tragen, als ich den Lermen im Garten hörte; ich warf ihn geschwind hinter ein Gebüsch und lief, was ich lauffen konnte, um zu sehen was es wäre, denn es däuchte mich, daß ich euch schreyen hörte; aber ich kam schon zu spät. Das verfluchte Volk schrie aus einem Halse, ihr wäret, mit eurer Erlaubnis zu sagen, im Kopf verrückt, oder gar toll, sie fielen über euch her, und banden euch, ohne daß ich es wehren konnte. Daß sie die Pest! Jetzt seh ich wohl, daß alles nur erlogen war, und daß ihr so gut bey euren vier Sinnen seyd, als ich und ein anderer guter Christ.

Höre Pedrillo, erwiederte Don Sylvio – aber löse mir zu erst diese Bande auf, ich kan es nicht länger so ausstehen – wenn ich diesen Abend eine starke Vermuthung hatte, daß unter der Ankunft dieser Alten, die sich für meine Tante ausgibt, ein Geheimniß verborgen liege, so weiß ich jetzt gewiß, was ich von der Sache denken soll; es sind mir erstaunliche Dinge begegnet, seit dem du mich im Garten verlassen; aber es läßt sich jetzt nicht einmal davon flüstern. Wir sind hier nicht sicher, und der Himmel weißt, was uns noch bevor steht, wenn wir uns nicht durch eine schleunige Flucht zu retten suchen.

Aber wie wird das möglich seyn, antwortete Pedrillo: sie sind noch alle auf, und die gnädige Frau, die alte Hexe wollt ich sagen, wird alle Augenblicke kommen, um euch, wie sie sagte, ein Terpentin-Pulver einzugeben.

Du willt vielleicht ein Temperier-Pulver sagen, fiel ihm Don Sylvio ein?

Es mag heissen wie es will, sagte Pedrillo, wenn ich Eu. Gnaden rathen darf, so werdet ihr nicht ungescheidt seyn, und es hinunterschlucken; Bösen Leuten ist nie viel Gutes zuzutrauen; sie könnte euch eben so gut Mäußgift oder geschabte Nägel als gestossene Krebs-Augen eingeben.

Das hab ich wohl am wenigsten zu besorgen, erwiederte Don Sylvio; ich könnte eher vermuthen, daß sie mir einen Liebes-Tranck beybringen möchte, um mich gegen diese häßliche Zwergin zu entzünden, die, ich weiß selbst nicht, ihre Tochter oder ihre Nichte ist. Aber ich bitte dich, Pedrillo, mein Freund, denke ein Mittel aus, wie ich diese Nacht noch entrinnen könne, ohne weder die Alte noch die Junge wieder zu Gesichte zu kriegen; denn ich versichere dich, der Streich, den sie mir gespielt haben, geht mir so tief zu Gemüthe, daß ich bey ihrem Anblick unmöglich gelassen bleiben könnte.

Wißt ihr was? sagte Pedrillo, nachdem er sich eine gute Weile besonnen hatte; die Frau Fee Rademante könnte uns hier am besten aus der Noth helfen. Wenn sie so sehr eure gute Freundin ist, als sie vorgibt, warum kommt sie nicht, und befreyt uns aus den Klauen dieser alten Kuplerin? Wenigstens könnte sie uns doch einen Luft-Wagen oder das Hütchen des Prinzen Kobolt, oder so was schicken, daß wir desto bälder davon kämen. Aber so machen es diese grosse Herren und Damen. So lang ihr nichts braucht, versprechen sie euch goldne Berge; aber verlasse sich ein andrer drauf! wenn man sie am nöthigsten hat, da ist niemand zu Hause. Ich wette gleich was man will, wenn wir in Scorpionen oder Lindwürmer verwandelt seyn werden, so wird sie gleich da seyn, und ihr Mitleiden mit uns bezeugen, und die Schuld auf das Schicksal oder auf die Constipation der Sterne schieben.

Rede nicht so unvernünftig, fiel ihm Don Sylvio ein; meynst du die Feen haben sonst nichts zu thun, als da zu stehen und zu lauren, bis es dir einfällt, daß sie uns aufwarten sollen. Wenn wir uns selbst nicht mehr helfen können, so bin ich gewiß, daß Radiante mir ihren Beystand nicht versagen wird. Inzwischen müssen wir das unsrige thun und auf Mittel denken –

Gut, gut, unterbrach ihn Pedrillo, ich höre die alte Gabelreuterin auf der Treppe, jetzt ist guter Rath theuer – hum; mir fällt was ein! legt euch auf die Seite, und thut als ob ihr schlaft; So! schnarcht ein wenig, für das übrige laßt mich sorgen.

Er hatte kaum ausgeredet, so trat Donna Mencia mit ihrem Pulver und einem Glaß Wasser in der Hand ins Zimmer, wie steht es um Don Sylvio, fragte sie den Pedrillo, der ihr auf den Zehen entgegen gieng; ich dachte nicht so lange auszubleiben, aber es ist mir –

Reden sie nicht so laut, flüsterte ihr Pedrillo zu, mein junger Herr ist schon eine gute Weile eingeschlafen, und sie wissen ja, daß man einen schlafenden Löwen nicht aufwecken soll. Die Ruhe thut ihm jetzt besser als alle Pulver und Latwergen der ganzen Welt.

Hat er keinen neuen Anstoß gehabt, seit dem du allein bey ihm bist, fragte die alte Dame.

Nein, gnädige Frau Fanferlüschin, antwortete Pedrillo, indem er ihr bald auf die Stirne, bald auf die Füsse sah, er hatte –

Was sagtest du da, unterbrach ihn Donna Mencia? wie nenntest du mich, du alberner Kerl? was soll das bedeuten?

O, ich bitte Eu. Gnaden tausendmal um Verzeyhung, erwiederte Pedrillo zitternd, es ist mir so entfahren, ohne daß ich daran dachte; man kan ja leicht eins für das andre sagen; ich wollte nur sagen; daß es am besten wäre, wenn Eu. Gnaden meinen jungen Herrn schlafen liesse; denn es ist noch keine halbe Viertelstunde, da rief er: Pedrillo! Gnädiger Herr, sagte ich, wollt ihr etwas? Höre Pedrillo, sagte er, ich weiß nicht wie mir ist, sagte er, aber ich bin so matt, als ob mir alle Glieder entzwey geschlagen wären; aber ich denke, wenn ich nur schlafen könnte, so würde mir bald besser werden, sagte er; und damit legte er sich auf die Seite und schlief ein: Hört ihr ihn nicht schnarchen?

Er schläft, sagte Donna Mencia, nachdem sie ein wenig hinter den Vorhang geguckt hatte; es ist mir lieb, daß er wieder so ruhig ist. Weck ihn ja nicht auf; wenn er aber von sich selbst erwacht, so gib ihm dieses Pulver ein; es wird ihm gewiß wohl thun; indessen kommt der Barbier, der ihm eine Ader öfnen soll; denn man kan nicht vorsichtig genug seyn; Er ist vermuthlich nur aus Mattigkeit eingeschlafen, und das Fieber kommt vielleicht nur desto heftiger, wenn er aufwacht.

Ich glaube, sagte Pedrillo, Eu. Gnaden kan sich deßhalb ganz ruhig schlafen legen; ich hoffe, das ärgste ist vorbey. Indessen will ich schon auf ihn acht haben; aber aufwecken laß ich ihn nicht, und wenn der Barbier von Bagdad in eigener Person käme. Er kan mir wachen helfen; wenn mein junger Herr allenfalls wieder rappelköpfisch werden wollte, so ist es immer besser, es seyen unsrer zween, die ihn hüten als einer.

Donna Mencia bezeugte sich hiemit zufrieden, und verließ das Zimmer ihres Neffen, um ihre Gäste, die an seinem Unfall nicht wenig Antheil genommen hatten, durch die Nachricht, daß es wieder besser mit ihm stehe, zu beruhigen.

Was für eine Angst du mir eingejagt hast, sagte Don Sylvio, als sie wieder allein waren, wenn wirst du doch einmal über deine verwünschte Zunge Meister werden? Konnte auch etwas unbesonnener und dummer seyn, als ihr ins Gesicht zu sagen, daß du sie für die Fee Fanferlüsch ansehest?

Erzürne euch nur nicht, gnädiger Herr, antwortete Pedrillo, ihr werdet doch selbst gestehen müssen, daß ich meinen Fehler augenblicklich wieder gut gemacht habe; und das ist eben die Kunst. Es kan der klügsten Ganß ein Ey entfallen, ich will sagen, es verspricht sich wohl der Pfarrer auf der Canzel, aber gleichwie ich die gnädige Frau oft bey Tische sagen hörte, der beste General wäre derjenige, der am meisten Fehler macht, – nicht doch! der am besten – der seine Fehler – ich kan jetzt nicht daran kommen, aber es war doch etwas von Fehlern, und es schickte sich recht gut hieher –

Ich glaube du redest im Schlaf, unterbrach ihn Don Sylvio? Was für verteufeltes Zeug plauderst du wieder daher, ohne dich zu bekümmern, daß ich jetzt wichtigere Dinge zu thun habe als deinen Albernheiten zuzuhören? Geh, und schleiche dich, indessen daß ich mich ankleide, leise hinunter, um zu sehen, ob sie sich schlafen legen; wir müssen, wo möglich, noch vorher zu entrinnen suchen, ehe der Barbier kommt, sonst werden wir aufgehalten, und dann ist alles verlohren.

Das ist eben die Sache, versetzte Pedrillo, Maritorne ist schon über eine Stunde weg, und wenn sie ihn zu Hause angetroffen hat, so sind wir keinen Augenblick vor seiner Ankunft sicher.

Wir wollen das beste hoffen, sagte der junge Ritter, der schon beynahe angezogen war, geh und thue was ich dir befohlen habe, und wenn du merkst, daß alles im Hause still ist, so schleiche durch die kleine Nebentreppe in den Garten, und erwarte mich beym grünen Schloß, wo es am leichtesten ist über die Garten-Mauer zu steigen, denn sie ist dort ziemlich eingefallen.

Wo habt ihr denn, fragte Pedrillo, euren Schlüssel – aber ja, jetzt besinn ich mich, sie nahmen euch im Garten alles Eisen-Werck weg, das sie bey euch fanden, Degen, Messer, Schlüssel, so gar euren Flaschenzieher, aus Furcht, ihr möchtet ihnen oder euch selbst damit Schaden thun.

Gut, gut, sagte Don Sylvio, geh und erwarte mich beym grünen Schloß, wir haben keinen Augenblick zu verliehren.

Pedrillo gehorchte, und nach einer kleinen Viertelstunde sah ihn Don Sylvio, dessen Zimmer gegen den Garten lag, einen langen Gang von Pomeranzenbäumen einschlagen, der zum grünen Schloß führte. Er war eben im Begriff ihm zu folgen, als er gewahr wurde, daß er keinen Degen hatte. Ohne Degen auf Abentheuer auszugehen, däuchte ihn eine Unanständigkeit, die nicht zu entschuldigen wäre. Ob ich gleich hoffen darf, dachte er, daß mir die Fee Radiante im Fall der Noth einen diamantnen geben würde, so würde es doch das Ansehen einer Zagheit haben, wenn ich kein andres Gewehr führen wollte als ein bezaubertes. Endlich besann er sich eines alten Reuter-Säbels, der unter andern Alterthümern, nicht weit von seinem Zimmer in einer Plunder-Kammer lag, und das Ansehen hatte, seit den Zeiten König Ferdinands, des Catholischen, wenig Dienste gethan zu haben. Die Schwere dieses ehrwürdigen Seitengewehrs machte ihm die Nothwendigkeit, sich dessen zu bedienen, sehr unangenehm; allein da er sich nicht anders zu helfen wußte, so bewafnete er sich damit, mit dem Vorsatz es bey der ersten Gelegenheit gegen ein bequemers zu vertauschen.

Die allgemeine Stille, die im Hause herrschte, versicherte ihn, daß jedermann schon zu Bette gegangen sey. Er schlich sich also ganz getrost in den Garten, wo dem Pedrillo jeder Augenblick von Verzug eine Stunde däuchte, so sehr besorgte er, daß ihre Flucht von der zurück kommenden Maritorne allzufrüh entdeckt werden möchte. Dieses und die Furcht vor demjenigen, was er in diesem Fall von der Rache der Fee Fanferlüsch zu erwarten haben würde, hatte alle andre Furcht bey ihm verdrungen.

Allein das gute Glück unsers jungen Ritters hatte schon für diese Schwierigkeit gesorgt. Maritorne, die sich entweder vor Gespenstern fürchtete, oder ihre artige Person bey Nacht nicht allein wagen wollte, hatte ihrem Liebhaber, dem Haußknecht, die Erlaubniß gegeben sie zu begleiten. Unterwegs hatte sich dieses zärtliche Paar von der Annehmlichkeit dieser verführerischen Nacht verleiten lassen, sich in einem kleinen Gebüsche niederzusetzen. Was sollen wir sagen? Die Gelegenheit war günstig, der Liebhaber ungestümm, die Schöne schwach; Kurz, sie thaten, was Jupiter selbst in dergleichen Umständen oft gethan hatte; die gute Maritorne vergaß, daß sie den Barbier holen sollte, und erinnerte sich dessen erst, da sie von der Morgen-Sonne aus dem süssen Schlummer erweckt wurde, worinn eine angenehme Ermattung sie nebst ihrem Gefährten in diesem Gebüsche eingewiegt hatte.

Drittes Buch.

Erstes Capitel.

Heimliche Flucht unsrer Abentheurer; Wortstreit, der zwischen ihnen wegen eines Baums entsteht, den Pedrillo für einen Riesen ansieht.

Es war ungefähr eine halbe Stunde nach Mitternacht, als Don Sylvio, unter vielen andächtigen Seufzern an die Gebieterin seines Herzens, in Gesellschaft des getreuen und wohlbepackten Pedrillo seine abentheurliche Wanderschaft antrat. Der kleine Pimpimp, der nach dem Befehl der Fee mit von der Parthie war, hüpfte munter vor ihnen her, und führte sie, es sey nun aus blossem Instinct, oder durch den geheimen Antrieb irgend einer Fee, den nehmlichen Weg, auf welchem Don Sylvio das Bildniß seiner Princeßin gefunden hatte. Pedrillo machte zwar viele Einwendungen dagegen, und stellte vor, daß sie längst des linken Ufers des Guadalaviar, der sich an dem Walde hinab zog, einen bequemern Weg haben würden. Allein Don Sylvio blieb dabey, daß er keinen andern Wegweiser haben wolle als Pimpimp, von welchem er zu vermuthen anfieng, daß er vielleicht wohl selbst eine Art von Fee, oder wenigstens von vernünftigen Thieren seyn könnte. Pedrillo mußte sich also ergeben, so sehr er sich fürchtete bey nächtlicher Weile durch einen Wald zu reisen, wo seine Phantasie alles was er sah, in Gespenster verwandelte. Das schlimmste war, daß sich, nachdem sie kaum eine Stunde lang gewandert waren, der Himmel mit Wolken zu bedecken anfieng, die ihnen kaum so viel Heiterkeit übrig liessen, daß sie einen Weg in dem Gehölze finden konnten, ob es gleich keines von den dichtesten war.

Dieser Umstand ermangelte nicht die Einbildung des armen Pedrillo vollends in Verwirrung zu setzen. Es fielen ihm auf einmal alle Gespenster-Historien ein, die er von seiner Kindheit an gehört hatte, er glaubte alle Augenblicke etwas verdächtiges zu sehen, und zitterte bey dem mindesten Geräusch, das er merkte, so laut oder noch lauter als ein Klopfstockischer Teufel.

Du schnatterst ja als ob du das Fieber hättest, sagte endlich Don Sylvio, der schon lange gemerkt hatte, wo es ihm fehlte.

Um des Himmels willen; gnädiger Herr, stotterte Pedrillo, und faßte ihn dabey beym Rock, seht ihr nichts? Ich sehe Bäume, so gut als man sie im Dunkeln sehen kan, versetzte Don Sylvio.

GOtt steh uns bey! sagte Pedrillo keuchend, seht ihr dann den greulichen Riesen nicht, der dort auf einmal aus dem Boden hervor kommt, dort linker Hand? Er wird immer grösser und grösser, und streckt, deucht mich, wohl hundert Arme gegen uns aus, seht ihr, er kommt immer näher –

Ich glaube, du bist nicht klug, erwiederte Don Sylvio; thu die Augen besser auf, und schäme dich, daß du einen Baum für einen Riesen ansiehest.

GOtt gebe nur, daß es nicht noch etwas ärgers als ein Riese ist, versetzte Pedrillo. Ein Baum sagt ihr? Wo hat denn ein Baum Arme und Füsse?

Ich sage dir alberner Tropf, antwortete Don Sylvio, daß es ein Baum ist; was du für Arme ansiehst, sind seine Äste, er scheint immer grösser zu werden, weil der Grund, worauf wir gehen, etwas erhaben ist, und er kommt uns immer näher, weil wir auf ihn zugehen. Wenn du so furchtsam bist, daß du Eichbäume für Riesen ansiehst, so möcht ich wohl wissen, wofür du die würklichen Riesen halten wirst, die uns vielleicht noch aufstossen werden? Was mich betrifft, so schwör ich dir, daß alle Bäume in diesem Walde zu Riesen werden könnten, ohne daß ich sie fürchten würde.

Ich bitte euch, mein lieber Herr, versetzte Pedrillo, redet nicht so laut; die Haare stehen mir zu Berge, wenn ich euch so reden höre. Die Riesen könnten euch beym Worte nehmen; glaubt mir Herr, ein einziger würde euch so viel zu thun geben, daß ihr genug hättet. Ich bitte euch ums Himmels willen, geht ihm aus dem Wege, und thut ihm nichts; es daurte mich nur mein junges Blut; der Popanz würde keinen Unterschied machen, und ich müßte dran glauben, so unschuldig ich immer bin.

Das dachte ich wohl, antwortete Don Sylvio lachend, daß es dir nur um deine eigne Haut ist; aber besorge nichts; die Fee Radiante hat dich ja ausdrücklich zu meinem Gefährten ernannt, und du stehest also unter ihrem Schutz so gut als ich selbst. Ich sag es dir noch einmal, wenn aus jedem Baum in diesem Walde ein Riese würde, und aus jedem Blatt ein junger Feldteufel hervor kröche, so hätten wir doch nichts zu besorgen. Aber siehst du denn nicht, daß dein Riese nichts mehr und nichts weniger ist als was ich dir sagte? Wir sind nun ganz nah bey ihm, und wenn du noch nicht glauben willst, daß es ein Baum ist, ein Eichbaum sag ich dir, ein eichener Eichbaum, so gut als es jemals einer gewesen ist, so will ich zur Probe einen Ast davon abhauen.

Ach, mein lieber gnädiger Herr, rief Pedrillo, indem er ihm den Arm zurück hielt, thut es ja nicht, ich bitte euch; ums Himmels willen, laßt es bleiben, und macht nicht euch und mich durch eure Tollkühnheit unglücklich. Es mag nun jetzt eine Eiche oder eine Linde seyn, so hab ich doch mit meinen Augen gesehen, daß es ein ungeheurer Riese war, ich will eben nicht sagen, ein Riese, GOtt weiß, was es gewesen seyn mag; aber ich weiß doch, was ich gesehen habe; der Teufel, GOtt behüt uns! ist ein Tausendkünstler, und er kan eben so gut –

Weißst du wohl, Pedrillo, fiel ihm Don Sylvio ins Wort, daß ich deiner blödsinnigen Einfälle müde bin? Ich glaube zum Henker, du willst einen Don Quischotte aus mir machen, und mich bereden, Windmühlen für Riesen anzusehen? da siehe, wie viel ich mir aus deinen Riesen mache! Mit diesen Worten zog er seinen Säbel, und hieb auf einen Zug einen ziemlichen Ast herunter.

Pedrillo erschrack anfangs so sehr über diese verwegene That, daß er beynahe umgesunken wäre; da er aber sah, daß sie keine schlimme Folgen hatte, so faßte er wieder Muth. Ich hätte nicht gemeynt, sagte er zu unserm Helden, daß ihr so viel Herz hättet, Herr Don Sylvio; ich glaube, verzeyh mirs GOtt, ihr wäret toll genug, mit dem Teufel und seiner Großmutter anzubinden. Aber wir wollen nicht zu früh Triumph singen. Seht einmal ob nicht Blut aus dem Ast heraus fleußt?

Da sieh selbst, sagte Don Sylvio, indem er ihm den Ast darbot, und gesteh einmal, daß du der albernste dumme Junge bist, den ich jemals gesehen habe. Woher nimmst du doch alles das altvettelische Zeug, das du sagst?

Was ich da sagte, gnädiger Herr, ist, meiner Six! nicht so einfältig als ihr denkt; ich habe dergleichen Dinge mehr gelesen, und was einmal begegnet ist, kan ein andermal wieder begegnen. Zum Exempel, ich besinne mich jetzt gleich eines gewissen Trajanischen Prinzen, ich weiß selbst nicht mehr Coridor oder Isidor*, aber es dort sich so was in seinem Namen, der von einem Mahommetanischen Zauberer in einen Cypressenbaum verwandelt worden war, und da ihn der

* Seh. *Virgil. Æneid. L. III. v. 20. seq.*

Pabst Äneas Sylvius, ich weiß nicht mehr warum, wollte umhauen lassen, da floß bey jedem Hieb Blut heraus, frisches Blut, so roth als man es nur sehen wollte. Die Leute erschracken entsetzlich, wie ihr euch einbilden könnt; allein der Pabst Äneas, der gleich merkte, daß ein Geheimniß darunter stecken müsse, befahl, man sollte nur fortfahren zu hauen, und was meint ihr wohl, was da geschah? Man hörte eine Stimme aus dem Baum, eine überaus klägliche Stimme, welche sagte, daß sie die Seele des Isidorus sey, oder wie er hieß, und wie es ihr ergangen, und wie sie von dem ungläubigen Zauberer in diesen Baum verwandelt worden sey, ohne daß sie vorher habe beichten oder sich vorbereiten können; und bat alle Christliche Herzen, die gegenwärtig waren, so flehentlich, daß jedermann die helle Zähren weinen mußte, daß sie doch zu Linderung ihrer Pein etliche dutzend Ave für sie beten möchten.

Das muß ich gestehen, sagte Don Sylvio, nachdem Pedrillo mit seiner Erzählung zu Ende war, daß du eine erstaunliche Belesenheit hast, Pedrillo; und was die Gabe der Erzählung betrift, so will ich mein Schloß und alles Meinige verlohren haben, wenn zu Salamanca oder in irgend einer andern Universität von Spanien ein Baccalaureus ist, der es mit dir aufnehmen dürfte. Ich biete ihnen allen Trotz, daß sie einen Trojanischen Prinzen mit dem Pabst Äneas Sylvius, oder Pius dem andern zusammen bringen, wie du gethan hast, es müßte denn in der Hölle seyn, wohin gewiß Äneas Sylvius nicht gekommen ist, denn er war einer von den frömmsten und gelehrtesten unter allen, die jemals der Kirche vorgestanden sind.

Es beliebt Eu. Gnaden so zu sagen, erwiederte Pedrillo; aber es mag nun euer Ernst seyn oder nicht, so versichre ich euch, daß ich mir in diesem Stück, wenn ich schon nicht gestudirt bin, vor keinem fürchte, er mag seyn wer er will, und wenn er auch ein dreyfacher Bacularius oder gar ein Doctor in allen sieben Facultäten wäre. Ich war noch nicht acht Jahr alt, so wußte ich schon alle Historien des Ovidius Nasus, und alle Fabeln in Florians Chronick auswendig; gelt, das hättet ihr nicht hinter mir gesucht? Aber ich hatte ein Gedächtniß wie ein Elephant, und unser alter Pfarrer, tröst ihn GOtt! sagte meiner Großmutter oft, wenn man mich studiren liesse, so könnte ich noch wohl einmal, ob GOtt wollte, Bischoff oder gar General-Vicarius werden. Wer weiß auch was geschehen wäre! wenn der gnädige Herr, Eu. Gnaden Herr Vater mich nicht ins Schloß genommen hätte, da mich meine Großmutter eben zu ihrem Bruder thun wollte, der damals Küster in einem Dorf ohnweit Toledo war, und wie die Leute sagten, sehr viel beym Erzbischof galt. Ihr müßt aber nicht meynen, als ob ich damit sagen wolle, daß ich bey diesem Tausch verlohren habe. Es ist überall gut Brod essen. Euer Gnaden weiß, daß ich euch so zu sagen, von eurer Kindheit an treulich und redlich gedient habe, und ich bin gewiß, daß ihr mein Glück machen werdet, wenn wir einmal, GOtt gebe nur bald! unsre Princeßin gefunden haben. Denn ob ihr schon ein so edler Edelmann seyd als einer in der Christenheit, so bin ich doch gewiß, daß ihr euer Wort so ehrlich halten werdet, als ob ihr nur ein Bauer wäret.

Auf diese Art fuhr der gute Pedrillo noch eine gute Weile fort zu plaudern, ohne daß sein Herr, der in ganz andern Gedanken vertieft war, die geringste Acht darauf gab. Pedrillo schwazte wie die Kinder im Finstern zu singen pflegen; denn er fürchtete sich noch immer so sehr, daß er schwitzte, und es war kein Heiliger im Calender, dem er nicht bey sich selbst ein Gelübde that, wenn er ihn lebendigen Leibs und unbeschädigt das Tageslicht wieder sehen lassen würde.

Zweytes Capitel.

Merkwürdiges Abentheuer mit dem Salamander
und dem Froschgraben.

Inzwischen hatten sich unsre Wanderer, ungeachtet der immer zunehmenden Dunkelheit, doch so weit aus dem Walde heraus gearbeitet, daß sie eine offne Stelle gewahr wurden, deren Anblick ein rechter Anstrich für den armen Pedrillo war. Er lenkte sogleich dahin ein, und seine Freude vermehrte sich nicht wenig, da er in einiger Entfernung ein Licht erblickte, welches er für ein Zeichen hielt, daß ein Wirthshauß oder Pachthof in der Gegend sey, wo sie den Anbruch des Tages erwarten könnten.

Allein seine Freude verwandelte sich bald wieder in Furcht und Grauen, da er sah, daß dieses Licht plötzlich näher kam, und um ein merkliches grösser wurde. Don Sylvio hingegen wurde es kaum gewahr, als er voller Freuden ausrief: Siehst du nun, Pedrillo, daß ich mir keine vergebliche Hofnung machte, da ich mich auf den Beystand der grossen Radiante verließ?

Was soll ich dann sehen, Herr, fragte Pedrillo?

Du mußst blinder als Tiresias seyn, daß du so fragen kanst? Siehst du denn den Salamander nicht, der in der ganzen schimmernden Pracht eines Bewohners des reinsten Feuer-Kreises auf uns zueilt?

Einen Salamander, rief Pedrillo, wo ist er denn, ich bitte euch? denn ich sehe nichts als einen feurigen Mann, der vermuthlich bey seinen Lebzeiten in dieser Gegend einen Marchstein verrückt haben wird, und jetzt zur Strafe feurig umgehen muß.

Dumkopf, versetzte Don Sylvio ein wenig entrüstet; können denn deine abergläubischen Augen allenthalben nichts anders sehen als die Hirngespenste, welche die alte Hure, deine Großmutter, von ihrer Älter-Mutter geerbt und dir in dein dummes Hirn gesetzt hat? Eben das, was du für einen feurigen Mann ansiehst, ist ein Salamander, sag ich dir, und einer der schönsten, die den stralenden Thron der grossen Radiante umglänzen. Siehst du nicht, wie seine Haarlocken gleich gekräuselten Sonnenstralen um seinen morgenröthlichen Nacken wallen? Siehst du nicht seine Augen wie zween Morgensterne blitzen? Siehst du die lazurnen mit Licht durchwebten Flügel nicht, mit denen er, wie ein unsterblicher, in majestätischem Flug, den Ether theilt?

Sapperment, Herr Don Sylvio, schrie Pedrillo, indem er sich mit der Faust vor die Stirne schlug, entweder bin ich ein Narr, oder ihr seyd nicht recht klug; ich will geprellt werden, wenn ich von allem, was ihr mir da sagt etwas anders sehe, als einen kleinen Feuerklumpen, der in der Luft schwebt und bald näher kommt, bald wieder zurück weicht, und dergleichen ich oft gesehen habe; ihr könnt es heissen wie ihr wollt, aber ich habe mein Tage gehört, daß es feurige Männer –

Pedrillo, mein Freund, unterbrach ihn Don Sylvio, wenn ich nicht mit deiner Einfalt Mitleiden hätte, so hätte ich gute Lust, dir dein unverschämtes Maul zu stopfen, daß du ein Andenken davon behieltest. Ich dächte doch wahrhaftig, der Herr Pedrillo sollte mir zutrauen, daß ich wissen müsse was ein Salamander ist, da ich ihrer mehr als zehen tausend im Gefolg der Fee Radiante gesehen habe. Es ist ein Salamander, sag ich dir nochmal, der vermuthlich etwas bey mir auszurichten hat, der vielleicht auch nur abgeschickt ist, uns den Weg zu zeigen; es sey nun das eine oder das andere, so wollen wir ihm nachgehen, das übrige wird sich bald von selbsten geben.

So mag es denn ein Salamander seyn, weil ihr es so haben wollt, erwiederte Pedrillo; ihr müßt euch besser auf solche hohe Sachen verstehen als unser einer. Euer

Gnaden ist vielleicht an einem Sonntag auf die Welt gekommen, denn man sagt, die Sonntags-Kinder können bey hellem Mittag Geister sehen.

Was du da sagst, versetzte Don Sylvio, ist so unrichtig nicht. Es kan eine Gabe seyn, womit mich eine Fee bey meiner Geburt beschenkt hat, daß die Elementarischen Geister, die sonst ihrer Natur nach von irrdischen Augen nicht gesehen werden können, für mich nicht unsichtbar sind.

Wenn aber dieses wäre, sagte Pedrillo, so müßte ich jetzt gar nichts sehen. Eurer Beschreibung nach ist dieser Salamander so schön wie ein Cherubin; warum mißgönnt er mir dann das Vergnügen, ihn in seiner eigenen Gestalt zu sehen, und warum zeigt er sich mir lieber in der fürchterlichen Gestalt eines feurigen Mannes.

Daran hat deine verdorbne Einbildungs-Kraft Schuld, erwiederte Don Sylvio. Wenn du die feurigen Männer nicht schon im Kopfe hättest, so würdest du ohne Zweifel eben das sehen, was ich sehe; es geht dir jetzt mit dem Salamander, der unser Führer worden ist, wie es dir vor mit der Eiche gieng, die du für einen Riesen ansahest –

Sachte, sachte, Herr Don Sylvio, fiel ihm Pedrillo ein, wir wollen diese Sayte nicht mehr berühren; zu geschehenen Dingen muß man das beste reden. Ich dächte, eine Höflichkeit wäre gleichwohl der andern werth, und wenn ich euern Salamander gelten lasse, so könntet ihr meine Riesen wohl auch in ihrem Werthe beruhen lassen. Wer weiß ohnedem, ob sie nicht näher mit einander verwandt sind als man sich einbildet, denn die Wahrheit zu sagen, der Grund, auf den uns euer Salamander geführt hat, fangt an ziemlich seichte zu werden; ich besorge immer, er wird es uns nicht besser machen, als ein gemeiner Feuermann; denn diese boshaften Schelmen haben keine grössere Freude, als wenn sie arme Wandersleute zum besten haben, und in einen Morast oder Froschgraben hinein führen können.

Pedrillo hatte kaum ausgeredt, als Don Sylvio, der immer voraus gieng, und dem vermeynten Salamander mit starken Schritten folgte, auf einmal bis an die Knie in einen Graben sank. Pedrillo, der ihm, so bald er ihn plätschern hörte, zu Hülfe kommen wollte, that es mit so weniger Behutsamkeit, daß es ihm noch ärger gieng als seinem Herrn; denn er fiel so lang er war in den dicksten Schlamm hinein. Das jämmerliche Geschrey, das er anfieng, machte unsern Helden besorgen, er möchte ein Bein verstaucht oder gar gebrochen haben. Was ist dir begegnet, mein guter Pedrillo, daß du so kläglich thust, rief er ihm zu, indem er sich selbst aus dem Morast heraus arbeitete, so gut es die Länge und Schwere seines Seitengewehrs zuließ. Wo seyd ihr denn, mein lieber Herr, rief Pedrillo ängstlich? Habt ihr noch eure eigene Gestalt, oder sind wir schon in Frösche verwandelt; daß es GOtt erbarme! mich däucht, ich höre mich selbst schon quäcken, wenn es nicht der Schrecken ist, der mich gar närrisch macht. Da haben wirs nun! sagte ich nicht vorher, es werde so gehen, und werdet ihr so gut seyn, und mich ein andermal auch etwas gelten lassen? Wo ist nun der Salamander mit seinen goldfarben Flügeln und lazurnen Haarlocken, und mit seinen Morgensternen in den Augen? Zum Guckguck ist er, und bekümmert sich den Henker darum, wie wir wieder aus dem Quarck heraus kommen.

Das Übel ist nicht halb so groß, als du es machst, sagte Don Sylvio, und es mag seyn wie es will, so hat der Salamander keine Schuld. Warum sahen wir nicht besser vor uns hin, denn er machte uns hell genug? Und wenn er verschwunden ist, so ist gewiß nichts anders als dein ungewaschenes Maul –

O saget das nicht, rief Pedrillo, der indessen aus dem Schlamm wieder hervor gekrochen war; Saperment! ich denke, es ist gewaschen genug, und mehr als mir lieb ist; ich fiel der Länge nach hinein, und kriegte gleich ein Maul voll, das gewiß nicht nach Muscaten schmeckte, das versichre ich euch.

Genug hievon, sagte Don Sylvio, auf einer Reise wie die unsrige ist, muß man sich alles gefallen lassen. Wenn ich dir aber die Wahrheit sagen soll, so fang ich bald selbst an Zweiffel zu bekommen. Ob ich gleich noch immer darauf schwören wollte, daß ich einen Salamander gesehen habe, so ist es doch nicht unmöglich, daß unsere Feinde, weil sie keine offenbare Gewalt gegen uns gebrauchen dürfen, eine List versucht haben, uns von der Fortsetzung unserer Unternehmung abzuschrecken.

Wenn ich reden dürfte, sprach Pedrillo, so weiß ich wohl was ich sagen möchte.

Und was wolltest du denn sagen?

Daß unsre Feinde vielleicht nicht so gar unrecht haben.

Wie so, wenn ich bitten darf, Herr Pedrillo?

Weil es mich däucht, daß wir nicht recht klug sind, bey Nacht und Nebel so durch dick und dünn herum zu ziehen, und die Köpfe an den Bäumen zu zerstossen, und in Sümpfe und Froschgräben hinein zu fallen, um vor einem kleinen Sack, mit hundert tausend Ducaten davon zu laufen, den wir heurathen könnten, ohne daß es uns einen Heller mehr kostete als ein armes Ja.

Der Froschgraben hat, wie ich sehe, eine merkliche Veränderung in deiner Denkungsart hervor gebracht, erwiederte Don Sylvio; aber ehe wir uns tiefer in diese Materie einlassen, möchtest du nicht so gut seyn, und mir ein paar Strümpfe aus dem Zwerch-Sack suchen, denn die meinigen sind so naß und übel zugericht, daß es nicht ärger seyn könnte.

Eu. Gnaden, antwortete Pedrillo, kan doch immer noch besser mit dem Salamander zufrieden seyn als ich;

denn ich bin vom Kopf bis zu den Füssen so besalbet, daß ich einen ganzen langen Tag brauchen werde, bis ich nur wieder trocken bin. Mich däucht ich sehe hier eine kleine Anhöhe, wo wir uns ein wenig setzen und umkleiden können. Seht ihr nun, fuhr er fort, indem er seinen Zwerchsack aufschnürte, ob meine Vorsorge vergeblich gewesen ist? Wir sässen jetzt schön, wenn wir warten müßten, bis uns die Fee Radiante andre Wäsche brächte. – Aber wieder auf unser a propos zu kommen, ich denke wir haben uns nun genug abgekühlt, daß wir mit kaltem Blut von der Sache reden können. Wie wär es, Herr Don Sylvio, wenn wir hier warteten, bis es Tag wird, und dann allgemach wieder zurück kehrten, wo wir hergekommen sind? Mich däucht, wir haben etwas angefangen, seht ihr, wovon wir kein Ende sehen werden. Meiner Six, ich wollte lieber eine Stecknadel in einem Heustock suchen als einen Schmetterling in der weiten Welt; und dann noch alle das Ungemach, dem man sich dabey aussetzt, die Dornritze, die Beulen am Kopf, die verstoßnen Schienbeine, die Riesen, die Salamander, die Froschgräben – und alles das um der schönen Augen eines Schmetterlings willen! beim Velten, das ist ja alles, was man leiden könnte, wenn es um die schöne Hecuba aus Griechenland zu thun wäre! Freylich ist der Schmetterling eine gebohrne Princeßin; aber seht ihr, Herr, wenn ich sagen soll, wie mirs um Herz ist, denn ich bin immer ein guter offenherziger Narr gewesen, es ist hier ein Aber, das uns das ganze Spiel verderbt. Ein Schmetterling, der eine Princeßin ist, ist freylich ein vornehmer Schmetterling; aber, zum Henker, eine Princeßin, die nur ein Schmetterling ist, ist noch weniger als eine Princeßin in einem Puppenspiel, denn wenn die Princeßin Tacamahaca oder Rossabarba mit dem spitzen Kinn, mit ihrer Krone von Flittergold, und mit ihrer langen Schleppe von falschem Silber-Moor abgetrippelt ist, so findet ihr doch

Lolottchen hinter der Scene, die, wenns drum und dran kommt, wohl so gut ist als manche Princeßin, und nicht so viel Umstände macht; das werdet ihr mir nicht läugnen können? und seht ihr, Herr, was ich sagen wollte –

Sa, sa, Pedrillo, das geht ja unvergleichlich, rief Don Sylvio, du sprichst ja wie ein Cicero; fahre nur fort, denn ich möchte doch gerne sehen, was endlich heraus kommen wird, wenn du fertig bist.

Das werdet ihr bald sehen, gnädiger Herr, antwortete Pedrillo, ich merke wohl, daß ihr meiner spotten wollt, aber es hat doch wohl eher ein Esel einem Propheten einen guten Rath gegeben. Kinder und Narren sagen die Wahrheit, und das Lange und Kurze von der Sache ist, daß der hab ich, immer besser gewesen ist, als der hätt ich; vom Wünschen sagt man im Sprüchwort, ist noch keiner reich worden. Die Frau Rademante hat euch freylich viel versprochen; aber versprechen ist eins und halten ist ein anders, sagte Hans zu Peretten, und wenn mans zuletzt beym Licht besieht, so däucht mich, es komme gerade so heraus, als wenn mir jemand einen Schatz schenckte, den ich aber erst noch erheben soll, ohne daß ich weiß wo? Wie wär es, wenn wir uns an das hielten, was wir schon haben? Donna Schmergelina ist ein junges Frauenzimmer, das mit alle dem auch nicht zu verachten ist; hundert tausend Ducaten sind meiner Six, ein hübsches Geld, Herr, und wenn es auch zuletzt etliche tausend weniger wären, so ist es doch vielleicht mehr, als das Fürstenthum werth ist, das euch eure Princeßin zubringen würde. Zudem so hat der letzte auch noch nicht geschossen; wer weiß was Donna Schmergelina ist, wenn man genau nachsieht; sie ist wenigstens immer eine Nichte der Fee Fanferlüsch, und Fanferlüsch mag im übrigen so alt, so dürr und so schlimm seyn als sie will, so ist sie doch eine Fee so gut als eine andre, und kan, wenn sie will, mit einem einzigen Schlag ihrer Zauber-Ruthe alle Ziegel auf eurem Schloß in Rubinen verwandeln.

Das ist alles wohl gut, erwiederte Don Sylvio; aber du hast mir doch selbst gestanden, daß Donna Schmergelina so häßlich sey, daß man sie unmöglich lieben könne –

Je nun, versetzte Pedrillo, was das anbetrift, so muß ich bekennen, daß sie eben nicht die schönste ist; aber, wenn ihr darauf Acht gegeben habt, so hat sie doch so was in ihrem Gesicht –

Ja wohl, Finnen und Pockengruben so viel du willst, unterbrach ihn Don Sylvio.

Und was thut das zur Sache, Herr? Schönheit ist eine vergängliche Blume; Schönheit vergeht, Tugend besteht; das unansehnliche Veylchen hat einen bessern Geruch als die prächtige aber stinkende Sammetblume. Indessen ist sie doch auch so heßlich nicht als ihr es macht; ich muß gestehen, sie ist was man sagen möchte, so ziemlich bucklicht, und beym ersten Anblick, dächte man, sie hätte rothe Haare; aber wenn man sie in einem gewissen Licht betrachtet, so fallen sie eher ins rosenfarbe, und es läßt ihr in der That nicht übel. Kurz und gut, wenn ich an Euer Gnaden Platz wäre, so machte ichs wie der Einäugige; um hundert tausend Ducaten willen kan man schon ein Auge zumachen; bey Nacht sind alle Kühe schwarz; Geld im Beutel ist der Meister, Geld regiert die Welt, kein Geld kein Schweitzer, dabey bleib ich, und wenn alle siebenzig Weise aus Morgenland mir das Gegentheil beweisen wollten.

Don Sylvio, der überhaupt die beste Seele von der Welt, und diesen Morgen bey ausserordentlich guter Laune war, belustigte sich so sehr an den Reden seines schwatzhaften und naseweisen Dieners, daß er ihn immerfort reden ließ, ohne ihn zu unterbrechen. Pedrillo fuhr also fort, die Vortheile nach einander her zu rechnen, die ihm die Vermählung mit der Nichte der Fee

Fanferlüsch verschaffen würde; er baute auf Unkosten der hundert tausend Ducaten und der Ziegelsteine, welche die Fee in Rubinen verwandeln sollte, die schönsten Schlösser, die jemals in Spanien gebaut worden sind, und erhitzte über diesen Vorstellungen seine Einbildung so stark, daß es eine ziemliche Weile anstund, bis er merkte, daß Don Sylvio indessen sanft und ruhig eingeschlafen war. Weil er nun nicht Philosoph genug war, um mit sich allein zu reden, so schwieg er endlich, und nachdem er etliche Züge aus einer Flasche Wein gethan hatte, so machte er sich ein Lager zurechte, und folgte dem Beyspiel seines Herren.

Drittes Capitel.

Worinn Pedrillo auf eine sehr unangenehme Art aus dem Schlaf geweckt wird.

Der gute Pedrillo schnarchte noch, als Don Sylvio plötzlich aus einem Traum auffuhr, der seinen Schlummer auf eine sehr unangenehme Art unterbrochen hatte. Verdammter Zwerg, rief er, indem er den Pedrillo bey der Gurgel faßte, gib mir mein Bildniß wieder, oder du bist des Todes!

He! Hülfe, Hülfe, Mörder, Feuer, Hülfe, schrie Pedrillo, und schlug mit Händen und Füssen um sich, indem er ohne zu wissen wie ihm geschah, so unfreundlich aus dem Schlaf erweckt wurde.

Meine Princeßin her, rief Don Sylvio nochmals oder –

Je, zum Henker, schrie Pedrillo, indem er sich von ihm loßriß, seyd ihrs, Herr? Reitet euch dann der Teufel, daß ihr mich mit aller Gewalt erdrosseln wollt? Pestilenz! Man ist ja seines Lebens nicht bey euch sicher?

Wie? was ist das? rief Don Sylvio ganz bestürzt, bist du es Pedrillo?

Je, zum Teufel, antwortete dieser, ich meyne wohl, daß ichs bin, wenn mich meine Mutter nicht mit einem andern verwechselt hat. Ist denn das auch Manier, einen so im Schlaf zu überfallen? Sackerlot! wenns so gilt, so bedank ich mich für die Commißion, Euer Gnaden Schmetterlinge und Princeßinnen suchen zu helfen.

Ich weiß nicht wo ich bin oder was ich sagen soll, erwiederte Don Sylvio, das seh ich nun mit meinen Augen, daß du Pedrillo bist, aber –

O grossen Dank, Herr Ritter, Don Sylvio von Rosalva, euer Diener! beym Element! ihr seyd sehr gnädig, daß ihr mir es endlich ganz laßt, daß ich meiner Mutter Sohn bin; aber meynt ihr, es sey damit gleich ausgerichtet? Meiner Seel, ihr hättet mir den Halß umgedreht haben können, ehe ich gewußt hätte, wie es zugegangen wäre. Da, seht nun her, wie ihr mit mir umgegangen seyd; Potz Herrich! wenn ihrs euren guten Freunden nicht besser macht – Aber ich will gleich wetten, da wird wieder ein Zwerg oder Salamander, dahinter stecken.

Gib dich nur zufrieden, mein lieber Pedrillo, antwortete Don Sylvio, du kanst ja selbst denken, daß meine Absicht nicht war, dir was zu Leyde zu thun, und, ich schwöre dirs bey dem Leben meiner Princeßin, ich begreiffe noch nicht, wie es zugegangen, daß der verwünschte grüne Zwerg, den ich schon in meiner Gewalt hatte, mir wieder entwischt ist, und dich an seine Stelle geschoben hat.

Dacht ichs nicht, rief Pedrillo, da haben wirs; der grüne Zwerg; Sagt ich es nicht vorher, wir würden kaum den Fuß zum Hause hinaus gesetzt haben, so würde der Diebshenker uns alle Drachen, Riesen, Zwerge und Rohrdommel der ganzen Welt auf den Halß hetzen? Ich bin euch gut dafür; bey Tag wird uns nichts dergleichen begegnen. Aber hab ich euch recht verstanden, gnädiger Herr, sagtet ihr nicht was vom grünen Zwerg? Ich dachte, der sey in einen Zahnstocher verwandelt worden. Es scheint mit Erlaubniß der Frau Salamander-Königin daß sie eben keine Sclavin ihrer Worte ist. GOtt verzeyh mirs, man soll nicht Böses von seinem Nächsten denken, aber, beym Velten! Herr, wenn sie euch nicht für einen Narren hat, so will ich gelogen haben.

Rede nicht so ungebührlich von einer so grossen Fee, sagte Don Sylvio sehr ernsthaft, es wird dich noch gereuen; ich sage es dir zum letztenmal, daß ich die ungezogene Frechheit deines Mauls nicht mehr leiden werde. Höre nur erst, was mir begegnet ist, und dann rede. Must du dann immer urtheilen, eh du einmal weist, wovon die Rede ist?

Ich glaube nicht, daß ich mich so sehr verfehlt hätte, antwortete Pedrillo ganz kaltsinnig; ich habe doch so viel Vernunft, daß ich weiß, daß Holzäpfel keine Quitten sind. Ich lasse mir eben auch nicht alles weiß machen, und ich bin, mit eurer Erlaubniß, nicht so dumm als ich aussehe. Es sind noch nicht fünf Minuten, so wolltet ihr mich erwürgen, weil ihr mich, wie ihr sagt, für den grünen Zwerg ansahet. Nun sag ich so: entweder ist der grüne Zwerg ein Zahnstocher, oder er ist keiner; ist er keiner, so hat die Fee – ihr wißt schon was; ist er aber einer, zum Henker, seit wenn seh ich dann einem Zahnstocher gleich? das ist ein Schluß, hoffe ich, woran nichts auszusetzen ist; ich möchte wohl sehen, was Euer Gnaden darauf antworten könnte.

Zum Henker, sagte Don Sylvio lächelnd, gibst du dich auch damit ab, Dilemmata zu machen? Wenn du so fortfährst, so wird ja zuletzt nicht mehr mit dir auszukommen seyn. Aber höre nur erst, sag ich dir, und laß mich allein reden, biß ich fertig bin, hernach wollen wir sehen, was für Schlüsse wir darüber zu machen haben.

Viertes Capitel.

Was die Einbildung nicht thut!

Nachdem Pedrillo versprochen hatte, daß er seine Zunge im Zügel halten wollte, fieng Don Sylvio seine Erzählung also an: Du warest kaum neben mir eingeschlafen –

Holla, gnädiger Herr, fiel ihm Pedrillo ein, mit Erlaubniß, woher konntet ihr das wissen, denn ihr schliefet ja schon lange, da ich noch wachte?

Du hältst dein Versprechen unvergleichlich, sagte Don Sylvio, willt du so gut seyn, und mich ohne Unterbrechung reden lassen? Ich würde bis morgen nicht fertig, wenn ich bey jedem Wort auf deine unverschämte Fragen antworten müßte. Ich sage dir, daß ich wachte, und das soll dir genug seyn – Indem ich nun allem dem was uns begegnet ist, nachdachte, sah ich eine Sylphide vor mir stehen – Eine Sylphide? rief Pedrillo, und hielt schnell wieder inne, indem er seinem Herrn steif ins Gesicht sah.

Ja, eine Sylphide, fuhr unser Held ganz gelassen fort, und die schönste Sylphide, die jemals von einem Sterblichen gesehen worden ist. Don Sylvio, sagte sie zu mir, ich weiß wen sie suchen; kommen sie mit mir, ich will sie zu ihrer Geliebten bringen, ich bin schon lange ihre gute Freundin; aber sie sollen doch diese Gefälligkeit nicht ganz umsonst empfangen. O rief ich, indem ich mich zu ihren Füssen warf, befehlen sie nur, schönste Sylphide, es ist nichts in der Welt, das ich nicht thun will, ihnen meine Danckbarkeit zu bezeugen, wenn sie ihr Versprechen halten. Dasjenige was ich von ihnen dafür erlange, erwiederte die Sylphide, ist eine Kleinigkeit; kommen sie nur, sie sollen erst ihre Princeßin sehen, über das andre werden wir bald einig seyn. Hierauf nahm sie eine Rose von ihrem schönen Busen, und warf sie auf den Boden; augenblicklich verwandelte sich die Rose in einen Muschel-Wagen von Rubin, der mit zwölf Paradießvögeln bespannt war, von einer Schönheit, dergleichen noch nicht gesehen worden ist. Ich setzte mich neben sie ein, und in wenigen Minuten stiegen wir in dem anmuthigsten Ort ab, den sich die Einbildungskraft nur immer vorstellen kan. Ich würde nicht fertig werden, wenn ich dir eine Beschreibung davon machen wollte.

O gnädiger Herr, sagte Pedrillo, das thut nichts, wenn die Beschreibung lang ist, desto besser; ich wollte euch den ganzen Tag ungegessen zuhören, ich höre euch gar zu gern erzählen.

Stelle dir, fuhr Don Sylvio fort, eine unermäßliche Ebne vor, in welcher die Zauberkunst irgend einer Fee alle die Annehmlichkeiten vereiniget hatte, welche die Poeten von Tibur und Tarent, von dem Thessalischen Tempe und von den Haynen von Daphne rühmen; anmuthige Gebüsche, schlängelnde Silberbäche, blühende Auen, Luftgänge von Citronenbäumen, kleine Seen, mit Myrthen eingefaßt, Lauben von Jasmin und vielfärbichten Rosen – Kurz, alles, was man sich nur von einem Ort vorstellen kan, der dem Vergnügen und der Liebe geheiliget ist. Schaaren von jungen Nymphen in leichtem Gewand flatterten unter den Myrthen umher oder tanzten mit Liebesgöttern auf den Fluren, oder badeten in stillen Grotten –

Das muß ich gestehen, Herr Don Sylvio, fiel Pedrillo ein, daß ihr unter einem glücklichen Zeichen gebohren seyd. Sapperment! es leben die Selphiden, das ist etwas anders als diese vertrackten Salamander, die zu nichts gut sind, als euch in einen Froschgraben hinein zu führen! Aber warum habt ihr mich doch nicht auch mitgenommen? Wenn es um ein angenehmes Abentheuer zu thun ist, da denkt niemand an mich.

Höre nur weiter, fuhr Don Sylvio fort; man muß niemand vor dem Ende glücklich preisen, sagte Solon, der Weise, und es scheint nicht anders, als ob ich dazu verhängt sey, eine Erfahrung nach der andern von dieser traurigen Wahrheit zu machen. Indem ich an diesem anmuthsvollen Ort mich umsah, erblickte ich eine Nymphe, unter einer Laube sitzend, die mit einem Sommer-Vogel spielte, der an einem goldnen Faden um sie her flatterte. Himmel! wie ward mir, da ich sah, daß es meine geliebte Princeßin war, da ich ihn für eben den blauen Sommervogel erkannte, den wir suchen! Bist du der junge Ritter, sagte die Nymphe zu mir, der unter dem Schutz der Fee Radiante das Abentheuer unternommen hat, den blauen Sommervogel zu entzaubern? Ich bin es, schönste Nymphe, antwortete ich, und bereit ihnen mein Leben selbst – O so viel verlang ich nicht, fiel sie mir ins Wort, wenn du mir beweisen kanst, daß du Don Sylvio von Rosalva bist, so ist der Sommervogel dein. Sagen sie nur, womit ich es ihnen beweisen soll, erwiederte ich, ich weiß zu gewiß daß ichs bin, als daß ich vor irgend einer Probe mich scheuen sollte. Zeige mir nur das Bildniß der Princeßin, antwortete sie, du must es haben, wenn du Don Sylvio bist, ich verlange keinen andern Beweiß. O! Pedrillo, ich Unglückseliger! Wo war die Fee, meine Beschützerin, in diesem fatalen Augenblick? Ich gab ihr das Bildniß, aber kaum hatte sie es in der Hand, so sah ich – Himmel! werd ich es aussprechen können? mit Entsetzen sah ich an statt der schönen Nymphe den grünen Zwerg vor mir stehen. Das kleine bucklichte Ungeheuer war vor Freude ganz ausgelassen, sprang in die Höhe, drehte das Bildniß in der Hand herum, blöckte die Zähne gegen mich, und sagte endlich mit spöttischem Gelächter zu mir: Nun hab ich was ich wollte! Wisse du unmächtiger Nebenbuhler, daß niemand als der Besitzer dieses Bildnisses im Stand ist dem blauen

Sommervogel seine eigene Gestalt wieder zu geben. Nun sind beyde in meinen Händen, und du hast nichts mehr zu hoffen. Geh, dank es meiner Entzückung, daß ich dir das Leben schencke; aber merke, was ich dir jetzt sage. Ich werde dich aufs genaueste beobachten, und wenn ich dich nur über einem Gedanken an meine Geliebte ertappe, so bist du des Todes! –

Du kanst dir die Wuth vorstellen, Pedrillo, worein mich diese Reden und der Anblick dieses häßlichen Gnomen mit dem Bildniß meiner Princeßin in seinen Klauen setzen mußte; ich fiel über ihn her, und rang mit ihm, fest entschlossen, entweder mein Leben zu lassen, oder mein Bildniß wieder zu haben –

Der Vorsatz war gut und löblich, sagte Pedrillo, aber warum mußte ich mit ins Spiel gemischt werden, und zwar nicht eher, als bis es ums Erdrosseln zu thun war.

Eben das ist es, erwiederte unser Held, was ich selbst nicht begreiffe; ich rang wie gesagt mit dem Zwerg, und in eben dem Augenblick, da ich im Begriff war ihn zu erwürgen, zeigte mir dein Geschrey und meine Augen, daß du es warst, der unter meinen Händen zappelte. Der Zwerg war verschwunden, und ich befand mich wieder an dem nehmlichen Ort, wo mich die Sylphide abgeholt hatte.

Und wo blieb dann die Selphide, fragte Pedrillo? So bald wir an dem Ort anlangten, wo sie mich absteigen hieß, muß sie verschwunden seyn, denn ich sahe weder sie noch ihren Wagen mehr.

Das ist eine verzweifelte Historie, sagte Pedrillo, meiner Six, sie fieng sich so schön an! es ist Jammerschade, daß sie nicht besser aufhörte. Aber – wenn einem einfältigen Kerl eine Frage erlaubt ist, glaubt ihr also, gnädiger Herr, daß euch das alles würklich begegnet ist?

Daran ist wohl kein Zweifel, antwortete Don Sylvio, ich wachte ja, da es mir begegnete, ich sahe mit meinen Augen, ich hörte mit meinen Ohren, ich hatte den Gebrauch aller meiner Sinnen, ich muß also gewacht haben, und wenn das ist –

Ja, ja, das ist eben noch die Frage, versetzte Pedrillo; ich will es eben nicht für gewiß sagen, aber, wenn ihr schon die Wunderlichkeit an euch habt, und nicht leiden könnt, daß man sage, ihr träumet wie andere ehrliche Leute, so weiß ich doch wohl – gesagt will ichs nicht haben, aber ich denke doch was ich denke.

Du denkst es sey nur ein Traum gewesen, Pedrillo; wollte der Himmel, daß es so wäre! Aber –

Seht ihr, gnädiger Herr, fuhr Pedrillo fort, es ist in allem ein Unterschied zu machen; wie ihr die Erscheinung von der Fee Rademante hattet, da dacht ich auch, es hab euch nur so geträumt, bis ihr mir das reiche Kleinod und das Bildniß zeigtet, so sie euch gegeben hatte; da konnt ich freylich nichts mehr dagegen einwenden. Was die Augen sehen glaubt das Herz. Wenn ihr mir nur eine Feder von einem dieser Paradiesvögel, die euch gezogen haben, ausweisen könntet, so liesse sich noch von der Sache reden; aber, beym Velten! was braucht es da langes und breites, ihr habt ja das Kleinod am Halse hangen, das euch der Zwerg gestohlen haben soll, sucht nur unter eurem Wams, ihr werdet die Princeßin gewiß noch am alten Ort finden –

O Wunder, rief Don Sylvio, da er es würklich auf seiner Brust fand, wie er es zu tragen pflegte, du hast recht, Pedrillo, Dank sey der hülfreichen Radiante, hier ist es –

Ich glaube Herr, sagte Pedrillo, dißmal thut ihr der Fee zu viel Ehre an, und ich wette mit euch was ihr wollt, ob ich gleich nichts habe, der grüne Zwerg hat den blauen Schmetterling und euer Bildniß so wenig gesehen als ich den Pabst. Hier habt ihr geschlafen, Herr, und da ist euch das alles im Traum vorgekommen, und da seyd ihr zuletzt dran erwacht, und da habt ihr mich beym Kopf gekriegt – Sapperment! ihr hättet das wohl auch nur träumen können wie das übrige. Ich schwör es euch, ein andermal, wenn wir wieder schlafen wollen, werde ich so gut seyn, und mich fünfzig oder sechzig Schritte von euch wegmachen. Ich habe keine Lust, wachend davor zu büssen, wenn euch ein Zwerg im Traum erzürnt hat.

Es fehlte zwar noch viel, daß Don Sylvio den Gedanken seines Gefährten über dieses Abentheuer Beyfall gab; allein Pedrillo, der diesesmal seine Stärke fühlte, ließ nicht ab, bis er es so weit brachte, daß sein Herr es selbst unwahrscheinlich fand, daß der grüne Zwerg in so kurzer Zeit seiner Zahnstocherschaft entlediget worden seyn könnte; und sie wurden endlich beyde des Schlusses einig, daß alles zusammen nur ein Blendwerk gewesen sey, welches Don Sylvio, ohne sich lange zu bedenken, auf die Rechnung der Fee Caraboße schob, die, wie er den Pedrillo versicherte, eine vertraute Freundin der Fanferlüsch und des grünen Zwergs sey, und da sie ihm auf keine andere Art beykommen könne, sich eine boßhafte Freude daraus mache, ihn wenigstens in Verwirrung zu setzen, und ihm seine Reise beschwehrlich zu machen.

Pedrillo ließ sich mit dieser Auskunft befriedigen, und sie setzten unter diesen Gesprächen ihren Weg fort, bis die zunehmende Sonnenhitze sie nöthigte tiefer im Walde Schatten zu suchen.

Fünftes Capitel.

Worinn die Geschichte nach Rosalva zurück kehrt.

Der wahrhafte Urheber dieser merkwürdigen und kurzweiligen Geschichte, findet hier nöthig den Lauf seiner Erzählung einen Augenblick zu unterbrechen, um den Leser zu berichten, was indessen in dem Schlosse zu Rosalva vorgegangen.

Die arme Maritorne, die wir nebst ihrem getreuen Pyramus, auf dem Wege nach dem Barbier, unter dem Schutz der Nymphen und Waldgötter haben einschlafen lassen, erwachte mit dem Anbruch des Morgens nicht so bald, als sie sich erinnerte, daß sie abgeschickt worden war, Meister Blas, den Barbier, abzuholen. Sie besann sich, was sie sagen wollte, wenn man sie um die Ursach ihres langen Aussenbleibens fragen würde, und da ihr nichts einfallen wollte, so fieng sie an sich ihre schönen goldfarben Haare auszurauffen, und ein so klägliches Geschrey zu erheben, daß ihr Liebhaber daran erwachte, und nach der Ursach ihrer Verzweiflung fragte. Hast du nichts als das, mein Schnäuzchen, rief er, als sie ihm ihr Anliegen eröfnet hatte, da will ich bald Rath geschaft haben. Ich kenne Meister Blasen sehr wohl, er ist in ein gewisses junges Mädchen verliebt, ein hübsches rundes rothbackichtes Mensch, das eine Viertelstunde weit von seinem Flecken in einem Pachthof wohnt, denn sie ist des Pachters seine leibliche Tochter; und weil er, wie alle Leute sagen, eine gute Cither schlägt, so vergeht keine Nacht, daß er nicht bis Morgens um zwey unter ihrem Kammerfenster sitzt und klimpert, und singt bis ihm die Finger und das Maul abfallen möchten. Du darfst also diesen Morgen nur zu ihm gehen, und sagen, du seyest in der Nacht schon da gewesen, und habest ihn nicht angetroffen; hernach bring ihn mit, und sag der gnädigen Frau, du habest gewartet, bis er heim kommen, oder so was, sie wird nicht so genau nachfragen. Aber das sag ich dir, Maritorne, mein Täubchen, schäkre mir nicht mit ihm, siehst du? Meister Blas ist ein loser Kautz, der sich gerne zutäppisch macht, und das will ich nicht haben, hörst du's? Sapperment, ich verstehe keinen Spaß nicht, was das anbetrift.

Maritorne, welche nun wieder vollkommen getröstet war, sparte nichts ihren Liebhaber über diesen Punct zu beruhigen, und Jago, auf den der Morgen eben so mächtige Einflüsse hatte als die Nacht, überzeugte sie von neuem wie würdig er ihrer Treue sey. Allein aus Furcht die aufgehende Sonne über ihr Glück eifersüchtig zu machen, entriß er sich endlich ihren Armen, und schlich in größter Stille seinem Stalle zu, wo er auf halb verfaultem Stroh und einem paar alten Maul-Esel-Decken, neben zwey oder drey Gespenstern von ehmaligen Pferden, in Ermanglung eines bessern sein Lager zu haben pflegte.

Es war ungefehr morgens um sechs Uhr, als Donna Mencia erwachte, das Verlangen nach dem glücklichen Zeitpunct, von welchem sie, kraft der hohen Meynung, die sie von ihren Reitzungen hatte, sich eine angenehmere Art zu erwachen versprach, erinnerte sie an den Anstoß, den ihr Neffe gestern gehabt hatte, und der ihre Sehnsucht mit höchst beschwerlichen Verzögerungen bedräute. Sie stund auf, warf einen Schlafrock um sich, und lief gerade nach seinem Zimmer, um zu sehen, wie er die Nacht zugebracht hätte. Sie riß wie man denken kan ein paar grosse Augen auf, da sie weder von dem Herrn noch von dem Diener die geringste Spur antraf. Nachdem sie ihn nun allenthalben, wo er zu suchen war, vergeblich gesucht hatte, rief sie das ganze Hauß zusammen, und setzte jedermann durch die Nachricht, daß der junge Herr und Pedrillo unsichtbar worden seyen, in die äusserste Bestürzung. Diejenige allein, welche jemals geliebt haben, wie Donna Mergelina liebte, können sich den Schmerz vorstellen, der bey einer so unverhoften Zeitung ihre zärtliche Brust zerriß. Sie würde, die gute Seele, ohnmächtig hingesunken seyn, wenn ihr nicht der Arm ihres besorgten Oheims und das englische Salz der präsumtiven Tante, noch in Zeiten zu Hülfe gekommen wären. Man hörte eine gute Weile nichts als Jammern und Wehklagen; allein die Dame Beatrix, welche schon seit geraumer Zeit sehr ernsthafte Absichten auf den Pedrillo hatte, und sich schmeichelte keinen kleinen Antheil an seinem Herzen zu haben, wollte nichts davon hören, daß sie entlaufen seyn sollten. Sie werden, sagte sie, irgendwo im Garten oder im grünen Lusthause seyn, wo Don Sylvio den Morgen öfters zuzubringen pflegt.

Auf dieses Signal lief jedermann in den Garten, man vertheilte sich auf alle Seiten, man durchsuchte alle Stauden und Hecken, man durchnisterte bis auf die Kohlsträuche, und da man niemand fand, so fieng man wieder von vorne an. Maritorne, die inzwischen auch angelangt war, mischte sich nebst dem Barbier so herzhaft unter die Suchenden, als ob nichts vorgegangen wäre; denn sie hatte die Vorsichtigkeit gebraucht, und ungeachtet des Verbots ihres Liebhabers, sich des Barbiers durch gewisse kleine Gefälligkeiten versichert, wodurch sie den Vortheil, ungezankt durchzuwischen, nicht zu theuer zu erkaufen glaubte. Es fehlte also nicht an Suchern, aber man fand nichts desto mehr; und nachdem man so wohl den Garten als den Park, und einen Theil des angrenzenden Holzes bis gegen den Mittag durchsucht hatte, so sah man sich endlich gezwungen, unverrichteter Dingen in das Schloß zurück zu kehren, wo Donna Mencia alle Anwesende in einen grossen Saal zusammen berief, um sich über einen so unvermutheten und höchst betrübten Vorfall zu berathschlagen. Man warf tausenderley Fragen mit einmal auf, eine jede Person hatte ihre besondere Vermuthungen und Vorschläge, und weil alle zugleich redeten, so wurde der Lerm so groß, daß niemand sein eigenes Wort hören konnte: bis endlich das Ansehen des Herrn Rodrigo, wiewohl nicht ohne Mühe, so viel vermochte, daß nach vorhergehndem allgemeinem Stillschweigen, eine Person nach der andern ihre Meynung sagen sollte. Alle nur ersinnliche Möglichkeiten wurden erschöpft, und insonderheit thaten Herr Rodrigo, der ein starker Dialecticus war, und eine vortreffliche Baßstimme hatte, und Meister Blas der Barbier, der wegen Geläufigkeit seiner Zunge Obermeister seiner ganzen Zunft zu seyn verdiente, sich so sehr hervor, daß die Seßion bis Nachmittags um zwey Uhr daurte. Allein, wie es darum zu thun war, daß die Stimmen gesammelt und der Schluß angezeigt werden sollte, gab es wieder einen neuen Tumult; ein jedes behauptete seine Meynung, und nachdem sich die Dame Beatrix und der Barbier alle nur ersinnliche Mühe gegeben hatten, die Ruhe wieder herzustellen, so wurde man endlich des Schlusses einig, »daß man nicht begreiffen könne, wo sie hin gekommen seyn möchten.« Weil es nun schon drey Uhr war, und jedermann hungerte, so wurde einhellig für gut befunden, »daß man vorher zu Mittag essen, hernach aber in einer zweyten Session untersuchen wolle, was nunmehr in der Sache zu thun seyn möchte.«

Der Spanische Autor, der im Gefolg eines bekannten Ministers seiner Nation sich etliche Jahre in D * * aufgehalten, nimmt sich die Freyheit, bey dieser Gelegenheit sich über gewisse kleine Republiquen lustig zu machen, von denen er beobachtet haben will, daß die Berathschlagung im Saale der Donna Mencia eine natürliche Copey von der Art und Weise sey, wie man in selbigen die öffentlichen Angelegenheiten zu behandeln pflege. Man muß gestehen, daß die Anecdoten, die er davon beybringt, nicht sehr geschickt sind, die Republicanische Verfassung anzupreisen; allein von einem Spanier, dessen ganze Freyheit darinn besteht, daß er das Recht hat mit zwey oder drey Brillen auf der Nasen und mit verschränkten Beinen vor seinem Hause zu sitzen, sich die Zähne auszustochern und so viel Grillen zu fangen als ihm beliebt, ist freylich nicht zu erwarten, daß er die Gebrechen der politischen Freyheit im gehörigen Verhältniß mit ihren Vortheilen betrachte; und wie sollte er, der von der vermeynten Erhabenheit seiner Nation und von der Grösse seines Königs verblendet ist, die Beobachtung machen können, daß es oft mehr Geschicklichkeit erfordert, die verwickelten Triebräder eines kleinen Staats von freyen Menschen zu regieren als einer halben Welt von Sclaven zu befehlen. Man weißt wie weit auch in diesem Stücke die Vorurtheile gehen, und wenn Don Ramiro von Z * * uns andern kleinen Republicanern in der Berathschlagung zu Rosalva einen Spiegel vorzuhalten meynt, so könnten wir ihm vielleicht Beyspiele aus der Geschichte grosser Monarchien entgegen halten, wo nach einer Menge von geheimen Conferenzen zuletzt doch der Einfluß eines Kammer-Mädchens, eines Comödianten, oder eines Hofnarren die ganze vereinigte Weißheit von einem paar dutzend Spanischen Mänteln und langen Perucken überwogen hat.

Dem sey indessen wie ihm wolle, so wird verhoffentlich niemand dem Übersetzer übel ausdeuten, daß ihm der patriotische Geist, wovon er beseelt ist, nicht erlaubt hat eine Stelle zu übersetzen, welche von den Neidern der Republicanischen Glückseligkeit nicht wenig hätte mißbraucht werden können. Die Rücksicht auf unser Vaterland ist eine Pflicht, die sich bis auf unsre kleinsten Handlungen erstreckt, und wenn nur derjenige den Nahmen eines guten Bürgers verdient, der mit dem gegenwärtigen Zustande seiner Republik zufrieden ist; so wird man den Abscheu nicht tadeln können, welchen man in kleinen freyen Staaten gegen alles, was nur von fern die Mine einer politischen Satyre hat, mit so grossem Recht zu bezeugen gewohnt ist. Ferne sey es von uns, die stolze Ruhe und den süssen Schlummer, worinn dißfalls unser Vaterland liegt, nur einen Augenblick zu unterbrechen! Don Ramiro mag beobachtet haben was er will, wir hüllen uns in unsern Patriotismus ein, beissen die Zähne zusammen und sind zufrieden.

Sechstes Capitel.

Unterredung beym Frühstück.
Eifersucht des Don Sylvio.

Wir haben unsre Abentheurer, denen die kluge Langsamkeit, die bey den Berathschlagungen zu Rosalva präsidirte, sehr wohl zu statten kam, in einem Gehölze verlassen, wohin sie sich vor der Sonne zurück gezogen hatten. Sie waren noch nicht lange unter den Bäumen fortgegangen, als Pedrillo seinen Herrn vorstellte, wie nach der Meynung des Asclepiades und anderer berühmten Naturkündiger, zu glücklicher Fortsetzung einer Reise nichts dienlichers sey, als des Morgens ein gutes Frühstück zu sich zu nehmen. Weil nun Don Sylvio nichts erhebliches dagegen einzuwenden hatte, so suchte Pedrillo einen bequemen Platz, wo sie sich setzen konnten, packte seinen Zwerchsack aus, und brachte eine grosse Pastete zum Vorschein, welche die Dame Beatrix zu einem ganz andern Gebrauch von Xelva mitgebracht hatte.

Gelt, Herr, sagte Pedrillo, ich seh euchs an, ihr wundert euch, wie ich zu dieser Pastete gekommen bin? Die arme Dame Beatrix! Sie wird ein paar mächtig grosse Augen machen, wenn sie sehen wird, daß der Vogel ausgeflogen ist. Aber da seht ihr doch, was es ist, wenn man umgänglich mit den Leuten ist; wenn ich nicht etwas bey der Frau Beatrix gälte, so könnten wir jetzt mit einem Stück Brod und einer Hand voll Haselnüsse vorlieb nehmen.

Sie hat dir doch die Pastete nicht selbst gegeben, sagte Don Sylvio?

Das eben nicht, versetzte Pedrillo, aber wie sie gestern Abend in das Proviant-Gewölbe gieng, winkte sie mir, daß ich mit ihr gehen sollte, und da schwatzten wir eine weile zusammen, und da wollt ich ihr, ich gesteh es, einen Kuß stehlen (denn das hab ich von unserm alten Pfarrer selbst gehört, daß ein Kuß in Ehren keine Sünd ist) aber sie drehte den Kopf so geschwind zurück, daß ich ihren Mund um ein paar Handbreiten verfehlte; aber meiner Six, es gieng mir nicht desto schlimmer, denn ich kam gerad auf ein Fleckchen, wo ihr Halßtuch ein wenig offen war, und ich versichere Euer Gnaden, es war weicher als Pflaum und weiß wie Marzipan. Freylich schmählte sie mich aus, daß es eine Art hat, wie ihr leicht denken könnt, sie gab mir, glaub ich, gar eine kleine Ohrfeige oder so was, aber ich besänftigte sie bald wieder, und da gab sie mir zum Zeichen ihrer Versöhnlichkeit dieses Stück eingemachten Cedrat, und da schäckerten wir noch eine gute Weile mit einander; denn wie ihr wißt, Gelegenheit macht Diebe, und die Frau Beatrix ist nicht halb so spröde als ihr Gesicht. Wenn sie schon nicht dergleichen thut, so hat sies doch gern, wenn man ein wenig mit ihr haselirt, das kan mir Euer Gnaden auf mein Wort glauben. Bey dieser Gelegenheit zeigte sie mir die Pastete, und andere Sachen, die sie für unsere Gäste von Xelva mitgebracht hatte, und da warf ich gleich ein Aug auf die Pastete, und denkt nur, gnädiger Herr, wie ich zu ihr gekommen bin, denn das hättet ihr mir gewiß nicht zugetraut. Seht ihr, Herr Don Sylvio, ich bin gewiß ein ehrlicher Kautz, aber dumm bin ich nicht, und Euer Gnaden zu lieb, wollt ich, GOtt verzeyh mirs, dem Pabst zu Rom seinen Pantoffel stehlen, wenn es seyn müßte.

Und wie hast du es denn gemacht, fragte Don Sylvio; denn sie wird doch den Schlüssel zum Gewölbe abgezogen und zu sich genommen haben.

Das ist es eben, sagte Pedrillo, aber man findet für alles Rath, nur für den Tod nicht. Wie alles im Hause schlief, schlich ich mich an ihre Kammer, und legte das Ohr ans Schlüssel-Loch und lauschte, und wie ich hörte, daß sie schnarchte, so machte ich die Thür ganz leise auf, und schlich auf den Zähen an ihr Bette; aber es war so dunkel in der Kammer wie in einer Kuh; da tappte ich so lange herum, bis ich den Bund Schlüssel fand, den sie immer an ihrem Gürtel zu tragen pflegt; da nahm ich die Schlüssel, und schlich so sachte davon wie die Katze aus dem Taubenschlag. Nun wißt ihr das ganze Geheimniß, denn wie ich einmal die Schlüssel hatte, so war die Pastete mein. Sapperment; ich sackte ein, daß es eine Lust war, und damit ihr seht, daß ich nichts vergessen habe, fuhr er fort, indem er eine Flasche aus dem Zwerchsack hervor zog, so versucht einmal diesen Alicanten-Wein, und wenn er nicht so gut ist, daß man alle Finger und die Zähen oben drein darnach schleckt, so will ich mein Lebtag mit den Gänsen trinken.

Hier machte Pedrillo eine starke Pause, aber seine Kinnbacken arbeiteten nichts desto weniger, ob er gleich zu reden aufhörte, und er hielt sich so wohl, daß die Pastete in kurzer Frist um ein gutes Drittel leichter wurde. Er vergaß nicht, auch der Flasche auf Gesundheit der Frau Beatrix fleißig zuzusprechen, und er wurde nach und nach so lustig, daß er zu pfeiffen und zu singen anfieng. Hey sa, rief er, indem er die Flasche in die Höhe hielt, es leben die Feen und die bezauberten Princeßinnen! Sapperment; es ist ein rechter Spaß auf der Feerey herum zu wandern, aber es gehört ein wohl gespickter Zwerchsack dazu, das ist wahr! Nun wie? gnädiger Herr, was habt ihr? Ihr seyd ja gar nicht aufgeräumt? Ihr eßt und trinkt ja nichts? was soll das seyn? Hey sa! Der Henker hole die Grillen! Lustig weil wir ledig sind, wer weißt, wenn uns wieder so wohl seyn wird; es wird immer Zeit zum Kopfhängen seyn, wenn der Vadus mecus und die Flaschen leer sind.

Mein guter Pedrillo, sagte Don Sylvio, sey du immer lustig so gut du kanst, und gib auf mich nicht Acht; ich gönne dir deinen fröhlichen Muth von Herzen; du würdest nicht so fröhlich seyn, wenn du an meiner Stelle wärest.

Und warum das, gnädiger Herr? was ist euch schon wieder über die Leber gekrochen?

Ach! Pedrillo, versetzte der junge Ritter, wie sollt ich vergessen können, wie weit ich noch vom Ziel meiner Wünsche entfernt bin, und was für Hindernisse, ach! vielleicht unübersteigliche Hindernisse, ich noch vor mir finden werde! Ich versichere dich, wenn die Versprechungen der Fee Radiante mir nicht den Muth erhielten, die Gedanken, die mich in diesem Augenblick quälen, wären fähig, mich zur Verzweiflung zu treiben.

Da sey GOtt vor und unsre Frau von Guadalouppe, rief Pedrillo, ihr macht einem ja recht bange. Aber wenn es nur Gedanken sind, warum jagt ihr sie nicht fort? Zum Henker, das heißt ja sich selber quälen! Seht ihr, gnädiger Herr, wenn ich gesund bin und mir nichts weh thut, und ich zu essen und zu trinken habe, so bin ich so lustig wie der Vogel auf dem Zweige, und bekümmere mich nicht so viel darum, ob es morgen Regen oder schön Wetter geben wird.

Sage mir einmal erwiederte Don Sylvio mit einem tiefen Seufzer, wie kan ich aufgeräumt, ja wie kan ich nur ruhig seyn, so lange meine geliebte Princeßin in der Gestalt eines Sommervogels herum irret, in einer Gestalt, die vielleicht unter allen möglichen für meine Liebe die gefährlichste ist?

Gefährlich, sagt ihr, gnädiger Herr? das begreiff ich nicht, was an einem Sommervogel gefährliches seyn kan, denn ihr habt mir ja gesagt, daß sie von den Krähen und Dolen nichts zu besorgen hat.

Die Fee schmeichelte mir zwar, fuhr Don Sylvio fort, daß die Princeßin mich liebe; aber wer versichert mich, daß eine Neigung, die gewisser massen die Frucht eines einzigen flüchtigen Augenblicks war, gegen die Nachstellungen aushalten werde, die ihrem Herzen –

Je, zum Deixel, unterbrach ihn Pedrillo, redet ihr im Schlaf, Herr, oder wißt ihr auch was ihr sagt? Die Gestalt eines Sommervogels ist eine gefährliche Gestalt, und ihr fürchtet euch vor den Nachstellungen, womit man, so lange sie ein Schmetterling ist, ihrem Herzen nachstellen wird! Hab ich auch in meinem Leben so was gehört? Es scheint meiner Six wohl! daß verliebt und nicht gescheidt seyn, ein Ding ist. Eifersüchtig; Ihr müßt also auf die Sommervögel eifersüchtig seyn, die ihr in dieser Gestalt zu nahe kommen könnten? Verzweiffelt! was das für ein schnackischer Einfall ist. Hi, hi, hi! auf einen Sommervogel eyfersüchtig! hi, hi! das kommt ja gerade so heraus, als wenn ihr auf die Flöhe eifersüchtig seyn wolltet, die sich unter ihren Unterröckchen lustig machen werden, wenn sie wieder eine Princeßin ist, hi, hi, hi!

Höre, Pedrillo, mein Freund, versetzte Don Sylvio sehr ernsthaft, ich merke schon lange, daß du den Spaßvogel machen willst; aber laß dir ein für allemal gesagt seyn, daß nichts unerträglichers in der Welt ist, als Leute, die zur Unzeit spaßhaft sind. Sage mir einmal, hast du die Geschichte des Blätter-Prinzen oder des Prinzen von der Insel des ewigen Frühlings gelesen?

Des Blätter-Prinz? Nein wahrlich, Herr, antwortete Pedrillo, den kenn ich nicht: das ist das erstemal daß ich seinen Namen höre.

Du kennest also, fuhr Don Sylvio fort, die Insel der Papilions auch nicht? –

Die Insel der Papilions, sagt ihr? das ist ja so viel, als wenn einer sagte, die Insel der Sommervögel? –

Gewisser massen, antwortete Don Sylvio. Du must also wissen, daß diese Papilions eine Art von geflügelten Genien sind, an Gestalt und Schönheit den Liebesgöttern oder kleinen Sylphen ähnlich, und von ungemein verliebter Natur, aber so flüchtig und unbeständig, daß sie immer von einem Gegenstand zum andern flattern. Kaum hat ein solcher Papilion einer Schönen eine ewige Treue geschworen, so eilt er schon, um einer andern zu sagen, daß er noch nichts geliebt habe als sie; Kurz, der nehmliche Tag, ja oft die nehmliche Stunde sieht ihre Flammen entglimmen, brennen und erlöschen, und ihre Liebe ist nicht so bald glücklich, so ist sie nicht mehr.

Das ist mir eine närrische Art zu lieben! Sie können also reden diese Papilions?

Ich sage dir ja, daß es keine gemeine Papilions, sondern eine Art von Sylphen sind, welche nach dem Bericht eines gewissen Arabischen Naturkündigers aus der verstohlenen Liebe einer gewissen Sylphide zu einem jungen Faunen, entsprungen seyn sollen. Die überirrdische Schönheit, die immerwährende Jugend und die etherische Behendigkeit, womit sie begabt sind, haben sie von mütterlicher Seite her, so wie sie von der väterlichen ihre Art zu lieben, ihre Verwegenheit und ihren Unbestand geerbt haben –

Ha, ha! Nun besinn ich mich, rief Pedrillo, gut, gut! Nun weiß ich, wovon ihr redet. Ich habe ja in dem grossen Gemählde, das in der gnädigen Frauen ihrem Cabinet hängt, dergleichen geflügelte Bübchen wer weißt wie oft gesehen! ihr kennt es ja, es stellt die Liebe des Florus und der Zephira –

Umgekehrt, Herr Pedrillo, du willst sagen, des Zephyrus und der Flora –

Ja, ja, so wollt ichs eben sagen, des Florus und der schönen Zephira vor: sie ist in der That schön, meiner Six; Ich hatte nie das Herz, es recht anzuschauen; denn unser Vicarius sagt, es sey Sünde, wenn man so was anschaue – Aber ich weiß doch wohl, was ich weiß; der hat gut sagen, der allein reden darf; unter uns, gnädiger Herr, der gute Herr Vicarius ist eben auch nicht von Stahl und Eisen, er thäte vielleicht nicht übel, wenn er sich selber ein wenig bey der Nase nehmen wollte. Solltet ihr wohl errathen, bey wem ich ihn neulich von ungefehr (denn gewiß! mit Willen geschah es nicht,) antraf? bey der dicken Maritorne! Sapperment, Herr, er betete das Pater noster nicht mit ihr, das könnt ihr mir glauben; ich mag nicht reden, wenn es weiter käme, so könnte sich einer die Zunge verbrennen, daß einer lieber wünschte, er hätte keine Augen gehabt; ich will nur so viel sagen, gnädiger Herr, ihr dürft mir gewiß glauben, daß es wahr ist, aber das sag ich, ich gesteh euch kein Wort ein, wenn es weiter käme, nein, hol mich GOtt! nicht auf der Folter! Meiner Six, es ist nicht gut, wenn man von solchen Herren zuviel weißt, ihr versteht mich wohl –

Aber was hast du denn gesehen, fragte Don Sylvio?

O! Sapperment, gnädiger Herr, antwortete Pedrillo, verzeyht mir, ich schäme michs zu sagen; seht ihr, weil es Maritorne war, so war es auch gar zu arg. Ja wenn es noch Frau Beatrix gewesen wäre –

Genug hievon, sagte Don Sylvio erröthend, ich will nichts weiter wissen – Aber was wolltest du von dem Gemählde sagen? –

Ja, von dem Gemählde, wenn ich michs jetzt noch besinnen kan – he! Nun fällt mirs ein, ich sagte euch, und ich will nicht ehrlich seyn, wenns nicht wahr ist, ich getraute mir nie, daß ichs recht angesehen hätte; es ist so vorgestellt, als ob sie bade, und da könnt ihr leicht denken, weil sie halter meynt, daß sie allein sey, und es mitten im Sommer ist, kurz und gut, sie hat, mit Gunst zu sagen, keinen Fetzen am Leibe, nicht einmal eine Bad-Ehre; und da ist ihr Liebhaber, der Florus, auf einer Wolke vorgestellt, und sieht so ernstlich auf sie herab, als ob er sie mit den Augen verschlingen wolle, und da flattern eine ganze Menge von diesen kleinen Bübchen mit Schmetterlings-Flügeln um ihn her; und werfen einander mit Rosen –

Gut, gut, sagte Don Sylvio, du must aber wissen, daß diese Papilions durch die Gewalt einer Bezauberung, welche Amor, dessen Unwillen sie sich zugezogen, auf sie legte, ihre Gestalt verliehren, so bald sie sich über die Insel erheben, wo sie gebohren werden. Kurz, sie werden Schmetterlinge, oder scheinen es doch zu seyn, da ihnen von ihrer eigenthümlichen Gestalt nichts als die Flügel übrig bleiben. In dieser Gestalt mischen sie sich unter die wahren Schmetterlinge, und bedienen sich ohne Scheu der Vorrechte, die eine Vestalin selbst sich kein Bedenken macht, diesen kleinen unschuldigen Thierchen zu lassen; und ihre unwiderstehliche Neigung zu Liebes-Streichen hat sie selbst in dieser Gestalt schon öfters gefährlicher gemacht als man denken sollte. Denn da sie reden können –

Reden? fiel ihm Pedrillo ein, je das muß ja überaus schnackisch heraus kommen, wenns wahr ist, beym Velten! Ein redender Schmetterling! ich möchte nur einen einzigen haben, der reden könnte; ich versichere euch, ich wollte in vier Wochen so viel Geld mit ihm gewinnen, daß ich den König fragen könnte, ob ihm Valencia feil sey. Aber nun merk ich endlich, warum

Ew. Gnaden nicht recht wohl bey der Sache ist. Ihr habt, wahrhaftig, so unrecht nicht; ein Papilion, der reden kan, der eine Sylphe ist, der eh man sichs versieht, sich in einen schönen krauslockichten Buben verwandelt, potz Wetter! das ist kein Spaß nicht! Es ist doch immer eine Möglichkeit, daß die Princeßin in Bekanntschaft mit einem von diesen kleinen bunten Teufelchen kommen könnte; und dann setzten sie sich mit einander auf einen Strauch, und schwatzten eins so lange der Tag wäre; und dann gibt eine Rede die andre, sagte das Bauer-Mädchen, und dann rückt man unvermerkt immer näher und näher zusammen, und dann – versteht ihr mich, ich will nicht sagen, was weiter geschehen könnte. Aber wir sind alle Menschen, und es käme nur darauf an, daß das arme Ding einen Augenblick vergäße, daß sie eure Liebste ist, so würden wir ein schönes Spiel sehen –

Wenn ich nicht wißte, rief Don Sylvio entrüstet, daß du selbst nicht weist, was du plauderst, so solltest du mir die tolle Frechheit, womit du dich erkühnest, die Tugend meiner unvergleichlichen Princeßin anzuschmitzen, mit jedem Tropfen deines dummen Ochsen-Bluts bezahlen –

Ich bitte Euer Gnaden tausendmal um Vergebung, sagte Pedrillo, indem er etliche Schritte zurück sprang; ich will gehangen seyn, wenn ich es so bös gemeynt habe, als ihr mir es aufnehmt; ihr erzürnt euch ja gleich, wenn ich nur ein Wörtchen sage. Man kan doch einen Pelz nicht waschen, ohne ihn naß zu machen, Sapperment! Entweder seyd ihr eyfersüchtig oder nicht; seyd ihrs, so müßt ihr doch eine Ursach dazu haben, und wenn ihr keine Ursach habt, je! zum Geyer, was macht ihr mit der Eifersucht?

Wenn ich eyfersüchtig bin, wie du es nennst, versetzte Don Sylvio, so bin ich es bloß über ihr Herz, nicht als ob ich besorgte, daß sie fähig wäre einen Schritt zu thun, der ihre Tugend verdächtig machen könnte; sie ist für mich bestimmt, dafür hab ich das Wort der Fee Radiante, und die Princeßin weißt es, daß sie die meinige werden soll; ich bin also ihrer Person gewiß, und ich würde mich selbst verachten, wenn nur der Schatten eines Argwohns gegen ihre Ehre in meine Seele kommen könnte; unsere Person ist allezeit in unserer Gewalt, aber unsere Empfindungen sind es nicht; ein andrer könnte ihr Herz besitzen, indem ich nichts als der Besitzer ihrer Schönheit wäre –

Ich will nicht ehrlich seyn, Herr Don Sylvio, fiel ihm Pedrillo ein, wenn ich verstehe, was ihr da sagt, was wollt ihr denn mit eurem Herzen, und mit eurer Person und mit euren Empfindungen sagen? Je, beym Element! wenn ich die Person habe, so habe ich ihr Herz, und wenn ich das Herz habe, so habe ich die Person, das geht ja nie ohne einander. Seht ihr, Herr, ich verstehe mich nichts auf eure Distillationen, aber ich sage so viel, wenn ich eine Frau hätte, die mich nicht von Herzen lieb hätte, so würde mir die Stirne verzweiffelt jucken, wenn sie gleich die Tugend selbst wäre; wer einmal das Herz eines Weibsbilds hat, seht ihr, – Sachte! was war das für ein Geräusch? Hörtet ihr nichts, Herr?

Nein; was hörtest du denn?

Es war ein Geräusch; dort von jener Seite her, aus dem Gebüsche –

Es ist vielleicht ein Vogel gewesen –

Der Himmel gebe nur, daß es kein Raubvogel sey, gnädiger Herr – jetzt ist es wieder ganz stille, und, was wollt ich sagen? Wir redeten von eurer Eifersucht; ja, und da sagt ich – es rauscht schon wieder – heiliger Schutzengel; was kommt da? – GOtt sey bey uns, Herr, eine Zwergin! eine Unholdin!

Stille, du feige Memme, lispelte ihm Don Sylvio zu, der jetzt sahe, was den guten Pedrillo in einen so grossen Schrecken setzte; es ist, wie ich sehe, eine Fee –

Eine Fee, sagt ihr? Ja von den Feen, die auf der Gabel zum Schorstein hinaus fahren – Meiner Treu! Sie sieht einer Hexe ähnlicher als eine Taube ihrem Tauber –

Halt ein mit dergleichen Reden, Pedrillo; es ist möglich, daß es eine von meinen guten Freundinnen ist! die schönsten Feen pflegen zuweilen in Gestalt häßlicher alter Weiber zu erscheinen, um zu sehen, wie man ihnen in dieser Gestalt begegnet –

Ha! nun seh ich erst was es ist, rief Pedrillo, ha, ha, hi! Eine Zigäunerin ist es, Herr, sehe sie nur recht an, es ist eine Zigäunerin, das ist keine Frage. Sie kömmt eben recht, sie soll uns unser gutes Glück sagen –

Nimm dich in acht, Pedrillo, sagte Don Sylvio leise zu ihm, es ist eine Fee, sag ich dir; wenigstens ist es doch möglich, daß es eine ist, und in solchen Sachen ist immer besser, man gehe den sichersten Weg; sie mag nun seyn was sie will, so wollen wir ihr doch als einer Fee begegnen, so wagen wir doch nichts dabey.

Unter diesen Reden näherte sich ihnen die vermeynte Fee, welche in der That weder mehr noch weniger als eine alte bucklichte Zigäunerin war, die nicht ohne Ursach in dieser Gegend herum spückte, und zum wenigsten eben so betroffen war, als unsere Wanderer, da sie eines jungen Menschen von so edlem Ansehen als Don Sylvio war, in diesem Gehölz, und in einem solchen Aufzug ansichtig wurde.

Siebentes Capitel.

Abentheuer mit der Zigäunerin.

So bald die Zigäunerin näher gekommen war, stund Don Sylvio vor ihr auf, grüßte sie sehr höflich, und fragte: Ob er etwas zu ihren Diensten thun könne?

Heilige Barbara! rief sie aus, was macht ein so schöner junger Herr in diesem Walde? Habt ihr euch etwa verirrt, oder sucht ihr vielleicht –

He! Frau Zigäunerin, unterbrach sie Pedrillo, nicht so vorwitzig! Haben wir euch doch auch nicht gefragt, was ihr sucht? – Wer sagt euch –

Schweige, ungezogener Tölpel, rief Don Sylvio, indem er einen zürnenden Blick auf ihn warf – In der That, meine liebe alte Mutter, ihr könntet euch verwundern, was ich hier mache, wenn ihr nicht, wie es scheint, schon vorher wißtet, was ich suche.

Hey da! Großmutter, sagte Pedrillo, dem der Wein von Malaga ein wenig in den Kopf gestiegen war, ihr könnt ja wahrsagen, nicht so? Seht ihm einmal in die Hand, und sagt mir, ob er eine glückliche Physionomie habe?

Ich brauche seine Hand nicht dazu, erwiederte die Alte, das seh ich ihm in den Augen. Gelt, junger Herr mit dem glatten Jungfer-Gesichtchen, so jung ihr seyd, so wißt ihr doch schon was die Liebe ist, hi, hi, hi! Ihr werdet roth! hab ichs nicht errathen?

Zum Henker, sagte Pedrillo, das seht ihr ihm an den Augen an, Mütterchen? So seht ihr gewiß auch, daß die Princeßin, die er liebt, ein Sommervogel ist, he?

Ein Sommervogel! rief die Zigäunerin aus, hi, hi, hi! das ist ein guter Einfall, ich glaub es, bey meiner Redlichkeit! daß sie ein Sommervogel ist; ist er schon flicke, junger Herr, hat er schon Federn? hi, hi! Ich verstehe mich auch ein wenig auf diese Art von Sommervögeln, ich; ich weiß die Zeit, da ich zu Sevilla ihrer eine hübsche Anzahl in meinem Keficht hatte, das könnt ihr mir glauben; Aber es scheint, er sey euch ausgeflogen, weil ihr ihn sucht?

Es däucht mich fast, alte Mutter, sagte Pedrillo, ihr wißt mehr von der Sache als wir selbst. Aber ich bitte euch, weil ihr in seinen Augen so viel gesehen habt, so werdet ihr in seiner Hand noch mehr sehen, das habe ich mein Tage gehört; eure Hand, gnädiger Herr, wenn ihr so gut seyn wollt; Seht einmal, Mütterchen, was sagt ihr zu diesen Ligamenten?

Meiner Treu! rief die Zigäunerin, eine feine weisse Hand! höret, mein schöner Herr, wenn ihr einen Ducaten in diese schöne Hand legt, so will ich euch wahrsagen, daß es eine Lust seyn soll.

Einen Ducaten? sagte Pedrillo! Potz Herrich! Gevatterin! ich glaube, du hast diesen Morgen Schnips getrunken? Einen Ducaten! wenn du noch einen Realen gesagt hättest, das liesse sich endlich dran wagen; denn wir haben eben nicht so nöthig, daß du uns wahrsagest, verstehst du mich, wir wissen doch schon, was wir wissen.

Das ist noch die Frage, antwortete die Alte, wer weißt was geschehen kan; es ist noch nicht aller Tage Abend, und so viel ich mercke –

Hier ist der Ducaten, meine gute Mutter, sagte Don Sylvio, kehret euch nicht an das alberne Geschwätz dieses Burschen hier; er ist eine gute Art von einem Jungen, aber er weißt oft selbst nicht was er sagt; man muß ihm nichts übel nehmen.

Junger Herr, antwortete die Zigäunerin, ihr habt so gute Manieren, daß ich euch wohl mehr zu gefallen thun wollte, als das, wenn ich noch wäre, was ich vor Zeiten war; bey St. Jacob, ich hatte auch meine Zeit, das könnt ihr mir glauben, man wird von langem leben alt, wie ihr seht; aber ich erinnere mich der Zeit noch wohl, da ich die artige Zigäunerin hieß; und da sich die jungen Herren von Toledo um die Ehre rauften, mir Ständchen zu bringen; ich machte, meiner Treu! eine Theurung in die Sayten, so viel Guitarren und Lauten wurden mir zulieb zerspringt! da regnete es Sonnete! und Pistolen auch, das versichre ich euch.

Gut, gut, sagte Pedrillo ungedultig, wir bekümmern uns viel um die Ständchen, die man euch vor hundert Jahren gebracht hat, als der Teufel noch ein kleiner Junge war, und ihr eure Zähne noch im Maul hattet. Zur Sache wenn ich bitten darf; ihr habt nun unsern Ducaten, wir wollen jetzt auch von eurer Waare haben – eure Hand, gnädiger Herr –

Nur noch einen einzigen kleinen Ducaten, mein schöner junger Herr, so will ich euch wahrsagen, daß ihrs nicht besser wünschen sollt.

Hier ist er, sagte Don Sylvio, indem er ihr, so sehr auch Pedrillo murrte, den Ducaten auf seiner Hand darbot.

Eine hübsche Hand, wie ich sagte, eine feine, glückliche Hand, junger Herr. Hi, hi, hi, sagt ichs nicht? du bist verliebt, Schätzchen, Gelt? das gute Kind! du brauchst nicht roth zu werden, du hast das rechte Alter dazu; ach! es ist eine so hübsche Sache um die Liebe. Wie? laß es einmal sehen! in ein artiges kleines Mädchen bist du verliebt, in ein wunderartiges kleines Mädchen –

Getroffen, mein Seel! rief Pedrillo, in der That, wunderartig, und kleine wie eine Puppe.

Noch ein junges Mädchen, sehr jung, ein wenig flatterhaft –

Flatterhaft, in der That, sagte Pedrillo, denn sie flattert über Stauden und Hecken, daß ihr der Henker nicht nachkommen kan – Das wird sich alles schon geben, man wird alle Tag älter; sie liebt dich doch, nicht wahr?

Das ist es eben, was wir gerne wissen möchten, denn wir haben so einen gewissen kleinen Argwohn, eine gewisse Suspection –

Schweige, rief Don Sylvio, kanst denn du dein Maul nicht einen Augenblick halten –

Daß sie einen andern liebt? fuhr die Zigäunerin fort; das kleine schelmische Ding! Einen andern; das ist verzweiffelt! Aber so sind die jungen Mädchen; wer ihnen Tändeleyen und Liebkosungen vorsagt, verderbt seine Zeit gewiß bey ihnen nicht. Ja wohl! Sie liebt einen andern! Ich wette gleich, daß es einer von diesen kleinen süssen Herrchen ist, von diesen Papilions, die um alle hübsche Blumen herum flattern, und auf keiner sitzen bleiben –

Holla, Frau Zigäunerin, rief Pedrillo, da er sah, daß Don Sylvio bey diesen Worten so blaß wie eine Leiche wurde; ihr sagt mehr als wir wissen wollen.

Ich habe genug, sagte Don Sylvio, indem er seine Hand zurück zog, laßt mich gehen, mein Unglück ist gewiß; Sie hat es so gar in meiner Hand gelesen –

Was hat das auf sich, unterbrach ihn Pedrillo, wenn man es nur nicht an eurer Stirne ließt. Hey da, Großmutter, wir wollen von was anderm reden; was sagt ihr zu meiner Hand? Da sind zween Realen, ich denke, dafür sollte sich schon was hübsches sehen lassen.

Bey meiner Treu, rief die Alte, nachdem sie ihm einen Augenblick in die Hand geguckt hatte, in was für einem Zeichen sind diese jungen Leute gebohren? ihr seyd ja so verliebt wie die Sperlinge! Fy; da sind gleich fünf oder sechs Weiber an einem Stiel –

Fünf oder sechs Weiber? ihr seyd nicht klug; Mädchen wollt ihr sagen; was wollt ihr, daß ich mit so viel Weibern anfangen soll?

Sie werden gewiß nicht abstehen, auf mein Wort, versetzte die Alte, was du nicht brauchst, ist gut für andre Leute. Du wirst dir doch nicht einbilden, daß du eine hübsche Frau für dich allein haben wollest? Meiner Treu; ich sehe hier eine, die mir die Mine hat, als ob sie dir gute Freunde machen werde.

Wie? was? Ihr seht die Person, die ich jetzt im Sinn habe in meiner Hand?

Ohne Zweifel.

Das wollen wir doch sehen! Ist sie groß oder klein, alt oder jung, fett oder mager? antworte mir einmal auf das, mein gutes Mütterchen!

Sie ist weder zu groß noch zu klein; – Gut! – weder zu alt noch zu jung – Sapperment! – Und was man sagen möchte, eher fett als mager; nicht wahr, es ist so?

Pestilenz; Wie macht ihrs denn, daß ihr alles das in meiner Hand sehen könnt? Seht ihr denn auch die grossen schwarzen Augen, die sie im Kopf hat?

In der That, ein paar hübsche schwarze Augen, ein paar freundliche einladende Augen, das gesteh ich! Schwarze Augen, schwarzes Haar, und ein hübsches Maul voll perlenfarber Zähne läßt gut zusammen.

Beym Element! ihr kennt sie ja so gut als ich selbst. Aber weiter; einen hübschen vollen Busen, he?

O! das versteht sich, wenn anders der Schneider –

Wie? der Schneider, sagt ihr? Wahrhaftig, da kommt ihr mir recht! Sapperment! es schneidert sich nichts; das könnt ihr mir wieder nachsagen; was das betrift, so darf sie sich neben einer Infantin sehen lassen, sie mag seyn wer sie will, das versprech ich euch! – Und was sagt ihr zu ihren Füßchen? Sind sie nicht niedlich? Gelt? und ein paar Waden – ihr werdet sie vor dem Rock nicht recht sehen können – Aber ihr könnt mir sicher glauben, daß man sie nicht schöner drechseln könnte.

In der That, du hast recht, es ist ein hübsches, rundes, drolligtes Ding; aber desto schlimmer für dich, mein Sohn!

Warum desto schlimmer?

O! das ist ja keine Frage! du wirst es erfahren, denke an mich, du wirst es erfahren, was es auf sich hat, eine hübsche Frau zu haben! Sie wird dir was aufsetzen, denke an mich! Sie wird dir was aufsetzen! mehr will ich nicht sagen.

Ey, potz Gift! rief Pedrillo, ich denke das ist genug gesagt. Sie wird mir was aufsetzen! Ihr wollt sagen, sie werde mir Hörner aufsetzen –

Ich will eben nicht sagen Hörner, aber doch so was – so was – das die Stirne jucken macht, so – eine Art von Sprossen. Kurz und gut, wenn du ein eigenes Hauß kriegst, so laß auf mein Wort die Thüren so hoch machen als du kanst; in dergleichen Umständen kan man nie zu vorsichtig seyn. Aber ich verderbe hier meine Zeit; ich denke, ihr habt für euer Geld so viel gehört, daß ihr zufrieden seyn könnt; ich habe Geschäfte. Lebt wohl, meine Kinder, bis wir uns wieder sehen.

Mit diesen Worten gieng die Zigäunerin ihres Weges, und ließ den guten Pedrillo in keiner geringen Verlegenheit, was er von ihr dencken sollte. Zum Henker, rief er, indem er nach seinem Herrn rief, der sich in grossem Unmuth unter einen Baum geworfen hatte, wenn diese alte bucklichte Hexe keine Fee ist, wie ihr sagtet, so redt der böse Feind leibhaftig aus ihr. Das ist einmal gewiß, daß es mit ihrer Wahrsagerey nicht natürlich zugeht. Wie konnte sie wissen, daß ihr in eine Princeßin verliebt seyd, und daß die Princeßin ein Papilion ist? Und hat sie mir nicht die Frau Beatrix so natürlich beschrieben, als ob sie sie selbst gemacht hätte? Und doch ist gewiß, daß sie uns heute zum erstenmal gesehen hat. Was sagt ihr hierzu, gnädiger Herr? Ich für meine Person gestehe euch, daß ich mich eher zum Gimpel sinnen würde, eh ich aus allem diesem verfluchten Zeug klug werden könnte.

Don Sylvio, der in tiefen Gedanken da gelegen war, und auf die Reden seines Reisegefehrten keine Acht gegeben hatte, wachte jetzt auf einmal auf. Höre, Pedrillo, sagte er, ich will dir meine Gedanken von dieser Begebenheit sagen, und ich bin gewiß, daß ich mich nicht betrüge. Aber, wo ist die Zigäunerin hingekommen.

Verschwunden ist sie, gnädiger Herr, ich weiß selbst nicht wie? ich guckte nur einen Augenblick auf die Seite, und wie ich wieder herüber sah, da war sie weg.

Ich gestehe dir, Pedrillo, fuhr Don Sylvio fort, daß ich nicht gleich im Stande war mich zu fassen, da sie mir die Untreue der Princeßin anzukündigen schien; anfangs nicht, denn du hattest es ihr aus Unbedachtsamkeit auf die Zunge geleget; aber der Umstand, daß es ein Papilion sey, dem ich aufgeopfert werde, war eine zu starke Bestättigung meiner vorigen Besorgnisse, als daß ich hätte gelassen bleiben können. Allein seit dem ich allem dem, was sie sagte (denn ich erinnere mich noch an jedes Wort) und dem Ton und der Mine, womit sie es sagte, besser nachgedacht habe; bin ich überzeugt, daß der verstellte Salamander, die Sylphide, mit der ich diesen Morgen reißte, und diese Zigäunerin eine und eben dieselbe Person ist, und daß alle diese Erscheinungen nichts als boßhafte Kunstgriffe sind, wodurch meine Feinde mich von der Vollendung meines Vorhabens abzuschrecken suchen. Mit einem Wort, ich zweifle keinen Augenblick daran, daß diese Zigäunerin nichts geringers als die Fee Caraboße selbst war. So viel ist gewiß, daß sie vollkommen die Gestalt hatte; welche die Geschichte dieser Fee beylegt; denn sie war klein, bucklicht, schielend, triefaugicht und ganz schwarzgelb im Gesicht. Dem sey wie ihm wolle, ich bin fest entschlossen, mich durch alle diese Kunstgriffe nicht irre machen zu lassen. Nein, meine theure Princeßin, fuhr er mit erhöhtem Ton der Stimme fort, indem er ihr Bildniß ansah, und an seinen Mund drückte, nichts ist vermögend, die reine und unsterbliche Flammen zu ersticken, die deine göttliche Schönheit in meiner Brust entzündet hat! Auch kaltsinnig, auch unbeständig, auch ungetreu würde ich dich nicht weniger lieben. Aber verflucht sey der Gedanke, der dich mir ungetreu vorstellen will, nachdem die gütige Fee, die uns beschützt, mich deiner Zärtlichkeit versichert hat! Ach! vielleicht liegst du in diesem Augenblick, fern von mir, in einer Einöde, wohin dein Schmerz oder das Verhängniß dich getrieben hat, im Schoose einer aufblühenden Rose verborgen, und bethauest ihre duftende Brust mit deinen Thränen, und jammerst, daß ich dich verlassen habe! – Himmel! ich sollte dich verlassen können? Nein, du süsse Beherrscherin meiner Seele, der Tod selbst, in der furchtbarsten Gestalt, die ihm die Grausamkeit unserer Feinde geben kan, soll nicht verhindern, daß mein Schatten, von seiner unsterblichen Liebe beseelt, dich überall suche, dir überall nachfolge, und, die Götter um ihre Sphären nicht beneidend, in deiner Brust sein besseres Elysium suche.

Don Sylvio brachte diese pathetische Rede mit so vieler Lebhaftigkeit, mit einem so zärtlichen Ton der Stimme und mit so rührenden Bewegungen vor, daß dem armen Pedrillo, der mit ofnem Maul und Augen zuhörte, die Thränen über die Backen herab rollten, ohne daß er wußte wie ihm geschah.

Bey meiner Treu, Herr Don Sylvio, rief er aus, und wischte sich die Augen mit der Hand, ihr habt eine ausserordentliche Gabe einen weichherzig zu machen. Wie macht ihrs doch, daß euch alle diese schöne Sachen einfallen, die ihr da sagtet? Pestilenz! wenn ihr ein Pfarrer wäret, und auf der Canzel so predigen würdet, das setzte Zähren ab! Meiner Six! es gäbe ein Gewässer, daß man mit Nachen in der Kirche fahren müßte. Ich wollte was drum geben, wenn ichs so hätte behalten können, wie ihrs gesagt habt; aber ich habe mir doch die aufblühende Rosen und die duftende Schoos der Thränen und den unsterblichen Schatten gemerkt, und hernach brachtet ihr auch die Sphären und die Götter drein, und etwas von der Liebe und von der heiligen Elisabeth – Sterb ich! wenn ich begreiffe, wie ihr das alles so zusammen bringen konntet. Aber auf die Hauptsach zu kommen –

Gut, gut, unterbrach ihn Don Sylvio, die Hauptsach ist, daß wir den blauen Sommer-Vogel suchen müssen; packe deine Sachen wieder zusammen, und laß uns weiter gehen. Aber ich sehe hier mehr als einen Fußweg durch dieses Gehölze; wo ist Pimpimp? Mich däucht, ich habe ihn schon etliche Stunden nicht gesehen.

Diese Frage war ein Donnerschlag für den Pedrillo, der sich jetzt plötzlich erinnerte, daß er den armen Pimpimp seit dem Abentheuer mit dem Forschgraben, gänzlich aus der Acht gelassen hatte. Allein da ihm zugleich beyfiel, daß ihm sein Herr eine solche Nachläßigkeit nicht vergeben würde, so versicherte er ihn, daß er nicht weit gegangen seyn könne. Ich habe ihn diese ganze Nacht auf dem Arm getragen, setzte er hinzu, denn es war so müde, das arme kleine Ding, daß es sich nicht mehr rühren konnte, und er war diesen Morgen noch da, als die Zigäunerin kam; ich will ihm ruffen, er wird sich nicht weit verloffen haben. Pedrillo rief also was er ruffen konnte, und sein Herr half ihm ruffen und suchen; aber sie waren nicht glücklicher als die Argonauten, da sie den schönen Hylas suchten, den die Nymphen geraubt, und in ihre Grotten unter die Wellen hinab gezückt hatten; die Suchenden durchstrichen den Hayn und das Ufer, und rieffen: Hylas, Hylas, daß der Hayn und die Ufer ertönten; Umsonst, Hylas lag indeß in den Armen der schönsten Nymphe, und hörte ihr Rufen nicht. So gieng es auch hier, mit dem einzigen Unterschied, daß Pimpimp in diesem Augenblick, an statt am Busen einer schönen Nymphe zu ruhen, in den Armen der schwarzgelben Zigäunerin lag, welche ihn, bald nachdem sie von unsern Reisenden Abschied genommen, halb todt vor Mattigkeit auf der Spur seines Herrn gefunden, und weil er überaus klein und artig war, mit sich genommen hatte.

Don Sylvio wurde über diesen neuen Unfall äusserst betrübt, und es fehlte wenig, so hätte er dißmal den Muth gänzlich sinken lassen. Pedrillo hatte keine Mühe ihn zu bereden, daß Pimpimp von der Fee Caraboße gestohlen worden sey, aber desto grössere ihn von hundert tollen Entschliessungen abzubringen, auf die er in seiner Verzweiflung verfiel.

Vielleicht wäre dieses der Augenblick gewesen, da er seinem Herrn den Antrag hätte machen können, wieder umzukehren; allein seit der Conversation, die er mit der kalten Pastete und der Flasche Alicanten-Wein gehalten hatte, war wieder eine kleine Veränderung in seiner Denckungs-Art vorgegangen, und er dachte jetzt so wenig ans Wiederkehren, daß es ihm leyd gewesen wäre, wenn Don Sylvio davon selbst angefangen hätte. Die Wahrheit zu sagen, so kam bey dem guten Pedrillo alles auf die Umstände des gegenwärtigen Augenblicks an. Er dachte anders bey Nacht, und anders an einem schönen Sommertag, anders in einem Wald und anders auf freyem Felde, anders in einem Froschgraben, und anders nach einem guten Frühstück. Pedrillo war in diesem Stück ein anderer Seneca, und der ganze Unterschied zwischen ihm und einem Philosophen lag dißfalls blos darinn, daß er sich keine Mühe gab, seine Widersprüche in einen Zusammenhang zu räsonniren. Er strengte also alle seine Beredsamkeit an, um seinen Herrn zu überreden, daß noch nichts verlohren seye. Pimpimp wird sich wieder finden, eh wirs denken, sagte er, laßt ihr nur die Frau Radiante dafür sorgen; wer weißt, was sie für Absichten dabey hat, daß er weg ist. Man muß das beste hoffen, gnädiger Herr, das böse kommt von sich selbst. Einmal die Fee, eure gute Freundin, muß als eine brave Frau ihr Wort halten, wir müssen über lang oder kurz unsere Princeßin haben, und damit Punctum!

Dieser kräftige Zuspruch beruhigte das Gemüth unsers bekümmerten Helden wieder in etwas, und weil eine angenehme Luft, die von der See-Seite her den Wald durchstrich, die Wärme ziemlich mäßigte, so beschlossen sie ihren Weg noch eine Zeitlang unter den Bäumen fortzusetzen.

Achtes Capitel.

Don Sylvio ermüdet sich über dem Suchen des blauen Schmetterlings, und schläft nach einer guten Feld-Mahlzeit ein.

Da die Absicht des Don Sylvio bey dieser wundervollen Wanderschaft ganz allein war den blauen Sommervogel aufzusuchen; so kan man leicht denken, daß beynahe ein jeder Schmetterling, der ihm in den Weg kam, seine Aufmerksamkeit an sich zog.

Diesesmal schien es, nach Pedrillo Beobachtung, nicht anders, als ob die Fanferlüschin und Caraboße recht mit Fleiß alle Sommervögel der ganzen Welt zusammen getrieben hätten, um sie im Gehölze herum zu sprengen! aus jedem Busche flatterten ihrer ein halb dutzend hervor, und unser Ritter, der alle Augenblick seine Princeßin zu sehen glaubte, setzte sich in den Kopf, daß er nicht ruhen wollte, bis er sie erhascht hatte. Pedrillo mochte fluchen wie er wollte, es half alles nichts, er mußte seinem Herrn Gesellschaft leisten.

Allein nachdem sie ein paar Stunden lang wie die Unsinnigen hin und wieder geloffen, und so müde waren, daß sie sich kaum auf den Beinen halten konnten, so befand sich, daß die verwünschten Schmetterlinge sie nur zum Besten gehabt hatten. Es waren ihrer so viele gewesen, daß man eine Sammlung in ein Cabinet davon hätte machen können; gelbe, rothe, weißgraue, feuerfarbe, aurora-farbe, bunte, getüpfelte, gestrichelte, pfauenaugichte, kurz, Schmetterlinge von allen Farben und Arten, nur kein redender, und keine Princeßin.

Herr Don Sylvio, rief endlich Pedrillo keuchend, indem er unter einen Baum hinsank, ich kan nicht mehr. Ich wollte daß die Pestilenz unter alle Schmetterlinge käme, eure Princeßin ausgenommen, so hätten wir doch noch Hofnung sie zu finden. Denn das sag ich euch, wenn sich die Frau Radiante unser nicht besser annimmt als bisher, so geb ich das Suchen auf.

Pedrillo mein Freund, antwortete Don Sylvio mit erstickter Stimme, ich bin so matt, daß ich mich nicht rühren kan. Sieh doch, ich bitte dich, ob du nicht einen bequemen Platz findest, wo wir ausruhen können; und wenn ich wieder reden kan, so will ich dir meine Gedancken sagen.

Geht nur noch etliche dutzend Schritte weiter, sagte Pedrillo, wenn ihr anders noch gehen könnt, ich sehe dort einen schönen grünen Platz, der gegen das Feld hinaus offen ist, dort hinter den Oliven-Bäumen; mich däucht, das sollte kein unfeiner Platz seyn.

In der That befanden sie ihn, da sie hinzu kamen, noch anmuthiger, als er von fern geschienen hatte; denn es zog sich ein hohes Gebüsche von gelben und weissen Rosen auf der einen Seite um ihn her, und machte eine Art von natürlicher Laube, und wo er offen war, hatte man eine Aussicht über die schönsten Wiesen, die von bunten Blumen funkelten, und von hundert schlängelnden Bächen durchschnitten waren, deren Rand zu beyden Seiten mit fruchtbaren Bäumen besetzt dem entzückten Auge das Gemählde eines Paradieses darstellte.

Was für ein angenehmer Ruheplatz, rief Don Sylvio, dem dieser Anblick wieder den Muth erhöhte; sollte man nicht denken, daß ihn irgend eine Nymphe oder Fee in diesem Augenblick habe entstehen lassen, damit wir uns wieder erquicken können? Aber ich bitte dich, hole mir eine Flasche Wasser aus jenem Bache, der dort zwischen den Rosinen-Sträuchen fließt; ich bin ganz leck vor Durst und Mattigkeit. Indem er dieses sagte, warf er sich auf den Rasen hin, der so weich und zart war wie ein sammtner Polster.

Pedrillo kam in der Minute mit seiner Flasche zurück; Munter, munter, Herr Don Sylvio, rief er ihm zu, hier ist Wassers die Fülle, und was noch mehr ist, hier sind noch ein paar Flaschen Wein von Malaga, in meinem Zwerchsack, die uns nur desto besser schmecken werden, weil wir sie so sauer verdient haben. Hey sa; auf Gesundheit unsrer Princeßin; was noch nichts ist, kan etwas werden. Nur gutes Muths, gnädiger Herr, es ist noch nichts verspielt. Wir sind ja noch keinen Tag auf der Reise, und es wäre vielleicht besser, wenn wir nicht so gar nöthig thäten. Man weißt ja beym Velten, wie die Weibsleute sind; ich wette, wenn wir ganz ruhig unsre Strasse zögen, und uns Essen und Trinken schmecken liessen, und thäten, als ob uns nicht viel daran gelegen wäre, sie käme von sich selbst, und liesse sich so willig haschen, als jene Schäferin, die vor einem Hirten, den sie liebte, fliehen wollte, und in eine Grotte lief. Zum Henker! wer hat mehr dabey zu gewinnen als sie selbst? Meynt ihr, daß sie lieber ein armer blauer Schmetterling ist, als eine Princeßin und eure Frau? Das soll sie einem andern weiß machen! Es ist also, wie ihr seht, noch nichts versäumt; wir wollen es den verdammten Carabossen zum Trotze thun und lustig seyn. Auf, Herr Don Sylvio; Essen und trinken hält Leib und Seele zusammen; kommt und greift zu; Wer weißt, ob wir nicht Morgen mit unsrer Princeßin in einem Schloß von Alabaster aus lauter Regenbogen-Schüsseln zu Mittag essen.

Dieser schöne Zuspruch des Pedrillo wurde durch sein Beyspiel und den Appetit unsers Helden so nachdrücklich unterstützt, daß er, wenn uns dieser Jansenistische Ausdruck erlaubt ist, eine unwiderstehliche Wirckung thun mußte.

Don Sylvio erfuhr bey dieser Gelegenheit, wie richtig die Anmerkung des weisen Zoroasters ist, welcher in einem seiner verlohren gegangenen Büchern versichert, daß ein Pfund weisses Brod, eine kalte Pastete, und eine Flasche Wein von Malaga, bey einer Person, die guten Appetit und lange nichts gegessen hat, ein bewährtes Mittel gegen allen Kummer sey. Sein Muth nahm nach der nehmlichen Proportion zu, in welcher die Pastete und die Flasche abnahm; die fröhlichen Geister des Weins zerstreuten in kurzer Zeit die schwarzen Dünste, womit sein Gehirn umzogen war, und allmählich nahmen angenehme Bilder, lächelnde Aussichten und süsse Träumereyen ihre Stelle ein, bis endlich der Gott des Schlafs, ohne ein Körnchen Moon-Saamen dazu nöthig zu haben, seiner aufgelößten Sinne sich bemächtigte, und, indem er ihn sanft betäubt ins Gras hin streckte, den Zephyrn Befehle hinterließ, ihn von Zeit zu Zeit mit vertropfenden Rosen zu bestreuen.

Pedrillo folgte in wenigen Augenblicken dem Beyspiel seines Herrn, nachdem er die Vorsichtigkeit gebraucht hatte, sich und seinen vielgeliebten Zwerchsack zwanzig oder dreyßig Schritte weit von ihm weg hinter ein Gebüsch in Sicherheit zu bringen.

Unsre Leser befinden sich vermuthlich durch die narcotische Kraft unsrer Erzählung in den nehmlichen Umständen, und damit sie, wenn sie Lust haben, unsern Schläfern Gesellschaft leisten können, so wollen wir hier eine kleine Pause machen.

Neuntes Capitel.

Das artigste Abentheuer in diesem ganzen Buche.

Pedrillo hatte umgefehr zwo oder drey Stunden geschlafen, als er wieder aufwachte, und weil er sich wieder vollkommen munter befand, so stund er auf, und schlich aus seinem Busch hervor, um nach seinem Herrn zu sehen. Aber wie groß war sein Erstaunen über den Anblick, der sich ihm darstellte, da er näher hinzu kam! Eine spröde Schäferin, die in einer Sommerlaube schlummernd von den Freuden gerträumt hat, so sie wachend verachtet, kan nicht bestürtzter seyn, wenn sie plötzlich auffahrend sich in die Arme eines kühnen Liebhabers verwickelt fühlt, als es Pedrillo war, da er zwoer junger Frauenzimmer gewahr wurde, welche halb vom Rosengebüsche versteckt neben seinem Herrn stunden, und ihn aufmerksam zu betrachten schienen.

Beyde waren wie Schäferinnen gekleidet, beyde schienen nicht über sechzehen Jahr alt zu seyn, und beyde däuchten ihn so schön, daß er eine gute Weile zweifelte, ob sie nicht von den Nymphen und Sylphiden seyen, die seinem Herrn so gern im Schlafe zu erscheinen pflegten. Träume ich etwan auch, dachte er bey sich selbst, und bilde mirs nur so ein, daß ich wache, oder sehe ich mit meinen leiblichen Augen? Halt einmal, wir wollen bald dahinter kommen; ich will mich in die Arme und in die Waden zwicken – Gut, gut, ich bins selbst, das hat seine Richtigkeit – das sind ja meine Augen? und ich mag sie reiben wie ich will, so zeigen sie mir doch immer diese zwo schöne Creaturen, wenn es anders Creaturen sind; aber ich glaube gänzlich, daß es Feen sind, und von den schönsten Feen, die man nur immer an einem Sommertag sehen kan.

Damit fieng er von neuem an mit weitofnen Augen und gähnendem Maul zu gaffen, als ob er es nicht satt werden könnte, und je mehr er sie betrachtete, desto mehr versicherte er sich, daß er in seinem Leben nichts so schönes gesehen habe.

Eine von beyden war etwas grösser und schlanker als die andre, und nicht über siebzehn oder achtzehn Jahre alt; sie war ganz weiß gekleidet, und hatte an statt der natürlichen Blumen kleine Sträusse von lauter Edelsteinen im Haar und vor dem Busen stecken, deren funkelnder Schimmer jedoch von dem Glanz ihrer schönen Augen eben so sehr als die Weisse ihres Anzugs von dem blendenden Alabaster ihres Nackens und ihrer Arme übertroffen wurde.

Pedrillo, von so viel Glanz und Schimmer ganz geblendet, zweifelte keinen Augenblick, daß es die Fee Radiante selbst sey, und wurde noch mehr in diesem Gedanken bestärkt, da er in einiger Entfernung ein paar Edelknaben sahe, die so schön waren, und so sehr von Silber schimmerten, daß er sie für nichts geringers als ein paar Salamander halten konnte. In diesem Augenblick verschwanden alle die kleinen Zweifel, die ihm von Zeit zu Zeit über die Würklichkeit dieser Fee und der ganzen Geschichte, die davon abhieng, aufgestiegen waren; nun war in seinen Augen nichts gewissers, als daß der blaue Sommervogel eine Princeßin war, und die Erscheinung der Fee, von der, wie er nun gänzlich glaubte, die Entwicklung dieses Romans abhieng, versicherte ihn vollkommen, daß sein junger Herr in kurzer Zeit über alle Zwerge und Zwerginnen obsiegen, und der glücklichste Prinz von der Welt werden würde.

In diesen Hofnungsvollen Gedanken schlich er wiewohl zitternd und den Athem zurück haltend, näher hinzu, und da er merkte, daß sie mit einander redeten, so blieb er ganz nahe im Gebüsche stehen, und lauschte mit gerecktem Ohr, einem jungen Faunen nicht unähnlich, der ein paar Nymphen belauscht, die mit einander abreden, wo sie diese Nacht sich baden wollen.

Gestehen sie, (hörte er die kleinere sagen, eine lebhafte reiffe Brunette von vier und zwanzig Jahren, bey deren Anblick ihm das Herz pochte, wie es in seinem Leben noch nie gepocht hatte) Gestehen sie, daß sie diesen liebenswürdigen jungen Menschen nicht ohne Bewegung ansehen? Wie schön er da liegt! was für Locken! was für ein reitzendes Gesicht, lauter Lilien und Rosen! Ich will nicht ehrlich seyn, wenn Endymion so schön war als dieser bezaubernde Schläfer. Sehen sie doch, gnädige Frau! Spüren Sie nicht einen kleinen Beruf in sich, seine Diana zu werden?

Närrisches Mädchen! versetzte die vermeynte Fee, was du für Einfälle hast! – Und doch will ich dir gestehen, Laura – In der That, er ist schön! – aber wenn er aufwachen würde? – das sicherste ist, wir gehen wieder –

Da haben Eu. Gnaden recht, erwiederte die Kleinere mit einer boßhaften Mine, was machen wir auch hier? Er kan alle Augenblicke aufwachen, und was wird er denken, wenn er sieht, daß wir so vor ihm da stehen, und ihn angaffen, als ob wir noch nie keinen rotbackichten Buben gesehen hätten.

Aber, versetzte die Fee, ich möchte doch wissen, wer er ist? Seiner Gestalt und seinem Anzug nach scheint er nichts gemeines zu seyn –

O! das versprech ich ihnen, sagte die Nymphe; eine Carmeliter-Nonne, die ihn an unserm Platz in diesem Rosen-Gebüsche angetroffen hätte, würde ihn zum wenigsten für einen kleinen Johann Baptist, oder gar für einen Engel angesehen haben.

Aber wer kan er dann seyn? Ich kenne in unsrer ganzen Gegend –

Das glaub ich wohl, unterbrach sie die andre; es ist kaum drey Wochen, daß Eu. Gnaden in dieser Gegend sich aufhalten, und ihre Antipathie gegen die gewöhnliche Land-adeliche Figuren hat ihnen noch nicht erlaubt, Bekanntschaften zu machen; sie haben ja ausser dem Licentiat Don Gabriel, den sie schon zu Valencia kannten, und ihrem Bruder, mit keiner Seele Umgang gehabt, als mit den Nachtigallen in ihrem Park, und den Lämmern auf ihrer Schäferey? –

Rede nicht so laut, sagte die andre, ich besorge alle Augenblicke, daß er aufwachen möchte; ich wollte um alles in der Welt nicht, daß er uns sähe – Aber sage mir einmal, Laura, begreifst du, was einen jungen Menschen, der dem Ansehen nach von Stande zu seyn scheint, so allein hieher gebracht haben kan?

Er ist nicht so allein, als ihr denkt, meine schöne Damen, rief Pedrillo, der sich nimmer länger halten konnte, da er merkte, daß die Fee eine gnädige Frau, und die Nymphe eine Art von Kammermädchen war.

Der kleine Schrecken, den diese Stimme unsern Schönen machte, weil sie nicht gleich sahen, woher sie kam, verschwand augenblicklich, wie sie den Pedrillo ansichtig wurden, der, ungeachtet seines nicht sehr schimmernden Aufzugs, ein junger Pursche von einer glücklichen Physionomie und von einer Figur war, die einem sprödern Mädchen als die schöne Laura zu seyn schien, hätte Anfechtungen machen können.

Ich sehe wohl, fuhr er fort, daß ihr gerne wissen möchtet, was für eine Gattung von Vögeln mein junger Herr ist, den ihr hier schlafend angetroffen habt. Wenn ihr mir versprecht, daß ihr es bey euch behalten wollt, denn es ist uns viel daran gelegen, daß eine gewisse alte Tante, die wir haben, nichts davon erfahre, wo wir hingekommen sind, es steckt ein Geheimniß darunter, versteht ihr mich? Aber ich denke, so hübschen jungen

Damen kan ich es wohl sagen, denn ihr seht mir, beym Velten! weder Nichten nach Basen von der Fee Fanferlüsch gleich –

Erklärt euch ein wenig deutlicher, mein Freund, sagte Laura mit einem Blick, den Pedrillo nicht auf die Erde fallen ließ, aber macht es kurz, wir möchten sonst euren Herrn vom Schlaf erwecken –

O! darüber macht euch keine Sorgen, antwortete Pedrillo; Er hat die ganze verwichene Nacht kein Auge zugethan, und wenn er einmal ins Schlafen kommt, so könnte der Himmel einfallen, ehe er aufwachen würde. Er ist vor Mattigkeit eingeschlafen, denn wir haben seit gestern Nachts um zwölf Uhr wenigstens vier und zwanzig Meilen gemacht.

Vier und zwanzig Meilen; und zu Fuß, wie es scheint? sagte Laura, als ob sie sich sehr verwunderte.

Es geht gar schnell, meine schöne Jungfer, wenn man auf der Feerey reißt, anwortete Pedrillo, man kommt da aus dem Lande, man weißt selbst nicht wie, und ihr habt oft ein paar tausend Meilen gemacht, wenn ihr geschworen hättet, daß ihr nicht vom Fleck gekommen wäret.

Das gesteh ich! sagte Laura; aber was nennt ihr denn auf der Feerey reisen, wenn man fragen darf?

Sapperment! gnädiges Fräulein, erwiederte Pedrillo, das ist eine Frage, die sich nicht in einem Augenblick beantworten läßt. Aber um es kurz und gut zu geben, so suchen wir, unter uns gesagt, eine Princeßin, oder eigentlich zu reden, einen Schmetterling, in den mein Herr verliebt ist; und wenn wir ihn gefunden haben, so soll ihn mein Herr in eine Princeßin verwandeln, und heurathen, das ist das Ganze, seht ihr; aber ich bitte euch, haltet reinen Mund; wir müssen uns vor gewissen Zwergen in Acht nehmen, die einen Anspruch auf unsre Princeßin machen, und uns, wenn sie von unserm Vorhaben Wind bekämen, den ganzen Spaß verderben könnten.

Was halten Eu. Gnaden von unserm Fund? sagte Laura seitwärts zu der schönen Dame; haben sie in ihrem Leben jemals so reden gehört? Man könnte sichs ja nicht närrischer träumen lassen –

Aber wer ist denn dein Herr, fragte die Dame?

O! was das anbetrifft, antwortete Pedrillo, er ist der beste, freundlichste, freygebigste, gutherzigste, gelehrteste und tapferste junge Edelmann in ganz Spanien, das könnt ihr mir glauben; ich muß es doch wohl wissen, weil wir miteinander aufgewachsen sind; er ist mein Milchbruder – Gut, gut, fiel ihm die Dame ein, ich frage bloß nach seinem Namen, wie heißt er?

Don Sylvio von Rosalva, heißt er, sprach Pedrillo, sein Schloß ist nur drey kleine Stunden von Xelva, herwärts. Don Sylvio, wie gesagt; sein Vater hieß Don Pedro von Rosalva, er war mein Taufpathe, gnädiges Fräulein, und deßwegen wurde ich Pedro getauft; aber wie ich klein war, nannten sie mich Pedrillo, und nun heiß ich eben noch Pedrillo und werde wohl Pedrillo seyn und bleiben, so lang es GOtt gefällt; es wäre dann, daß mein gnädiger Herr seine Princeßin bald fände; denn da wollt ich keinem davor gut seyn, daß ich nicht ein Marquisat, oder eine von den Grafschaften davon tragen könnte, die sie meinem Herrn zum Brautschatz mitbringen wird.

Pedrillo sagte alles dieses mit solchem Ernst und mit einer so aufrichtigen Mine, daß unsre Schönen keinen Augenblick länger zweifelten, daß es mit diesen Leutchen nicht richtig stehen müsse. Hier ist ja noch mehr als Don Quixotte, sagte die Zofe zu ihrer Gebieterin; wenn der Herr in einen Schmetterling verliebt ist, und der Diener auf Marquisate Staat macht, so können wir noch Freude an ihnen erleben – Aber, guter Freund, ihr sagtet uns von einem Schmetterling, in den euer Herr verliebt sey, und den er in eine Princeßin verwandeln soll? Ihr wolltet vermuthlich sagen, daß er in eine Princeßin verliebt sey, die von einem Zauberer in einen Schmetterling verwandelt worden?

Getroffen! rief Pedrillo, das ist eben die Sache, und jetzt soll sie wieder in eine Princeßin parafrasirt werden. Aber wenn ich euch die Wahrheit sagen soll, so däucht mich, unter uns, die Fee Rademante, die meinem gnädigen Herrn ihre Production versprochen hat, läßt sich die Sache nicht so ausgelegen seyn als sie wohl könnte, und ich besorge eben immer, es möchte am Ende noch auf ein La mi hinaus gehen –

Was ist denn das für eine Fee, fragt die Zofe; Rademante, sagt ihr? –

O! sie mag heissen wie sie will, unterbrach sie die andre Dame mit einer Mine, die in einem minder anmuthigen Gesicht verdrießlich ausgesehen hätte; wir haben keine Zeit uns um Feen und Schmetterlinge zu bekümmern, es wird Nacht seyn, ehe wir zu Lirias sind; was wird mein Bruder von unserm Aussenbleiben denken?

Mit diesen Worten entfernte sie sich, nachdem sie noch einen Blick auf den schönen Schläfer geworfen hatte; einen Blick, der sich, wenn sie allein gewesen wäre, vielleicht in einen Kuß verwandelt hätte; wenigstens war dieses eine von den Anmerkungen, welche die schlaue Laura ganz in der Stille bey sich selbst machte.

Pedrillo hielt es für seine Schuldigkeit, diese schönen Damen bis an den Weg zu begleiten, wo sie ihre Maulthiere unter der Aufsicht der zween Edelknaben gelassen hatten; allein, die Wahrheit zu sagen, sein Herz hatte mehr Antheil an diesem Umstand als seine Höflichkeit. Die kleine Laura hatte in wenigen Augenblicken eine Veränderung in ihm gewürkt, woran die gute Dame Beatrix schon etliche Jahre mit wenig Erfolg gearbeitet hatte; Kurz, er er war so verliebt, als es jemals ein Pedrillo gewesen ist. Es däuchte ihn, er hätte seiner schönen Unbekannten noch wer weißt wieviel zu sagen, aber das Herz war ihm so voll, daß er kein Wort heraus bringen konnte, und sie waren schon eine gute Weile unsichtbar geworden, da er noch immer wie an den Boden gefesselt stand, und mit unverwandtem Blick nach der Gegend hinsah, wo er sie aus den Augen verlohren hatte.

Zehendes Capitel.

Wer die Damen gewesen, welche Pedrillo für eine Fee angesehen.

Pedrillo, den wir von nun an, oder eigentlicher zu reden, von dem Augenblick an, da ihn die reitzende Laura zum erstenmal angelächelt hatte, als einen Menschen betrachten müssen, von dem ohne Unbilligkeit nicht gefordert werden kan, daß er diejenige Gegenwart des Geistes zeigen soll, wodurch einer, der bey sich selbst ist, sich zu unterscheiden pflegt; Pedrillo, sage ich, hatte die beyden Damen, die ihm in dem vorigen Capitel erschienen, schon eine geraume Zeit aus dem Gesicht verlohren, ehe es ihm einfiel, daß er nicht übel gethan hätte, sich zu erkundigen, wie sie hiessen, oder wo man sie erfragen könnte.

Weil es aber eben so wenig billig wäre, wenn unsre Leser, die vermuthlich nicht verliebt sind, diese Zerstreuung des verliebten Pedrillo entgelten müßten; So halten wir uns verbunden, die Neugier zu befriedigen, die wir uns schmeicheln in ihnen erregt zu haben, indem wir ihnen, ohne die geheimnißvolle Zurückhaltung, womit die Romanen-Dichter uns zuweilen etliche Capitel lang im Zweifel lassen, wer diese oder jene Person sey, mit der sie uns in irgend einem Wirthshauß oder auf der Landgutsche zusammen gebracht haben, jedoch in gröstem Vertrauen, (denn in der That darf Don Sylvio noch nichts davon wissen,) entdecken wollen, wer diese Damen wären, und durch was für einen Zufall sie an den Ort gekommen, wo sie, zum Unglück für die Ruhe ihres Herzens, den schönen Sylvio schlafend und seinen getreuen Achates wachend angetroffen.

Diejenige, welche Pedrillo ihrer Gestalt und ihrer Juwelen wegen für eine Fee angesehen hatte, nannte sich Donna Felicia von Cardena, und befand sich in einem Alter von achtzehn Jahren, die Wittwe von Don Miguel von Cardena, der die Discretion gehabt hatte, ungefehr zwey Jahre nach ihrer Vermählung im siebenzigsten seines Alters zu sterben, und sie als Erbin der unermeßlichen Reichthümer zu hinterlassen, mit deren Erwerbung er beynahe sein ganzes Leben in Mexico zugebracht hatte.

Sie wohnten seit ihrer Vermählung zu Valencia, einer Stadt, die ihrer Schönheit und angenehmen Lage wegen von den Spaniern Vorzugsweise die Schöne genannt wird. Allein so bald Donna Felicia durch den Tod ihres Alten Meisterin von sich selbst wurde, entschloß sie sich, aufs Land zu ziehen, wo sie einem gewissen romanhaften Schwung ihrer Phantasie und ihres Herzens sich ungehinderter überlassen konnte.

Die Poeten hatten bey ihr ungefehr die nehmliche Würkung gethan, wie die Feen-Märchen bey unserm Helden. Wenn dieser seine Einbildungs-Kraft von Verwandlungen, Zaubereyen, Princeßinnen, Popanzen und Zwergen voll hatte, so war die ihrige mit poetischen Gemählden, arcadischen Schäfereyen und zärtlichen Liebesbegegnissen angefüllt; und sie hatte sich den frostigen Armen eines so unpoetischen Liebhabers als ein Ehmann von siebenzig Jahren ist, aus keiner andern Absicht überlassen, als weil die Reichthümer, über welche sie in kurzem zu gebieten hofte, sie in den Stand setzen würden, alle die angenehmen Entwürfe zu realisiren, die sie sich von einer freyen und glücklichen Lebensart, nach den poetischen Begriffen, machte.

Bey einer seltnen Schönheit besaß Donna Felicia alle die Annehmlichkeiten, welche den Mangel der Schönheit ersetzen, und die Schönheit unwiderstehlich machen. Sie spielte die Laute in der äussersten Vollkommenheit, und begleitete sie mit einem Gesang, der desto bezaubernder war, da der blosse Ton ihrer Stimme etwas rührendes und musicalisches hatte, welches nach dem Urtheil des guten Königs Lear, ein vortreffliches Ding an einem Frauenzimmer ist. Sie zeichnete, sie mahlte in Pastell, und damit ihr keine von den Gaben der Musen fehlen möchte, so machte sie auch Sonnette, Idillen, und kleine Singgedichte, welche nach dem Urtheil ihrer Liebhaber alles übertrafen, was die Sappho's, die Corinnen, und die neun Musen selbst jemals in dieser Art hervor gebracht hatten.

Man kan sich vorstellen, was für eine Revolution der Tod ihres Gemahls in der schönen Welt zu Valencia machen mußte. Alle Damen zitterten für die Treue ihrer Liebhaber, alle jungen Herren rüsteten sich auf eine so glänzende Eroberung; die Poeten machten ganze Wagen voll Stanzen und Elegien im Vorrath, welche sie bey den Liebhabern der schönen Wittwe in billigem Preise anzubringen hofften: Kurz, alle Welt war in Bewegung, diejenige allein ausgenommen, die das Ziel so vieler Anstalten und Absichten war. Ihre Trauerzeit und der Winter waren kaum vorbey, so verließ sie die Stadt, ohne sich zu bekümmern, in was für trostlose Umstände ein so grausamer Entschluß ihre Anbeter setzen werde, und begab sich mit ihrem Bruder nach Lirias, einem schönen Gut, so er in einer der anmuthigsten Gegenden besaß, die man auf dem Erdboden findet.

Sie erwählte sich diesen Aufenthalt, theils, weil sie ihren Bruder sehr zärtlich liebte, theils des Wohlstands wegen. Denn ob sie gleich selbst ein prächtiges Landgut besaß, welches Don Miguel auf ihr Verlangen in der Nachbarschaft von Xelva gekauft hatte; so hielt sie es doch für anständiger, unter den Augen eines Bruders zu leben, zumal, da sie keine nähere Verwandte übrig hatte, und Don Eugenio von Lirias in dem allgemeinen Ruf stund, ein sehr verdienstvoller junger Edelmann zu seyn.

Donna Felicia hatte auf ihrem eigenen Gut eine Art von Schäferey angelegt, aus welcher sie nach und nach ein andres Arcadien zu machen gedachte. Sie setzte sich vor, von Zeit zu Zeit einen kleinen Absprung dahin zu machen, und sie war eben im Begriff in Gesellschaft ihrer vertrauten Laura von einer solchen Spatzier-Reise nach Lirias zurück zu kehren, als sie des Rosengebüsches ansichtig wurde, unter welchem Don Sylvio eingeschlafen war. Der Ort däuchte sie so anmuthig, daß sie abstieg, um etliche Rosen zu brechen, von denen sie, wie alle poetische Seelen, eine grosse Liebhaberin war, und dieses war der Anlaß, wobey sie auf eine so unvermuthete Art durch den Anblick unsers schlummernden Feen-Ritters überraschet wurde.

So poetisch, mystisch oder magisch das Wort Sympathie in den Ohren vieler unsrer heutigen Weisen klingen mag, so kennen wir doch kein anders Wort um eine gewisse Art von Zuneigung zu bezeichnen, die wir (die sämtlichen Kinder von Adam und Even nehmlich) zuweilen beym ersten Anblick für unbekandte Personen empfinden, und welche sich so wohl in ihrer Quelle, als in ihren Würkungen von allen andern Arten der Zuneigung, Freundschaft oder Liebe nicht wenig unterscheidet.

Zum Exempel: Es waren wohl mehr als fünfzig der Liebenswürdigsten jungen Cavaliers in Valencia, die sich alle nur ersinnliche Mühe gaben, das Herz der schönen Felicia zu rühren, ohne daß sie es so weit bringen konnten, daß sie einem unter ihnen den Vorzug vor den Reichthümern des alten Don Miguel gegeben hätte. Einige von ihren Verehrern hatten würklich Verdienste; Donna Felicia ließ ihnen hierüber vollkommene Gerechtigkeit wiederfahren; sie schätzte sie hoch, fand Vergnügen an ihrem Umgang, würdigte sie ihrer Freundschaft, und würde vielleicht, (man merke, mit Erlaubniß, dieses vielleicht) unter gewissen Umständen, in einem gewissen Zeichen des Monds, wenn ein gewisser Wind gegangen wäre, an einem gewissen Ort, zu einer gewissen Stunde und in gewissen Dispositionen, so gar fähig gewesen seyn, für irgend einen unter ihnen, der mehr Lebensart gehabt hätte als der kleine *Abbé* der Frau von Lisban, eine kleine Schwachheit zu haben; denn, (mit Erlaubniß unsrer schönen Landsmännin) es gibt nach der Meynung des weisen Avicenna, welcher auch der ehrwürdige Pater Escobar in seiner Moral-Theologie beypflichtet, gewisse Augenblicke, wo ein glücklicher Zufall der Tugend ungemein zu statten kommt. Allein es gelang keinem einzigen unter ihnen, und würde auch nach einer längern Reyhe von Jahren, als die Celadons in der Asträa zu den Füssen ihrer unempfindlichen Göttinnen verseufzen, keinem unter ihnen gelungen seyn, ihr diese ausserordentliche und unerklärbare Empfindung beyzubringen, welche Don Sylvio, ohne sein Zuthun, ohne darum zu wissen, schlafend, und beym ersten Anblick in ihr erregte; eine Empfindung, die ihr in dem zehnten Theil eines Augenblicks mehr sagte, als ihr Herz ihr in ihrem ganzen Leben für alle ihre Bewunderer gesagt hatte; Kurz, eine Empfindung, die ihr, wenn der ecstatische Zustand, worinn sie sich damals befand, einige Aufmerksamkeit auf sich selbst erlaubte, ganz deutlich zu verstehen gegeben hätte, daß sie fähig wäre diesem unbekannten jungen Schläfer alle die Reichthümer mit Freuden aufzuopfern, denen sie vor wenigen Jahren die liebenswürdigste Jugend von Valencia aufgeopfert hatte.

Was die eigentliche Ursache einer so seltsamen Würkung, und aller derjenigen sey, wodurch sich die sympathetische Liebe von den übrigen Arten der Liebe unterscheidet, würde eine Untersuchung seyn, die uns zu weit von unsrer Erzählung entfernte, und wir überlassen es unsern Lesern, sich hierüber diejenige Hypothese auszuwählen, die ihnen die anständigste ist. Es mag nun seyn, daß die Seelen solcher sympathetischen Geschöpfe in einem vorherigen Zustande, sich schon gekannt und geliebt haben, oder daß es eine natürliche Verwandtschaft unter Seelen, und wie es ein Englischer Dichter nennt, Schwester-Seelen gibt, oder daß ihre Genii in einem besondern Verständniß mit einander stehen, oder daß eine musicalische Gleichstimmung ihrer Fibern und Fibrillen auf eine mechanische Art diese Würkung hervor bringt: Genug, daß diese Sympathie sich eben so würklich in der Natur befindet, als die Schwere, die Anziehung, die Elasticität, oder die magnetische Kräfte, und daß man es, alles wohl überlegt, der schönen Donna Felicia eben so wenig übel nehmen kan, daß sie, von der magischen Gewalt dieses Geheimnißvollen Zugs bezwungen, sich nicht erwehren konnte, für unsern Helden etwas zu empfinden, das sie noch nie empfunden hatte, als man es einem gewissen Regulo Vasconi übel auslegen konnte, daß er, nach Scaligers Bericht, das Wasser nicht zurück halten konnte, so bald er eine Sack-Pfeiffe hörte.

Wir haben Uns, dieses nicht allzu edlen Gleichnisses, ungeachtet wir besorgen mußten, die Delicatesse unsrer schönen so wohl als häßlichen Leserinnen dadurch zu beleidigen, mit gutem Vorbedacht bedient, weil es, im Fall die künftigen Commentatoren dieser unsrer Geschichte so vorwitzig seyn sollten, unsre wahre Meynung von der Sympathie erforschen zu wollen, dazu dienen kan, ihnen einiges Licht hierüber zu geben. Und nunmehr kehren wir, ohne uns länger mit solchen Subtilitäten aufzuhalten, zu unsern beyden Schönen zurück, welche wir, wie man sich vielleicht noch erinnert, auf dem Rückwege nach Lirias verlassen haben.

Eilftes Capitel.

Eines von den gelehrtesten Capitel
in diesem Wercke.

Der Geschmack der Leute in der Welt ist so verschieden, daß wir nicht davor stehen können, ob sich nicht Leser finden werden, die sich für die Dame Laura, ob sie gleich nur eine Schöne von der zweyten Classe, oder, um uns gelehrt auszudrücken, eine *Dea minorum Gentium* ist, vielleicht stärker intereßiren als für ihre Gebieterin selbst. Sollte es solche Liebhaber geben, so werden sie vermuthlich nicht wohl auf uns zu sprechen seyn, daß wir ihnen nicht auch einen Auszug der Geschichte der schönen Laura mittheilen. Allein wir ersuchen sie; sich zu erinnern, daß wir bereits so viel von diesem jungen Frauenzimmer gesagt haben, als man nöthig hatte, um zu sehen, daß sie eine artige, hübsche, witzige und ziemlich lebhafte kleine Person war, und dieses ist, däucht uns, das merkwürdigste, was wir von ihr sagen konnten. Denn was ihre Geschichte betrift, so war sie ein Kammer-Mädchen, und die Geschichte der

Kammer-Mädchen ist, wie man weiß, wenigstens nach dem ordentlichen Lauf der Natur, in der ganzen Welt eine und eben dieselbige.

Der berühmte P. Sanchez merket in seinem eben so keuschen als lehrreichen Buche, *de Matrimonio* an, daß eine angehende Liebe anders auf eine junge Wittwe, und anders auf ein junges Mädchen würke; die erste, sagt er, wird davon munter, aufgeweckt, muthwillig; da man hingegen an der andern ein in sich selbst hinein gezogenes Staunen, und eine stille Schwermuth bemerkt, welche (setzt dieser vortreffliche Mann hinzu) die Würkung des geheimen innerlichen Abscheus ist, den die Seele vor der Gefahr empfindt, aus dem glorreichen Stande der Engel herab zu stürzen, und in eine grobe materielle Leidenschaft zu sinken, die in ihren Folgen endlich zu einer so unanständigen Verkörperung führt, als diejenige ist, wodurch die Welt mit Sünden bevölkert wird.

Wir haben eine zu tiefe Ehrfurcht für die H. Inquisition, als daß wir uns unterstehen sollten, einen so grossen Mann auch nur des kleinsten Irrthums zu beschuldigen; wir wollen also lieber sagen, die Natur habe sehr unrecht gethan, daß sie, ohne die geringste Achtung für die Autorität eines Mannes, der so viel neue Sünden erfunden hat, in der schönen Felicia und ihrer Vertrauten gerade das Wiederspiel von seiner Beobachtung zu würken sich erkühnt habe. Denn so widersinnisch es immer scheinen mag, so gewiß ist es, und so wenig können wir läugnen, daß auf der Reise nach Lirias, wovon jetzt die Rede ist, die junge Wittwe staunend und stillschweigend, und das Mädchen, ungeachtet der Gefahr, vor der ihrer jungfräulichen Seele hätte schauern sollen, so fröhlich und bey so guter Laune war, daß die allerseraphischste Schwester der H. Clara in Versuchung hätte gerathen mögen, sich an ihren Platz zu wünschen. Sie hatten bereits ein ziemliches Stück Weges zurück gelegt, ohne daß Donna Felicia, so begierig auch die muntere Laura auf das Signal wartete, ihren Einfällen Luft zu machen, nur einen einzigen Laut von sich gegeben hätte; es wäre dann, daß man einen Seufzer hieher rechnen wollte, der ihr ungefehr entwischte, eigentlich zu reden aber nur ein Fragment von einem Seufzer war, indem sie ihn eben noch früh genug ertappt hatte, um zwey Drittel davon in ihren verschwiegenen Busen zurück zu drücken.

Endlich konnte es Laura, die für ein Kammer-Mädchen ausserordentlich lange geschwiegen hatte, nicht länger aushalten; sie machte den Anfang mit einer Frage, die wieder eine andre nach sich zog, und so erhub sich nach und nach zwischen ihr und ihrer Gebieterin oder Freundin, (denn sie war in der That beydes) eine Unterredung, die wir unsern geehrten Lesern von Wort zu Wort mittheilen wollen, wie Pedrillo sie in der Folge aus den corallenen Lippen seiner Nymphe unmittelbar vernommen zu haben, uns selbst versichert hat.

Zwölftes Capitel.

Ein weiblicher Dialogus.

Sie sind ungewöhnlich tiefsinnig, gnädige Frau.

»Tiefsinnig?«

Wenn sie es nicht ungnädig nehmen wollen, und bey nahe schwermüthig, wenn sich ein so verdrießliches Wort für ein Gesicht schickte, worinn selbst der Unmuth reitzend ist.

»Ich weiß nicht, was du damit sagen willst; mich däucht ich bin so aufgeräumt, als ich es diesen ganzen Tag gewesen bin.«

Nicht ganz so aufgeräumt, gnädige Frau.

»Warum sollt ichs denn nicht seyn, wenn man fragen darf?«

Das weiß ich nicht; aber mich däucht, ich hörte eben jetzt einen kleinen Seufzer –

»Einen Seufzer?«

Ja, aber nur einen kleinen, so eine Art von Seufzern, wie ein Mädchen von vierzehn Jahren seufzt, wenn sich ein hübscher junger Liebhaber um ihre ältere Schwester bewirbt.

»Du hast unverschämte Gleichnisse, Mädchen; du verwandelst einen armen unschuldigen Athemzug in einen Seufzer, um einen Einfall anzubringen, auf den du dich seit einer ganzen Viertelstunde besonnen hast.«

Ich danke Ihro Gnaden für das Compliment, das sie meinem Witz machen; aber weil sie weder tiefsinnig aussehen noch geseufzt haben wollen, ob sich gleich noch manches dagegen einwenden liesse, so wollen wir von etwas anderm reden, wenn es Ihnen beliebt.

»Ich bin diesen Abend nicht sehr zum Plaudern aufgelegt.«

Es war ein recht angenehmer Ort, wo Ihro Gnaden diese Rosen brachen, welche, die Wahrheit zu sagen, (denn ich bin kein Poet) bereits an Ihrem Busen zu verwelcken anfangen – es war ein recht angenehmer Ort!

»Das war es.«

Ein recht poetischer Ort, in der That, und ich hoffe, es hat Ihre Gnaden nicht gereut, daß Sie da abgestiegen sind – ungeachtet des kleinen Endymions, den wir da schlafend gefunden haben. Gestehen sie, gnädige Frau, daß man in Valencia nichts so schönes sieht.

»Du sprichst mit einer Lebhaftigkeit von ihm, die mich bey nahe glauben macht, daß du verliebt seyst.«

Vielleicht könnten Ih. Gnaden das eher von mir glauben, wenn ich nichts von ihm sagte.

»Ich verstehe dich; du magst dir aber einbilden, was du willst, so kan ich doch nicht sagen, daß er mir so übernatürlich schön vorgekommen sey, als du ihn machst.«

Übernatürlich schön? das wollt ich eben nicht sagen, denn ich verstehe mich nicht viel auf übernatürliche Sachen; aber das werden sie doch zugeben, daß er weit schöner ist als Don Alexis, der doch in Valencia eine so wichtige Person vorstellt, daß die Damen nicht warten können, bis er sich ihnen anträgt, und daß, (Donna Felicia von Cardena ausgenommen,) keine ist, die nicht dafür angesehen seyn wollte, ihn wenigstens ein paar Tage gehabt zu haben.

»Schöner als Don Alexis, sagt nicht so viel als du meynst; ich habe ihn nie für etwas anders gehalten als für einen abgeschmackten kleinen Gecken, dessen gröstes Verdienst ist, daß er weiche Hände und weisse Zähne hat, und daß er uns, mit aller nur möglichen Einbildung von sich selbst, eine ungeheure Menge plattes Zeug vorzuschnarren weißt.«

Auch weiß ich selbst nicht, warum mir gerade dieser Don Alexis in den Sinn kam; denn in der That, ich habe nie begreiffen können, was unsre Damen an ihm sahen. Er mag sich in Acht nehmen; wenn unser Don Sylvio in Valencia auftreten sollte, so wird ihm nicht einmal so viel Verdienst übrig bleiben, als er braucht, um ein armes zärtliches Kammer-Mädchen-Herz zu verführen.

»Ich weiß nicht, mit was für Augen du diesen Don Sylvio, wie du ihn nennst, angesehen haben must; ich gesteh es, er kam mir liebenswürdig vor, aber so sehr schöne als du sagst –«

Ihre Gnaden haben das rechte Wort gebraucht, liebenswürdig, das ist das Wort, das wollt ich eben sagen;

denn in der That, was seine Schönheit betrifft, daran ließ sich vielleicht manches aussetzen. Blondes Haar –

»Castanien-braun, willt du sagen –«

Nun ja, Castanien-braun, aber weil er eine so überaus feine Farbe hat, eine Frauenzimmermäßige Farbe, möchte man sagen, so würde blondes Haar, däucht mich –

»Und mich däucht, die Natur habe das besser gewußt als du; sein Haar steht würklich ungemein gut zu seiner Gesichts-Farbe.«

Aber ich denke, er sollte doch mehr männliches in seinem Gesicht haben; Ich stehe Ihnen davor, wenn man ihn in ein Mädchen verkleidete, Donna Leonora von Zuniga selbst, die gewiß eine Kennerin von Mannspersonen ist, würde betrogen werden.

»Gut, er ist kein Hercules, das ist ausgemacht; aber ungeachtet der vollkommenen Feinheit und Regelmäßigkeit seiner Züge, finde ich doch, daß er etwas grosses und heroisches in seiner Bildung hat, das du nothwendig bemerckt haben solltest, da du ihn, wie es scheint, so genau betrachtet hast.«

In der That scheint es, daß ihn Ih. Gnaden in einem einzigen Augenblick richtiger betrachtet haben, als ich in einer Viertel-Stunde. Aber was sagen sie zu seinem Munde? Ich gestehe, daß er schön ist, aber doch ein wenig zu klein, däucht mich –

»Ich möchte nur wissen, warum du affectirst, gerade das an ihm zu tadeln, was er würcklich schönes hat.«

Ich bitte Ih. Gnaden um Vergebung, ich rede nur, wie es mir vorkommt, und wenn ich nicht besorgte, Ih. Gnaden zu mißfallen –

»Mir zu mißfallen? Ich glaube du bist nicht klug; Aber wenn ich die Wahrheit sagen soll, so bin ich selbst nicht viel klüger, daß ich deinen tollen Einfällen so viel Gehör gebe. Was bekümmert uns das, ob Don Sylvio schön ist, oder wie schön er ist –«

Das ist auch wahr; genug, daß er liebenswürdig ist, das ist doch immer der Punct, worauf alles ankommt. Mich däucht, ich habe irgendwo gelesen, das uns nichts so schön vorkommt als was wir lieben.

»Wenn das ist, so müßtest du sehr in diesen Unbekannten verliebt seyn; denn wenn man dich hört, so ist der Vaticanische Apollo von keiner untadelichern Schönheit als Don Sylvio.«

Er hat wenigstens den Vorzug vor ihm, daß er Athem hohlt, und das ist nach meiner geringen Einsicht, ein grosser Vorzug.

»Wir wollen einmal aufhören zu tändeln. Sage mir einmal Laura, erinnerst du dich noch, was dieser Pedrillo, oder wie er sich nannte, uns von ihm sagte.«

Wenn man diesem Burschen glauben dürfte, so wäre unser Unbekannter von gutem Hause, ein Sohn von Don Pedro von Rosalva, von dem ich Ih. Gnaden Herrn Vater öfters als von einem wackern Officier sprechen hörte. Aber wenn ich meine wahre Meynung sagen soll, so glaube ich, Herr Pedrillo könnte mehr gesagt haben, als er jemals wird beweisen können.

»Nun ja, das Ansehen kan betrügen, denn das ist vollkommen auf seiner Seite; aber deine Ursachen, wenn ich bitten darf?«

Wenn wir dem Pedrillo, der mir die Mine eines schnackischen Gesellen hat, glauben sollen, so müssen wir auch glauben, daß Don Sylvio in einen Schmetterling verliebt ist, daß er, der Himmel weißt, was für einen Zwerg zu einem Nebenbuhler hat, und eine gewisse Fee zur Beschützerin, durch deren Beystand der Schmetterling in eine Princeßin verwandelt werden soll, und so weiter. Das ist nun alles toll genug, däucht mich. Das ärgste ist, daß der Bauer-Junge alles diß abgeschmackte Zeug mit einer so verwünschten ehrlichen Schaafs-Mine vorbrachte, mit einem so trostlosen Ton der Aufrichtigkeit, daß uns alle Hofnung benommen ist, er möchte es nur zum Spaß gesagt haben. Das ist verzweiffelt!

»Ich gestehe dir, Laura, und warum sollt ich dir ein Geheimniß daraus machen? ich intereßire mich für diesen jungen Menschen. Er müßte verrückt seyn, wenn Pedrillo die Wahrheit gesagt hätte.«

Und Pedrillo müßte noch verrückter seyn, gnädige Frau, denn man kan nicht gelassner von den alltäglichsten Dingen reden, als er von Sommervögeln, Zwergen, Feen, Princeßinnen und Marquisaten spricht.

Es ist etwas unbegreifliches in allem diesem. Aber so viel läßt sich doch aus dem verworrenen Geschwätze des Dieners errathen, daß sich Don Sylvio um einer Liebes-Angelegenheit willen von Hause weggestohlen hat; der Bursche erwähnte einer alten Tante, die vermuthlich seiner Liebe Hinternisse in den Weg legt; vielleicht ist er darüber närrisch worden. Eine heftige Leidenschaft kan durch einen unvorsichtigen Widerstand zu seltsamen Ausbrüchen getrieben werden.

Das ist gewiß, zumal da ohnehin nichts leichters seyn soll, als daß Liebe und Vernunft Händel mit einander kriegen, aber wenn wir nicht voraus setzen, daß Pedrillo eben so verliebt und eben so toll ist als sein Herr, so haben wir mit unsrer Hypothese nichts gewonnen. Ich habe einen wunderlichen Einfall, gnädige Frau, aber er kan doch immer gut seyn, bis wir einen bessern haben. Es ist ein so schwermüthiger Gedancke, wenn wir uns einen so liebenswürdigen jungen Cavalier verrückt vorstellen sollen! In der That, es wäre ein Gedanke, der des Seufzers wohl werth wäre, der ihnen jetzt entgangen ist – Dieses mal wenigstens gestehen sie es nur, daß sie geseufzt haben; es war einer von den Seufzern, die sich nicht verläugnen lassen; ich sah ihm von seiner Empfängniß an zu, wie er sich aus ihrem schönen Busen allgemach empor arbeitete, bis zu dem Augenblick, da er, zwischen ihren halb geöfneten Lippen hervor schlüpfend, in Gestalt eines kleinen Amors davon flog.

»Närrisches Ding; – Aber was war denn das für ein Einfall, den du mir sagen wolltest?«

Ich bilde mir ein, Don Sylvio könnte mit Erlaubniß, ein wenig närrisch seyn, ohne daß er gerade das seyn müßte, was man rasend heißt; kurz, er könnte mit einer Art von Narrheit oder Schwärmerey, oder wie mans nennen will, behaftet seyn, die ihn nichts desto unwürdiger machte, einer jeden Dame, die ihn unter einem so anmuthigen Rosengebüsche schlafen gesehen hatte, liebenswürdig vorzukommen.

»Ich merke, Mädchen, du hast dir in den Kopf gesetzt, daß ich nothwendig in ihn verliebt seyn müsse – aber darüber wollen wir jetzt nicht disputiren. Und worinn soll denn diese Schwärmerey bestehen?«

Mich däucht, er könnte eine Art von einem jungen Don Quixotte seyn, der, nach Pedrillo Ausdruck, auf der Feerey, wie der Ritter von Mancha auf der irrenden Ritterschaft herum zöge. Wär es so etwas unbegreifliches, daß ein junger Mensch von lebhafter Gemüths-Art, der die Welt nie gesehen hat, und in seinem Dorfe nichts fand, das der Zärtlichkeit seines Geschmacks ein Genügen hätte thun können, durch das Lesen der Romanen und Feen-Märchen auf den wunderlichen Einfall gerathen wäre, die Feen und die bezauberten Palläste mit allen ihren Drachen, Zwergen, Popanzen und blauen Centauren für würkliche Dinge zu halten?

»Es wäre eine seltsame Art von Schwärmerey, und doch, däucht mich, ich begreiffe, daß sie möglich seyn könnte. Aber was sollen wir in diesem Fall aus seiner Liebe zu der Princeßin machen, die in einen Sommervogel verwandelt ist?«

Ich wette gleich was man will, gnädige Frau, diese Princeßin ist weder mehr noch weniger als ein hübsches Bauermädchen, das ihm in die Augen gestochen hat; seine bezauberte Phantasie hat sie zuerst zu einer Princeßin erhöht, und endlich mit Hülfe eines gelben Zwergs, oder einer bucklichten Magotine in einen Papilion verwandelt, und es wird sonst nichts nöthig seyn, als daß er eine junge Dame zu sehen bekommt, die seiner lebhaften Einbildungs-Kraft genug thut, so wird seine Geliebte, ohne Zauberstab und Talisman, in einem Augenblick wieder ihre erste Gestalt bekommen, und mit Pedrillo zu reden, zwar nicht in eine Princeßin, aber doch in ein Bauer-Mädchen zurück metaphrasirt werden.

»Ich gestehe dir, Laura, daß meine Neugierigkeit rege gemacht ist, es reuet mich jetzt, daß ich nicht wartete, bis er erwachte.«

Weil er nur wenige Meilen von uns wohnt, so wird es nicht schwer seyn, Nachrichten einzuziehen, die uns aus dem Wunder helfen können. Und wer weißt, ob die Kobolte, die sich mit seinem Schicksal abgeben, ihn nicht eben so gut nach Lirias führen können, als sie uns heute in dieses Rosengebüsche geführt haben, welches, so wahr ich ein Mädchen bin! der bezauberten Laube einer Feen-Königin so ähnlich sah, als ich in meinem Leben was gesehen habe.

Indem Laura dieses sagte, waren sie in dem innern Schloß-Hofe zu Lirias angelangt, wo wir die Freyheit nehmen wollen uns von ihnen zu beurlauben, um zu sehen, was indessen aus dem Helden unsrer Geschichte geworden ist, den wir, so angenehm uns auch die Gesellschaft der Donna Felicia seyn mag, ohne strafwürdige Nachläßigkeit nicht länger aus den Augen lassen können.

Viertes Buch.

Erstes Capitel.

Worinn der Autor eine tiefe Einsicht in die Geheimnisse der Ontologie an den Tag legt.

Wenn jemals ein Mensch sich in einer seltsamen Verfassung befunden hat, so war es Pedrillo, nachdem er die schönen Geschöpfe, mit denen wir ihn im vorigen Buch zusammen gebracht, aus dem Gesichte verlohren hatte. Die Verwirrung, die diese Erscheinung in seinem Kopf und in seinem Herzen zurück ließ, war so groß, daß uns die blosse Bemühung eine Beschreibung davon zu machen, beynahe in eine eben so grosse Verwirrung setzt. Ob er gewacht oder geträumt habe, ob es Feen oder Sterbliche gewesen, ob sie verschwunden oder davon geflogen seyen, das waren Fragen, die er sich immer weniger beantworten konnte, je öfter er sie sich machte. Nachsinnen ist in der That nicht jedermanns Sache. Pedrillo wenigstens wußte so wenig damit umzugehen, daß er sich endlich in seinen eigenen Gedanken wie in einem Netze gefangen sah, worinn er sich immer desto mehr verwickelte, je mehr er sich bemühte loß zu kommen; kurz, nachdem er eine gute Viertelstunde lang mit sich selbst gestritten hatte, so hörte er endlich damit auf, daß er in ganzen Ernst an seinem eignen Daseyn zu zweifeln anfieng.

Unter allen Zweifeln, denen die arme blödsinnige Vernunft des Menschen ausgesetzt ist, wird man vielleicht keinen finden, der sich weniger in die Länge aushalten läßt als dieser; auch war es dem guten Pedrillo nicht anders dabey zu Muthe, als ob er mit der Geschwindigkeit einer Trille oder eines Wind-Mühlen-Rads um seine eigene Achse herum getrieben würde.

Vielleicht möchte man denken, wenn er ein Cartesianer gewesen wäre, so hätte er sich durch das berühmte, *cogito, ergo sum,* gar leicht aus seinem Zweifel heraus helfen können. Allein in den Umständen, worinn der arme Knabe war, hätte vielleicht Cartesius selbst sein Latein dabey verlohren; denn er dachte würklich gar nichts, und wenn er in einem solchen Zustande ja noch fähig gewesen wäre, einen Syllogismus zu machen, so würde doch der Cartesianische Grundsatz zu nichts anderm gedient haben, als ihn aus den Zweifeln an seinem Daseyn in die Gewißheit, daß er nicht sey, zu stürzen, welches in der That nicht viel besser gewesen wäre als *ex Scylla in Charybdin* oder aus dem Regen unter die Trauffe zu kommen.

Man muß gestehen, daß der rohe natürliche Mutterwitz, Instinct, *Sensus communis*, oder wie man es sonst nennen will, (denn über Worte werden wir niemalen keinen Streit anfangen) seinem Besitzer zuweilen weit nützlicher ist als die subtilste Vernunft. Wäre Pedrillo ein Metaphysicus gewesen, so würde er gewiß bey dem Zweifel an seinem Daseyn nicht stille gestanden seyn; er würde so lange nachgegrübelt, reflectirt, analysirt, abstrahirt, distinguirt und combinirt haben, bis er sich selbst, und vermuthlich auch allen andern Dingen die Würklichkeit, ja wohl gar die Möglichkeit selbst völlig weggeläugnet hätte; und wer weißt, ob er endlich nicht der Stifter einer neuen philosophischen Secte geworden wäre, von der sich nicht ohne Grund vermuthen läßt, daß sie, wegen ihrer besondern Bequemlichkeit die schwersten physicalischen und moralischen Problemata ohne die geringste Mühe aufzulösen, alle andere Secten der Dualisten, Materialisten, Pantheisten, Idealisten, Egoisten, Platoniker, Aristoteliker, Stoiker, Epicuräer, Nominalisten, Realisten, Occamisten, Abälardisten, Averroisten, Paracelsisten, Machiavellisten, Rosenkreuzer, Cartesianer, Spinozisten, Wolfianer und Crusianer; in kurzer Zeit verschlungen hätte.

Wir können nicht ohne Grauen und Erschütterung daran gedenken, was für verderbliche Folgen eine solche Philosophie in dem System der menschlichen Gesellschaft hätte nach sich ziehen können, da es in der That unmöglich scheint, daß der Grundsatz der nicht-Existenz weder mit irgend einer bekannten Religion, noch mit den eingeführten Gesetzen und Gewohnheiten der policirten Nationen in einen erträglichen Zusammenhang sollte gebracht werden können. Denn mit welchem Schein Rechtens könnte man von einem Menschen, der nicht ist, Zehenten, Opfer, oder *Jura stolæ* eintreiben, oder wie wäre es möglich, denjenigen eines Verbrechens zu überweisen, der den Richter durch eine lange Demonstration in geometrischer Methode beweisen würde, daß er zu der Zeit, da er dieses oder jenes gethan haben solle, gar nicht einmal existirt habe?

Allein zum grösten Glück für die öffentliche Ruhe hatte Pedrillo nicht den geringsten Ansatz zur speculativen Philosophie; und an statt über seinen beschwerlichen Zustand lange zu räsonniren, ließ er sich nichts angelegener seyn, als wie er sich bald davon befreyen wolle. Sein Herr, dachte er, der in dieser Sache desto unpartheyischer sey, da er diese ganze Zeit über geschlafen habe, werde ihm am besten aus dem Wunder helfen können.

Ob und wie ferne Pedrillo hierinn richtig gedacht habe oder nicht, wollen wir dahin gestellt seyn lassen, indem uns eine nähere Untersuchung davon unfehlbar in den berühmten Streit über den *Intellectum agentem* und *patientem* verwickeln könnte, wozu wir uns dißmal um so weniger aufgelegt finden, als würklich der tiefsinnige Inhalt dieses Capitels unser Gehirn so sehr abgemattet hat, daß wir uns genöthiget sehen, mit Erlaubniß des großgünstigen Lesers eine Pause zu machen.

Zweytes Capitel.

Ein Beyspiel, daß ein Augenzeuge nicht allemal so zuverläßig ist, als man zu glauben pflegt.

Pedrillo weckte also seinen schlafenden Herrn, aber unglücklicher Weise in einem Augenblick, da er in dem angenehmsten Traum begriffen war, den sich ein platonischer Liebhaber, als der Liebhaber eines Schmetterlings ist, nur immer wünschen konnte.

Unglückseliger, rief der erwachende Don Sylvio, aus was für einem Traum weckst du mich?

Sapperment, Herr Don Sylvio, schrie Pedrillo, es ist jetzt die Frage nicht von Träumen, es sind ganz andere Dinge auf dem Tapet. Aber ich bitte euch, mein lieber Herr, wenn ihr anders noch ein Fünckchen christlicher Liebe für den armen Pedrillo habt, so sagt mir vor allen Dingen, ob ich würklich Pedrillo bin oder nicht? Denn, meiner Six, es ist nicht alles wie es sollte, – ich will geprellt seyn, wenn ich meiner leiblichen Mutter auf ihr blosses Wort glaubte, daß ich meines Vaters Sohn sey.

Was für eine Tollheit kommt dich an, fragte Don Sylvio, den diese Reden in Verwunderung setzten – was für Ursachen hast du zu denken, daß du ein anderer seyst als du selbst?

Sagt mir nur erst, ob ichs bin, erwiederte Pedrillo, die Ursachen werden seiner Zeit schon nachkommen; wir wollen erst den Hauptpunct ausmachen; seyd so gut und antwortet mir nur indirecte auf meine Frage, denn ihr werdet sehen, daß mehr daran liegt als ihr euch jetzt einbildet.

Alberner Junge, sagte Don Sylvio lächelnd, du bist zwanzig Jahre lang immer Pedrillo gewesen, warum solltest du es nicht noch seyn?

Seht mich recht an, gnädiger Herr, betrachtet mich von vorn und hinten, und sagt mir die Wahrheit, so wahr ihr ein Edelmann seyd.

So wahr ich ein Edelmann bin, antwortete Don Sylvio, du bist Pedrillo, oder du bist ein Esel, eines von beyden ist gewiß –

Ein Esel? – Hier sind meine Ohren, Herr; es stecken, denck ich, unter mancher Doctor-Mütze längere, und wenn ich so gewiß Pedrillo bin, als ich kein Doctor – kein Esel, wollt ich sagen, bin, so geht alles wie es gehen soll. Die Wahrheit zu sagen, Herr, ich hatte selbst so eine Ahnung, so eine Art von Reprehension, daß es nicht wohl anders seyn könne, als wie ihr mich versichert; aber wenn einem solche seltsame Dinge begegnen wie mir, so wär es kein Wunder, wenn einer endlich seinen eigen Namen darüber vergäße.

Und was ist dir dann begegnet, fragte Don Sylvio? Mach es kurz, wenn ich bitten darf.

Herr, antwortete Pedrillo, das läßt sich nicht in einem Augenblick sagen; ein weiser Mann kan in einem Athemzug mehr fragen, als ein Narr in einem ganzen Tag beantworten kan. Wenn ihr mir Zeit lassen wollt, so will ich euch alles haarklein erzählen; denn, meiner Six; es ist mir, ich sehe sie noch vor mir, mit ihren grossen braunen Augen, und mit der allerliebsten schelmischen Mine, womit sie mich seitwärts anlachte, wie sie wieder aufsitzen wollte. Sterb ich, wenn mir nicht war, als ob sie mein Herze an einem Bindfaden hinter sich her zöge! Ihr werdet über mich lachen, Herr; aber ich will nicht ehrlich seyn, wenn ich den Maulesel, auf dem sie saß, nicht mit neidischen Augen ansah.

Mißbrauche meine Gedult nicht länger, sagte Don Sylvio, der von allem diesem Gewäsche nichts begrif; erzähle mir ordentlich und von Anfang an, was dir begegnet ist, seit dem ich eingeschlafen bin.

Gut, gnädiger Herr, das will ich auch, wenn ihr nur Gedult haben könnt; denn, wie ich sagte, ich habe euch so viel zu erzählen, daß ich nicht weiß, wo ich anfangen soll, ob ich gleich so voll davon bin, daß alles auf einmal heraus platzen möchte. Aber weil ihr verlangt, daß ich die Sache von Anfang an erzählen soll, so wisset also, Herr, daß ihr noch nicht lange eingeschlafen waret, als mich ein oder zweymal ein so entsetzliches Gähnen ankam, daß ich dachte, ich würde den ganzen Abend nicht damit fertig werden. Ich merkte daraus, daß sich der Schlaf bey mir anmelden wolle; aber weil ich mir vorgesetzt hatte, bey Eu. Gnaden zu wachen, so wehrte ich mich so gut ich konnte, und that, um mich munter zu erhalten, noch zwey oder drey Züge aus der Flasche; vielleicht mochten es viere gewesen seyn, ich kan es so eigentlich nicht sagen! Kurz, die Flasche wurde endlich leer, ohne daß ich muntrer wurde; die Auglieder fielen mir alle Augenblicke zu, und dann gähnte ich wieder, und so capitulirten wir so lange mit einander, der Schlaf und ich, –

O! wahrhaftig, rief Don Sylvio, wenn du so erzählen willst, so wird dein und mein Leben nicht zureichen, biß du fertig bist. Du hast geschlafen, gut, und da bist du wieder aufgewacht, oder sind dir die wunderbare Dinge im Schlaf begegnet, die du mir erzählen woltest?

Im Schlaf? Nein wahrlich, Herr, damals wie ich die Erscheinung hatte, war ich schon wieder aufgewacht, wie ich euch gesagt haben würde, wenn ihr mich nur hättet fortreden lassen. Denn wenn ich die Sachen der Ordnung nach sagen soll, so muß doch eins auf das andere folgen –

Ohne Zweifel, sagte Don Sylvio, aber must du deßwegen alle diese nichts bedeutenden Umstände mit dazu nehmen, wodurch deine Erzählung so schleppend und einschläfernd wird, als ein altes Kunkel-Stuben-Märchen? Du hast geschlafen, und bist wieder aufgewacht, das ist das ganze Geheimniß; und das hättest du mit dreyen Worten sagen können. Nun weiter –

Ja freylich, zum Henker, nun weiter, wenn ihr mich alle Augenblicke aus dem Concept bringt, da soll ichs gleich wieder finden – Wo bleib ich? – Ja, bey meinem einschlafen –

Du bist ja schon wieder aufgewacht –

Man muß doch vorher einschlafen, ehe man wieder aufwachen kan? Aber weil ihrs so haben wollt, so sey es dann! Ich wachte also wieder auf, wie ihr sagtet, und die Wahrheit zu gestehen, ich würde vielleicht noch schlafen, wenn mich nicht eine gewisse Nothwendigkeit – ein gewisses – ich weiß nicht wie ichs sagen soll, daß es nicht gar zu unhöflich heraus komme, aber dem Gelehrten, sagt das Sprüchwort, ist gut predigen – Kurz, eine gewisse Angelegenheit, die man durch keinen Procurator verrichten kan, – ihr versteht mich ja? –

Unvergleichlich, Pedrillo, mache nur, daß du bald wieder davon kommst.

Ein jedes Ding will seine Zeit haben, sagt Salomon. Kurz, und gut, es war ein Geschäfte, daß der Corregidor von Xelva, und der König selbst gerade auf die nehmliche Art verrichten muß wie der armste Bauerjunge – Und in der That, ich habe schon oft gedacht, wenn grosse Herren und Damen der Sache recht nachdenken wollten – und es brauchte eben nicht viel Kopfverbrechens – es könnte ihnen ein gut Theil von der hohen Einbildung benehmen, als ob sie wer weißt wie viel besser seyen, als wie andre gemeine Leute, wenn sie zum Exempel dächten, – ich will es aus Respect vor Eu. Gnaden nicht heraus sagen; aber es ist doch gewiß, daß sie weder Bisem noch Ambra machen, und wenn mans beym Licht besieht –

Pedrillo, Pedrillo, rief Don Sylvio lachend, wenn du ins moralisiren hinein kommst, so kanst du das Ende nicht wieder finden. Überhüpfe immer die erbaulichen Sachen, die dir bey Gelegenheit, daß du deine Nothdurft verrichtet hast, beygefallen sind –

Ha, nun habens Eu. Gnaden selbst gesagt, das war in der That nicht verblümt gegeben; ich hätte mich nimmermehr unterstanden, die Sache so deutsch heraus zu sagen, aber da es nun einmal heraus ist, so will ich jetzt ohne weitere Präscription oder Circumherumschweiffung sagen, daß ich, nachdem ich die Natur erleichtert hatte, welches, im Vorbeygehen zu sagen, hinter einem dichten Gebüsche, fünfzig oder sechzig Schritte weit von dem Orte, wo ihr schlieft, geschah –

Pedrillo, mein Freund, unterbrach ihn Don Sylvio, ich sehe, daß du in der Laune bist, mich zur Verzweiflung zu treiben. Aber fahre immer fort, weil es nun einmal mein Schicksal ist, daß ich durch die Gedult, die ich mit deiner mördrischen Waschhaftigkeit haben muß, zum Märtyrer werden soll – Ich will aushalten, so lang es die Natur ausstehen kan.

Gnädiger Herr, antwortete Pedrillo, es sollte mir von Herzen leid thun, wenn ich Eurer Gnaden Gedult mißbrauchte, aber ihr seht ja wie es geht, ein Wort gibt das andre; man fangt oft bey einer Gansspule an, und hört beym Engel Gabriel auf; und zu dem, so dürfte ich den bewußten Umstand um des folgenden willen nicht vorbey lassen, weil ihr daraus sehen könnt, daß ich gewiß erwacht und bey völligem Gebrauch meiner Sinnen war. Aber wir wollen uns um deßwillen nicht entzweyen;

denn weil ich jetzt zur Haupt-Sache komme, so will ich schon desto kürzer seyn.

Vortreflich, Pedrillo, nur keine weitere Entschuldigungen.

Wisset also, mein lieber Herr, daß wie ich wieder hinter meinem Busche hervor kam, und gehen wollte, und sehen was ihr machtet, da sah ich – rathet einmal, gnädiger Herr, was ich gesehen habe?

Da sahst du in einen Bach, und da sahst du den albernsten, dummsten, unverschämtesten, langweiligsten, abgeschmacktesten Schurcken von einem Esel, der seit Bileams Zeiten jemals auf zwey Beinen gegangen ist, nicht wahr?

Ihr habt es nicht getroffen, Herr; aber ich will gehangen seyn, wenn ihrs nicht errathet, so bald ichs euch sage – eine Fee sah ich, eine Fee, aber die schönste, feen-mäßigste Fee, die man nur an einem Sommertag sehen mag, und die gewiß, wenn sie nicht die Frau Rademante selbst gewesen ist, schöner und glänzender war als alle eure Bellinen, Scharmanten, Amaranten und Rademanten zusammen genommen.

Eine Fee, sagst du, und woher wußtest du, daß es eine Fee war?

Woher ichs wußte? Sapperment, Herr, glaubt ihr denn daß ich gar nichts wisse? ich sollte schon so lang in eurem Dienste seyn, und nicht wissen was eine Fee ist? wenn es keine Fee war, so sagt, Pedrillo sey ein Stockfisch, und laßt mich wässern und pläuen wie einen Stockfisch, bis es genung ist. Ich sag euch, Herr, ihr Gesicht glänzte, als ob es aus einem einzigen Carfunkelstein geschnitten wäre – es wurde auf drey oder vier Meilen um sie herum so heiter, als ob es ein halb dutzend Sonnen am Himmel wären – Wenn das keine Fee war, so könnt ihr kecklich alle eure Feen-Märchen ins Feuer werfen und sagen, daß nie keine Fee gewesen ist, noch seyn wird, so lange man Suppen mit Löffeln gegessen hat, und wenn es GOtt gefällt, auch noch künftig essen wird.

Gut, gut, wo sahst du denn die Fee, und was machte sie?

Was sie machte? Sapperment, sie schaute euch an, ihr könnt euch nicht vorstellen, wie sie euch anschaute; nicht anders, als ob man das Sehen bald verbieten würde; sie stund ganz hart an euch, und bückte sich ein wenig, und sah euch immer wieder an, daß es eine rechte Lust war zuzusehen.

War sie allein?

O! das ist eben der Haupt-Umstand, wenn sie allein gewesen wäre, so würde ich nicht so viel Wesens von ihr machen; aber sie hatte eine andere kleine Fee oder Nymphe, oder ein Sylphen-Mädchen, oder wie ihrs heissen wollt, bey sich, das allerdrolligste holdseligste kleine Ding, das ihr in eurem Leben gesehen habt.

Wie sah sie denn aus? Beschreibe sie mir einmal, ob ich vielleicht errathen kan, wer es war?

Wie gesagt, Herr, ein liebliches kleines Ding, beerschwarze Haare –

Ich frage, wie die Fee aussah, rief Don Sylvio.

Was ich sage, Herr, wunderartig, nicht zu fett und nicht zu mager, aber frisch und saftig wie eine Morgenrose; ein Gesicht wie Milch und Blut, und einen Halß – und Arme – ich kans euch nicht beschreiben, wie mir dabey zu Muthe war, aber das schwör ich euch, die Frau Beatrix ist nur eine Meerkatze gegen sie; ich schämte mich recht, daß ich so dumm gewesen war, und mit einer solcher alten, abgestandenen Runkunkel gelöffelt hatte; aber ohne Wissen, ohne Sünde; wenn ich diese hätte voraus sehen können –

Ich will, daß du mir von der Fee reden sollst, und du redst mir immer nur von ihrem Mädchen?

Potz Herrich! von was sollt ich auch sonst reden, gnädiger Herr, sie ließ mir keine Zeit, die andre recht anzusehen; Ihr hättet sie nur sehen sollen! Sapperment, ich hätte den ganzen langen Tag da stehen und sie angaffen wollen, ohne daß ichs müde geworden wäre.

Nun, gut dann! aber die Fee –

Die Fee? Ja, was die Fee anbelangt, die stand eben da, wie ich sagte, und schaute euch an, ich kan eben nicht viel von ihr sagen, denn, wie ich sagte, das kleine Ding war immer in Bewegung, und ich sah alle Augenblicke wieder etwas an ihr, das mich aus dem Concept brachte; ich sagte euch ja gleich anfangs, daß es eine überaus schöne Fee war; ich denke, die Diamanten und Carfunkelsteine, die sie an sich hängen hatte, waren wohl zwey oder drey Königreiche werth, und sie gaben einen Glanz von sich, daß man sie nicht lang ansehen konnte; aber die kleinere –

Gut, gut; sprachen sie denn nichts mit einander? Hörtest du nichts? Was sagte die Fee?

Was sie sagte? O! sie sagte recht hübsche Sachen, das versichre ich euch; ich lauschte wie ein Habicht, und ich habe mir alles von Wort zu Wort gemerkt. Sapperment, sagte sie, das ist doch ein feiner junger Herr! – Gelt, gnädige Frau, sagte die andre, ich will kein ehrliches Mädchen seyn, wenn wir in Valencia etwas hübschers gesehen haben; ich wette was man will, sagte sie, wenn es nicht ein Sylphe ist, so ist es gar ein Waldgott. Aber wer mag es denn wohl seyn, sagte die Fee? gnädige Frau, sagte die Kleine, er muß nur durch Hexerey hieher gekommen seyn, denn wir kennen doch alle Mannsleute auf zehen Meilen in die Runde, und ein so hübscher Junggeselle ist bey meiner Six! keine Sache, die lange verborgen bleiben kan – Mit einem Wort, ich mag euch nicht alles wieder sagen, was sie von euch sagten; denn ihr wißt wohl, der Hochmuth ist eine von den sieben Todtsünden, und ich wollte nicht ein Kayserthum drum nehmen, und es auf meinem Gewissen haben, wenn ihr nur eine Stunde länger im Fegfeuer sitzen müßtet, als es GOtt gefallen wird.

Aber wenn sie alles das gesagt haben, mein guter Pedrillo, was du da erzählst, so sind es eher ein paar Landstreicherinnen gewesen, als Feen – Wenn haben jemals Feen in einem so pöbelhaften Ton gesprochen?

Ich muß euch bekennen, gnädiger Herr, daß ich selbst einen kleinen Scrupel darüber bekam, und das machte mich auch so behertzt, daß ich näher zu ihnen gieng und mit ihnen redte. Aber wie ich dem kleinen Mädchen wieder in die Augen sah, und wie ich die Juwelen ansah, womit die andre über und über behangen war – ja, und das hätt ich schier vergessen, sie hatten auch ein paar Salamander bey sich, die wie die helle Sonne glänzten, und bey den Maulthieren stunden, auf denen die beyde Feen gekommen waren.

Salamander, sagst du?

Ja, Herr, Salamander, leibhafte Salamander, und wie die beyde Damen sich wieder auf ihre Maulthiere gesetzt hatten, so flogen sie alle mit einander durch die Luft davon, daß ich in einem Augenblick so wenig von ihnen sah, als ob sie nie da gewesen wären.

Pedrillo, mein Freund, rief Don Sylvio aus, entweder, du willt mir die Ehre anthun deinen Spaß mit mir zu treiben, oder die Dünste des Malaga hatten deine Augen bezaubert, wie du alle diese Dinge sahst. Seit dem es Feen gegeben hat, hat man noch keine auf Maulthieren reiten gesehen; wenn du noch gesagt hättest, sie seyen in einem goldnen oder elfenbeinernen Wagen mit geflügelten Maulthieren davon gefahren, das gienge noch an. Aber daß eine Fee nicht anders reisen soll als wie eines jeden ehrlichen Pachters Frau, das mache einem andern weiß, oder bekenne, daß du nichts davon verstehst. Deine Fee ist aufs höchste ein Frauenzimmer, die ein Landgut in dieser Gegend hat; die Nymphe, die dir so wohl gefiel, ihr Kammermädchen, und was du für Salamander angesehen hast, das werden ein paar Erden-Söhne von kleinen Pagen gewesen seyn, die gewiß sehr verlegen seyn würden, wenn sie, wie die wahren Salamander auf einem Sonnenstral in sechs oder sieben Minuten von einem Ende der Welt zum andern reiten müßten.

Gnädiger Herr, antwortete Pedrillo, ich hätte doch gedacht, daß ich ein besseres Zutrauen von euch verdient hätte, als daß ihr glauben sollt, ich wolle euch was weiß machen. Wenn die Salamander, die ich bey den Maulthieren stehen sah, keine Salamander waren, so ist das ihre Sache und nicht die meinige; was geht das mich an; oder warum soll ich subligirt seyn zu wissen, ob sie dieses oder jenes sind? So viel könnt ihr mir glauben, daß der Irrwisch, den ihr vergangene Nacht für einen Salamander angesehen habt, nicht des zehenten Theils so viel Salamander war als diese da; ich will ein Kohlstrunk seyn, wenn er etwas bessers in Vergleichung mit ihnen war als ein Schwefelhölzchen gegen ein Windlicht. Und was die Fee anbelangt, so sollen mir weder Artischokeles noch Pluto ausreden, daß sie nichts bessers und nichts schlechters als die Fee Rademante war, wenn es nicht gar eure Princeßin gewesen ist; denn in der That, sie hatte viel Ähnlichkeit mit dem kleinen Bildniß, das euch die Fee gegeben hat. –

Du faselst, mein lieber Pedrillo –

Mein Six, gnädiger Herr, es ist, wie ich sage, weißt mir einmal die Princeßin, wenn ihr so gut seyn wollt – Pestilentz! es ist nicht anders, als ob es an ihr runter geschnitten wäre. Die Grösse ausgenommen (denn in der That könnte sie dieses ganze Bildchen auf den Nagel ihres Daumens setzen) wollt ich schwören, daß sie es selber wäre.

Höre Pedrillo, sagte Don Sylvio, wenn es nicht der ganze Innhalt deiner albernen Erzählung schon klar genug machte, so würde dieser einzige Umstand ein genugsamer Beweiß seyn, daß du geträumet haben must. Ich bin so gewiß als ichs von meinem eignen Daseyn bin, daß dieses Bildniß niemand in der Welt ähnlich sieht als meiner Princeßin. Nun ist unläugbar, daß meine Princeßin nicht eher aufhören kan ein Schmetterling zu seyn, bis ich sie gefunden, und ihr Kopf und Flügel ausgerissen habe; Folglich ist es die Unmöglichkeit selbst, daß die Person, die du gesehen zu haben glaubst, meiner Princeßin gleich sehe. Das ist eine Demonstration, die so gut ist als die beste im Euclides.

Ich verstehe mich nichts auf eure Remonstration, Herr Don Sylvio, erwiederte Pedrillo, aber was ich gesehen habe, das hab ich gesehen, und wenn der Pabst euer Vetter wäre, so könntet ihr mir nicht übel nehmen, daß ich meinen Augen mehr glaube als euren Schlüssen. Wenn ich einen Zwiebel vor mir habe, und es ständen alle Bacularii und Licentiaten von Salamanca, ja alle Patriarchen, Exarchen und Monarchen der ganzen Christenheit da, und bewiesen mir, daß es eine Schöps-Keule sey, so würde ich doch glauben, daß ein Zwiebel ein Zwiebel sey, und warum das? Weil meine Augen meine Augen sind, und weil niemand in der Welt besser wissen kan als ich selbst, ob ich sehe was ich sehe. Kurz und gut, Euer Gnaden kan hievon glauben was ihr beliebt, es wird sich seiner Zeit schon zeigen wer recht hat, das ist mein Trost; denn die Fee, sie mag auch seyn, wer sie will, wird es, denk ich, bey diesem ersten Besuch nicht bewenden lassen. Sie machte mir, beym Velten! eine Mine, ob sie nicht viel Gutes im Sinn habe, und es dauchte mich, sie hörte es gar nicht gern, daß ihr in einen bezauberten Sommer-Vogel verliebt seyd.

Hast du ihr denn das gesagt, Pedrillo?

Wenn ich es nicht hätte sagen sollen, antwortete Pedrillo ein wenig erschrocken, so bitte ich Eu. Gnaden tausendmal um Vergebung; ich weiß selbst nicht, wie mir geschah, aber die kleine Hexe, ihr Mädchen machte mich so treuhertzig, daß sie mir immer eins nach dem andern heraus lockte; ich muß bezaubert gewesen seyn; und zudem dacht ich, wenn sie eine Fee ist, so weißt sie das alles ohnehin, und es würde sie nur ungehalten machen, wenn ich auf ihre Fragen nicht die rechten Antworten gäbe.

Sie fragte dich also aus, und du sagtest ihr alles?

Ja, gnädiger Herr, aber nur überhaupt, und so verblümt, daß sie nichts hätte davon verstehen können, wenn sie keine Fee gewesen wäre. Aber wie ich sagte, die Kleine sah mir aus, als ob sie alles schon vorher besser wisse als ich selbst; ich wollte gleich wetten; sie fragte mich nur, um zu sehen, was ich ihr antworten würde.

Und was sagte denn diejenige dazu, die du für die Fee ansahst?

Nichts sonderliches; denn sie eilte gar gewaltig fort; wir müssen gehen, sagte sie, und machte ein ziemlich verdrießliches Gesicht dazu, was wird mein Bruder denken, wenn wir so spät nach Hause kommen?

O Himmel! rief hier Don Sylvio aus, und wurde so blaß wie ein weisses Tuch; jetzt geht mir auf einmal ein schreckenvolles Licht auf. Wie wenn es die Schwester des grünen Zwergs –

Potz Gift! gnädiger Herr, schrie Pedrillo, was ihr da für einen Einfall habt! der Himmel gebe, daß ihrs nicht errathen haben möget. Aber jetzt erinnert ihr mich wieder daran, sie hatte in der That einen grünen Unterrock und eine grüne Westen an, mit Golde gestickt. Mein Seele! was ich für ein Dummkopf bin! Ich dachte an nichts Böses! Aber das verzweiffelte kleine Mädchen –

Je mehr ich alle Umstände deiner Erzählung überlege, fuhr Don Sylvio fort, desto mehr find ich mich in meiner Vermuthung bestärkt. Es ist nichts gewissers als daß es diese verhaßte Donna Mergelina war –

Aber die Fee war so schön wie ein Frühlingstag, und Donna Schmergelina ist, mit Respect vor Eu. Gnaden, der garstigste Sausödel, den ich in meinem Leben gesehen habe. Wie reimt sich das?

Die Fee, ihre Tante, hat Macht genug, ihr, was für eine Gestalt sie will, zu geben, und es ist gewiß nicht ohne Ursach, daß sie, wie du behauptest, eine Ähnlichkeit mit meiner geliebten Princeßin hatte.

Das hatte sie, gnädiger Herr; aber beym Element! wenn sie nun wählen kan, was für eine Gestalt sie annehmen will, so war sie eine grosse Närrin, daß sie sich euch nicht lieber anfangs in einer schönen zeigte. Sapperment! sie muß gewaltig in ihren Buckel und in ihren breiten Busen verliebt seyn.

Das alles hat seine Ursachen, erwiederte Don Sylvio. Meynst du, diese Zwergin, so abscheulich sie ist, schmeichle sich nicht, eine der liebenswürdigsten Personen ihres Geschlechts zu seyn? Oder glaubst du, sie würde meiner Princeßin nur den kleinsten Vorzug vor ihr eingestehen? Die Eigenliebe ist die gröste unter allen Feen, sie braucht weder Zauberstab noch Talismanne, um die seltsamste Verwandlungen zu machen. Wenn ich mich dessen, was mir in den Gärten der Fee Radiante begegnet ist, und des neuerlichen Abentheuers mit der Sylphide erinnere, so besorge ich sehr –

Wohl dann, gnädiger Herr, fiel ihm Pedrillo wieder ein, wenn die schöne Dame, die euch so aufmerksam betrachtete, Donna Schmergelina ist, so kan ich nichts dazu, ich muß es geschehen lassen; Aber für die Kleine will ich gebeten haben; ich weiß nicht wie es kommt, aber mein Herz sagt mir, daß die Gestalt, die sie hatte, ihre eigne war; ich will mir die Ohren abschneiden lassen, wenn ihr in der ganzen weiten Welt ein paar Augen, oder eine Nase, oder ein kleines Maul findet, die ihr besser liessen als ihre eigene. Mit einem Wort, ich laß ihr nichts geschehen, und wenn ihr sie ja in etwas verwandeln wollt, so müßte es in einen Pomeranzen-Baum seyn, aber mit der Bedingung, daß ich in eine

Biene transferirt werde, und daß ausser mir alle andre Bienen, Hummeln, Wespen, Hornissen, Fliegen und Mücken auf zwey hundert quadrate Cubic-Meilen in die Runde von ihr verbannt seyn sollen.

Hey da, Pedrillo, rief Don Sylvio, du bekommst ja ganz poetische Einfälle? was die Liebe nicht thut. Wenn du so fortmachst, so werden wir noch zuletzt ganze Bände voll zärtlicher Elegien und Sonnette von deiner Handarbeit zu sehen bekommen. Aber mein guter Freund, schmeichle dir nicht zu viel; es wäre nicht das erstemal, daß der grüne Zwerg die Gestalt einer schönen jungen Nymphe angenommen hätte; du solltest dich noch wohl erinnern, was mir diesen Morgen begegnet ist, – das einzige, was mich noch was bessers hoffen heißt, ist dieses, daß sie mir das Bildniß meiner Princeßin gelassen haben.

Gut, Herr, sagte Pedrillo, wann man recht nachsieht, so werdet ihr das wohl wieder einem gewissen Pedrillo zu danken haben; versichert, sie waren euch schon nahe genug auf dem Leibe, und wer weißt was hätte geschehen können, wenn ich nicht in Zeiten dazu gekommen wäre; in der That machte mir die kleine Spitzbübin eine Mine – wie eine kleine Spitzbübin, und zischelte der andern, was weiß ich was in die Ohren, und wieß immer mit dem Finger auf euch; aber wie gesagt, ich verrückte ihnen das Concept ein wenig, wie ich hinter meinem Busch hervor kam. Wahrhaftig, meine gute Damen, Pedrillo ist ein feinerer Kautz als ihr euch einbildet, er schneutzt sich nicht am Ermel, das könnt ihr versichert seyn –

Gut, gut, sagte Don Sylvio, indem er aufstand, und sich wieder reißfertig machte, für dißmal sind wir noch glücklich genug davon gekommen; aber wir wollen uns nicht länger hier aufhalten; der Abend ist überaus anmuthig, und wir können noch ein paar Stunden reisen, ehe es Nacht wird. Es wird sich vielleicht in kurzem aufklären, was die Erscheinung, die du gesehen, zu bedeuten hatte.

Pedrillo, der bekannter massen immer das letzte Wort haben mußte, nahm von dem unschuldigen Worte Bedeuten Anlaß, das Gespräch unvermerkt auf die fruchtbare Materien von Vorbedeutungen, Ahnungen und Anzeichen zu lenken, und regalirte seinen Herrn während daß sie ihren Weg fortsetzten, mit einer sehr umständlichen Erzählung aller Histörchen von dieser Art, die seit undencklichen Zeiten den Tanten und Großmüttern in seiner Freundschaft, vermöge einer ununterbrochenen Tradition von Großmutter zu Großmutter, begegnet seyn sollten. Er merkte nicht, daß Don Sylvio, der mit ganz andern Betrachtungen beschäftigt war, nicht die geringste Aufmerksamkeit auf seine Erzählung hatte; und wenn ers auch gemerkt hätte, so würde er vielleicht nichts desto weniger fortgemacht haben; denn denken und reden waren bey dem guten Pedrillo einerley, und wenn es nur ungehindert plaudern durfte, so bekümmerte er sich wenig darum, ob man ihm zuhörte oder nicht; eine Discretion, die ihm mit einem gewissen Poeten von unsrer Bekanntschaft gemein war; der seine Freunde nie besuchte, ohne ein paar starke Hefte von seiner Arbeit bey sich zu haben, die er, so bald er sich gesetzt hatte, vorzulesen anfieng; sein Zuhörer hatte inzwischen vollkommene Freyheit, zu gähnen, einzuschlafen, ja, so laut zu schnarchen, als er nur wollte; die Entzückung unsers Poeten erlaubte ihm nicht, darauf Acht zu geben, und wenn der Zuhörer nach einer Sieste von zwey oder drey Stunden nur früh genug erwachte, um den Schluß des Gedichts zu hören, und den Beyfall zu bekräftigen, den der Poet sich selbst gab, so fiel es diesem nur nicht ein, daran zu zweifeln, daß er seinem Freund die angenehmste Zeitkürzung von der Welt gemacht habe.

Drittes Capitel.

Worinn Don Sylvio sehr zu seinem Vortheil erscheint.

Unsre Wanderer waren ungefehr eine halbe Stunde fortgegangen, als etliche Pistolen-Schüsse, und zu gleicher Zeit ein ängstliches Geschrey aus dem benachbarten Gebüsch in ihre Ohren drang.

Das ist eine Stimme, die um Hülfe ruft, sagte Don Sylvio, wir müssen sehen, was es ist.

Pedrillo, der bey Nacht und in den Gespenster-Stunden die feigeste Memme von der Welt war, hatte hingegen Herz wie ein junger Stier aus Andalusien, wenn es darum zu thun war, sich mit Leuten von Fleisch und Blut beym Tagslicht herum zu balgen. Er machte also nicht die geringste Schwierigkeit seinem Herrn zu folgen, und sie waren kaum fünfzig oder sechzig Schritte, dem Getümmel nach, ins Gebüsche hinein gegangen, als ihnen auf einem ziemlich grossen Platz drey junge Männer zu Pferd in die Augen fielen, die mit der äussersten Wuth von ihrer sieben angefallen wurden, von denen vier gleichfalls beritten waren. Don Sylvio flog, ohne sich einen Augenblick zu besinnen, den Schwächern zu Hülfe, unter denen er einen schönen jungen Ritter erblickte, der sich ganz allein gegen drey von seinen Gegnern mit der Tapferkeit eines ächten Spaniers, der für seine Dame ficht, vertheidigte. Einen Augenblick später würde sein Beystand zu späte gekommen seyn; denn einer von den Gegnern des jungen Ritters war im Begriff einen Streich auf ihn zu führen, der dem Gefecht auf einmal ein Ende gemacht hätte, wenn Don Sylvio sich nicht in eben dem Augenblick dazwischen geworfen, und den Streich mit seinem Schlachtschwerdt aufgefaßt hätte, welches in der That der mörderischen

Durindana des grossen Orlando weit ähnlicher sah als einem heutigen Stutzer-Degen.

Während daß Don Sylvio, so ungeübt er auch in solchen blutigen Geschäften war, die Feinde durch seine Erscheinung, durch seinen Muth, und durch die gewaltigen Streiche, die er auf sie führte, in kein gemeines Erstaunen setzte, war Pedrillo seines Orts auch nicht müßig. Er hatte zwar kein andres Gewehr bey sich als einen dicken knottichten Stecken von Schwarzdorn, allein er wußte sich dessen mit so vielem Nachdruck und mit solcher Behendigkeit zu bedienen, daß er in wenigen Augenblicken zween der streitbarsten Feinde unter seine Füsse brachte. Kurz, unsre Abentheurer arbeiteten mit so gutem Erfolg, daß sich der Sieg in kurzem für ihre Parthey erklärte, und die Feinde sich genöthiget sahen, mit Zurücklassung zweyer stark Verwundeten, ihre Sicherheit in der Flucht zu suchen.

So bald das Gefecht geendigt war, sahe sich Don Sylvio nach dem jungen Ritter um, der ihn beym ersten Anblick so sehr intereßirt hatte, um ihm seine Freude über den glücklichen Ausgang dieses gefährlichen Abentheuers zu bezeugen; aber dieser hatte jetzt nichts angelegeners, als einem jungen Frauenzimmer zuzueilen, welches nicht weit von dem Kampfplatz ohnmächtig in den Armen ihrer Kammerfrauen lag. Man hatte grosse Mühe, sie wieder zu sich selbst zu bringen, und die Art, wie der junge Ritter sich dabey aufführte, ließ es zweiffelhaft, ob sie seine Schwester oder seine Geliebte sey. So bald sie den Gebrauch ihrer Sinnen wieder hatte, sagte er zu ihr: Liebste Hyacinthe, wenn ihnen ihre Befreyung angenehm, und das Leben eines Freundes, der nur für sie zu leben wünscht, nicht gleichgültig ist, so sehen sie hier den liebenswürdigen jungen Ritter, dessen Großmuth und Tapferkeit ich beydes zu danken habe.

Don Sylvio näherte sich bey diesen Worten mit dem edlen und anmuthsvollen Anstand, womit ihn die Natur, oder ich weiß nicht was für eine Fee bey seiner Geburt begabt hatte, und nachdem er die junge Dame durch eine tiefe Verbeugung gegrüßt hatte, bezeugte er ihnen seine Freude über ihre Befreyung in den lebhaftesten Ausdrücken. Es ist wahr, daß sie, seiner Gewohnheit nach, einen ziemlich schwülstigen und romanhaften Schwung hatten, allein die Gemüthsbewegung, worinn diese beyde Personen waren, verhinderte sie, es zu bemerken. Die junge Dame war noch zu schwach und erschrocken, als daß sie ihm ihre Dankbarkeit anders als durch Geberden hätte zu erkennen geben können; aber Don Eugenio, so hieß der junge Cavalier, und Don Gabriel, sein Freund, der unserm Helden nicht weniger für sein Leben verbunden war, bezeugte ihm die ihrige in desto lebhaftern Ausdrücken, und nachdem sie von Don Sylvio vernommen hatte, daß er unbeschädiget davon gekommen, sagte Don Gabriel zu der schönen Hyacinthe: Unser Beschützer ist in allen Stücken so sehr einem Schutzengel ähnlich, daß es kein Wunder ist, daß er auch so unverwundbar als ein Engel ist.

Don Sylvio betrachtete indessen die schöne junge Dame mit einer Aufmerksamkeit, und mit einer gewissen innerlichen Regung, die ihn selbst befremdete, da er geglaubt hatte, daß kein Frauenzimmer in der Welt reitzend genug seyn könne, den geringsten Eindruck auf ein Herz zu machen, in welchem das Bildniß seiner Princeßin herrschte. Die Schönheit dieser jungen Person, die nicht über sechszehn Jahre zu haben schien, hatte zwar beym ersten Anblick nichts blendendes; aber diesen zauberischen Reitz, der sich nicht beschreiben läßt, und nach dem Urtheil der Kenner noch etwas schöners als die Schönheit selbst ist, konnte man in keinem höhern Grad besitzen. Es war unmöglich ihr nicht vom ersten Blick gewogen zu werden, eine so anziehende Anmuth war über ihre ganze Person ausgebreitet. Ihr gleichgültigster Blick hatte etwas rührendes, ihr gewöhnlicher Ton der Stimme war Musik, und der Kummer selbst konnte das reitzende Lächeln nicht auslöschen, das ihren angenehmen Mund umfloß.

Don Sylvio schien die Wirkung dieser verführischen Reitzungen etliche Augenblicke lang so stark zu erfahren, daß Don Eugenio dadurch hätte beunruhiget werden können, wenn nicht die Wunden, die er und sein Freund im Gefecht bekommen, und in der ersten Hitze nicht geachtet hatten, stark genug zu bluten angefangen hätten, daß sie nöthig fanden, sich auf der Stelle verbinden zu lassen. Hyacinthe, die kein Auge von Don Eugenio verwandte, sah kaum das Blut ihres Freundes fliessen, als sie mit einem ängstlichen Schrey in eine abermalige Ohnmacht sank.

Dieser Zufall gab unserm Helden Gelegenheit, sich in den Gedanken zu bestärken, daß diese beyde Personen nichts anders als ein paar Verliebte seyn könnten, und er zweifelte nunmehr nicht daran, daß die junge Dame eine Princeßin sey, die ein verhaßter Nebenbuhler mit Hülfe irgend eines Zauberers ihrem begünstigten Liebhaber habe entziehen wollen. Diese Vorstellung verdoppelte natürlicher Weise den Antheil, den er bereits an ihrem Schicksal zu nehmen angefangen hatte.

Die Wunde des Don Eugenio war keine von den gefährlichen, und die Ohnmacht der schönen Hyacinthe so unschädlich als alle Ohnmachten junger Mädchen zu seyn pflegen, sie mögen nun ihren Grund in einem Übermaaß von Schmerz oder Vergnügen haben. Nachdem man also die junge Dame durch englisches Salz wieder hergestellt, und die beyden verwundeten Ritter verbunden hatte, so gut es in der Eile möglich war, so wurde beschlossen, weil die Nacht herein brach, und Donna Hyacinthe der Ruhe benöthiget war, in dem nächsten Wirthshause, das man antreffen würde, stille zu halten. Unser Held erbot sich, sie um mehrerer Sicherheit willen zu begleiten, und Don Eugenio nahm sein Erbieten desto williger an, da er sehr begierig war, zu wissen, wer der eben so liebenswürdige als sonderbare Unbekannte seyn möchte, dem er so unverhofter Weise sein Leben und seine Geliebte schuldig geworden war. Nach einigen hin und wieder gewechselten Complimenten setzte sich also Don Eugenio zu der jungen Dame in den Wagen, und überließ unserm Ritter sein Reit-Pferd. Pedrillo, der indeß über alles was er sah, grosse Augen gemacht hatte, und sich nicht wenig auf die verbindlichen Sachen einbildete, die ihm Don Gabriel und der Kammerdiener von seiner Tapferkeit sagten, ließ sich, wiewohl nicht ohne viele Mühe, bereden, seinen Platz neben der Dame Teresilla zu nehmen, einer jungen Person von fünf und dreißig Jahren, welche so schön mit Roth und Weiß bemahlt war, und die Jugend ihres Gesichts durch die sittsame Enthüllung eines nicht unfeinen Halses so geschickt zu bestättigen wußte, daß Pedrillo in kurzer Zeit stark genug davon überzeugt wurde, um im Nothfall sein Sylphen-Mädchen dran zu setzen, daß sie erst zwanzig Jahre habe.

Viertes Capitel.

Die Gesellschaft langt in einem Wirthshauß an.

Weil die Reise ziemlich langsam gieng, so war es bey nahe zehen Uhr, wie sie in einem Wirthshauß anlangten, wo sie ausser einer guten Anzahl leerer Gemächer nicht die geringste Bequemlichkeit antrafen.

Es war ein Vortheil für unsere Gesellschaft, daß die Haupt-Personen mehr der Ruhe als des Essens benöthigt waren, denn der Wirth hatte für alles, was man verlangte, eine Entschuldigung fertig; das Wildpret war gestern ausgegangen, frisches Fleisch sollte er Morgen bekommen, seine Tauben hätte der Stoßvogel gehohlt, und erst diese Nacht hatte ein kleiner Teufel von einem Marder seinen ganzen Hünerstall entvölkert, allein bis Morgen Mittag hofte er so vornehme Gäste besser zu bedienen; denn sein Wirthshauß hatte das Glück, häuffig von grossen Herren besucht zu werden, und nur erst vorgestern hatten sie den Grafen von Leyva, und verwichnen Montag die verwittibte Herzogin von Medina-Sidonia mit einem grossen Gefolge von Damen und Cavaliers gehabt.

In diesem Ton würde es noch lange fortgegangen seyn, wenn ihm jemand hätte zuhören wollen. Allein da die Dame Teresilla, der Kammerdiener und Pedrillo mit ihren Herrschaften, und diese mit sich selbst zu thun hatten, so mußte er sichs gefallen lassen, mitten in dem Mittagessen der Herzogin von Medina-Sidonia, welches er ihren Ohren auftrug, abzubrechen, und zog sich endlich mit vielen Complimenten und Verbeugungen in den Stall zurück, um dafür zu sorgen, daß die Pferde und Maulthiere eben so gut bedient werden möchten, als ihre Herren.

Donna Hyacinthe, welche sich nicht völlig wohl befand, beurlaubte sich von ihren Beschützern, nachdem sie ihnen, und besonders unserm Helden, für die Großmuth, womit sie ihr Leben für sie gewaget, auf eine sehr einnehmende Art bedankt hatte.

Don Sylvio begleitete den Don Eugenio und seinen Freund in ihr Zimmer, um der Verbindung ihrer Wunden beyzuwohnen, und bediente sich des Vorwands, daß die Ruhe das beste Heil-Mittel für sie seyn werde, um ihnen bald darauf eine gute Nacht zu wünschen.

Diese beyde junge Herren, und besonders Don Gabriel hatten sich so viel als der Wohlstand erlaubte, bemühet, ihn zu Entdeckung seines Namens und Standes zu veranlassen, ohne etwas anders als abgebrochene und geheimnißvolle Äusserungen von ihm zu erhalten, wodurch sie in den Gedanken ziemlich bestättiget wurden, daß er eine Art von Abentheurer seyn könnte. Auf der andern Seite hingegen wurden sie durch seine Schönheit, das edle Ansehen seiner Person, seine Tapferkeit und die Höflichkeit seines Betragens desto stärker zu seinem Vortheil eingenommen, da es leicht zu bemerken war, daß er alle diese Vorzüge der Natur allein zu danken hatte. Denn ob er gleich diejenige Art von Höflichkeit, die von dem conventionellen Wohlstand unabhängig ist und daher bey allen Nationen dafür erkannt wird, weil sie bloß in dem Ausdruck einer leutseligen Gemüthsart und in der Verbindung einer gewissen Achtung gegen uns selbst mit derjenigen, die wir andern schuldig sind, besteht: So fehlte es doch seinen Manieren gänzlich an dem Ton, der damals unter derjenigen Art von Leuten, die man die gute Gesellschaft nennt, in den vornehmsten Städten von Spanien herrschte. Eben dieses fiel auch in seiner Kleidung und in seinem Putz in die Augen, und insonderheit machte das grosse Schlachtschwerdt, das an seiner Seite hieng, mit seinem übrigen Ansehen einen so lächerlichen Absatz, daß man nicht wußte, was man davon denken sollte.

Indessen nun, daß die beyden Ritter ihre Neugier auf den folgenden Tag vertrösteten, erfreute sich Don Sylvio seines Orts nicht wenig, daß er glücklich genug gewesen war, einer von den liebenswürdigsten Princeßinnen in der Welt, und einem jungen Prinzen oder Ritter, der ihrer vollkommen würdig zu seyn schien, Dienste zu leisten; und da er nicht zweifelte, daß sich irgend eine grosse Fee ihres Schicksals annehmen werde, so hofte er, diese neue Bekanntschaft könnte vielleicht in der Folge einen günstigen Einfluß in seine eigene Angelegenheiten haben. Diese lagen ihm zu nah am Herzen, als daß er sich lange mit andern Betrachtungen hätte beschäftigen können; das Bild seiner geliebten Princeßin, ihre klägliche Verwandlung, die Nachstellungen der Fee Fanferlüsch, kurz, alles was ihm seit einigen Tagen begegnet war, bemächtigte sich also wieder seiner ganzen Einbildungskraft, und nachdem er sich ein paar schlaflose Stunden durch seinen gewöhnlichen Träumereyen überlassen, und das Schicksal seiner unglücklichen Princeßin und sein eigenes aufs wehmüthigste beklagt hatte, schlummerte er endlich in den frohen Aussichten ein, die eine geheime Ahnung ihm näher vorstellte, als ers zu glauben Ursach hatte.

Fünftes Capitel.

Der Autor hoft, daß dieses Capitel keiner Kammer-Jungfer in die Hände fallen werde.

Indessen, daß wir die Princeßinnen und Helden zu Bette gebracht haben, wo wir sie, so lang es ihnen gefällt, ruhig schlafen lassen wollen, hatte Pedrillo, (der, wie wir schon bemerkt haben, jederzeit von dem gegenwärtigen Augenblick abhieng) der Begierde nicht widerstehen können, mit der schönen Teresilla sich etwas genauer bekannt zu machen. Zu gutem Glück war niemand, der ihm den Vortheil eines *Tête à Tête* hätte streitig machen wollen; denn der Kammerdiener, der durch einen Streifschuß und zwey oder drey kleine

Hiebe im Gefecht verwundet worden war, hatte sich bereits zur Ruhe begeben, und der Kutscher war kein Mann, der sich hätte unterstehen dürfen, seine Augen zu einer Kammer-Jungfer zu erheben.

Pedrillo machte sich also die Gelegenheit zu nutze, und unterhielt die Dame Teresilla, während daß eine dicke schmutzige Gallicierin in der Küche mit Zubereitung eines wohlbezwiebelten Hasenpfeffers von einer alten Haußkatze beschäftiget war.

Die Annehmlichkeiten ihres Umgangs verdoppelten den Eindruck, den die Rosen und Lilien ihres verjüngten Gesichts auf einen ehrlichen Bauer-Kerl machen konnten, der sie für natürlich hielt; und nachdem sie, der grossen Hitze wegen, sich zuletzt gar ihres Halßtuchs entlediget hatte, so stieg seine Leidenschaft, mit Überhüpfung aller Grade, wodurch eine platonische Liebe unvermerkt fortzuschleichen pflegt, auf einmal so hoch, daß die schöne Teresilla, so groß auch immer ihr Vertrauen auf die Stärke ihrer Tugend seyn mochte, gar bald Ursache bekam, sich in einiger Gefahr zu glauben.

Dem ungeachtet ist gewiß, daß sie, es seye nun aus guter Meynung von ihrem Gesellschafter, (denn wir haben schon bemerkt, daß er in der That ein viel versprechender Bursche war) oder aus jugendlicher Unerfahrenheit, oder aus irgend einer besondern Absicht, sich so mit ihm betrug, als ob sie nicht das geringste von ihm zu befürchten hätte. Das letztere läßt sich um so eher vermuthen, weil sie den Vortheil kaum bemerkte, den ihr die Schwachheit des armen Pedrillo zu geben schien, als sie die ganze Macht ihrer Reitzungen und ihrer Beredsamkeit anwandte, um den Namen und die Angelegenheiten seines Herrn von ihm heraus zu locken.

Allein Pedrillo, der eine ähnliche Beobachtung gemacht haben mochte, hatte sich vorgenommen, ihr sein

Geheimniß so theuer zu verkauffen, als es nur immer möglich seyn möchte. Er drang also darauf, daß sie ihm zuerst die Geschichte der Donna Hyacinthe entdecken müßte, ehe er nur in Versuchung kommen könne, das ausdrückliche und scharfe Verbot seines Herrn so leichtsinniger Weise zu übertretten.

Die schöne, und wie wir vielleicht bald hinzu setzen müssen, die zärtliche Teresilla, welche merkte, daß sie mit einem Menschen zu thun hatte, bey dem durch allzu grosse Strenge nichts auszurichten war, trug nicht das geringste Bedenken, seine Neugier durch eine weitläuffige Erzählung zu befriedigen, welche, die Hauptumstände ausgenommen, so apocryphisch seyn mochte, als gemeiniglich die Erzählungen sind, so die Kammer-Mädchens von den Anecdoten ihrer gnädigen Frauen zu machen pflegen. Pedrillo erfuhr also, daß Donna Hyacinthe weder mehr oder weniger eine Donna sey als irgend eine, die ihre Wäsche an einen Zaun aufhängt, daß ihr Gesicht und ihre kleine Person ihren Adel, ihr Vermögen und alle ihre Rechte und Ansprüche in sich fasse, und daß man so gar vermuthe, daß sie ein Findel-Kind sey, dem seine Mutter nicht habe sagen können, wem es sein Daseyn zu danken habe. Sie habe seit einiger Zeit auf dem Theater zu Grenada ziemlich viel Aufsehens gemacht, und nicht weniger Liebhaber gehabt, als alle die Mannsleute, welche sie gesehen hätten, unter denen sich aber keiner mehr Mühe gegeben habe, ihr Herz zu erobern, als Don Fernand von Zamora, ein sehr reicher junger Cavalier, der einen ungeheuren Aufwand um ihrentwillen gemacht, ohne daß er, so viel man wisse, jemals das mindeste von ihr erhalten können. Kurz, unter so vielen, die um sie geseufzet hätten, sey Don Eugenio von Lirias, der einzige, dessen eben so tugendhafte als heftige Leidenschaft sie wo nicht aufzumuntern, doch wenigstens zu dulden geschienen habe. Allein wer die Donna Hyacinthe kenne, sey so blöde nicht, sich durch diesen Schein einer strengen Tugend hintergehen zu lassen. Es sey eine ausgemachte Sache, daß sie den Don Eugenio bis zur Ausschweiffung liebe, und daß sie nicht lange grausam gegen ihn geblieben seyn würde, wenn sie nicht im Sinn gehabt hätte, ihn so weit zu bringen, daß er endlich die Thorheit begienge, sie gar zu heurathen. In dieser Absicht habe sie ihn würklich überredet, sie vom Theater wegzunehmen, und auf einige Zeit in ein Closter zu Valencia zu thun, von wannen sie hernach unter einem andern Namen nach und nach in der Welt hätte erscheinen sollen. Allein zu allem Unglück seye dieses Vorhaben (die Dame Teresilla hätte, wenn sie gewollt hätte, gar wohl sagen können, von wem? denn sie war es selbst) dem Don Fernand etliche Wochen vor der Ausführung verrathen worden. Dieser habe die Verzweiflung über seine unglückliche Leidenschaft und andre Ursachen zum Vorwand genommen, sich von Grenada weg zu begeben, damit er indessen Anstalten machten könnte, sie seinem glücklichern Nebenbuhler zu entreissen. Er müsse, wie der Ausgang gezeigt, so gar den Tag gewußt haben, wenn Hyacinthe nach Valencia abgehen würde, kurz, er habe seine Maasregeln so gut genommen, daß er sie eine Stunde von Montesa überrascht und in seine Gewalt bekommen habe. Seine Absicht sey vermuthlich gewesen, sie auf eines seiner Güter in Arragon zu führen; allein das gute Glück ihrer Dame habe gewollt, daß sie unterwegs auf Don Eugenio, den man zu Valencia zu seyn geglaubt habe, gestossen seyen, da er in Begleitung seines Freundes Don Gabriel, dem Ansehen nach, eine blossen Spatzierritt gethan, und vermuthlich nichts wenigers besorgt habe, als seine Geliebte in den Händen eines Nebenbuhlers anzutreffen. Da sie nun einander so gleich erkannt, habe Don Eugenio, ungeachtet der Überlegenheit seiner Gegner, sich entschlossen gezeigt, lieber das Leben als seine geliebte Hyacinthe zu verliehren. Würde aber vermuthlich beyde zugleich verlohren haben, wenn ihm nicht ein glückliches Ungefehr in der Person des unbekannten jungen Ritters und des tapfern Pedrillo einen Beystand zugeschickt hätte, durch den sich der Sieg in etlichen Augenblicken für ihn erklärt habe.

Nachdem die gefällige Teresilla mit ihrer Erzählung fertig war, forderte sie, wie billig, eine gleiche Gefälligkeit von ihrem Gesellschafter; aber Pedrillo hatte schon wieder andere Schwierigkeiten in Bereitschaft; er verschanzte sich hinter die Wichtigkeit seines Geheimnisses, die Treue die er seinem Herrn schuldig sey, sein gegebenes Wort, und die Gefahr, in die er sich durch eine solche Indiscretion stürzen würde; kurz, sie verlohr alle ihre Wohlredenheit und so gar eine Menge kleiner Gunstbezeugungen an ihm, welche so unerheblich sie auch an sich selbst waren, doch ihrer Meynung nach, mehr als hinreichend hätten seyn sollen, ihn zu der lebhaftesten Erkenntlichkeit zu bewegen. Pedrillo bewieß ihr mit seiner gewöhnlichen Bündigkeit, daß ein Geheimniß von dieser Art sich nur einer Person anvertrauen lasse, für die man gar nichts geheimes habe; und er gieng endlich so weit, auf die Gefälligkeit, die sie von ihm forderte, einen Preiß zu setzen, welchen sie, ohne eben eine Lucretia zu seyn, hätte übermäßig finden können.

Cicero, dem alle Welt eingestehen muß, daß er ein unvergleichlicher Redner, ein grosser Staatsmann, ein mittelmäßiger Philosoph, und ein sehr kleiner General war, sagt an einem Ort seiner eben so angenehmen als lehrreichen Schriften, »Daß die Begierde nach Erkenntniß der stärkste unter allen natürlichen Trieben des Menschen sey. Der Trieb zum Wissen, sagt er, scheint so wesentlich in uns zu seyn, daß wir zu allem, was unsere Kenntniß erweitert, ohne Hofnung oder Absicht eines besondern Vortheils, von der Natur selbst dahin gerissen werden«; und nachdem er einige Beyspiele davon gegeben, setzte er hinzu: Homerus scheine dieses sehr wohl eingesehen zu haben, da er von den Syrenen dichte, daß die zauberische Kraft ihres Gesangs nicht so wohl in der Annehmlichkeit ihrer Stimme, oder der ungewöhnlichen Lieblichkeit der Melodie bestanden sey, als in der Versicherung, »daß sie alles wissen, was auf dem ganzen Erdboden geschehe, und in dem Versprechen ihre Zuhörer gelehrter wieder zu entlassen, als sie gekommen seyen«. Kein geringerer Reitz, glaubt er, hätte einen so grossen Mann als Ulysses war, so sehr dahin reissen können, daß, ohne die kluge Veranstaltung, welch die Fee Circe deßwegen gemacht, selbst die Gewißheit eines unvermeidlichen Untergangs nicht vermögend gewesen wäre, ihn von den fatalen Klippen dieser Zauberinnen zurück zu halten.

Die junge und tugendhafte Teresilla gibt uns ein merkwürdiges Beyspiel, wie richtig diese Beobachtung des angezogenen römischen Schriftstellers ist. Der Preiß, den der eigennützige Pedrillo auf die Entdeckung seines Geheimnisses setzte, machte sie allerdings stutzen; sie ermangelte nicht ihre Bedenklichkeiten den Seinigen entgegen zu setzen, und wandte alles an, um ihn zu einem billigen Nachlaß zu bereden: Aber da er hartnäckig darauf bestand, daß sich seine Geschichte nirgend als in seiner Kammer erzählen lasse, so sah sie sich endlich genöthiget, alle ihre kleinen Scrupel der Begierde nach einer Erweiterung ihrer Erkenntnisse aufzuopfern, deren Wichtigkeit sie nach der Grösse des Preises abmaß. Sie versprach also, jedoch unter der ausdrücklichen Bedingung, daß er eine so ausnehmende Probe ihres Zutrauens nicht mißbrauchen wollte, ihn so bald das ganze Hauß in Ruhe seyn würde, in seiner Kammer zu besuchen; Pedrillo, der gegen die Billigkeit ihrer Bedingung nichts einwenden konnte versprach ihr alles was sie wollte, und beyde hielten ihr Wort so gewissenhaft, wie man sichs einbilden kan.

Sechstes Capitel.

Exempel eines merkwürdigen Verhörs.

Don Sylvio hatte nach einer langen Folge wachender Träume endlich ein paar Stunden geschlummert, als er, wie die Geschichte meldet, von den Flöhen aufgeweckt wurde, wovon es in diesem Wirthshause wimmelte. Der günstige Leser wird so höflich seyn, und die Anführung dieses Umstands als einen abermaligen Beweiß der Genauigkeit ansehen, womit wir die Pflichten der historischen Treue zu beobachten beflissen sind, da es uns, wenn wir nur für die Ehre unsers Witzes hätten sorgen wollen, ein leichtes gewesen wäre, unsern Helden durch irgend eine edlere oder wunderbare Veranlassung aufzuwecken.

Indem er nun beschäftigt war, sich vor diesen beschwehrlichen Geschöpfen einige Sicherheit zu verschaffen, däuchte ihm in dem nächsten Gemach, das nur durch eine Bretterwand von dem seinigen abgesondert war, eine flüsternde Stimme zu hören, deren Ton etwas weibliches zu haben schien. Er hielt sein Ohr so nahe an die Wand als möglich war, und glaubte ganz deutlich diese Worte zu hören: Unter keiner andern Bedingung, als wenn ihr mich das Bildniß der Princeßin sehen laßt – Aber wie soll das möglich seyn, hörte er eine andere Stimme antworten; wenn ichs auch wagen wollte in sein Zimmer zu schleichen, und es während daß er schläft, wegzunehmen, so ist es doch unmöglich, weil ers immer am Halse zu tragen pflegt, er würde erwachen, und dann möchte uns der Himmel gnädig seyn – O! Keine Ausflüchten, sagte die weibliche Stimme, wahrhaftig, ich hätte nicht geglaubt – aber ich sage euch, ich will das Bildniß haben, oder bildet euch nicht ein, daß ich –

Hier wurde die Stimme etwas leiser, oder vielmehr

Don Sylvio, der bereits zu viel gehört hatte, konnte nicht so viel Gelassenheit behalten, länger aufzuhorchen. Wie? rief er, und sank vor Bestürzung zitternd auf sein Küssen zurück; ein heimlicher Anschlag wider mich? wider das, was mir theurer als mein Leben ist? O! Radiante, jetzt ist es Zeit, daß du mir deinen Beystand leistest, sonst bin ich verlohren.

Don Sylvio rief diese so laut, daß Pedrillo und die wissensbegierige Teresilla nicht rathsam fanden, ihre Unterredung fortzusetzen; und da sie bald darauf zwey oder dreymal Pedrillo ruffen hörten, so hielt die junge Dame für das sicherste sich so behend als nur möglich war aus einem Gemach hinweg zu schleichen, wo sie um die halbe Welt nicht von einer dritten Person hätte angetroffen werden mögen. Allein sie konnte doch nicht schnell genug seyn, daß Don Sylvio, in dem Augenblick, da er eine kleine Tapeten-Thür, die aus seinem Zimmer in Pedrillo Kammer gieng, eröfnete, nicht bey dem trüben Schein, den die Morgendämmerung durch ein kleines mit Spinnengeweben überhangnes Fenster warf, eine weibliche Gestalt erblickt hätte, die in eben demselben Augenblick aus der andern Thür entschlüpfte. Zum Glück für die Dame Teresilla vermehrte dieser Umstand seine Bestürzung so sehr, daß er lange genug starr und sprachloß an den Boden angefrohren stund, um ihr Zeit zu lassen, sich wieder auf den Zähen in das Zimmer ihrer Fräulein zu schleichen.

Der subtileste Dialecticus, der sich dermalen in den Umständen des Pedrillo befunden hätte, würde vermuthlich sehr verlegen gewesen seyn, sich mit einer guten Art aus einer so kützlichen Situation heraus zu wickeln. Alle seine Schlüsse in Festino und Barocco würden ihm nicht halb so gute Dienste geleistet haben, als dem schlauen Pedrillo der blosse Instinct, dessen Eingebung er sich in diesem critischen Augenblick blindlings überließ.

Seyd ihrs, gnädiger Herr, rief er, als ob er nur eben aus einem tiefen Schlaf erwache. Was ist euch begegnet, daß ihr schon so früh aufsteht?

Kleide dich unverzüglich an, und folge mir in mein Zimmer, antwortete Don Sylvio mit einem Ton, der den armen Pedrillo vom Wirbel bis zu den Zähen zittern machte, und schloß zu gleicher Zeit die äusserste Thür der Kammer zu, welche Teresilla halb offen gelassen hatte.

Ich will in einem Augenblick fertig seyn, gnädiger Herr, sagte Pedrillo, wenn ihr mich allein lassen wollt, denn es würde sich doch nicht schicken, daß ich in Eurer Gnaden Gegenwart die Hosen anzöge.

Du kanst anziehen was du willst, antwortete Don Sylvio; mache nur, daß du bald fertig wirst, oder wir sind am längsten gute Freunde gewesen.

Pedrillo, der nun keinen Augenblick zweifelte, daß sein Herr alles gehört haben werde, was zwischen ihm und der Dame Teresilla vorgegangen war, verfluchte von ganzem Herzen das Jahr, den Monath, den Tag, die Stunde und den Augenblick, da er diese verderbliche Syrene gesehen hatte; sie kam ihm jetzo so alt, so häßlich, so dürr und unangenehm vor, als er sie vor etlichen Minuten, jung, schön, artig und appetitlich gefunden hatte, und er hätte sich selber gerne mit Füssen getreten, wenn es nur etwas hätte helfen können. Allein da der vorbesagte Instinct ihn versicherte, daß Dreistigkeit und Läugnen das einzige Mittel sey, sich aus diesem schlimmen Handel zu ziehen, so erschien er endlich vor seinem Herrn, mit dem festen Vorsatz, sich eher die Haut über die Ohren abziehen zu lassen, ehe er das geringste eingestehen wollte.

So bald er in das Zimmer getretten war, befahl ihm Don Sylvio die Thüre zu riegeln, und fieng hierauf an mit dem Ernst eines General-Inquisitors folgendes Examen mit ihm vorzunehmen.

Wer war die Person, die vorhin in deiner Kammer war?

Was für eine Person, gnädiger Herr, antwortete Pedrillo, mit einem Ton, als ob er die Frage nicht begreiffen könne?

Spitzbube, rief Don Sylvio, das will ich eben wissen, was für eine Person es war?

Ich weiß von keiner Person, gnädiger Herr, antwortete Pedrillo, ausser euer eignen, die ich sah, wie ihr die Thüre aufmachtet und mich wecktet; denn ihr werdet doch nicht die Flöhe meynen, von denen ich in der That zwey oder dreymal hundert tausend zu Bettgesellen hatte; das verfluchte Gesindel weckte mich alle Augenblicke auf; es war nicht anders, als ob sie Compagnienweise aufzögen, und ich will nicht ehrlich seyn, wenn sie nicht einen Lermen machten, daß mir die Ohren davon gellten; nichts von einem halben dutzend Katern zu gedenken, die auf dem Dach, das an meinem Fenster anliegt, der jungen Katze vom Hause, wie ich mir einbilde, eine Serenade brachten, und so jämmerlich in die Wette heulten, daß mir jetzt noch alle Rippen im Leibe davon weh thun.

Still mit dieser unzeitigen Spaßhaftigkeit, sagte Don Sylvio, sie wird dir dißmal nichts helfen. Ich habe eine Person aus deiner Kammer schleichen gesehen, ich habe sie mit dir reden gehört, und ich will wissen, wer es war.

Gnädiger Herr, antwortete Pedrillo, ich will gleich des Todes seyn, wenn ich weiß was ich sagen soll. Wenn ihr was gesehen habt, so verlang ich euch nicht zu widersprechen; ihr seyd von den Feen begabt, und seht bey allen Anlässen mehr als unser einer; aber was mich betrift, wenn ich sagte, daß ich was gesehen hätte, so – müßt es nur im Schlaf gewesen seyn. Denn ich schlief die ganze Zeit über, ausser wenn mich, wie gesagt, die Flöhbisse und die Katzenmusik weckte; mehr kan ich nicht sagen, und wenn es mir das Leben gälte.

Nichtswürdiger, rief Don Sylvio, indem er sein furchtbares Schwerdt entblößte, ich sage dir, daß ich mich mit deinen elenden Ausflüchten nicht abfertigen lassen will; bekenne die reine Wahrheit, oder du bist des Todes.

Ach! mein lieber gnädiger Herr Don Sylvio, schrie Pedrillo, indem er sich ihm zu Füssen warf, um GOttes willen, schonet mein junges Blut; ich will euch ja alles sagen, was ich weiß. Was bewegt euch doch, daß ihr so grausam mit mir umgehen wollt? Ich habe euch schon so viele Jahre gedient, und ihr wißt, daß ich euch durch ein Feuer geloffen wäre, wenn ihrs verlangt hättet. Ich bitte euch, gnädiger Herr, steckt doch diesen abscheulichen Säbel ein, ich will euch ja alles bekennen. Es ist doch entsetzlich, daß ich deßwegen sterben soll, weil ich nichts gesehen habe! O heiliger sanct Jago! wenn ich nur dißmal davon komme – In der That, gnädiger Herr, wenn schon das Kammermädchen der Fräulein Hyacinthe bey mir geschlafen hätte, ihr könntet mirs nicht ärger machen.

Ausflüchte! Ausflüchte! rief Don Sylvio; meynst du, ich soll so albern seyn, mir einzubilden, die Kammerfrau einer Princeßin werde in drey oder vier Stunden gleich so vertraut mit dir werden, daß sie die Nacht in deiner Kammer zubringe? Ich sage dir noch einmal, du hast kein ander Mittel dein Leben zu retten, als wenn du mir die Wahrheit gestehst. Es soll dir kein Leyd geschehen, was es auch seyn mag; aber ich will die Wahrheit wissen.

Was wollt ihr denn, daß ich sagen soll, gnädiger Herr, antwortete Pedrillo? einmal ich weiß von nichts, als was ich euch schon gestanden habe, und wenn ich mehr sagen soll als ich weiß, so müßt ihr mirs nur vorsprechen.

Antworte die reine Wahrheit auf meine Fragen – war niemand bey dir in der Kammer?

Zehen tausend Escadronen Flöhe, wie ich Eu. Gnaden sagte, sonst keine Seele, so viel ich weiß.

Wer war denn die Person, die ich zu deiner Thüre hinaus schlüpfen sah, wie ich die meinige öfnete?

Das weiß ich nicht, gnädiger Herr; ich wachte eben auf, und war noch ganz schlaftrunken, wie ihr mir rieffet. Wenn ihr was gesehen habt, so müßt ihr ja am besten wissen, was es war.

Es däuchte mich eine weibliche Gestalt zu seyn, aber ich konnte nicht erkennen, wer es seyn möchte; sie entfloh oder verschwand in dem nehmlichen Augenblick, da ich sie gewahr wurde.

Sapperment! gnädiger Herr, so ist es ein Geist gewesen, und das kan auch gar wohl möglich seyn. Es sah mir gleich beym Eintritt so gespenstmäßig in diesem Hause aus; wenn ihr was gesehen habt, und es ist gleich wieder verschwunden, so war es, GOtt behüt uns! ein Geist, der vielleicht ehemals in dieser Kammer ermordet worden ist. Meiner Six, ich wollte nicht eine Grafschaft darum nehmen, daß ich ihn gesehen hätte, ich hätte gleich vor Angst die Seele ausgeblasen, das versichre ich euch.

Pedrillo sagte dieses mit einer so treuherzigen Mine, daß Don Sylvio zu glauben anfieng, er könnte ihn unschuldiger weiß im Verdacht haben.

Aber hörtest du denn auch niemand, fuhr er fort, wenn du nichts gesehen hast?

Gnädiger Herr, versetzte Pedrillo, man hat, wie ihr wißt, manchmal allerley Einbildungen, wenn einer des Nachts allein und in einem fremden Hause ist. Ich hätte mir nichts daraus gemacht, denn ich erinnere mich noch wohl, wie ihr mich auslachtet, da ich den Riesen sah, dem ihr gestern früh einen Ast abhiebet; aber weil ihr selbst glaubt, daß es nicht gar zu richtig in diesem Wirthshauß sey, so will ich euch bekennen, daß ich ungefehr vor einer halben Stund erwachte, und da war mir nicht anders, als ob ein Sack auf mir läge, daß ich kaum Athem holen konnte; und eine Weile darauf däuchte mich, als ob ich etliche Personen miteinander flüstern hörte; ich hätte sie gerne behorcht, aber es war mir so angst, daß ich mich unter die Decke verkroch, und da schlief ich unvermerkt wieder ein, und da hörte ich weiter nichts. Das ist die reine Wahrheit, und wenn ihrs anders findet, so mögt ihr mich umbringen, oder den Flöhen vorwerfen, die in diesem Hause so hungrig sind, wie die Wölfe in den Pyrenäen; ich will mir alles gefallen lassen.

Pedrillo, mein Freund, antwortete ihm Don Sylvio mit einem Ton, der ihm das Leben wieder gab, ich bin zufrieden! aber wenn ich dir sagen werde, wie weit die Boßheit gewisser Personen, die ich nicht nennen will, geht, so wirst du dich nicht wundern, daß ich dich anfangs so unfreundlich angelassen habe. Wisse also, daß ich mit diesen meinen Ohren einen Anschlag behorcht habe, der in deiner Kammer gemacht wurde, mir das Bildniß meiner geliebten Princeßin zu entwenden. Ich bin überzeugt, daß du einer so entsetzlichen Verrätherey unfähig bist; aber ich schwöre dir bey der Ehre eines Ritters, ich hörte deine Stimme, und ich zweifle nun keinen Augenblick, daß es meine beyde Feindinnen waren, von denen die eine deine Stimme annahm, in der Absicht, wofern ihnen ihr Anschlag auf mein Bildniß fehl schlüge, wenigstens so viel zu erhalten, daß ich dich für den schändlichsten Verräther halten sollte.

Das ist ja verrucht, gnädiger Herr, rief Pedrillo, Sapperment, das heißt den Spaß zu weit treiben. Auf solche Art ist ein ehrlicher Kerl so gar im Schlaf nicht sicher, daß nicht irgend ein vertrakter Zwerg oder Hexenmeister seine Person annimt, und in dieser geborgten Person so viel Spitzbübereyen angibt, bis er den armen Teufel in seiner eignen Person an den Galgen bringt. Aber ich bitte euch, Herr, was sagte denn meine Stimme, oder die Hexe, die meine Stimme angenommen hatte.

Gib dich zufrieden, Pedrillo, erwiederte Don Sylvio, ich bin von deiner Unschuld überzeugt, und wir sind beyde hinlänglich dadurch gerochen, daß ihnen ihre gedoppelte Absicht fehl geschlagen ist. Aber mache dich fertig, ich will keinen Augenblick länger in diesem Hause bleiben.

Wollt ihr denn gehen, fragte Pedrillo, ohne von der Dame und dem Ritter Abschied zu nehmen, denen wir gestern das Leben gerettet haben? Sie hatten gestern so viel mit ihren Circumflexen zu thun, die sie in der Schlacht bekommen haben, daß sie sich nicht einmal Zeit nehmen konnten, uns recht dafür zu danken; und ich meyne doch einem das Leben retten, ist ein Ritterdienst, der wenigstens einen Vergelts GOtt werth ist.

Ich verlange keinen Dank, antwortete Don Sylvio, für eine Handlung, die meine Schuldigkeit war, ich mag mich als einen Ritter oder bloß als einen Menschen betrachten; ich würde alle Augenblicke für einen jeden Türken, Juden oder Heyden deßgleichen thun, und ob ich gleich gewünscht hätte, nähere Umstände von ihren Begebenheiten zu erfahren, so nöthigt mich doch die gefährliche Entdeckung, die ich diesen Morgen gemacht habe meinen Entschluß zu ändern. Welch ein Glück war es für mich, daß ich noch zeitig genug erwachte; um ihren Anschlag vereiteln zu können! Aber ich bin gewiß, daß mich eine unsichtbare Hand weckte – Ich gestehe dir, daß ich mich in diesem Hause keinen Augenblick sicher halte. Die Fee Radiante hat mir ihren Schutz versprochen, in so fern wir meine geliebte Princeßin suchen, und wenn du dich besinnst, so wirst du finden, daß uns alle die widrigen Zufälle, die uns auf unsrer Reise befallen haben, während daß wir schliefen oder stille lagen, begegnet sind –

Ja, gnädiger Herr, sagte Pedrillo dazwischen, den Froschgraben ausgenommen, in den uns eure Salamander hinein führten –

Und ich sehe es, fuhr Don Sylvio fort, als eine gerechte Strafe an, dafür daß ich mein Gelübde, es sollte, bis ich meine Princeßin gefunden hätte kein Schlaf in meine Augen kommen, nicht besser gehalten habe. Mit einem Wort, Pedrillo, ich will keine Minute länger in diesem Hause bleiben, in welchem Fanferlüsch vielleicht Freunde oder andere Vortheile hat, die mir unbekannt sind. Packe dein Geräthe zusammen, und lasse uns so leise als wir können davon schleichen; es fängt kaum an zu tagen, das ganze Hauß schläft, und wenn auch unsre Feinde wachen, so bin ich gewiß, daß Radiante einen bezauberten Nebel um uns her machen wird, hinter welchem uns der hundertäugichte Argus selbst nicht entdecken würde.

Sey es so, weil ihrs für gut befindet, antwortete Pedrillo, froh genug, daß er so wohlfeil davon gekommen war. Sapperment! ich dachte doch gleich, wie ich die Flöhe so Legionenweiß auf mich eindringen sah, daß es nichts gutes bedeuten werde.

Ich versichre Eu. Gnaden, ich bin am ganzen Leibe nur eine Wunde, und ich wollte auf ein Buch schwören, daß es keine natürliche Flöhe, sondern lauter verzauberte Igel und Stachelschweine waren, mit denen uns dieses boßhafte Zaubervolk zu Tode zu hetzen hofte.

In diesem Tone plauderte Pedrillo so lange fort, als er mit Bepackung seines Zwerchsacks zu thun hatte; denn er besorgte immer, sein Herr möchte, wenn er ihm Zeit zum Nachdenken liesse, hinter die Wahrheit kommen, und so bald er reisefertig war, schlichen sie sich, ohne nach dem Wirth und der Zeche zu fragen, so leise fort, daß selbst die Dame Teresilla, die sich aus Vorsichtigkeit ganz ruhig in ihrem Zimmer hielt, nicht das geringste von ihrer Abreise merkte.

Siebentes Capitel.

Eine kleine Abschweiffung nach Lirias, wobey der Autor eine nicht unfeine Kenntniß des weiblichen Herzens sehen läßt.

Don Sylvio bejammerte allemal den Verlust des armen kleinen Pimpimps, so oft es darum zu thun war, welchen Weg sie gehen sollten. Allein, da es nun nicht anders seyn konnte, so begnügten sie sich auf demjenigen fortzuwandeln, der sie hieher gebracht hatte.

Es begegnete ihnen einige Stunden lang so wenig merkwürdiges, daß wir, um den Leser nicht immer mit Erzählung ihrer Gespräche zu ermüden, indessen einen kleinen Absprung nach Lirias machen wollen, wo die Liebenswürdige Donna Felicia mit ihrer würdigen Vertrauten sehr erstaunt waren, von ihrem Bruder keine andre Nachricht zu erfahren, als daß er mit Don Gabriel ausgeritten sey, ohne jemand anders als seinen Kammerdiener mitzunehmen. Sein Aussenbleiben setzte sie in die gröste Unruhe, und die kluge Laura wußte sich endlich nicht anders zu helfen, als daß sie sich bemühte, die Aufmerksamkeit ihrer Dame auf einen andern Gegenstand zu lencken.

Sie brachten also beynahe die ganze Nacht mit Gesprächen von Don Sylvio zu, in denen die angehende Liebe, die er so gar im Schlafe glücklich genug gewesen war, der reizenden Felicia einzuflössen, sich nach und nach so lebhaft offenbahrte, daß es sehr geziert heraus gekommen wäre, wenn sie ihrer Laura ein Geheimniß daraus hätte machen wollen; zumal da dieses Mädchen seines Verstands und guten Herzens wegen, des Vertrauens nicht unwürdig war, wodurch seine Gebieterin es beynahe zum Rang einer Freundin zu erheben schien.

Daß dieser unbekannte Schläfer der schönste unter allen Sterblichen sey, das hatten ihnen ihre Augen gesagt, und sie breiteten sich mit desto größrer Gefälligkeit über diesen Punct aus, da sie noch keine Gelegenheit gehabt hatten, andre Verdienste an ihm kennen zu lernen. Aber wer er sey, und ob sein Stand und seine moralischen Eigenschaften mit einer so einnehmenden Aussen-Seite übereinstimme, das war eine Frage, gegen deren Bejahung Donna Felicia tausend Zweifel zu erregen wußte, um das Vergnügen zu haben, sie von Lauren beantwortet zu sehen. Nachdem sie nun alles, was nur möglich war, dafür und dawider gesagt hatten, so wurde man endlich einig, daß es im äussersten Grad unwahrscheinlich sey, daß ein Jüngling, dessen Gestalt die Natur mit allem Fleiß dazu gemacht zu haben scheine, um eine vortreffliche Seele anzukünden, nicht der edelste, der tugendhafteste, der tapferste, der angenehmste, mit einem Wort, der liebenswürdigste unter allen, die jemals von Weibern gebohren worden seyn sollte. Selbst das Zeugniß des Pedrillo, so ungeneigt man war ihm in denjenigen Puncten, die seinem Herrn nicht so sehr zum Vortheil gereichten, einigen Glauben beyzumessen, wurde in Absicht des Lobes, so er seinem moralischen Character ertheilt hatte, für desto vollgültiger angesehen, je weniger Bediente sonst gewohnt sind, ihren Herrschaften in diesem Stück bey fremden Personen zu schmeicheln.

Allein was sollte man aus dem bezauberten Sommervogel, der Princeßin, den Feen und dem Zwerge machen, welche Pedrillo in seine Geschichte eingeflochten hatte? Was sollte man von der Ernsthaftigkeit, dem aufrichtigen Gesicht und dem zuverläßigen Ton denken, womit dieser Bursche, der die Mine gar nicht hatte, als ob er seinen Zuhörerinnen etwas hätte weiß machen wollen, sie versichert hatte, daß sein Herr in eine bezauberte Princeßin verlieb sey, die er mit Hülfe einer grossen Fee zu erlösen im Sinn habe?

Über diesen Punct war Donna Felicia nicht so leicht zu befriedigen, und es währete lange, bis die sinnreiche Laura sie endlich überredete, daß man es eben damit so machen müsse, wie vernünftige Muselmänner mit gewissen unglaublichen oder kindischen Erzählungen des Alcorans; man müsse sie für eine Art von Allegorie ansehen, worunter, so bald man den Schlüssel dazu hätte, vermuthlich nichts anders als ein ganz natürliches und alltägliches Liebes-Histörchen, verborgen liegen werde. Diese Erklärung, so wohl ausgesonnen sie schien, war dennoch nicht völlig nach dem Geschmack der Donna Felicia und Laura hatte Gelegenheit für sich selbst die Anmerkung zu machen, daß die gute junge Dame ihren Geliebten lieber mit einem noch unversehrten Herzen ein wenig närrisch, als bey vollkommenem Verstand in eine andre verliebt gesehen hätte.

Man endigte also damit, daß Laura sich bemühen sollte, so bald als möglich nähere Erkundigungen von Don Sylvio von Rosalva einzuziehen. Zu gutem Glück ersparte ihr der Zufall diese Mühe, indem es sich von ungefehr fügte, daß der nehmliche Barbier, dessen wir bereits mehrmal Erwähnung gethan, und der in der ganzen Gegend für einen desto bessern Wundarzt gehalten wurde, weil er auf viele Meilen umher der einzige war, gleich den folgenden Morgen nach Lirias kam, um einen Bedienten zu besuchen, der schon etliche Wochen an einem Beinbruch gelegen war.

Laura kam eben in das Zimmer, wo er war, als er, mit der Waschhaftigkeit, die seiner Profeßion seit undenklichen Zeiten eigen gewesen ist, von der Entweichung des Don Sylvio als einer Neuigkeit erzählte, wovon bereits in der ganzen Gegend von Rosalva gesprochen werde. Sie hatte also keine Mühe von diesem glaubwürdigen Mann so viel Nachrichten über unsern Helden einzuziehen, als sie nur wünschen konnte. Sie erfuhr von ihm den Charakter der Tante, die Erziehung und Lebensart des jungen Ritters, die Absichten der Donna Mencia, ihn mit den hundert tausend Ducaten der mißgeschaffnen Mergelina Sanchez zu vermählen, und welchergestalt er mit seinem Diener Pedrillo, vermuthlich um eine so unanständige Heurath auszuweichen, heimlich davon gegangen sey, ohne daß man wisse, wohin. Was seine persönliche Eigenschaften betraf, so versicherte der Herr Barbier, daß derjenige noch gebohren werden müsse, der es ihm an Schönheit, Wissenschaft und Tugend zuvor thun sollte, und er setzte hinzu: er hoffe alles gesagt zu haben, wenn er die Herren und Damen versichere, daß Don Sylvio unter seiner Anführung binnen zween Monathen so wunderthätige Progressen im Citherschlagen gemacht habe, daß er selbst sich nicht schäme, ihn als seinen Meister darinn zu erkennen. Von einem Liebeshandel, worinn Don Sylvio jemals verwickelt gewesen seyn sollte, wollte der Barbier nicht das geringste wissen; hingegen verschwieg er nicht, daß er in der That etwas sonderbares und romanhaftes an sich habe, so ihm jedoch nicht übel lasse, und daß er aus einem gewissen Gespräch, das sie vor etlichen Wochen mit einander geführt, so viel ersehen hätte, daß Don Sylvio einen ausserordentlichen Geschmack an den Fee-Märchen finde, und sich in den Kopf gesetzt habe, daß es lauter wahrhafte Geschichten seyen, daß es würklich Feen gebe, und daß es gar nichts seltsames seyn würde, wenn ihm selbst dergleichen Dinge begegneten.

Diese Nachrichten enthielten bey nahe alles, was Donna Felicia zu ihrer Beruhigung nöthig hatte. Allein ob gleich der romanhafte Schwung seiner Einbildungskraft etwas desto angenehmeres für sie hatte, weil er mit ihrer eigenen Sinnesart sympathisierte; So war sie doch auf der andern Seite nicht sehr vergnügt, daß er die Liebe zur Feerey bis zu einem Grad der Schwärmerey trieb, der ihn zu einer Art von Narren machte. Vielleicht, dachte sie, ist er in eine idealische Princeßin verliebt, die er nie gesehen hat, und damit seine Liebe ein desto feen-mäßigers Ansehen bekomme, hat er sich selbst beredet, daß sie von einer Fee, die sich seines Nebenbuhlers annimmt, in einen Sommervogel verwandelt worden sey. Diese Einbildung däuchte sie närrisch genung; aber wenn Don Sylvio lächerlich war, in eine blosse Idee verliebt zu sein, war es Donna Felicia weniger, da sie über diese arme Idee eyfersüchtig war? In der That merkte sie es selbst; denn so vertraut sie sonst mit ihrer Laura zu seyn pflegte; so konnte sie ihr doch diese Schwachheit nicht ohne Erröthen gestehen. Die Unterredung, die sie darüber mit einander hatten, leitete sie nach und nach auf allerley Projecte, wie man es anfangen könnte, um bekannter mit Don Sylvio zu werden; aber das schlimmste war, daß sich bey jedem irgend eine Schwierigkeit fand, die man allemal erst entdeckte, wenn man sich lange genug über die Ausführung desselben gefreuet hatte. Es blieb ihnen also zuletzt nichts anders übrig, als die Hofnung, daß der Zufall, dem man in allen menschlichen Angelegenheiten vieles überlassen muß, vielleicht in kurzem mehr zu Begünstigung ihrer Absichten thun könnte, als die ausgesonnensten Entwürfe.

Achtes Capitel.

Das höchstklägliche Abentheuer mit den Graß-Nymphen.

Inzwischen setzte Don Sylvio mit seinem getreuen Achates, unter mancherley Gesprächen, wozu ihre Begebenheiten Anlaß gaben, seine irrende Reise fort, und ruhete von Zeit zu Zeit in den anmuthigen Gebüschen aus, womit die bezaubernden Landschaften von Valencia, wie mit Kränzen durchwunden sind.

Sie befanden sich würklich in einem kleinen Cypressen-Wald, wohin sie die zunehmende Hitze getrieben hatte, und wo sie sich an der lachenden Aussicht über die blühenden Ebnen ergötzten, die sich zu beyden Seiten des Guadalaviars verbreiteten; als Pedrillo, plötzlich eine Entdeckung machte, welche allen Bekümmernissen, Liebesschmerzen und Herumirrungen unsers Helden auf einmal ein erwünschtes Ende zu versprechen schien.

Hey sa, gnädiger Herr, rief er, Freude über Freude, wir haben unsre Princeßin gefunden, oder meine Augen müssen bezaubert seyn; seht ihr den blauen Sommervogel nicht, der dort um die Rosenstauden herum flattert?

Pedrillo betrog sich nicht gänzlich; es war würklich ein blauer Sommervogel, und Don Sylvio wünschte zu sehr, daß es seine Princeßin seyn möchte, als daß er einen Augenblick daran gezweiffelt hätte. Ich will auf diese Seite herüber gehen, gnädiger Herr, sagte Pedrillo, und ihr schleicht indessen allgemach auf ihn zu; er soll uns nicht entwischen, und ich denke, die Princeßin braucht euch nur zu sehen, so wird sie euch von selbst in die Hände fliegen.

Der Sommervogel schien würklich die Hofnung des Pedrillo zu rechtfertigen; er flog in kleinen Kreisen dem

Don Sylvio entgegen, und dieser näherte sich ihm schon mit ausgestreckter Hand, von Freude und Sehnsucht zitternd; als der Unstern unsers armen Liebhabers einen andern weißgrauen Sommervogel herbey führte, der den blauen kaum erblickte, als er mit der Dreistigkeit, die dieser verbuhlten Gattung von Geschöpfen eigen ist, auf ihn zuflog, und sich nicht scheute vor den Augen seines Nebenbulers sich Freyheiten heraus zu nehmen, zu denen er desto mehr berechtiget zu seyn glaubte, da es ihm vermuthlich nicht in den Sinn kam, daß seine geflügelte Schöne eine Princeßin seyn könnte.

Don Sylvio gerieth, wie man denken kan, über diese Verwegenheit in eine desto grössere Wuth, da er in dem Widerstand des blauen Schmetterlings einen neuen Grund zu sehen glaubte, daß es ganz gewiß seine Princeßin sey; er warf sich also dazwischen, und war glücklich genug, seinen muthwilligen Nebenbuhler mit einem Stabe, den er in der Hand hatte, zu Boden zu schlagen. Allein die vermeynte Princeßin war indessen in der Angst davon geflogen, und je schneller ihr Don Sylvio und Pedrillo nacheilten, desto schüchterner flatterte sie vor ihnen her, vermuthlich, weil sie noch immer von dem weißgrauen Schmetterling verfolgt zu werden glaubte.

Von ungefehr trug sich zu, daß drey oder vier Mädchen aus einem benachbarten Dorfe, um von ihrer Arbeit auszuruhen, am Ufer des Flusses sich in den Schatten gesetzt hatten, und sich damit belustigten, aus den Blumen, welche häuffig um sie her blühten, Kränze zu flechten.

Der blaue Schmetterling hatte seine Verfolger so weit hinter sich gelassen, daß sie ihn kaum noch mit den Augen erreichen konnten; und weil er sich jetzt ausser Gefahr glaubte, so fieng er an, wieder ruhiger zu werden, und schweifte so lange von Blume zu Blume, bis er einer von den vorbesagten Dirnen in die Hände gerieth, die ihn haschte, und zum Zeitvertreib an einem Faden, den sie um seine Füsse band, um sich her flattern ließ.

Don Sylvio, der schon nahe genug war um dieses Spiel zu beobachten, sagte zu Pedrillo: Nun hab ich einmal den Aufschluß des Traumgesichts, dessen Erklärung mir gestern Morgen so viel zu schaffen machte; es war eine Warnung der Fee, meiner Freundin, die mich das, was mir jetzo begegnet, im Traum vorher sehen ließ, damit ich nicht unvorsichtig in den Schlingen meiner Feinde gefangen würde. Siehst du die Nymphe, die dort im Schatten sitzt, und den blauen Sommervogel an einem Faden um sich her flattern läßt.

Eine Nymphe, sagt ihr? antwortete Pedrillo; Sapperment, Herr Don Sylvio, sie sieht einer Nymphe gerad so gleich als einem Fuder Heu; Es ist ein Grasmädchen, so gut als die andern, die dort im Schatten beysammen sitzen.

Ich bin zu sehr gewohnt, erwiederte Don Sylvio, daß du alles besser wissen willst als ich, als daß ich mich über deine Unverschämtheit entrüsten sollte. Ich weiß, Danck sey der Fee Radiante! was ich davon denken soll, und du magst sie nun für eine Nymphe oder für ein Grasmädchen ansehen, so will ich entweder mein Leben verliehren, oder sie soll mir meine Princeßin ausliefern.

Gnädiger Herr, antwortete Pedrillo, wenn die Rede von Salamandern, Sylphen, Rastral-Geistern und andern solchen Dingen ist, die über den Verstand des gemeinen Mannes gehen, da räum ich Eu. Gnaden herzlich gern ein, daß ihr euch besser darauf versteht; aber mit den Grasmädchen ist es etwas anders, die sind offenbar von meiner Competenz, und es ist auch keine Sache, wobey man sich betrügen kan; man riecht sie ja auf dreißig Schritte. Ich möchte wohl wissen, seit wenn eure Nymphen nach Knoblauch schmecken, oder so zerlumpte Unterröcke tragen, daß die Lappen herunter hangen, und das Hemd aller Orten hervor guckt? Kurz und gut, Herr, es ist eine Baurendirne, und dazu eine von den schmutzigsten, die man sich wünschen kan. Es wird nicht viel Mühe kosten, den blauen Schmetterling von ihr zu kriegen; ihr braucht ihr nur ein paar Maravedis zu geben, so sagt sie euch noch vergelts GOtt dafür.

Don Sylvio, der sich nicht berichten ließ, wenn er sich einmal etwas in den Kopf gesetzt hatte, würdigte diese Reden nicht einmal darauf Acht zu geben; er gieng auf die vermeynte Nymphe zu, und verlangte, daß sie ihm seinen Schmetterling wieder geben sollte.

Was gebt ihr mir um ihn, junger Herr, sagte das Grasmädchen lachend?

Alles was du willst, antwortete Don Sylvio –

Gut, sagte die Nymphe, so gebt mir das Kleinod, das ihr hier am Halse hangen habt! ich will es meinen kleinen Schwestern nach Hause bringen, und wenn ihr mir noch einen halben Realen dazu gebt, so soll der Schmetterling zusamt dem Faden euer seyn.

Verdammter grüner Zwerg, rief Don Sylvio voll Grimms, indem er seinen Säbel zog, hoffe nicht, unter dieser geborgten Gestalt, die ein Beweiß deiner Feigheit ist, meiner ungestraft zu spotten. Stirb, Verruchter, oder gib mir den Sommervogel, an den du keinen Anspruch machen kanst, den ich nicht mit Aufopferung meines eigenen Lebens aus deinem verdammten Herzen reissen will.

Man kan sich vorstellen, daß die schöne Nymphe auf eine so unhöfliche Anrede, die mit so fürchterlichen Drohungen begleitet war, weniger nicht thun konnte, als ein jämmerliches Geschrey zu erheben. Pedrillo, den die Narrheit seines Herrn bey nahe selbst toll machte, warf sich, weil alles Zureden nichts helfen wollte, zwischen ihn und die Nymphe, und bemühte sich, ihm seinen Säbel aus den Händen zu winden. Die übrigen Nymphen, welche sahen, wie übel man ihrer Gespielin begegnete, lieffen auch herzu, und fielen wie Furien über den Sylvio und Pedrillo her, welche genug zu thun hatten, sich gegen ihre grobe Fäuste und lange Nägel zu vertheidigen.

Unglücklicher Weise fügte es sich, daß der Liebhaber der jungen Nymphe, die das Unglück hatte, für den grünen Zwerg angesehen zu werden, nicht weit davon mit zwey oder drey andern Bauernknechten im Felde arbeitete. Das klägliche Geschrey dieser Weibsleute, und der Anblick seiner Geliebten, welcher Pedrillo im Begriff war einen starken Schopf Haare aus dem Kopf zu reissen, setzte ihn in eine solche Wuth, daß er in Begleitung seiner Gesellen herbey eilte, und mit dem Knittel, den er dem Pedrillo aus den Händen riß, so nachdrücklich auf unsre beyden Abentheurer zudreschte, daß sie, ihres muthigen Widerstandes ungeachtet endlich von der Menge der Feinde zu Boden geworfen wurden. Der ergrimmte Liebhaber und die rachschnaubende Gras-Nymphe begnügten sich nicht hiermit, sondern schlugen noch so lange mit geballten Fäusten auf sie zu, bis sie besorgten, daß es zu viel seyn möchte; und nachdem sich die Nymphe, zum Ersatz ihres Schmetterlings, der gleich zu Anfang des Gefechts entwischet war, des Kleinods unsers athemlosen Helden bemeistert hatte, so giengen sie allerseits davon, und liessen unsre Abentheurer für todt im Grase liegen.

Ende des ersten Theils.

Die
Abentheuer
des
Don Sylvio von Rosalva.

Zweyter Theil.

Fünftes Buch.

Erstes Capitel.

Worinn der Autor das Vergnügen hat, von sich selbst zu reden.

Wir zweifeln sehr daran, ob, seit dem es Feen-Mährchen in der Welt gibt, ein von Feen beschützter Liebhaber, er mag nun ein Prinz, ein Ritter oder ein Schäfer gewesen seyn, sich jemals in so fatalen Umständen befunden habe, als diejenige waren, worinn wir unsern Helden zu Ende des vorigen Buchs verlassen mußten.

Es ist wahr, andre Feen-Helden haben auch ihre Anfechtungen; sie müssen sich oft mit Drachen, Meerwundern und blauen Centauren herum schlagen, sie kommen in Gefahr von Popanzen gefressen zu werden, sie werden von alten zahnlosen Feen entführt, die ihre Tugend auf die gefährlichsten Proben setzen, und am Ende sie oft gar in Papagayen, Kater oder Grillen verwandeln. Aber daß jemals eine so ausserordentliche Person wie der Günstling einer Königin der Salamander und der Liebhaber eines bezauberten Schmetterlings ist, von Gras-Menschern zerkratzt, und von Bauerjungen wäre abgeprügelt worden, davon wird man in der vollständigsten Sammlung aller Geschichten, die sich mit Es war einmal anfangen, vergebens ein Beyspiel suchen.

Der geneigte Leser wird hieraus die Folge ziehen, und weil er es vielleicht nicht thun möchte, so nimmt der Autor die Freyheit, es ihm hiemit zu verstehen zu geben, daß diese merkliche Verschiedenheit, die sich zwischen der Geschichte des Don Sylvio und andern

Feen-Märchen findet, ein überaus günstiges Vorurtheil für die historische Treue und Wahrhaftigkeit des Autors erwecken müsse. Hätten wir unsern Helden in einem Wagen von Saphir mit Paradies-Vögeln bespannt reisen und alle Abend in einem bezauberten Pallast absteigen lassen, hätten wir ihm das rothe Hütchen des Prinzen Kobolt, den Pantoffel der Fee Moustasche, den Ring des Gyges, oder die Zauberruthe der königlichen Fee Trusio gegeben, um sich aus allen Nöthen heraus zu helfen; so hätte ein jedes Mädchen von zehen Jahren gemerkt, daß man ihm nur ein Mährchen erzähle. Aber ungeachtet unsre Geschichte so seltsam und wunderbar ist als irgend eine von denen, mit deren Anhörung sich der weise Sultan von Indien, Schach Baham, die Zeit zu vertreiben geruhte, so wird man uns doch nicht vorwerfen können, daß wir unserm Helden jemals ein Abentheuer aufstossen lassen, welches nicht vollkommen mit dem ordentlichen Lauf der Natur überein stimme, und dergleichen nicht alle Tage zu begegnen pflegen oder doch begegnen könnten, wie z. Ex. daß ein Frosch in Gefahr komme von einem Storchen verschlungen zu werden, oder daß einer ein Kleinod mit einem Bildniß finde, welches vermuthlich jemand anderer vorher verlohren hat. Wir haben ihn zu Fuß reisen lassen, und nicht einmal Sorge getragen, ihn vor Sümpfen und Froschgräben zu bewahren; wenn er schlief, so war es auf der harten Erde, oder in einem elenden Dorf-Wirthshause, wo ihm die Flöhe keine Ruhe liessen. An statt daß Rosenarmichte Nymphen oder Sylphen mit goldnen Flügeln ihm am blumichten Rande crystallner Brunnen, Nectar und Ambrosia hätten auftragen sollen, haben wir ihn aus dem Zwerch-Sack des Pedrillo bedient, und ganz neuer Dingen haben wir ihn nicht etwan von Riesen oder bezauberten Mohren, sondern von gemeinen Bauer-Jungen abpläuen lassen.

Wir hoffen, das sind Beweise, die für sich selbst reden, und wir wünschten, daß man von vielen berühmten Geschichtschreibern mit eben so gutem Fug sagen könnte, daß sie von der betrügerischen Neigung, ihre Gemählde und Charactere zu verschönern, oder ihren Begebenheiten einen Firniß von Wunderbarem zu geben, so entfernt gewesen seyn möchten, als wir, die wir uns bey Bekanntmachung dieser wahrhaften und glaubwürdigen Geschichte nicht etwan (wie junge, leichtsinnige Schwindelköpfe sich einbilden möchten) eine eitle Belustigung, sondern das gemeine Beste, und die Beförderung der Gesundheit unsrer geliebten Leser an Leib und Gemüth zum Endzweck vorgesetzt haben.

Vielleicht werden einige, deren Scharfsinn nicht tiefer als in die äussere Schaale der Dinge einzudringen pflegt, nicht begreiffen, wie die Geschichte des Don Sylvio zu einem so heilsamen Zweck sollte dienen können. Nun wär es uns zwar ein leichtes, sie aus den Schriften grosser Ärtzte und Naturkündiger zu belehren, daß es ein gewisses Fieber gibt, dem die menschliche Seele vom vierzehnten Jahr ihres Alters bis zum grossen Stuffen-Jahre häuffig ausgesetzt ist, welches durch keine andere Arzney-Mittel sichrer vertrieben werden kan, als durch solche, die das Zwerchfell erschüttern, das Blut verdünnern, und die Lebens-geister aufmuntern, eben so wie der giftige Biß der Taranteln durch nichts anders als durch die sympathetische Kraft gewisser Tänze, die dem Krancken vorgespielt werden, geheilt werden kan. Wir könnten ihnen auch gar leicht mit vielen Gründen beweisen, daß die vorgedachten heilsamen Kräfte in dieser Geschichte verborgen liegen, Allein, da diese gedoppelte Bemühung, uns zum Mißvergnügen aller unsrer übrigen Leser zu lange von der Fortsetzung der Begebenheiten unsers Helden entfernen würde; so müssen wir es für dißmal zwar eines jeden eigenem Belieben überlassen, was er hievon dencken wolle; allein bey einer zweyten Ausgabe (wozu uns, ohne Ruhm zu melden, der gute Geschmack des Publici Hofnung macht) werden wir nicht unterlassen, ein medicinisches Gutachten über diese Materie, welches völlig zu unserm Vortheil ausfallen wird, beydrucken zu lassen, und zu dessen besserer Bestättigung ein Verzeichniß verschiedener merkwürdiger Curen beyzufügen, die einige Ärzte von unserer Bekanntschaft mit unserm Buche gemacht haben.

Inzwischen wünschten wir, daß irgend eine Europäische Academie, und wenn es auch nur die zu Pau in Bearn wäre, sich belieben lassen möchte, einen Preiß von fünfzig Ducaten auf die Untersuchung des manchfaltigen physicalischen, moralischen und politischen Nutzens zu setzen, welchen die menschliche Gesellschaft von Schriften, die (auf eine erlaubte Art) zu lachen machen, ziehen könnte; besonders auf die gründliche Erörterung der Frage: Ob es nicht dem gemeinen Besten so wohl als dem Vortheil der Buchhandlung, die bekanntlich einen so beträchtlichen Zweig des Europäischen Commercii ausmacht, weit zuträglicher wäre, wenn, an statt der Menge schlechter und mittelmäßiger moralischer Bücher in allen Formaten, welche unter viel versprechenden Titeln die arme Welt mit den alltäglichen Beobachtungen, schiefen, zusammen geraften und unverdauten Gedanken, frostigen Declamationen und frommen Wünschen ihrer langweiligen Verfasser bedrucken, alle halbe Jahre etliche Dutzend Bücher im Geschmack des Comischen Romans, des Baccalaureus von Salamanca, oder des Findlings, ja wenn es auch im Geschmack des Candid oder des Gargantua und Pantagruel wäre, auf die Messen kämen; Bücher, in denen die Wahrheit mit Lachen gesagt, die der Dummheit, Schwärmerey und Schelmerey ihre betrügliche Masken abziehen, die Menschen mit ihren Leidenschaften und Thorheiten, in ihrer wahren Gestalt und Proportion, weder vergrössert noch verkleinert abschildern, und von ihren Handlungen diesen Firniß wegwischen, womit Stolz, Selbstbetrug oder geheime Absichten sie zu verfälschen pflegen; Bücher, die mit desto besserm Erfolg unterrichten und bessern, da sie bloß zu belustigen scheinen, und die auch alsdann, wenn sie zu nichts gut wären, als beschäftigten Leuten in Erhohlungs-Stunden den Kopf auszustäuben, müßige Leute unschädlich zu beschäftigen, und überhaupt den guten Humor eines Volks zu unterhalten, immer noch tausendmal nützlicher wären als dieses längst ausgedroschne moralische Stroh, dieser methodische Mischmasch von mißgestalteten und buntscheckigten Ideen, diese frostigen oder begeisterten Capucinaden, welche hier gemeynt sind, und die (mit Erlaubniß der guten Absichten, wovon ihre Verfasser so viel Wesens machen) weit mehr am Kopf der Leser verderben, als sie an ihrem Herzen bessern können, und bloß deßwegen so wenig Schaden thun, weil sie ordentlicher Weise nur zum Einpacken anderer Bücher gebraucht werden.

Es wäre uns, um gewisser Ursachen willen, lieb gewesen, wenn wir Gelegenheit gefunden hätten, diese Anmerkung irgendwo dem Pedrillo, oder einer andern privilegirten Person von dieser Art in den Mund zu legen: denn einem Pedrillo, Launcellot Gobbo oder Gobbo Launcellot nimmt niemand übel, wenn er die Wahrheit sagt: Da es aber nicht füglich seyn konnte, so haben wir uns schon entschliessen müssen, sie im Vorbeygehen selbst zu sagen, und wollen deßwegen, wo und bey wem es nöthig ist, höflichst abgebeten haben.

Zweytes Capitel.

Worinn sich Pedrillo sehr zu seinem Vortheil zeigt.

Pedrillo, ungeachtet er in dem unglücklichen Abentheuer mit den Gras-Nymphen die meiste Schläge bekommen hatte, raffte sich, nachdem er eine gute halbe Viertel-Stunde ganz betäubt dagelegen war, dennoch zuerst wieder vom Boden auf, und der erste Gebrauch, den er von seinen wiederkehrenden Sinnen machte, war, daß er alle Nymphen, Faunen und Sylvanen, Zwerge, Princeßinnen und Schmetterlinge, nebst allen und jeden Feen-Märchen, die von Erschaffung der Welt an bis auf selbigen Tag geschrieben worden, und noch künftig bis an der Welt Ende geschrieben werden möchten, mit ihren Verfassern, Gönnern und Erzählern, und deren sämtlichen Angehörigen und Erben in auf- und absteigender Linie, samt und sonders zum T* * wünschte. Er verfluchte die Gänse, mit deren Spulen sie geschrieben, die Lettern, womit sie gesetzt, und die Farbe, womit sie gedruckt worden, und wünschte herzlich, daß die heilige Inquisition alle diejenige zu Staub und Asche verbrennen möchte, die dergleichen verteuffeltes Zeug, wodurch der artigste und braveste junge Edelmann von ganz Spanien zum Narren gemacht worden, unter die Leute brächten. Denn die Schläge, die er ohne Zahl und Maaß um des blauen Schmetterlings willen empfangen hatte, überzeugten ihn nun auf einmal, daß alles, was ihm sein Herr von der Fee Radiante und der Bezauberung seiner vermeynten Princeßin gesagt hatte, lauter Träume und Einbildungen seyen. Je, verflucht; schrie er, wenn hat jemals eine Fee diejenige, die sie in ihren Schutz genommen hat, von Gras-Menschern und Bauerknechten zu todt prügeln lassen? Es sollte mich nicht verdriessen, wenn es noch Popanze oder Feuerspeyende Drachen gewesen wären; aber von solchem Lumpenvolk – Sackerlot! Ich will mich fressen lassen, wenn seine Rademante, die uns alle diese verfluchte Händel gemacht hat, nicht gerade so eine Fee ist, wie die dreyfachen Huren, die mir die Augen mit ihren Nägeln ausgekratzt haben, Nymphen sind; –

In diesem emphatischen Ton fuhr er noch eine gute Weile fort, bis er endlich gewahr wurde, daß sein Herr noch immer ohne Bewegung auf dem Boden ausgestreckt lag. Dieser Anblick und die Furcht, daß er gar todt seyn möchte, machten den gutherzigen Tropfen auf einmal seines eignen Ungemachs vergessen; er rief ihm, er rüttelte ihn, und da er noch immer kein Zeichen von sich gab, so fieng er eben so jämmerlich oder noch jämmerlicher zu schreyen an, als der bucklichte Sohn des bösen Königs, da ihn das Gänsemädchen nicht heurathen wollte.

Endlich besann er sich in der Angst an eine Flasche Madera-Wein, die er noch in seinem Zwerch-Sack hatte, und zu gutem Glück hatten die Feinde in der Hitze des Streits den Zwerchsack, den Pedrillo gleich anfangs von sich legte, aus der Acht gelassen. Er hohlte also die Flasche, und goß sie, ohne sich den Wein dauren zu lassen, fast ganz über Don Sylvio Gesicht aus. Dieses Mittel that die gewünschte Würkung. Don Sylvio erhohlte sich in kurzem wieder, denn seine Betäubung war von einem einzigen, etwas nachdrücklichen Schlag hergekommen, den er, wiewohl ohne andern Schaden, als eine ziemliche Beule über den Kopf bekommen hatte; er öfnete die Augen und rief mit schwacher Stimme: Wo bin ich? Lebst du noch, Pedrillo?

Ja, mein lieber Herr, rief Pedrillo, und GOtt Lob! daß ihr wie ich sehe, auch noch lebt; denn so wahr ich ehrlich bin, wenn ihr todt gewesen wäret, wie ich schon zu fürchten anfieng, ich hätte mich eher in den Fluß gestürtzt, eh ich euch hätte überleben wollen.

Wollte GOtt; sagte Don Sylvio, daß ich dein gutes Herz und deine Treue belohnen könnte! Aber, o Himmel! sage mir, wenn du es weist, was ist aus meiner armen Princeßin worden?

Die Princeßin? schrie Pedrillo, fort ist sie, zum T.. ist sie, sie flog gleich anfangs davon, wie die paußbackichten Unholden mit ihren langen krummen Nägeln über uns her fielen – Sapperment! ich wollte, sie hätt uns – Aber was habt ihr denn, Herr – ums Himmels willen, gnädiger Herr, was fehlt euch? daß es GOtt erbarme! Was ist zu thun? O! die verfluchten Feen! –

Pedrillo jammerte so, weil sein Herr, der sich nach dem Bildniß seiner Princeßin umgesehen, so bald er fand, daß er es nicht mehr bey sich hatte, vor Schrecken und Herzleyd abermal in Ohnmacht gesunken war.

Er hatte grosse Mühe ihn wieder zu sich selbst zu bringen, aber noch grössere, der Verzweiflung Einhalt zu thun, der sich unser Ritter ohne Maaß überließ, so bald er wieder fähig war, die Grösse seines Verlusts zu fühlen. Pedrillo, so gute Lust er gehabt hätte, über die Fee Radiante und alle Feen der ganzen Welt loßzubrechen, und seinem Herrn die närrische Liebe zu einem Schmetterling auszureden, wußte nicht mehr was er sagen oder anfangen sollte, da er ihn so kläglich jammern hörte, und so gar entschlossen sah, den Guadalaviar durch seinen Tod berühmt zu machen. Er warf sich ihm zu Füssen, er bat, er weinte, er fluchte über die Feen und die Feerey, aber das erste half nichts, und das andre machte das Übel noch ärger.

Nachdem er nun alles andere versucht hatte, so verfiel er endlich auf das einzige Mittel, wovon man sich in dergleichen Umständen noch einige Würkung versprechen kan; er fieng an mit ihm in die Wette zu heulen, und ihn, wo möglich, noch darinn zu übertreffen. Er dachte, mein junger Herr wird es doch endlich müde werden, und wenn nur einmal der erste Anstoß von Tollheit vorüber ist, so wird er sich hernach schon besser berichten lassen.

Wie er nun sah, daß Don Sylvio wieder stille wurde, so fieng er an, obgleich wider seine eigene Überzeugung, alle nur ersinnliche Vorstellungen hervor zu suchen, die, wie er glaubte, ihn sollten beruhigen können. Er versicherte ihn daß wenn auch, wider bessers Hoffen, das Bildniß der Princeßin in den Händen des grünen Zwergs seyn sollte, so sey doch die Princeßin selbst in Sicherheit; denn die habe er samt dem Faden mit seinen eignen Augen davon fliegen gesehen. Glaubet mir, mein lieber Herr, sagte er, die Fee Rademante will nur eure Gedult auf die Probe setzen, es kan in kurzer Zeit alles ein ganz anders Gesicht bekommen. Man muß hoffen, so lange man noch Athem hat. Dencket, daß es andern Prinzen und Rittern auch nicht besser oder wohl noch ärger gegangen ist. Was hat nicht der blaue Vogel ausstehen müssen, bis er der garstigen Forelle loß war, und seine liebe Florine in seinen Arm bekam? Wie sauer ist es dem guten Prinzen Höckerich gemacht worden, bis er zum Besitz der schönen Brilliante gelangte, die der schwarze Zauberer in eine Heuschrecke verwandelte, ob sie gleich so gut eine Princeßin war als andre, die ich nicht nennen will. Ihr seyd doch noch nicht in einem Keller voller Kröten und Eydexen bis an den Halß im Wasser gestanden, wie die Brüder der Princeßin Rosette; ihr seyd doch in kein Thier verwandelt worden, wie der Prinz der glücklichen Insel, und ihr seyd noch nie in Gefahr gewesen von Popanzen und Unholden gefressen zu werden, wie der Prinz Amatus; mit einem Wort, gnädiger Herr, bedenckt, daß ich Ursache genug hätte, mich so arg zu beklagen als einer. Ich weiß nicht, warum es die Frau Rademante so gut mit mir meynt, aber ich habe zehenmal mehr Prügel und Stösse in den Hintern gekriegt als ihr, und die Princeßin soll noch gebohren werden, die mich deßwegen trösten wird. Wenn ihr etwas leidet, so wißt ihr doch warum? Aber dem armen Pedrillo, der bey allen schlimmen Abentheuern das meiste davon trägt, gibt niemand kein gutes Wort darum. Sey es! Ich will mich nicht beschwehren, ob mir gleich die verdammten Bengel den Rücken so weich geschlagen haben als den Bauch; es ist nun einmal mein Schicksal; wenn ihr nur wieder zufrieden seyn wollt, so will ich mit Eu. Gnaden aushalten, so lang GOtt will, und ich noch eine Rippe habe, die ich mir in euerm Dienst entzwey schlagen lassen kan.

Diese Vorstellungen, denen das gute Herz des Pedrillo keinen geringen Nachdruck gab, und die Gewißheit, daß die Prinzeßin noch lebe und in Freyheit sey, würkten nach und nach so kräftig auf unsern Helden, daß er sich wieder faßte, und dem Pedrillo für die Ergebenheit, die er gegen ihn zeigte, sehr verbindliche Dinge sagte, mit der Versicherung, daß er, wenn er noch glücklich genug seyn sollte das Ziel seiner Wünsche zu erreichen, seine erste Sorge seyn lassen wollte, ihn für seine Treue und für alles Ungemach, so er ihm zuliebe ausgestanden, so reichlich zu belohnen, daß ihm nichts zu wünschen übrig bleiben sollte. Diese tröstlichen Versprechungen, so wenig auch die dermaligen Umstände zu ihrer Erfüllung Hofnung machten, erfreuten den dankbaren Pedrillo so sehr, daß er der empfangnen Schläge auf einmal vergessen hätte, wenn sein Rücken nicht so unhöflich gewesen wäre, ihn alle Augenblicke daran zu erinnern.

Indessen bot er doch alle seine Kräfte auf, um seinen Herrn wieder aufzumuntern, und nachdem er den schattigsten Platz am Flusse ausgesucht hatte, so wurde beschlossen, sich so lange da aufzuhalten, bis sie sich völlig erhohlt haben würden.

Don Sylvio fühlte den Schmerz das Bildniß seiner Geliebten verlohren zu haben, allzustark, als daß er andre Schmerzen hätte fühlen können; er fieng alle Augenblicke an, neue Klagen anzustimmen, und es währete ziemlich lang, bis ihn das Beyspiel des Pedrillo und sein eigener Hunger vermögen konnten, den Vorrath aufzehren zu helfen, der sich noch im Zwerchsack fand. Es war unter anderm noch eine Flasche Malaga vorhanden, die ihnen in so betrübten Umständen sehr zu statten kam, und in kurzer Zeit den ehrlichen Pedrillo so guten Humors machte, daß er nicht leiden konnte, seinen Herrn mit einer so trostlosen Mine da sitzen zu sehen. Herr Don Sylvio, sagte er, im Unglück muß man Muth haben. Sapperment; Es ist keine Kunst zufrieden zu seyn, wenn euch alles nach Wunsch und Willen geht.

Nur herzhaft, gnädiger Herr! Ein feiges Herz freyt keine schöne Frau. Das Glück ist kugelrund; heute mir, morgen dir, heut Regen, Hagel und Prügelsuppen, morgen Sonnenschein, Freude und Wohlleben. Es ist die Welt, pflegte meine Großmutter zu sagen, jeder Tag hat seine eigene Plage; aber es wird alles besser; wenn man nur der Zeit erwarten kan; Zeit bringt Rosen, und man redt so lange von der Kirmeß, bis sie kommt. Es ist mir, ich seh es schon, wie froh ihr seyn werdet, wenn wir einmal unsere Princeßin haben, aber nicht mehr als einen elenden Schmetterling, versteht sich, sondern in Lebensgrösse, wie sie aus Mutterleibe gekommen ist, ich will sagen, als eine würkliche Princeßin, versteht ihr mich, mit einer reichen goldnen Krone auf dem Kopf und in einem langen Talar; über und über mit Perlen und Carfunkeln besetzt, daß sie wie die helle Sonne glänzen wird. Hey sa! da wirds zugehen! da wird der Himmel voller Geigen hangen, da werden wir alle Tage Feyertag haben, und essen und trincken, und tanzen und springen, und lachen und fröhlich seyn, daß die Carabossen und Fanferlüschen vor Neid bersten möchten, wenn sie uns so lustig sehen. Nur gutes Muths, sag ich! Sapperment, wenn wir die Princeßin selbst haben, was bekümmern wir uns um ihr Bild. So dächte ich, wenn es meine Sache wäre. Zudem so wollt ich gleich schwören, daß der grüne Zwerg euer Kleinod so wenig gesehen hat, als die achtzigjährige Jungfer, der er die Zähne ausstochern soll. Ich hatte meine Augen weit genug offen, und ich sehe GOtt Lob! noch wohl, daß eine Mistgabel kein Ohrlöffelchen ist. Die Nymphe war ein Grasmensch, gnädiger Herr, ein Kühmensch, das weiß ich so gewiß, als ob ich sie selbst gemacht hätte. Und wenn ihrs nicht glauben wollt, so ist bald ein Mittel da, hinter die Sache zu kommen, das Dorf kan nicht hundert Meilen von hier seyn, wo sie zu Hause ist. Wir wollen diesen Abend noch hingehen, und von Thür zu Thür suchen, bis wir sie gefunden haben; sie muß das Kleinod wieder heraus geben, oder es müßte keine Justitz mehr im Lande seyn.

Aber wenn es so wäre, sagte Don Sylvio, woher käme die wunderbare Übereinstimmung zwischen dieser Begebenheit und meinem gestrigen Traum?

Gnädiger Herr, antwortete Pedrillo, ich erinnere mich euers Traums noch so wohl, als ob ich ihn selbst geträumet hätte; aber ich kan die Übereinstimmung nicht finden, die ihr darinn seht. Wo ist denn hier die Sylphide, die euch erschien, und wo ist der Rosenwagen mit zwölf rubinenen Paradieß-Vögeln, der euch in die bezauberte Insel führte? das ist doch ein Haupt-Umstand, der hier gänzlich mangelt. Und dann sagtet ihr, die Nymphe habe den blauen Schmetterling an einem goldnen Faden flattern lassen, das trift wieder nicht ein, denn der Faden, den die Gras-Nymphe dazu brauchte, war ein grober hanfener Faden, womit sie, denk ich, die Löcher in ihrem Hemde hatte stoppen wollen; und sie hätte meiner Six, wohl daran gethan, denn die blosse Haut guckte ihr allenthalben hervor; ich will nicht ehrlich seyn, wenn sie nicht so schwarz wie Erde war, und ich habe doch mein Tage gehört, daß eine Nymphe lauter Lilien und Rosen ist. Doch sie mag gewesen seyn was sie will, so viel weiß ich gewiß, daß wir die Schläge, die uns die groben Lümmels gaben, gewiß nicht im Traume gekriegt haben – doch, das ist nun vorbey, und zu geschehenen Dingen muß man das beste reden. Auf die Gesundheit der Princeßin, wo sie auch seyn mag! Ich hoffe, sie wird es uns seiner Zeit auch entgelten lassen, daß wir so viel um ihrentwillen ausgestanden haben.

Drittes Capitel.

Innerliche Anfechtungen des Don Sylvio.

Don Sylvio, dem das Gewäsche des Pedrillo beschwerlich war, bediente sich des Vorwands, daß er während der Nachmittags-Hitze ein paar Stunden ruhen möchte, um ihn zum schweigen zu bringen. Er stellte sich als ob er schliefe, und Pedrillo folgte seinem Beyspiel bald darauf in vollem Ernst; aber Don Sylvio war zu unruhig, als daß er hätte schlafen können. Tausend quälende Gedanken, die wider seinen Willen in ihm aufstiegen, brachten ihn endlich so weit, daß er zum erstenmal ein Mißtrauen in die Wahrheit seiner Einbildungen zu setzen anfieng. Wie? dacht er, wenn die Erscheinung, die ich von der Fee Radiante zu haben glaubte, ein blosses Spiel einer erhitzten Phantasie gewesen wäre? Je mehr er dieser Vermuthung nachsann, je wahrscheinlicher fand er sie, und die unglückliche Begebenheit mit den Gras-Nymphen, die er nun ziemlich geneigt war für das zu halten, was sie würklich waren, trieb diese Wahrscheinlichkeit in etlichen Minuten bis zur Gewißheit hinauf; denn es schien ihm unbegreiflich, daß ihn die Fee Radiante den Fäusten und Knitteln dieses groben Bauergesindels preiß gegeben haben würde, wenn sie ihm würklich ihren Schutz versprochen hätte.

Diese Zweifel ängsteten ihn unaussprechlich, er raffte alle seine Kräfte zusammen, sich ihrer zu erwähren, aber sie kamen immer mit verdoppelter Stärke wieder, und der Aufruhr, den sie in seinem Gehirn erregten, ward zuletzt so wild, daß der Überrest von Vernunft, den ihm die Feerey noch gelassen hatte, in gröster Gefahr war, vollends darüber verlohren zu gehen.

In diesen betrübten Umständen war das Bild seiner geliebten Schäferin das einzige, was in seiner von Zweifeln gleichsam überschwemmten Seele noch empor ragte, und im allgemeinen Umsturz seiner Ideen unerschüttert blieb. Wenn auch alles andre Einbildung ist, rief er, so weiß ich doch gewiß, o! du nahmenlose Unbekannte, daß es keine Einbildung ist, daß ich dich liebe. Es mag nun eine Fee seyn, die dein Bild in meinen Weg gelegt hat, oder ein glückliches Ungefehr mag es dahin geworfen haben, du magst eine Princeßin oder Schäferin seyn, du magst für mich bestimmt seyn, oder einst von einem glücklichern, als ich geliebt werden, du, die jetzt die schönste unter den Nymphen des Himmels bist: Wenn mein Verhängniß es so will, daß ich, deiner beraubt in Hofnungsloser Liebe verschmachten soll, so ist doch keine Gewalt, die dein Bild aus meiner Seele reissen kan. Ich will dich suchen, durch alle Länder und Meere des Erdkreises, von einem Pol zum andern, vom ewigen Schnee der Cimmerischen Gebürge, bis in die glüenden Zonen, wo kein schattender Baum, keine kühle Quelle die brennende Hitze mildert, und wenn ich dich nicht finde, und die Erde dich, ihre schönste Zierde schon verlohren hat; was kan mich hindern, daß mein verlangender Geist von der Gewalt seiner unsterblichen Liebe empor gezogen, von Sphäre zu Sphäre irre, dich da zu suchen, wo deine Schönheit alle die namenlose Schönheiten des Ethers verdunkelt, oder herab in die unterirrdischen Gegenden steige, und unter den Schatten dich suche, die von deinen Augen angestralt den Verlust des Tages nicht mehr beklagen, und ein süsses Vergessen aller andern Wünsche aus deinen Blicken saugen.

Diese Dithyrambische Einfälle, so närrisch sie unsern weisen Lesern vorkommen mögen, machten eine sehr heilsame Würkung auf unsern Helden; denn er schlummerte unvermerkt darüber ein, und das war in seinen dermaligen Umständen das beste, was ihm begegnen konnte. Denn was kan der Unglückliche bessers thun als schlafen?

Don Sylvio fand dißmal in seinem Schlummer einen gedoppelten Vortheil, das Vergessen seines Kummers, und die Glückseligkeit eines angenehmen Traums, der wenigstens so lang er daurte, alle Würkungen der Wahrheit hatte. Es däuchte ihm, er sehe seine geliebte Princeßin, aber nicht in Gestalt einer Schäferin oder eines Sommervogels, sondern in ihrer eigenen, wie eine Göttin geschmückt; sie lag auf einer rosenfarben Wolken, die nahe bey ihm über dem Boden schwebte, und besprach sich eine geraume Zeit mit ihm; sie munterte ihn auf, den Muth nicht sinken zu lassen, und den Hindernissen großmüthig zu widerstehen, die ihre Feinde ihrem Glück in den Weg legten; sie versicherte ihn, daß die Zeit nicht lange mehr verziehen werde, da sie die Gestalt, worinn sie ihm jetzt sich zeige, durch ihn selbst wieder erhalten würde, und setzte auf eine eben so zärtliche als verbindliche Art hinzu, sie wünschte noch tausendmal liebenswürdiger zu seyn, um ihn für alles Ungemach belohnen zu können, womit er ihren Besitz erkauffen müsse. Don Sylvio wollte ihr eben diejenige

Antwort hierauf geben, die ein jeder Liebhaber auf eine so schmeichlende Erklärung bereit hätte, als sie wieder verschwand.

Dieser Umstand war freylich gerade der unangenehmste in seinem ganzen Traume; aber das Vergnügen sie gesehen zu haben, und der liebliche Ton ihrer Tröstungen, der noch um sein entzücktes Ohr säuselte, machte ihn für alles schmerzhafte unempfindlich. Er vergaß aller seiner überstandenen Trübsale, verachtete alle künftige, und war jetzt nur begierig eine Reise fortzusetzen, wovon jeder Schritt ihn dem Ziele seiner Sehnsucht näher brachte. Er weckte also den Pedrillo, und nachdem er ihm voller Freuden seinen Traum erzählt hatte, befahl er ihm sich unverzüglich reisefertig zu machen.

Beym Sanct Velten, rief Pedrillo, das ist doch artig, wie unsre Träume in einander passen! Ihr habt eine Erscheinung von der Princeßin gehabt und ich vom Sylphen-Mädchen. Es kam mir vor, ich fände sie an dem nehmlichen Orte, wo ihr gestern schliefet, unter den Rosen liegen; aber ihre Frau, die Fee, war nicht dabey, und jetzt reuet es mich, daß ich sie nicht nach ihrem Namen fragte; aber wir hatten so viel andere Dinge zu schwatzen, daß ich es vergaß. Sapperment! die Zeit vergieng, daß ich nicht wußte, wo sie hinkam; wir waren wohl drey bis vier Stunden beysammen, denn die Sonne gieng unter, ohne daß wirs gewahr wurden, und doch däuchte michs nur ein Augenblick; es war mir nicht anders als ob ich selbst ein Sylphe wäre; wenn es mir das Leben gälte, so könnt ich euch nicht beschreiben, wie mir war, aber das ist gewiß, daß mir in meinem Leben nie so zu Muthe gewesen ist. Sagt ich nicht, das Glück würde uns auch einmal wieder anlachen? Diese Träume kamen gewiß nicht so von ungefähr; wer weiß was geschehen kan? Die Frau Rademante will es vielleicht auf einmal wieder einbringen, was sie bisher versäumt hat. Wir wollen sehen, sagte der Blinde: das Blatt kan sich schnell wenden. So viel versichere ich euch, Herr, wenn ich einmal den grünen Zwerg unter mich kriege, wie ich hoffe und glaube, so soll er die Rippen-Stösse mit Wucher wieder kriegen, womit er uns heute bedient hat, darauf kan er sich verlassen.

Viertes Capitel.

Die Weissagungen des Pedrillo fangen an in Erfüllung zu gehen.

Während daß Pedrillo seinem sprudelnden Humor gewöhnlicher massen Luft machte, setzten sie ihren Weg durch einen Wald von Castanien-Bäumen fort, welcher, je weiter sie kamen, immer mehr das Ansehen eines Parks bekam. Hier und da sahen sie grosse Sommerlauben, Springbrunnen, Urnen, Grotten und Ruinen, die aus Gebüschen von Rosen, Jasmin oder Geißblatt hervor ragten, und nachdem sie eine kleine halbe Stunde fortgegangen waren, so befanden sie sich in einer Art von Labyrinth von Rosen und Myrrthenhecken, dessen Gänge so künstlich durch einander geschlungen waren, daß sie einige Mühe hatten sich heraus zu finden.

Diese Anscheinungen liessen unsre Wanderer nicht zweiffeln, daß sie sich in der Nähe eines Feen-Schlosses und am Anfang eines sehr merkwürdigen Abentheuers befänden.

Pedrillo rief einmal übers andre, sagt ichs nicht, sagt ichs nicht vorher, die Fee Rademante würde sich besser halten? Da seht nun einmal, gnädiger Herr, ob es wohl gethan gewesen wäre, wenn wir uns, dem verfluchten Zaubergeschmeiß zu Gefallen, ins Wasser gestürzt hätten, wie ihr ganz gewiß gethan hättet, wenn ich nicht gewesen wäre. Das Beste was wir davon gehabt hätten, wäre etwan gewesen, daß uns irgend eine Nymphe oder Syrene in Wasserschlangen oder Meerschweine verwandelt hätte; an statt daß wir jetzt Hofnung haben, in einem crystallenen oder diamantnen Schlosse zu übernachten, auf seidenen Matratzen zu liegen, und von lauter schönen Sylphiden bedient zu werden, von denen die schlechteste so viel Perlen und Edelsteine an sich hängen hat, daß man ein kleines Königreich darum kauffen könnte.

Indem er dieses sagte, befanden sie sich in einem grossen Spatziergang von Pomeranzen-Bäumen, an dessen Ende sie einen prächtigen Pavillion erblickten, dessen halb geöfnete Flügelthüren in einen grossen Saal sehen liessen, aus dem, weil die sinkende Sonne ihm gegen über stand, ein Schimmer von Spiegeln, Vergoldungen und reichem Geräthe von ferne schon die Augen des Pedrillo blendete.

So erfreut er über diesen Anblick war, so fieng ihn doch an ein wenig zu schauern, wenn er dachte, daß er sich in einem Orte befände, wo alles durch Zauberey zugienge, und das Herz schlug ihm immer stärker, je näher sie dem Pavillion kamen. Don Sylvio selbst, der sonst nicht der furchtsamste war, schien eine Weile unentschlossen was er thun sollte, denn er hatte schon so viele Proben von der Arglist und unermüdeten Boßheit seiner Feinde, daß er nicht wußte, ob nicht etwan eine neue List unter diesen schönen Anscheinungen verborgen liege. Allein die tröstlichen Versprechungen, die ihm seine geliebte Princeßin so kürzlich erst gegeben hatte, verbannten alle diese Besorgnisse bald wieder, und ob er gleich ausser einigen Papagayen, die auf dem vergoldeten Geländer, das den Saal umgab, herum hüpften, kein lebendiges Wesen gewahr wurde, so beschloß er doch, nach einer kleinen Überlegung hinein zu gehen, und zu erwarten, was aus diesem Abentheuer werden möchte.

Aber wie groß war sein Erstaunen, als er beym Eintritt in den Saal, dessen Schönheit und kostbare Auszierung einer Fee würdig schien, eine Menge Katzen von allen Farben erblickte, die sich nicht anders geberdeten, als ob sie die einzigen Bewohner dieses prächtigen Ortes wären! Einige lagen auf Polstern von goldnem Brocat, andre spatzierten ganz gelassen zwischen den Blumen-Gefässen und schinesischen Pagoden, womit der Camin ausgezieret war, herum, indem noch andre sich um ein wunderartiges schneeweisses Kätzchen geschäftig zeigten, welches mit Perlenschnüren umwunden, in einer anmuthig-nachläßigen Stellung, auf einem Sopha von rosenfarbem Damast mit Silber ausgestreckt lag.

Bey einem solchen Anblick hätte sich wohl ein weiserer Mann als Don Sylvio war, des Pallasts der weissen Katze, aus einem der artigsten Mährchen, die man hat, erinnern können. Aber da die Katzen, die auf den Polstern lagen, so bald er den Fuß in den Saal setzte, ihn mit einer Symphonie nach ihrer Art bewillkommten; so war nunmehr, nach seiner Weise zu schliessen, nichts gewissers, als daß er sich in dem nehmlichen Pallast befand, worinn ein gewisser Prinz, dem die Geschichte keinen Namen gibt, in Gesellschaft einer sehr geistreichen, zärtlichen und tugendhaften weissen Katze, die sich in der Folge eine eben so schöne Princeßin befand, drey Jahre zubrachte, die ihm nur einzelne Tage däuchten.

Seine Freude über einen so glücklichen Zufall war ungemein; denn ausser der verbindlichen Aufnahme, die er sich in diesem Schlosse versprechen konnte, war ihm das gute Herz und die Großmuth der weissen Katze so wohl bekannt, daß er sich versichert hielt, sie werde ihm zu glücklicher Vollendung seines Vorhabens allen Beystand leisten, den er sich nur wünschen könne.

In diesen Gedanken näherte er sich dem Sopha, wo das schöne weisse Kätzchen saß, und war im Begriff, sie mit aller der Ehrfurcht, die einer Katze von so hoher Geburt und ausserordentlichen Eigenschaften gebührte, anzureden: als sich plötzlich eine Thüre öfnete, aus welcher zu grossem Erstaunen des Pedrillo die kleine Sylphide herein guckte, die er gestern im Walde gesehen hatte. Wenn eine so unvermuthete Erscheinung den Pedrillo in Bestürzung setzte, so that sie auf die Sylphide keine geringere Würkung. Kaum wurde sie unsrer Abentheurer gewahr, als sie den Kopf mit einem Schrey zurück zog, die Thüre wieder zuschlug, und so eilfertig zurück lief, als ob sie ein Gespenst gesehen hätte.

Don Sylvio wußte nicht, was er aus dieser seltsamen Art zu erscheinen und wieder zu verschwinden machen sollte! aber Pedrillo half ihm augenblicklich aus dem Wunder. Da haben wirs, rief er, Glück zu, gnädiger Herr, unser Traum ist erfüllt; seyd nur unbekümmert, sie wird bald wieder kommen; sie lief nur, um der Fee zu sagen, daß wir da sind.

Von wem redst du, fragte Don Sylvio leise, indem er ihn auf die Seite nahm.

Sapperment, von der Sylphide, die eben jetzt zu dieser Thüre herein guckte, und die, wie ich Eu. Gnaden schwören kan, eben dieselbe Sylphide ist, die ich gestern unter der Rosenlaube neben euch antraf, und die mir heut im Traum erschienen ist.

Pedrillo, sagte Don Sylvio, es müßte mich alles betrügen, oder wir befinden uns im Schlosse der weissen Katze, welche eine grosse Princeßin und zugleich eine Fee ist; wenn die Sylphide, die du kennest, zu diesem Pallast gehört, so war die Fee, die du gestern sahest, vermuthlich die weisse Katze selbst.

Ich weiß nicht, was ihr mit eurer weissen Katze haben wollt, antwortete Pedrillo; ihr werdet doch, zum Deixel! nicht denken, daß das Pußchen, das dort auf dem Sopha sitzt und Gesichter schneidt, die Fee ist –

Rede nicht so laut, unterbrach ihn Don Sylvio, und laß dir ein für allemal sagen, daß man an solchen Orten, wie der, wo wir uns jetzo befinden, nicht vorsichtig und bescheiden genug seyn kan.

Don Sylvio hatte die letzten Worte noch nicht ausgesprochen, als Pedrillo einen grossen Schrey that, und mit beyden Händen wie ein Unsinniger um sich schlug; denn einer von den Papagayen, die den Katzen in diesem Zimmer Gesellschaft leisteten, hatte entweder, weil ihm seine Physionomie nicht anständig war, oder aus einer andern Ursache, die er (so viel wir wissen) niemalen entdeckt hat, für gut befunden, ihm, indem er hinter ihm vorbey flog, einen kleinen Backenstreich mit seinen Krallen zu versetzen, den Pedrillo, weil er den Urheber davon nicht sah, mit grossen Betheurungen, von irgend einem Kobolt oder unsichtbaren Zwerg empfangen zu haben versicherte.

Nimm es, sagte Don Sylvio, als den Lohn für dein unbescheidenes Geplauder an; es wird weiter nichts als eine kleine Züchtigung gewesen seyn, die dir eine von den unsichtbaren Händen gegeben hat, von denen man in diesem Pallast bedient zu werden pflegt.

Potz Herrich, sagte Pedrillo, das ist eine vertrakte Art die Leute zu bedienen. Wenn es eine Hand war, so muß sie sich die Nägel in sieben Jahren nicht beschnitten haben; ich versichere Eu. Gnaden, daß ein Griff von einem jungen Waldteufel nicht tiefer einschneiden könnte. Sapperment! wenn man für ein jedes Wort, womit man sich hier verfehlt, einen solchen Circumflex bekommt, so muß ich mir das Maul zunähen lassen, oder die boßhaften Kobolte werden mir bis Morgen das ganze grosse und kleine Alphabet in mein Gesicht hinein gekratzt haben.

In der That, sagte Don Sylvio, du würdest am besten thun, wenn du einen vollkommenen Stummen vorstelltest; denn so wie du dich aufführst, steh ich dir nicht davor, daß dir nicht noch unangenehmere Dinge begegnen könnten; nichts davon zu sagen, daß du mir mit deiner ungezogenen Waschhaftigkeit und mit deinen pöbelhaften Schwüren und Ausdrücken sehr wenig Ehre machen wirst.

Nun gut, Herr, versetzte Pedrillo, ein guter Rath findet eine gute Statt; ich will, weil ihrs für gut anseht, so stumm seyn als ein Karpe; ich will euch einen Stummen agiren, daß ihr eure Lust daran sehen sollt. Aber, hum! ich höre jemand kommen – he! sagt ichs nicht? Es ist die Fee selbst. – St!

Fünftes Capitel.

Erscheinung der Fee. Wie gefährlich es ist, wenn einer ein Frauenzimmer antrift, das seiner Liebste gar zu ähnlich sieht.

Es ist, geneigter Leser, bereis zwey und vierzig Minuten, achtzehen Secunden, richtig an einer zu Genf fabricirten Londner-Uhr abgezählt, daß wir einem halben dutzend schönen neuen Gleichnissen nachsinnen, wodurch ein Poet benöthigten Falls den höchsten Grad des Erstaunens, und der Bestürzung abzuschildern versuchen könnte, ohne daß wir so glücklich gewesen sind, nur ein einziges zu finden, welches nicht durch die vielen Hände, wodurch es seit den Zeiten des alten Homers bis auf diesen Tag gegangen, so abgenutzt worden wäre, daß es würklich zu nichts mehr zu gebrauchen ist.

Wir wissen uns also für dißmal nicht anders zu helfen, als durch eine gewisse rhetorische Figur, die wir einem der geschicktesten Zueignungs-Schriften-Machern unsrer Zeit abgesehen haben, und sagen also: Weder der Schrecken eines unvorsichtigen Knaben, der seine Hand in eine Höle gesteckt hat, und unversehens eine Schlange ergreift, noch das Entsetzen jenes Bräutigams, der des Morgens nach seiner Hochzeit-Nacht an statt der schönen Schwester, die er liebte, die häßliche an seiner Seite fand, noch die Bestürzung eines Richters bey Erblickung eines silbernen Waschbeckens voll Cremnitzer Ducaten, womit ihm ein Client, der zu leben weißt, die Gerechtigkeit seiner Sache begreiflich gemacht hat – sind hinlänglich uns nur den zehnten Theil der Bestürzung vorzubilden, in welche Don Sylvio gerieth, da er in der Fee dieses Zauberschlosses das Urbild seiner geliebten Schäferin erblickte – Doch wir sagen zu viel; denn da er sich seit seinem letzten Traum von neuem überredet hatte, daß sie noch ein Sommervogel sey, so war er bloß darüber bestürtzt, wie es zugehe, daß eine so erstaunliche Ähnlichkeit zwischen ihr und dieser Fee seyn könne.

Donna Felicia (denn wir können und wollen es nicht länger verbergen, daß wir zu Lirias sind) hatte Sorge getragen, sich unserm Helden in einem Anzug zu zeigen, der, indem er ihre Annehmlichkeiten auf die vortheilhafteste Art entwickelte, ihr zugleich ein so sonderbares Ansehen gab, daß ihr nur ein Stäbchen von Ebenholz fehlte, um eine vollkommene L ü m i n ö s e vorzustellen.

Sie hatte sich würklich an ihrem Nacht-Tische befunden, um sich auf die Ankunft ihres Bruders auszuputzen, der sie auf eine unerwartete Gesellschaft vorbereitet hatte, als ihr Laura die überraschende Zeitung brachte, daß Don Sylvio, sie wisse nicht wie, in ihrem Saal sichtbar geworden sey, und der glückliche Instinct, der bey den Beherrscherinnen unsrer Herzen die Stelle unsrer langsamen Vernunft einnimmt, hatte ihr in einem Augenblick begreiflich gemacht, daß sie nicht Feenmäßig genug aussehen könne, um den Eindruck zu befördern, den sie auf ihn zu machen wünschte.

Sie bewillkommte ihn mit dem edlen und anmuthsvollen Anstand, der ihr eigen war, ob sie sich gleich Gewalt anthun mußte, die Unruhe zu verbergen, die in ihrem schönen Busen pochte. Sie bezeugte sich dem Zufall sehr verbunden, der einen jungen Ritter, dessen Ansehen keine gemeine Verdienste ankündigte, in ihr Schloß geführt hätte, und versicherte ihn, daß ihr Bruder, dessen Ankunft sie alle Augenblicke erwartete, sehr erfreut seyn würde, eine so angenehme Bekanntschaft zu machen.

Hätte Don Sylvio nichts als die Bestürtzung über eine unverhofte Ähnlichkeit zu bekämpfen gehabt, so möchte es wohl nicht schwer gewesen seyn, sich in der gehörigen Fassung zu erhalten. Allein die Natur, die ihre Rechte nie verliehrt, und am Ende doch allemal den Sieg über die Einbildungs-Kraft davon trägt, spielte ihm in diesem critischen Augenblick einen andern Streich, gegen den es so viel als unmöglich war, sich zu vertheidigen.

Der gute Sylvio hatte die Eindrücke, die das Bildniß seiner vermeynten Princeßin auf ihn gemacht, und die Wünsche, die es in seinem Herzen erregt hatte, für Liebe gehalten; er hatte sich geirrt; es war nur eine schwache Vorempfindung, nur ein armes Schatten-Bild der Liebe, die ihm das Urbild selbst einflössen würde.

Ihr erster Blick, der dem Seinigen begegnete, schien ihre Seelen auszutauschen. Die ganze Gewalt dieser unbeschreiblichen Entzückung, womit eine sympathetische Liebe, zumal wenn es die erste ist, bey Erblickung ihres Gegenstands, eine empfindliche und zu dieser glücklichen Art von Schwärmerey aufgelegte Seele berauschen kan, durchdrang, erfüllte, überwältigte sein ganzes Wesen – Alle seine vorige Ideen schienen ausgelöscht, neue Sinnen schienen plötzlich in seinem Innersten sich zu entwickeln, um alle diese unzähliche Reitzungen aufzufassen, die ihm entgegen stralten – Kurz, er war so sehr ausser sich selbst, daß er die verbindliche Anrede der vermeynten Fee mit nichts anderm als stammlenden und abgebrochenen Sylben zu beantworten vermochte.

Donna Felicia würde vermuthlich mit dem zierlichsten und wohl gesetztesten Compliment nicht halb so gut zufrieden gewesen seyn, als sie es mit der weit beredtern Verwirrung war, worinn sie ihn sah. Dasjenige, was in ihrem eigenen Herzen vorgieng, ergänzte ihr bis zum Überfluß, was in der Anrede unsers Helden mangelhaft und unverständlich war; aber weil sie mehr Gewalt über sich selbst hatte, oder, um uns richtiger auszudrücken, weil sie ein Frauenzimmer war, so wußte sie nicht nur ihre eigene Unruhe zu verbergen, sondern sie hatte auch so viel Gefälligkeit, und gab ihm Zeit sich selbst wieder zu erholen, indem sie sich so gleich auf den Sopha niedersetzte, und nachdem sie ihn ersucht einen Lehnstuhl neben ihr einzunehmen, von dem weissen Kätzchen, das seinen Platz auf ihrem Schoose genommen hatte, Anlaß nahm, über die Gedanken zu scherzen, die beym Eintritt in diesen Saal in ihm hätten veranlaßt werden müssen. Gestehen sie mir, Don Sylvio, sagte sie, daß sie, bey Erblickung einer so ansehnlichen Gesellschaft von Katzen, die bey meinem kleinen Liebling Cour zu machen schien, sich kaum erwehren konnten zu glauben, daß sie in dem Pallast der weissen Katze seyen?

Man kan auf keine glücklichere Art betrogen werden, schönste Fee, erwiederte Don Sylvio. Möchten sie mit eben der Scharfsichtigkeit, womit sie meinen ersten Gedanken, der, ehe ich sie selbst zu sehen das Glück hatte, natürlich genug war, zu entdecken wußten, in das Innerste meiner Seele schauen, und darinn zu lesen würdigen, was ich weder Kühnheit noch Vermögen habe, auszusprechen.

Donna Felicia fand für gut, an statt auf diese ehrfurchts-volle Liebes-Erklärung zu antworten, ihn mit der Lebens-Geschichte und den bewundernswürdigen Tugenden der kleinen weissen Katze zu unterhalten; und so geringfügig dieser Gegenstand an sich selbst war, so wichtig wurde er, zumal für einen so geneigten Zuhörer als Don Sylvio war, auf den schönen Lippen der Donna Felicia, und durch den Reitz, den sie über alles was sie sagte oder that, auszugiessen wußte. Don Sylvio erfuhr es nur allzusehr. Jeder ihrer Blicke, jedes Wort, das sie sprach, jede kleine Bewegung, die sie machte, vermehrte die Entzückung, worinn er ganz verlohren schien. Seine Einbildungs-Kraft, unfähig etwas vollkommeners zu erstreben, als sich seinen Augen darstellte, wurde nun auf einmal ihrer vorigen Macht beraubt, und diente zu nichts als den Sieg der Empfindung vollkommen zu machen. Alle diese schönen Phantomen, womit sie angefüllt gewesen war, verschwanden wie die leichten Dünste eines Frühlings-Morgens vor der aufgehenden Sonne; er erinnerte sich seines vorigen Zustands nur wie eines Traums, oder, richtiger zu reden, er vergaß ihn und alles was er kurz vorher gedacht, geliebt, gehoft und gefürchtet hatte, so lang er Donna Felicia vor sich sah, so gänzlich, als ob er den ganzen Lethe ausgetrunken hätte.

Dieser Zustand mochte für ihn selbst angenehm genug seyn, aber er machte ihn nicht sehr kurzweilig für seine Gesellschafterin, und nachdem alles, was sich von ihren Katzen nur immer sagen ließ, völlig erschöpft war, so würde die Conversation ziemlich matt geworden seyn, wenn die Papagayen, die von Zeit zu Zeit in den Saal gehüpft kamen, und überaus witzig und schwatzhaft waren, sich nicht zuweilen in das Gespräch gemischt hätten.

Sechstes Capitel.

Unverhofte Zusammenkunft.

Donna Felicia bezeugte eben einige Unruhe über das Aussenbleiben ihres Bruders, der ihr, wie sie sagte, Hofnung gegeben hatte, ihr eine liebenswürdige Gesellschaft mit zu bringen: als sich die innere Thüre des Saals öfnete, und Don Eugenio von Lirias mit der schönen Hyacinthe und seinem Freunde Don Gabriel herein trat, und unserm Helden in dem Unbekannten, dem er das Leben oder wenigstens seine Geliebte gerettet hatte, den Bruder seiner angebeteten Fee zeigte.

Die Überraschung war auf beyden Seiten gleich angenehm, und mit einer gleich grossen Verwunderung auf Seiten des Bruders und der Schwester begleitet. Allein da es sich jetzt nicht schickte, diese letztere Regung merken zu lassen, so begnügte sich Don Eugenio, nachdem er seiner Schwester die schöne Hyacinthe vorgestellt, und empfohlen hatte, seine Freude darüber zu bezeugen, daß er unsern Helden, dessen unerwartete heimliche Abreise aus dem Wirthshause ihn nicht wenig befremdet hatte, so unverhoft in seinem eigenen Hause wieder finde. Sie wissen vielleicht nicht, sagte er zu Donna Felicia, wie viel wir dem Don Sylvio schuldig sind. In kurzem sollen sie den ganzen Zusammenhang einer Geschichte erfahren, die ihnen kein Geheimniß mehr seyn darf. Alles was ich Ihnen jetzt davon melden kan, ist, daß Sie in der Person dieses liebenswürdigen Unbekannten denjenigen sehen, der durch großmüthige Wagung seines eigenen Lebens Ihnen einen Bruder erhalten hat.

Sie vergrössern, erwiederte unser Held, den Werth eines Beystands, den ihre und ihres Freundes Tapferkeit überflüßig machte, und wozu ich durch Gesinnungen, die ihr erster Anblick mir einflößte, hingerissen wurde. Hätte ich damals wissen können, was dieser glückliche Augenblick mich gelehrt hat, so würde ich, wenn auch jede meiner Adern ein eigenes Leben hätte, jedes derselben mit Vergnügen aufgeopfert haben, um ein so kostbares Leben zu erhalten.

Don Eugenio würde vermuthlich über dieses hyperbolische Compliment ein wenig gestutzt haben, wenn die Aufmerksamkeit, die er anwandte, die Eindrücke, welche Hyacinthe auf seine Schwester machte, zu beobachten, ihm zugelassen hätte, auf irgend etwas anders aufmerksam zu seyn.

Donna Felicia, welche ziemlich verlegen gewesen war, wie sie ihre Neigung zu unserm Helden, und den Plan, den sie seit einer halben Stunde mit der Behendigkeit, die allen Würkungen der Liebe eigen ist, bey sich selbst entworfen hatte, ihrem Bruder verbergen oder gefällig machen möchte, war vor Vergnügen ausser sich, da sie hörte, was für Verdienste sich Don Sylvio bereits um ihn gemacht hatte. Dieser glückliche Umstand rechtfertigte nicht nur die Lebhaftigkeit ihrer Achtung für den Erretter eines Bruders, den sie so zärtlich liebte, sondern, da er ihr in Verbindung mit den übrigen Umständen einiges Licht über die geheime Geschichte, worinne Hyacinthe vermuthlich keine Neben-Rolle zu spielen hatte, zu geben schien, so hofte sie nun, daß sie wenig Mühe haben würde, den Beyfall ihres Bruders für ihre Liebe zu erhalten, da er vermuthlich den ihrigen für die Seine nöthig haben würde. Sie verdoppelte also die Ausdrücke des Wohlgefallens und der Zuneigung, welche ihr die Liebenswürdigkeit der jungen Hyacinthe ohnehin eingeflößt haben würde, da sie aller Zurückhaltung des Don Eugenio ungeachtet, nur allzudeutlich sah, wie heftig er sie liebte; und Don Eugenio, der alle diesen Liebkosungen ganz allein auf die Rechnung der Vorzüge seiner Geliebten schrieb, war darüber so erfreut, daß er den Augenblick kaum erwarten konnte, sich seines Geheimnisses in ihren schwesterlichen Busen zu entladen.

Niemals hat vielleicht in einer Gesellschaft von Personen, die einander, theils gänzlich, theils bey nahe unbekannt waren, so viel Sympathie und eine solche Mannigfaltigkeit von verborgnen zärtlichen Regungen geherrschet, als in dieser. Natürlicher Weise konnten so liebenswürdige Personen, als sich hier zusammen gefunden hatten, einander nicht gleichgültig seyn; aber die geheimen, obgleich noch unentwickelten Verhältnisse, worinn sie gegen einander stunden, machten sie einander noch unendlichmal interessanter, und Amor, und die Natur, die hier in geheim ihr Spiel hatten, brachten eine Harmonie und eine Vertraulichkeit, wozu sonst eine Reyhe von Wochen erfordert wird, in eben so vielen Minuten hervor.

Don Gabriel war der einzige, der ohne eigennützige Absichten an dem allgemeinen Vergnügen Antheil nahm. Die Ruhe seines eigenen Herzens erlaubte ihm die übrigen mit der Scharfsichtigkeit eines Weisen und mit der Güte eines Menschenfreunds zu beobachten, und ob gleich ein Theil von dem, was er zu bemerken glaubte, ein Räthsel für ihn war, so sah er doch, daß in kurzem sehr artige Geheimnisse sich entwickeln würden.

Inzwischen erschienen ein paar prächtig gekleidete kleine Mohren, um die Gesellschaft mit Erfrischungen zu bedienen, und Don Gabriel, der einen natürlichen Beruf dazu zu haben glaubte, hatte die Gefälligkeit, durch die Munterkeit seines Witzes zu verhindern, daß die Conversation nicht von Zeit zu Zeit in ein gedoppeltes, wiewohl stillschweigendes *Tête - à Tête* ausartete.

Ungeachtet einer gewissen phantastischen Wendung, die beynahe in allem was Don Sylvio sagte oder that, in die Augen fiel, wurde doch Don Eugenio je länger je mehr von ihm eingenommen, und bey den Verbindlichkeiten, die er ihm hatte, konnte er ohnehin nicht weniger thun, als sich die Ehre seines Aufenthalts zu Lirias auf einige Zeit auszubitten, um, wie er sagte, einer Bekanntschaft, die sich auf eine so ausserordentliche Art angefangen, Zeit zu lassen, zu derjenigen vollkommenen Freundschaft zu reiffen, deren er sich nicht unwürdig zu zeigen hofte.

Don Sylvio nahm eine so verbindliche Einladung mit göstem Vergnügen an, ohne einen Augenblick mehr Umstände zu machen, als die Prinzen in den Feen-Märchen zu machen pflegen, wenn ihnen ein Nacht-Quartier in einem bezauberten Schlosse angeboten wird.

Donna Felicia entfernte sich hierauf mit der schönen Hyacinthe, und Don Eugenio führte seinen Gast in ein prächtiges Zimmer, welches er ihn als das seinige anzusehen bat, so lang er ihn mit seinem Auffenthalt in Lirias beglücken würde. Er verließ ihn hierauf bis zum Abend-Essen, und wartete mit Ungedult, bis Laura ihm die Nachricht brachte, daß seine Schwester sich in ihrem Cabinet allein befinde.

Siebendes Capitel.

Gegenseitige Gefälligkeiten.

Es ist schon längst beobachtet worden, daß das terentianische: *Tu si hic esses, aliter sentias*, wenn der gehörige Gebrauch davon gemacht würde, ein fast allgemeines Mittel gegen alle die Widersprüche, Irrungen und Zwistigkeiten wäre, die aus der Verschiedenheit und dem Zusammenstoß der menschlichen Meynungen und Leidenschaften täglich zu entstehen pflegen.

Für einen blossen Zuschauer der menschlichen Thorheiten, wenn es anders einen solchen gibt, kan nichts lustigers seyn, als eine ganze wohl policirte Gesellschaft von moralischen Egoisten beysammen zu sehen, wovon immer einer dem andern seine Personalität streitig macht, und nichts geringers zu fordern scheint, als daß alle andre in allen Sachen und zu allen Zeiten gerade so empfinden, denken, urtheilen, glauben, lieben, hassen, thun und lassen sollen, wie er; welches, in der That, eben so viel sagen will, daß sie keine für sich selbst bestehende Wesen, sondern blosse *Accidentia* und Bestimmungen von ihm selbst seyn sollen.

Es ist wahr, unter allen diesen Egoisten ist keiner unverschämt genug diese Forderung geradezu zu machen; aber, indem wir alle Meynungen, Urtheile oder Neigungen unserer Nebengeschöpfe für thöricht, irrig und ausschweiffend erklären, so bald sie mit den unsrigen in einigem Widerspruch stehen: was thun wir im Grund anders, als daß wir ihnen unter der Hand zu verstehen geben, daß sie unrecht haben, ein paar Augen, ein Gehirn und ein Herz für sich haben zu wollen?

»Warum gefällt ihnen das, mein Herr?«

Ich kan ihnen keine andre Ursach davon geben, als, weil es mir gefällt.

»Aber ich kan doch unmöglich begreiffen, was sie denn daran sehen, das ihnen so sehr gefällt? Ich für meinen Theil –«

Gut, mein Herr, das beweißt nichts, als daß mir etwas gefallen kan, das ihnen mißfällt.

»Ich will eben nicht sagen, daß es mir schlechterdings mißfalle, aber ich kan doch auch nicht sagen, daß ich es so gar vortreflich, so gar ungemein finden sollte, wie sie.«

Gesetzt aber, es käme mir so vor?

»So hätten sie unrecht.«

Und warum das, mein Herr?

»Weil es nicht so ist.«

Und warum ist es nicht so?

»Eine seltsame Frage, mit ihrer Erlaubniß. Hab ich denn nicht so gute Augen wie sie? Ist mein Geschmack nicht eben so richtig? Kan ich nicht eben so gut von dem Werth einer Sache urtheilen wie sie? Wenn es so vortreflich wäre, wie sie sich einbilden, so müßte ichs ja auch so finden.«

Alles dieses kan ich mit so gutem Rechte sagen wie sie. Es mag nun hier das Auge, der Verstand oder die Einbildung entscheiden, warrum soll ich ihren Augen, ihrem Verstand, oder ihrer Einbildung mehr zutrauen als den meinigen? Das möcht ich doch wissen!

»Das kan ich ihnen gleich sagen. Ich sehe die Sache wie sie ist, und Sie sind durch den Affect verblendet.«

Gut, mein Herr, da kommen sie mir gerade, wo ich sie erwartete. Wenn der Affect zuweilen verblendet (und das thut er nur alsdann, wenn er raset, welches nie lange dauren kan) so ist hingegen eben so gewiß, daß er ordentlicher Weise das Gesicht schärft. Wie können sie erwarten, daß der flüchtige, unachtsame und ungefehre Blick, den die Gleichgültigkeit auf einen Gegenstand wirft, so viel an ihm entdecken, oder die Grade seines Werths so richtig bemerken soll als der Affect, der ihn mit der äussersten Aufmerksamkeit von allen Seiten und Gesichtspuncten betrachtet?

»Aber die Einbildung, die sich unvermerkt in seine Beobachtungen mischt –«

Belieben Sie zu bedenken, mein Herr, daß nur ein Narr seine Einbildungen für würkliche Empfindungen hält; warum wollen sie lieber auf einer Voraussetzung bestehen, wodurch sie die Gesundheit meines Hirns verdächtig machen, als gestehen, daß es eine Sache geben kan, die ich besser kenne als sie, oder die, zum wenigsten, mir aus guten Ursachen anders vorkommt als ihnen?

Erhitzen Sie sich nicht, meine Herren, sagte ein dritter, der diesem Streit zwischen Ich und Du zugehört hatte; Sie könnten noch einen halben Tag disputiren, ohne daß einer den andern bekehren würde – und wissen sie wohl warum? – die Ursache ist ganz natürlich – weil sie beyde recht haben. *Tu si hic esses*, sagt Terentz: Sie urtheilen wie ein Liebhaber, und so haben sie recht; und Sie urtheilen wie ein Gleichgültiger, und so haben sie auch recht.

Aber, mein Herr Schiedsrichter, die Frage ist: Ob er recht habe, ein Liebhaber von etwas zu seyn, das in der That –

Ihnen gleichgültig ist, wollen sie sagen?

»Nein, mein Herr – das den Grad der Liebe nicht verdient, den er –«

Das ist eben die Frage, die sich nicht ausmachen läßt, mein Herr; Auf diesem Wege gerathen wir wieder in den vorigen Cirkel, und da können wir ewig herum traben, ohne jemals an ein Ende zu kommen. Ihr Streit ist von einer Art, der nur durch einen gütlichen Verglich ausgemacht werden kan. Gestehen sie einander ein, daß ich gar wohl berechtiget ist, nicht du zu seyn; hernach setzen Sie sich jeder an des andern Platz; ich will verlohren haben was sie wollen, wenn sie nicht eben so dächten wie er, wenn sie er oder in seinen Umständen wären, und so hat der Streit ein Ende.

Es ist (wie vermuthlich Aristoteles schon vor uns bemerkt haben wird) keine verdrießlichere Situation in der Welt, als diejenige, worinn ein Liebhaber ist, der einer dritten Person, zumal wenn sie nur wenig empfindlich ist, von seiner Neigung Rechenschaft geben soll. Donna Felicia und ihr Bruder befanden sich dermalen beyde in diesem critischen Umstande, und, bey einer andern Lage der Sachen, würde vermuthlich ein jedes grosse Schwierigkeiten gehabt haben, den Beyfall des andern zu erhalten. Ohne diesen glücklichen Zufall hätte Donna Felicia oder Don Eugenio sich, so viel sie gewollt hätten, auf das *tu si hic esses,* berufen mögen; sie würden vermuthlich nicht halb so viel damit gewonnen haben, als jetzt, da sich jedes würklich an des andern Platz befand; so groß ist der Unterschied zwischen der Würkung, die eine flüchtige Abstraction und ein wahres Gefühl auf uns macht. Es ist wahr, wenn sie einander hätten schicanniren wollen, oder von der unverschämten Art von Leuten gewesen wären, die allein das Recht haben wollen Schellen an ihren Kappen zu tragen, so würden sie noch immer Stoff genug gefunden haben, einander Händel zu machen. Aber bey der guten Vernunft und gefälligen Gemüths-Art, die sie mit einander gemein hatten, brauchte nur das Hinderniß aus dem Wege geräumt zu werden, das aus der Gleichgültigkeit des einen Theils natürlicher Weise hätte entstehen müssen. Wir wollen einmal setzen, Donna Felicia hätte die Nachsicht ihres Bruders nicht für sich selbst nöthig gehabt, wie viele Einwendungen hätte sie nicht gegen seine Liebe zu einem Mädchen ohne Namen, ohne Vermögen, ja selbst ohne schimmernde persönliche Eigenschaften, zu einer Person, die vielleicht Ursach hatte über ihre Herkunft zu erröthen, und mit der sich seine Bekanntschaft auf dem Theater angefangen hatte, einwenden können? – Ich gestehe Ihnen alles ein, würde Don Eugenio geantwortet haben, alle diese Einwürfe, alles, was sie, meine Freunde und die Welt nur immer dagegen sagen können, hat mir meine eigene Vernunft tausendmal gesagt, und so thöricht ich ihnen scheinen mag, so bin ich es doch nicht genug, um nicht ganz deutlich einzusehen, daß Sie und meine Vernunft recht haben; aber was vermag das alles gegen die Stimme meines Herzens? gegen einen unwiderstehlichen Zug, von dem ich nicht Meister bin, noch zu seyn wünschen kan? Die Hälfte aller dieser Umstände würde mehr als zulänglich seyn eine gewöhnliche Leidenschaft zu dämpfen. Aber die Gewalt der Sympathie, liebste Schwester – Man muß sie selbst erfahren haben, um zu wissen, wie unmöglich es von dem ersten Augenblick an, da man sie erfährt, ist, ihr zu widerstehen.

Donna Felicia würde diesen Grund sehr geringhaltig gefunden haben, wenn sie diese Sympathie, womit Don Eugenio, (es sey nun mit Recht oder Unrecht) seine Thorheit oder Schwachheit, oder wie es die weisen Leute, die über solche Ausschweiffungen hinweg gesetzt sind, nennen wollen, zu rechtfertigen vermeynte; nicht aus eigener Erfahrung gekannt hätte; und in der That hätte es ihr kaum anders als ungereimt vorkommen können, daß eine betrügliche, ungewisse und unerklärbare Empfindung, ein ich weiß nicht was, das vielleicht nur ein Gespenst der Einbildungs-Kraft ist, für hinlänglich gehalten werden solle, die Stimme der Vernunft, der Klugheit und der Ehre zu überwiegen. Allein zum Vortheil ihrer beyderseitigen Leidenschaft befanden sie sich beyde in dem nehmlichen oder doch einem sehr ähnlichen Falle. Was Donna Felicia für den Don Sylvio empfand, erklärte ihr vollkommen, was Don Eugenio seine Sympathie für Hyacinthen nannte; und Don Eugenio konnte nicht so unbillig seyn, von seiner Schwester die Unterdrückung einer Neigung zu verlangen, die er selbst für unwiderstehlich erklärt hatte. Sie schenkten also einander die Einwürfe, die eines jeden eigene Vernunft so gut als des andern seine gegen den Entschluß ihres Herzens zu machen wußte, und richteten ihre vereinigte Aufmerksamkeit bloß darauf, wie die Hindernisse, die ihren Wünschen im Wege stunden, am besten gehoben werden könnten. Die Gefälligkeit, die Donna Felicia in diesem Stücke für die Leidenschaft ihres Bruders zeigte, verdiente alle nur ersinnliche Erkenntlichkeit auf seiner Seite, und da in der That die überspannte Phantasie unsers Helden das einzige war, was ihn ihrer Liebe unwürdig machen konnte: So schien alles bloß darauf anzukommen, wie man es anzufangen hätte, um sein Gehirn wieder in seine natürliche Falten zu legen. Die Nachrichten des Barbiers wurden hierbey zum Grunde gelegt, und Don Eugenio urtheilte, daß es nicht sehr viel Mühe brauchen werde, einen jungen Menschen, dessen Thorheit bloß in einer Art von Schwärmerey bestund, die aus zufälligen Ursachen einen so seltsamen Schwung genommen hatte, in kurzer Zeit zurechte zu bringen. Ich habe bemerkt, sagte er, daß sie ihm nichts weniger als gleichgültig sind. Es ist wahr, sie haben eine Rivalin, aber da sie nur ein Sommervogel ist, und erst noch in eine eingebildete Princeßin verwandelt werden soll, so wird sie ihnen den Sieg nicht lange streitig machen. Lassen sie uns anfangs so viel Nachsicht gegen seine Thorheit brauchen als nöthig ist, um sein Vertrauen zu erwerben; die Natur und die Liebe werden das meiste thun; die Phantasie wird nach und nach der Empfindung Platz machen, und wenn nur diese einmal die Oberhand hat, so wird es leicht seyn, ihm Vorurtheile und irrige Begriffe zu benehmen, die keinen Fürsprecher mehr in seinem Herzen haben.

Donna Felicia war sehr erfreut ihre eigene Ideen von ihrem Bruder gerechtfertiget zu sehen, und unterließ nicht ihm ihre Dankbarkeit dadurch zu bezeugen; daß sie so viel Gutes von seiner geliebten Hyacinthe sagte, als er nur immer wünschen konnte. Sie versicherte ihn so gar, daß sie in ihrer Person und Denkungsart allzuviel edles habe, als daß das Geheimniß ihrer Geburt sich anders als zu ihrem Vortheil enthüllen könne; und Don Eugenio, dem dieser Gedanke nichts neues war, hatte ihn jederzeit dem Vortheil seines Herzens zu günstig gefunden, um seinen Witz zu Einwürfen dagegen zu mißbrauchen.

Nachdem sie sich also über die Maasregeln, die sie zu Beförderung ihrer Absichten mit Don Sylvio nehmen wollten, verglichen und für gut befunden hatten, der schönen Hyacinthe und dem Don Gabriel einen Theil des Geheimnisses anzuvertrauen: So schieden sie so vergnügt von einander als sie es jemals gewesen waren, und begaben sich in den Saal, um ihren Gästen bis zum Abendessen Gesellschaft zu leisten.

Achtes Capitel.

Streit zwischen der Liebe zum Bilde
und der Liebe zum Original.

Die schimmernde Pracht des Speisesaals, worinn man sich versammlete, die Menge der Wachslichter, womit er erleuchtet war, die Kostbarkeit des Tischgeräthes, die Niedlichkeit der Mahlzeit, die Verschiedenheit der ausgesuchtesten Weine, alles dieses würde unsern Helden, der in einem Feen-Schlosse zu seyn glaubte, auch in andern Umständen nicht in die geringste Verwunderung gesetzt haben, ob es gleich das erstemal war, daß er eine solche Pracht ausserhalb seiner Einbildung sah. Nun aber, da Donna Felicia sich seiner ganzen Aufmerksamkeit bemächtiget hatte, wäre er leicht zu bereden gewesen, in einer Stroh-Hütte, worinn er sie gesehen hätte, sich im Pallast der Fee Lüminöse zu glauben.

Die schöne Felicia konnte nicht die letzte Person seyn, die den Eindruck bemerkte, den sie auf ihn machte; und weil sie sich ihres Sieges nicht genug versichern zu können glaubte, so nahm sie sich vor, alle ihre Reitzungen zu vereinigen, um ihm eine schlaflose Nacht zu machen. Eine angenehme Symphonie, die sich unter der Tafel hören ließ, ohne daß man sah woher, und wovon also Don Sylvio ohne Anstand den Sylphen die Ehre gab, von denen die Feen-Palläste bedient zu werden pflegten, gab ihr Gelegenheit, nach Endigung der Mahlzeit, ihre eigene Geschicklichkeit hören zu lassen. Die junge Hyacinthe glaubte sich übertroffen zu sehen, und würde sich also niemals haben einfallen lassen, der Donna Felicia das unbegrentzte Lob streitig zu machen, womit sie der bezauberte Sylvio überschüttete. Aber Don Eugenio war zu eyfersüchtig über die Lieblings-Talente seiner jungen Freundin, um seine Schwester in dem ruhigen Besitz eines so grossen und ungetheilten Beyfalls zu lassen. Er ließ also nicht ab, bis sie sich erbitten ließ sich mit der schönen Felicia in einen Wettstreit einzulassen, der in einer Gesellschaft wie diese war, nicht anders als das allgemeine Vergnügen befördern könnte. Die beyden Damen schienen wider die Gewohnheit ihres Geschlechts einander den Vorzug mit einer so ungezwungenen Gutherzigkeit beyzulegen, daß man Mühe hatte, an ihrer Aufrichtigkeit zu zweiffeln; Don Gabriel fand, daß es dem Paris leichter gewesen unter den drey Göttinnen einer den goldnen Apfel zuzusprechen, als den Ausspruch zu thun, welche unter diesen zweyen allzu liebenswürdigen Musen an Schönheit der Stimme und des Gesangs, an Behändigkeit der Finger und an Geschicklichkeit sich aller Zauber-Kräfte der Harmonie nach ihrem Belieben zu bedienen, einen Vorzug vor der andern habe, und selbst die Liebhaber, so ausgemacht dieser Punct bey jedem war, gestunden doch, daß wenn es ja möglich sey eine von beyden zu übertreffen, Donna Felicia nur von Hyacinthen, und Hyacinthe nur von Donna Felicia übertroffen werden könne.

Unsere kleine Gesellschaft hatte so wenig lange Weile, bey dieser Art von Unterhaltung, und die Damen waren so gefällig, daß die anbrechende Morgen-Dämmerung sie endlich erinnern mußte, daß es Zeit sey schlafen zu gehen.

Wir wissen nicht, ob ausser Don Gabriel, der sich in einem Alter von vierzig Jahren bereits über die bewölckte und stürmische Gegend der Leidenschaften in die immer heitere Höhe einer beynahe stoischen Seelen-Ruhe empor gearbeitet hatte, sich jemand von den übrigen die guten Wünsche zu Nutze gemacht, die sie einander deßwegen thaten. Was wir gewiß wissen, ist, daß Don Sylvio sich noch niemals in einem Zustande befunden hatte, der dem Schlaf weniger günstig gewesen wäre. In der Entzückung, die ihn noch immer gebunden hielt, merkte er nicht einmal, daß sich, an statt des guten ehrlichen Pedrillo, den er weder sah noch vermißte, ein paar junge Edelknaben in seinem Vorzimmer befanden, die sich der Ehre anmaßten ihn auszukleiden, und er war es würklich schon, ehe er sich besann, daß er nicht ausgekleidet seyn wollte. Nachdem er nun die Knaben, die er seiner Gewohnheit nach zu Sylphen erhob, entlassen hatte, kleidete er sich wieder an, warf sich, der Morgen-Röthe gegen über in einen weichen Lehnstuhl, und überließ sich noch eine geraume Zeit, mit einem Vergnügen, wovon nur wenige sich einen Begriff machen können, dem Anschauen des reitzenden Gegenstandes, der noch immer, wie gegenwärtig vor seiner bezauberten Seele schwebte. Allein er mußte doch endlich aus dieser wachenden Träumerey erwachen, und nachdem er wieder zu sich selbst gekommen war, fieng er an sich zu befragen, was er von allem dem, was ihm in diesem Pallast begegnet war, denken sollte. Er glaubte sichs bewußt zu seyn, daß es weder ein Traum, noch eine Erscheinung von derjenigen Art, wie er schon gehabt hatte, gewesen sey. Aber was er aus der Beherrscherin dieses Pallasts machen sollte, ob es eine Fee, eine Sterbliche, eine Göttin, oder wohl gar seine

Princeßin selbst sey, wie die Ähnlichkeit, die sie mit dem verlohrnen Bildniß hatte, ihn zu bereden schien, darüber konnte er sich nicht mit sich selbst vergleichen; Zwar stimmte diese letzte Vermuthung so sehr mit seinen Wünschen überein, daß er sich eine gute Weile bemühte, sie wahrscheinlich zu finden; allein bey genauerer Überlegung, fand er diese Hypothese mit so vielen Schwierigkeiten umgeben, daß er sie wieder fahren ließ. Vielleicht ist sie eine Anverwandte meiner Princeßin, dachte er, oder in der nehmlichen Constellation und unter den Einflüssen der nehmlichen Aspecten gebohren, oder sie hat diese Ähnlichkeit aus geheimen Ursachen nur angenommen, oder es ist wohl gar nur ein süsser Irrthum meines Herzens, das von irgend einem ähnlichen Zug verführt, diejenige zu sehen glaubt, die es überall zu sehen wünscht. Nach langem Nachdenken schien ihm das letztere das wahrscheinlichste, weil es mit der Treue, die er seiner Geliebten zu halten entschlossen war, sich am besten zu vertragen schien. Auf diese Art bewunderte er bloß seine Princeßin in Donna Felicia, und er schloß sehr scharfsinnig, wie reitzend, bezaubernd, überirrdisch, göttlich, und wofern es möglich wäre, mehr als göttlich die Vollkommenheiten seiner Princeßin seyn müßten, da eine schwache Ähnlichkeit mit ihr diese Fee schon so reitzend in seinen Augen machte.

Um diesem Schlusse desto mehr Stärke zu geben, strengte er die äusserste Macht seiner Phantasie an, sich die vermeynte Princeßin noch reitzender, liebenswürdiger und vollkommener einzubilden als Donna Felicia; aber, es sey nun, daß die Einbildungs-Kraft nicht im Stande ist etwas vollkommeners hervor zu bringen als die Natur, oder daß ihm die Liebe hierinn einen ihrer gewöhnlichen Streiche spielte, gewiß ist, das Bild der schönen Felicia stand jedesmal an der Stelle der

Princeßin, und alle seine Bestrebungen, sich dieselbe unter andern Zügen vorzustellen, waren vergeblich.

Dieser Umstand setzte ihn in keine geringe Verlegenheit, ohne sein eigenes Herz in Verdacht zu ziehen, fieng er an, über die Bezauberung, welche Donna Felicia über seine Seele auszuüben schien, mißtrauisch zu werden. Er gerieth auf allerley seltsame Einfälle, die er wechselsweise bald verwarf, bald wahrscheinlich fand, und nachdem er sich lange über die Maasregeln, die er zu nehmen hätte, bedacht, däuchte ihn zuletzt das sicherste zu seyn, sich so bald als möglich, oder wenigstens, so bald als er Ursache finden würde seinen Argwohn für gegründet zu halten, aus diesem gefährlichen Schlosse zu entfernen.

Neuntes Capitel.

Was für gefährliche Leute die Philosophen sind.

Unter diesen einsamen Betrachtungen war es heller Tag geworden; Don Sylvio begab sich, um seinen Gedanken desto besser nachhängen zu können in den Garten, und wir wissen nicht, wohin sie ihn endlich geführt hätten, wenn Don Gabriel, der die Morgenstunden gewöhnlicher Weise mit einem Buch im Garten zubrachte, ihn nicht in den Gängen des Labyrinths angetroffen hätte.

Von ungefähr war das Buch, das Don Gabriel in der Hand hatte, ein physicalisches, und dieses führte sie nach und nach in ein Gespräch über die Natur, worinn Don Sylvio seine cabbalistischen Begriffe und Grundsätze mit so vieler Scharfsinnigkeit und mit einer so lebhaften Beredsamkeit behauptete, daß Don Gabriel die Schönheit seines Geistes und die durchgängige Falschheit seiner Ideen gleich viel zu bewundern Ursache hatte.

Man müßte so sehr Philosoph seyn, als es Don Gabriel war, um den Muth, über eine so tief eingewurzelte Schwärmerey endlich Meister zu werden, nicht auf einmal zu verlieren. Allein durch die Gefälligkeit, die er gegen die Vorurtheile unsers Helden hatte, hoffte er mit gutem Grunde ihn, ohne seine Grundsätze gerade zu bestreiten, unvermerkt so weit zu bringen, daß er selbst an der Wahrheit derselben zweiffeln müßte.

Unsre Leser und Leserinnen (denn ungeachtet des strengen Verbotts des Herrn Rousseau werden wir ganz gewiß dergleichen haben) unter denen schwehrlich ein einziges nöthig hat von Zoroastrischen, Plotinischen, Cabbalistischen, Paracelsischen und Rosenkreuzerischen Irrthümern geheilt zu werden, würden uns vermuthlich für die Mittheilung einer so tiefsinnigen metaphysischen Unterredung wenig Dank wissen, zumal da es von Morgens sechs Uhr bis um die Zeit, da die Gesellschaft sich in einem kleinen Garten-Saal zum Frühstück versammlete, fortgesetzt wurde. Wir begnügen uns also ihnen zu melden, daß Don Gabriel, mit aller nur ersinnlichen Hochachtung, die er für die Weisen, welche die Natur im Ganzen und *en detail* durch Geister bewegen lassen, zu hegen vorgab, so starke Einwürfe gegen diese wundervolle Natur-Lehre vorbrachte, daß Don Sylvio, wo nicht völlig wankte, doch ziemlich erschüttert wurde, und (so vorsichtig auch der Philosoph gewesen war, den Feen nicht zu nahe zu treten) nicht wenig besorgt zu werden anfieng, was aus allen seinen Mährchen und aus seinen eigenen Abentheuren werden möchte, wenn die Grundsätze des Don Gabriel, die dieser zwar für blosse Hypothesen gab, sich *in facto* wahr befinden sollten.

Nun half sich zwar Don Sylvio mit dem gewöhnlichen Schlusse, den die Schwärmerey zu machen pflegt, wenn sie von der gesunden Vernunft in die Enge getrieben wird; er verwieß sich selbst auf seine Erfahrungen, und schloß, daß Grundsätze, die seiner Erfahrung widersprächen, nothwendig falsch seyn müßten. Allein es regte sich doch, wir wissen nicht was, in seinem Kopfe, das ihn bey diesem Schlusse nicht so ruhig seyn ließ, als man es bey einer geometrischen Demonstration zu seyn pflegt; und da er ein ungemeiner Liebhaber von Speculationen von dieser Gattung war, so willigte er mit Vergnügen ein, dieses Gespräch zu einer andern gelegenen Zeit in der Bibliotheck des Don Eugenio fortzusetzen.

Zehendes Capitel.

Wie kräftig die Vorsätze sind, die man gegen die Liebe faßt.

Don Sylvio hatte sich unter anderm vorgenommen, den Eindrücken männlich zu widerstehen, welche, wie er sich selbst zu bereden suchte, die Ähnlichkeit der Donna Felicia mit seiner Princeßin auf sein Herz machte. Dieser heldenmüthige Entschluß gab ihm anfangs, wie er mit Don Gabriel zur Gesellschaft kam, ein so gezwungenes und entlehntes Aussehen, als nur immer ein Mittelding von einem Knaben und Jüngling haben kan, der nur erst neulich dem Collegio entwischt ist, und jetzt zum erstenmal in guter Gesellschaft erscheint. Donna Felicia bemerkte es beym ersten Anblick, ohne daß sie darauf acht zu geben schien; sie errieth die Ursache davon mit dieser ausserordentlichen Scharfsinnigkeit, welche die Liebe zu geben pflegt, und hofte nicht ohne Ursache, daß ihre Gegenwart den Streit zwischen seiner Phantasie und seinem Herzen bald entscheiden werde.

Die Moralisten habens uns schon oft gesagt, und werdens noch oft genug sagen, daß es nur ein einziges bewährtes Mittel gegen die Liebe gebe, und dieses ist, sagen sie, so bald man sich getroffen fühlt, so schnell davon zu lauffen als nur immer möglich ist. Dieses Mittel ist ohne Zweiffel vortreflich; wir bedauren nur, daß es diesen weisen Männern nicht auch gefallen hat, das Geheimniß zu entdecken, wie man es dem Patienten beybringen solle. Denn man will bemerkt haben, daß ein Liebhaber natürlicher Weise, eben so wenig fähig sey vor dem Gegenstande seiner Leidenschaft davon zu lauffen, als ob er an Händen und Füssen gebunden oder an allen Nerven gelähmt wäre; ja man behauptet so gar, nach einer unendlichen Menge von Erfahrungen, worauf man sich beruft, daß es in solchen Umständen nur nicht einmal möglich sey, zu wünschen, daß man möchte fliehen können.

Es ist wahr, Don Sylvio hatte eine Art von Entschluß gefaßt, daß er (so bald es nöthig seyn sollte) fliehen wolle; allein wie man sieht, war dieser Entschluß nur b e d i n g t, und die Liebe blieb allezeit Richterin darüber, ob es nöthig sey zu fliehen oder nicht, und über diß war die schöne Felicia nicht dabey, wie er diesen Entschluß faßte.

Die Gegenwart des geliebten Gegenstandes verbreitet eine Art von magischer Kraft, oder (um uns eines eben so unverständlichen aber unsers philosophischen Jahrhunderts würdigern Ausdrucks zu bedienen) eine Art von magnetischen Ausflüssen rund um sich her, und der Liebhaber tritt nicht so bald in diesen magnetischen Wirbel, so fühlt er sich von einer unwiderstehlichen

Gewalt ergriffen, die ihn, in einer Art von Spiral-Linie so lange um denselben herum zieht, bis er – Wir überlassen es der Scharfsinnigkeit des geneigten Lesers, die Allegorie so weit zu treiben als er will, oder als sie gehen kan, und bemerken nur noch, daß diese anziehende Kraft einer Geliebten, ausser denen, die ihr mit den natürlichen und künstlichen Magneten gemein sind, noch die besondere Eigenschaft hat, alle Gedanken, Einbildungen, Erinnerungen oder Entschliessungen, die ihre Würkung entkräften könnten, auf einmal in der Seele des angezogenen Körpers auszuwischen.

Don Sylvio wurde in wenigen Minuten ein Beyspiel dieser physicalischen Beobachtung. Er hatte sich vorgenommen Donna Felicia gar nicht anzusehen; er konnte sich aber doch nicht enthalten sie ein wenig von der Seite anzuschielen. Bald darauf wagte er einen directen Blick, aber so schüchtern, als ob er besorgt hätte, sie möchte Basilisken in den Augen haben. Dieser Versuch lief so glücklich ab, daß er kühner wurde, und er versuchte es so lange, bis er gar nicht mehr daran gedachte, noch daran gedenken konnte, die Augen von ihr wieder abzuziehen. Kurz die vorbesagte magnetische Kraft that ihre Würkung so gut, daß er sich dem Anschauen seiner Göttin wieder so gänzlich, so ruhig und mit solchem Entzücken überließ, als ob nie keine Radiante, kein blauer Sommervogel und keine bezauberte Princeßin innerhalb der kleinen Welt seines Hirnschädels existirt hätte.

Die schöne Felicia befand sich, in Absicht ihres Herzens, ungefehr in den nehmlichen Umständen. Don Sylvio hatte zum wenigsten eine eben so starke magnetische Kraft für sie als für ihn; ja, wenn wir dem Albertus Magnus und andern Naturforschern (des guten alten blinden Teresias nicht zu gedenken, der, weil er wechselsweise Mann und Weib gewesen war, aus Erfahrung von der Sache sprechen konnte) wenn wir, sage ich, diesen Weisen glauben sollen, so mußte die Anziehung, die sie selbst erfuhr, würklich um ein gutes Theil stärker seyn, ob sie gleich vermittelst einer gewissen *vis inertiæ,* womit die Natur oder die Erziehung ihr Geschlecht zu begaben pflegt, die Würkung derselben, nach Maaßgabe der Umstände, so viel es nöthig war, zu schwächen wußte. Diese gegenseitige Anziehung beschleunigte natürlicher Weise die wundervolle Concentration, die daraus zu erfolgen pflegt, und indem beyde zu gleicher Zeit anzogen und angezogen wurden, so befand sichs, daß, ehe sie es selbst gewahr wurden, ihre Seelen einander schon in allen Puncten berührten, und also nicht viel leichter wieder von einander zu scheiden waren, als ein paar Thautropfen, die im Schooß einer halb geöfneten Rose zusammen geflossen sind.

In einer so sympathetischen Gesellschaft wie diese war, konnte die Conversation nicht lange gleichgültig bleiben. Das Gespräch lenkte sich unvermerkt auf den sonderbaren Zufall, der unsern Helden und Don Eugenio mit einander bekannt gemacht hatte, und der Antheil, den die schöne Hyacinthe an diesem Abentheuer hatte, erweckte bey denen, die von ihrer Geschichte noch nicht umständlich unterrichtet waren, eine desto gerechtere Neugier, da ihre liebenswürdige Eigenschaften bereits jedes Herz für sich eingenommen hatten. Denn selbst Don Sylvio, so gleichgültig ihn seine Leidenschaft für die Donna Felicia gegen alle andere Reitzungen hätte machen sollen, empfand wider seinen Willen eine Art von Zuneigung für sie, die er sich selbst nicht recht erklären konnte, und die ohne die Unruhe, das Feuer, und die Begierde der Liebe zu haben, alle Zärtlichkeit derselben zu haben schien.

Die schöne Hyacinthe hatte keine Ursache vor einer von den gegenwärtigen Personen ein Geheimniß aus ihrer Geschichte zu machen und hingegen sehr wichtige, sie zu entdecken. Die Leidenschaft des Don Eugenio, dasjenige, was er schon für sie gethan, die Absichten die er mit ihr hatte, und vermuthlich auch die Hauptumstände ihres Lebens waren würklich schon bekannt, und so groß auch die Achtung war, womit ihr Donna Felicia begegnete, so besorgte sie doch, daß man Vorurtheile gegen sie gefaßt haben könnte, welche sie desto mehr zu vernichten begierig war, da sie einen so festen Entschluß, als eine Verliebte nur immer fassen kan, gefaßt hatte, ihrem Verständniß mit Don Eugenio ein Ende zu machen. Sie machte also keine Schwierigkeiten, der Bitte ihres Liebhabers, die von Donna Felicia und Don Sylvio unterstützt wurde, durch Erzählung ihrer Begebenheiten genug zu thun, auf welche unser Held desto begieriger war, da er nicht zweiffelte, daß die Feen keinen geringen Antheil an demselben haben würden.

Eilftes Capitel.

Geschichte der Hyacinthe.

Wenn es richtig ist, wie ich zu glauben geneigt bin, fieng die schöne Hyacinthe ihre Erzählung an, daß ein Frauenzimmer desto schätzbarer ist, je weniger sie von sich zu reden macht, so bin ich unglücklich genug, daß ich in einem Alter, worinn die meisten kaum angefangen haben unter den Flügeln einer zärtlichen Mutter schüchtern hervor zu schleichen, eine Erzählung meiner Begebenheiten zu machen habe; und ich würde in der That untröstbar deßwegen seyn, wenn ich die Schuld davon mir selbst beyzumessen hätte.

Alles was ich Ihnen von meiner Abkunft sagen kan, ist, daß ich nichts davon weiß. Ich erinnere mich zwar, wiewohl nur ganz dunkel, der Zeit, da mich eine schon bejahrte Zigäunerin, von der ich erzogen worden bin, in ihre Gewalt bekam; ich war noch sehr klein, und mich däucht, daß ich in einem grossen Hause gewesen war, und etliche Weibsleute und einen kleinen Bruder um mich gehabt hatte, den ich sehr zärtlich liebte. Aber auch diese wenigen Erinnerungen sind so schwach und erloschen, daß ich mir nicht getraue Sie zu versichern, daß es würklich so gewesen sey.

Die Zigäunerin, die sich für meine Groß-Mutter ausgab, ohne daß sich mein Herz jemals überreden lassen wollte es zu glauben, wandte allen nur möglichen Fleiß an, mich zu den Absichten, die sie mit mir hatte, zu erziehen. Ich war kaum sieben Jahr alt, da die gute Art, wie ich zu meiner kleinen Biscayer-Trommel tanzte, die naiven Antworten, die ich gab, und tausend kleine Gauckeleyen, die ich zu machen wußte, mir allenthalben, wo wir hinkamen, die Gunst der Leute erwarben, und meiner alten Pfleg-Mutter ihre Realen zufliegen machten. Dieser Succeß munterte sie auf, daß sie nichts ermangeln ließ, die Talente, die sie in mir zu finden glaubte, zu entwickeln. In meinem zwölften Jahre spielte ich die Cither und die Theorbe, sang eine unendliche Menge von Liedern und Romanzen, und prophezeyte aus der Hand und aus dem Caffee-Satz, so gut als irgend eine Zigäunerin in der Welt.

Die Aufmerksamkeit, die ich ungeachtet meiner anscheinenden Flatterhaftigkeit auf alles hatte, was ich sah und hörte, machte mich einsmal, da wir auf einem Feste zu Toledo waren, bemerken, daß unter einem Hauffen von Zuschauern, die ich nebst etlichen andern jungen Mädchen, zum Vortheil unsrer Alten, durch Tänze und Balladen belustigen mußte, ein paar Männer von ernsthaftem Ansehen stunden, die mich mit mitleidigen Augen anzusehen schienen, wie Schade, sagte einer, daß sie eine Zigäunerin ist! Wie bald wird diese sich selbst noch unbewußte Anmuth die Beute der Verführung werden. Glaubet mir, sagte der andere, sie hat mir eher die Mine andre zu verführen, als sich verführen zu lassen. Desto mehr ist sie zu bedauren, erwiederte der erste, in ihrem Stand ist die Tugend, die in jedem andern ein Verdienst ist, ein Fehler, der sie nur desto unglücklicher machen würde. – Diese Reden, die ich, ohne daß sie es merkten, auffaßte, machten einen tiefen Eindruck auf mein Gemüth, und je weniger ich ihren Sinn verstehen konnte, desto mehr bemühte ich mich ihn auszugrübeln.

Die alte Zigäunerin, die nur darauf dachte, wie sie mich reitzend machen wollte, hatte sich wenig bekümmert, mich die Tugend kennen zu lehren; und wie hätte sie es sollen, da sie selbst weder Begriff noch Gefühl davon hatte. Dem ungeachtet war ich nicht gänzlich ohne moralische Begriffe. Ein gewisser Instinct, der sich durch meine Aufmerksamkeit auf die Handlungen unserer kleinen Gesellschaft und auf die Bewegungen meines eigenen Herzens nach und nach entwickelte, sagte mir, daß dieses oder jenes schön oder häßlich sey, ohne daß ich eine andere Ursache hätte angeben können, als meine Empfindung. Die Romanzen und Mährchen, von denen ich eine grosse Menge auswendig wußte, waren eine andere Quelle, aus der ich mir eine Art von Sittenlehre zog, die vielleicht nicht die sicherste war; aber sie war doch immer besser als gar keine. Dieser Instinct, diese verworrene Begriffe von sittlicher Schönheit, und die obigen Reden der beyden Toledaner, die mir immer wieder einfielen, flößten mir endlich einen lebhaften Abscheu vor meinem Stand und der Lebensart, die wir führten, ein, so unschuldig sie immer in gewissem Sinne genennt werden konnte. Ich muß unglücklich seyn, sagte ich zu mir selbst, weil man mich bedaurenswürdig findt, und bin ich es nicht, da ich für einen kleinen elenden Gewinnst mich allenthalben zur Schau aussetzen, mich von jeden unverschämten Auge begaffen lassen, und Leuten die ich nicht kenne, zum Spielzeug dienen muß? Dieser Gedanke machte mich nach und nach in meinen eigenen Augen so verächtlich, daß ich den Geschmack an den kleinen Ergötzlichkeiten, aus denen bisher mein Leben zusammen gewebt gewesen war, gänzlich verlohr.

Ich war eben in dieser Gemüths-Verfassung, als uns einst die Alte in ein schönes Schloß führte, wo sie durch die Talente ihrer vorgeblichen Töchter, (denn sie hatte unser fünfe oder sechse, von denen die älteste kaum vierzehn Jahr alt war,) einige Ducaten zu erschleichen hofte. Die Dame des Schlosses war eine Wittwe von dreyßig Jahren, die ihr vornehmstes Geschäfte daraus machte, eine sehr artige Tochter zu erziehen, die ungefehr in meinem Alter war. Diese Dame schien von meiner Unschuld, und von dem stillen Kummer, der in meinen Augen schmachtete, gerührt zu werden. Sie nahm mich beyseite, that verschiedene Fragen an mich, und schien mit meinen Antworten sehr vergnügt zu seyn. Zuletzt fragte sie mich, ob ich nicht Lust hätte, bey ihr zu bleiben. Ihr edles Ansehen und ihre leutselige Mine bezauberte mich so sehr, daß sie meine Antwort in meinem Gesichte lesen konnte, eh ich Worte fand, ihr meine Freude darüber auszudrücken. Sie wiederhohlte diesen Antrag gegen die alte Zigäunerin, und vergaß nichts, was sie hätte überreden können, mich aufs beste bey ihr versorgt zu glauben. Aber die Alte, welche ganz andere Absichten mit mir hatte, war unerbittlich. Endlich sagte sie, daß ich ihr zu nützlich wäre, als daß sie sich entschliessen könnte, mich ohne einen beträchtlichen Ersatz von sich zu lassen. Zum Unglück war die großmüthige Dame, die bereits mein ganzes Herz eingenommen hatte, nicht reich genug, die ausschweiffende Forderung der Alten zu befriedigen, und diese bemerkte es kaum, so eilte sie, was sie konnte, bis wir wieder aus dem Hause waren. Meine Thränen rührten die gütige Dame so sehr, daß sie sich bey nahe entschlossen hätte Gewalt zu brauchen; allein die Alte berief sich auf ihre mütterliche Rechte, die ich nicht widersprechen konnte, so wenig sie auch mein Herz bestättigte. Kurz, wir mußten scheiden, und die Besorgniß, daß man uns nachsetzen möchte, machte die Alte so behutsam, daß sie uns durch lauter Wälder, Umwege und abgelegene Örter führte, bis wir endlich zu Sevilla anlangten. Ich war untröstbar, und die Alte sahe sich genöthiget, meinen Schmerz austoben zu lassen, ehe sie es versuchen wollte mir mein Schicksal in einem angenehmen Lichte vorzustellen. Ich war zu jung und zu sehr zur Fröhligkeit geneigt, als daß die Traurigkeit, der ich mich ohne Maaß überlassen hatte, von langer Dauer hätte seyn können. Unsre Ankunft zu Sevilla veränderte die Scene unsrer Lebens-Art; die Alte miethete ein geraumiges Hauß, räumte mir ein eigenes Zimmer ein, und verdoppelte die Freundlichkeit, mit der sie mir immer begegnet war. Sie gab mir Meister, die mich in der Musik vollkommen machen sollten, und machte mir alle Tage Geschenke von Bändern und andern artigen Kleinigkeiten.

Endlich da sie mich eines Morgens aufgeräumter sah als gewöhnlich, hielt sie mir, nachdem sie sich den Weg zu meinem Herzen durch Liebkosungen und Schmeicheleyen eröfnet zu haben glaubte, eine lange Rede, worinn sie mir sagte: daß die Zeit nun herbey rücke, da sie die Früchte der Bemühungen, so sie auf mich gewandt, zu sehen hofte. Sie erhob meine Reitzungen, und versicherte mich, daß die Glückseligkeit meines Lebens bloß von dem klugen Gebrauch abhangen werde, den ich davon zu machen lernen würde. Du siehst an mir, mein Töchterchen, sagte sie, daß man alle Tage älter wird; die Blühte der Jugend ist die Zeit, die man sich zu nutze machen muß, wenn sie einmal versäumt ist, so ist der Schade unersetzlich. Ich kan dir keine Reichthümer hinterlassen, deine Gestalt und deine Gaben sind alles, was du hast; aber sey unbesorgt, sie werden dich, wenn du klug bist, in einen goldnen Regen setzen. Nach dieser viel versprechenden Vorrede fieng sie einen Discours von der Liebe an, wobey sie den Vortheil zu haben glaubte, mich desto leichter zu überreden, je unerfahrner ich war. Sie erschöpfte ihre eigene Einbildungs-Kraft um die meinige zu erhitzen; aber die kalte Gleichgültigkeit, worinn ich blieb, versicherte sie, daß ihre Schildereyen nicht den mindesten Eindruck auf mich machten. Vermuthlich dachte sie, daß dieser Kaltsinn mehr meiner vollkommenen Unwissenheit in solchen Sachen als einer absoluten Unempfindlichkeit zuzuschreiben sey. Sie glaubte, ein artiger junger Lehrmeister würde geschickter seyn als sie selbst, mir die neue Kunst, wozu sie mich anführen wollte, angenehm zu machen; und es währte nicht lange, so brachte sie einen jungen Cavallier von Sevilla in mein Zimmer, der, wie er sagte, das Vergnügen haben wollte mit mir bekannt zu werden. Bald darauf gab sie, ich weiß nicht was für Geschäfte vor, und ließ uns allein. Der junge Herr fieng die Conversation mit einigen Complimenten an, die er aus einem alten Ritterbuch gelernt haben mochte; auf diese folgte eine überaus feurige Liebes-Erklärung, und aus Besorgniß, ich möchte ihn nicht recht verstanden haben, endigte er damit, daß er sich einige kleine Freyheiten heraus nehmen wollte. Ich erschrack anfangs und stieß ihn ziemlich unhöflich zurück; aber ein Augenblick von Überlegung, oder vielmehr der besagte Instinct, der wenigstens bey mir (denn ich getraue mir nicht von mir auf unser ganzes Geschlecht zu schliessen) sehr oft die Stelle der Überlegung vertritt, zeigte mir so gleich, daß Ernst und Unwille mir hier wenig helfen würde. Ich sagte ihm also mit einer angenommenen Munterkeit: Sie sind allzu voreilig, mein Herr; ich will nicht mit ihnen darüber disputiren, ob es wahr ist, daß sie mich lieben; es mag wahr seyn oder nicht, so werden sie mir doch eingestehen müssen, daß es nun darauf ankommt, ob ich sie wieder lieben will, und wenn ich auch wollte, ob ich es kan, denn das hängt nicht allemal von unserer Willkühr ab. Sie verlieben sich, wie es scheint, sehr eilfertig, das ist ihre Manier; ich, bin um ein ziemliches langsamer, das ist die meinige; meine Gunstbezeugungen gehen mit meinem Herzen, und dieses ist nicht so leicht zu gewinnen als sie denken; es ergibt sich, mit ihrer Erlaubniß, nicht auf die erste Aufforderung. Wenn sie mich aber so sehr lieben, als sie mich bereden wollen, so kan es sie nicht viel kosten, so viel Gefälligkeit für mich zu haben, und in Gedult abzuwarten, wozu sich mein eigensinniges Herz mit Zeit und Weile entschliessen wird. Kommen sie, mein schöner Herr, fuhr ich fort, ich will ihnen indessen, zu Linderung ihrer Qual eine Romanze vorsingen, von der sie gewiß gestehen sollen, daß sie die schönste ist, die sie jemals gehört haben. Indem ich dieses sagte, hüpfte ich ohne ihm Zeit zur Antwort zu lassen, zu meiner Theorbe, leyrte indeß, daß ich sie stimmte, ein Präludium, und sang ihm darauf eine altfränckische Ballade von mehr als hundert und fünfzig Strophen, die eine so einschläfernde Melodie hatte, daß die Lebhaftigkeit eines Franzosen nicht zugereicht hätte, dagegen auszuhalten. Mein junger Herr saß da, sah mich mit einer Art von dummer Verwunderung an, und rief von Zeit zu Zeit gähnend: schön! rührend; unvergleichlich! Allein endlich kriegte ers doch genug, und wie er sah, daß die Romanze kein Ende nehmen wollte, so nahm er seinen Hut, machte seinen Reverenz, und zog mit der tröstlichen Versicherung ab, daß er bald wieder kommen wollte.

Sie werden denken, daß ich bey diesem Anlaß keine unfeine Anlage zur Coquetterie gezeigt habe; allein meine Absicht ist, ihnen die Wahrheit zu erzählen, sie mag zu meinem Vortheil gereichen oder nicht.

Bald darauf kam die Alte, und ich merkte aus ihren Reden, daß der junge Herr nicht ganz vergnügt mit mir hinweg gegangen war. Sie war es hingegen desto mehr, da ich ihr erzählte, auf was Art ich seine kleine Lebhaftigkeit gedämpft hatte. Sie lobte mich, und hofte mit solchen Dispositionen noch Freude an mir zu erleben. Es ist eben nicht nöthig, sagte sie mir, daß man alle, die uns lieben, wieder liebe; im Gegentheil, es ist nichts in der Welt, wovon eine junge Person, die ihr Glück durch sich selbst machen soll, sich mehr in Acht nehmen muß, als eine ernsthafte Leidenschaft. Gefälligkeit, mein Töchterchen, ist alles, was man von dir verlangt. Indessen thust du wohl, daß du auf deine gleichgültigsten Gunstbezeugungen einen hohen Preiß setzest; ein Mädchen ist wehrt was sie sich gelten macht; es ist jetzt deine Zeit, mein Kind, und man ist nicht immer vierzehen Jahr alt, – In diesem Ton fuhr die Alte noch eine gute Weile fort.

Aus euren Reden (unterbrach ich sie endlich) muß ich schliessen, daß ihr meynet, ich solle diesen jungen Menschen noch öfter sehen? Warum nicht? versetzte die Alte, und noch zwanzig andere dazu, die dir vielleicht besser gefallen werden. Man sieht alle, und weißt niemand ab; man wählt sich einen aus, und amusirt indeß die andern, bis die Reyhe an sie kommt. An statt diese Reden zu beantworten, brach ich in einen Strom von Thränen aus; ich sagte der Alten schluchzend, daß ich keine Neigung zu einer solchen Lebens-Art hätte, und machte ihr bittere Vorwürfe, daß sie mich nicht bey der guten Dame gelassen hatte, die mich so gerne bey sich behalten hätte. Wenn ich euch zur Last bin, sagte ich – O! das sollst du nicht, unterbrach mich die Alte, du sollst mir und dir nützlich seyn – Aber wie soll das zugehen, fragte ich? Wir singen und tanzen nicht mehr, weder in den Häusern, noch auf den Märkten, oder an den Festtagen; und wenn ich euch sagen soll, wie ich denke, so wollte ich auch lieber sterben, als in dem Alter, worinn ich bin, länger herum ziehen, und wie ein kleiner Affe die Leute für Geld durch meine Sprünge belustigen; Ich würde mich zu Tode schämen, und ich sage euch, es ist nichts in der Welt, das ich nicht lieber – Sey nur unbekümmert, fiel mir die Alte ein, du sollst auch nicht. Wie du noch ein Kind warest, da war das alles schön und gut; jetzt da du groß bist, und wie ein junges Rosenknöspchen aufzugehen anfangst; jetzt taugst du zu was besserm; eine Rose ist nur dazu da, daß man sie pflücke, und die Rosen von deiner Art haben das besondere, daß sie nur desto schöner blühen, wenn sie gepflückt sind. Wie du noch selbst ein Kind warest, war es dir ganz anständig, andere durch Kinderspiele zu ergötzen; jetzt ist es Zeit zu einer andern Art von Spielen. Deine Jugend, deine Figur, und deine Gaben werden dir so viele Liebhaber verschaffen, als du nur willst. – Ich will aber keine Liebhaber, sag ich euch, und wills euch tausendmal hinter einander sagen, wenn ihr mirs dann glauben wollt – Du willt keine Liebhaber, versetzte die Alte, und lachte überlaut, du albernes, einfältiges Ding! du willt keine Liebhaber? das wollen wir einmal sehen. Ich kenne dich besser als du selbst; wir wollen in acht Tagen wieder davon reden; du glaubst, weil dir der erste, den du gesehen hast, gleichgültig war – Aber wie ich sagte, wenn du, ehe acht Tage in die Welt gekommen sind, nicht einen Liebhaber hast, in den du so verliebt bist, wie ein junges Kätzchen, so will ich mein Handwerk aufgeben. Mit diesen Worten gieng sie fort, ohne darauf acht zu geben, daß ich vor Schaam und Unwillen bis aufs Weisse im Auge roth war. Ich war ausser mir selbst, ich warf mich auf einen Stuhl, ich stand wieder auf, rang die Hände, weinte, schrie, und dachte in einer Verwirrung, worinn es unmöglich war zu denken, auf ein Mittel, wie ich aus der Gewalt des bösen alten Weibes entkommen wollte. Die gute liebenswürdige Dame fiel mir immer ein; sie würde mich gewiß aufnehmen, dachte ich, wenn ich nur ein Mittel finde zu entwischen. Das schlimmste, meiner Einbildung nach, war, daß ich ihren Namen nicht wußte, noch wie der Ort hieß, wo sie wohnte; denn die Alte hat mir ihn niemals sagen wollen. Allein ich erinnerte mich doch so viel, daß das Schloß nur wenige Meilen von Calatrava liege, und ich zweifelte nicht, daß ich sie erfragen würde, wenn ich nur einmal wieder zu Calatrava wäre. Diese Gedanken beruhigten mich wieder in etwas, und da ich nun meine Flucht fest bey mir beschlossen hatte, so nahm ich mir vor, sie bey der ersten Gelegenheit ins Werk zu setzen.

Zwölftes Capitel.

Fortsetzung der Geschichte der Hyacinthe.

Meine ehmaligen Gespielen, die ich seit einiger Zeit selten zu sehen bekam, hatten sich, wie ich in der Folge merkte, gelehriger finden lassen, die Absichten der Alten zu begünstigen. Man hatte bisher Sorge getragen, alles, was im Hause vorgieng, vor mir zu verheelen; aber jetzt fand die Alte für gut, den Vorhang aufzuziehen. Die armen jungen Geschöpfe, die von ihrer neuen Lebensart nur die angenehme Seite sahen, schienen ganz davon bezaubert zu seyn; sie konnten nicht Worte genug finden, mir ihre Glückseligkeit anzupreisen, und die älteste hatte es schon so weit gebracht, daß sie meine Sprödigkeit, wie sie es nannte, sehr beissend zu verspotten wußte. Ich machte eine ziemlich alberne Figur unter diesen Mädchen; aber meine Verwirrung nahm nicht wenig zu, wie ich nach und nach eine Anzahl junger Mannsleute ankommen sah, die beym ersten Eintritt in ein abgelegenes Zimmer, wo wir waren, so bekannt thaten, als ob sie da zu Hause wären. Weil ihnen mein Gesicht neu war, so hatte ich gleich den ganzen Schwarm um mich her, und sie schienen es abgeredt zu haben, mich durch ausschweiffende Lobsprüche in Verlegenheit zu setzen. Die Alte merkte meine Bestürtzung; sie nahm mich bey Seite, und sagte mir, daß es Leute vom Stande wären, welche ihr die Ehre thäten, den Abend zuweilen bey ihr zuzubringen; sie versicherte mich, daß es sehr wohlgesittete junge Herren seyen, deren Absicht nicht weiter als auf eine unschuldige Ergötzung gehe; ein aufgewecktes Gespräch, ein Spiel, eine Collation, und ein Tanz sey alles, was sie bey uns suchten; sie bezahlten dafür wie Prinzen, und da ihr Hauß eine Caffe-Schenke sey, so könne es niemand in der Welt übel finden, daß sie so gute Gesellschaft bey sich sehe. Ich mußte mich hiemit befriedigen lassen, und in der That führten sie sich bis zum Nachtessen so anständig auf, daß die Furcht, die ich anfangs vor ihnen gehabt hatte, allmählich meiner gewöhnlichen Munterkeit Platz machte. Ich ließ mich nicht lange bitten, ihnen so viel Romanzen zu singen, als sie nur wollten, und ich gestehe ihnen, daß meine kleine Eitelkeit nicht ganz unempfindlich gegen die Schmeicheleyen war, die mir vorgesagt wurden. Allein unter dem Nachtessen, und nachdem ihnen der Wein zu Kopfe gestiegen war, fiengen sie an, sich für den Zwang, den sie sich bisher angethan hatten, schadloß zu halten. Die unbesonnene Lebhaftigkeit meiner ehmaligen Gespielen schien sie zu den Freyheiten heraus zu fordern, die sie sich mit ihnen heraus nahmen; Zungen, Augen und Hände wurden immer freyer, und ehe man sichs versah, hatte die trunckene Ausgelassenheit eines Bacchanals die Stelle der anständigen Fröhlichkeit eingenommen. Ich würde vergeblich

Worte suchen, um ihnen eine Beschreibung von dem Zustande zu machen, worinn mich dasjenige, was ich sah und hörte, setzte. Mein Erröthen, meine Verwirrung wurde der Gegenstand ihrer Spötterey; ein paar Gecken von unsrer edlen Gesellschaft nahmen es auf sich, mich, wie sie sagten, zahm zu machen, und ihre Nymphen, die man gewiß der Sprödigkeit nicht beschuldigen konnte, munterten sie selbst dazu auf. Ich wollte entfliehen, aber ein paar andere verrannten mir die Thüre; ich lief zu der Alten, warf mich zu ihren Füssen, und bat sie, mich zu retten; aber sie lachte nur über mich. Meynst du denn, sagte sie, daß es dir das Leben kosten werde; Fi! wie unartig du bist! wer verlangt dir dann was zu Leyde zu thun? du solltest dir es zur Ehre rechnen, daß so artige junge Cavaliers mit dir scherzen mögen, und du weinst und zitterst und schlotterst wie eine kleine Närrin. Kommen sie Don Fernand, und trösten sie das gute Kind – Diese Reden verwandelten meine Angst in eine Art von Verzweiflung; ich stund auf, lief wie eine Unsinnige zum Tisch, bemächtigte mich eines Messers, und drohte mich zu ermorden, wenn jemand sich unterstünde mich anzurühren. O! das fangt an tragisch zu werden, rief einer von unsern Gecken; hat man jemals so was gesehen? Das ist noch mehr als Lucretia, denn die wollte doch erst versuchen, ob es der Mühe werth wäre sich zu erstechen – Dieser vermeynte witzige Einfall zog eine unendliche Menge anderer nach sich, worinn immer einer den andern übertreffen wollte, und es erhob sich ein grosser Streit, wer, wie sie sagten, das Abentheuer mit dem kleinen feuerspeyenden Drachen bestehen sollte, bis zuletzt einer den Vorschlag that, es durch Würfel auszumachen. Eine so niederträchtige Begegnung schmerzte mich so sehr, daß ich ganz athemloß in einen Lehnstuhl sank, und alle Augenblick dachte, das Herz würde mir zerbersten. Ich weiß nicht, was in diesem Zustand aus mir geworden wäre, wenn nicht einer aus der Gesellschaft, vor dem die übrigen eine Art von Ehrerbietung zu haben schienen, und der diesen ganzen Abend sehr aufmerksam auf mich gewesen war, sich auf einmal zu meinem Beschützer aufgeworfen hätte. Er sagte den übrigen mit einem Ton, der seine Würkung that, daß ich keine solche Begegnung verdiene; und zu gleicher Zeit gab er der Alten einen Wink mich wegzuführen. Sie brachte mich in ein kleines Zimmer, wo ich mich auf ein Ruhbette warf, und durch einen Strom von Thränen meinem Herzen leichter machte. Die Alte ließ mich hier über eine Stunde allein, und so bald ich wieder zu mir selbst gekommen war, fieng ich wieder an, auf meine Flucht zu denken. Alles, was mir vormals unüberwindliche Hindernisse geschienen hatte, war jetzt nichts in meinen Augen; die Fragen, wohin ich fliehen, oder wie ich ohne Geld, unter lauter unbekannten Leuten, und so jung als ich war, fortkommen wollte, fielen mir nun nicht einmal ein. Wenn ich nur aus diesem Hause wäre, dachte ich, so möchte der Himmel für das übrige sorgen. Meine Ungedult wurde so groß, daß ich keinen Augenblick länger warten wollte, mein Vorhaben, was auch daraus entstehen möchte, ins Werk zu setzen. Aber wie groß war mein Schmerz, da ich die Thür verschlossen fand! Ich lief nach den Fenstern, aber sie waren so hoch, daß ich sie nicht erreichen konnte, und zum Überfluß mit eisernen Gittern verwahrt. Ich schrie so laut als ich konnte, damit man mich auf der Strasse hören möchte; aber das Zimmer war weit von der Strasse entfernt, und niemand hörte mich. Ich warf mich wieder auf mein Ruhbette, raufte mir die Haare aus, schrie und winselte wie eine Unsinnige, und klagte den Himmel an, daß er mich mit einem Herzen, das für meine Umstände zu edel war, die Tochter einer Zigäunerin hätte werden lassen, oder wenn ich es nicht seye, daß er mich in Umstände hätte gerathen lassen, die mich so unerträglichen Beschimpfungen aussetzten. O!

gewiß bin ich für einen so schmählichen Stand nicht gebohren, dachte ich: Wenn es auch meine Gestalt und Farbe nicht zu verrathen schiene, so sagt mirs mein Herz, daß ich keine Enkelin dieser schändlichen Kuplerin bin, die mich, der Himmel weißt durch was für Mittel in ihre Gewalt bekommen hat. Ach! ich bin vielleicht von edeln Eltern gebohren, und die zärtliche Mutter, die mich gebahr, beweint vielleicht noch jetzt den Verlust einer Tochter, welche sie liebenswürdig und glücklich zu machen hofte. –

Meine erregte Phantasie setzte diesen Gedancken lange fort, ob es gleich nicht das erstemal war, daß er mir zu gleicher Zeit meinen Zustand unerträglich machte, und einen gewissen Muth einflößte, mich durch meine Gesinnungen über ihn zu erheben; ich bestrebte mich, so tiefe Blicke in meine Kindheit zu thun, als mir möglich war, um in den schwachen Spuren erloschener Erinnerungen eine Bekräftigung meiner Wünsche zu finden; und so eitel und ungewiß auch die Einbildungen waren, womit ich mich selbst zu betrügen suchte, so dienten sie doch dazu, mich in dem Vorsatz zu bestärken, in was für Umstände ich auch kommen möchte, meine Ehre eben so sorgfältig in Acht zu nehmen, als ob das edelste Blut von Castilien in meinen Adern flöße. Ich war noch in diese Gedanken vertieft, als die Alte wieder kam, und mir mit ungemeiner Freundlichkeit sagte, daß ich mich fertig machen sollte, ihr in eine andere Wohnung zu folgen, weil mir, dem Ansehen nach, die ihrige so übel gefalle. Sie setzte hinzu, daß ich dort, an statt von jemand abzuhangen, ganz allein zu befehlen haben würde, und noch viel anders, was mir eine grosse Meynung von dem Glücke, das mir bevor stehe, geben sollte. Sie wollte mich bereden, ihre Absicht sey diesen Abend nur gewesen, mich auf eine Probe zu setzen; sie lobte mein Betragen, und sagte, daß ich demselben die glückliche Veränderung zu danken habe, worinn ich noch in dieser Nacht mich sehen würde. Der junge Cavalier fiel mir so gleich ein, der sich meiner angenommen hatte; ich fragte die Alte, aber sie gab mir lauter unbestimmte Antworten auf meine Fragen. Meine Begierde, aus einem so schändlichen Hause zu kommen, verkleinerte die neue Gefahren, worein ich gerathen konnte, zu sehr, als daß eine ungewisse Furcht den Abscheu vor einem Schicksal, das in diesem Hause fast unvermeidlich schien, hätte überwiegen können; und zudem, so hätte mir, da ich nun einmal in ihren Händen war, die Weigerung mit ihr zu gehen, wenig helfen können. Ich ließ es mir also gefallen; sie putzte mich so gut auf, als es in der Eile möglich war, warf einen Schleyer über mich und sich selbst, und führte mich aus dem Hause. Es war um Mitternacht, und der Mond schien unter einem leichten Gewölk hervor. Nachdem wir einige kleine Gassen durchkrochen hatten, fanden wir eine Kutsche, die auf uns wartete. Wir stiegen ein, und ich war ein wenig bestürzt, wie ich eine von meinen vormaligen Gespielen zu uns einsteigen sah, die, wie mir die Alte sagte, mein Aufwartmädchen vorstellen sollte, bis ich ein anders hätte. Indeß war es mir doch angenehm, daß sie Sorge getragen hatte, diejenige auszuwählen, die mir immer die liebste gewesen, und die in der That, eine einzige Schwachheit ausgenommen, das beste Ding von der Welt war. Wir wurden eine ziemliche Zeit hin und wieder geführt, bis endlich unser Wagen vor einem kleinen Hause still hielt, das kein sonderliches Ansehen hatte. Die Thüre öfnete sich, wir giengen hinein, und wurden von einer etwas bejahrten Frau empfangen, die uns mit Lichtern entgegen kam. Sie war in schlechtem grauen Zeug gekleidet, hatte eine von den grösten Brillen auf der Nase, und einen Rosenkranz an ihrem Gürtel, der ihr bis auf die Füsse herab hieng; dieser Aufzug, und ein rundes röthliches Gesicht, das aus einer alt-modischen Schleyer-Haube hervor guckte, mit einem paar kleinen Augen, die sie auf eine andächtige Art im Kopf herum drehte, gab ihr so völlig das Ansehen einer Beate, daß ich anfangs in ein Kloster zu kommen meynte. Aber diese Vorstellung verlohr sich bald, da sie mich in ein Gemach von vier in einander gehenden Zimmern führte, welches, wie sie sagte, meine künftige Wohnung seyn sollte.

Diese Zimmer waren immer eines prächtiger als das andere; Tapeten, Spiegel, Porcellan, Gemählde, Schnitzwerk, Vergoldungen, alles war so schön, daß ich etliche Augenblicke davon verblendet wurde. Die Alte, die mich bis hieher begleitet hatte, wartete nicht, bis ich mich aus der ersten Bestürtzung, worinn (die Wahrheit zu sagen) Furcht und Vergnügen zu gleichen Theilen vermischt war, erhohlen konnte. Ich überlasse dich nun dir selbst, meine liebe Hyacinthe, sagte sie zu mir, nachdem sie mich auf die Seite genommen hatte; du bist liebenswürdig, und hast dir in den Kopf gesetzt, auch tugendhaft zu seyn; der Einfall ist gut, und wenn du dich dessen zu bedienen weißst, so kan dir deine Tugend hundertmal so viel werth seyn, als mir deine Jugend und Schönheit. Mit diesen Worten verließ sie mich, ohne eine Antwort zu erwarten. Die Beate folgte ihr, nachdem sie mir mit einer tiefen Verbeugung eine gute Nacht gewünscht hatte. So bald ich allein war, fieng ich an diesem Abentheuer nachzudenken. Ich fragte die kleine Stella, die bey mir geblieben war, und ob sie mir gleich nichts anders sagen konnte, als daß der Marquis von Villa Hermosa, (eben derjenige, der sich diesen Abend meiner angenommen hatte) sich bald nach meiner Entfernung mit der Alten weg begeben, und erst nach einer Stunde wieder gekommen sey; so schien es mir doch genug, mich in der Vermuthung zu bestärken, daß ich von der alten Kuplerin diesem jungen Herrn ausgeliefert worden sey. Ich brachte den Rest der Nacht in einer unruhigen Verwirrung hin und wieder laufender Gedanken auf einem Sopha zu. Ich stellte mir vor, wie ich mich gegen den Marquis bezeugen wollte, meine Einbildung mahlte mir eine Menge von Abentheuern vor, die ich in alten Romanen gelesen hatte, und meine kleine Eitelkeit fand sich durch den Gedanken geschmeichelt, daß ich vermuthlich selbst die Heldin eines Romans werden könnte. Ohne Zweifel, dachte ich, liebt mich der Marquis; und wenn er mich liebt, so bin ich wenigstens gewiß, daß er mir anständig begegnen wird. Vielleicht denkt er, mich durch Geschenke, Juwelen, reiche Kleider und eine wollüstige Lebensart zu gewinnen; aber er wird es anders finden. Der blosse Gedanke, daß ein Preiß in der Welt seyn sollte, um den Hyacinthe sich selbst dahin gäbe, empört mein ganzes Wesen. Von dieser Seite hab ich nichts zu besorgen. – Aber wie wenn er liebenswürdig wäre? Wenn mein eigenes Herz mich unvermerkt verführte, oder wenn es wahr wäre, daß die Liebe nicht in unsrer Gewalt ist? – So ist es doch in meiner Gewalt, es ihm zu verbergen, – und wenn ers auch zuletzt entdeckte, so werd ichs ihm dennoch weder eingestehen, noch seinen Anträgen Gehör geben, bis ich entdeckt habe, wem ich mein Daseyn schuldig bin. O! ihr, deren Blut dieses Herz belebt, rief ich, wer ihr auch seyn möget, mein Herz sagt mir, daß ihr einer Tochter würdig seyd, die ihr einst ohne zu erröthen dafür erkennen dürfet.

Unter allen den Gedanken, die diese Zeit über in meinem Kopf herum schwärmten, war dieser ohne Zweifel der beste; er entsprang aus meinem Herzen, ich fand ein unbeschreibliches Vergnügen, ihm nachzuhängen, und fühlte, daß er mir eine gewisse Stärke mittheilte, die mich über mein Alter und die Niedrigkeit meiner Umstände erhob.

In einer solchen Verfassung fand mich der Marquis, da er bey seinem ersten Besuch mir seine Absichten eröfnete. Ich hatte ihn des Abends zuvor, anfangs gar nicht von den übrigen unterschieden, und hernach nur mit einem zerstreuten Blick und in einer ängstlichen Unruhe, worinn ich keiner Aufmerksamkeit fähig war, angesehen. Jetzt, da ich ihn genauer betrachtete, fand ich ihn vollkommen schön; aber mein Herz blieb gleichgültig, und sagte mir kein Wörtchen zu seinem Vortheil. Er schien sich so viel mit seiner Figur zu wissen, daß es ihm nur nicht einfiel, daß man ihm sollte widerstehen können. Dieser Stolz beleidigte den meinigen, und freylich konnte der Marquis nicht vermuthen, bey einem kleinen Zigäuner-Mädchen Stolz zu finden. Ich will ihre Gedult durch keine umständliche Erzählung der Erklärungen, die er mir machte, und der Antworten, die ich ihm gab, ermüden. Die Offenherzigkeit, womit ich ihm meine Gleichgültigkeit gegen seine Reitzungen zu erkennen gab, und die stolze Bescheidenheit, womit ich einen schönen Schmuck von Diamanten ausschlug, welche (wie er sehr sinnreich sagte) nur dazu dienen sollten, von dem Glanz meiner schönen Augen verdunkelt zu werden – schien ihn ganz aus seiner Fassung zu bringen. Ich sagte ihm, daß er mich durch nichts in der Welt verpflichten könne, als wenn er mich einer Dame von seinen Verwandten oder Freundinnen empfehlen wollte, um in ihre Dienste aufgenommen zu werden. Er konnte eine so niederträchtige Bitte mit dem Stolz, den er in meinen übrigen Gesinnungen fand, nicht zusammen reimen; und nachdem er viele vergebliche Mühe gehabt hatte, mich auf andere Gedanken zu bringen, so verließ er mich endlich, in der Hofnung, wie er sagte, daß die Abgeneigtheit, die seine Figur das Unglück habe mir einzuflössen, nicht unüberwindlich seyn werde. Allein seine Hofnung betrog ihn diesesmal. Er fand nach etlichen andern Besuchen, die er mir machte, daß ich würklich keine Seele haben müsse. Ich bestund schlechterdings darauf, daß er mir meine Freyheit wieder geben sollte. Und was willt du denn mit deiner Freyheit anfangen, kleine Närrin, sagte er? Gnädiger Herr, antwortete ich, es ist mir unmöglich, ihnen Hofnungen zu machen, die mein Herz verläugnet. Ich weiß es gewiß, daß ich sie in acht Tagen, oder in acht Wochen, wenn sie wollen, eben so wenig lieben werde als jetzt. Darauf können sie sich verlassen, und das ist alles, was sie jemals von mir zu erwarten haben. Ist das alles, erwiederte der Marquis hönisch? Du bist sehr offenherzig, Hyacinthe, und ich kan mich wenigstens nicht beklagen, daß du mich in Ungewißheit schmachten lassest. Eine andere an deinem Platz würde mich bereden, daß sie mich liebe, wenn es auch nicht wahr wäre.

Ich weiß nicht was eine andere thäte, versetzte ich: Aber das weiß ich, daß ich hier nicht an meinem Platze bin, und daß ich nicht begreiffe, was sie mit mir wollen, nachdem ich ihnen gesagt habe, daß ich sie niemals lieben werde. Höre, Hyacinthe, sagte mir der Marquis, es ist billig, daß ich deine Aufrichtigkeit erwiedere; ich habe dich in einem Hause gefunden, wo man keine Spröden sucht, und wo du mir nicht hättest übel nehmen können, wenn ich dir eben so begegnet wäre, wie die jungen Leute, von deren ungestümmen Muthwillen ich dich befreyte. Ich sahe aber, daß es unbillich wäre, dich mit deinen gefälligen Schwestern in eine Classe zu setzen. Du gefielst mir, deine Unschuld nahm mich ein, kurz, ich fand dich liebenswürdig, und beschloß dich unverzüglich aus einem Hause zu befreyen, wo du gewiß noch viel weniger an deinem Platze zu seyn schienest als hier. Ich handelte dich deiner Mutter ab – Was sagen sie, gnädiger Herr, rief ich? Sie haben mich abgehandelt? Ja, antwortete er, und theuer genug, daß du nicht verlangen kanst, daß ich mein Geld umsonst ausgegeben haben soll. Aber wissen sie auch, sagte ich, daß diese Alte, die sich für meine Großmutter ausgibt, nichts weniger ist? Und wer sind denn deine Eltern, fragte der Marquis? das weiß ich nicht, antwortete ich; vielleicht sind es rechtschaffene Leute, vielleicht auch ist es mir besser sie nicht zu kennen; aber ich sage ihnen, daß ich in der Ungewißheit, worinn ich hierüber bin, für das sicherste halte, mir einzubilden, daß ich vielleicht von gutem Hause sey; und so lächerlich ihnen diese Einbildung vorkommen mag, so vermag sie doch so viel über mich, daß die glänzendsten Verheissungen und die grausamsten Schrecknisse mich nicht von dem Entschluß abbringen sollen, ein ehrliches Mädchen zu bleiben, wie ich bisher gewesen bin, so gerecht auch immer das Vorurtheil ist, das meine Umstände gegen mich erwecken. Die Alte hatte kein Recht mich ihnen zu verkauffen, und es ist in ihrer Gewalt, sie zur Rückgabe eines so unerlaubten Gewinnstes zu nöthigen.

Meynst du das, sagte der Marquis spottend? Ich sage dir aber, ich, daß ich keine Lust dazu habe, und daß du, mit Erlaubniß aller der schönen Einbildungen, die du dir in den Kopf gesetzt hast, mein seyn sollst, du magst wollen oder nicht. Siehst du, Hyacinthe, ich glaube nicht an die Tugend eines Mädchens von fünfzehen Jahren, und du wirst doch nicht unter unzählichen die erste unerbittliche seyn, die ich gefunden habe; ich versichere dich, daß bessere als du bist, nicht halb so viel Umstände mit mir gemacht haben. Ich antwortete nur mit einem Strom von Thränen auf diese Rede, und der Marquis schien verlegen zu seyn, was er mit mir anfangen sollte. Ich warf mich zu seinen Füssen, und bat ihn aufs beweglichste, daß er mich in Freyheit setzen, und meinem Schicksale überlassen möchte. Meine Bitten würkten gerade das Widerspiel. Er hob mich in einer ausserordenlichen Bewegung auf, warf sich zu meinen Füssen nieder, und sagte mir alles was die heftigste Leidenschaft eingeben kan. Ich glaube, daß etwas ansteckendes in heftigen Leidenschaften ist, und dasjenige, was die Zuschauer bey der lebhaften und wahren Vorstellung einer Leidenschaft auf dem Schauplatz erfahren, scheint eine Bestättigung meiner Meynung zu seyn. Ich liebte den Marquis nicht; aber ich konnte mich nicht erwehren, von der Heftigkeit seiner Liebe beunruhiget zu werden. Er hatte sich meiner Hände bemächtiget, und er fühlte vermuthlich, daß mein Puls hurtiger schlug, er sah eine mehr als gewöhnliche Röthe auf meinen Wangen, und da die Sinnen mehr Antheil an seiner Liebe hatten als das Herz, so glaubte er, daß dieses der Augenblick sey, da er mich überraschen könnte. Es würde lächerlich seyn, wenn ich sie überreden wollte, daß ich keiner Schwachheit fähig sey; die Tugend besteht, meiner Meynung nach, in gewissen Umständen weniger in einer völligen Unempfindlichkeit, die niemals ein Verdienst ist, als in dem Sieg einer stärkern Empfindung oder Leidenschaft über die Regungen der Natur. Dem sey wie ihm wolle, so erfreue ich mich, ihnen sagen zu können, daß der erste Versuch, den der Marquis machte, von meiner Verwirrung Vortheil zu ziehen, mir auf einmal meine erste Stärke wieder gab. Ich riß mich von ihm loß, und sagte ihm, daß ich nichts mehr von einer Liebe hören wolle, die ich in keinerley Betrachtung aufzumuntern Willens sey. Ich setzte so vieles hinzu, ihn gänzlich hievon zu überzeugen, daß ihm endlich die Gedult ausgieng. Er erzürnte sich heftig über mich, er beschuldigte mich, daß meine Sprödigkeit ein blosser Kunstgriff sey, wodurch ich ihn zu der Thorheit zu bringen hofte, mir seine Ehre aufzuopfern, und schwur, daß er mich allen meinen Ahnen zu Trotz auf einen wohlfeilern Fuß haben wollte, und wenn ich auch in gerader Linie von dem Egyptischen Könige Misphragmuthosis abstammte. Sein Zorn und seine Drohungen schreckten mich so sehr, daß ich allen meinen Witz anstrengte, ihn durch glimpfliche Worte wieder zu besänftigen; ich bediente mich so gar einiger, die er ohne Zwang so auslegen konnte, daß sie ihn von der Zeit günstigere Gesinnungen hoffen liessen. Er schien sich nach und nach zufrieden zu geben, und verließ mich endlich mit dem Versprechen, daß, wofern ich nach dreyen Tagen, die er mir zur Bedenkzeit gebe, auf meiner Abneigung gegen ihn beharrete, er sich meiner Entfernung nicht länger widersetzen wollte. Er sagte mir das mit einer so ungezwungenen Art, daß ich ihm glaubte. Ich brachte also den übrigen Abend ganz ruhig zu, und war nicht wenig über den Sieg vergnügt, den ich mir schmeichelte über ihn erhalten zu haben. Ich nahm meine Theorbe, sang, scherzte mit der kleinen Stella, aß zu Nacht, und legte mich ganz ruhig zu Bette. Ich war noch nicht eingeschlafen, und ein Wachslicht brante noch auf meinem Gueridon vor meinem Bette, als ich auf einmal die Thür meines Schlafzimmers aufgehen hörte. Ich würde sehr erschrocken seyn, wenn ich ein Gespenst vor mir gesehen hätte; aber ich erschrack noch weit mehr, da ich sah, daß es der Marquis war. Er war nur in einem leichten Nachtgewande, und hatte etwas so wildes in seinen Blicken und Geberden, daß ich vor Angst schlotterte, als ich ihn auf mich zugehen sah. Ich wollte geschwind aus dem Bette springen, denn ich kleidete mich niemals völlig aus, aber er hielt mich zurück, und schwur, daß ich mich ergeben müßte, es möchte auch kosten was es wolle. Ich erhub ein entsetzliches Geschrey, und wehrte mich, ob er sich gleich bemühte mir den Mund mit Küssen zu verstopfen, mit einer solchen Wuth, daß er sich genöthiget sah einen Augenblick Athem zu schöpfen. Ich fieng von neuem an zu schreyen, und machte es laut genug, daß Stella, die in dem vierten Zimmer von dem meinigen schlief, davon erwachte, und in einem Anzug, der von ihrem Schrecken zeugte, mir zu Hülfe eilte. Ihr Anblick verdoppelte meinen Muth, so schwach auch der Beystand war, den ich von ihr erwarten konnte; ich stieß den Marquis mit einer solchen Stärke zurück, daß er über die kleine Stella hinweg taumelte, und mit ihr zu Boden fiel. Dieser Umstand, so gering er an sich selbst scheinen mag, war diesesmal mein Glück.

Das gute Mädchen hatte keines von den Gesichten, die man in Spanien schön nennt, ob ihr gleich unter den Caffern vielleicht nichts als die Farbe des Landes gefehlt hätte, um eine Gratie zu seyn; Allein zum Ersatz entdeckte die Unordnung, worein ihr Fall ihre ohnehin sehr leichte Bekleidung brachte, dem erhitzten Marquis andre Schönheiten, wodurch die Natur sie wegen ihres Gesichts vollkommen entschädiget zu haben schien. Er wurde so sehr dadurch gerührt, daß er plötzlich den Entschluß faßte sie zum Werkzeug seiner Rache an meiner Sprödigkeit zu machen. Er entdeckte ihr, indem er sie aufhub, den Eindruck, den ihre Reitzungen auf ihn gemacht hatten, in so lebhaften Figuren, daß sie nicht lange einen Scherz daraus machen konnte; sie floh wie Daphne, und er verfolgte sie wie Apollo, aber mit besserm Erfolg. Mit einem Wort, er verschloß sich in ihre Kammer, und erinnerte sich vermuthlich in wenig Augenblicken nicht mehr, daß eine Hyacinthe in der Welt war. Diese unverhofte Veränderung der Scene gab mir einen Einfall ein, den ich unverzüglich ins Werk zu richten beschloß. Ich kleidete mich völlig an, und nachdem ich eine Weile gewartet hatte, schlich ich an Stella Thüre, um zu horchen, ob ich mich sicher glauben könne. Keinen günstigern Augenblick zur Flucht konnte ich niemals wieder hoffen. Die alte Beguine hatte sich, weil sie wußte, daß der Marquis selbst im Hause war, ganz sorgenloß zur Ruhe begeben, und dieser war so sehr mit seiner neuen Eroberung beschäftigt, daß er mich vielleicht nicht gehört hätte, wenn ich auch weniger behutsam gewesen wäre. Ich schlich also, wiewohl so furchtsam, daß ich mir kaum Athem zu holen getrauete, aus meinem Zimmer, und kam endlich nach einer guten Weile, (denn es war sehr dunkel, und ich besorgte alle Augenblicke anzustossen oder ein Geräusch zu machen) bis an die Haußthüre, die ich verschlossen fand. Ich tappte so lange herum, bis ich eine Art von einer kleinen Kammer offen fand, die gegen die Strasse eine Öfnung hatte, so statt der Fenster mit eisernen Stäben verwahrt war. Ich fand sie weit genung von einander, um mich durchpressen zu können; und es gelang mir endlich wiewohl mit vieler Mühe und Schmerzen.

Sie können sich die Freude kaum vorstellen, die ich hatte, wie ich mich auf der Strasse sah. Ich lief, was ich konnte, ohne zu wissen wohin, und weil das Hauß, worinne ich war, in einer von den Vorstädten stund, so befand ich mich in kurzer Zeit auf dem freyen Felde. Niemals hatte mir der gestirnte Himmel so schön geschienen als jetzo, da er meine Flucht beförderte. Ich befahl mich den unsichtbaren Beschützern der Unschuld, und so bald ich merkte, daß ich auf der Landstrasse war, so lief ich so schnell davon, als ob ich Flügel an den Fersen hätte. Wie die Sonne aufgieng, war ich schon drey Stunden von Sevilla entfernt. Ich tauschte meine Kleider mit einem jungen Bauer-Mädchen von meiner Grösse, die mir begegnete, und nachdem ich mich in einem Dorfe mit Brodt, und meinen Kruge mit frischer Milch versehen hatte, setzte ich meine Reise fort; ich ruhte den Tag über in dichten Gebüschen aus, und gieng des Abends, bis ich ein Wirthshauß antraf, wo ich die Nacht zubringen konnte. Ich richtete meine Reise nach Calatrava, wo ich die gute Dame zu erfragen hofte, auf deren Großmuth und Neigung zu mir ich alle meine Hofnungen gründete; aber weil ich gezwungen war, zu Fusse zu gehen, (denn ich hatte aus einer vielleicht übertriebenen Bedenklichkeit nichts mit mir genommen, als das wenige Geld, so ich bey mir trug, wie ich das Hauß der Zigäunerin verließ, und dieses reichte kaum zu meiner Reise-Zehrung zu,) so gieng meine Wanderschaft überaus langsam, und ich hatte Zeit genug meinen vergangenen Begebenheiten und meinem künftigen Schicksal nachzudenken. So ungünstig auch das gegenwärtige aussah, so blieb ich doch immer munter; der Gedanke, daß ich meine Unschuld aus so schlüpfrigen Umständen davon gebracht hatte, machte mich leicht und fröhlich, und von allem, was mir in dem kleinen Hause des Marquis zu Dienste gestanden war, bedaurte ich nichts als meine schöne Theorbe von Sandelholz, womit ich mir unterwegs die Zeit hätte verkürzen können. Ich sang nichts desto minder, so lange der Tag war, und machte mir eine Zeitkürzung daraus, den Gesang der Nachtigallen nachzuahmen, worinn ich, ohne Ruhm zu melden, eine so grosse Meisterin wurde, daß ich die Nachtigallen selbst eifersüchtig machen konnte.

Auf diese Art kam ich endlich glücklich, und ohne daß mir ein merkwürdiges Abentheuer zugestossen wäre, im Schloß an, wo die Dame, die ich suchte, gewohnt hatte; aber, urtheilen sie, wie groß meine Bestürzung war, da man mir sagte, das junge Fräulein, ihre einzige Tochter, sey vor etlichen Monathen an den Pocken gestorben, und ihre Mutter hätte sich aus Betrübniß über den Verlust eines Kindes, das ihr einziges Vergnügen gewesen war, bald darauf in ein Kloster unweit Toledo vergraben. Diese Nachrichten schlugen mir den Muth so sehr nieder, daß ich ein paar Tage ganz krank davon wurde. Meine Umstände konnten nicht verzweifelter seyn, ich war ohne Geld, unter lauter Unbekannten, und in dem schlechten Aufzug, den ich machte, um so mehr vielen Unbequemlichkeiten ausgesetzt, da man gar leicht sah, daß ich verkleidet war. Ich hatte keinen andern Ausweg, als bey irgend einer Dame Dienste zu suchen, aber die Schwierigkeit war, jemand zu finden, der es auf sich nehmen wollte mich in einem guten Hause zu empfehlen.

Indem ich in dieser Verlegenheit nicht wußte, wohin ich mich wenden sollte, begegnete es, daß eine kleine

Gesellschaft von Comödianten in das Wirthshauß kam, wo ich mich aufhielt. Die Frau des Vorstehers, eine Person von feinem Ansehen und sehr einnehmenden Manieren, machte Bekanntschaft mit mir; wir gefielen einander beym ersten Anblick, und es währete nicht lange, so hatte sie mein Vertrauen so sehr gewonnen, daß ich ihr meine Geschichte und meine dermaligen Umstände entdeckte. Sie hatte eben eine junge Person nöthig, um die Stelle ihrer besten Schauspielerin zu ersetzen, welche ihr der Graf von L. erst kürzlich entführt, und ihrer Gesellschaft dadurch keinen geringen Schaden zugefügt hatte. Sie machte mir den Antrag, ob ich nicht Lust hätte mich dem Theater zu widmen, und sparte keine Vorstellungen und Überredungen, um mir Lust dazu zu machen. Natürlicher Weise hätte ein Mädchen, das bisher die Person einer kleinen Zigäunerin gespielt hatte, sich durch die Ehre zu einer Theater-Heldin erhoben zu werden sehr geschmeichelt finden sollen; Allein so jung ich war, so wußt ich doch wohl, daß in den Augen der Welt der Unterschied zwischen einer Comödiantin und einer Zigäunerin nicht so groß ist als sich die Theater-Princeßinnen einbilden, und die gute Dame Arsenia hatte sehr vieles zu thun, bis sie mit allen meinen Bedenklichkeiten fertig war. Sie schien von meinen Gesinnungen ganz bezaubert, und verdoppelte ihre Liebkosungen und Zureden, um mich zu einer Lebensart zu bewegen, die ihrer Meynung nach, an sich selbst nichts unedles oder verächtliches habe, und bloß durch die schlechte Sitten der meisten, welche sie treiben, in einen etwas zweydeutigen Ruf gekommen sey. Sie sagte mir zum Beweiß dieses Satzes sehr vieles, das mir einen grossen Schein der Wahrheit zu haben schien, und ob sie gleich nicht in Abrede war, daß eine junge Schauspielerin mehr Versuchungen ausgesetzt sey als andre Frauenzimmer, so behauptete sie hingegen, daß sie desto mehr Ehre davon habe, wenn sie den Muth und die

Standhaftigkeit besitze, in einem Stande, worinn man ihr so viel zu gut halten würde, würklich tugendhaft zu seyn. Kurz, die Vorstellungen der Arsenia, ihre Liebkosungen, ihre Bitten, die Freundschaft, die sie mir versprach, und meine gegenwärtige Noth, die mir keine Wahl übrig ließ, überwanden endlich meine Bedenklichkeiten ohne sie zu heben, und ich erklärte mich für eine Profeßion, zu der sie ein ganz besonderes Talent bey mir entdeckt haben wollte. Ich wurde also mit allgemeinem Beyfall in die Gesellschaft aufgenommen, und nachdem mich Arsenia in den Geheimnissen ihrer Kunst unterrichtet hatte, wurde Corduba zum Ort ausersehen, wo ich meinen ersten öffentlichen Auftritt machen sollte. Die Zuschauer urtheilten eben so günstig von mir als von Arsenia, und ich gestehe ihnen, daß das frohe Geklatsch und der lebhafte Ausdruck eines allgemeinen Vergnügens, der einer gefallenden Schauspielerin, so bald sie nur erscheint, von allen Seiten entgegen lächelt, ein süsser und gefährlicher Augenblick für die Eitelkeit eines jungen Mädchens ist.

Indeß konnte doch die Empfindlichkeit, die ich, so lange das Schauspiel daurte, für einen Beyfall hatte, wovon ich vielleicht das meiste der Neuheit meiner Figur zu danken hatte, die demüthigenden Vorwürfe nicht verhindern, die ich mir selbst machte, so bald ich aufhörte Ines oder Roxelane zu seyn. Ich erröthete vor mir selbst, wenn ich dachte, daß ich unverschämt genug gewesen war, mich gleichsam den Augen des Publici Preiß zu geben, und in einer angenommenen Person Leidenschaften zu erregen, die einer zügellosen Jugend eine Art von Recht zu geben schienen, von mir zu erwarten, daß ich in meiner eigenen Person die ihrigen begünstigen sollte. Diese Betrachtungen, indem sie mir alle Annehmlichkeiten meines Standes verbitterten, machten mich desto behutsamer in meiner Aufführung. Mein Herz, welches niemals schlimme Neigungen gehabt hatte, machte mirs leicht, mich vor der Verführung zu bewahren; aber die Schwierigkeit war, in einer so schlüpfrigen Lebens-Art auch den Schein zu vermeiden, und die schalksaugige Verläumdung selbst zu nöthigen, mein Betragen wenigstens durch ihr Stillschweigen für untadelhaft zu erklären. Ich weiß nicht in wie weit ich hierinn glücklich gewesen seyn mag; aber ich würde undankbar seyn, wenn ich vergässe, ihnen zu sagen, daß Arsenia, die ich meiner Hochachtung immer würdiger fand je besser ich sie kennen lernte, indem sie die Stelle einer Mutter bey mir vertrat, mir zu Erreichung meiner Absicht unendlich nützlich war. Ich verlohr mich niemals aus ihren Augen, ich aß und schlief bey ihr, ihr Umgang und Beyspiel entwickelte und unterhielt meine Gesinnungen, und ihr Character, dem alle Welt Gerechtigkeit wiederfahren lassen mußte, schützte mich vor der Boßheit derjenigen, die als eine Grundregel annahmen: daß eine Person, welche tugendhaft zu seyn scheint, in der That nur behutsam sey. Wir verliessen Corduba in wenig Wochen, und begaben uns nach Grenada, wo wir uns bey nahe ein Jahr lang aufhielten, und eines ununterbrochenen Beyfalls genossen. Hier hatte ich das Glück mit Don Eugenio bekannt zu werden. Die Hochachtung, worinn er seiner Verdienste und Sitten wegen stund, unterschied ihn zu sehr von dem grossen Hauffen des jungen Adels, als daß Arsenia sich hätte ein Bedenken machen können von ihm und einer kleinen Anzahl seiner Freunde Besuche anzunehmen, die an statt uns Tadel zuzuziehen, vielmehr für einen Beweiß angesehen wurden, daß wir schätzbarer seyn müßten als unser Stand anzukündigen schien. In einer Gesellschaft wie diese, und wo die allzu gütige Partheylichkeit des Don Eugenio für mich kein Geheimniß seyn kan, wird es mir erlaubt seyn zu sagen, daß ich ganz unempfindlich hätte seyn müssen, um von seinen Gesinnungen nicht gerührt zu werden. Ich erröthe nicht ihnen zu gestehen, daß ich vom Anfang unsers Umgangs an eine Achtung für ihn empfand, die ich vorher für niemand empfunden hatte, und wie ich glaube, für keinen andern jemals empfinden werde. Wenn ich auf etwas stolz zu seyn berechtiget wäre, so müßte es auf die Freundschaft seyn, womit er mich beehret hat. Die Welt, die immer urtheilt ohne zu kennen oder sich die Mühe der Untersuchung zu geben, hat mir künstliche Absichten beygemessen, deren die Aufrichtigkeit meiner Seele nie fähig gewesen ist. Allein ich habe mich jederzeit damit beruhiget, daß Don Eugenio mich besser kennt, und die Ausführung eines Entschlusses, der schon lange fest bey mir steht, wird, wie ich hoffe, die Freundschaft am besten rechtfertigen, deren er mich nicht unwürdig gefunden hat.

Dreyzehntes Capitel.

Don Eugenio setzt die Erzählung der Hyacinthe fort.

Die liebenswürdige Hyacinthe schien, indem sie dieses sagte, so gerührt zu werden, daß sie, so sehr sie sich auch bemühte es zu verbergen, ein wenig inne halten mußte. Erlauben Sie, schöne Hyacinthe, sagte Don Eugenio, ohne daß er ihre Beunruhigung zu merken schien, daß ich ihre Erzählung fortsetze, da sie nun auf denjenigen Theil ihrer Geschichte gekommen sind, wo sie mit der meinigen verwickelt zu seyn anfangt.

Es ist bey nahe ein Jahr, fuhr er fort, daß ich mit Don Gabriel nach Grenada reißte, wo ich verschiedene Angelegenheiten in Ordnung zu bringen hatte. Ich besuchte einsmals die Comödie und sah Hyacinthe; sie gefiel mir, und rührte mich. Das erste war eine natürliche Folge der Annehmlichkeiten ihrer Person, denn wem gefiel sie nicht? Und das andere schien mir eine eben so natürliche Würkung der Rolle zu seyn, die sie damals spielte. Der allgemeine Beyfall, in dessen Besitz sie war, und der mir ihre eigene Person mit denen, die sie annehmen mußte, zu vermengen schien, blendete mich nicht, ich bemerkte, daß sie nur eine mittelmäßige Schauspielerin war. Es ist wahr, in einigen Stellen, wo sie edle Gesinnungen oder wahre und ungekünstelte Empfindungen der Natur zu sagen hatte, schien sie unverbesserlich; aber der Poet hatte dafür gesorgt, daß sie nur selten Anlaß hatte, es zu seyn, und in allen übrigen glaubte ich zu bemerken, daß sie sich zwingen mußte Gesinnungen oder Gemüths-Bewegungen anzunehmen, die nicht ihr eigene waren. Diese Beobachtung war ihr sehr vortheilhaft bey mir, und ich glaube in der That, daß sie mir denselben ganzen Abend nie besser gefiel, als wenn sie, als eine Schauspielerin betrachtet, am wenigsten hätte gefallen sollen. Ich gieng aus der Comödie, und war betroffen, wie ich fand, daß mir das Bild dieses jungen Mädchens überall folgte, ich sahe sie diesen ganzen Abend vor mir; der rührende Klang ihrer Stimme tönte noch immer in meinen Ohren, und alle Zerstreuungen der Gesellschaft, wo ich den Abend zubrachte, war nicht zulänglich, diesen Eindrücken das mindeste von ihrer Lebhaftigkeit zu benehmen. Ich gab eine Zeit lang keine Acht darauf, und bemühte mich endlich diese Ideen zu zerstreuen; aber sie kamen immer wieder, und ich hatte ein paar Tage nöthig, bis sie andern Vorstellungen Platz machten, mit denen ich damals beschäftiget war.

Nach einigen Tagen kam ich wieder in die Comödie, und erwartete vergeblich, daß Hyacinthe auftretten würde. Sie wurde diesesmal durch eine andere ersetzt, die das Talent sich in alle mögliche Gestalten zu verwandeln, welches eigentlich den guten Schauspieler macht, in einem weit höhern Grade besaß. Aber sie mißfiel mir, ohne daß ich einen andern Grund hätte angeben können, als weil sie nicht Hyacinthe war, und niemals hatte ich so ungedultig auf den letzten Aufzug gewartet. Ich erkundigte mich bey einem meiner Freunde nach Hyacinthen, und erfuhr von ihm den Character der Arsenia, die für ihre Tante gehalten wurde, und die eingezogene Lebensart, die sie führten. Diese Nachrichten vermehrten meine Neugier; ich beschloß mich mit ihnen bekannt zu machen, ich besuchte sie und fand, daß mir mein Freund nicht zu viel Gutes von Arsenien gesagt hatte. Man ist so wenig gewohnt, Tugend, Grundsätze und edle Gesinnungen bey Schauspielerinnen zu suchen, daß man sich, wenn man sie bey ihnen findet, nicht erwehren kann, diesen Character eben so sehr für ein Werk ihrer Kunst zu halten, als die übrigen, die ihnen die Poeten zu spielen auferlegen. Ich beobachtete Arsenien eine geraume Zeit mit allem dem Mißtrauen, welches ihr Stand nothwendig zu machen schien, und sie gewann so viel dadurch, als vielleicht manche, die ein grosses Geräusch mit ihrer Tugend macht, dabey verliehren würde. Urtheilen sie, ob ich weniger Aufmerksamkeit auf Hyacinthen gehabt haben werde. Ihre Jugend schien sie zwar von allem Verdacht loßzusprechen, als ob Verstellung und Kunst einen Antheil an der Unschuld haben könnte, die aus ihrem ganzen Wesen zu athmen schien; es war unmöglich sie mit einem mißtrauischen Auge anzusehen: Aber das Vergnügen, so ich darinn fand, mich immer mehr in der Idee bestärkt zu sehen, die ich mir beym ersten Anblick von ihr gemacht hatte, machte daß sie mit einer Scharfsichtigkeit, der nichts entgieng, beobachtet wurde. Eben diese Aufrichtigkeit und liebenswürdige Einfalt des Herzens, welche sie aller der kleinen Kunstgriffe unfähig machte, wodurch die Schönen aus Eitelkeit oder andern Absichten unsern Herzen nachzustellen pflegen, ließ sie auch nicht bemerken, daß sie beobachtet wurde. Sie dachte eben so wenig daran sich zu verbergen, als sich zu zeigen. Sie gefiel ohne gefallen zu wollen, und die Anmuth, die ihre kleinsten Bewegungen anzüglich machten, war eben so natürlich und ungeschminkt als ihre Gesichtsfarbe. Ihre Handlungen hatten nie mehr als eine Absicht, und nie eine andere als die sie natürlicher Weise haben sollten. Sie schien nicht zu wissen, daß man die Augen, so beseelt auch die ihrigen von Natur waren, zu etwas anderm als zum sehen gebrauchen könne; sie lachte niemals um ihre schöne Zähne zu zeigen, und ließ oft in einer einzigen Stunde zwanzig Gelegenheiten entgehen, wo eine andere sich das Vergnügen gemacht hätte, die Anwesenden von der Schönheit eines wohlgestalten Arms, oder von der verführerischen Artigkeit eines kleinen Fusses zu überweisen. Ihre Gegenwart, Hyacinthe, macht es überflüßig ein Gemählde fortzuführen, womit ich ohnehin nie zufrieden seyn würde. Die Unschuld hat eine unendliche Menge Annehmlichkeiten, die eben so wenig beschrieben, als von der Kunst nachgeahmt werden können, und deren Eindruck desto gefährlicher ist, da er so sanft und unschuldig zu seyn scheint als sie selbst. Mein Herz war schon völlig von ihr eingenommen, ehe ich daran dachte, wie weit mich die Gesinnungen führen könnten, die sie mir, wiewohl ohne ihr Zuthun einflößte. Unvermerkt wurde ich es gewohnt, sie alle Tage zu sehen, unvermerkt verlohr alles andere, was mir sonst angenehm gewesen war, seinen Reitz für mich; ihre blosse Gegenwart setzte mich in Entzücken, und ohne sie machte mir alles Langeweile. Ich entzog mich nach und nach allen Gesellschaften, Lustbarkeiten und Zerstreuungen, um des einzigen Vergnügens ungestört zu geniessen, dessen jetzt mein Herz fähig war. Jeder Augenblick, um den irgend ein Zufall mich nöthigte sie später als gewöhnlich zu sehen, dehnte sich in eine tödtliche Länge aus, und ein ganzer Abend, den ich in ihrer und Arseniens Gesellschaft zubrachte, (denn allein sah ich sie niemals) schien mir ein Augenblick, wenn er vorüber war.

Die Vorwürfe meiner Freunde nöthigten mich endlich ihnen von einer Neigung Rechenschaft zu geben, die alle andere in meinem Herzen ausgelöscht zu haben schien; und die kleinen Streitigkeiten, die wir darüber mit einander bekamen, entdeckten mir, daß diese Neigung, an statt, wie man für recht und billig hielt, ein blosser Zeitvertreib und flüchtiger Geschmack zu seyn, eine Leidenschaft war, die das Glück oder Unglück meines Lebens entscheiden würde. Ich will Ihnen durch keine umständliche Beschreibung alles dessen, was von dieser Entdeckung an in meinem Herzen vorgieng, beschwehrlich fallen. Diejenigen, welche glauben, daß man die Liebe mit Erfolg bekämpfen könne, reden von einer Liebe, die nur in sehr uneigentlichem Verstande so genennt zu werden pflegt. Diese auflodernde Flammen, die bloß durch die Schönheit oder ein beydseitiges Bedürfniß angezündet und durch die Begierden unterhalten werden; diese willkührlichen Verbindungen, an denen das Herz keinen Antheil hat, die man aus Eitelkeit, Langerweile, Vorwitz, Caprice, Gewohnheit oder Convenienz eingeht und wieder aufhebt, wie und wenn man will, und die man, so wenig sie mit der Liebe gemein haben, bloß darum Liebe nennt, um ihnen einen ehrbaren Namen zu geben; diese mögen wohl ohne Mühe bekämpft und besiegt werden. Aber über eine wahre Liebe, die sich auf ein geheimes Verständniß der Herzen gründet, und mit gegenseitiger Hochachtung verbunden ist, ist noch nie kein Sieg erhalten worden, und die Schwierigkeiten, die ihr in den Weg gelegt werden, dienen zu nichts, als den ihrigen zu befördern. Ich machte mir selbst alle nur ersinnliche Einwürfe, ich fühlte ihre Stärke, ich wußte nur gar zu wohl, daß man die Vorurtheile, die meiner Liebe das Urtheil sprachen, nicht ungestraft verachten könne. Aber was vermochten alle diese Betrachtungen gegen eine Neigung, die für mein Herz die Quelle einer innerlichen Glückseligkeit war, der ich alle Augenblick bereit war alles andere Glück aufzuopfern? Ein Opfer, wofür derjenige, der wahrhaftig liebt, sich durch einen einzigen Blick, eine einzige Thräne der Zärtlichkeit für entschädiget halten würde. Doch, ich weiß eben so wohl, daß ich in dieser kleinen Gesellschaft von Freunden keine Entschuldigung nöthig habe, als daß diejenigen, die das Unglück haben, dieser Art von Gesinnungen selbst unfähig zu seyn, keine Entschuldigung gelten lassen.

Ich entschloß mich also mit aller nur möglicher Unerschrockenheit in den Augen dieser letztern ein Thor zu seyn, und richtete jetzt alle meine Bemühungen allein dahin, mich einer Gegenliebe zu versichern, von der die Glückseligkeit meines Lebens abhangen sollte. Mein Umgang mit Hyacinthe daurte bereits etliche Monate, und meine Absichten waren bey mir selbst fest gesetzt, ohne daß sie Ursache hatte mich als einen Liebhaber anzusehen. Mein Betragen war so zurück haltend, und die Zärtlichkeit, die ich für sie zeigte, derjenigen so ähnlich, die ein Bruder für eine Schwester haben kan, daß Arsenia endlich einen kleinen Argwohn über meine Absichten bekam. Sie errieth zwar, daß ich das Vergnügen haben wollte, eine gewisse Sympathie, die zwischen unsern Herzen zu seyn schien, sich in dem ihrigen nach und nach und von sich selbst entwickeln zu lassen, aber sie zweifelte zuweilen, ob der Gebrauch, den ich einst davon machen würde, so unschuldig seyn möchte, als sie es aus Liebe zu ihrer Hyacinthe wünschte. Sie hatte zwar Ursache sich zu meiner Denkungsart und zu meinen Grundsätzen das beste zu versehen; aber auf der andern Seite setzten die Vorurtheile der Welt, oder vielleicht die Betrachtung meines eigenen Glücks eine so weite Kluft zwischen uns, daß sie mir nicht Muth oder Liebe genug zutrauen konnte, sie zu überspringen. Sie wußte, daß die Welt weit geneigter seyn würde, mir eine Verbindung, wobey nur Hyacinthe aufgeopfert würde, zu gut zu halten, als eine solche, wodurch nach den Maximen des grossen Hauffens meine eigene Ehre verdunkelt würde, und was meine Denkungsart betraf, so kannte sie die Menschen zu gut, als daß sie die Grundsätze eines jungen Mannes für eine hinlängliche Gewähr gegen seine Leidenschaften hätte halten sollen. Diese Betrachtungen, die sie mir in der Folge selbst entdeckte, schienen ihr zwar nicht dringend genug, die unschuldige Neigung, die durch fast unmerkliche Grade in dem Herzen ihrer jungen Freundin sich entwickelte, durch voreilige Besorgnisse zurück zu schrecken, aber sie verdoppelten doch ihre Aufmerksamkeit auf mich, und bewogen sie, mir, wiewohl auf eine sehr feine Art, Gelegenheit zu machen, wo ich, wie sie glaubte, meine Gesinnungen deutlicher verrathen sollte.

Unter einer Menge von jungen Leuten, die sich zu erklärten Verehrern der liebenswürdigen Hyacinthe aufgeworfen hatten, und sich ihres vermeynten Rechts bedienten, sie hinter der Scene mit allem dem Unsinn zu ermüden, den sie ihr vorsagten, waren verschiedene, die ihre Absichten gerne weiter getrieben hätten, wenn sie, so lang ich ihnen ihrer Meynung nach im Wege stund, sich einigen Erfolg davon hätten versprechen können. So unangenehm es mir war, daß ich Hyacinthe nicht von diesem ganzen beschwehrlichen Schwarm befreyen konnte, so wenig hatte ich Ursache zu besorgen, daß irgend einer von ihnen ihrem Herzen gefährlich seyn könnte; es ist, dachte ich, eine natürliche Unbequemlichkeit, der die Rose ausgesetzt ist, daß sie allerley Ungeziefer um sich her sumsen lassen muß; und das Betragen der Hyacinthe, welche diesen Gecken eine Art von Ehrfurcht, über die sie selbst erstaunte, einzuflössen wußte, machte mich über diesen Punct so ruhig, als ich nur immer hätte seyn können, wenn sie mir ganz gleichgültig gewesen wäre. Allein Don Fernand von Zamora, der um diese Zeit nach Grenada kam, und vom erstenmal, da er Hyacinthen auf dem Theater sah, eine heftige Leidenschaft nach seiner Art für sie faßte, ließ mich nicht lange in dieser stolzen Ruhe. Ein Rival, der die Schönheit eines Narcissus mit der frechen Ausgelassenheit eines Satyren verband, der gewohnt war seinen Leidenschaften den Zügel zu verhängen, und die unermäßlichen Reichthümer, über die ihn der Tod seiner Eltern zum Herrn gemacht hatte, zu Befriedigung seiner Begierden unmäßig verschwendte, ein solcher Rival, so wenig ich auch für Hyacinthens Herz von ihm besorgte, war doch in verschiedenen andern Absichten nicht als gleichgültig anzusehen. Er machte seine erste Liebes-Erklärung mit Geschenken, die vielleicht manche spröde und stoltze Tugend in Versuchung hätten führen können. Hyacinthe schickte sie zurück, ohne zu glauben, daß sie ihrer Unschuld oder meiner Liebe, die ihr, ungeachtet ich noch immer in den Grenzen der Freundschaft zu bleiben schien, kein Geheimniß war, ein beträchtliches Opfer gebracht habe; allein sie konnte sich doch mit guter Art nicht erwehren, seine Besuche anzunehmen, und an den ausschweiffenden prächtigen Lustbarkeiten, die er seiner Eitelkeit zu Ehren, anstellte, mit Arsenien und andern von ihren theatralischen Freundinnen Antheil zu nehmen. So schwer es meinem Herzen wurde, so beschloß ich doch sie in dieser Gefahr, wenn es eine war, gänzlich dem ihrigen zu überlassen.

Don Fernand, dem ganz Grenada sagen konnte, daß ich sie niemals anders als in Arseniens oder anderer Gesellschaft sah, konnte sich um so weniger bereden, daß ich sein Rival sey, da er durch die genaueste Beobachtung nichts in meinem Betragen entdeckte, das mich hätte verdächtig machen können; und wenn er auch einigen Verdacht gehabt hätte, so würde ihn das nur desto eifriger gemacht haben, seine Anfälle auf ihr Herz zu verdoppeln. Allein weder seine Schönheit noch sein schimmernder Aufzug, noch seine Geschenke, noch seine Feste, noch die ungeheure Menge von Oden und Elegien, in denen er über die diamantne Härte ihres Herzens klagte, oder sich wunderte, wie der warme Schnee ihres schönen Busens so kalt seyn könne, waren nicht vermögend aus diesem kleinen Felsen-Herzen ein einziges armes Fünckchen von Mitleiden heraus zu schlagen, so kläglich auch die ganze poetische Zunft von Grenada auf seine Unkosten darum winseln mußte, und Don Fernand von Zamora fand endlich für gut, sein Herz, seine Geschenke und seine Elegien einer andern Schauspielerin anzubieten, welche die Sprödigkeit, (wie sie es nannte,) ausgenommen, in allen andern Stücken mit Hyacinthen in die Wette eiferte. So sehr ich nun Ursache hatte, mit dem Ausgang dieses Abentheuers zufrieden zu seyn, so ungedultig hatten mich die Unbequemlichkeiten des theatralischen Lebens, denen ich Hyacinthe bey dieser Gelegenheit ausgesetzt sehen mußte, gemacht, sie davon zu befreyen. Ich glaubte nunmehr ihres Characters und Herzens so gewiß zu seyn, daß ich eine längere Beobachtung für überflüßig hielt, und ich gieng würklich damit um, mich Arsenien zu entdecken, und die Mittel zur Ausführung meines Entwurfs mit ihr abzureden, als eine auszehrende Krankheit, deren schneller Anwachs sie gar bald an ihrer Wiedergenesung zweifeln machte, sie veranlaßte mir zuvor zu kommen. Sie bat sich eine Unterredung mit mir aus, wovon ausser einer kurzen Erzählung ihrer eigenen Schicksale, Hyacinthe der einzige Gegenstand war. Ich liebe sie, sagte diese hochachtungswürdige Frau zu mir, als ob sie mein eigenes Kind wäre, und die Umstände, worinn ich sie verlassen muß, sind das einzige, was mir die Verlängerung eines Lebens angenehm gemacht hätte, das mir durch eine lange Kette von Unglücks-Fällen und einen Gram, den nur mein Tod enden kan, schon lange zu einer beschwerlichen Bürde worden ist. Meine Liebe zu ihr ist desto unpartheyischer, da sie kein Werk eines mechanischen Triebs ist, sondern sich allein auf die Eigenschaften ihres Herzens gründet. Wie würdig ist sie eines bessern Schicksals, und wie wenig Hofnung darf ich mir machen, daß ihr Glück jemals mit ihrem Werth übereinstimmen werde! In ihren Umständen kan sie keine Lebensart erwählen, die nicht ihre eigene Gefahren hat. Jugend und Unschuld von so vielen Annehmlichkeiten begleitet, sind ohne die Vortheile der Geburt oder des Glücks, gefährliche Gaben für unser Geschlecht; eben diese Unschuld, eben diese Reitzungen, die an einer jungen Person von Stande, oder an einer reichen Erbin eine ehrerbietige Liebe oder doch wenigstens rechtmäßige Absichten einflössen würden, machen ein Mädchen, die dem Glück nichts zu danken hat, zu einem blossen Gegenstand von Begierden, die auf ihr Verderben zielen; und eben derjenige, der sich nicht schämt, zu ihren Füssen hingeworfen, sie in der Sprache der Schwärmerey und Anbetung für die Göttin seines Herzens zu erklären, würde sich durch den blossen Verdacht, daß er ehrliche Absichten auf sie haben könnte, für beleidigt halten. Urtheilen sie nun selbst, Don Eugenio, ob ich über Hyacinthens Schicksal ruhig seyn kan. Sie ist für die Umstände nicht gemacht, wozu ihr Unglück sie verurtheilt hat; sie ist liebenswürdig, und wie ich glaube, durch ihre Unschuld und sanfte Gemüthsart nur desto fähiger, gerührt zu werden. Ich besorge nichts für sie von allen diesen schimmernden Gecken, die um sie herum flattern, und gleich unfähig sind Liebe zu empfinden und einzuflössen; aber wenn sie einen Mann findet, der mit den Eigenschaften eines edlen Gemüths, mit tugendhaften Gesinnungen und einer ehrerbietigen Zärtlichkeit sich ihre Hochachtung erwirbt, der seine Begierden unter uneigennützigen Empfindungen zu verbergen, und die Liebe unter dem Namen und in Gestalt der Freundschaft heimlich in ihr Herz einzuführen weiß, der Gedult genug hat, den Zeitpunct abzuwarten, da sie durch das Vertrauen, das sie ihm schuldig zu seyn glaubt, durch die Unschuld ihrer eigenen Empfindungen, durch den zauberischen Reitz der Sympathie und gewisser geheimer Triebe, die sie in der unerfahrnen Einfalt ihres Herzens mit den zärtlichen Regungen desselben vermengt, entwafnet, unbesorgt und ganz in Liebe aufgelößt, als ein williges Opfer seinen Begierden überliefert wird. –

Ach! Don Eugenio! – wie sehr besorge ich, daß sie diesen Mann schon gesehen hat! – Vergeben sie mir, mein edler Freund; die Umstände, worinn ich bin, berechtigen mich freymüthig zu seyn; eine Person, die in kurzem von den Menschen nichts mehr zu fürchten noch zu hoffen hat, sieht durch alle die Blendwerke durch, die unsere Urtheile zu bethören, zu verfälschen, oder zurück zu halten pflegen, so lange wir noch selbst in die menschliche Angelegenheiten verwickelt sind. Sie werden nicht daran zweifeln, daß ich schon lange weiß, daß sie Hyacinthen lieben, und sie müssen es so gut wissen als ich, daß sie ihre Absichten auf das zärtlichste und beste aller Herzen nur gar zu gut erreicht haben. Ich schätze sie hoch, Don Eugenio, und noch vor wenig Tagen würde ich es für beleidigend angesehen haben, ihnen das geringste Mißtrauen sehen zu lassen; aber was wollen sie, daß ich jetzt, da Hyacinthens Sicherheit meine einzige Sorge ist, von ihrer Neigung denken soll? – Hier fuhr die redliche Arsenia fort mir ihre Besorgnisse zu entdecken, und endigte ihre Rede endlich damit, daß sie mich mit vielen Thränen beschwur, der Unschuld ihrer jungen Freundin zu schonen. Sie sah mich so lebhaft gerührt, daß sie unmöglich in die Wahrheit der Erklärungen, die ich ihr hierauf gab, einen Zweifel setzen konnte. Ich entdeckte ihr umständlich, was von dem ersten Augenblick an, da ich Hyacinthen gesehen hatte, in meinem Herzen vorgegangen war, wie sehr jederzeit das Verlangen sie glücklich zu sehen, die Begierde mich selbst durch sie glücklich zu machen überwogen habe, und wie fest ich nunmehr entschlossen sey, alle andere Betrachtungen, so wichtig sie immer an sich selbst seyn möchten, unserer gemeinschaftlichen Glückseligkeit aufzuopfern. Ich bat sie, Hyacinthe hierüber vorzubereiten, und alsdann zu gestatten, daß ich in ihrer Gegenwart mich gegen sie erklären dürfte. Beydes geschah, und die liebenswürdige Hyacinthe machte sich kein Bedenken, mich sehen zu lassen, wie gerührt sie davon war. Diese Zeichen des vollkommenen Vertrauens, das ich in ihre Rechtschaffenheit setze, sagte sie, indem sie mich mit thränenden Augen ansah, diese Thränen, die ich mich nicht bemühe vor ihnen zu verbergen, bin ich ihren allzugroßmüthigen Gesinnungen schuldig: Aber das ist alles, was die unglückliche Hyacinthe thun kan, ihnen ihre Dankbarkeit zu zeigen. – Sie entdeckte mir hierauf mit einer Offenherzigkeit, die sie noch tausendmal liebenswürdiger in meinen Augen machte, die ganze Geschichte ihres Lebens.

Urtheilen sie jetzt selbst, Don Eugenio, fuhr sie fort, wie sie damit zu Ende war, ob ich nicht die unwürdigste Creatur wäre, wenn ich das Übermaaß ihrer Gütigkeit für mich mißbrauchen wollte, so lang ich nicht eine völlige Gewißheit dessen habe, was vermuthlich eine blosse Eingebung meiner Eitelkeit ist, wenn ich mir schmeichle, daß ich vielleicht weniger Ursache habe über meinen Ursprung zu erröthen, als die Zigäunerin, die mich erzogen hat, mich bereden wollte. Arsenia vereinigte sich vergebens mit mir, sie zu überzeugen, daß ihre Bedenklichkeit zu weit getrieben sey; sie blieb unbeweglich bey ihrem Entschluße, wenn sie Arsenien verliehren sollte, sich in ein Kloster zu begeben; und alles, was ich endlich von ihr erhalten konnte, war, daß sie mir die Wahl des Orts überließ, und feyerlich versprach, sich ohne meine Einstimmung durch kein Gelübde binden zu wollen. Ich schrieb so gleich an einen Freund zu Sevilla, um Nachrichten von der alten Zigäunerin einzuziehen; erfuhr aber, daß die Aufmerksamkeit, die der Corregidor auf ihr Hauß zu wenden angefangen, sie vor kurzem genöthiget habe sich durch eine schleunige Flucht in Sicherheit zu bringen. So verdrießlich mir dieser Umstand war, so gab ich doch die Hofnung nicht auf, durch die Maaßregeln, die ich deßwegen nahm, die Alte noch endlich aufzutreiben, die ich alsdann unfehlbar zum Geständniß, wie sie zu Hyacinthen gekommen sey, zu bringen hofte; und im Fall sie mir entgehen würde, so schmeichelte ich mir doch, Hyacinthens Entschluß endlich durch meine Beständigkeit zu erweichen. Inzwischen nöthigten mich die Angelegenheiten meiner Schwester, die meine Gegenwart zu Valencia schlechterdings erforderten, von Grenada abzureisen, und meine Geliebte bey einer würdigen Freundin zurück zu lassen, von der sie sich durch nichts als den Tod trennen lassen wollte, und deren täglich abnehmendes Leben mir wenig Hofnung überließ, sie jemals wieder zu sehen.

Vierzehntes Capitel.

Beschluß der Geschichte der Hyacinthe.
Eine Vermuthung des Don Sylvio. Vorbereitungen zu einem Intermezzo, wobey wenige Leute lange Weile haben werden.

So intereßant vermuthlich die Liebesgeschichte des Don Eugenio und der schönen Hyacinthe ihnen selbst und vielleicht auch ihren unmittelbaren Zuhörern gewesen seyn mag, so wenig können wir unsern Lesern übel nehmen, wenn sie das Ende davon zu sehen wünschen. Es ist in der That für ehrliche Leute, die bey kaltem Blut sind, kein langweiligeres Geschöpf in der Welt als ein Liebhaber, der die Geschichte seines Herzens erzählt. Wir wollen uns also begnügen, ihnen zu sagen, daß Hyacinthe das Wort wieder nahm, und ihre eigene Begebenheiten von dem Tod ihrer Freundin an, bis zu dem Augenblick fortsetzte, da Don Eugenio und Don Gabriel, von unserm Helden unterstützt, sie den räuberischen Händen des Don Fernand von Zamora entrissen. Sie ergänzte, was ihr selbst bisher in diesen Begebenheiten unbegreiflich gewesen war, aus dem Geständniß, welches die getreue Teresilla sich genöthigt gesehen hatte, ihrer Gebieterin von ihrem geheimen Briefwechsel mit Don Fernand und von allen den kleinen Verräthereyen zu machen, die sie seit geraumer Zeit gespielt hatte. Denn unglücklicher Weise für diese würdige Kammer-Jungfer hatte sich ein Briefchen des Don Fernand, so sie an statt es zu verbrennen, in ihrem Unterröckchen wohl verwahrt zu haben glaubte, man weißt nicht wie? in Pedrillo Kammer aus ihrem Sack verlohren, und, wie sich alles zusammen schicken muß, wenn eine Schelmerey zur Entdeckung reiff ist, so war es dem Don Eugenio in die Hände gefallen, da er an dem nehmlichen Morgen, als unser Held das Wirthshaus so plötzlich verlassen hatte, von ungefehr in diese Kammer trat.

Sie erzählte also, wie Don Fernand von Zamora, an statt seine Absichten, wie er Mine gemacht hatte aufzugeben, Mittel gefunden ihre Aufwärterin auf seine Seite zu bringen; was für Entwürfe er mit Teresillen gemacht, um auf ihrer Reise nach Valencia, wozu sie gleich nach Arseniens Tode Anstalt gemacht, sich ihrer Person zu bemächtigen; auf was Art er dieses Vorhaben ins Werk gerichtet, wie sehr er sich bemüht sie zu besänftigen, und durch eine ehrerbietige Zurückhaltung ihr eine bessere Meynung von seinen Absichten beyzubringen, und wie endlich der glückliche Umstand, daß Don Eugenio an statt zu Valencia zu seyn, wie sie selbst geglaubt hatte, zu Lirias gewesen, und durch einen noch glücklichern Zufall auf einem Spatzierritt zwischen Julilla und Lirias auf sie gestossen, ihre Befreyung veranlaßt habe.

Die schöne Hyacinthe vergaß bey dieser Gelegenheit nicht unserm Helden von neuem für die Großmuth zu danken, womit er sich für sie und Don Eugenio gewaget hatte, und Don Sylvio erwiederte diese Höflichkeit im Ton der Galanterie, der Ritter vom Graal und von der runden Tafel. Er bezeugte sich ihr sehr verbunden, daß sie ihm erlaubt hatte einen Zuhörer ihrer Geschichte abzugeben, und versicherte sie, daß man sie nur zu sehen und zu hören brauche, um überzeugt zu seyn, daß ihre Abkunft, ungeachtet des geheimnißvollen Dunkels, womit sie noch bedeckt sey, eben so erhaben und glänzend seyn müsse, als ihre persönliche Verdienste. Indessen konnte er doch nicht umhin, seine Verwunderung darüber zu bezeugen, daß in einer Geschichte, die ihm ausserordentlich genug schien, die Feen nicht das geringste zu thun gehabt haben sollten, und er fragte sie ganz ernsthaft; woher es komme, daß sie über diesen Punct ein so genaues Stillschweigen beobachtet habe, da es doch ganz und gar nicht begreiflich sey, daß die Feen und Zauberer an den Begebenheiten einer so vollkommenen jungen Dame keinen Antheil gehabt haben sollten? Die ernsthafte Mine, womit er diese Frage that, machte, daß die beyden Damen, ungeachtet ihres Vorsatzes alle mögliche Achtung für seine Schwärmerey zu zeigen, sich des Lachens nicht enthalten konnten. Wollten sie dann, sagte Hyacinthe, daß ich ein Feen-Märchen aus meiner Geschichte gemacht haben sollte, warum liessen sie mir nichts davon merken? Wenn ich geglaubt hätte, sie ihnen dadurch angenehm zu machen, so wäre es mir ein leichtes gewesen, die alte Zigäunerin in eine Carabosse, die gute Dame zu Calatrava in eine Lüminöse, und Don Fernand von Zamora, wo nicht zu einem schelmischen Zwerg, doch wenigstens zu einem Sylphen oder Salamander zu machen.

Vergeben sie mir, sagte Donna Felicia, aber meines Erachtens würde ihre Erzählung sehr dabey gewonnen haben. Denken sie einmal, wie frostig es klingen würde, wenn ein Dichter sich begnügen wollte zu sagen: Daphnis oder Coridon setzte sich in den Schatten, und schöpfte frische Luft; oder, er löschte seinen Durst aus einer Quelle; aber so bald er sagt: Freywillige Blumen drangen auf Flora's Befehl hervor, den schönen Seladon zum weichen Polster zu dienen, gaukelnde Zephirs fächelten ihm mit ihren Rosenflügeln, Kühlung und ambrosiche Geruche zu, und eine Nymphe, reitzend wie die junge Hebe, bot ihm freundlich-lächelnd crystallenes Wasser in einer Perlenmuschel dar – dann glauben wir erst, daß der Poet sein Amt gethan, und die Natur geschildert habe, wie er soll. Vermuthlich sagte Don Gabriel, welcher merkte, daß unser Held ein wenig betroffen war, und nicht wußte, wie er die Scherze der beyden Damen aufnehmen sollte, ist die Absicht der schönen Hyacinthe gewesen, uns nur dasjenige, was man einen summarischen Begriff nennen möchte, von ihren Abentheuern zu geben. Die Feen können dem ungeachtet, wie ich nicht zweiffeln will, die geheimen Treibfedern aller ihrer wundervollen Zufälle gewesen seyn, und wenn ich bedenke – Vergeben sie mir, Don Gabriel, fiel ihm Hyacinthe ein, ich schwöre ihnen im ganzen Ernst, daß die Feen, so viel mir bekannt ist, nicht die geringste Mühe mit mir gehabt haben. Sie werden mich doch nicht bereden wollen, hoffe ich, daß alle diese schimärischen Wesen, die in den Mährchen so viel zu thun haben, jemals ausser den Mährchen existirt haben? Ist es möglich, rief Don Sylvio, daß sie hieran zweiffeln können? Sehen sie denn nicht, daß man allen historischen Glauben aufgeben müsse –

Erhitzen sie sich nicht, mein lieber Don Sylvio, fiel ihm Don Gabriel lächelnd ins Wort, sie sehen ja, daß Hyacinthe nur gescherzt hat, und wenn es auch ihr Ernst gewesen wäre, so wollen wir sie bald auf andere Gedanken bringen. Sie kennt vielleicht nur das Mährchen vom blauen Bart, oder vom rothen Mützchen, und von der guten kleinen Maus; sie würde ganz anders reden, wenn sie, zum Exempel, die Geschichte des Prinzen Biribinker hören würde, die eine unzweiffelhafte Glaubwürdigkeit vor sich hat, da sie aus dem sechsten Buche der unglaublichen Geschichten des berühmten Paläphatus genommen ist. Ich gestehe ihnen; sagte Don Sylvio, daß mir dieser Prinz, dessen sie erwähnen, gänzlich unbekannt ist, und daß ich sehr begierig wäre – Sie würden es noch vielmehr seyn, unterbrach ihn Don Gabriel, wenn sie sich zum voraus vorstellen könnten, wie ausserordentlich und interessant seine Begebenheiten sind. Ich glaube nicht zu viel zu sagen, wenn ich sie versichere, daß sie alles übertreffen, was man jemals in den Geschichten der Feen gesehen hat – Sie machen mich selbst begierig, sagte Don Eugenio; die unglaublichen Geschichten eines Schriftstellers, der dem Homer den Vorzug des

Alterthums streitig macht, sind unstreitig eine Gewähr, die niemand sich einfallen lassen wird für unsicher zu halten, und wenn schon das sechste Buch davon, für die Welt längst verlohren gegangen ist, so folgt doch nicht daraus, daß Don Gabriel, dessen Stärke in der geheimen Philosophie uns bekannt ist, nicht mehr davon wissen könne, als andere. Ich bin ihrer Meynung, sagte Donna Felicia; ich wollte wetten, wenn dieses sechste Buch auch nie geschrieben worden wäre, so würde die tiefe Wissenschaft des Don Gabriel mehr als zulänglich seyn, uns die Geschichte des Prinzen Biribinker von Wort zu Wort eben so zu erzählen, wie er sie in diesem sechsten Buch gefunden hätte, wenn es geschrieben worden wäre. Es beliebt ihnen zu scherzen, Donna Felicia, sagte Don Gabriel ganz ernsthaft; ich gestehe, daß die Geschichte des Prinzen Biribinker bisher noch unbekannt gewesen ist, aber das benimmt ihrer Wahrheit nichts, und Don Sylvio soll, mit Eu. Gnaden Erlaubniß, Richter darüber seyn, ob etwas darinn ist, daß die Glaubwürdigkeit des Geschichtschreibers verdächtig machen könnte. Wir wollen sehen, erwiederte Donna Felicia, denn ich hoffe doch, sie werden uns übrigen erlauben, Zuhörer abzugeben, wenn wir uns gleich nicht anmassen dürfen, Richter zu seyn. Weil sich nun jedermann begierig zeigte, eine Geschichte zu wissen, von welcher der blosse Name B i r i b i n k e r sehr viel merkwürdiges zu versprechen schien, so wurde abgeredet, daß man sich Abends nach der Sieste in dem Myrrthen-Wäldchen versammeln wollte, um sie anzuhören; und weil die Sonne anfieng beschwehrlich zu werden, so begab sich die Gesellschaft durch einen bedeckten grünen Gang in das Wohnhauß zurück.

Unser Held hatte während daß Hyacinthe ihre Geschichte erzählte, einen Einfall bekommen, den er dem Don Eugenio entdeckte, so bald sie sich allein sahen. Was würden sie dazu sagen, Don Eugenio, fieng er an, wenn Hyacinthe meine Schwester wäre? Ihre Schwester, versetzte Don Eugenio, haben sie denn eine Schwester verlohren? Ich hatte eine, antwortete Don Sylvio, die sich in ihrem dritten Jahr verlohr, ohne daß man erfahren konnte, was aus ihr geworden sey. Himmel! rief Don Eugenio, wie glücklich wäre ich, wenn ihre Muthmassung sich wahr befände! Und in der That nun wundert michs erst, wie gewisse Gesichts-Züge die Hyacinthe mit ihnen gemein hat, mich nicht selbst auf diesen Gedanken gebracht haben. Aber erinnern sie sich keiner Umstände – wissen sie keine Merkmale, die unsere Vermuthung zu einer Gewißheit leiten könnten? Wenn der Instinct nicht betrüglich wäre, antwortete Don Sylvio, so würde ich geneigt seyn, die Anmuthung, die ich beym ersten Anblick für sie empfand, für die Stimme des Blutes zu halten – Aber ich besorge, Don Eugenio, daß ich mir mit einer unzeitigen Hofnung geschmeichelt habe. Und warum, fragte Don Eugenio ungedultig? Ich finde einen Umstand in Hyacinthens Geschichte, antwortete jener, der mich in Verlegenheit setzt. – Ich bitte sie, erklären sie sich, rief Don Eugenio, ich bin auf der Folter, so lange sie mich im Zweifel schweben lassen. Hyacinthe ist von einer Zigäunerin erzogen, und wie sie vermuthet, ihren würklichen Eltern entwendet worden, fuhr Don Sylvio fort; die Zeiten und das Alter kommen überein; meine Schwester hatte ungefehr drey Jahre, wie sie unsichtbar wurde, und sie würde jetzo Hyacinthens Alter haben; die Verschiedenheit der Namen, (denn meine Schwester hieß Seraphine,) thut nichts zur Sache, man konnte ihren Namen ändern; aber der Umstand mit der Zigäunerin verderbt alles. Man vermuthete zwar in meinem Hause, daß meine Schwester von einer Zigäunerin gestohlen worden sey, aber ohne genugsamen Grund; und ich habe eine Menge der wichtigsten Ursachen, die mich überzeugen, daß es eine Fee gewesen ist –

Hier war Don Eugenio im Begriff die Gedult zu verliehren, und er hatte alle nur ersinnliche Mühe seine erste Bewegungen zurück zu halten. Wenn sie keine andere Bedenklichkeit haben, sagte er endlich, nachdem er sich wieder gefaßt hatte, so haben wir nicht nöthig uns hierüber zu beunruhigen. Was hindert uns zu glauben, daß die Zigäunerin, die Hyacinthen raubte, die Fee gewesen sey, die ihre Schwester unsichtbar gemacht hat? Wir wollen uns nicht bey dem Namen aufhalten. Glauben sie mir, alle ihre Carabossen, Fanferlüschen, Concumbern und Magotinen sind nicht mehr noch weniger Feen gewesen als diese Zigäunerin, und wer weißt, ob sich nicht am Ende zeigen wird, daß die Feerey an Hyacinthens Geschichte mehr Antheil gehabt, als sie sich selbst einbildet? Don Sylvio fand diese Idee sehr gut, und beyde strengten nunmehr allen ihren Witz an, sich in einer Einbildung zu bestärken, die ihren Neigungen schmeichelte. Unser Held zweiffelte nicht, daß sich das Geheimniß in kurtzem, und ehe man sich dessen versehen würde, durch die plötzliche Erscheinung der Feen von selbst aufklären werde; und Don Eugenio machte von neuem Anstalten, die Zigäunerin, von der er über die Genealogie seiner geliebten Hyacinthe mehr Licht erwartete als von allen Feen der ganzen Welt, herbey zu schaffen, sie möchte sich auch verkrochen haben, wohin sie wollte.

Während dieser Unterredung hatte sich Donna Felicia in ihr Cabinet begeben, wo sie, indessen daß Laura mit Hyacinthens Aufputz beschäftiget war, das Vergnügen hatte ihren Gedanken ungestört Gehör zu geben. Ohne Zweifel hatte sie Ursache genug mit den Vortheilen zufrieden zu seyn, die sie bereits über sein Herz erhalten hatte. Sie würde es auch vielleicht gewesen seyn, wenn ihr Herz weniger Antheil an ihren Absichten gehabt hätte, als ihre Eitelkeit. Aber die Liebe ist, wie man weißt, so furchtsam, daß sie sich oft am weitesten von ihrem Glück entfernt zu seyn glaubt, wenn sie ihm am nächsten ist. Donna Felicia befand sich diesesmal in diesem Fall, und die übertriebene Vorstellung, die sie sich von der Schwierigkeit machte, den blauen Schmetterling aus seinem Herzen zu verdrängen, beredete sie, daß es unumgänglich nothwenig sey ihn mit stärkern Waffen zu bekämpfen als bisher. Insonderheit hielt sie es für sehr nachtheilig, wenn sie ihm Zeit lassen würde, sich in Gegen-Verfassung zu setzen; ihrer Meynung nach konnte sein Herz nicht anders als mit Sturm erobert werden, und eine jede Minute, worinn es nicht von ihren Blicken beschossen wurde, schien ihr die Lücken wieder zu ergänzen, so sie darinne gemacht haben könnten. Unter diesen Betrachtungen fiel ihr ein, ihn zu ihrer Toillette ruffen zu lassen, und nachdem sie diesen Gedanken in weniger als einer Viertelstunde wohl zwanzigmal gebilliget und wieder verworffen hatte, so behielt er doch zuletzt die Oberhand, und Laura bekam einen Wink, ihm, (wiewohl nur in ihrem eigenen Namen) zu verstehen zu geben, daß ihre Dame sichtbar sey.

Wir hätten hier einen schönen Anlaß unsere Geschicklichkeit so wohl in Gemählden, die eine gewisse Delicatesse des Pinsels erfordern, als in Zergliederung der Empfindungen und Entwicklung der zartesten Treibfedern des menschlichen Herzens zu zeigen, wenn wir uns in eine Beschreibung alles dessen einlassen wollten, was bey diesem Besuch, wobey Hyacinthe und Laura gegenwärtig waren, vorgegangen. Allein da unsere Eitelkeit durch die Proben, die wir unsern Lesern bereits hievon gegeben zu haben glauben, schon hinlänglich befriediget ist, so werden sie erlauben, daß wir, ohne unsre Bequemlichkeit ihrem Vergnügen aufzuopfern, uns für dißmal begnügen, ihnen zu sagen, daß die schöne Felicia ihre Absichten vollkommen erreicht habe, oder, wenn dieser Ausdruck zu unbestimmt scheinen möchte, daß alle die phantastischen Entzückungen, worein die Feen und die Liebe eines schimärischen Gegenstandes unsern Helden von Zeit zu Zeit gesetzt hatten, sich gegen diejenige, die er bey dieser Gelegenheit erfuhr, gerade so verhielten, wie ein Schmetterling gegen eine reitzende Wittwe von achtzehen Jahren.

Wenn Donna Felicia bey ihrer Toilette Anlaß gehabt hatte unserm Helden ihre materielle Schönheit in dem mannigfaltesten und vortheilhaftesten Lichte zu zeigen, so unterließ sie nicht über der Tafel seine Bezauberung durch die intellectualischen Reitzungen ihres Geistes, die unter dem Flor der sichtbaren Schönheit so verführerisch sind, auf den höchsten Grad zu treiben. Die Nachmittags-Hitze war dieses mal so erträglich, daß man über dem Vergnügen einer aufgeweckten Conversation die gewöhnliche Sieste vergaß, und Don Sylvio, der lauter Aug, Ohr und Seele für seine Göttin war, würde so gar das Märchen vergessen haben, womit Don Gabriel die Gesellschaft zu regaliren versprochen hatte, wenn er, bey einem Spatziergang, den man des Abends in dem Myrthen-Wäldchen machte, nicht von Hyacinthen daran erinnert worden wäre. Weil die Absicht dabey war eine Probe zu machen, wie weit das Vorurtheil und die Einbildung bey unserm Helden gehe, so hatte Don Gabriel die übrigen schon vorbereitet, von seinem Mährchen den höchsten Grad des Abentheuerlichen und Ungereimten zu erwarten. Allein dieses machte sie nur desto begieriger zu sehen, wie er sich aus der Sache ziehen würde. Hyacinthe hatte also kaum des Prinzen Biribinker erwähnt, so vereinigte sich die ganze Gesellschaft ihm anzuliegen, daß er ihre Ungedult nach der versprochenen Geschichte befriedigen möchte, und Don Sylvio selbst erwachte, so bald er hörte, daß von einem Feen-Mährchen die Rede war, aus der süssen Träumerey, worein ihn die schöne Donna Felicia schon eine geraume Weile gesetzt hatte; so groß ist die Macht der Gewohnheit, und so wenig kan der vollkommenste Gegenstand von unserer Aufmerksamkeit Meister bleiben, so bald sich uns ein anderer, so klein und eitel er immer vergleichungsweise seyn mag, darstellt, der einmal im Besitz ist, eine gewisse Gewalt über unsere Einbildung oder unsere Sinnen auszuüben. Nachdem sie also in einer dicht mit Jasmin bewachsenen Sommerlaube Platz genommen, so fieng Don Gabriel, nach einer kurzen Vorrede zum Lobe des glaubwürdigen Geschichtschreibers Paläphatus, diejenige Erzählung an, womit wir den geneigten Leser in dem folgenden Buche zu unterhalten gedenken.

Sechstes Buch.

⟨Erstes Capitel.⟩

Geschichte des Prinzen Biribinker.

In einem Lande, dessen weder Strabo noch Martiniere Erwähnung thun, lebte einst ein König, der den Geschichtschreibern so wenig zu verdienen gab, daß sie aus Rachbegierde mit einander einig wurden, so gar seine Existenz bey der Nachwelt zweiffelhaft zu machen. Allein alle ihre boßhaften Bemühungen haben nicht verhindern können, daß sich nicht einige glaubwürdige Urkunden erhalten hätten, in denen man alles findet, was sich ungefehr von ihm sagen ließ. Diesen Urkunden zufolge war er eine gute Art von einem Könige, machte des Tages seine vier Mahlzeiten, hatte einen guten Schlaf, und liebte Ruhe und Frieden so sehr, daß es bey hoher Strafe verboten war, die blossen Namen Degen, Flinte, Canone und dergleichen in seiner Gegenwart zu nennen. Das merkwürdigste an seiner Person, (sagen die bemeldten Urkunden) war ein Wanst von einer so majestätischen Peripherie, daß ihm die grösten Monarchen seiner Zeit hierinn den Vorzug lassen mußten. Ob ihm der Beyname des Grossen, den er bey seinen Lebzeiten geführt haben soll, um dieses nehmlichen Wanstes oder einer andern geheimen Ursache willen gegeben worden, davon läßt sich nichts gewisses sagen; so viel aber ist ausgemacht, daß in dem ganzen Umfange seines Reichs niemand war, den dieser Beyname einen einzigen Tropfen Bluts gekostet hätte. Wie es darum zu thun war, daß seine Majestät aus Liebe zu dero Völkern und zu Erhaltung der Thron-Folge in dero Familie, sich vermählen sollte, so hatte die Academie der Wissenschaften nicht wenig zu thun, vermittelst der gegebenen Grösse des königlichen Wanstes und einiger anderer Verhältnisse die Figur derjenigen Princeßin zu bestimmen, welche man würdig halten konnte, die Hofnungen der Nation zu erfüllen. Nach einer langen Reyhe von academischen Sitzungen wurde endlich die verlangte Figur, und durch eine grosse Menge von Gesandtschaften, die an alle Höfe von Asien geschickt wurden, die Princeßin ausfindig gemacht, die mit dem gegebenen Modell übereinstimmte. Die Freude über ihre Ankunft war ausserordentlich, und das Beylager wurde mit so grosser Pracht vollzogen, daß sich wenigstens fünfzig tausend Paare von den königlichen Unterthanen entschliessen mußten ledig zu bleiben, um seiner Majestät die Unkosten von dero Hochzeit bestreiten zu helfen. Der Präsident der Academie, der, ungeachtet er der schlechteste Geometer seiner Zeit war, sich alle Ehre der obgedachten Erfindung beyzulegen gewußt hatte, glaubte mit gutem Grunde, daß nunmehr sein ganzes Ansehen von der Fruchtbarkeit der Königin abhange, und weil er in der Experimental-Physik ungleich stärker war, als in der Geometrie, so fand er, man weißt nicht was für ein Mittel, die Berechnungen der Academie zu verificiren. Kurz, die Königin gebahr zu gehöriger Zeit den schönsten Prinzen, der jemals gesehen worden ist, und der König hatte eine so grosse Freude darüber, daß er den Präsidenten auf der Stelle zu seinem ersten Vezier ernannte.

So bald der Prinz gebohren war, versammelte man zwanzig tausend junge Mädchen von ungemeiner Schönheit, die man zum voraus aus allen Enden des Reichs zusammen berufen hatte, um eine Säugamme für ihn auszuwählen. Man muß gestehen, daß unter allen diesen jungen Mädchen nicht eine einzige Jungfer war;

allein man glaubte, sie würden sich nur desto besser zu dem ehrenvollen Amte schicken, wozu man sie nöthig hatte, und wozu sich jede die meiste Hofnung machte, weil der erste Leibartzt ausdrücklich verordnet hatte, daß die Wahl auf die schönste fallen sollte. Aus zwanzig tausend schönen die schönste auszuwählen, ist keine so leichte Commißion, als man denken möchte; auch hatte der Leibartzt, ungeachtet er eine gute Brille auf der Nase sitzen hatte, so viel Mühe, einen zureichenden Grund zu finden, warum er einer vor der andern den Vorzug geben sollte, daß bereits der dritte Tag sich zum Ende neigte, ehe er es nur so weit gebracht hatte, die Candidatinnen von zwanzig tausend auf vier und zwanzig zu bringen. Allein, da doch endlich eine Wahl getroffen werden mußte, so war er eben im Begriff unter den vier und zwanzig einer grossen Brunette den Vorzug zu geben, weil sie unter allen den kleinsten Mund und die schönste Brust hatte, Eigenschaften, die, wie er versicherte, Galenus und Avicenna schlechterding von einer guten Amme fordern; als man unvermuthet eine gewaltig grosse Biene nebst einer schwarzen Ziege ankommen sah, welche vor die Königin gelassen zu werden begehrten.

Frau Königin, sprach die Biene, ich höre, sie brauchen eine Amme für ihren schönen Prinzen. Wenn sie das Vertrauen zu mir haben wollten, mir vor diesen zweybeinigten Creaturen den Vorzug zu geben, so sollte es sie gewiß nicht gereuen. Ich will den Prinzen mit lauter Honig von Pomeranzen-Blühten säugen, und sie sollen ihre Lust daran sehen, wie groß und fett er dabey werden soll. Sein Athem soll so lieblich riechen wie Jasmin, sein Speichel soll süsser seyn als Canarien-Sect, und seine Windeln –

Gestrenge Frau Königin, fiel ihr die Ziege ins Wort, nehmen sie sich vor dieser Biene in Acht, das will ich ihnen als eine gute Freundin gerathen haben. Es ist wahr, wenn ihnen sehr viel daran gelegen ist, daß ihr junges Herrchen süß werde, so taugt sie dazu besser als irgend eine andere; aber es laurt, wie das Sprüchwort sagt, eine Schlange unter den Blumen. Sie wird ihn mit einem Stachel begaben, der ihm unendlich viel Unglück zuziehen wird. Ich bin nur eine schlechte Ziege; aber ich schwöre eurer Majestät bey meinem Bart, meine Milch wird ihm weit besser zuschlagen als ihr Honig; und wenn er schon weder Nectar noch Ambrosia machen wird, so versprech ich ihnen hingegen, daß er der tapferste, der weiseste und der glücklichste unter allen Prinzen seyn soll, die jemals Ziegenmilch getrunken haben.

Jedermann verwunderte sich, da man die Ziege und die dicke Biene so reden hörte. Allein die Königin merkte gleich, daß es zwo Feen seyn müßten, und dieses machte sie eine ziemliche Weile unschlüßig, was sie thun sollte. Endlich erklärte sie sich für die Biene; denn weil sie ein wenig geitzig war, so dachte sie: Wenn die Biene ihr Wort hält, so wird der Prinz allenthalben so viel Süßigkeiten von sich geben, daß man das Confect für die Tafel wird ersparen können. Die Ziege schien es sehr übel zu nehmen, daß sie abgewiesen wurde: sie meckerte dreymal etwas unverständliches in ihren Bart hinein, und siehe! da erschien ein prächtig lackirter und vergoldeter Wagen von acht Phönixen gezogen; die schwartze Ziege verschwand in dem nehmlichen Augenblick, und an ihrer statt sahe man ein kleines altes Weibchen in dem Wagen sitzen, die mit vielen Drohungen gegen die Königin und den jungen Prinzen, durch die Luft davon fuhr. Der Leib-Medicus war über eine so seltsame Wahl nicht weniger mißvergnügt, und wollte der Brunette mit dem schönen Busen den Antrag machen, ob sie nicht Lust hätte, die Stelle einer Haußmeisterin bey ihm einzunehmen; allein zum Unglück kam er schon zu spät, und mußte sichs gefallen lassen mit einer von den übrigen neunzehn tausend, neun hundert und sechs und siebenzig vorlieb zu nehmen; denn die vier und zwanzig waren alle schon bestellt.

Inzwischen machten die Drohungen der schwarzen Ziege dem Könige so bang, daß er noch an dem nehmlichen Abend seinen Staats-Rath versammlete, um sich zu berathen, was bey so gefährlichen Umständen zu thun seyn möchte; denn weil er gewohnt war, sich alle Nacht mit Mährchen einschläfern zu lassen, so wußte er wohl, daß die Feen nicht für die Langeweile zu drohen pflegen. Nachdem nun die weisen Männer alle bey einander waren, und ein jeder seine Meynung gesagt hatte, so befand sichs, daß sechs und dreyßig Räthe in grossen viereckichten Perücken, nicht weniger als sechs und dreyßig Vorschläge gethan hatten, wovon an jedem wenigstens sechs und dreyßig Schwierigkeiten ausgesetzt wurden; man stritt in mehr als sechs und dreyßig Seßionen mit vieler Lebhaftigkeit, und der Prinz würde vermuthlich mannbar geworden seyn, ehe man eines Schlusses hätte einig werden können, wenn nicht der Favoritt Hof-Narre seiner Majestät den Einfall gehabt hätte, daß man eine Gesandtschaft an den grossen Zauberer Caramussal schicken sollte, der auf der Spitze des Berges Atlas wohnte, und von allen Orten her wie ein Orackel um Rath gefragt wurde. Weil nun der Hofnarr das Herz des Königs hatte, und in der That für den feinsten Kopf des ganzen Hofes gehalten wurde, so fiel ihm jedermann bey, und in wenig Tagen wurde eine Gesandtschaft abgeschickt, welche, die Taggelder zu ersparen, mit so grosser Geschwindigkeit reiseten, daß sie in drey Monaten auf der Spitze des Berges Atlas anlangten, ob er gleich bey nahe zwey hundert Meilen von der Hauptstadt entfernt war.

Sie wurden so gleich vor den grossen Caramussal gelassen, der in einem prächtigen Saal auf einem Throne von Ebenholtz sitzend, den gantzen Tag genug zu thun hatte, auf alle die wunderlichen Fragen Antwort zu geben, die aus allen Theilen der Welt an ihn gebracht wurden. Der erste Abgesandte nachdem er sich den Bart gestrichen und dreymal geräuspert hatte, öfnete eben einen ziemlich grossen Mund um eine schöne Anrede herzusagen, die ihm sein Secretair aufgesetzt hatte, als ihn Caramussal unterbrach; Herr Abgesandter, sagte er, ich schenke ihnen ihre Rede, ob ich es ihnen gleich an ihrer Physionomie ansehe, daß sie sehr hübsch gelautet haben würde; ich habe selbst den ganzen Tag so viel zu reden, daß mir keine Zeit zum hören übrig bleibt; und zu dem, so weiß ich schon voraus, was sie bey mir anzubringen haben. Sagen sie dem König, ihrem Herrn, er habe sich an der Fee Caprosine eine mächtige Feindin gemacht; indessen sey es doch nicht unmöglich, die Zufälle, so sie dem Prinzen angedroht habe, auszuweichen, wenn man die gehörige Vorsicht gebrauche, daß er vor seinem achtzehnten Jahre kein Milchmädchen zu sehen bekomme. Weil es aber, aller Vorsicht ungeachtet, eine sehr schwere, wo nicht unmögliche Sache ist, seinem Schicksal zu entgehen, so seye mein Rath, daß man, um auf alle Fälle gefaßt zu seyn, dem Prinzen den Namen Biribinker gebe, dessen geheime Kräfte allein mächtig genug sind, ihn aus allen den Abentheuern, die ihm zustossen könnten, glücklich heraus zu führen. Mit diesem Bescheid entließ Caramussal die Gesandtschaft, welche nach Verfluß abermaliger drey Monate, unter allgemeinem Zujauchzen des Volks wieder in der Hauptstadt ihres Landes anlangte.

Der König fand die Antwort des grossen Caramussal so ungereimt, daß er grosse Lust hatte, darüber böse zu werden. Bey meinem Bauch, rief er, (denn das war sein grosser Schwur) ich glaube, der grosse Caramussal hat seinen Spaß mit uns – Biribinker! was für ein verfluchter Name das ist! Hat man auch jemals gehört, daß ein Prinz Biribinker geheissen hätte? Ich möchte doch wohl wissen, was für eine geheime Kraft in diesem närrischen

Namen stecken soll? Und wenn ich die Wahrheit sagen soll, das Verbot, ihm vor seinem achtzehnten Jahre kein Milchmädchen sehen zu lassen, däucht mich nicht viel gescheidter. Warum dann gerade kein Milchmädchen? Und seit wenn sind die Milchmädchen gefährlicher als andere Mädchen? Wenn er noch gesagt hätte, keine Tänzerin oder kein Kammerfräulein von der Königin, das wollt ich noch gelten lassen; denn, unter uns, ich wollte nicht gut dafür seyn, daß ich nicht selbst gelegenheitlich eine kleine Anfechtung von dieser Art bekommen könnte. Indessen, weil es der grosse Caramussal nun einmal so haben will, so mag der Prinz immerhin Biribinker heissen; er wird wenigstens der erste dieses Namens seyn, und das gibt einem doch immer ein gewisses Ansehen in der Historie; und was die Milchmädchen anbetrift, so will ich schon Anstalt machen, daß auf fünfzig Meilen um meine Residenz weder Kuh noch Ziege, Melk-Kübel noch Milchmädchen zu finden seyn soll.

Der König, dessen geringste Sorge war die Folgen seiner Entschliessungen vorher zu überlegen, war würklich im Begriff ein Edict deßhalb ergehen zu lassen, als ihm sein Parlament durch eine zahlreiche Deputation vorstellen ließ, daß es sehr hart, um nicht gar tyrannisch zu sagen, heraus kommen würde, wenn Sr. Majestät getreue Unterthanen gezwungen werden sollten, den Caffee künftig ohne Milchrahm zu trincken; und weil die vorläuffige Nachricht von diesem Edict würklich schon ein grosses Murren unter dem Volk erregte: so mußten sich Seine Majestät endlich entschliessen, nach dem Beyspiele so vieler andern Könige in den Feen-Geschichten, dero Cron-Prinzen unter der Aufsicht seiner Amme, der Biene, von sich zu entfernen, und es ihrer Klugheit zu überlassen, wie sie ihn vor den Nachstellungen der Fee Caprosine und vor den Milchmädchen sicher stellen wollte.

Die Biene brachte also den kleinen Prinzen in einen grossen Wald, der wenigstens zwey hundert Meilen im Umfang hatte, und so unbewohnt war, daß man in seinem ganzen Bezirk nur nicht einen Maulwurf gefunden hätte. Sie baute durch ihre Kunst einen unermeßlichen Bienenkorb von rothem Marmor, und legte um denselben einen Park von Pomeranzen-Bäumen an, der sich über fünf und zwanzig Meilen in die Länge und Breite erstreckte. Ein Schwarm von hundert tausend Bienen, deren Königin sie war, beschäftigte sich für den Prinzen und das Serail der Königin Honig zu machen, und damit man seinetwegen vollkommen sicher seyn könnte, so wurden rings um den Wald alle fünf hundert Schritte Wespen-Nester angelegt, welche Befehl hatten, die Grenzen aufs schärfste zu bewachen.

Indessen wuchs der Prinz heran, und übertraf durch seine Schönheit und wunderbare Eigenschaften alles, was jemals gesehen worden ist. Er spuckte lauter Syrup, er pißte lauter Pomeranzen-Blüth-Wasser, und seine Windeln enthielten so köstliche Sachen, daß sie von Zeit zu Zeit der Königin zugeschickt werden mußten, damit sie an Gala-Tägen ihren Nach-Tisch daraus verbessern konnte. So bald er zu reden anfieng, lallte er Concetti und Epigrammata, und sein Witz wurde nach und nach so stachlicht, daß ihm keine Biene mehr gewachsen war, ob gleich die dummste im ganzen Korbe zum wenigsten so viel Witz hatte als einer von den vierzigen der *Academie Francoise*.

Allein so bald er das siebenzehnte Jahr erreicht hatte, regte sich ein gewisser Instinct bey ihm, der ihm sagte, daß er nicht dazu gemacht seye, sein Leben in einem Bienenkorbe zuzubringen. Die Fee Melisotte, (so nannte sich seine Amme) wandte zwar alles an, ihn aufzumuntern und zu zerstreuen; sie verschrieb ihm eine Anzahl sehr geschickter Katzen, die ihm alle Abend ein Französisches Concert oder eine Opera von L u l l i vormauen mußten; er hatte ein Hündchen, das auf dem Seil tanzte, und ein dutzend Papagayen und Elstern, die sonst nichts zu thun hatten, als ihm Mährchen zu erzählen, und ihn mit ihren Einfällen zu unterhalten; allein das wollte alles nichts helfen; Biribinker sann Tag und Nacht auf nichts anders, als wie er aus seiner Gefangenschaft entwischen möchte. Die gröste Schwierigkeit, die er dabey sah, waren die verwünschten Wespen, die den Wald bewachten, und in der That kleine Thierchen waren, die einen Herkules hätten erschrecken können, denn sie waren so groß wie junge Elephanten, und ihr Stachel hatte die Figur und bey nahe auch die Grösse der Morgensterne, deren sich die alten Schweitzer mit so gutem Erfolg zu Behauptung ihrer Freyheit zu bedienen pflegten. Da er sich nun einsmals voller Verzweiflung über seine Gefangenschaft unter einen Baum geworfen hatte, näherte sich ihm eine Hummel, die wie alle übrigen männlichen Bewohner des Bienenstocks die Grösse eines halb gewachsenen Bären hatte.

Prinz Biribinker, sagte die Hummel, wenn sie Langeweile haben, so versichere ich sie, daß es mir noch schlimmer geht: Die Fee Melisotte, unsre Königin, hat mir seit etlichen Wochen die Ehre angethan, mich zu ihrem Liebling zu erkiesen; aber ich gestehe ihnen, daß ich der Last meines Amtes nicht gewachsen bin. Sie hat, unter uns geredet, über fünf tausend Hummeln in ihrem Serail, die gewiß nicht müßig sind; ich wollte mich nicht beschwehren, wenn sie mich den übrigen gleich hielte; aber, Sapperment! der Vorzug, den sie mir gibt, fangt mir an beschwerlich zu fallen; ich sage ihnen, daß es nicht länger auszustehen ist. Wenn sie wollten, Prinz, so wäre es ihnen ein leichtes sich selbst und mir die Freyheit zu verschaffen. – Was ist denn zu thun, fragte der Prinz? – Ich bin nicht allezeit eine Hummel gewesen, antwortete der mißvergnügte Liebling, und sie allein sind im Stande mir meine erste

Gestalt wieder zu geben. Setzen sie sich auf meinen Rücken; es ist Abend, und die Königin ist in ihrer Celle in Geschäften begriffen, die ihr keine Freyheit lassen, sich um etwas anders zu bekümmern. Ich will mit ihnen davon fliegen; aber sie müssen mir versprechen, daß sie thun wollen, was ich von ihnen verlange. Der Prinz versprach es ihm, er setzte sich ohne Bedenken auf, und die Hummel flog so schnell mit ihm davon, daß sie in sieben Minuten aus dem Walde waren. Nunmehro, sprach die Hummel, sind sie in Sicherheit. Die Macht des alten Zauberers Padmanaba, der mich in diese Umstände gebracht hat, erlaubt mir nicht weiter mit ihnen zu gehen; aber hören sie was ich ihnen sagen werde. Wenn sie auf diesem Wege linker Hand fortgehen, so werden sie endlich in eine grosse Ebene kommen, wo sie eine Heerde himmelblauer Ziegen sehen werden, die um eine kleine Hütte herum weiden. Nehmen sie sich ja in acht, daß sie nicht in die Hütte hinein gehen, oder sie sind verlohren. Halten sie sich immer linker Hand, und gehen sie fort, bis sie endlich zu einem verfallenen Palast kommen, dessen noch übrige Pracht ihnen beweisen wird, was er ehmals gewesen ist. Sie werden durch etliche Höfe an eine grosse Treppe von weissem Marmor kommen, welche sie in einen langen Gang führen wird, wo sie zu beyden Seiten eine Menge prächtiger und hell erleuchteter Zimmer finden werden. Gehen sie ja in keines derselben hinein, sonst schließt es sich augenblicklich von selbst wider zu, und keine menschliche Gewalt kan sie wieder heraus bringen. Sie werden aber eines davon verschlossen finden, und dieses wird sich öfnen, so bald sie den Namen Biribinker aussprechen. In diesem Zimmer bringen sie die Nacht zu, das ist alles, was ich von ihnen verlange. Glückliche Reise, gnädiger Herr, und wenn sie sich bey meinem Rath wohl befinden, so vergessen sie nicht, daß ein Dienst des andern werth ist.

Mit diesen Worten flog die Hummel davon, und ließ den Prinzen in keiner mittelmässigen Erstaunung über alles, was sie ihm gesagt hatte. Voller Ungedult nach den wundervollen Begebenheiten, die ihm bevor stunden, gieng er die gantze Nacht durch, denn es war Mondschein und mitten im Sommer. Des Morgens erblickte er die Wiese, die Hütte und die himmelblauen Ziegen. Er erinnerte sich des Verbots gar wohl, das die Hummel ihm so nachdrücklich eingeschärft hatte, allein er fühlte beym Anblick der Ziegen und der Hütte eine Art von Anziehung, der er nicht widerstehen konnte. Er gieng also in die Hütte hinein, und fand niemand darinn als ein junges Milchmädchen in einem schneeweissen Leibchen und Unterrock, die im Begriff war etliche Ziegen zu melken, die an einer diamantnen Krippe angebunden stunden. Der Melk-Kübel, den sie in ihrer schönen Hand hatte, war aus einem einzigen Rubin gemacht, und statt des Strohes war der Stall mit lauter Jasmin und Pomeranzen-Blüthen bestreut. Alles dieses war freylich bewundernswürdig genug, allein der Prinz bemerkte es kaum, so sehr hatte ihn die Schönheit des jungen Mädchens geblendet. In der That Venus in dem Augenblick, da sie von den Zephyren ans Gestade von Paphos getragen wurde, oder die junge Hebe, wenn sie halb aufgeschürzt den Göttern Nectar einschenkte, waren weder schöner noch reitzender als dieses Milchmädchen. Ihre Wangen beschämten die frischesten Rosen, und die Perlenschnuren, womit ihre Arme und ihre kleinen netten Füßchen umwunden waren, schienen nur dazu zu dienen, die blendende Weisse derselben zu erhöhen. Nichts konnte zierlicher und reitzender seyn als ihre Gesichts-Züge und ihr Lächeln, über ihr ganzes Wesen war ein Ausdruck von Zärtlichkeit und Unschuld ausgebreitet, und ihre kleinsten Bewegungen hatten diesen nahmenlosen Reitz, dem die Herzen beym ersten Anblick entgegen fliegen. Diese bezaubernde Person schien auf eine eben so angenehme Art über den Prinzen Biribinker betroffen, als er über sie; halb unschlüßig, ob sie bleiben oder fliehen wollte, blieb sie stehen, und betrachtete ihn mit einem verschämten Blicke, worinne Schüchternheit und Vergnügen sich zu vermischen schienen. Ja, ja, rief sie endlich aus, indem sich der Prinz zu ihren Füssen warf, er ist es, er ist es! – Wie? rief der entzückte Prinz, der aus diesen Worten schloß, daß sie ihn schon kenne, und daß er ihr nicht gleichgültig seye; ist der allzuglückliche Biribinker – Götter! schrie das Milchmädchen, indem sie ganz bestürzt zurück bebte, was für einen verhaßten Namen höre ich! wie sehr haben meine Augen und mein voreiliges Herz mich betrogen! Fliehe, fliehe, unglückliche Galactine – Mit diesen Worten floh sie würklich so schnell aus der Hütte, als ob sie der Wind davon führete. Der bestürtzte Prinz, der den Abscheu nicht begreiffen konnte, den sie vor seinem Namen hatte, lief ihr nach so schnell als er konnte; allein das Milchmädchen flog, daß ihre Fußsolen kaum die Spitzen des Grases berührten. Umsonst beflügelten die Schönheiten, die ihr flatterndes Gewand in jedem Augenblick entdeckte, die Begierden und die Füsse des nacheilenden Prinzen; er verlohr sie in einem dichten Gebüsche, wo er den ganzen Tag hin und wieder lief, und jedem Rascheln oder Flüstern, das er hörte, nachgieng, ohne daß er die mindeste Spur von ihr finden konnte.

Indessen war die Sonne untergegangen, und er befand sich unvermerkt an der Pforte eines alten Schlosses, welches halb eingefallen schien. Denn es ragten allenthalben Mauerstücke von Marmor und umgestürzte Säulen von den kostbarsten Edelsteinen aus dem Gesträuch hervor, und er stieß sich alle Augenblicke an Trümmern, wovon der schlechteste eine Insel auf dem festen Lande werth war. Er merkte hieraus, daß er bey dem Palast sey, wovon ihm sein guter Freund, die Hummel gesagt hatte, und hofte, (wie die verliebten hofnungsvolle Leute zu seyn pflegen) sein holdseliges Milchmädchen vielleicht hier zu finden. Er arbeitete sich durch drey Vorhöfe durch, und kam endlich an die Treppe von weissem Marmor. Zu beyden Seiten stund auf jeder Stuffe, deren zum wenigsten sechzig waren, ein grosser geflügelter Löwe, der bey jedem Athemzug so viel Feuer aus seinen Naßlöchern schnaubte, daß es heller als bey Tag davon wurde; aber es versengte ihm nur nicht ein Haar, und die Löwen sahen ihn nicht so bald, so spannten sie ihre Flügel aus, und flohen mit grossem Gebrüll davon.

Der Prinz Biribinker gieng also hinauf, und kam so gleich in eine lange Galerie, wo er die ofnen Zimmer fand, wovor ihn die Hummel gewarnt hatte. Ein jedes derselben führte in zwey oder drey andere, und die Pracht, womit sie eingerichtet und ausgeschmücket waren, übertraf alles, was sich seine Einbildungs-Kraft vorstellen konnte, ungeachtet ihm die Feerey nichts neues war. Allein dieses mal nahm er sich wohl in acht, seiner Neugier den Zügel zu lassen, und gieng so lange fort, bis er an eine verschlossene Thüre von Ebenholz kam, an welcher ein goldener Schlüssel steckte. Er versuchte lange vergeblich ihn umzudrehen; aber so bald er den Namen Biribinker ausgesprochen hatte, sprang die Thüre von sich selbst auf, und er befand sich in in einem grossen Saal, dessen Wände ganz mit crystallenen Spiegeln überzogen waren. Er wurde von einem diamantnen Cronleuchter erhellt, an welchem in mehr als fünf hundert Lampen lauter Zimmet-Öl brannte. In der Mitte stund ein ovaler Tisch von Elfenbein mit smaragdenen Füssen, für zwo Personen gedeckt, und zur Seiten zween Schenktische von Lasur-Stein, die mit goldenen Tellern, Bechern, Trinkschaalen und anderm Tisch-Geräthe versehen waren. Nachdem er alles, was sich in diesem Saale seinen Augen darbot, eine gute Weile voller Erstaunen betrachtet hatte, erblickte er eine Thüre, durch die er in verschiedene andere Zimmer kam, wovon immer eines das andere an Pracht der Auszierung überglänztze. Er besah alles Stück vor Stück, und wußte nicht mehr, was er davon denken sollte. Die Zugänge zu diesem Pallast hatten ihm ein zerstörtes Schloß angekündiget; das Innwendige schien keinen Zweifel übrig zu lassen, daß es bewohnt sey; und doch sah und hörte er keine lebendige Seele. Er durchgieng alle diese Zimmer noch einmal, er suchte überall, und entdeckte endlich in dem letzten noch eine kleine Thüre in den Tapeten. Er öfnete sie, und befand sich in einem Cabinet, worinn die Feerey sich selbst übertroffen hatte. Ein angenehmes Gemisch von Licht und Schatten erheiterte es, ohne daß man die Quelle dieser zauberischen Dämmerung entdecken konnte. Die Wände von polirtem schwarzem Granit stellten, wie eben so viele Spiegel, verschiedene Scenen von der Geschichte des Adonis und der Venus mit einer Lebhaftigkeit vor, die der Natur gleich kam, ohne daß man errathen konnte, durch was für eine Kunst diese lebende Bilder sich dem Stein einverleibet hatten. Liebliche Gerüche wie von Frühlingswinden aus frisch aufblühenden Blumenstücken herbey geweht, erfüllten das ganze Gemach, ohne daß man sah, woher sie kamen, und eine stille Harmonie, wie von einem Concert, das aus tiefer Ferne gehört wird, umschlich eben so unsichtbar das bezauberte Ohr, und schmelzte das Herz in zärtliche Sehnsucht. Ein wollüstiges Ruhebett, von welchem ein marmorner Liebes-Gott, der zu athmen schien, den wallenden Vorhang halb hinweg zog, war das einzige Geräthe in diesem anmuthsvollen Ort, und erweckte in dem Herzen unsers Prinzen ein geheimnißvolles Verlangen nach etwas, wovon er, so neu als er noch war, nur dunkle Begriffe hatte, ob ihm gleich die Tapeten, die er sehr aufmerksam und nicht ohne eine süsse Unruhe betrachtete, einiges Licht zu geben anfiengen. In diesen Augenblicken stellte sich ihm das Bild des schönen Milchmädchens mit einer neuen Lebhaftigkeit dar, und nachdem er eine Menge vergeblicher Klagen über ihren Verlust angestimmt hatte, fieng er von neuem an zu suchen, bis er es müde wurde. Weil er nun diesesmal nicht glücklicher war als vorher, so begab er sich wieder in das Cabinet mit dem Ruhbette, zog seine Kleider aus, und war im Begriff sich niederzulegen, als eines der unvermeidlichsten Bedürfnisse der menschlichen Natur ihn nöthigte, sich unter dem Bette umzusehen. Er fand würklich ein Gefäß von Crystall, an welchem noch Merkmale zu sehen waren, daß es vor Zeiten zu einem solchen Gebrauch gedient hatte. Der Prinz fieng schon an es mit Pomeranzen-Blüht-Wasser zu begiessen, als er, o Wunder, das crystallene Gefäß verschwinden, und an dessen statt – eine junge Nymphe vor sich stehen sah, die so schön war, daß es unmöglich hätte scheinen sollen, so sehr über sie zu erschrecken, als der Prinz würklich erschrack. Sie lachte ihn so freundlich an, als ob sie einander schon längst gekannt hätten, und ehe er sich noch aus seiner Bestürzung erhohlen konnte, sagte sie zu ihm: Willkommen Prinz Biribinker! Lassen sie sichs nicht verdriessen einer jungen Fee einen Dienst gethan zu haben, die ein barbarischer Eyfersüchtiger über zwey Jahrhunderte lang zu einem Werkzeug der niedrigsten Bedürfnisse mißbraucht hat. Reden sie aufrichtig, Prinz; finden sie nicht, daß mich die Natur zu einem edlern Gebrauch bestimmt hat? Sie sagte dieses mit einem gewissen Blick, dessen Directions-Linie den bescheidenen Biribinker in einige Verwirrung setzte. Er hatte, wie wir wissen, so viel Witz als man haben kan, aber wir müssen hinzu setzen, eben so viel Unbesonnenheit; er merkte, daß er der Fee etwas verbindliches sagen sollte; weil er aber gewohnt, alles was er sprach, mit einem gewissen Schwung zu sagen, so konnte all sein Witz dißmal nicht verhindern, daß er nicht etwas sehr dummes sagte. Es ist ein Glück für sie, schönste Nymphe, antwortete er ihr, daß ich die Absicht nicht haben konnte, ihnen den seltsamen Dienst zu leisten, den ich ihnen unwissender Weise geleistet habe; denn ich versichere sie, daß ich sonst allzuwohl gewußt hätte, was der Wohlstand –

O! machen sie nicht so viel Complimente, erwiederte die Fee, in den Umständen, worinn sich unsere Bekanntschaft anfängt, sind sie sehr überflüßig. Ich habe ihnen nichts geringers als mich selbst zu danken, und da wir nicht länger als diese Nacht beysammen bleiben werden, so müßte ich mir selbst Vorwürfe machen, wenn ich ihnen Anlaß gäbe, die Zeit mit Complimenten zu verderben. Ich weiß, daß sie der Ruhe bedürftig sind; sie sind schon ausgekleidet, legen sie sich immer zu Bette. Es ist zwar das einzige, das in diesen Gemächern ist, aber es steht ein Sopha in dem grossen Saal, auf dem ich die Nacht ganz bequem werde zubringen können.

Madame, versetzte der Prinz, ohne daß er selbst recht wußte, was er sagte, ich würde in diesem Augenblick – der glücklichste unter allen Sterblichen seyn, wenn ich nicht – der unglücklichste wäre. Ich muß ihnen gestehen, ich finde was ich nicht gesucht habe, indem ich suchte, was ich verlohren hatte, und wenn nicht der Schmerz, sie gefunden zu haben, die Freude meines Verlusts – Nein, die Freude, wollt ich sagen, sie gefunden zu haben –

Je nun, wahrhaftig, fiel ihm die Fee ins Wort, ich glaube sie schwärmen! Was wollen sie mir mit allem dem Galimathias sagen? Kommen sie, Prinz Biribinker, gestehen sie mir in guter Prosa, daß sie in ein Milchmädchen verliebt sind –

»Sie rathen so glücklich, sagte der Prinz, daß ich ihnen gestehen muß –«

O! daraus haben sie gar kein Bedenken zu machen, fuhr die Fee fort; und in ein Milchmädchen, das sie diesen Morgen in einer schlechten Hütte angetroffen haben, in einem Stall, was man sagen möchte –

»Aber, ich bitte sie, woher – wie können sie –«

Und die auf einer Streu von Pomeranzen-Blühten im Begriff war eine himmelblaue Ziege in einen Kübel von Rubin zu melken – nicht wahr?

Wahrhaftig! rief der Prinz, für eine Person, die vor einer Viertelstunde (nehmen sie mirs nicht ungnädig) noch – ich will nicht sagen was? war, wissen sie erstaunlich viel –

»Und die davon lief, so bald sie den Namen Biribinker hörte –«

Aber, ich bitte sie, Madame, woher können sie das alles wissen, da sie doch, wie sie sagen, schon zwey hundert Jahre in dem sonderbaren Stande gewesen sind, worinn ich die Ehre gehabt habe, sie so unverhoft kennen zu lernen.

Nicht so unverhoft auf meiner Seite als sie sich einbilden, antwortete die Fee; Aber heissen sie ihre Neugierigkeit noch einen Augenblick ruhen. Sie sind abgemattet, und haben den ganzen Tag nichts gegessen; kommen sie mit mir in den Saal, es ist schon für uns beyde gedeckt, und ich hoffe, ihre Treue gegen ihr schönes Milchmädchen werde ihnen doch erlauben, mir wenigstens bey Tische Gesellschaft zu leisten. Biribinker merkte den geheimen Verweiß sehr wohl, der in diesen Worten lag, er that aber nicht dergleichen, und begnügte sich mit einem tiefen Reverenz ihr in den Speißsaal zu folgen.

So bald sie hinein gekommen waren, gieng die schöne Cristalline, (so hieß die Fee) zum Camin, und bemächtigte sich eines kleinen Stabs von Ebenholz, an dessen beyden Enden ein diamantner Talisman befestiget war. Nun habe ich nichts weiter zu besorgen, sagte sie, setzen sie sich, Prinz Biribinker; ich bin nun Meisterin von diesem Palast und von vierzig tausend elementarischen

Geistern, die der grosse Zauberer, der ihn vor fünf hundert Jahren erbaute, zum Dienst desselben bestimmt hat.

Mit diesen Worten schlug sie dreymal an den Tisch, und in dreyen Augenblicken sahe Biribinker mit Erstaunen, daß er mit den niedlichsten Speisen besetzt war, und daß die Flaschen auf dem Schenktisch sich von selbst mit Wein anfüllten.

Ich weiß, sagte die Fee zum Prinzen, daß sie nichts als Honig essen; versuchen sie einmal von diesem hier, und sagen sie mir, ob sie jemals dergleichen gekostet haben. Der Prinz aß davon und schwur, daß es nichts geringers als das Ambrosia der Götter seyn könne. Er wird, sagte sie, aus den reinsten Düften der unverwelcklichen Blumen bereitet, die in den Gärten der Sylphen blühen. Und was sagen sie zu diesem Wein, fuhr sie fort, indem sie ihm eine volle Trinkschaale darbot? Ich schwöre ihnen, rief der entzückte Prinz, daß die schöne Ariadne dem jungen Bachus keinen bessern eingeschenckt hat. Er wird, versetzte sie, aus den Trauben gedruckt, die in den Gärten der Sylphen wachsen, und dem Gebrauch desselben haben diese schöne Geister die unsterbliche Jugend und Munterkeit zu danken, die in ihren Adern wallt.

Die Fee sagte nichts davon, daß dieser Nectar noch eine andere Eigenschaft hatte, die der Prinz gar bald zu erfahren anfieng. Je mehr er davon trank, je reitzender fand er seine schöne Gesellschafterin. Beym ersten Zug bemerkte er, daß sie sehr schöne blonde Haare hatte; beym andern wurde er von der Schönheit ihrer Arme gerührt, beym dritten entdeckte er ein Grübchen in ihrem linken Backen, und beym vierten entzückte ihn die Weisse und Fülle eines gewissen Busens, der unter dem Nebel eines dünnen Flors seinen Augen nachstellte. Ein so reitzender Gegenstand und eine Trinkschaale, die sich immer wieder von sich selbst anfüllte, waren mehr als er nöthig hatte, um seine Sinnen in ein süsses Vergessen aller Milchmädchen der ganzen Welt einzuwiegen. Was sollen wir sagen? Biribinker war zu höflich, eine so schöne Fee auf dem Sopha schlafen zu lassen, und die schöne Fee zu dankbar, als daß sie ihm in einem Hause, wo vierzig tausend Geister herum spuckten, ihre Gesellschaft hätte abschlagen können. Kurz, die Höflichkeit wurde auf der einen, und die Dankbarkeit auf der andern Seite so weit getrieben, als es möglich war, und Biribinker bewies sich der guten Neigung vollkommen würdig, welche Cristalline beym ersten Anblick von ihm gefaßt hatte.

Die Fee erwachte, wie die Geschichte sagt, zuerst, und konnte den Übelstand nicht ertragen, einen so ausserordentlichen Prinzen in so guter Gesellschaft schlafen zu sehen. Prinz Biribinker, sagte sie zu ihm, nachdem sie ihn, man weißt nicht wie, erweckt hatte, ich habe ihnen keine gemeine Verbindlichkeiten. Sie haben mich von der unanständigsten Bezauberung, die jemals ein Frauenzimmer erlidten hat, befreyt; sie haben mich an meinem Eyfersüchtigen gerochen; nun ist nur noch eins übrig, und sie können sich auf die unbegrenzte Dankbarkeit der Fee Cristalline Rechnung machen.

Und was ist dann noch übrig, fragte der Prinz, indem er sich die Augen rieb?

So hören sie dann, antwortete die Fee. Dieser Palast gehörte, wie ich ihnen schon gesagt habe, einem Zauberer, dem seine Wissenschaft eine fast unumschränkte Macht über alle Elemente gab. Allein seine Macht über die Herzen war desto eingeschränkter. Zum Unglück war er, trotz seinem hohen Alter und einem schneeweissen Bart, der ihm bis an die Gürtel herab hieng, eine der verliebtesten Seelen, die jemals gewesen sind. Er verliebte sich in mich, und ob er gleich die Gabe nicht hatte sich wieder lieben zu machen, so hatte er doch Macht genug um gefürchtet zu werden. Bewundern sie die Wunderlichkeit des Schicksals; ich versagte ihm mein Herz, welches zu gewinnen er sich alle nur ersinnliche Mühe gab, und überließ ihm meine Person, die ihm zu nichts nütze war. Vor langer Weile wurde er endlich eyfersüchtig, aber so eifersüchtig, daß es nicht auszustehen war. Er hatte die schönsten Sylphen zu seiner Bedienung, und doch ärgerte er sich über die unschuldigsten Freyheiten, die wir mit einander nahmen. Er brauchte einen nur in meinem Zimmer oder auf meinem Sopha anzutreffen, so war ich schon gewiß, daß ich ihn nicht wieder zu sehen bekam. Ich verlangte von ihm, daß er sich auf meine Tugend verlassen sollte, aber auch diese schien dem Unglaubigen keine hinlängliche Bürgschaft gegen ein Schicksal, das er so wohl zu verdienen sich bewußt war. Kurz, er schafte alle Sylphen ab, und nahm zu unsrer Bedienung lauter Gnomen an, kleine mißgeschaffene Zwerge, bey deren blossen Anblick ich vor Eckel hätte ohnmächtig werden mögen. Allein wie die Gewohnheit endlich alles erträglich macht, so versöhnte sie mich nach und nach mit der Figur dieser Gnomen, und machte, daß ich zuletzt possierlich fand, was mir anfangs abscheulich vorgekommen war. Es war keiner unter allen, der nicht etwas übermäßiges in seiner Bildung gehabt hätte. Der eine hatte einen Höcker wie ein Cameel, der andere eine Nase, die ihm bis über den Mund herab hieng, der dritte Ohren wie ein Faun, und ein Maul, das ihm den Kopf in zwo Halbkugeln spaltete, der vierte einen ungeheuren Wanst; kurz, eine Chinesische Einbildungskraft kan nichts abentheurlichers erfinden als die Gesichter und Figuren dieser Zwerge. Allein der alte Padmanaba hatte nicht bemerkt, daß sich unter seinen Aufwärtern einer befand, der in einem gewissen Sinn gefährlicher war als der schönste Sylphe von der Welt. Nicht, daß er weniger häßlich gewesen wäre, als die übrigen; aber durch ein seltsames Spiel der Natur war bey ihm ein Verdienst, was bey andern zu nichts diente als die Augen zu beleidigen.

Ich weiß nicht, ob sie mich verstehen, Prinz Biribinker?

Nicht allzuwohl, versetzte der Prinz, aber erzählen sie nur weiter, vielleicht werden sie in der Folge deutlicher werden.

Es stund nicht lange an, fuhr die schöne Cristalline fort, so hatte Grigri, (so hieß der Gnome) Ursache zu glauben, daß er mir weniger mißfalle als seine Gesellen. Was wollen sie? Man geräth auf allerley Einfälle, wenn man lange Weile hat, und Grigri hatte eine ausserordentliche Gabe mißvergnügten Damen die Zeit zu vertreiben. Mit einem Wort, er wußte meine müßige Stunden (und ich hatte ihrer in der That sehr viele) auf eine so angenehme Art auszufüllen, daß man nicht zufriedener seyn kan als ich war. Padmanaba bemerkte endlich die ungewohnte Fröhlichkeit, die aus meinem Gesicht und aus meinem ganzen Wesen hervor schimmerte. Er zweifelte nicht, daß sie eine andere Ursache haben müßte als das Vergnügen, so er selbst mir machte; aber er konnte nicht errathen, was es für eine seyn möchte. Zum Unglück war er ein grosser Meister in derjenigen Art von Schlußreden, die man Soriten nennt. Er gerieth durch eine lange Kette von Schlüssen endlich auf eine Vermuthung, die ihm das ganze Geheimniß aufzuschliessen schien. Er beschloß uns zu beobachten, und nahm seine Zeit so wohl, daß er uns in eben diesem Cabinet bey einem Spiel überraschte, welches die unerschöpfliche Geschicklichkeit des kleinen Grigri ausserordentlich interessant zu machen wußte. Hätten sie es geglaubt, mein Prinz, daß man ein so schlimmes Herz haben könnte, als der alte Zauberer bey dieser Gelegenheit zeigte? An statt großmüthig an meinem Vergnügen Antheil zu nehmen, erzürnte er sich darüber, der Niederträchtige! Er hätte sich immer erzürnen mögen, daß er nicht Grigri war, aber was konnte unbilliger seyn als uns deßwegen zu strafen?

In der That, sagte Biribinker, nichts unbilligers! denn wenn er nur in einem einzigen Punct Grigri gewesen wäre, so bin ich gewiß, daß sie ihm ungeachtet seines langen weissen Bartes den Vorzug vor einem kleinen häßlichen Zwergen gegeben hätten –

Was sagen sie mir von einem kleinen häßlichen Zwerg, erwiederte Cristalline; ich versichere sie, in dem Augenblick, wovon wir reden, war Grigri ein Adonis in meinen Augen. Aber hören sie nur, wie es weiter gieng. Nachdem der Alte unsichtbarer Weise unsern Spielen eine Weile zugesehen hatte, trat er endlich hervor und setzte uns in einen Schrecken, der sich leichter einbilden als beschreiben läßt. Er schüttete die ganze Wuth über uns aus, in die ihn ein Anblick gesetzt hatte, der seines Unvermögens zu spotten schien. Ich schäme mich ihnen die Complimente zu wiederhohlen, die er mir bey dieser Gelegenheit machte. Kurz, (denn ich muß die Zeit sparen) er verwandelte mich – sie wissen wohl – worein, und den armen Grigri in eine Hummel –

In eine Hummel, rief Biribinker, das ist sonderbar; so ist vielleicht Herr Grigri von meiner Bekanntschaft –

Mit der Bedingung, fuhr Cristalline fort, daß ich meine Gestalt nicht eher wieder bekommen sollte, bis ich dem Prinzen Biribinker – verzeihen sie meiner Schamhaftigkeit, daß ich den Umstand nicht nenne, worinn ich zu erst das Vergnügen hatte sie kennen zu lernen, und in der That, ohne ihnen zu schmeicheln, so sehr zu ihrem Vortheil, daß ich in der ersten Bestürzung im Begriff war, sie für den armen Grigri selbst zu halten.

Sie erweisen mir allzuviel Ehre, erwiederte Biribinker, und wenn ich gewußt hätte, daß ihr Herz für einen so würdigen Gegenstand eingenommen wäre –

Ich bitte sie, sagte die Fee, gewöhnen sie sich doch die unzeitigen Complimente ab, die sie so gern zu machen pflegen; sie können nicht glauben, wie gezwungen und wunderlich es ihnen läßt. Ich sage ihnen, daß ich die beste Meynung von ihrer Bescheidenheit habe, und ich denke, ich gebe ihnen eine sehr starke Probe davon, da ich mich so nahe bey ihnen sicher glaube. Ich erinnere mich zwar nicht allzuwohl, wie es zugegangen ist, daß wir so vertraulich mit einander worden sind; denn ich gestehe, daß ich aus Vergnügen über unsere so lang gewünschte Zusammenkunft ein paar Gläser mehr getrunken als ich zu trinken pflege; aber ich hoffe doch, sie werden sich in den Schranken –

In der That schöne Cristalline, fiel ihr der Prinz ins Wort, ich finde ihr Gedächtniß so ausserordentlich als die Tugend, worauf sie wollten, daß der alte Padmanaba sich verlassen sollte; aber sagen sie mir doch, wenn sie es nicht auch vergessen haben, was wurde denn aus der Hummel?

Sie erinnern mich eben recht daran, antwortete die Fee; der arme Grigri! ich hatte ihn würklich vergessen – es ist mir leyd, aber der grausame Padmanaba hat seine Befreyung auf eine so ungereimte Bedingung gesetzt, daß ich nicht weiß, wie ich es ihnen werde sagen können –

Und was kan denn das für eine Bedingung seyn, fragte Biribinker?

Ich begreiffe nicht, antwortete Cristalline, was sie dem alten Zauberer gethan haben können, daß er sie in diese Händel eingemischt hat; denn das ist gewiß, daß damals, da alle diese Verwandlungen vorgiengen, ihre Älter-Mutter noch nicht einmal gebohren war. Mit einem Wort, Grigri soll seine vorige Gestalt nicht wieder bekommen, bis sie – Nein! die Delicatesse meiner Empfindungen läßt mir nicht zu, es ihnen zu sagen, und ich begreiffe nicht, wie ich fähig seyn werde, mich dazu zu verstehen; denn sie werden, denk ich, an der Röthe, womit der blosse Gedanke daran mein Gesicht überzieht, schon errathen haben, was es ist.

Ich will selbst gleich zu einem dreyfachen Hummel werden, rief Biribinker, wenn ich errathe, was sie haben wollen; ich bitte sie, machen sie nicht so viel Umschweiffe; es ist schon heller Tag, und ich kan mich nicht aufhalten –

Wie? sagte die Fee, wird ihnen die Zeit so lange bey mir? bin ich nicht fähig, ihnen ein Milchmädchen nur für etliche Stunden aus dem Sinn zu bringen? Sie sollten mir wenigstens aus Eigennutz ein wenig den Hof machen; denn ich kan mehr zu ihrem Glücke beytragen als sie sich einbilden.

So sagen sie mir dann geschwind, was ich thun soll, erwiederte Biribinker –

Wie ungedultig sie sind, rief die Fee! Wissen sie also, daß der arme Grigri nicht eher wieder Grigri werden soll, bis der Prinz Biribinker – Nun! so rathen sie doch – Aber das versichere ich ihnen, wenn es nicht um die Wiederherstellung eines alten guten Freundes zu thun wäre, ich könnte mich nimmermehr dazu verstehen, das Opfer der Rache zu werden, welche Padmanaba durch ihren – Beystand an dem armen Grigri nehmen will.

Er will doch nicht, daß ich ihnen das Leben nehmen soll, sagte der Prinz?

Nun, das muß ich gestehen, antwortete Cristalline, daß sie heute mit einem ausserordentlich harten Kopf aufgewacht sind; glauben sie denn nicht, daß ein recht eingenommener Liebhaber seine Geliebte lieber sterben als in eines andern Armen sehen würde?

Ha, ha! Nun versteh ich sie endlich, Madam, sagte Biribinker ganz kaltsinnig; wahrhaftig! ihre Schamhaftigkeit hätte nicht nöthig gehabt sich so viel Bedenken zu machen, die Sache gerade heraus zu sagen. Aber erlauben sie mir ihrem Gedächtniß ein wenig nachzuhelfen, und sie zu erinnern, daß wenn es mir hieran läge, Grigri schon lange enthummelt seyn müßte. Es sind noch nicht drey Stunden –

Ich glaube, sie haben Zerstreuungen, unterbrach ihn die Fee! – Indessen müssen sie wissen, daß Padmanaba sehr streng über dem Recht der Wiedervergeltung hält, und daß Grigri nicht eher zu seiner ersten Gestalt gelangen kan, bis sie ihm alle die Beleidigungen wieder geben, welche der Zauberer von ihm empfangen zu haben glaubt.

O! Madame, rief der Prinz, indem er aus dem Ruhebette sprang, ich bin des Herrn Padmanaba gehorsamer Diener; aber wenn es nur auf diesen kleinen Umstand ankommt, so werden sie unter den zehen tausend Gnomen, die ihnen zu Diensten stehen, einen neuen Grigri suchen müssen, um ihren graubartigen Gecken an seinem wunderthäthigen Nebenbuhler zu rächen (denn daran wird ihnen vermuthlich mehr gelegen seyn, als daß ihr kleiner Zwerg seine vorige Schönheit wieder bekomme) was mich betrift, so denke ich, sie sollten zufrieden seyn, daß ich ihnen die ihrige wieder gegeben. Ich sage das nicht, als ob ich mich durch die Gütigkeiten, die sie für mich gehabt haben, nicht überflüßig für einen Dienst belohnt halte, der mich so wenig gekostet hat; ich wollte sie nur erinnern, daß die Hauptsache doch immer in dem Umstande liegt, daß sie, an statt ein crystallener Nachttopf zu seyn, wieder die Fee Cristalline sind, und daß die Gewalt, die ihnen der Zauberstab des alten Padmanaba giebt, sie gar leicht wegen des Verlusts eines einzigen sollte trösten können.

Ich hoffe doch nicht, versetzte Cristalline, daß sie meine Sorge für den armen Grigri einer eigennützigen Absicht beymessen? Sie müßten in der That weder die

Feinheit meiner Empfindungen, noch die Pflichten der Freundschaft kennen, wenn sie nicht begreiffen könnten, daß man sich für einen Freund beeyfern kan, ohne einen andern Bewegungs-Grund zu haben, als das Beste dieses Freunds, und ich müßte sie bedauren –

O! Madame, erwiederte Biribinker, der sich indessen angekleidet hatte, ich bin von der quintessenz-mäßigen Feinheit ihrer Empfindungen so überzeugt, als sie es nur verlangen können; aber sie sehen, wie bequem dieser Morgen ist, meine Reise fortzusetzen. Seyn sie so gütig, sie, deren Herz einer so uneigennützigen Freundschaft fähig ist, und entdecken mir, auf welchem Weg ich meine geliebte Galactine wieder finden kan: So will ich gegen alle und jede behaupten, daß sie die großmüthigste, die uneigennützigste, und wenn sie wollen, auch die sprödeste unter allen Feen des Erdkreises sind.

Sie sollen befriediget werden, antwortete Cristalline; gehen sie, und suchen ihr Milchmädchen, weil es doch ihr Schicksal so haben will; ich hätte vielleicht Ursache mit ihrer Aufführung nicht allzu sehr zufrieden zu seyn, aber ich sehe wohl, daß man es mit ihnen nicht so genau nehmen muß. Gehen sie, Prinz, sie werden im Hof ein Maulthier antreffen, welches so lange mit ihnen davon trotten wird, bis sie ihre Galactine gefunden haben; und wofern ihnen wider Vermuthen etwas unangenehmes zustossen sollte, so werden sie in dieser Erbsen-Schotte ein unfehlbares Mittel dagegen finden.

Wie froh bin ich, unterbrach Don Eugenio die Erzählung seines Freundes, daß sie ihren Biribinker endlich aus diesem verwünschten Schlosse heraus führen! Ich gestehe ihnen, daß ich dieser Cristalline endlich überdrüßig worden bin. Was für eine abgeschmackte Creatur! Sagen sie nur, sie ist eine Fee, versetzte Don Gabriel, das ist alles gesagt. Sie wollen vermuthlich, sagte Don Sylvio, mit grossem Ernst, hiemit nicht zu verstehen geben, als ob es keine hochachtungswürdige Feen gebe; denn es ist unläugbar, daß es solche gibt; indessen ist doch gewiß, daß vielleicht die meisten irgend etwas seltsames und ungereimtes an sich haben, wodurch sie sich von den Sterblichen unterscheiden wollen; wenn anders der Fehler nicht an uns liegt, daß wir sie nach Regeln beurtheilen, denen sie als Wesen von einer andern Classe nicht unterworffen sind. Aber ihr Gewäsche, sagte Don Eugenio, die Delicatesse ihrer Empfindungen, ihre Tugend! Was sagen sie dazu? Ich halte es für eine so kitzliche Sache von Feen zu urtheilen, daß ich lieber nichts davon sagen will, antwortete Don Sylvio; und das bey dieser Gelegenheit um so mehr, als in der That die Geschichte des Prinzen Biribinker in allen Betrachtungen die ausserordentlichste Feen-Geschichte ist, die ich jemals gehört habe. Was den Character der Fee Cristalline betrift, sagte Don Gabriel, so gibt ihn der Geschichtschreiber für nichts bessers als er ist, und ich glaube, daß man ihn allenfalls tadelhaft finden könnte, ohne der Ehrfurcht gegen die Feen zu nahe zu tretten; im übrigen werden sie doch gestehen, Don Eugenio, daß ihr Gewäsche nicht halb so langweilig ist, als es ihnen aus meinem Munde gewesen seyn mag, so bald sie sich an des Prinzen Stelle setzen. Man hört eine schöne Person allemal gern, wenn man sie *sieht*, und wenn sie eine wohl klingende Stimme hat; sie überzeugt und rührt, ohne daß man darauf acht gibt *was* sie sagt, und würde gemeiniglich nicht viel dabey gewinnen, wenn man darauf acht gäbe. Wenn sie unserm Geschlecht keine schönere Complimente zu machen haben, sagte Donna Felicia, so thäten sie besser ihre Erzählung fortzusetzen, so langweilig sie immer seyn mag.

Don Gabriel versprach, sein möglichstes zu thun, um sie kurzweiliger zu machen, und fuhr also fort: Der Prinz Biribinker steckte die Erbsen-Schotte zu sich, bedankte sich gegen die Fee für alle ihre Gütigkeiten, und stieg in den Hof herab. Sehen sie hier, sagte Cristalline, die ihn begleitete, sehen sie hier ein Maulthier, das vielleicht wenige seines gleichen hat. Es stammt in gerader Linie von dem berühmten trojanischen Pferd und der Eselin des Silenus ab. Von der väterlichen Seite hat es die Eigenschaft, daß es von Holz ist, und weder Futter noch Streue noch Striegel nöthig hat, und von der mütterlichen, daß es einen überaus sanften Trab geht, und so gedultig ist wie ein Schaaf. Steigen sie auf, und lassen es gehen, wohin es will; es wird sie zu ihrem geliebten Milchmädchen bringen, und wenn sie nicht so glücklich seyn werden als sie wünschen, so wird die Schuld nur an ihnen selbst seyn.

Der Prinz besahe dieses ausserordentliche Thier von allen Seiten, und hatte alle die Wunderdinge, die ihm in diesem Schloß begegnet waren nöthig, um ihm so viel Gutes zuzutrauen, als ihm die Fee nachgerühmt hatte. Indessen, daß er aufstieg, wollte ihm Cristalline noch eine Probe geben, daß sie nicht zu viel von ihrer Macht gesagt hatte. Sie schlug mit ihrem Stab dreymal in die Luft, und siehe! auf einmal erschienen alle zehen tausend Sylphen, welche ihr der Stab des Padmanaba unterthänig machte; der Hof, die Treppe, die Galerie, und so gar die Dächer und die Luft wimmelte von geflügelten Jünglingen, wovon der geringste den vaticanischen Apollo an Schönheit übertraf. Bey allen Feen, rief Biribinker, von diesem Anblick ausser sich selbst gesetzt, was für einen glänzenden Hof sie haben! Lassen sie den kleinen Grigri immer eine Hummel bleiben, Madame, und halten sie sich an diese hier; es müßte unglücklich seyn, wenn unter allen diesen Liebes-Göttern keiner fähig seyn sollte, ihnen einen Gnomen zu ersetzen, der ihrem eigenen Geständniß nach keinen andern Vorzug vor seinen mißgeschaffnen Gesellen hatte, als daß er auf eine kurzweiligere Art ungestalt war. Sie sehen wenigstens, versetzte Cristalline, daß es mir nicht an Gesellschaft fehlt, die mich wegen ihrer Unbeständigkeit trösten kan, wenn es mir jemals einfallen sollte, daß ich getröstet seyn wollte.

Mit diesen Worten wünschte sie ihm eine glückliche Reise, und Biribinker trabte auf seinem hölzernen Maulthier davon, indem er allem demjenigen nachdachte, was ihm in diesem wundervollen Schlosse begegnet war.

Zweytes Capitel.

Fortsetzung der Geschichte des Prinzen Biribinker.

Ich will ihnen, fuhr Don Gabriel in seiner Erzählung fort, die manchfaltigen Betrachtungen erlassen, welche Biribinker unterwegs mit sich selbst anstellte, um ihnen zu sagen, daß er gegen Mittag, da die Hitze unerträglich zu werden anfieng, an dem Eingang eines Waldes abstieg, und sich an den Rand eines kleinen Bachs setzte, der von Bäumen und Gebüschen umschattet war. Nicht lange so erblickte er eine Schäferin, die eine kleine Heerde rosenfarber Ziegen vor sich her trieb, um sie an dem Bache zu tränken, wo Biribinker im Schatten lag.

Denken sie, Don Sylvio, wie groß seine Entzückung seyn mußte, als er in dieser jungen Hirtin sein geliebtes Milchmädchen erkannte! Sie kam ihm noch zehenmal schöner vor, als da er sie das erstemal gesehen hatte; aber was ihn am meisten erfreute, war, daß sie an statt vor ihm zu fliehen immer näher herbey kam, und sich endlich, (wie es schien) ohne ihn zu bemercken, nicht weit von ihm ins Graß setzte. Der Prinz unterstund sich nicht sie anzureden, aber er sahe sie mit so durchdringenden feurigen Blicken an, daß die Steine im Bache bey nahe davon in Glas verwandelt worden wären. Die schöne Schäferin, welche sehr kalter Natur seyn mußte, um von so kräftigen Blicken nicht geröstet zu werden, flochte indessen ganz gelassen einen Blumenkranz, und unterließ nicht von Zeit zu Zeit einen Seitenblick auf ihn zu werfen, worinn er nichts weniger als Unwillen zu entdecken vermeynte. Dieses machte ihn so kühn, daß er näher zu ihr rückte, ohne daß sie es wahrnahm; denn sie spielte eben mit einer kleinen Ziege, die an statt der Haare lauter Silberfaden hatte, und mit Blumenkränzen und rosenfarben Bändern aufs artigste geziert war. Seine Augen sagten ihr aus diesem neuen Stand-Punct nicht weniger schönes als zuvor, und die ihrigen antworteten von Zeit zu Zeit so höflich, daß er sich endlich nicht länger halten konnte, sich zu ihren Füssen zu werfen, und ihr (nach seiner Gewohnheit) in sehr poetischen Redensarten zu wiederholen, was er vorher in einer weit verständlichern und überzeugendern Sprache gesagt hatte. Nachdem seine zärtliche Elegie zu Ende war, antwortete ihm die schöne Schäferin, mit einem Blick, welcher kaltsinniger anfieng als aufhörte: Ich weiß nicht ob ich sie recht verstanden habe, wollten sie mir alle diese Weile her nicht sagen, daß sie mich lieb hätten? – Himmel! daß ich sie liebe! rief der entzückte Biribinker, sagen sie, daß ich sie anbete, daß ich meine schmachtende Seele zu ihren Füssen aushauche. Sehen sie, antwortete die Schäferin, ich bin nur ein ganz einfältiges Mädchen, ich verlange nicht, daß sie mich anbeten sollen, und sie sollen auch ihre Seele nicht aushauchen, denn ich denke nicht, daß sie zu viel davon haben; ich würde wohl zufrieden seyn, wenn sie mich nur liebten. Aber ich gestehe ihnen, daß ich schwerer zu überzeugen bin, als die Fee, mit der sie die vergangene

Nacht zugebracht haben – Götter! rief der bestürzte Prinz, was höre ich? – Wie ist es möglich – Wer kan ihnen – Woher wissen sie – ich weiß nicht was ich sage – O! unglückseliger Biribinker.

Die schöne Schäferin that einen grossen Schrey, ehe er diesen fatalen Namen noch ganz ausgesprochen hatte. Ja wohl unglückseliger Biribinker, rief sie aus, indem sie sich mit grosser Hastigkeit vom Boden aufrafte; müssen sie mein Ohr schon wieder mit diesem schändlichen Namen beleidigen? Sie zwingen mich sie zu hassen und zu fliehen, da ich – Hier wurde die erzürnte Galactine plötzlich von einem Anblick unterbrochen, der dem Prinzen und ihr selbst auf einmal alle andere Gedanken benahm. Sie sahen einen Riesen auf sie zu kommen, der an statt eines Kranzes ein paar junge Eichbäume um den Kopf geflochten hatte, und sich unterm Gehen die Zähne mit einem Zaunpfal ausstocherte. Er gieng gerade auf die Schäferin zu, und donnerte sie mit einer so entsetzlichen Stimme an, daß mehr als zwey hundert Dolen, die ihre Nester in seinem Bart hatten, mit grossem Gekrächze heraus geflogen kamen. Was hast du hier, rief er, mit diesem kleinen Zwerg, Püpchen? Folge mir augenblicklich, oder ich hacke dich zu kleinen Pastetchen; und du, sagte er zu dem Prinzen, indem er ihn in einen grossen Sack steckte, herein in meinen Sack; Nach diesem sehr laconischen Gruß schnürte er den Sack zu, nahm die Schäferin auf den Arm, und trabte davon. Biribinker glaubte in den leeren Raum gestürzt worden zu seyn, denn er fiel und fiel immer fort, ohne daß es ein Ende nehmen wollte. Endlich kam er doch auf den Boden, aber stieß den Kopf so stark an einem Weberknopf an, daß er etliche Minuten ganz betäubt da lag, und die Hirnschale gebrochen zu haben glaubte. Nach und nach erholte er sich wieder, und da besann er sich an die Erbsen-Schotte, die ihm Cristalline gegeben hatte; er brach sie auf, fand aber nichts als ein kleines Messer von Diamant mit einem Heft von einer Greiffen-Klaue, kaum so groß, daß man es mit drey Fingern fassen konnte. Ist das alles, dachte er, was die Fee Cristalline für mich thut? Was will sie, daß ich mit diesem Spielzeug machen soll? Es ist kaum groß genug, daß ich mir die Kehle damit abschneiden könnte, und vielleicht ist das auch ihre Meynung. Aber man muß doch alles andere vorher versuchen, ehe man sich die Kehle abschneidt. Ich kan mit diesem Messerchen ein Loch in den Sack bohren, ob es gleich Mühe kosten wird, und wenn ich schon einen Sprung wagen muß, so will ich doch lieber alles wagen als Gefahr lauffen, daß dieser verfluchte Popanz kleine Bratwürstchen für seine Popänzchen aus mir macht. In dieser großmüthigen Entschliessung arbeitete der Prinz Biribinker, oder vielmehr das kleine Messer, worauf ein Talismann eingegraben war, so nachdrücklich, daß er in kurzer Zeit eine ziemliche Öfnung in den Sack machte, ungeachtet die Fäden des Gewebes so dick waren wie ein Anker-Seile. Er bemerkte, daß die Reise eben durch einen Wald gieng, und dachte seine Zeit so gut in Acht zu nehmen, daß er, indem er sich aus dem Sack heraus stürzte, an dem Wipfel eines hohen Baums sich halten könnte. Diesen Anschlag setzte er ungesäumt ins Werk, ohne daß es der Riese gewahr wurde; allein der Ast, an den er sich halten wollte, brach mit ihm, und der gute Biribinker fiel in ein ziemlich tiefes marmornes Brunnen-Becken voll Wassers, welches zu allem Glück unter ihm lag, denn was er für einen Wald angesehen hatte, befand sich ein sehr schöner Park, der zu einem nicht weit davon gelegenen Schloß gehörte. Er dachte, indem er untertauchte, zum wenigsten in das Caspische Meer gefallen zu seyn, oder besser zu sagen, er dachte gar nichts, so betäubt von Schrecken lag er da, und vermuthlich würde er in seinem Leben das Trockne nicht wieder gesehen haben, wenn nicht eine Nymphe, die sich eben in diesem Brunnen badete, zu seiner Rettung herbey geschwommen wäre. Die Gefahr, worinn sie einen so schönen jungen Menschen sah, machte sie vergessen, in was für einem Zustande sie selbst war, und in der That hätte er leicht ertrinken können, ehe sie ihre Kleider angezogen hätte. Kurz, Biribinker fühlte, da er zu sich selbst kam, daß sein Gesicht an dem schönsten Busen lag, der jemals gewesen ist, und da er die Augen aufthat, sahe er sich am Rande eines grossen Brunnens in den Armen einer Nymphe, die ihm, in dem ungekünstelten Aufzug, worinn er sie sah, beym ersten Anblick so viel und noch mehr Leben wieder gab, als er brauchte.

Dieses Abentheuer setzte ihn in ein so angenehmes Erstaunen, daß er kein Wort hervor bringen konnte. Allein die Nymphe merkte kaum, daß er wieder lebte, so riß sie sich von ihm loß, und sprang ins Wasser. Biribinker, der sich einbildete, daß sie ihm entfliehen wolle, erhub ein so klägliches Geschrey, als ein kleiner Junge nur immer machen kan, wenn man ihm eine neue Puppe nehmen will. Die schöne Nymphe war wohl sehr weit von einem so grausamen Vorhaben entfernt; denn in wenigen Augenblicken sah er sie schon wieder mit einem Rücken, der die Lilien an Glanz übertraf, aus dem Wasser hervor ragen. Sie hob den Kopf ein wenig empor, aber kaum erblickte sie den Prinzen, so tauchte sie wieder unter, und plätscherte unter dem Wasser fort, bis sie an die andere Seite des Brunnens kam, wo ihre Kleider lagen. Allein da sie sah, daß ihr der Prinz folgte, erhub sie sich mit halbem Leib, aber ganz in ihre lange gelbe Haare eingehüllt, die ihr in dichten wallenden Locken bis zu den Füssen herab flossen, und seinen lüsternen Augen den Anblick von Schönheiten entzogen, welche fähig waren, einen Titon zu verjüngen.

Sie sind sehr unbescheiden, Prinz Biribinker, sagte sie, daß sie sich in solchen Augenblicken aufdringen, da man allein seyn will.

Vergeben sie mir, schönste Nymphe, antwortete der Prinz, wenn mir ihre Bedenklichkeiten ein wenig unzeitig vorkommen; nach dem Dienst, den sie mir so großmüthig geleistet haben, dächte ich –

Man sehe doch, rief die Nymphe aus, was für einen Übermuth diese Mannsleute haben! Man untersteht sich nicht ihnen die mindeste kleine Höflichkeit zu erzeigen, ohne daß sie ihre Glossen darüber machen; und ein blosses Werk der Großmuth und des Mitleidens ist in ihren Augen schon eine Aufmunterung, wodurch sie berechtiget zu seyn glauben, sich Freyheiten mit uns heraus zu nehmen. Wie? weil ich gütig genug gewesen bin, ihnen das Leben zu retten, so glauben sie vielleicht –

Sie sind sehr grausam, unterbrach sie der Prinz, daß sie dasjenige einem unbescheidenen Übermuth beymessen, was eine notwendige Würkung der Zauberey ihrer Reitzungen ist. Wenn sie mir das Leben wieder nehmen wollen, das sie mir gerettet haben (denn wer kan sie gesehen haben, und die Beraubung eines so entzückenden Anblicks ertragen?) so tödten sie mich wenigstens auf eine großmüthige Art; machen sie ein Denkmal ihrer alles bezwingenden Schönheit aus mir, und lassen mich hier in ihrem Anschauen zum Marmorbilde erstarren.

Sie haben, wie ich höre, eine hübsche Belesenheit in den Poeten, versetzte die Nymphe; wo nahmen sie doch diese Anspielung? – War nicht einmal eine gewisse M e d u s a – Sie haben ihren Ovidius gelesen, das ist gewiß, und man muß gestehen, daß sie ihrem Schulmeister Ehre machen.

Grausame! rief Biribinker mit Ungedult, was für ein Belieben finden sie, die Sprache meines Herzens, welches keinen Ausdruck für seine Empfindungen stark genug findet, mit den Figuren eines schülerhaften Witzes zu vewechseln? – Sie nehmen ihre Zeit sehr übel, wenn sie disputiren wollen, fiel ihm die Nymphe ein, sehen sie denn nicht, wie viel Vortheile ich in dem Element, worinn ich bin, über sie habe? Aber ich bitte sie, gehen sie hinter diese Myrrthen-Hecken, und erlauben sie mir, daß ich mich ankleide, wenn sie so gut seyn wollen – Würde es aber nicht großmüthiger von ihnen seyn, wenn sie mir erlaubten, daß ich sie ankleiden hülfe? – Glauben sie das? erwiederte die Nymphe; ich danke ihnen für ihre Dienstfertigkeit; aber ich möchte ihnen nicht gerne Mühe machen, und sie sehen auch, daß ich Leute genug habe, die diese Arbeit besser gewohnt sind als sie.

Mit diesen Worten bließ sie in ein kleines Ammons-Horn, so ihr an einer Schnur der grösten und feinsten Perlen am Halse hieng, und in einem Augenblick erfüllte sich der ganze Brunnen mit jungen Nymphen, die plätschernd aus dem Wasser herauf fuhren, und einen Kreis um ihre Gebieterin machten. Biribinker konnte sich jetzt noch weniger entschliessen als zuvor auf die Seite zu gehen; aber die Nymphen erblickten ihn kaum, so spritzten sie ihm eine solche Menge Wassers ins Gesicht, daß er, aus Furcht ein anderer A c t ä o n zu werden, so eilfertig davon lief, als ob er schon Hirschläufte hätte. Er fühlte sich alle Augenblicke an die Stirne, da er aber weder Geweyh noch Sprossen merkte, so schlich er wieder zurück, um hinter den Myrthen-Hecken der Ankleidung seiner schönen Nymphe zuzusehen. Allein er kam schon zu spät, die Nymphen waren wieder verschwunden, und indem er hinter der Hecke hervor gehen wollte, fehlte es nicht viel, daß er mit dem Kopf an die Stirne seiner Erretterin angeschlagen hätte; die im Begriff war, ihn zu suchen. Er erstaunte ungemein, da er sie sahe. Wie? Madame, rief er aus, nennen sie das angekleidet seyn?

Warum nicht? antwortete die Nymphe; sehen sie denn nicht, daß ich in einen siebenfachen Schleyer von Leinwand eingewickelt bin? – Das gestehe ich, sagte der

Prinz; wenn das Leinwand ist, so möchte ich wohl denjenigen sehen, der sie gewebt hat; denn das feinste Spinnen-Gewebe ist Segeltuch gegen dieses. Ich hätte geschworen, daß es Luft wäre. Es ist die feinste Art von gewebtem Wasser, versetzte sie, von einer Art trocknem Wasser, welches von Polypen gesponnen, und von unsern Mädchen gewebt wird; es ist die gewöhnliche Kleidung, die wir andern Ondinen zu tragen pflegen. Was für eine andere wollen sie, daß wir haben sollen, da wir uns weder vor Frost noch Hitze zu verwahren brauchen? Der Himmel verhüte, sagte Biribinker, daß ich ihnen eine andere wünsche; aber mich däucht, wenn sie es nicht ungnädig nehmen wollen, sie hätten vorhin nicht nöthig gehabt, so viel Umstände zu machen, wie sie aus dem Bade steigen wollten – Hören sie, mein Herr von Honigseim, sagte die Nymphe mit einem kleinen spöttischen Naserümpfen, das ihr sehr gut ließ; wenn ich ihnen rathen dürfte, so gewöhnten sie sich das moralisiren ab, denn es ist gerade das, worauf sie sich am wenigsten verstehen. Wissen sie denn nicht, daß der Gebrauch über die Anständigkeit entscheidet? Man sieht wohl, daß sie die Welt nie anders als in einem Bienen-Korbe gesehen haben, und sie würden sehr wohl thun, wenn sie nach dem Rath des weisen Avicenna über nichts urtheilten, was sie zum erstenmal sehen. Aber lassen sie uns von etwas anderm reden. Sie haben noch nicht zu Mittag gegessen, nicht wahr? und so verliebt sie immer, mit gewissen Ausnahmen, in ihr Milchmädchen sind, so weiß ich doch wohl, daß sie nicht gewohnt sind, von Seufzern zu leben.

Nach diesen Worten bließ sie wieder in ihr kleines Ammonshorn, und augenblicklich stiegen drey Nymphen aus dem Brunnen hervor. Die erste brachte einen kleinen Tisch von Bernstein, der von drey Gratien empor gehoben wurde, die aus einem einzigen Amethyste geschnitten waren. Die andere breitete eine Matte von den feinsten gespaltenen Binsen darüber aus, und die dritte trug ein Körbchen auf dem Kopfe, aus dem sie verschiedene bedeckte Muscheln auf den Tisch stellte. Man sagt mir, sie essen nichts als Honig, sprach die Nymphe zu Biribinker, sie sollen einen kosten, der nicht der schlimmste ist, ob er gleich aus lauter Seegewächsen gezogen wird. Der Prinz versuchte ihn, und fand ihn so gut, daß er bey nahe die Schale mit verschluckt hätte. Wie sie abgespeißt hatten, erschienen zwo andere Najaden mit einem kleinen Schenktisch von Saphir, der mit einer Menge Trinkschalen aufgesetzt war. Sie waren alle aus gediegenem Wasser geschnitzt, hart wie Diamant, durchsichtig wie Cristall, und wie es schien mit lauter Brunnenwasser angefüllt. Aber wie Biribinker davon kostete, befands sichs, daß die besten persischen Weine Phlegma dagegen waren. Gestehen sie, sagte die Ondine, daß sie hier nicht schlimmer sind, als bey der Fee Cristalline, bey der sie die vergangene Nacht zugebracht haben.

Sie sind allzubescheiden, schönste Ondine, antwortete der Prinz, daß sie sich mit einer Fee vergleichen, die in allen Stücken so weit unter ihnen ist.

Wieder übel geschlossen! erwiederte die Nymphe; ich sagte das nicht aus Bescheidenheit, sondern nur, um zu hören, was sie mir darauf antworten würden.

Aber ich bitte sie; meine Göttin, sagte der Prinz, wie geht es zu, daß sie so gute Nachrichten von mir haben? So bald sie mich sehen, nennen sie mich bey meinem Namen – Sie sehen daraus, antwortete die Nymphe, daß ich eine so gute Kennerin bin als die Fee Cristalline – »Sie wissen, daß ich in einem Bienen-Korb erzogen worden bin« – das riecht man ihnen auf zwanzig Schritte weit an – »daß ich ein Milchmädchen liebe –«; o! ja, wie man noch nie geliebt hat, und daß sie noch verliebter sind, seit dem sie eine Schäferin worden ist; und wer weißt, wie weit sie ihr Glück getrieben hätten, wenn nicht der Riese Caraculiamborix – Aber haben sie keinen Kummer; sie sollen sie wieder sehen, und so glücklich seyn, als man in Besitz eines Milchmädchens nur immer seyn kan.

O! rief Biribinker, bey dem die Getrāncke der Ondine mächtig zu würken anfiengen, kan man etwas anders zu sehen oder zu besitzen wünschen, nachdem man sie gesehen hat, göttliche Ondine? Ich erinnere mich nur nicht mehr, daß ich vorher Augen hatte, und der Augenblick, da ich sie zum erstenmal sah, ist der Anfang meines Daseyns. Ich kenne und wünsche mir keine andere Glückseligkeit, als zu ihren Füssen von dem Feuer verzehrt zu werden, das ihr erster Blick in meiner Brust entzündet hat.

Prinz Biribinker, antwortete die Ondine, sie haben einen schlimmen Lehrmeister in der Redekunst gehabt; Ich hätte gedacht, die Fee Cristalline sollte ihnen die lächerliche Meynung benommen haben, daß man uns Unsinn vorsagen müsse, um uns die Heftigkeit seiner Leidenschaft zu beweisen. Ich wette was sie wollen, daß es nicht wahr ist, daß sie zu meinen Füssen verzehrt zu werden wünschen; glauben sie mir, ich weiß besser was sie wünschen, und sie würden mehr dabey gewinnen, wenn sie natürlich mit mir reden wollten. Diese schwülstige Sprache, die sie sich angewöhnt haben, ist vielleicht gut, Milchmädchen zu rühren; aber, lassen sie sich ein für allemal sagen, daß man uns nicht nach einerley Methode behandeln muß. Ein Frauenzimmer, das den Averroes so lange studirt hat, wie ich, wird durch keine poetische Blümchen gewonnen; man muß uns überzeugen können, wenn man uns rühren will, und die Macht der Wahrheit ist das einzige, was uns nöthigen kan, uns zu ergeben.

Biribinker war es zu sehr gewohnt von den Damen, denen er in die Hände fiel, gehofmeistert zu werden, als daß er sich durch einen Verweiß hätte kleinmüthig machen lassen sollen, der ihm die Mittel zeigte, wodurch man bey den Schülerinnen des Averroes glücklich werden kan; und in der That fühlte er, daß es ihn weit weniger Mühe kosten werde, sie durch die Energie der Wahrheit, als durch spitzfündige und schwülstige Liebes-Erklärungen zu überwältigen. Die Reitzungen der Ondinen übertreffen, nach dem vollgültigen Zeugniß des Grafen von Gabalis, alles, was den Besitz der schönsten unter den Töchtern der Menschen begehrenswürdig macht. Kurz, Biribinker wurde nach und nach so natürlich und überzeugend, als sie es nur wünschen konnte, und ob sie gleich eine genaue Beobachterin dessen war, was man Gradationen nennt, so wußte sie doch die Zeit so gut einzutheilen, daß es eben Nacht wurde, wie der Prinz die Überzeugung bis zu derjenigen Evidenz trieb, die keinen Zweifel übrig läßt. Die Geschichte sagt weiter nichts von dem, was zwischen ihnen vorgegangen, als daß sich Biribinker des Morgens, da er erwachte, zu seinem nicht geringen Erstaunen, auf eben dem Ruhebette, in eben dem Zimmer, in eben dem Pallast, und in dem nehmlichen Zustande befand, worinn er des Morgens zuvor gewesen war.

Die schöne Ondine, welche, man weißt nicht warum? sich nicht weit von ihm befand, merkte kaum, daß er erwacht war, als sie ihn, mit einem Anmuth, die ihn vor etlichen Stunden eben so sehr entzückt hatte, als sie ihn jetzt gleichgültig ließ, also anredete: Das Schicksal, mein lieber Biribinker, hat sie dazu ausersehen, sich unglückliche Feen verbindlich zu machen. Da ich das Vergnügen habe, eine davon zu seyn, so ist es billig, daß ich sie berichte, wer ich bin, und wie viel ich ihnen zu danken habe. Wissen sie also, daß ich eine von denjenigen Feen bin, die man Ondinen nennt, weil sie das Element des Wassers bewohnen, aus dessen subtilesten Atomen ihr Wesen zusammen gesetzt ist. Man nannte mich Mirabella, und der Stand einer Fee mit dem Rang, den mir meine Geburt unter den Ondinen gab, hätte mich glücklich machen können, wenn irgend etwas fähig wäre, uns gegen die Einflüsse eines feindseligen Gestirns zu schützen. Das meinige verurtheilte mich, von einem alten Zauberer geliebt zu werden, dem seine tiefe Wissenschaft eine unbegrenzte Gewalt über die elementarischen Geister gab. Allein bey allem dem war er der unangenehmste Mensch von der Welt, und ohne die Freundschaft eines Salamanders, der ein Günstling des alten Padmanaba war –

Wie? rief der Prinz, Padmanaba, sagen sie? der Mann mit dem schneeweissen Ellenlangen Bart, der arme Mädchens, die Langeweile haben, in Nachtgeschirre und kurzweilige Gnomen in Hummeln verwandelt?

Eben dieser, versetzte die Ondine, war es, der sich die Rechte eines Ehemanns über mich anmaßte, ohne zu den Pflichten dieses Characters die mindeste Tüchtigkeit zu haben. Eine meiner Vorgängerinnen, die er in den Armen eines häßlichen Gnomen überraschte, hatte ihn so mißtrauisch gemacht, daß er auf seinen eigenen Schatten eyfersüchtig war. Er hatte alle Gnomen abgeschaft, und dafür lauter Salamander angenommen, deren feurige Natur, wie er dachte, geschickter war, Schrecken als Liebe einzuflössen. Sie erinnern sich ohne Zweifel aus ihrem Ovidius an die schöne Semele, die in der Umarmung eines Salamanders zu Asche wurde. Aber der gute Alte vergaß mit aller seiner Vorsichtigkeit, daß die wässerichte Natur der Ondinen sie vor einer solchen Gefahr vollkommen sichert, und das gedämpfte Feuer der Salamander zu einer sanften Hitze mäßiget, die der Liebe nicht wenig günstig ist. Padmanaba verließ sich so völlig auf seinen Günstling, daß er uns alle Freyheit ließ, die wir nur wünschen konnten. Sie bilden sich vielleicht ein, Prinz Biribinker, daß wir uns diese Gelegenheit nach der Weise materieller Liebhaber zu Nutze gemacht haben würden; aber sie irren sich. Flox, so hieß mein Freund der Salamander, war zu gleicher Zeit der zärtlichste und der geistigste Liebhaber von der Welt. Er merkte gleich, daß mein Herz nur durch den Verstand gewonnen werden könne, und trieb seine Gefälligkeit gegen meine Delicatesse so weit, daß er gar nicht einmal zu bemerken schien, daß ich, wie sie sehen, eine ziemlich feine Haut, eine nicht ganz gleichgültige Figur, und ein paar niedliche kleine Füßchen hatte, mit denen ich im Nothfall so fertig zu reden wußte, als eine andere mit den Augen. Mit einem Wort, er gieng mit mir um, als ob ich lauter Geist gewesen wäre. An statt wie andere Liebhaber mit mir zu tändeln, analysirte er mir die geheimnißvollen Schriften des Averroes; wir sprachen ganze Tage lang von unsern Empfindungen, und ob es gleich im Grund immer eben dieselbigen waren, so wußten wir ihnen doch so vielerley Wendungen zu geben, daß wir immer etwas neues zu sagen schienen, wenn wir in der That immer einerley sagten. Sie sehen, mein Prinz, daß nichts unschuldigers sein konnte, als unsere Freundschaft, oder, wenn sie es so nennen wollen, unsere Liebe. Und doch konnte uns weder die Lauterkeit unsrer Absichten, noch die Vorsichtigkeit einer jungen Gnomide, die in meinen Diensten, und in der That, ein dummes kleines Ding war, vor den boshaften Beobachtungen so vieler Augen, die der Neid auf uns offen hielt, sicher stellen. Verschiedene Salamander, von den Vorzügen beleidigt, die ich meinem Freund über sie gab, unterstunden sich, über unsern Umgang gewisse Glossen zu machen, die sich (ihrem Vorgeben nach) auf gewisse Vertraulichkeiten gründeten, die sie zwischen uns wahrgenommen haben wollten. Der eine bemerkte, daß ich ausserordentlich munter sey, und daß ein gewisses Feuer in meinen Augen blitze, welches lange Zeit darinn erloschen gewesen war; ein anderer konnte nicht begreiffen, daß meine Lust zur Philosophie groß genug seyn könne, um mir so gar in meinem Schlafzimmer Lectionen darinn geben zu lassen; ein dritter wollte eine gewisse Sympathie unserer Knien und Ellenbogen, und ein vierter ich weiß nicht was für ein geheimes Verständniß zwischen unsern Füssen entdeckt haben. Sie sehen, mein Prinz, daß, wenn auch in einer von den Zerstreuungen, denen die metaphysischen Seelen am häuffigsten unterworfen sind, etwas dergleichen vorgegangen wäre, man doch die Bosheit und materielle Denkungs-Art unserer Feinde haben mußte, um solche Kleinigkeiten zum Nachtheil einer Tugend auszudeuten, die sich jederzeit durch die strengsten Grundsätze in der Sittenlehre in einem festgesetzten Ansehen erhalten hatte.

Inzwischen wurde das Gemurmel unserer Mißgünstigen so laut, daß es endlich auch vor den alten Padmanaba kam, der nur allzu geneigt war, dergleichen Eingebungen ein aufmerksames Ohr zu leihen. Er wurde desto stärker dadurch aufgebracht, je grösser die Meynung gewesen war, die er von meiner Tugend oder wenigstens von der Kälte meines Bluts gefaßt hatte. Man machte einen Anschlag, uns zu überraschen, und es gelung endlich unsern Feinden, uns in einer von den obgedachten Zerstreuungen anzutreffen, die, zum Unglück, stark genug war, daß wir etliche Augenblicke den Gebrauch unserer Sinne verlohren zu haben schienen. Die donnernde Stimme des furchtbaren Padmanaba weckte mich endlich aus einer Art von Entzückung, worinn es sehr unangenehm ist, unterbrochen zu werden, sie können sich vorstellen, ob ich betroffen war, da ich in einem so delicaten Umstand, mich von so vielen Augen beleuchtet sah. Indeß verließ mich doch die Gegenwart des Geistes nicht ganz; ich bat meinen alten Gemahl, mich nicht eher zu verurtheilen, bis er meine Rechtfertigung gehört hätte, und war im Begriff, ihm aus dem siebenten Capitel der Metaphysik des Averroes zu beweisen, wie betrüglich das Zeugniß der Sinne sey, als er mich mit diesen Worten unterbrach: Ich habe dich zu sehr geliebt, Undankbare, als daß ich fähig wäre, die Rache an dir zu nehmen, die meine beleidigte Ehre fordert. Deine Strafe soll nichts anders als eine Probe der Tugend seyn, an welche du noch Ansprüche zu machen verwegen genug bist. Ich verbanne dich, fuhr er fort, indem er mich mir seinem Stab berührte, in die Bezirke des Parcs, der dieses Schloß umgibt; behalte deine Gestalt und die Vorrechte deines Feen-Standes, aber verliere beydes, und verwandle dich in das häßlichste Crocodill, so oft du mit jemand, wer er auch sey, in eine Zerstreuung fällst wie diejenige war, worinn ich dich hier gefunden habe. Wie sehr bedaure ich, daß es nicht in meiner Gewalt ist, diese Bezauberung unauflößlich zu machen! Aber die Zukunft wird, wie ich besorge, einen Prinzen hervor bringen, dessen wunderbares Gestirn aller meiner Macht Trotz bietet.

Alles, was ich thun kan, ist, die Auflösung meiner Bezauberungen an die Talismanische Kraft eines so seltsamen Namens zu binden, daß er vielleicht in vielen Jahrtausenden in keiner Sprache des Erdbodens wird gehört werden. Nachdem Padmanaba diese geheimnißvollen Worte gesprochen hatte, ward ich durch eine unsichtbare Gewalt in den Brunnen versetzt, wo sie mich zuerst gesehen haben, und bald darauf erfuhr ich, daß der Alte aus Verdruß über meine vermeynte Untreue das Schloß verlassen habe, ohne daß man wisse, was aus ihm oder meinem geliebten Salamander geworden sey. Ich war untröstbar über den Verlust des letztern, und machte meinen Nymphen etliche Tage lang so abscheuliche Gesichter, daß einige davon in Gichter fielen, und andere vor Angst auf der Stelle nieder kamen. Allein wie kein heftiger Schmerz langwierig seyn kan, so währete auch der meinige nur so lange, bis ich mich erinnerte, daß mir Padmanaba doch ein Mittel gelassen hatte, die Ehre meiner Tugend zu retten. Was soll ich ihnen sagen, Prinz Biribinker? Mehr als fünfzig tausend Prinzen und Ritter haben seit mehr als einem Jahrhunderte das Abentheuer vergeblich unternommen, das sie allein fähig waren, zu Stande zu bringen. Von was für Klagen, was für Verwünschungen erschallte nicht dieser Wald, wenn diese Unglücklichen statt einer reitzenden Nymphe, die sie umfangen wollten, plötzlich ein ungeheures Crocodill – der Abscheu, den eine so demüthigende Erinnerung mir verursacht, läßt mich nicht weiter reden; es ist wahr, diese häßliche Verwandlung hörte sogleich wieder auf, aber jeder neuer Versuch, den sie machen wollten, sie aufzulösen, hatte jedesmal den nehmlichen Erfolg. Dieser Brunnen, welcher ehemals die gewöhnliche Grösse hatte, ist allein durch ihre Thränen so groß und tief worden, daß er, wie sie gesehen haben, einem kleinen See ähnlich sieht; und viele, die sich aus Verzweiflung hinein stürzten, würden einen feuchten Tod darinn gefunden haben, wenn meine Nymphen sie nicht aufgefangen, und wieder mit dem Leben ausgesöhnt hätten. Sie allein, glücklicher Biribinker, waren mächtig genug, eine Verzauberung zu vernichten, die mich in die traurige Nothwenigkeit setzte, so viele tausende zu Zeugen meines Unglücks zu machen –

Aber eben das ist etwas, das ich noch nicht recht einsehe, sagte der Prinz. Wozu hatten sie alle diese Zeugen nöthig? Mir däucht, die Ehre ihrer Tugend, wie sie es nennen, wäre am besten gerechtfertiget worden, wenn sie sich nie in den Fall gesetzt hätten ein Crocodill zu werden. So schliessen sie und ihres gleichen, erwiederte Mirabella. Sagen sie mir einmal, was für Ehre kan eine erzwungene Tugend machen? Welches Frauenzimmer ist nicht fähig, ihren Begierden Gewalt anzuthun, wenn sie zu gleicher Zeit die Unmöglichkeit, sie zu befriedigen, und eine schimpfliche Strafe vor Augen sieht? Aber der Liebe zur Tugend die Furcht der Schande, ja in gewissem Sinn die Tugend selbst aufopfern, das ist ein Grad von moralischem Heldenmuth, dessen nur die edelsten Seelen fähig sind.

Erklären sie mir doch das deutlicher, sagte Biribinker, ich bin sonst eben nicht der dummste, aber ich will gehangen seyn, wenn ich ein Wort von allem, was sie da sagten, verstanden habe.

Unsere Tugend, erwiederte die Fee, ist nur alsdann ein Verdienst, wenn es in unserer Willkühr stehet, ob wir sie behalten oder verlieren wollen. Lucretia würde nie als ein Muster der Keuschheit aufgestellt worden seyn, wenn sie den jungen Tarquinius in die Unmöglichkeit gesetzt hätte, einen Versuch auf ihre Ehre zu machen. Eine alltägliche Tugend würde ihr Schlafzimmer verrigelt haben; die erhabene Lucretia ließ es offen. Sie that noch mehr, sie ergab sich so gar, um Gelegenheit zu haben, durch das grosse Opfer, das sie der beleidigten Tugend brachte, der Welt zu zeigen, daß der kleinste Flecken, der ihren Glanz verdunkelt, mit Blut ausgelöscht zu werden verdient.

Sie sehen aus diesem Beyspiel, mein Prinz, wie weit die geläuterte Denkart grosser Seelen über die gemeinen Begriffe des moralischen Pöbels erhaben ist. Um eine Bezauberung aufzulösen, die meiner Tugend ihren grösten Werth, die Freywilligkeit und das Vergnügen der besiegten Schwierigkeit raubte, mußte ich mich so oft in den Fall setzen sie zu beleidigen, bis ich denjenigen gefunden hatte, der mich von einer Strafe befreyen konnte, wovon die blosse Vorstellung meiner edlen Denkungsart unerträglich war. Nun verstehen sie mich doch, hoffe ich?

Unvergleichlich, rief Biribinker aus, sie erklären sich immer dunkler. Aber das muß ich gestehen, daß sie, wenn sie es nicht übel nehmen wollen, die allersonderbarste Preciöse sind, die man vielleicht jemals in der Welt gesehen hat. Was sagen sie, versetzte die schöne

Ondine sehr lebhaft? Wie? eine Preciöse? ich? eine Preciöse, sagen sie? Wahrhaftig sie kennen mich sehr schlecht, oder sie müssen in ihrem Leben keine Preciöse gesehen haben. Was finden sie geziertes oder gekünsteltes an meiner Person, an meinen Manieren, an meiner Kleidung, an meiner Art, mich auszudrücken? Was ist gezwungenes – Mit einem Wort, wollen sie, daß ich ihnen Proben gebe, daß ich keine Preciöse bin? Biribinker erschrack über diesen unverhoften Antrag so sehr als über die Art, wie sie ihm bewieß, daß es ihr Ernst sey. O! Madam, erwiederte er, ich glaube alles, was sie wollen! Ich brauche keine Probe, und ich sehe auch nicht wie ihre Tugend – Meine Tugend, rief die Fee! eben meine Tugend fordert von mir, sie zu überzeugen, daß ich keine Preciöse bin. Wenn sie keine Preciöse sind, antwortete Biribinker, so schwöre ich ihnen, daß ich kein Salamander bin, und daß meine Natur nicht feurig genug ist –

Fy, sagte die Ondine, schämen sie sich nicht, vor einem Frauenzimmer so unanständig zu reden? Was bilden sie sich ein? Wer fordert denn etwas von ihrer Natur, oder was geht es mich an, ob sie kalt oder feurig ist? Lassen sie sich sagen, daß sie ein Mensch ohne Delicatesse sind, der weder die Ohren noch die Wangen einer Dame zu schonen weißt. Wissen sie denn nicht, daß es ein Verbrechen ist, ein Frauenzimmer um einer Kleinigkeit willen erröthen zu machen. Unsere Tugend – O! Madame, fiel ihr Biribinker in die Rede, ich bitte sie, nennen sie mir dieses Wort nicht mehr! Wenn sie nur wüßten, wie es ihren schönen Mund verzerrt! Und erlauben sie mir, ihnen mit aller der Delicatesse, deren ich fähig bin, zu sagen, daß ich so viel gethan zu haben glaube, als man von einem braven Mann fordern kan, indem ich ein Abentheuer zu Stande gebracht, woran fünfzig tausend tapfere Helden zu kurz gefallen sind. Was noch mehr zu thun seyn mag, überlasse ich den Salamandern, Sylphen, Gnomen, Faunen und Tritonen, welche nunmehr ein offenes Feld haben, ihre Tugend im Athem zu erhalten. Alles, warum ich sie bitte, ist ihr Schutz und meine Entlassung.

Was ihre Entlassung betrift, antwortet die schöne Mirabella, die können sie sich selbst geben, denn sie wissen, daß ich sie nicht geruffen habe. Wenn sie aber meinen Schutz verlangen, so kan ich ihnen nicht bergen, daß ihr Glück von ihrer eigenen Aufführung abhangt. Wenn sie so fortfahren, so wird der Schutz aller Feen der ganzen Welt an ihnen verlohren seyn. Hat man jemals einen Liebhaber gesehen, wie sie sind? Sie ziehen den ganzen Tag in der Welt herum, ihre Geliebte zu suchen, und bringen die ganze Nacht in den Armen einer andern zu; den folgenden Morgen geht ihre Liebe wieder an, und den Abend drauf ihre Untreue. Was wollen sie, daß aus einer solchen Aufführung endlich werden soll? Ihre Schäferin müßte ausserordentlich gedultig seyn, wenn sie sich diese neue Art zu lieben gefallen lassen wollte – Wahrhaftig! rief der Prinz, es steht ihnen recht wohl an, mir Vorwürfe von dieser Art zu machen! Ich mag nicht reden – Aber glauben sie mir, ihr moralisiren fangt mir an beschwerlich zu werden, so eine grosse Meisterin sie immer darinn seyn mögen. Sagen sie mir lieber, wie ich meine geliebte Galactine aus den Händen des verfluchten Riesen befreyen kan, der sie gestern davon führte –

Bekümmern sie sich nicht um den Riesen, sagte die Fee; ein Nebenbuler, der sich die Zähne mit einem Zaunpfahl ausstochert, ist nicht halb so fürchterlich, als sie sich einbilden, und ich kenne einen gewissen Gnomen, der ihnen, so klein er ist, mehr Eintrag thun könnte als Caraculiamborix, wenn er gleich noch etliche hundert Ellen länger wäre als er ist. Kurz, sorgen sie für nichts, als wie sie ihre Schäferin wieder besänftigen wollen, das übrige wird sich von selbst geben; und sollten sie ja in Umstände kommen, wo sie meiner Hülfe benöthiget wären, so zerbrechen sie nur dieses Straussen-Ey, das ich ihnen gebe; es wird ihnen, auf mein Wort, keine geringere Dienste thun als die Erbsen-Schotte der Cristalline.

Kaum hatte Mirabella das letzte Wort ausgesprochen, so verschwand sie, das Cabinet und der Pallast, und Biribinker befand sich, ohne zu wissen, wie es zugieng, an dem nehmlichen Orte, wo ihn der Riese Caraculiamborix bey seiner Schäferin überfallen hatte. Man kan nicht erstaunter seyn, als er es über die seltsame Dinge war, die ihm seit seiner Flucht aus dem grossen Bienenkorbe begegnet waren. Er rieb sich die Augen, kneipte sich in die Arme, zog sich bey der Nase, und hätte gerne gefragt, ob er oder ein anderer der Prinz Biribinker sey, wenn er jemand hätte fragen können. Je mehr er nachdachte, desto wahrscheinlicher kam es ihm vor, daß alles nur ein Traum gewesen sey; und er fieng schon an, sich in dieser Meynung zu bestärken, als er eine Jägerin aus dem Gebüsch hervor kommen sahe, die an Gestalt und Anstand nichts geringers als D i a n a selbst zu seyn schien. Ihr grünes Gewand, mit goldnen Bienen durchwürkt, war bis an die Knie aufgeschürzt, und unter ihnem Busen mit einem Gürtel von Diamanten gebunden; ein Theil ihrer schönen Haare war mit einer Perlenschnur in einen Knoten geknüpft, der Rest flatterte in kleinen Locken um ihre weisse Schultern. In der Hand trug sie einen Jagdspieß, und ein goldner Köcher klang auf ihrem Rücken. Dißmal, dachte Biribinker, weiß ich noch gewiß, daß ich nicht träume, und indem er das dachte, kam ihm die Jägerin so nahe, daß er seine geliebte Galactine in ihr erkannte. Noch niemals war sie ihm so bezaubernd vorgekommen, als in diesem Aufzug, der ihr das Ansehen einer Göttin gab. Er vergaß auf einmal der Cristallinen und Mirabellen, die ihn vor kurzem so sehr bezaubert hatten, und indem er sich zu ihren Füssen warf, bezeugte er sein Vergnügen, sie wieder gefunden zu haben, in so lebhaften Ausdrücken, daß es der getreueste unter allen Liebhabern nicht besser hätte machen können. Allein die schöne Galactine wußte mehr von seinen Begebenheiten, als er sich einbildete. Wie? sagte sie, indem sie ihr anmuthiges Gesicht mit einem Unwillen, der ihm nur neue Reitzungen gab, von ihm wegwandte; unterstehst du dich noch, vor meine Augen zu kommen, nachdem du dich durch wiederhohlte Beleidigungen der Gnade verlustig gemacht, die ich dir schon einmal wiederfahren ließ? Göttliche Galactine, antwortete ihr Biribinker, zürnen sie nicht mit mir, wenden sie ihre Augen nicht so von mir ab, wenn sie nicht wollen, daß ich auf der Stelle zu ihren Füssen sterben soll. Weg mit diesem Unsinn, sagte die schöne Jägerin, den du gewohnt bist an eine jede zu verschwenden, die dir in den Weg kommt; du hast mich nie geliebt, wankelmüthiger; wer alle liebt, liebt keine.

Niemals, rief Biribinker, mit thränenden Augen, niemals hab ich eine andere geliebt als sie; und das ist so wahr, daß ich darauf schwören wollte, daß alles nur ein Traum war, was mir in einem gewissen Schlosse begegnet ist. Wenigstens versichere ich Ihnen, daß die Zerstreuungen, die sie mir so übel auslegen, ein blosses Spiel der Sinnen waren, woran mein Herz nicht den geringsten Antheil hatte. Eine feine Distinction, erwiederte die Jägerin; Zerstreuungen nennen sie das? ich sage ihnen, daß ich keinen Liebhaber verlange, der solchen Zerstreuungen unterworfen ist. Ich habe die Philosophie des Averroes nie studirt, und ich bin eine so materielle Creatur, daß ich nicht begreiffen kan, wie das Herz meines Liebhabers unschuldig seyn kan, wenn mir seine Sinnen untreu sind –

Vergeben sie mir nur noch dieses einzige mal, sagte Biribinker schluchzend – Ich, ihnen vergeben? unterbrach ihn die schöne Galactine; und warum sollte ich ihnen vergeben? Sehen sie mich einmal an; ist man vielleicht mit einem Gesicht, wie das meinige, zum Vergeben genöthigt? Oder meynen sie, daß ich, um Liebhaber zu haben, wenn ich ihrer haben will, so gedultig seyn müsse, als sie mich gerne finden möchten? Glauben sie mir, es liegt nur an mir, unter zwanzig andern, zu wählen, die den Werth eines Herzens, das sie so muthwillig von sich werfen, besser zu schätzen wissen.

Diese Worte, ob sie gleich mit einem Blick begleitet waren, der ihre Strenge zum wenigsten um die Hälfte milderte, brachten den armen Biribinker vollends zur Verzweiflung. Was hör ich, rief er, Grausame? So wollen sie dann meinen Tod? Können meine Thränen sie nicht erweichen? Nein, bey allen Göttern! ehe ich zugeben werde, daß ein anderer als Biribinker – O! verhaßtestes unter allen Ungeheuern, rief die ergrimmte Galactine, lässest du mich noch einmal diesen abscheulichen Namen hören, der mir schon zweymal die Seele durchbort hat? Flieh auf ewig aus meinen Augen, oder erwarte das ärgste von dem immerwährenden Haß, den ich dir und deinem unseligen Namen geschworen habe.

Biribinker zitterte an allen Nerven, wie er seine Schöne auf einmal in eine so heftige Wuth ausbrechen sah; er verfluchte im Übermaß seines Schmerzens den Namen Biribinker, und denjenigen, der ihm denselben gegeben hatte; und er würde vielleicht (denn für gewiß will ich es eben nicht sagen,) mit dem Kopf wider die nächste Eiche angeloffen seyn, wenn er nicht in eben dem Augenblicke sechs wilde Männer erblickt hätte, die in vollem Lauf aus dem Wald hervor stürmten, und vor seinen Augen sich der schönen Jägerin bemächtigten. Diese Wilden hatten eine mehr als menschliche Statur, um das Haupt und die Lenden waren sie mir Eichen-Zweigen bekränzt, auf der linken Schulter trugen sie eine stählerne Keule, und Biribinker fand sie in diesem Aufzug so fürchterlich, daß er, seiner angebohrnen Tapferkeit ungeachtet, allen Muth verlohr, seine Geliebte aus ihren Händen zu retten. In dieser dringenden Noth erinnerte er sich an das Straussen-Ey, das ihm die Fee Mirabella gegeben hatte; er zerbrach es mit bebender Hand, und erstaunte, wie man denken kan, so sehr als jemals, da er eine unendliche Menge von kleinen Nymphen, Tritonen und Delphinen heraus wimmeln sah, die sich augenblicklich in Lebens-Grösse ausdehnten, und die einen aus ihren Wasser-Krügen, die andern aus ihren Naslöchern eine so ungeheure Menge Wassers ausgossen, daß in weniger als einer Minute ein See um ihn her entstund, der den ganzen Horizont erfüllte. Er selbst befand sich auf dem Rücken eines Delphins, der so sanft mit ihm davon schwam, daß er keine Bewegung spürte, und die Nymphen und Tritonen, die um ihn her plätscherten, bemühten sich, ihm durch Musik und muthwillige Spiele eine Lust zu machen. Aber Biribinker sahe nur nach dem Orte, wo er seine geliebte Galactine den Wilden hatte überlassen müssen, und da er, so weit sein schärfster Blick reichte, um und um nichts als Wasser sahe, betrübte er sich so herzlich, daß er sich etliche mal in die See stürtzen wollte. Er würde es auch gewiß gethan haben, wenn er nicht besorgt hätte, einer von den Nymphen, die um seinen Delphin schwammen, in die Arme zu fallen; welches ihn, (wie er sehr weißlich davor hielt,) leicht in eine Versuchung hätte setzen können, worinn die ewige Treue, die er seiner Schönen nunmehr angelobt hatte, in Gefahr gekommen wäre. Er trieb dißmal die Vorsichtigkeit so weit, daß er sich ein seidenes Schnupftuch um die Augen band, aus Furcht, von den Schönheiten zu sehr gerührt zu werden, die durch tausend verführerische Bewegungen seinen Augen nachstellten.

Auf diese Weise war er ohne den geringsten widrigen Zufall schon ein paar Stunden fort geschwommen, als er es endlich wagte, das Schnupftuch ein wenig weg zu schieben, um zu sehen, wo er wäre. Er fand zu seiner grossen Beruhigung, daß die Nymphen verschwunden waren; hingegen gewahrete er in der Ferne etwas, das wie der Rücken eines grossen Gebürges über die Wellen hervor ragte; er merkte auch, daß die See ausserordentlich ungestümm wurde, und bald darauf erhub sich ein so entsetzlicher Sturmwind mit so gewaltigen Regengüssen, daß es nicht anders war, als ob ein ganzer Ocean aus der Luft herab stürzte.

Der Urheber dieses Unwesens war ein Wallfisch, aber ein Wallfisch, dergleichen man nicht alle Tag sieht; denn diejenigen, die man an den Grönländischen Küsten zu fangen pflegt, waren in Vergleichung mit ihm nicht viel grösser als die winzigen Thierchen, die man durch Vergrösserungs-Gläser bey vielen tausenden in einem Tropfen Wassers herum schwimmen sieht. So oft er schnaubte, welches gemeiniglich alle vier Stunden geschah, so entstund ein Sturmwind, und die Wasserströme, die er aus seinen Naslöchern ausspritzte, verursachten Platzregen und Wolkenbrüche auf fünfzig Meilen in die Runde. Die Bewegung des Meers war so heftig, daß Biribinker sich nicht länger auf seinem Delphin erhalten konnte, sondern sich den Wellen überlassen mußte, die ihn wie einen Ball herum schleuderten, bis er zuletzt von der Luft, die der Wallfisch einathmete, wie von einem Wirbelwind ergriffen, und durch eines von den Naslöchern des Ungeheuers hinab gezogen wurde. Er fiel ein paar Stunden lang in einem fort, ohne daß er in der Betäubung wußte, wie ihm geschah; endlich aber merkte er, daß er in ein grosses Gewässer fiel, womit eine Höle im Bauch des Wallfisches angefüllt war. Es war ein kleiner See, der etwan fünf bis sechs deutsche Meilen im Umkreiß hatte; und vermuthlich würde Biribinker das Ende aller seiner Abentheuer darinn gefunden haben, wenn er nicht zu gutem Glück, sich so nah am Ufer einer Insel oder Halbinsel gesehen hätte, daß er kaum zwey hundert Schritte zu schwimmen hatte, um auf dem Trocknen zu seyn.

Die Noth, die Erfinderin aller Künste, lehrte ihn dißmal schwimmen, ob es gleich das erstemal in seinem Leben war. Er kam glücklich ans Ufer, und nachdem er sich auf einem Felsen, der zwar wie andere Felsen von Stein, aber so weich wie ein Polster war, zurecht gesetzt hatte, erquickte er sich, indeß daß seine Kleider an der Sonne trockneten, an den lieblichen Geruchen, so ihm ein kühler Landwind aus einem Wald von Zimmet-Stauden, der das Ufer bekränzte, entgegen wehte. Weil er aber begierig war, das Land in Augenschein zu nehmen, und sich zu erkundigen, ob und von wem es bewohnt sey, so stieg er, so bald er sich in etwas erhohlt hatte, von seinem Felsen herab, und strich eine halbe Stunde lang im Wald herum, bis er endlich in einen grossen Lustgarten kam, worinn alle mögliche Bäume, Stauden, Gewächse, Blumen und Kräuter des ganzen Erdbodens in der anmuthigsten Unordnung durch einander geworfen waren. Die Kunst war in der Anlegung desselben so versteckt, daß alles ein blosses Spiel der Natur zu seyn schien. Hier und da sahe er Nymphen von blendender Schönheit unter Gebüschen oder in Grotten liegen, und kleine Bäche aus ihren Urnen giessen, die den Garten durchschlängelten, an vielen Orten in allerley Figuren in die Höhe spielten, an andern Wasserfälle machten, oder in marmorne Becken sich sammelten. Diese Brunnen wimmelten von allen Arten von Fischen, welche, wider die Gewohnheit der Geschöpfe von ihrer Gattung, so lieblich sangen, daß Biribinker ganz davon bezaubert wurde. Insonderheit bewunderte er einen gewissen Karpfen, der die schönste Discant-Stimme von der Welt hatte, und einen Triller schlug, der dem besten Castraten Ehre gemacht hätten. Der Prinz hörte ihm eine geraume Weile mit göstem Vergnügen zu; da ihn aber alle diese Wunderdinge nur desto begieriger machten, zu erfahren, wem diese bezauberte Insel gehöre, und ob er sich würklich, wie er glaubte, in der unterirrdischen Welt befinde, so that er deßwegen verschiedene Fragen an die besagten Fische; denn er dachte, weil sie so schön sängen, so würden sie vermuthlich auch reden können. Allein die Fische sangen immer fort, ohne ihm zu antworten, oder nur Acht darauf zu geben, was er sagte.

Er gab es also endlich auf, und gieng immer weiter fort, bis er in einen grossen Krautgarten kam, der mit allen Arten von Salat, Wurzel-Werk, Schotten- und Ranken-Gewächsen besetzt war, die dem Ansehen nach, ohne Pflege, wiewohl so schön als nur möglich ist, in regellosem Überfluß hervor wuchsen. Indem er sich nun so gut er konnte, einen Weg durch diese Wildniß machte, stieß er von ungefehr mit dem rechten Fuß an einen grossen Kürbis, der so ziemlich dem Wanst eines schinesischen Mandarins gleich sahe, und den er unter seinen breiten Blättern nicht gleich wahrgenommen hatte.

Herr, Biribinker, rief ihm der Kürbis zu, ein andermal seyn sie so gut, und schauen ein wenig unter ihre Füsse, eh sie einem ehrlichen Kürbis auf den Nabel treten. Ich bitte sehr um Vergebung, Herr Kürbis, sagte Biribinker; es geschah in der That nicht aus Vorsatz, und ich würde mich gewiß besser vorgesehen haben, wenn ich hätte vermuthen können, daß die Kürbisse in dieser Insel so wichtige Personen sind, als ich nun sehe. Indeß bin ich doch erfreut, daß mir dieser kleine Zufall das Vergnügen verschaft hat, mit ihnen Bekanntschaft zu machen; denn ich hoffe, sie werden mir die Gefälligkeit nicht versagen, mich zu belehren, wo ich bin, und was ich aus allem machen soll, was ich hier sehe und höre?

Prinz Biribinker, antwortete der Kürbis, ihre Gegenwart ist mir allzu angenehm, als daß ich mir nicht das gröste Vergnügen daraus machen sollte, ihnen alle die kleinen Dienste zu leisten, die von mir abhangen. Sie befinden sich im Bauch eines Wallfisches, und diese Insel – Im Bauch eines Wallfisches, rief Biribinker, indem er ihn unterbrach – das übertrift noch alles, was mir bisher begegnet ist. Nun schwöre ich ihnen, Herr Kürbis, daß ich mich in meinem Leben über nichts mehr verwundern will. Wahrhaftig! wenn es im Bauch eines Wallfisches Luft und Wasser, Inseln und Lustgärten, ja wie ich merke, Sonne, Mond und Sterne gibt, wenn die Felsen darinn so weich wie Polster sind, die Fische singen, und die Kürbisse reden – Was diesen Punct betrifft, unterbrach ihn der Kürbis gleichfalls, so belieben sie sich sagen zu lassen, daß ich hierinn einen Vorzug vor allen andern Kürbissen, Gurken und Melonen in diesem Garten habe; sie hätten hundert andere mit Füssen tretten können, ohne nur einen Ton von ihnen heraus zu bringen –

Ich bitte sie nochmals um Vergebung, erwiederte der Prinz – das haben sie gar nicht nöthig, sagte der Kürbis; ich versichere ihnen, es wäre mir leyd, wenn es mir nicht begegnet wäre; ich warte hier schon so lange auf ihre Ankunft, und die Zeit wurde mir endlich so lange, daß ich schon zu verzweiffeln anfieng, diese glückliche Begebenheit jemals zu erleben. Glauben sie mir für einen, der nicht dazu gebohren ist, ist es eine verdrießliche Sache, hundert Jahre lang ein Kürbis zu seyn, zumal wenn man die Conversation liebt und gute Gesellschaft gewohnt ist. Aber die Zeit ist nun gekommen, da sie mich an dem verfluchten Padmanaba rächen werden. Was sagen sie mir von Padmanaba? rief Biribinker; Meynen sie den Zauberer, der die schöne Cristalline in einen Nacht-Topf verwandelte, und die noch schönere Mirabella verurtheilte, ein Crocodill zu werden, so oft sie ihre Tugend auf die Probe setzen wollte? Diese Frage, erwiederte der Kürbis, versichert mich, daß ich mich nicht betrogen habe, da ich sie für den Prinzen Biribinker hielt; ich sehe daraus, daß die Helfte der Bezauberungen des alten Gecken schon vernichtet sind, und daß der Augenblick meiner Befreyung da ist – Haben sie sich also auch über ihn zu beklagen, fragte Biribinker?

Nehmen sie mir nicht übel, antwortete der Kürbis, wenn mich diese Frage zu lachen macht, (und in der That lachte er so laut, daß er wegen seines kurzen Athems, der eine Folge seines gewaltigen Schmeerbauchs war, eine gute Weile keuchen und husten mußte, bis er wieder reden konnte.) Merken sie dann nicht, fuhr er fort, daß ich etwas bessers seyn muß, als ich aussehe? Hat ihnen die schöne Mirabella nicht von einem gewissen Salamander gesagt, der das Glück hatte in gewissen Umständen von dem alten Padmanaba überrascht zu werden – Ja wohl, sagte Biribinker, sie sprach mir von einem gewissen geistigen Liebhaber, der ihre Seele mit den Geheimnissen der Philosophie des Averroes unterhielt, damit sie die kleinen Experimente nicht beobachten möchte, die er indessen – Sachte, sachte, rief der Kürbis, ich sehe, daß sie mehr von mir wissen, als sie allenfalls nöthig gehabt hätten; ich bin dieser Salamander, dieser Flox, der, wie ich sagte, und wie sie schon wußten, so glücklich war, die schöne Mirabella wegen der frostigen Nächte zu entschädigen, die sie mit dem alten Zauberer zuzubringen genöthiget war. Die vorerwähnte Scene, wobey er die Thorheit hatte, einen ungebetenen Zuschauer abzugeben, setzte ihn in eine Art von Verzweiflung, ohne ihn von der Liebes-Krankheit zu heilen, womit er lächerlicher Weise behaftet war. Sein Pallast, ja ein jeder anderer Aufenthalt, den er, in welchem Element er gewollt hätte, wählen konnte, wurde ihm verhaßt; er traute weder Sterblichen noch Unsterblichen; Gnomen und Sylphen, Tritonen und Salamander waren ihm alle gleich verdächtig; und er hielt sich nirgends sicher als in einer gänzlichen und unzugangbaren Einsamkeit. Nach vielen andern Projecten, die er eben so bald verwarf als machte, fiel ihm endlich ein, sich in den Bauch des Wallfisches zurück zu ziehen, wo ihn, dacht er, gewiß niemand suchen würde. Er ließ sich durch eine Anzahl Salamander einen Pallast darinn erbauen, und damit sie ihn nicht verrathen könnten, so verwandelte er sie, nebst mir, in eben so viele Kürbisse, mit der Bedingung es so lange zu bleiben, bis der Prinz Biribinker uns unsere erste Gestalt wieder geben würde. Ich war der einzige von allen, dem er den Gebrauch der Vernunft und der Sprache ließ, wovon die erste, wie er glaubte, mir zu nichts nützen konnte, als mich durch die Erinnerungen meiner verlohrenen Glückseligkeit zu peinigen, und die andere zu nichts als manchem eiteln Ach! und O! oder Gesprächen, worinn ich die Mühe nehmen müßte, mir die Antworten selbst zu geben. Allein in diesem Stück betrog sich der weise Mann ein wenig, denn so ungünstig auch immer die Figur und Organisation eines Kürbis zu Beobachtungen seyn mag, so geschickt ist sie hingegen zu Betrachtungen *à priori*; und mit alle dem entdeckt man doch in hundert Jahren nach und nach eines oder anders, was entweder unsere schon gefaßte Hypothesen bestättiget, oder uns auf die Spur einer neuen bringt. Kurz, ich bin der kleinen Angelegenheiten des Herrn Padmanaba so unkundig nicht als er vielleicht denkt, und ich hoffe ihnen Anleitungen zu geben, wodurch sie in den Stand gesetzt werden sollen, alle seine Vorsichtigkeit zu vereiteln.

Ich würde ihnen sehr dafür verbunden seyn, erwiederte der Prinz; ich weiß nicht was für einen sonderbaren Beruf ich in mir spüre, dem guten Padmanaba Streiche zu spielen; vermuthlich ist es der Einfluß meines Gestirns, der mich dazu dahin reißt; denn ich wüßte nicht, daß er mich jemals in seinem Leben persönlich beleidiget haben sollte. Ist es nicht Beleidigung genug, sagte der Kürbis, daß er Ursache ist, daß ihnen der grosse Caramussal, der auf der Spitze des Berges Atlas wohnt, den Namen Biribinker gegeben hat? einen Namen, der ihnen bey ihrem geliebten Milchmädchen schon dreymal so fatal gewesen ist? – So ist also der alte Padmanaba schuld daran, daß ich Biribinker heisse? fragte der Prinz voller Verwunderung; erklären sie mir doch ein wenig, wie diese Dinge zusammen hangen; denn ich gestehe ihnen, daß ich mir den Kopf schon oft vergeblich zerbrochen habe, um hinter das Geheimniß meines Namens zu kommen, welchem ich, wie es scheint, alle meine seltsame Begebenheiten zu danken habe. Insonderheit möchte ich doch wissen, wie es zugeht, daß jedermann, wo ich hinkomme, bis auf die Kürbisse, mich gleich bey meinem Namen nennt, und von allen Umständen meiner Geschichte so gut benachrichtiget ist, als ob sie mir an der Stirne geschrieben stünden.

Es ist mir noch nicht erlaubt, antwortete der Kürbis, ihre Neugier über diesen Punct zu befriedigen; genug, daß es nur von ihnen abhängt, sich vielleicht nach dieser Abrede ins Klare zu setzen. Die gröste Schwierigkeit ist nun einmal überstanden; Padmanaba dachte wohl nicht, daß sie ihn im Bauch seines Wallfisches finden würden. Ich bekenne ihnen aufrichtig, unterbrach ihn Biribinker, daß ich noch weniger daran dachte, und sie werden gestehen müssen, daß er wenigstens alles gethan hat, was möglich war, um seinem Schicksal zu entgehen. Aber sie erwähnten eines Pallasts, den sich ihr Alter von Salamandern in dieser Insel habe bauen lassen; ich denke wir sind hier in den Gärten, die dazu gehören, warum sehe ich denn nirgends keinen Pallast? Die Ursache ist ganz natürlich, antwortete der Kürbis; sie würden ihn unfehlbar sehen, wenn er nicht unsichtbar wäre. Unsichtbar, rief Biribinker; so wird er doch nicht unfühlbar seyn, hoffe ich? das nicht, antwortete Flox, aber da er aus gediegenen Flammen erbaut ist –

Sie sagen mir von einem seltsamen Pallast, unterbrach ihn Biribinker abermal; aber wenn er aus Flammen erbaut ist, wie kan er denn unsichtbar seyn? darinn besteht eben das wunderbare von der Sache, antwortete der Kürbis; es mag nun möglich oder unmöglich seyn, so ist es nicht anders; sie können den Pallast nicht sehen, wenigstens nicht in dem Stande, worinn sie jetzt sind; aber gehen sie nun ungefehr zwey hundert Schritte gerade fort, so wird die Hitze, die sie empfinden werden, sie bald genug überzeugen, daß ich ihnen die Wahrheit sage.

Die ausserordentliche Dinge, welche Biribinker bereits im Bauche des Wallfisches gesehen hatte, (und was kan man auch im Bauch eines Wallfisches anders erwarten als ausserordentliche Dinge?) hätten ihn billig geneigt machen sollen, alles glaubwürdig zu finden, was man ihm sagte; dem ungeachtet war er dißmal so eigensinnig, daß er nur sich selbst glauben wollte. Er gieng also auf den unsichtbaren Pallast zu; aber kaum war er hundert Schritte fortgegangen, so spürte er bereits einen merklichen Grad von Hitze, die ihm mit einem gewissen unsichtbaren Glanz, der ihm die Augen übergehen machte, entgegen kam. Die Wärme und der Glanz nahmen immer zu, je weiter er fortgieng, bis beyde in kurzem so durchdringend wurden, daß es nicht länger auszustehen war. Er gieng also wieder zurück, und suchte seinen Freund, den Kürbis, der ihm, so bald er ihn wieder kommen hörte, entgegen rief: Nun, Prinz Biribinker, werden sie mir künftig glauben, wenn ich ihnen etwas sage? Wenigstens begreiffen sie doch, hoffe ich, daß nichts natürlichers seyn kan, als daß ein Pallast von gediegenen Flammen vor Hitze unzugangbar, und vor lauter Glanz und Schimmer unsichtbar ist.

Ich begreiffe das in der That viel besser, antwortete Biribinker, als wie ich hinein kommen werde; denn das sag ich ihnen, ich spüre eine unwiderstehliche Begierde in mir, in diesen Pallast hinein zu gehen, und wenn es mir auch das Leben kosten sollte, so kan ich – So viel soll es sie nicht kosten, fiel ihm der Kürbis in die Rede. Wenn sie sich gefallen lassen wollen, zu thun was ich ihnen sage, so wird ihnen der Pallast sichtbar werden, und sie werden eben so sicher hinein gehen können, als ob es eine Strohhütte wäre. Sie brauchen nur ein ganz leichtes Mittel dazu, und das ihnen nicht mehr kosten wird als einen einzigen kleinen Sprung – Halten sie mich nicht lange mit Räthseln auf, Herr Kürbis, sagte Biribinker; was ist zu thun? es mag nun etwas leichtes oder schweres seyn, so sehen sie mich bereit alles zu wagen, um in ein Schloß zu kommen, das von lauter Glanz unsichtbar ist.

Ungefehr sechzig Schritte hinter jenen Granatbäumen, versetzte der Kürbis, werden sie in einem kleinen Labyrinth von Jasmin und Rosenhecken einen Brunnen finden, der sich von einem andern Brunnen durch nichts unterscheidet, als daß er statt des Wassers mit Feuer angefüllt ist. Gehen sie, Prinz, baden sie sich in diesem Brunnen, und in einer Viertelstunde ungefehr kommen sie wieder, und sagen mir, wie ihnen das Bad zugeschlagen hat.

Sonst nichts als das? sagte Biribinker, mit einer Mine, die mehr verdrießlich als hönisch war; ich glaube, sie sind nicht klug, Herr Kürbis – ich soll mich in einem feurigen Brunnen baden, und hernach wieder kommen, und ihnen sagen, wie mir das Bad bekommen hat? Hat man auch jemals so was tolles gehört! – Ereyfern sie sich nur nicht so, versetzte der Kürbis, es steht ja bey ihnen, ob sie in den unsichtbaren Pallast kommen wollen oder nicht, und wenn sie nicht so entschlossen erklärt hätten, wie sie gethan haben, so wäre mirs in der That nie eingefallen, ihnen einen solchen Antrag zu machen.

Kürbis, mein guter Freund, erwiederte Biribinker, ich merke, daß ihr euch ein wenig lustig mit mir machen wollt, aber ich muß euch sagen, daß ich jetzt nicht im Humor bin, Spaß zu verstehen. Ich verlange nicht als eine abgeschiedene Seele in den Pallast zu kommen – Das sollen sie auch nicht, sagte der Kürbis! das feurige Bad, das ich ihnen vorschlage, ist nicht so gefährlich, als sie sichs einbilden, und Padmanaba selbst bedient sich desselben alle drey Tage; sonst würde er eben so wenig in einem Pallast von gediegenem Feuer wohnen können, als sie. Denn ob er gleich, ausser dem grossen Caramussal, der auf der Spitze des Berges Atlas wohnt, der gröste Zauberer in der ganzen Welt ist, so ist er doch von eben so irrdischer Natur und Abkunft als sie. Ja er würde, ohne den Gebrauch dieses Brunnens, der eines der grösten Geheimnisse seiner Kunst ist, nicht einmal der kleinen Glückseligkeit fähig seyn, die er jetzt bey der schönen Salamandrin, die er in seinem Pallast eingeschlossen hält, genießt, oder doch zu geniessen glaubt; wenn anders der Gebrauch, den Titon von seiner Aurora zu machen fähig ist, ein Genuß genennt zu werden verdient. Er hat also eine schöne Salamandrin bey sich? fragte Biribinker. Warum nicht, antwortete der Kürbis; meynen sie, daß man sich umsonst in den Bauch eines Wallfisches verschließt?

Ist sie sehr schön, fuhr Biribinker fort? – Sie müssen wohl nie keine Salamandrin gesehen haben, erwiederte der Kürbis, weil sie das fragen können. Wissen sie denn nicht, daß die schönste Sterbliche gegen die geringste von unsern Schönen nicht besser als wie ein Affenweibchen aussehen würde? Es ist wahr, ich kenne eine Ondine, die vielleicht der schönsten Salamandrin den Vorzug streitig machen könnte; allein es ist unter allen Ondinen nur eine Mirabella – O! was das anbetrift, unterbrach ihn Biribinker, wenn die Salamandrin des alten Padmanaba nicht schöner als Mirabella ist, so hätten sie nicht nöthig gehabt die sterblichen Schönen so weit unter sie herunter zu setzen. Ich gestehe, daß sie reitzend ist, aber ich kenne ein gewisses Milchmädchen – in welches sie so verliebt sind, fiel ihm der Kürbis hönisch in die Rede, daß sie der schönen Mirabella beym ersten Anblick schwuren, sie nie gesehen zu haben. Die Würkung zeugt am besten von der Ursache, und wenn man ihre Leidenschaft nach diesem Grundsatz beurtheilen wollte –

O wahrhaftig! rief Biribinker ungedultig, ich bin, glaube ich, nur hieher gekommen, um einen Kürbis philosophiren zu hören. Sagen sie mir lieber, wie ich in den unsichtbaren Pallast kommen kan, denn ich sterbe vor Ungedult, wenn es nicht geschieht; ist denn kein anders Mittel, als das verwünschte feurige Bad, worinn sie mich gerne zu einer Carbonnade gemacht sehen möchten? Sie sind wunderlich, mit Erlaubniß, antwortete der Kürbis; Ich sagte ihnen ja schon, daß mir selbst alles daran gelegen ist, daß sie in den unsichtbaren Pallast kommen, wo, allen Umständen nach eines der ausserordentlichsten Abentheuern auf sie wartet. Meynen sie denn, daß ich für meinen Spaß ein Kürbis bin, und daß ich mich nicht je bälder je lieber von diesem verfluchten unbequemen Wanst befreyt sehen werde, der sich so übel für einen so speculativen Geist schickt als ich bin? Ich sage ihnen noch einmal, sie haben kein anders Mittel in den Pallast zu kommen, ohne von der Glut desselben verzehrt zu werden, als das feurige Bad, welches ich ihnen vorschlug. Ehe sie vor Ungedult sterben, wie sie sagen, könnten sie es ja ein paar Minuten versuchen; kommen sie auch darinn um, wofür ich ihnen doch gut stehe, so ist es nur eine Todesart für die andere, und das kommt zuletzt auf Eines hinaus. Gut, sagte Biribinker, wir wollen sehen was zu thun seyn wird! Vielleicht sollte ich nicht so viel Zutrauen in sie setzen als ich thue; allein der Zug meines Schicksals ist stärker als meine

Vernunft; ich will gehen, und wenn sie binnen einer Viertelstunde nichts von mir hören, so ergeben sie sich nur gedultig darein, ein Kürbis zu bleiben, bis Padmanaba von sich selbst entweder verliebt oder eyfersüchtig zu seyn aufhört.

Mit diesen Worten machte er dem Kürbis sein Compliment, und gieng dem Labyrinth zu, wo der feurige Brunnen seyn sollte. Er fand ein grosses rundes Becken, mit breiten Steinen von Diamant ausgemauert, und mit einem Feuer angefüllt, welches, ohne von irgend einer sichtbaren Materie genährt zu werden, in schlängelnden Blitzen empor loderte, und unschädlich die dichten Büsche von Rosen leckte, die rings umher über den Brunnen sich wölbten. Unzähliche Farben spielten mit der anmuthigsten Abwechslung zu diesen wundervollen Flammen, und statt des Rauchs ergoß sich ein lauer unsichtbarer Dampf von den lieblichsten Geruchen umher. Biribinker betrachtete dieses Wunder eine geraume Zeit mit einer Unschlüßigkeit, die einem Feen-Helden wenig Ehre macht, und er würde vielleicht noch immer am Rande des Brunnens stehen, wenn ihn nicht, da er sichs am wenigsten versah, eine unsichtbare Gewalt mitten in die Flammen geworfen hätte. Er erschrack so sehr, daß er vor Angst nicht schreyen konnte; aber da er spürte, daß ihm dieses Feuer kein Haar versengte, und an statt ihm nur den geringsten Schmerz zu verursachen, sein ganzes Wesen mit einer wollüstigen Wärme durchdrang, so faßte er sich bald wieder, und in kurzem gefiel es ihm so wohl darinn, daß er in den feurigen Wellen herum plätscherte, wie ein Fisch in frischem Wasser. Vielleicht würde er weit länger als die vorgeschriebene Zeit in einem so angenehmen Bade zugebracht haben, wenn ihn nicht die immer zunehmende Hitze zuletzt heraus getrieben hätte. Er sprang also wieder heraus, aber wie sehr erstaunte er, da er sich nicht nur so leicht und unkörperlich fühlte, daß er wie ein Zephyr über dem Boden hin schwebte, sondern auf einmal einen Pallast erblickte, dessen Glanz und Schönheit alles übertraf, was ein menschliches Auge jemals gesehen hat. Er stund eine gute Weile wie ausser sich selbst, und sein erster Gedanke, da er wieder denken konnte, war an die Schönheit, die ein so herrlicher Pallast in sich schliessen müsse; denn da Diamanten und Rubinen ihn nur Gassensteine gegen die Materialien däuchten, woraus dieses Schloß erbaut war, so zweiffelte er nicht, daß die schöne Salamandrin sich gegen die Schönen, die er bisher gekannt hatte, zum wenigsten eben so verhalten würde, wie dieser Pallast gegen die gewöhnlichen Feenschlösser, die man prächtig genug gebaut zu haben glaubt, wenn man die Mauren von Diamanten oder Smaragden aufführt, das Dach mit Rubinen deckt, den Fußboden mit Perlen einlegt, und was dergleichen mehr ist, welches doch alles in Vergleichung mit diesem feurigen Pallast nichts bessers als eine elende Hütte vorgestellt hätte. Unter diesen Gedanken näherte er sich demselben unvermerkt, und war schon durch den ersten Hof, dessen glänzende Pforte sich von selbst vor ihm aufthat, hinein gegangen, als ihm einfiel, daß ihm der Kürbis ausdrücklich gesagt hatte, er sollte nach dem Bad im feurigen Brunnen wieder zu ihm kommen. Vermuthlich, dachte er, hat er mir Nachrichten zu geben, ohne die es gefährlich seyn könnte, sich in ein solches Schloß zu wagen, und da ich mich bisher bey seinen Anweisungen so wohl befunden habe, so würde es weder klug noch dankbar seyn, wenn ich mir einbilden wollte, daß ich seiner nicht mehr nöthig habe. Man sehe doch, wie seltsam es kommen kan! Wer hätte jemals gedacht, daß ein Kürbis ein Rathgeber eines Prinzen seyn würde!

Biribinker schlich sich also nicht ohne Furcht entdeckt zu werden, zu seinem Kürbis zurück; Ha! rief ihm dieser auf zwanzig Schritte entgegen, ich sehe, daß ihnen das Bad unvergleichlich wohl zugeschlagen hat; sie sind ja zum bezaubern; ich schwöre ihnen bey der Tugend meiner geliebten Mirabella, daß keine Salmandrin ist, die ihnen, so wie sie jetzt aussehen, nur einen Minute widerstehen wird. Aber was wird aus ihrer Treue gegen das Milchmädchen werden? – Herr Kürbis, sagte Biribinker, lassen sie sich mit aller der Achtung, die ich ihnen übrigens schuldig bin, sagen, daß sie besser gethan hätten, mich in den Umständen, worein mich ihr Bad gesetzt hat, mit dergleichen unzeitigen Erinnerungen zu verschonen – Ich bitte um Verzeyhung, antwortete der Kürbis, ich wollte nur so viel sagen – Gut, gut, unterbrach ihn der Prinz, ich weiß wohl, was sie sagen wollten, und ich antwortete ihnen darauf, daß ich ohne ihre Warnungen, die ein beleidigendes Mißtrauen in meine Standhaftigkeit setzen, durch die blosse Erinnerung an mein himmlisches Milchmädchen gegen die vereinigten Reitzungen aller ihrer feurigen Schönen so sicher zu seyn glaube, als ich es mitten unter den häßlichsten Gnomiden seyn könnte. Es wird sich zeigen, sagte der Kürbis, ob sie diese edle Gesinnungen zu behaupten wissen werden; ich habe eine so gute Meynung von ihnen, als man, nach allem was in einem gewissen Schloß vorgegangen ist, nur immer haben kan; aber bey alle dem, kan ich doch nicht läugnen, daß ich ihre Treue in keine kleine Gefahr gesetzt sehe, wenn sie in den Pallast hinein gehen. Es steht noch bey ihnen, ob sie es wagen wollen oder nicht; bedenken sie sich wohl, oder –

Mein lieber Herr Kürbis, unterbrach ihn Biribinker, ich sehe, daß sie eine eben so verzweifelte Wuth zum raisonniren haben, als die tugendhafte und preciöse Mirabella, ihre Geliebte. Warum haben sie denn verlangt, daß ich in dem feurigen Brunnen baden sollte, wenn ich nicht in den Pallast hinein gehen darf? Noch einmal, mein lieber Freund, sorgen sie nicht für meine Treue, und sagen sie mir lieber: wie ich mich zu verhalten habe, wenn ich in den Pallast komme? Sie haben hiezu wenig Unterricht nöthig, antwortete der Kürbis, denn sie werden nirgend keinen Widerstand finden; alle Thüren werden sich ihnen von selbst eröfnen, und wenn sie irgend etwas zu besorgen haben, so muß es nur (wie ich schon gesagt, und wie sie sich so ungern sagen lassen) von ihrem eigenen Herzen seyn. Aber was für eine Mine, dencken sie, daß mir der alte Padmanaba machen werde, fragte der Prinz? So viel ich an der Bewegung der Gestirne merke, erwiederte der Kürbis, so ist es bereits um Mitternacht, um welche Zeit der Alte in tiefem Schlaf zu liegen pflegt. Allein gesetzt auch, daß er aufwachen sollte, so haben sie von seinem Zorn nichts zu besorgen; alle seine Macht vermag nichts gegen die Zauber-Kraft ihres Namens, und nach den Vortheilen, die sie bisher über ihn erhalten haben, zu urtheilen, können sie allerdings hoffen, diesesmal nicht weniger glücklich zu seyn.

Es mag gehen wie es will, versetzte Biribinker, so bin ich entschlossen das Abentheuer mit dem unsichtbaren Schloß zu bestehen; denn es liesse sich doch sonst keine vernünftige Ursache angeben, warum ich in des Wallfisches Bauch gekommen seyn sollte. Gute Nacht, Herr Kürbis, bis wir uns wieder sehen.

Viel Glücks, tapferer und liebenswürdiger Biribinker, rief ihm der wortreiche Kürbis nach; fahre wohl, du Blume und Zierde aller Feen-Ritter, und möge das Abentheuer, dem du so muthig entgegen gehst, einen Ausgang gewinnen, dergleichen noch kein Märchen gehabt hat, seitdem es Feen und Ammen in der Welt gibt. Gehe, weiser Königs-Sohn, wohin dich dein Schicksal zieht; aber hüte dich die Warnungen eines Kürbis zu verachten, der dein guter Freund ist, und vielleicht tieffere Blicke in die Zukunft thut, als irgend ein Calender-Macher in der Christenheit.

Der Kürbis merkte nicht, indem er diese schöne Abschieds-Rede hielt, daß der Prinz schon durch den ersten Schloßhof gegangen war, ehe er noch zu reden aufgehört hatte. Biribinker war jetzt ganz und gar von dem Abentheuer eingenommen, das er vor sich hatte, und seine Einbildungs-Kraft, die in dem feurigen Bad einen ausserordentlichen Schwung erhalten hatte, stellte ihm die schöne Salamandrin, die er bald zu sehen hofte, mit so unwiderstehlichen Reitzungen vor, daß er sich des Wunsches nicht enthalten konnte, seinem Milchmädchen nur dieses einzige mal noch ungetreu seyn zu können. Unter diesen Gedanken kam er durch den zweyten Hof in ein Vorhaus, aus welchem ihm ein grosses Getümmel entgegen schallte. Er lauschte ein wenig, und vernahm, daß es eine Menge von krächzenden Weiber-Stimmen waren, die in einem heftigen Wortwechsel begriffen schienen. So neugierig als er von Kindheit auf gewesen war, konnte er sich nicht enthalten, zu sehen, wem diese anmuthigen Stimmen zugehörten. Er öfnete die Thür eines grossen und überaus prächtigen Saals, und entsetzte sich nicht wenig, da er ihn mit fünfzig oder sechzig der allerhäßlichsten kleinen Zwerginnen angefüllt sah, die nur immer die bürleske Einbildung eines Calot oder Hogarth zu ersinnen fähig wäre.

Der arme Biribinker glaubte beym ersten Anblick, daß er zu einem Hexen-Sabbath gekommen sey, und er würde unfehlbar vor Abscheu in Ohnmacht gefallen seyn, wenn er nicht zu gleicher Zeit vor Lachen über so poßierliche Figuren hätte bersten mögen. Diese schönen Nymphen, die in der That nichts geringers als junge Gnomiden waren, von denen die jüngste kaum achtzig Jahre haben mochte, wurden seiner kaum gewahr, so eilten sie alle auf ihn zu, so schnell als es ihre krummen Beine zuliessen. Sie kommen eben recht, Prinz Biribinker, rief ihm eine von den häßlichsten entgegen, einen Streit zu entscheiden, worüber wir einander bey nahe in die Haare gekommen wären. Sie zancken sich doch nicht, hoffe ich, welche unter ihnen die schönste sey? sagte Biribinker. Und warum nicht? erwiederte die Gnomide; sie haben es ersten Streichs errathen. Aber dencken sie nur, mein schöner Prinz, nachdem ich es würklich schon dahin gebracht habe, daß mir alle übrige den Vorzug eingestehen, so untersteht sich dieses Fratzen-Gesicht, diese kleine Pagode hier, mir den goldnen Apfel noch streitig zu machen. O! mein angenehmster junger Prinz, schrie die Angeklagte, indem sie ihn in die Waden kneipte, welches vermuthlich, ihrer Absicht nach, eine Liebkosung seyn sollte; ich darf es kühnlich auf ihr Urtheil ankommen lassen. Sehen sie uns beyde nur recht an, betrachten sie uns Stück vor Stück, und thun sie den Ausspruch nach ihrem Gewissen, wofern ich mir zu viel schmeichlen würde, wenn ich sagte nach ihrem Herzen. Begreiffen sie, Prinz Biribinker, sagte die erste, wie man die Unverschämtheit so weit treiben kan? Fürs erste, so ist sie kaum eines Daumens Breite kleiner als ich, und sie werden gestehen, daß das keinen Unterscheid macht; was ihren Buckel betrift, so hoffe ich, der meinige darf sich noch immer neben dem ihren sehen lassen, und meine Füsse sind, wie sie sehen, immer so breit und wohl um zwey gute Mannsdaumen länger als die ihrige. Ich weiß wohl, daß sie sich sehr viel auf den Umfang und die Schwärze ihres Busens zu gut thut, aber sie werden doch bekennen müssen, fuhr sie fort, indem sie ihr Halstuch abnahm, daß der meinige, wo nicht völlig so ansehnlich, doch ungleich schwärzer ist als der ihrige. Mag er doch! rief die andere, einen so kleinen Vorzug kan ich dir leicht eingestehen, da ich in allen andern Stücken den Vortheil über dich habe.

Sie lachen, mein liebster Prinz Biribinker, und es kan in der That nichts lächerlicher seyn, als die Eitelkeit dieser Meerkatze hier. Ich schäme mich, daß ich genöthiget seyn soll, mich selbst zu loben, aber sehen sie einmal, um wie viel meine Beine krümmer und stumpichter sind als die ihrigen? Ich will von allem übrigen nichts sagen; man müßte nur blind seyn, wenn man nicht beym ersten Anblick sehen sollte, daß meine Augen kleiner und matter sind als die ihrigen, daß meine Backen um die Helfte aufgedunsener sind, und meine Unter-Lippe viel weiter herunter hangt; auch nichts von der ungleich grössern Länge meiner Ohren zu gedencken, und daß ich wenigstens fünf oder sechs Warzen mehr im Gesicht habe als sie, und daß die Haare an den meinigen länger sind; wir wollen auf einen Augenblick das alles beyseite setzen, und nur von der Nase reden. Es ist wahr, die ihrige ist eine von den grösten, die man sehen mag, und man könnte in Versuchung gerathen, sie die Schönste zu nennen, wenn man die meinige nicht gesehen hat: Aber man braucht ja keinen Maaßstab, um zu finden, daß meine Nase wenigstens einer halben Spanne lang weiter über den Mund herab hängt als die ihrige. Die Schamhaftigkeit erlaubt mir nicht, setzte sie mit einem entsetzlich zärtlichen Blick hinzu, von andern Schönheiten zu reden, die nur einem glücklichen Liebhaber sichtbar werden dürfen; aber sie können versichert seyn, daß ich in diesem Stück nicht weniger Ursache habe, mich der Freygebigkeit der Natur zu berühmen, als in Absicht dessen, was ihnen in die Augen fällt, und ich hoffe – Mademoiselle, rief Biribinker, so bald er vor Lachen reden konnte; ich unterstehe mich eben nicht, mich für einen Kenner auszugeben; aber in der That, es kan ihrer Freundin nicht Ernst seyn, wenn sie sich, was die Schönheit betrift, mit ihnen in einen Wettstreit einlassen will; der Vorzug, den sie in diesem Stück haben, ist augenscheinlich, und es ist unmöglich, daß der gute Geschmack der Herren Gnomen ihnen hierüber nicht vollkommene Gerechtigkeit widerfahren lassen sollte.

Die erste Gnomide schien durch diese Entscheidung nicht wenig beleidiget zu seyn, allein Biribinker, der vor Ungedult brannte, die schöne Salamandrin zu sehen, bekümmerte sich wenig um alles, was sie zwischen ihren langen Zähnen murmelte, und zog sich wieder zurück, nachdem er der ganzen liebreitzenden Gesellschaft eine gute Nacht gewünscht hatte. Statt der Antwort schickten sie ihm ein lautes Gelächter nach, um dessen Bedeutung er sich wenig bekümmerte, da er jetzo den Pallast vor sich stehen sahe, dessen unbegreifliche Schönheit seine ganze Aufmerksamkeit auf sich zog. Nachdem er ihn eine geraume Weile voller Bewunderung betrachtet hatte, sahe er, daß die beyden Flügel der Pforte sich aufthaten. Er konnte dieses nicht anders als für ein Zeichen ansehen, daß seine Unternehmung mit dem glücklichsten Ausgang bekrönt werden würde. Er gieng also mit hofnungsvollem Muth hinein, und befand sich, nachdem er eine Treppe hinauf gestiegen war, in einem grossen Vorsaal, aus dem er in eine Reyhe von Zimmern kam, von deren Schimmer er, ungeachtet der Veränderung, die das Feuer-Bad in seiner Natur hervor gebracht hatte, fast verblendet wurde.

Allein so mannigfaltig und ausserordentlich alle die schönen Dinge waren, die von allen Seiten seinen Augen entgegen strahlten, so vergaß er doch alles andere über den Gemählden einer unvergleichlich schönen jungen Salamandrin, womit alle diese Zimmer behangen waren. Er zweifelte nicht, daß es die Geliebte des alten Padmanaba seyn werde, und diese Copien, worein sie in allen nur ersinnlichen Stellungen, Anzügen und Gesichtspuncten, bald wachend, bald schlafend, bald als Diana, bald als Venus, Hebe, Flora, oder eine andere Göttin vorgestellt war, gaben ihm eine solche Idee von dem Urbilde, daß er bey der blossen Erwartung seiner bevorstehenden Glückseligkeit vor Entzückung und Wonne hätte zerfliessen mögen. Ins besondere konnte er nicht satt werden, eine grosse Tafel anzuschauen, worinn sie in einem Bade von Flammen saß, von Liebesgöttern bedient, die durch das Anschauen ihrer überirrdischen Schönheit ausser sich selbst gesetzt schienen. Biribinker wußte nicht, ob er die Schönheit des Gegenstands, oder die Kunst der Mahlerey am meisten bewundern sollte, und mußte sich selbst gestehen, daß Titian und Guido gegen die Salamandrischen Mahler in Absicht der Colorit nur Sudler seyen. Der Eindruck, den dieses Gemählde auf ihn machte, war so lebhaft, daß er mit äusserster Ungedult diejenige zu sehen wünschte, die in einem leblosen Nachbilde schon so unwiderstehliche Begierden einflößte. Er durchsuchte also eine Menge von Zimmern, ohne daß er jemand fand, er durchsuchte den ganzen Pallast von oben bis unten, und wiederholte es zwey oder dreymal; aber da war keine Seele zu hören noch zu sehen. Endlich ward er einer halb geöfneten Thüre gewahr, die in den ausserordentlichsten Lustgarten führte, den er jemals gesehen hatte. Alle Bäume, Gewächse und Blumen, Alleen, Lauben und Springbrunnen in diesem Garten waren von lauterm Feuer, jedes brannte in seiner natürlichen Farbe, mit einem eben so anmuthigen als durchdringenden Glanz, und die Würkung, die das Ganze machte, übertraf in der That alles, was sich die Einbildungs-Kraft prächtiges vorstellen kan.

Biribinker warf nur einen flüchtigen Blick auf dieses majestätische Schauspiel, denn er gewahrte am Ende des Gartens einen Pavillion, in welchem er seine schöne Salamandrin zu finden hofte. Er flog dahin, und die Thüre öfnete sich abermal von selbst, um ihn durch einen grossen Saal in ein Cabinet einzulassen, wo er niemand sah als einen Greisen von majestätischem Ansehen, mit einem langen schneeweissen Bart, der auf einem Ruhebette in tiefem Schlafe zu liegen schien. Er zweifelte nicht, daß es der alte Padmanaba sey, und ob er gleich versichert war, daß er keine Gewaltthätigkeit von ihm zu besorgen hatte, so konnte er sich doch nicht erwehren, ein wenig zu zittern, da er sich, mit den Absichten, die er hatte, so nah bey diesem Zauberer und an einem Orte sah, wo alles demselben zu Gebot stund. Doch der Gedanke, daß ihn das Schicksal nun einmal dazu ausersehen habe, die Bezauberungen des Padmanaba zu zerstören, und das Verlangen, die schöne Salamandrin zu sehen, gaben ihm in wenig Augenblicken seinen ganzen Muth wieder. Er war im Begriff sich dem Ruhebette zu nähern, um sich eines Säbels zu bemächtigen, der neben dem Alten auf einem Küssen lag, als er merkte, daß er mit dem Fuß an etwas stieß, ob er gleich nicht sahe, was es seyn könnte. Er stutzte, und da er die Hände zu Hülfe nahm, so fühlte er den artigsten kleinen Fuß, der je gewesen ist, auf einem Polster ausgestreckt. Eine so unverhofte Entdeckung machte ihn neugierig, das Bein kennen zu lernen, dem ein so artiger Fuß zugehörte; denn Biribinker schloß in diesem Falle wie Sanct Thomas von Aquino selbst geschlossen haben würde, nehmlich, daß, wo man einen Fuß finde, man nach dem ordentlichen Lauf der Natur berechtiget sey ein Bein zu erwarten. Er setzte also seine Beobachtungen fort, und entdeckte endlich von Schönheit zu Schönheit in der unsichtbaren Figur, die er vor sich hatte, ein junges Frauenzimmer, die in einem tiefen Schlaf versenkt zu seyn schien, und (nach dem Zeugniß des einzigen Sinnes, der ihm ihr Daseyn verrathen hatte, zu urtheilen) von einer so vollkommenen Schönheit war, daß sie nichts geringers als entweder Venus oder die schöne Salamandrin selbst seyn konnte. In dem nehmlichen Augenblick, da er diese Entdeckung machte, ließ sich eine muntere Symphonie von allen möglichen Instrumenten hören, ohne daß man weder Instrumente noch Musicanten sah.

Biribinker erschrack und bebte von der schönen Unsichtbaren zurück, denn sein erster Gedancke war, daß dieses Getöse den schlafenden Zauberer aufwecken würde; aber er entsetzte sich noch weit mehr, da er sah, daß Padmanaba verschwunden war.

Dieser Zauberer war alt genug um klug zu seyn; er wußte schon lange, wie gefährlich ihm Biribinker einst seyn würde, und die Furcht vor einem Prinzen, der dazu gebohren schien, seine Bezauberungen aufzulösen, war der stärkste Beweggrund gewesen, warum er seine Residenz in des Wallfisches Bauch aufgeschlagen hatte. Allein auch in dieser Freystatt hielt er sich und seine schöne Salamandrin, die nun der einzige Gegenstand seiner Sorgen war, nicht für sicher genug; und da ihm eine geheime Ahnung vorher sagte, daß ihn Biribinker bis in des Wallfisches Bauch verfolgen würde, so glaubte er nicht genug Vorsicht gebrauchen zu können, um das Unglück zu verhüten, womit ihn die überraschende Erscheinung eines so furchtbaren Gegners bedräute. In dieser Absicht hatte er seine Geliebte mit einem geheimnisvollen Talisman bewafnet, der die gedoppelte Eigenschaft hatte, sie allen andern Augen als den seinigen unsichtbar zu machen, und so bald er berührt wurde, eine zauberische Musik hervor zu bringen. Käme auch Biribinker, (dachte der alte Padmanaba) aller Schwierigkeiten ungeachtet, in den Bauch des Wallfisches, ja selbst in den unsichtbaren Pallast, so würde ihm doch die schöne Salamandrin unsichtbar seyn; und entdeckte er sie auch, trotz ihrer Unsichtbarkeit, so würde doch, so bald er den Talisman berührte, das musicalische Getöse sein Daseyn verrathen, und ihn Padmanaba noch zeitig genug in den Stand setzen, seinem Unstern zuvor zu kommen. Diese Vorsicht war desto nöthiger, da der gute Alte seit mehrern Jahren mit einer Art von Schlafsucht behaftet war, die ihn nöthigte, alle Tage wenigstens sechszehen Stunden von vier und zwanzig zu verschlafen. Das geringe Zutrauen, das ihm seine vorige Liebste zu ihrem ganzen Geschlecht übrig gelassen hatte, bewog ihn, die schöne Salamandrin während der ganzen Zeit seines Schlummers in einen bezauberten Schlaf zu versenken, aus welchem niemand als er sie erwecken konnte. Der einzige Biribinker würde unter gewissen Umständen und Bedingungen, die nehmliche Macht gehabt haben, und Padmanaba, (so wollt es das Schicksal!) würde in eben demselben Augenblick die seinige, wenigstens über die schöne Salamandrin gänzlich verlohren haben; und da alles dieses während daß der Alte schlief, gar leicht hätte begegnen können, so hatte er den Talisman, der ihn erwecken sollte, so weißlich angebracht, daß Biribinker, (in so fern man ihm auch nur eine mittelmäßige Neugierigkeit zutrauen konnte) ihn nothwendig finden mußte.

Hier konnte Don Sylvio sich nicht enthalten die Erzählung des Don Gabriel zu unterbrechen, indem er ihn ersuchte, sich über den Umstand mit dem Talisman etwas deutlicher zu erklären; ich finde sie, wider ihre Gewohnheit, eine Weile her etwas dunkel, (setzte er hinzu) und ich gestehe ihnen, daß ich von allem, was sie bey Gelegenheit der Erwachung des alten Padmanaba sagten, kaum die Helfte verstanden habe. Die ganze Gesellschaft, selbst die schöne Hyacinthe nicht ausgenommen, lächelte über diese Anmerkung, und Don Gabriel wußte sich nicht anders zu helfen, als daß die Dunkelheit, worüber Don Sylvio sich beklagte, in der Sache selbst liege, und daß überhaupt wenige Feen-Geschichten gefunden werden, welche durchaus so deutlich und begreiflich seyen, als es zu wünschen wäre. Weil nun Don Sylvio sich mit dieser Entschuldigung zu begnügen schien, so fuhr Don Gabriel in seiner Erzählung also fort:

Kaum hatte Biribinker, in dem nehmlichen Augenblick, da er entdeckte, daß der schöne Fuß (der zu diesem Abentheuer Anlaß gegeben) einem eben so schönen jungen Frauenzimmer zugehöre, den fatalen Talisman berührt, so fieng, wie schon gemeldet worden, der Talisman zu musiciren an, und Padmanaba erwachte. Er warf, wie leicht zu erachten ist, keinen sehr freundlichen Blick auf unsern Prinzen; allein, da er mit Gewalt nichts gegen ihm vermochte, so blieb ihm nichts übrig, als sich auf der Stelle unsichtbar zu machen, und mit aller nur möglichen Eilfertigkeit auf die Verhinderung des Vorhabens bedacht zu seyn, welches er, ohne in einem übertriebenen Grad argwönisch zu seyn, bey Biribinker voraus setzen konnte.

Inzwischen hatte sich dieser Prinz, dem es bey Gelegenheit nicht an Muth fehlte, wieder aus der ersten Bestürzung erhohlt, worein ihn das unsichtbare Concert und die Verschwindung des Padmanaba gesetzt hatten. So gefährlich als es ihm schien, in einem solchen Ort gar zu neugierig zu seyn, so wollte er doch wissen, was aus dem alten Zauberer geworden sey. Er suchte ihn also im Garten so wohl als in allen Zimmern und Winkeln des Schlosses, nachdem er die Vorsicht gebraucht hatte, sich vorher mit dem Säbel zu bewafnen, den Padmanaba zurück gelassen hatte, und auf dessen beyden Seiten er so viel talismannische Figuren eingegraben fand, daß er sich mit diesem Gewehr vor dem Zauberer Merlin selbst nicht gefürchtet hätte. Da er aber weder den Alten noch jemand andern finden konnte, so zweifelte er nun nicht länger, daß Padmanaba entflohen sey, und ihm seinen Pallast und seine Schöne zur Beute überlassen habe. In diesen Gedanken kehrte er triumphirend zurück, warf seinen Säbel auf das Ruhebette, und sich selbst zu den Füssen der liebenswürdigen Unsichtbaren, die er zu seiner unbeschreiblichen Freude noch immer schlafend fand, ungeacht die Musik des berührten Talismans mit der angenehmsten Abwechslung von Allegro und Andante immer fort daurte. Man weißt nicht, ob es den zauberischen Einflüssen eines von diesen Andante, (welches in der That nicht zärtlicher hätte seyn können, wenn es von Jomelli selbst gesetzt gewesen wäre) oder einem Zweifel, der (wie es zu gehen pflegt) bey ihm entstund, ob er auch dem Zeugniß eines einzigen Sinnes glauben dürfe, und ob nicht diese unvergleichliche Schöne, die er auf dem Sopha gefunden zu haben glaubte, ein blosses Blendwerk seyn möchte, dergleichen in bezauberten Pallästen nicht ungewöhnlich sind – Man weißt nicht, sage ich, ob es der einen oder der andern von diesen Ursachen zuzuschreiben war, daß Biribinker durch neue Beobachtungen sich der Wahrheit eines so ausserordentlichen Phänomenons zu versichern anfieng. In kurzem fügte er auch noch Versuche hinzu, und beydes so wohl, als die heftigste Symptomen einer Leidenschaft, die in kurzem bis zum äussersten Grad der Schwärmerey und des Taumels stieg, liessen ihm endlich keinen Zweiffel mehr übrig, daß er würklich die schöne Salamandrin in seinen Armen habe, deren sichtbare Gestalt ihn in den Zimmern des Pallasts so sehr entzückt hatte. Dieser Gedanke, und das bezaubernde Colorit, womit sein Gedächtniß die Unvollkommenheit des fünften Sinnes ergänzte, dessen er sich allein bedienen konnte, setzte ihn zu sehr ausser sich selbst, als daß er sich in diesen Augenblicken seines geliebten Milchmädchens, seiner Entschliessungen, und der Warnungen des Kürbis hätte erinnern können. Kurz, er wurde immer kühner, und die zunehmende Dunkelheit des Zimmers, die er für eine Aufmunterung seiner Unternehmungen hielt, mit der Musik des Talismans, welche immer zärtlicher wurde, war in der That nicht geschickt, seine Entzückung auf einen mäßigern Grad herab zu stimmen. Es findet sich hier eine abermalige kleine Lücke in dem Original dieser merkwürdigen Geschichte, deren Ausfüllung wir den Bentleys und Scribleris unserer Zeit überlassen wollen, ohne uns auch nur mit Vermuthungen über den Innhalt derselben aufzuhalten. Biribinker, fährt die Geschichte fort, erwachte eben aus einer Betäubung, welche gewissen Indianischen Philosophen so angenehm zu seyn scheint, daß sie in eine immerwährende Dauer derselbigen den höchsten Grad der Glückseligkeit setzen, als er gewahr wurde, daß die schöne Unsichtbare alle seine Liebkosungen mit ungemeiner Lebhaftigkeit erwiederte. Er schloß hieraus, daß sie erwacht seyn müsse, und unterließ nicht, ihr in der erhabenen Sprache, die er sich im Bienenstock der Fee Melisotte angewöhnt hatte, alle die zärtlichen Sachen vorzusagen, welche Cristalline und Mirabella in ähnlichen Umständen von ihm gehört hatten. Die Unsichtbare beantwortete diese schönen Erklärungen, Lobsprüche, Ausruffungen und Betheurungen mit Seufzern, Verkleinerung ihrer Reitzungen und Zweifeln an seiner Beständigkeit, die ein weniger entzückter Liebhaber als es Biribinker war, hätte unzeitig und im Mund einer so liebenswürdigen Person unnatürlich finden können. Allein der Prinz, der in diesen Augenblicken gar nicht aufgelegt war Schlüsse zu machen, begnügte sich bloß, in dem gewöhnlichen Wege, wie man dergleichen Zweifel zu zerstreuen pflegt, die Beweise seiner Zärtlichkeit zu verdoppeln. Sie gab ihm alle Aufmerksamkeit, die er nur immer wünschen konnte, ohne desto besser überzeugt zu seyn. Haben sie nicht, sagte sie ihm, Mirabellen und Cristallinen eben so geliebt wie mich? Haben sie nicht einer jeden von ihnen eben so viel zärtliches vorgesagt, eben so viel Betheurungen gemacht, eben so viele Beweise gegeben, ohne daß weder die eine noch die andere, so reitzend sie ihnen auch in der ersten Berauschung ihrer Sinnen vorkamen, fähig war, über das Milchmädchen, das sie sich in den Kopf gesetzt haben, nur einen einzigen Tag lang die Oberhand zu behalten. Ach! Biribinker! das Schicksal meiner Vorgängerinnen sagt mir nur allzu deutlich, was das meinige seyn wird; und wie können sie verlangen, daß ich bey einer so traurigen Gewißheit, sie in wenigen Stunden wieder zu verlieren, gleichgültig bleiben soll? Biribinker antwortete ihr hierauf mit den lebhaftesten und feyerlichsten Versicherungen einer ewigen und eben so unbegrenzten Liebe, als es ihre Reitzungen seyen. Er behauptete, daß sie sich selbst beleidige, indem sie sich mit den beyden Feen vergleiche, die, wie er sagte, nicht liebenswürdig genug gewesen waren, ihm etwas mehr als einen flüchtigen Geschmack beyzubringen, und schwur ihr bey allen Liebesgöttern, daß von dem Augenblick an, da er das Glück gehabt habe, ihr Bild im grossen Saal zu erblicken, das Milchmädchen, welches sie in so unnöthige Besorgnisse setze, nicht mehr Gewalt über sein Herz gehabt habe, als ein jedes anders Milchmädchen in der Welt. Diese Versicherungen beruhigten die schöne Unsichtbare nur schwach, und Biribinker sahe sich genöthigt alle seine Figuren zu erschöpfen, um die Hartnäckigkeit ihres Unglaubens zu überwinden. O! rief er, schönste Unsichtbare, warum kan ich nicht den ganzen Erdkreiß und alle vier Elemente mit ihren Bewohnern auf einmal zu Zeugen der unveränderlichen Treue machen, die ich ihnen schwöre! – Wir alle sind Zeugen, rief eine Menge von weiblichen und männlichen Stimmen, die ihm von Personen, die um ihn herum stunden, in die Ohren schallten. Biribinker, der wohl nicht vermuthet hatte, daß man ihn beym Wort nehmen würde, fuhr mit einiger Bestürzung auf, und wollte sehen, woher diese Stimmen kämen; aber o! Himmel! welche Zunge könnte beredt genug seyn, die Bestürzung und das Entsetzen auszudrücken, worein ihn der Anblick setzte, den eine plötzliche Erheiterung des Zimmers seinen weit offnen Augen darstellte? Er sah, o! Wunder! o! Abentheuer! o! schreckenvoller Anblick! er sahe sich in eben dem Cabinet, welches schon zweymal ein Zeuge seiner treulosen Unbeständigkeit gewesen war; an statt der schönen Salamandrin fand er sich in die Arme der häßlichen Gnomide verwickelt, welcher er vor etlichen Stunden den Preiß zuerkannt hatte; und was seine Beschämung und seinen Schmerz hätte tödlich machen mögen, er sah sich um und um von allen denjenigen umgeben, die er sich am wenigsten zu Zuschauern wünschen konnte, und sie waren grausam genug, in eben dem Augenblick, da er sich mit grauenvollem Eckel aus den Armen seiner mißgeschafnen Schönen loß wickeln wollte, in ein so lautes Gelächter auszubrechen, daß der ganze Pallast davon wiederhallte. Zur Rechten des Ruhbettes sahe er (o! wie gern hätte er sich in diesem Augenblick blind und unsichtbar zu seyn gewünscht!) die Fee Cristalline, welche den kleinen Grigri an der Hand hatte; zur Linken die schöne Mirabella mit ihrem geliebten Flox, der in der That als Salamander eine bessere Mine hatte als in der Gestalt eines dicken Kürbis; aber was die Qual des unglücklichen Biribinkers auf den äussersten Grad vermehrte, war der Anblick der Fee Caprosine mit seinem schönen Milchmädchen, und des alten Padmanaba mit der schönen Salamandrin an der Hand; welche beyderseits auf einer goldfarbigen Wolke, die von kleinen Sylphen getragen wurde, sassen, und mit höhnischem Lächeln auf ihn hinunter sahen. Glück zu! Prinz Biribinker, sagte die Fee Cristalline; in der That, nun vergebe ich ihnen, daß sie so ungedultig von mir wegeilten; wer einer solchen Eroberung zueilt, kan sich nicht genug beschleunigen. Sie erinnern sich noch wohl, Prinz Biribinker, nahm jetzt Grigri das Wort, daß ich eben keine Ursache habe mich ihnen verpflichtet zu glauben; denn wenn es an ihnen gelegen wäre, so möchte ich wohl ewig eine Hummel geblieben seyn; aber es wäre zu grausam, ihrer in den Umständen, worinn sie sind, noch zu spotten. Sehen sie selbige als eine Strafe an, die sie in mehr als einer Betrachtung verdient haben. Wenn auch die Schöne, bey der wir sie auf eine so unvermuthete Art überraschen, ihrer nicht von allen Seiten so würdig wäre, als sie ist, fuhr Mirabella mit einer boßhaften Mine fort, so haben sie wenigstens den Vortheil, daß sie keine Preciöse ist. Was mich betrift, setzte der gewesene Kürbis hinzu, so könnte ich zwar bedauren, daß ich meine wieder erlangte Gestalt und den Besitz der schönen Mirabella ihrem Unglück zu dancken habe; allein nachdem ich als Kürbis großmüthig genug gewesen war, sie vor den Folgen einer neuen Untreue zu warnen, so werden sie mich nicht verdenken können, wenn ich mich als Salamander erfreue, daß sie meine Warnungen verachtet haben. Siehe, Unglücklicher, aber mit Recht bestrafter Biribinker, meckerte jetzt die Fee Caprosine, wiewohl dich Caramussal gegen meinen Zorn geschützt hat. Siehe hier die liebenswürdige Princeßin Galactine, die du als Milchmädchen liebtest, und deren Besitz ein allzu günstiges Schicksal, alles meines Hasses ungeachtet dir zugedacht hatte, wenn du durch eine dreymal wiederholte Untreue dich ihrer nicht selbst unwürdig gemacht hättest. Wenn Mitleiden dir helfen könnte, armer Prinz, sagte das schöne Milchmädchen, so würdest du, so wenig du es auch von mir verdient haben magst, weniger unglücklich seyn; denn ich sehe wohl, daß deine Strafe härter ist als dein Verbrechen, und daß die Feen und Zauberer wenigstens eben so viel Schuld an deinem Unfall haben, als du selbst. Bey diesen Worten sahe der allzu unglückliche Biribinker auf, heftete einen Blick voll unbeschreiblicher Empfindungen auf sein geliebtes Milchmädchen, und sank mit einem Seufzer, worinn er seine Seele auszuhauchen schien, wieder zurück, ohne das Vermögen zu haben, nur ein Wort hervor zu bringen. Lerne, rief ihm der alte Padmanaba von der andern Seite zu, lerne bewundernswürdiger Biribinker, seltnes Muster der Weißheit und der Beständigkeit, daß der alte Padmanaba nicht alt genug ist, deine Verwegenheit unbestraft zu lassen; und möge deine Geschichte, in immerwährender Zeitfolge von einer Amme der andern überliefert, der späten Nachwelt zum Beyspiel dienen, wie gefährlich es ist, den grossen Caramussal um sein Schicksal zu befragen, und vor seinem achtzehnten Jahr ein Milchmädchen zu sehen.

Kaum hatte Padmanaba den Mund wieder zugethan, so hörte man auf einmal ein fürchterliches Donnern, mit Sturmwind und Blitzen begleitet, wodurch der ganze Pallast, wie in einem Erdbeben erschüttert, und die ganze Gesellschaft, den einzigen verzweiflungsvollen Biribinker ausgenommen, in Furcht gesetzt wurde! denn selbst der alte Padmanaba merkte, daß dieses Ungewitter von einer Macht herkomme, die der seinigen überlegen war. Auf einmal flog die Decke des Zimmers und das ganze Dach des Pallasts hinweg, und man sah, unter Donnern und Blitzen, den grossen Caramussal, auf einem Hippogryfen sitzend, herab steigen, und zwischen der Fee Caprosine und dem alten Padmanaba seinen Platz auf einer Wolke nehmen. Der Prinz Biribinker ist genug gestraft, rief Caramussal mit majestätischer Stimme; Das Schicksal ist befriediget, und ich nehme ihn in meinen Schutz. Verschwinde nichtswürdiger Wechselbalg, fuhr er fort, indem er die Gnomide mit seinem Stab berührte, und sie, Prinz Biribinker, wählen sie unter diesen vier Schönen, welche sie wollen; die Salamandrin, die Sylphide, die Ondine, oder die Sterbliche; diejenige, so ihr Herz wählen wird, soll ihre Gemahlin seyn, und sie von der Unbeständigkeit heilen, die bisher, wie man gestehen muß, ihr Fehler gewesen ist – Padmanaba würde, vor Verdruß über eine so unerwartete Entwicklung gerne mit den Zähnen geknirscht haben, wenn er welche gehabt hätte; Was die Schönen betrift, so hatten sie alle ihre Augen mit Erwartung auf den Prinzen geheftet, und besonders sahe man der jungen Salamandrin, die noch kein Wort gesprochen hatte, ganz deutlich an, daß sie lieber gesehen hätte, wenn der alte Padmanaba, an statt die garstige Gnomide an ihren Platz zu schieben, ihr erlaubt hätte, ihre eigene Stelle selbst zu vertreten. Aber Biribinker, der in einem Augenblick von dem äussersten Grad der Schaam und der Verzweiflung auf den höchsten Grad der Glückseligkeit übergieng, bedachte sich keinen Augenblick, wie er wählen wollte. Ob gleich die elementarischen Damen sein Milchmädchen an Schönheit weit hinter sich zurück liessen, so konnten doch alle ihre Reitzungen in Gegenwart seiner geliebten Galactine mehr nicht als einen flüchtigen Blick von ihm erhalten. Er warf sich vor dieser anmuthsvollen Creatur nieder, und bat mit den Ausdrücken einer so aufrichtigen Reue, einer so wahren Liebe um die Vergebung seiner Schuld, daß sie nicht so unbarmherzig seyn konnte, ihm nicht wenigstens die Hofnung, daß sie sich noch erbitten lassen werde, zu erlauben. Caramussal, dem er sich gleichfalls zu Füssen warf, hob ihn auf, nahm ihn bey der Hand, und führte ihn der Princeßin Galactine zu. Empfangen sie hier, liebenswürdige Princeßin, den Prinzen Cacamiello von meiner Hand, denn dieses ist nunmehr sein Name, da die Absichten, warum ich ihm den andern geben ließ, erfüllt sind; Biribinker und Milchmädchen sind nun nicht mehr, und nachdem beyde dem Eigensinn ihres Gestirns genug gethan, und der Feerey ihre Gebühr bezahlt haben, so bleibt mir nichts übrig als den Prinzen Cacamiello seinen königlichen Eltern zurück zu geben, und durch ein ewiges Band mit der Princeßin Galactine zu vereinigen. Ihr, schöne Feen, fuhr er fort, indem er sich zu Cristallinen und Mirabellen wandte, habt, wie ich hoffe, Ursache mit mir vergnügt zu seyn, da ihr durch meine Veranstaltung eure Gestalt und eure Liebhaber wieder erhalten habt; weil es aber unbillig wäre, daß ich allein leer ausgienge, so entlade ich hier den alten Padmanaba aller seiner Sorgen, indem ich die schöne Salamandrin, die bey ihm nichts zu thun hat, als unsichtbar zu seyn und zu schlafen, zur Belohnung meiner Mühe, für mich selbst behalte.

Mit diesen Worten schlug der grosse Caramussal mit seinem Stabe dreymal in die Luft, und auf einmal befand er sich mit dem Prinzen und der Princeßin im Cabinet des Königs, der, wie man denken kan, eine grosse Freude hatte, seinen Sohn und Erben so groß und schön mit einer so schönen Princeßin und mit einem so schönen Namen wieder zu sehen. Bald darauf wurde das Beylager mit grosser Feyerlichkeit und Pracht vollzogen; das neue Ehepaar liebte sich so lange als es konnte, und zeugete Söhne und Töchter; und nachdem endlich der alte König in die neunzehnte Welt abgereißt war, so regierte König Cacamiello so weißlich an seiner statt, daß die Unterthanen keinen Unterschied spürten. Er machte seinen Freund Flox, zur Belohnung der guten Dienste, die er ihm als Kürbis geleistet hatte, zu seinem ersten Vezier, und die schöne Mirabella nebst der Fee Cristalline unterliessen niemals bey Hofe zu erscheinen, so oft die Königin in die Wochen kam. Sie brachten jedesmal den kleinen Grigri mit, welcher ungeachtet seiner Häßlichkeit, bey den meisten Hof-Damen einen Beyfall erhielt, der ihren Liebhabern nicht gleichgültig war. Das muß man gestehen, sagten sie alle aus einem Munde, daß Grigri mit aller seiner Häßlichkeit der kurzweiligste Gesellschafter von der Welt ist! –

Und hier endet sich die eben so lehrreiche als wahrhafte Geschichte des Prinzen Biribinkers, (setzte Don Gabriel hinzu) bey der ich meinen Zweck vollkommen erreicht habe, wenn sie ihnen keine lange Weile gemacht, und die schöne Hyacinthe von ihrem Vorurtheil gegen die Feerey zurück gebracht haben kan.

Drittes Capitel.

Anmerkungen über die vorstehende Geschichte.

Wenn das ihre Absicht gewesen ist, Don Gabriel, sagte Hyacinthe, so bedaure ich, daß sie solche so wenig erreicht haben, als nur möglich ist. Wenn ich ihnen die Wahrheit sagen soll, so halte ich es für unmöglich, das abentheurliche und ungeräumte weiter zu treiben, und Don Sylvio müßte wohl sehr gut seyn, wenn er nicht schon lange gesehen hätte, daß ihre Absicht ist, die Feen um allen ihren Credit bey ihm zu bringen. Sie urtheilen sehr strenge, versetzte Don Eugenio; es ist wahr, daß die Natur in dieser ganzen Geschichte vom Anfang bis zum Ende auf den Kopf gestellt ist, daß die Characters eben so ungereimt als die Begebenheiten unglaublich sind, und daß, wenn man die einen und die andern nach den Gesetzen der Vernunft, der Wahrscheinlichkeit und der Sittlichkeit beurtheilen wollte, nichts tollers erdacht werden kan. Allein das wäre nicht billiger, als wenn man das Clima von Siberien nach dem Clima von Valencia, oder die Höflichkeit der Schineser nach der unsrigen beurtheilen wollte. Das Land der Feerey liegt ausserhalb der Grenzen der Natur, und wird nach seinen eigenen Gesetzen, oder richtiger zu sagen, (wie gewisse Republicken, die ich nicht nennen will) nach gar keinen Gesetzen regiert. Man kan ein Feen-Mährchen nur nach andern Feen-Mährchen beurtheilen, und in diesem Gesichtspunct finde ich den Biribinker nicht nur so wahrscheinlich und lehrreich, sondern in allen Betrachtungen weit interessanter, (die vier Facardins vielleicht allein ausgenommen) als irgend ein anders Mährchen in der Welt. Ich möchte doch, zum Exempel, wissen, was sie lehrreiches in diesem Mährchen finden, fragte Hyacinthe. Moralisten von Profeßion erwiederte Don Eugenio, Leute die im Stande sind, ein ganzes System von Sittenlehre aus einer Elegie des Tibullus auszuziehen, würden ohne Zweifel geschickter seyn als ich, diese Frage zu beantworten. Aber, damit ich meinen Satz nicht ganz unerwiesen lasse, wird nicht in dieser Geschichte die Ausschweiffung und das Laster durchgängig bestraft? wird nicht die Unschuld in der Person des Milchmädchens am Ende belohnt? und ist nicht das Ganze eine sehr überzeugende Bestättigung der moralischen Maxime: Daß der Vorwitz über unser künftiges Schicksal, in der Absicht, uns demselben zu entziehen, thöricht und gefährlich sey. Hätte der König mit dem grossen Wanst den grossen Caramussal unbefragt gelassen, so würde man nie gewußt haben, daß es gefährlich für den Prinzen seye, vor seinem achtzehnten Jahr ein Milchmädchen zu sehen, und so würde er auch den Namen Biribinker nie bekommen haben. Er würde wie andere Prinzen am Hofe seines Vaters aufgewachsen seyn, und wenn es Zeit gewesen wäre ihn zu vermählen, so würde man durch Gesandte um die Princeßin Galactine haben werben lassen, und alles wäre den natürlichen Gang fortgegangen. Der Vorwitz des Königs und das fatale Oraculum des grossen Caramussal war ganz allein an allem Unheil schuld. Die Mittel, wodurch man ihn vor dem Milchmädchen verwahren wollte, dienten zu nichts, als sie desto bälder zusammen zu bringen, und der Name Biribinker, der ihm freylich aus allen seinen Abentheuern heraus half, würde das nicht nöthig gehabt haben, weil der Prinz nie in diese Abentheuer verwickelt worden wäre, wenn er nicht Biribinker geheissen hätte. Sie haben hierinn vollkommen recht, sagte Donna Felicia, aber eben darinn besteht das Lustige von der ganzen Comödie, oder vielmehr wenn man diesen einzigen Umstand wegthäte, so würde die ganze Geschichte des Prinzen Biribinkers an statt eines der poßierlichsten Feen-Mährchen, eine Alltags-Historie seyn, die aufs höchste gut genug gewesen wäre, einen Artickel in den Zeitungen seiner Zeit auszufüllen. Und das wäre wohl Schade gewesen. Kurz, ungereimt oder nicht, ich nehme den Prinzen Biribinker in meinen Schutz, und wenn ich die Ehre hätte Hut und Degen zu tragen, so wollte ich gegen alle und jede behaupten, daß die Liebe des Prinzen Biribinkers, die Tugend der Dame Cristalline, die Delicatesse der schönen Mirabella, ihre Kleidung von trocknem Wasser und ihre Zerstreuungen, der Riese Caraculiamborix, das Straussen-Ey, der Wallfisch, die Seen, Inseln und bezauberten Schlösser, die er im Leibe hat, der Pallast von gediegenem Feuer, und der redende Kürbis, der sich auf den Lauf der Sterne versteht, mit allen andern wundervollen und unerwarteten Dingen, wovon es in diesem Mährchen wimmelt, alles hübsch untereinander gemischt, das allerdrolligste Zeug ausmachen, das ich in meinem Leben gehört habe. Sie haben den Karpfen vergessen, der so schöne Opern-Arien singt, sagte Hyacinthe, das Hündchen das auf dem Seil tanzte, und die feurige Blicke, womit Biribinker die Steine am Bach, wo sein Mädchen saß, in Glas verwandelte. Erlauben sie mir noch hinzu zu setzen, sagte Don Gabriel, daß man schwerlich ein Mährchen finden wird, wo die kostbarsten Materialien so sehr verschwendet wären. Ich bin gewiß, daß man in keiner Raritäten-Kammer von Europa einen Melkkübel von Rubin antreffen wird, und ich kenne keine bezauberte Gärten, worinn so gar die Brunnen mit diamantnen Quaderstücken gepflastert wären.

Don Sylvio hatte sich bisher begnügt, demjenigen was gesagt wurde aufmerksam zuzuhören; wie aber alle ihre Meynung gesagt hatten, und er merkte, daß man nun auf seine Entscheidung warte, so sagte er ganz ernsthaft: Ich muß gestehen, daß ich gewünscht hätte, der Prinz Biribinker wäre entweder seinem Milchmädchen, die in der That eine sehr liebenswürdige Person ist, getreuer gewesen, oder er würde für seine Ausschweiffungen schärfer gestraft worden seyn; aber (diesen einzigen Umstand und die Character so wohl als die Aufführung einiger anderer Personen, die niemand billigen wird, ausgenommen) sehe ich nicht, was in der ganzen Geschichte dieses Prinzen ungereimtes, geschweige dann unnatürliches und unmögliches seyn sollte. Wie? Don Sylvio, sagte Hyacinthe, sie finden alle diese Wunderdinge, den Riesen, der sich die Zähne mit einem Zaunpfahl ausstochert, den Wallfisch, der auf fünzig Meilen in die runde Wolkenbrüche aus seinen Naßlöchern spritzt, die weichen Felsen, die singenden Fische, und die redende Kürbisse natürlich und möglich? Ohne Zweifel, schöne Hyacinthe, gab Don Sylvio zur Antwort; wenn wir anders nicht den unendlich kleinen Theil der Natur, den wir vor Augen haben, oder das, was wir alle Tage begegnen sehen, zum Maasstab dessen, was der Natur möglich ist, machen wollen. Es ist wahr, Caraculiamborix ist in Vergleichung mit einem gewöhnlichen Menschen, ein Ungeheuer, aber er wird selbst zum Pygmeen, wenn wir ihn mit den Einwohnern des Saturnus vergleichen, die nach dem Bericht eines grossen Astronomi mit Meilenstäben ausgemessen werden müssen. Warum sollte es nicht einen Wallfisch geben können, welcher groß genug wäre, um Seen und Inseln in sich zu halten, da es kleine Wasserthiere gibt, gegen welche ein gewöhnlicher Grönländischer Wallfisch zum wenigsten so groß ist, als jener gegen diese? – Was den Wallfisch betrift, unterbrach ihn Don Gabriel, so kan seine Möglichkeit keine Frage seyn, da es allen Umständen nach der nehmliche ist, von welchem Lucian in seinen wahrhaften Geschichten eine umständliche Beschreibung macht, und worinn er selbst ein grosses Land entdeckt hat, welches damals von fünf oder sechs verschiedenen Nationen bewohnt war, die immer gegen einander zu Felde lagen, und vermuthlich zu der Zeit, da Padmanaba sich einen Pallast in den Bauch des Wallfisches bauen ließ, einander schon aufgerieben hatten. Das einzige, was die Sache unglaublich machen könnte, ist der Umstand, daß Biribinker Sonne, Mond und Sterne darinn gesehen haben soll – Ich glaube nicht, sagte Don Sylvio, daß das so viel sagen soll, als ob eine würkliche Sonne und würkliche Sterne ihren Lauf in des Wallfisches Bauch gehalten hätten, sondern nur, daß es den Prinzen so dauchte, welches Padmanaba durch seine Kunst leicht zuwege bringen konnte. Diese Sonne und diese Sternen könnten, zum Exempel, eben so viele Salamander seyn, die Padmanaba nöthigte in gewissen angewiesenen Entfernungen und Kreisen zu leuchten, und ihren Lauf zu halten, und ich vermuthe aus allen Umständen, daß es würklich so gewesen ist. Ich möchte wohl wissen, sagte Hyacinthe, was Don Sylvio unmöglich heißt, denn so wie er die Grenzen der Möglichkeiten ausdehnt, sollte, däucht mich, alles möglich seyn, was man sich in der Schwärmerey eines hitzigen Fiebers einbilden kan. Wenn es gediegenes Feuer und trockenes Wasser gibt, so sollte es auch bleyernes Gold und einen viereckichten Cirkel geben können. Vergeben sie mir, Hyacinthe, versetzte Don Sylvio, das schließt nicht so gut, wie sie zu glauben scheinen; die Ründe gehört zum Wesen des Cirkels, und es ist also an sich selbst unmöglich, sich einen vierckichten Cirkel einzubilden, aber woher läßt sichs erweisen, daß die Flüßigkeit eine wesentliche Eigenschaft des Wassers und des Feuers sey? Sehen wir nicht im Winter Eiß, welches nichts anders als festes oder gediegenes Wasser ist; warum sollte die Macht oder die Kunst der elementarischen Geister nicht auch trocknes Wasser oder festes Feuer hervor bringen können? Mich däucht, (fuhr er fort) die wahre Quelle der irrigen Urtheile, die man über alles dasjenige, was man wunderbare Begebenheiten heißt, zu fällen pflegt, entspringe aus der falschen

Einbildung, als ob alles unmöglich sey, was sich nicht aus körperlichen und in die Sinne fallenden Ursachen erklären läßt; gleich als ob die Kräfte der Geister, von denen die körperlichen Dinge bloß todte und grobe Werkzeuge sind, nicht nothwendiger Weise die mechanischen und geborgten Kräfte eben dieser Werkzeuge unendlich übersteigen müßten. In dieser Betrachtung glaube ich allerdings, daß unzähliche Dinge möglich sind, die wir aus keinem bessern Grunde für unmöglich halten, als weil sie unserer Unwissenheit unbegreiflich vorkommen; worinn wir ungefehr eben so weise sind, als ein Wilder, der die bezaubernde Modulation, die ein Meister aus einer Quer-Flöte hervor bringt, für unmöglich halten wollte, weil er selbst aus seinem Haberrohr nur heisere und einförmige Töne erzwingen kan. Ich finde also in der Geschichte des Prinzen Biribinkers nichts unmögliches, und (die Glaubwürdigkeit des Geschichtsschreibers voraus gesetzt) sehe ich nicht, warum sie nicht von einem Ende zum andern eben so würklich begegnet seyn, und eben so viel Glauben verdienen sollte als irgend eine andere Geschichte. Jetzt haben sie den rechten Punct berührt, sagte Don Gabriel; auf die Glaubwürdigkeit der Zeugen kommt alles an; denn ob wir gleich allen den Wunderdingen, womit die Geschichtschreiber und die Dichter die Welt angefüllt haben, oder doch dem grösten Theil davon, eine bedingte Möglichkeit einräumen können, so sind sie doch um deß willen nicht weniger blosse Schimären, so lange nicht bis zur Überzeugung der Vernunft erwiesen werden kan, daß sie würklich existiren oder existirt haben. Und daß gestehe ich ihnen, daß es sehr schlecht um die historische Wahrheit der Feen- und Geister-Geschichten steht, wenn sie keine bessere Gewähr ihrer Wahrheit aufzuweisen haben als Biribinker. Warum das, fragte Don Sylvio? Weil diese ganze Geschichte von meiner eigenen Erfindung ist, antwortete Don Gabriel. Von ihrer Erfindung? rief jener etwas betroffen aus? O! Don Gabriel, das hätte ich ihnen nicht zugetraut! Sie nannten uns ja einen Geschichtschreiber, woraus sie hergenommen seyn sollte? Vergeben sie mir, Don Sylvio, erwiederte der andere, es ist nicht anders als wie ich sage. Ich wollte einen Versuch machen, wie weit ihre Vorurtheile für die Feerey gehen könnten, ich strengte (nehmen sie mirs nicht übel auf) allen Aberwitz dessen ich fähig bin, an, um eine so wiedersinnische und ungereimte Wunder-Geschichte zu erdenken, als man nur jemals gehört haben möchte, und so entstund der Prinz Biribinker; aber ich gestehe ihnen freylich, daß es mir nicht möglich war, etwas so ungereimtes zu ersinnen, das nicht in allen andern Feen-Mährchen seines gleichen hätte, und ich hätte voraus sehen können, daß diese Analogie sie verführen würde. Glauben sie mir, Don Sylvio, die Urheber der Feen-Mährchen und der meisten Wunder-Geschichten haben so wenig im Sinn, klugen Leuten etwas weiß zu machen, als ich es haben könnte; ihre Absicht ist die Einbildungs-Kraft zu belustigen, und ich gestehe ihnen, daß ich selbst ein grösserer Liebhaber von Mährchen als von metaphysischen Systemen bin. Ich kenne unter den Alten und Neuern Leute von grossen Fähigkeiten, und selbst Leute von Ansehen, die sich in müßigen Stunden damit abgegeben haben, Mährchen zu schreiben, und viele grössere Männer als ich bin, und die einen ernsthaftern Character behaupteten, als ich jemals zu behaupten verlange, die diese Spielwerke allen andern Werken des Witzes vorzogen. Wer liebt nicht zum Exempel, den Orlando des Ariost, der doch in der That nichts anders als ein Gewebe von Feen-Mährchen ist? Ich könnte noch vieles zum Vortheil derselben sagen, wenn es jetzt darum zu thun wäre, ihnen eine Lobrede zu halten. Aber bey dem allen bleiben Mährchen doch immer Mährchen, und so viel Vergnügen als uns unter den Händen eines Dichters, der damit umzugehen weißt, die Salamander und Sylphiden, die Feen und Cabbalisten machen können, so bleiben sie nichts desto weniger schimärische Wesen, für deren Würklichkeit man nicht einen einzigen bessern Grund hat, als ich für einen Biribinker anzuführen im Stande wäre. Sie scheinen nicht zu bedenken, sagte Don Sylvio, daß sie die Feen und elementarischen Geister, nebst der Cabbala, oder geheimen Philosophie, die den Weisen die Macht gibt, sich diese Geister unterwürfig zu machen, nicht läugnen können, ohne den Grund aller historischen Wahrheit umzustossen. Denn wie durchgängig und übereinstimmend ist nicht das Zeugniß der ganzen Geschichte zu ihrem Vortheil? – Sie haben vermuthlich die Nachrichten von dem Grafen von Gabolis gelesen, erwiederte Don Gabriel, worinn dieses Argument auf den höchsten Grad der Stärke getrieben ist, die es haben kan. Aber alles was man damit beweisen kan, ist weder mehr noch minder, als daß die Geschichte mit Fabeln und Unwahrheiten untermischt ist; ein grosses Übel, welches dem schwachen Verstand oder dem bösen Willen, oder wenigstens der Eitelkeit der Geschichtschreiber zu Schulden liegt, und in meinen Augen die wahre Quelle so vieler schädlichen Irrthümer ist, womit wir die verschiedenen Gesellschaften der Menschen behaftet sehen. Glauben sie, zum Exempel, daß Biribinker nur um den vierten Theil eines Grans glaubwürdiger wäre, wenn er von Wort zu Wort von dem Geschichtschreiber Paläphatus erzählt würde? Woher könnten wir wissen, ob ein Autor, der vor drey tausend Jahren gelebt hat, und dessen Geschichte und Character uns gänzlich unbekannt ist, nur im Sinn gehabt habe uns die Wahrheit zu sagen. Und gesetzt, er hatte sie, konnte er nicht leichtglaubig seyn? Konnte er nicht aus unlautern Quellen geschöpft haben? Konnte er nicht durch vorgefaßte Meynungen oder falsche Nachrichten selbst hintergegangen worden seyn? Oder gesetzt, das alles fände nicht bey ihm statt; kan nicht in einer Zeitfolge von zwey oder drey tausend Jahren seine Geschichte unter den Händen der Abschreiber verändert, verfälscht, und mit unterschobenen Zusätzen vermehrt worden seyn? So lange wir nicht im Stande sind, von jedem besondern Abentheuer des Biribinkers, und so zu reden, von Zeile zu Zeile zu beweisen, daß keiner von allen diesen möglichen Fällen dabey Platz finde, so würde Herodot selbst kein hinlänglicher Gewährs-Mann für die Wahrheit dieser anmaßlichen Geschichte seyn. Ich gestehe ihnen, das Zeugniß eines Tacitus oder Hume* würde der Existenz der Elementar-Geister und eines jeden andern Dings, das nicht innerhalb des bekannten Cirkels der allgemeinen menschlichen Erfahrung liegt, sehr zu statten kommen, allein, zum Unglück für das Wunderbare, können sie sich keiner so vollgültigen Zeugen rühmen. Und gesetzt auch, es fänden sich unter der unendlichen Menge von Wunderdingen dieser Art, die seit dem Anbeginn der Welt bey allen Völkern des Erdbodens erzählt, und zum Theil geglaubt worden sind, einige wenige, die ein unverwerfliches Ansehen vor sich hätten; so würde dieses weder die übrigen glaubwürdiger machen, noch den allgemeinen Grundsatz entkräften können: Daß alles und jedes, was keine Analogie mit dem ordentlichen Lauf der Natur, in so fern sie unter unsern Sinnen liegt, oder mit demjenigen hat, was der größte Theil des menschlichen Geschlechts alle Tage erfährt, eben deßwegen die allerstärkste und gewisser massen eine unendliche Präsumtion der Unwahrheit wi-

* Der geneigte Leser wird hier einen ziemlichen Anachromismus bemerken, der, zum Unglück, nicht der einzige in diesem Werke ist, und vielleicht einigen Zweifel gegen die Glaubwürdigkeit dieser ganzen Geschichte erwecke könnte, dessen Hinwegräumung wir den Criticis überlassen.

Anmerk. des Herausg.

der sich habe: ein Grundsatz, den das allgemeine Gefühl des menschlichen Geschlechts rechtfertiget, ob er gleich der ganzen Feerey mit allen ihren Zubehörden auf einmal das Leben abspricht.

Die Damen hatten sich zurück gezogen, so bald sie sahen, daß die Conversation einen scientifischen Schwung nehmen würde. Den Sylvio ergab sich nicht so leicht als sein Gegner erwartet haben mochte. Er bediente sich aller Vortheile, die ihm die scheinbare Verwandtschaft dieser Materie mit andern, wo Don Gabriel, nach Husaren-Art, nur fliehend fechten konnte, zu geben schien; allein, nachdem er sich endlich durch die überwiegende Geschicklichkeit seines Gegners aus allen seinen Schlupfwinkeln heraus getrieben sah, so blieb ihm endlich nichts übrig, als sich gleichfalls auf die Erfahrung zu berufen, durch welche ihn jener zu überweisen gedacht hatte. Doch er fand bald, daß er wenig gewinnen würde, einen Philosophen wie Don Gabriel, mit seinen eigenen Wafen anzugreifen; man bewieß ihm, daß besondere und ausserordentliche Erfahrungen, so bald sie der Analogie der allgemeinen Erfahrung wiedersprechen, allezeit verdächtig sind; und daß zu einer Evidenz, der sich die Vernunft ergeben müßte, ein so scharfer Beweiß erfordert würde, daß unter tausend solchen ausserordentlichen Erfahrungen kaum eine zu finden sey, die bey genauer Untersuchung, nur so viel Wahrscheinlichkeit übrig behalte, als zu einer starken Präsumtion erfordert werde. Er nahm, zu Erläuterung seiner Lehrsätze die Visionen der Schwester Maria von Agreda zum Beyspiel, und vertiefte sich unvermerkt in Speculationen, die der Übersetzer für die meisten Leser dieses Buchs zu tiefsinnig gehalten, und um so lieber weg gelassen hat, als aus dem Vorbericht, der dem spanischen Manuscript voran gesetzt ist, erhellet, daß der ehrwürdige Dominicaner-Mönch, dem selbiges zur Censur gegeben worden, von diesem Discurs den unschuldigen Anlaß genommen, den Druck des ganzen Werks zu untersagen. Dem sey wie ihm wolle, so fand Don Eugenio selbst für gut, die Fortsetzung dieser allzu metaphysischen Untersuchungen zu hemmen. Ich glaube kaum, sagte er, daß es zum Beweiß, wie leicht uns in diesem Stück unsere vorgefaßte Meynungen oder eine allzuwürksame Phantasie hintergehen kan, etwas anders braucht, als sich auf Don Sylvio eigene Erfahrung zu beruffen. Ich wette was man will, sie glaubten beym Eintritt in diese Gärten, und beym Anblick des Pavillions, in einen Feen-Sitz gekommen zu seyn; und doch ist nichts gewissers, als daß sie in eben diesem Lirias sind, welches mein Großvater Gilblas von Santillane der dankbaren Großmuth des Don Alphonso von Leyva zu danken hatte, und welches seit dem, theils von ihm, theils von meinem Vater Don Felix von Lirias erweitert und verschönert worden. Sie scheinen noch so wenig von der würklichen Welt gesehen zu haben, daß die Ähnlichkeiten, die sie zwischen den Gärten und Gebäuden zu Lirias mit denen, womit ihre Einbildungs-Kraft in den Mährchen bekannt worden ist, gefunden haben, sie leicht verführen konnten, dasjenige, was von ganz alltäglichen Menschen-Händen gemacht ist, für ein Werk der Geister und der Feerey zu halten. Gestehen sie, Don Sylvio, daß sie bey Erblickung meiner Schwester keinen Augenblick anstunden, sie für eine Fee zu halten; und doch kan ihnen mein Pfarrer mit dem Tauf-Register beweisen, daß sie eine Sterbliche ist, und von guten alten Christen abstammt, die niemalen der Magie verdächtig gewesen sind; eine Enkelin der liebenswürdigen Dorothea von Jutella, welche bestimmt war, meinem Großvater den Verlust seiner geliebten Antonia zu ersetzen, und mit der sie in der That eine so grosse Ähnlichkeit hat, daß man das Bildniß der einen für der andern ihres hält. Diese einzige Induction würkte mehr als alle Schlußreden des Don Gabriel. Don Sylvio hatte ausser einem Compliment, das er bey diesem Anlaß den Reitzungen der Donna Felicia machte, so wenig gründliches darauf zu antworten, daß er allmählich stille wurde, und, wie es schien, in Gedanken verfiel, die seinen Kopf merklich verdüsterten. Zu gutem Glück war es eben Zeit, in eine Comödie zu gehen, welche Don Eugenio durch eine herum wandernde kleine Schauspieler-Gesellschaft, die er etliche Wochen bey sich behielt, veranstaltet hatte. Diese angenehme Zerstreuung und die Gegenwart der Donna Felicia, die er den ganzen übrigen Abend genoß, stellten nach und nach den guten Humor unsers Helden wieder her; die aufmunternde Freundlichkeit, oder sollen wir die Zärtlichkeit sagen, die in ihrem ganzen Betragen gegen ihn herrschte, machte ihn gar bald lebhaft, gesprächig und begierig zu gefallen, und der Ton der scherzenden Fröhlichkeit, worein sie über dem Nachtessen die ganze Gesellschaft stimmte, würkte zuletzt so mächtig auf ihn, daß er unvermerkt die Rolle vergaß, die er zu spielen übernommen hatte, und mit dem Prinzen Biribinker und seinen Feen so lustig machte, als ob er nie keine Feen geglaubt, und keinen Sommervogel geliebt hätte.

Siebentes Buch.

Erstes Capitel.

Merkwürdige Entdeckung. Sonderbare Verschwiegenheit des Pedrillo.

Der spanische Autor fängt dieses Buch mit einer Art von Entschuldigung an, die er an diejenigen von seinen Lesern richtet, welche (wie er sagt,) einen kleinen Unwillen darüber bezeugt haben, daß seit dem Augenblick, da Donna Felicia und Don Sylvio sich in dem Pavillion zu Lirias so unverhoft zusammen gefunden, der gute Pedrillo bisher so gänzlich bey Seite gesetzt worden, daß man ihn nur nicht ein einziges mal habe auftretten lassen, um die Gesellschaft und den geneigten Leser mit seinen Einfällen zu belustigen.

Wir halten es, sagt unser Autor, für keinen kleinen Fehler eines Schauspiels, wenn der Dichter, der es übernommen hat, die Character, Leidenschaften, Tugenden oder Thorheiten seiner Personen durch den Labyrinth verwickelter Zufälle zu dem vorgesetzten Ziele fortzuführen, an statt seine ganze Aufmerksamkeit mit ihnen allein zu beschäftigen, sich alle Augenblicke an die Zuschauer erinnert, für die er arbeitet, ja wohl gar durch ein *ad spectatores*, so er bald dieser bald jener handelnden Person in den Mund legt, der schlechten Anlegung seines Plans oder einer hinkenden Entwicklung nachzuhelfen genöthigt ist. Unsers Bedünkens hat es mit einer Geschichte wie die unsrige ist, die nehmliche Bewandniß. Ja, wenn Pedrillo, wie die lustige Personen in gewissen Comödien nur darum da wäre, die Leser lachen zu machen, da könnte man uns billig einen Vorwurf machen, daß wir vielleicht mehr als eine Gelegenheit entgehen lassen, wo er seine Bestimmung zum Zeitvertreib seiner Gönner hätte erfüllen können. Allein Pedrillo hat, wie man längst bemerkt haben sollte, eine weit wichtigere Rolle zu spielen; und wenn auch bey seiner Einführung in diese Geschichte unsere Absicht zum Theil mit auf die Belustigung des Lesers gegangen ist, so ist doch gewiß, daß dieses (um uns gelehrt auszudrücken) nur ein *finis secundarius* war, der, wie man weißt, dem Haupt-Entzweck allemal Platz machen muß, wenn nicht Raum genug für beyde da ist. Pedrillo kommt also oder geht, plaudert oder schweigt, ist geschäftig oder müssig oder gar unsichtbar, je nachdem es die Natur seines Dienstes oder sein Verhältniß gegen seinen Herrn mit sich bringt. Da er ihn auf seiner wundervollen Wanderschaft begleitete, so hatte er das Recht zu plaudern, wie und was er wollte, so lange Don Sylvio keine bessere Gesellschaft hatte; und er tritt ab, und zieht sich in die Lackayen-Stube, oder in das Zimmer der schönen Laura zurück, so bald sein Herr bessere Gesellschaft hat. Es ist wahr, man könnte uns das Exempel des Sancho Pansa einwenden, welcher in dem Schlosse, wo sein Herr (Trotz seinen Feinden, den Zauberern und Mohren) so wohl aufgenommen wurde, allezeit mit von der Gesellschaft war, allenthalben freyen Zutritt und so gar die Ehre hatte, der Frau Herzogin mehr als einmal unter vier Augen zu sprechen. Allein man muß sich erinnern, daß es dort darum zu thun war, mit der feyerlichen Narrheit des Ritters und der schalkhaften Dummheit des Stallmeisters sich lustig zu machen; da hingegen in dem Schlosse zu Lirias alles angewandt wird, unsern Helden von der Bezauberung seines Gehirns zu bälder je lieber zu befreyen, ohne daß man sich das mindeste darum bekümmert, ob unsere werthen Leser, die ihn vielleicht lieber närrisch sehen würden, dabey verlieren oder nicht.

Damit man uns indessen den Vorwurf nicht machen könne, als ob wir den guten Pedrillo, so bald wir seiner nicht mehr nöthig gehabt, undankbarer Weise weggeworfen hätten, so haben wir einen Theil dieses Capitels dazu bestimmt, seinen besagten Gönnern eine kurze Nachricht zu geben, wie er seit seiner Ankunft zu Lirias seine Zeit zugebracht.

Man erinnert sich vermuthlich noch, daß die angenehme Laura schon damals, da sie ihm in Gestalt einer Sylphide zum erstenmal erschien, sein Herz mit sich hinweg nahm, ohne daß er selbst begreiffen konnte, wie es zugieng. Man muß gestehen, für einen Liebhaber, der sich in der ersten Wärme einer angehenden Leidenschaft befindet, war die Zerstreuung ziemlich stark, wozu ihn noch an dem nehmlichen Abend die Dame Teresilla verleitete: Allein in diesem Stück war Pedrillo ein anderer Biribinker, wenn er gleich seiner ersten Liebste nicht öfter untreu wurde, als er Anlaß dazu hatte, so schien es doch als ob jede neue Untreue seine Liebe nur desto stärker anfache, und er brauchte die wahre Beherscherin seines Herzens nur wieder zu sehen, um auf einmal zu vergessen, daß ihm eine andere hätte gefallen können. Bey so bewandten Umständen wird sich niemand wundern, daß es wenig Mühe kostete, ihn einen oder zween Tage von seinem Herrn entfernt zu halten. Laura, welche diesen Befehl von ihrer Gebieterin hatte, fand die Vollziehung desselben desto leichter, da Pedrillo von dem Vergnügen sie zu sehen und mit ihr zu schäckern, (wie er es nannte) so berauscht war, daß er vielleicht in einer noch längern Zeit nicht an Don Sylvio gedacht hätte, wenn die Sylphide nicht selbst die erste gewesen wäre, ihn daran zu erinnern.

Die Zärtliche Neigung, welche Pedrillo so glücklich gewesen war, dieser jungen Nymphe einzuflössen, bewog sie, die Gelegenheiten nicht auszuweichen, wo sie mit ihm allein seyn konnte, ohne Aufsehen zu machen oder vermißt zu werden, und so geschah es, daß sie an dem andern Tag seit seiner Ankunft, zu eben der Zeit da die Herrschaft in einem Saale des Garten-Pavillions sich mit Gesprächen unterhielt, und der gröste Theil des Hauses des nachmittäglichen Schlummers pflegte, beyde, ohne sich bestellt zu haben, und also von ungefehr oder durch eine Würkung der magnetischen Kräfte, deren wir an einem andern Orte Erwähnung gethan, in einer dicht verwachsenen Laube des Labyrinths zusammen kamen. Die beyderseitige Absicht war, die Sieste hier zu machen; da sie aber einander eben so unverhoft antrafen als Dido und der trojanische Held in einer gewissen Höhle, so war nichts natürlichers, als daß sie, an statt zu schlafen, sich zusammen setzten, und mit einander schwatzten. Die Hitze thut nicht auf alle Leute die nehmliche Würkung, und wenn gleich die Naturkündiger beweisen, daß ein grosser Grad derselben die Lebensgeister zerstreue, und die Fibern abspanne, so war doch Pedrillo noch niemal in einer Verfassung gewesen, die ihn zu einem gefährlichen Liebhaber hätte machen können als damals. Laura wurde es gar bald gewahr, und da sie, wider die Gewohnheit der spanischen Kammermädchen, weder galant war, noch die Spröde machte, so sahe sie sich endlich genöthiget ihm zu verstehen zu geben, daß ein Liebhaber sie durch nichts als durch seine Bescheidenheit von der Wahrheit seiner Liebe überzeugen könne. Die Furcht sie erzürnt zu haben, that bey dem guten Pedrillo, was nach dem System der Naturkündiger die Hitze hätte thun sollen; er wurde auf einmal so schüchtern und so demüthig, als der demüthigste von den Verehrern der Königin der Cristall-Inseln, und versprach ihr, wenn sie ihn nur nicht gar aus ihrer Gegenwart verbannen wollte, so zahm und unschuldig zu seyn als ein Lamm. Unter dieser Bedingung willigte die schöne Laura ein, ihn bey sich zu behalten, und damit sie seine Aufmerksamkeit auf ihre Reitzungen ein wenig zerstreuen möchte, vermochte sie ihn nach und nach durch Frag und Antwort zu einer umständlichen Erzählung alles dessen, was ihm von der Geschichte seines jungen Herrn bekannt war. Sie erfuhr also den Umstand mit dem Bildniß der bezauberten Princeßin, und ersah aus der Beschreibung desselben, daß es eben dasjenige Halßgeschmeide war, welche ihre Dame vor etlichen Tagen auf einer Spatzierreise nach ihrem kleinen Arcadien verlohren hatte. Sie entdeckte dieses dem Pedrillo, und auf die fernere Nachricht, auf was für eine Weise Don Sylvio desselben beraubt worden war, machte sie sich in Gesellschaft ihres neuen Freundes unverzüglich auf, es wieder herzubringen. Sie zweiffelten nicht, daß es sich in den Händen einer von den Bauer-Dirnen befinden würde, die auf den Schloß-Gütern arbeiteten; und ihre Vermuthung traf richtig ein. Das Kleinod wurde gegen ein Geschenk von etlichen Maravedis ausgeliefert, und noch an dem nehmlichen Abend der Donna Felicia eingehändiget, welche über die Nachrichten und Erläuterungen, die ihr Laura aus Pedrillo Munde darüber gab, noch mehr Vergnügen empfand, als über das Geschmeide selbst, ob es gleich von grossem Werth war. Sie glaubte nunmehr den Talisman in Händen zu haben, durch welchen die Entzauberung ihres geliebten Don Sylvio zu Stande gebracht werden könnte; und setzte sich vor, den Gebrauch, den sie davon machen wollte, nicht länger als bis an den folgenden Morgen zu verschieben.

Inzwischen wurde dem Pedrillo durch seine gebietende Dame, Laura, aufs nachdrücklichste eingeschärft, seinem Herrn nichts von diesem Geheimniß zu sagen, und Pedrillo konnte es folglich kaum erwarten, bis er eine Gelegenheit erschleichen würde, die alte Beobachtung zu rechtfertigen: daß kein gewisseres Mittel ist, die

Leute zu etwas anzuspornen, als wenn man es verbietet. Diese Gelegenheit bot sich gleich des folgenden Tages an. Der Herr und der Diener waren beyde verliebt, und schliefen folglich beyde sehr wenig. Pedrillo wurde gewahr, daß Don Sylvio mit anbrechendem Morgen in den Alleen des Gartens tiefsinnig hin und wieder gieng, und weil Laura, die sonst genau auf ihn Acht gab, damals vermuthlich noch in angenehmen Morgen-Träumen begriffen war, so schlich er sich ganz leise aus einem Zimmerchen, so man ihm unter dem Dach eingeräumt hatte, herab, und suchte seinen Herrn auf.

Don Sylvio hatte einen guten Theil der Nacht mit Betrachtungen zugebracht, welche den Feen nicht sehr vortheilhaft waren. Die Wahrheit zu sagen, seit dem kleinen Betrug, den ihm Don Gabriel mit dem Mährchen vom Prinzen Biribinker gespielt hatte, hatte sein Glaube an diese Damen und ihre Geschichtschreiber keine geringe Erschütterung erlitten. Die Geschichte des Herrn Biribinkers kam ihm jetzt selbst so abgeschmackt vor, daß er nicht begreiffen konnte, wie es zugegangen, daß er den Betrug nicht augenblicklich gemerkt habe. Er fand endlich, daß die wahre Ursache davon schwerlich eine andere seyn könne, als die Ähnlichkeit dieses Mährchens mit den übrigen, und das Vorurtheil, so er einmal für die Wahrheit der letztern gefaßt hatte. Er konnte sich selbst nicht länger verbergen, daß, wenn auch die Ungereimtheiten im Biribinker um etwas weiter getrieben wären als in andern Mährchen, dennoch die Analogie zwischen dem ersten und den letztern groß genug sey, um ihm, zumal in Betrachtung alles dessen, was Don Gabriel und Don Eugenio dagegen eingewandt hatten, alle Mährchen ohne Ausnahm verdächtig zu machen. Unter dergleichen Betrachtungen war er endlich eingeschlafen, und nach einem Schlummer von drey Stunden, in welchem er an einem fort von Donna Felicia geträumt hatte, war er wieder aufgestanden, um bey einem einsamen Spatziergang in der Kühle des Morgens seine Betrachtungen über eine für ihn so wichtige Sache mit desto besserm Erfolg fortsetzen zu können.

Es währete eine geraume Zeit, bis ihn Pedrillo fand; denn er hatte sich, indessen daß sich dieser ankleidete und herunter stieg, in den Alleen des Labyrinths vertieft, welches wegen seiner Grösse und der Mannigfaltigkeit der Gänge, Sommerlauben, kleinen Lustwäldchen, Cascaden, griechischen Tempeln, Pagoden, Bildsäulen und andern Dingen, die geschickt waren ihm ein romantisches Ansehen zu geben, den angenehmsten Ort von der Welt ausmachte. Unser Held, der nicht länger zweifeln konnte, daß alles dieses, so sehr es einer bezauberten Gegend gleich sahe, ein Werk der Kunst seye, die, von einer dichterischen Imagination geleitet, aus der geschickten Verbindung der verschiedenen Schönheiten der Natur und der nachahmenden Künste ein so angenehmes Ganzes hervor zu bringen gewußt habe; kam beym ersten Eintritt in diesen anmuthsvollen Hayn auf den Gedanken: daß die Phantasie vielleicht die einzige und wahre Mutter des Wunderbaren sey, welches er bisher, aus Unerfahrenheit, für einen Theil der Natur selbst gehalten hatte. Er hatte diesem Gedanken schon eine ziemliche Weile mit dem Vergnügen, womit lebhafte Geister eine neue Entdeckung zu verfolgen pflegen, nachgehangen, als er auf einmal den Pedrillo ansichtig wurde, der hinter einem Gebüsche von wildem Lorbeer, so sich um die Ruinen eines kleinen Tempels herum zog, mit grosser Freude auf ihn zugelauffen kam. Je, guten Morgen, Herr Don Sylvio, schrie ihm dieser entgegen, so bald er ihn erblickte, lebt ihr auch noch! Sapperment! gnädiger Herr, man kriegt euch ja den ganzen Tag nicht einen Augenblick zu sehen; wenn ich nicht von der Jungfer Laura gehört hätte, daß ihr noch da wäret, ich hätte, verzeyh mirs GOtt, denken mögen, daß euch die Feen durch die Luft davon geführt hätten. Ich habe weit mehr Ursache mich über dich zu beschwehren, versetzte Don Sylvio lachend: Du must sehr von deiner Sylphiden bezaubert seyn, daß ich dich seit dem Augenblick, da du bey der Ankunft der Donna Felicia aus dem Saale weg giengst, nicht zu sehen gekriegt habe. Gnädiger Herr, antwortete Pedrillo, ich glaube, ihr irrt euch nicht um die Hälfte, wenn ihr denkt, daß ich bezaubert bin; man sagt, die Bezauberten essen und trinken nichts, ohne daß sie um ein Quintchen magerer werden als sie gewesen sind; ich will gleich gehangen seyn, aber versteht mich recht, nur an meines Mädchens Halß, meyne ich, wenn ich seit vorgestern so viel gegessen habe als eine Fliege auf ihren Flügeln wegtragen könnte. Seht ihr, wenn wir bey Tische sitzen, so sitze ich allemal der Jungfer Laura gegen über, und da gaffe ich sie halt eines Gaffens an, und da gibt es alle Augenblick etwas anders, und da sehe ich ihr zu, wie ihr das Essen so wohl ansteht, und gucke ihr in ihr kleines Maul, denn sie hat ein Maul voll Zähne, daß es eine Lust ist, so weiß und gleich gesetzt, wie eine Schnur Perlen, und was ich sagte, da neckt sie mich alle Augenblick, oder winkt mir, oder tritt mich mit dem Fuß, oder macht etwas an ihrem Halßtuch zu rechte, und mit alle dem Spaß vergäß ich, meiner Six! Essen und Trinken, wenn sie mir nicht zuweilen selbst einen Bissen ins Maul steckte. Und doch bin ich, wie Eu. Gnaden sieht, so frisch und stark, als ob ich mit dem Bel zu Babel in die Wette frässe. Das macht die gute Gesellschaft; Beym Velten! man sieht Eu. Gnaden auch keinen Mangel an; ihr seht so frisch und rothbackicht wie ein Bräutigam, und doch wollt ich wetten, daß Eu. Gnaden heute Nacht nicht viel geschlafen hat. Das macht, wie du sagst, die gute Gesellschaft, erwiederte Don Sylvio; aber wie gefällt es dir denn in diesem Schlosse, Pedrillo? Wollen wir uns nicht bald wieder auf den Weg machen? Auf den Weg machen? rief Pedrillo, indem er einen Sprung zurück that, und seinen Herrn mit einer schelmischen Mine ansah, Sapperment! wir wollen erst recht ankommen, ehe wir wieder ans Weggehen denken. Wir haben nicht so sehr zu eilen, gnädiger Herr, man trift nicht hinter allen Zäunen ein Quartier an wie dieses, und hernach, wenn mirs Eu. Gnaden nicht übel nehmen will, die Feen mögen sagen wollen, so denk ich halt, es ist doch immer besser unter Christen-Menschen zu leben, als unter solchem Zaubervolk, unter Kobolten und Geistern wo man nie gewiß weißt, wen man vor sich hat. Die Dame Laura gefiel mir gleich das erstemal, ob ich sie gleich für ein Sylphen-Mädchen ansah, ich kan euch nicht sagen wie wohl; aber seit dem ich weiß, daß sie eine gute catholische Christin ist, und Fleisch und Blut hat wie andere ehrliche Leute, und daß sie weder Sylphin noch Gnomin, sondern Jungfer Laura, der gnädigen Frau Donna Felicia von Cardena ihr Kammer-Mädchen ist; seitdem ist sie mir noch tausendmal lieber. Mit einem Wort, Herr Don Sylvio, ich hoffe, daß es Euer Gnaden nicht Ernst war, dieses Schloß schon wieder zu verlassen, wo es uns so wohl geht, daß wir es nicht besser wünschen könnten. Wenn es schon weder von Saphir noch Diamant-Steinen gebaut ist, so ist es doch, wie mir Laura versichert hat, eines von den schönsten in der ganzen Provinz, und mir däucht, ich wollte mir mein Lebenlang kein schöners wünschen, wenn ich an eurem Platz wäre. Ich weiß schon was ich weiß, wenn ich schon nicht dergleichen thue; aber man findet manchmal mehr als man sucht, und ein Waldschnepfe läßt sich wohl gegen einen Auerhahnen tauschen. Ich will nichts gesagt haben, aber denkt an mich, gnädiger Herr, ob wir nicht zwey oder drey Hochzeiten erleben, ehe wir aus diesem Schlosse kommen; ich bitte Eu. Gnaden sich seiner Zeit daran zu erinnern, daß ichs vorher gesagt habe. Ich möchte doch wohl wissen, sagte

Don Sylvio, was das vor Geheimnisse sind, die dich, wie es scheint, so stark drucken, daß du es kaum erwarten kanst, bis du dich ihrer erlediget hast? Wenn mich Eu. Gnaden für einen solchen Schwätzer ansieht, erwiederte Pedrillo, so hätte ich gute Lust, daß ich meinen Kopf auch setzte, und euch fein hübsch nichts sagte. Ihr könntet euch leicht einbilden, als ob ich nichts bey mir behalten könnte; und hernach hab ich noch meine besondere Ursachen, und ich dencke, Jungfer Laura hatte die ihrigen auch, da sie mir so scharf verboten, daß ich euch nichts davon sagen sollte, daß die Princeßin – Sapperment! Schier hätt ichs entwischen lassen; aber ich ertappte mich selbst noch zu rechter Zeit; nur noch eine kleine Gedult, gnädiger Herr; Die Birnen fallen von sich selbst, wenn sie reiff sind, es werden, ehe es lange währen wird, seltsame Dinge an den Tag kommen. Aber das muß ich gestehen, gnädiger Herr, daß ihr in einem glückseligen Zeichen gebohren seyd; Sapperment! Es leben die Feen und die bezauberten Schmetterlinge; denn das ist nun einmal richtig, wenn wir nicht Narren gewesen und den blauen Schmetterling gesucht hätten – Mehr sag ich nicht! Genug, daß ich weiß was ich weiß, und daß Eu. Gnaden sieht, daß ich schweigen kan. Gelt? wenn ich ein solcher Plauderer wäre, wie ihr immer sagt, so hätt ich es sauber bey mir behalten können, daß wir das Bild mit samt der Princeßin gefunden haben? – Was sagst du? unterbrach ihn Don Sylvio; Du hast das Bildniß meiner Princeßin gefunden? wo ist es? wo ist es? – Ich bitte Eu. Gnaden um Vergebung, antwortete Pedrillo mit der grösten Gleichmüthigkeit von der Welt! ich habe kein Bildniß, und ich sagte auch nicht, daß ich das Bildniß eurer Princeßin gefunden habe, und ich würde auch lügen, wenn ich das sagte – Was plauderst du dann von einem Bild und von einer Princeßin, die man gefunden habe? sagte Don Sylvio – Ihr habt mich nicht recht verstanden, gnädiger Herr, erwiederte Pedrillo; das sagt ich gewiß nicht, denn das ist eben das Geheimniß, seht ihr; und weil ich nun einmal versprochen habe, daß ich nichts verrathen wolle, so soll es auch nicht aus meinem Munde kommen, und wenn ihr mir goldene Berge davor verhiesset. Ich bitte euch, gnädiger Herr, fragt mich nicht; der Teufel ist ein Schelm, es könnte einem unversehens ein Wort entwischen – Kurz und gut, Herr Don Sylvio, ich sage so viel, wenn wir gewußt hätten, was ich jetzt weiß, so hätte uns die Fee Rademante die Mühe dem blauen Schmetterling durch dick und dünn nachzulaufen, und eine gute Tracht Schläge, die wir um seinetwillen bekommen haben, ersparen, und uns fein sauber zu Hause lassen können – Aber bin ich nicht ein Narre? dann hätten wir unsere Princeßin nicht gefunden – Das ist auch wahr, und man mag sagen was man will, wenn sie gleich nur eine – Sachte! da war mirs beym Element! schon wieder auf der Zunge – Was dann, du abgeschmackter Dummkopf, rief Don Sylvio ungedultig? Entweder schweige gar, oder rede, daß man begreiffen kan was du willst? – Sey ich ein Esel, Herr Don Sylvio, sagte jener, wenn ich selbst etwas davon begreiffe. Wenn man die Sache auf der einen Seite ansieht, so meynte man, die Fee habe euch nur zum besten gehabt; und doch ist es auf der andern Seite richtig, daß sie ihr Wort gehalten hat; das Bildniß ist da, das hat seine Richtigkeit, und die Princeßin ist auch da, ob sie gleich eigentlich zu reden, weder ein blauer Schmetterling, noch was man sagen möchte, eine Princeßin ist; der Henker mag dieses verworrene Zeug auseinander lesen; denn etwas muß man doch seyn, und wenn das Bildniß – ich weiß selbst nicht was ich sagen wollte, der Kopf wird mir ganz warm davon, wenn ich unsern Begebenheiten nachsinne; daß Feerey darinn ist, das laß ich mir nicht ausreden; denn man kan es, meiner Six, mit Händen greiffen, daß sich das alles nicht von ungefehr so wunderlich zusammen fügen konnte – Aber wenn ich recht sehe, kommt dort die Princeßin – Donna Felicia wollt ich sagen; Sapperment! sie kommt eben recht; wenn sie nur eine Minute später gekommen wäre, so hätte ich, glaub ich selbst, mit alle dem Plaudern zuletzt das ganze Geheimniß ausgeplaudert. Mit diesen Worten entfernte er sich von Don Sylvio, welcher, so bald er seine schöne erblickte, auf einmal der Neugier vergaß, die der geheimnißvolle Pedrillo in ihm erregt hatte, und mit schnellen Schritten einen andern Gang einschlug, wo er ihr zu begegnen hofte.

Zweytes Capitel.

Anfang der Entwicklung.

Wenn Verliebte einander ausweichen, so geschieht es gemeiniglich um eifriger gesucht und bälder gefunden zu werden. Donna Felicia hatte, so bald sie unsern Helden erblickte, einen entgegen gesetzten Weg genommen, aber doch nicht ohne sich mehr als einmal umzusehen, und so bald sie sah, daß er sie suchte, so lenkte sie unvermerkt in einen Gang ein, wo er sie finden mußte. Beyde schienen sich zu verwundern, einander so früh im Garten anzutreffen, aber Donna Felicia war nicht so aufrichtig die wahre Ursache davon zu gestehen als Don Sylvio. Sie schützte die Annehmlichkeit des Morgens vor, da hingegen dieser ganz offenherzig bekannte, daß er sich um keiner andern Ursache willen so früh in den Garten begeben habe, als seinen Gedanken desto freyer nachzuhängen. Ein viel bedeutender Blick, den er bey diesen Worten auf sie heftete, und ein übel erhaltener Seufzer ergänzten und bestimmten, was darinn undeutlich war; aber Donna Felicia, die es nichts desto besser verstund, oder doch nicht der gleichen thun wollte, lenkte die Unterredung auf die Feen, indem sie ihn fragte, ob ihm die Geschichte des gestrigen Abends nicht im Traum vorgekommen sey. Ich für meine Person gestehe ihnen, sagte sie, daß ich die ganze Nacht durch in des Wallfisches Bauch herum gewandert bin, und wenn sie neugierig sind mehr davon zu wissen, so kan ich ihnen vielleicht Nachrichten geben, die ihnen nicht gleichgültig seyn werden. Don Sylvio antwortete ihr hierauf mit dem ganzen Ernst eines Liebhabers von siebenzehen Jahren, daß, da er seit dem er sie gesehen habe, wachend nichts anders sehe als sie, seine Seele sich im Traum noch weniger mit einem andern Gegenstande beschäftigen könne. Er gestund auch, daß dasjenige, was in ihm vorgehe, seitdem er sie kenne, ihn bey nahe gänzlich überzeuge, daß es keine andere Bezauberung gebe als die Liebe. O! warum kan ich keine Worte finden, rief er, ihnen eine Beschreibung davon zu machen! Sie haben mir ein neues Wesen gegeben. Ihre Gegenwart verbreitet einen Glanz um mich her, der die ganze Natur in meinen Augen schöner und rührender macht; ich glaube in einer andern Welt zu seyn, alles was ich sehe, scheint mir einen Wiederschein ihrer Reitzungen entgegen zu werfen, die leblosesten Dinge scheinen beseelt und athmen den Geist der Liebe aus; Selbst abwesend bleibt eine Spur an jedem Ort, wo ich sie gesehen habe, ein zauberischer Reitz zurück, und ich glaube es zu fühlen, daß sie auch unsichtbar noch immer gegenwärtig sind – Don Sylvio, unterbrach ihn Felicia mit einem zärtlichen Blick, den sie sich bemühte unter einem scherzhaften Lächeln zu verbergen. Versuchen sie mich nicht ihnen zu sagen, daß sie in den Poeten wenigstens so belesen sind als der Prinz – Nennen sie ihn nicht, Donna Felicia, sagte unser Held, den diese Worte, so wenig sie böse gemeynt waren, so sehr bewegten, daß ihm die Thränen in die Augen traten; beleidigen sie die Aufrichtigkeit meiner Seele nicht durch eine Vergleichung, die ich so wenig verdiene; ich sage ihnen was ich erfahre, und ich wünschte es ihnen in einer Sprache sagen zu können, die nicht so weit unter der Wahrheit meiner Empfindungen wäre. Was ich empfinde, seit dem ich sie sehe, ist unendlich weit von den Würkungen einer erhitzten Phantasie unterschieden; Ihr erster Anblick hat das ganze Feuer meiner Einbildungs-Kraft ausgelöscht, ich erinnere mich meines vorhergehenden Lebens nur wie eines eiteln Traums; von dem glücklichen Augenblick, da ich sie zum erstenmal sah, fängt sich mein wahres Daseyn an, und o! möchte es – Hier hielt der allzuschüchterne Jüngling inne, und ließ einen Blick, der bis in die Seele der schönen Felicia drang, vollenden, was er nicht kühn genug gewesen war auszusprechen. Vielleicht könnte ich, erwiederte Donna Felicia, sie mit gutem Grunde beschuldigen, daß sie nicht so ganz aufrichtig gegen mich sind, als sie mich bereden wollen; aber ich will ihnen keinen Vorwurf machen, und ich bin auch nicht dazu berechtiget. Sie haben mir die Ehre angethan, Don Sylvio, mich für eine Fee zu halten; erlauben sie mir, ihnen eine Probe zu geben, daß ich ihrer Radiante wenigstens in einem Stücke gleiche; sehen sie hier das Bildniß ihrer Geliebten, das sie verlohren, ich stelle es ihnen wieder zu, wie sie es aus ihren Händen empfangen haben. Mit diesen Worten gab sie ihm die Perlenschnur mit dem Bildniß, und ergötzte sich nicht wenig an der Bestürzung, worein sie ihn durch ein so unerwartetes Geschenk setzte. Er nahm es mit zitternder Hand, er sah es an, dann betrachtete er Donna Felicia, sahe das Bildniß wieder an, und rief endlich aus: Woher auch dieses Bildniß seye, oder wen es vorstellen mag, so sagt mir mein Gesicht, daß es das ihrige ist, und mein Herz, daß es alle die Gewalt, die es über mich hatte, allein von dieser wunderbaren Ähnlichkeit mit ihnen empfangen hat. Ich erhielt es nicht aus den Händen einer Fee, wie sie sagten; ich fand es in dem Walde, der an den Parc von Rosalva gränzt; dieser Umstand, und daß es, nachdem es mir geraubt worden, wieder in ihre Hände gekommen ist, scheint ein Geheimniß zu verbergen. Erklären sie mirs, schönste Felicia; es ist ganz gewiß ihr eigen Bildniß; so bald ich es sah, bemeisterte es sich meiner ganzen Seele; ich fühlte es an der unaussprechlichen Liebe, die es mir einflößte, daß es diejenige vorstellte, die mich allein glücklich machen kan, mein Herz erkannte den Gegenstand aller seiner Wünsche darinn – Aber o! wie unendlich lebhafter war diese Empfindung, da ich das Urbild erblickte! – Nehmen sie sich in Acht, sagte Donna Felicia lächelnd, ihr Herz könnte ihnen einen kleinen Streich gespielt haben; ich versichere sie, daß dieses Bildniß, ungeachtet der Ähnlichkeit, die sie zu sehen glauben, nicht das meinige ist.

Sie waren unter diesen Gesprächen immer fort gegangen, und befanden sich, indem Felicia dieses sagte, bey dem Pavillion. Sie bemerkte die Verlegenheit, worein ihre Versicherung den guten Don Sylvio setzte, ob er gleich immer fort behauptete, daß er in diesem Bildniß, es möchte nun auch vorstellen sollen wen es wollte, niemand als sie selbst geliebt habe. Er schrieb es der Würkung einer geheimen Vorempfindung zu, ob er gleich gestund, daß ihm die Umstände, worinn er es bekommen habe, noch immer ein Räthsel seyen. Donna Felicia konnte nicht so grausam seyn ihn länger in einer Verwirrung zu lassen, die zu nichts hätte dienen können, als ihre Eitelkeit zu vergnügen; sie führte ihn also durch den Saal des Pavillions in ein Cabinet, bey dessen Öfnung ihm so gleich zwey grosse Bildnisse in Lebens-Grösse in die Augen fielen, welche neben einander hiengen, und einander so vollkommen ähnlich waren, daß man sie durch nichts anders unterscheiden konnte, als eine kleine Verschiedenheit des Colorits, die nur dem schärfsten Kenner merklich seyn konnte. Eines von diesen Bildnissen ist das meinige, sagte sie; rathen sie, Don Sylvio, welches von beyden. Beyde sinds, rief Don Sylvio, denn es däucht mich augenscheinlich, daß dieses hier eine Copey von jenem ist. Sie irren sich, Don Sylvio, erwiederte Felicia; dieses hier, welches sie für das meinige ansehen, ist wenigstens sechzig Jahre älter. Es stellt meine Großmutter Donna Dorothea von Jutella vor, so wie sie in einem Alter von sechzehen Jahren war; hier, fuhr sie fort, indem sie ihm ein kleines Mignatur-Gemählde wieß, das unter dem grossen Portrait hieng, sehen sie ein anders, das ungefehr um die nehmliche Zeit von ihr gemacht wurde; es ist dem grössern vollkommen ähnlich, und nach diesen wurde das kleine Bildniß gemahlt, das die Gelegenheit zu einer so seltsamen Intrigue gegeben hat. Die ausserordentliche Ähnlichkeit, die mein Vater zwischen mir und Donna Dorothea fand, bewog ihn, mich, da ich sechszehen Jahre hatte, in der nehmlichen Kleidung und Stellung abmahlen zu lassen; und jedermann sagt, daß mein Bild mir selbst eben so vollkommen gleiche als meiner Großmutter. Mein Großvater, der seine Gemahlin ausserordentlich liebte, ließ das kleine Gemählde machen, das in ihre Hände gekommen ist, und pflegte es, nach der Mode seiner Zeit an einer goldnen Kette zu tragen. Er hinterließ es meiner Mutter, und da es von dieser auf mich kam, so hieng ich es an diese Perlen-Schnur, und trug es so lange als ein Halßgeschmeide, bis ich es vor etlichen Tagen in dem nehmlichen Walde verlohr, wo sie es bald darauf gefunden haben müssen. Dieses ist die Entwicklung des ganzen Knotens, und nun setzte sie lächelnd hinzu, überlasse ich ihnen, da die Großmutter und die Enkelin gleich viel Recht an ihre Neigung hat, für welche von beyden sie sich erklären wollen.

Don Sylvio war vor Freude über eine Entwicklung, die seinem Herzen so gemäß war, ausser sich; er warf sich zu ihren Füssen, und sagte ihr, in der rührenden Unordnung, welche die wahre Beredsamkeit der Liebe ist – Sachen, die unsern werthen Lesern eben so thöricht vorkommen würden, als sie der gerührten Donna Felicia angenehm seyn mußten. In der Verfassung, worinn ihr eigenes Herz war, hört man einem Liebhaber, wie Don Sylvio, so gerne zu, daß es eine ziemliche Weile währte, bis sie sich besann, daß sie seiner Entzückung ein wenig Einhalt thun müßte. Sie bat ihn also aufzustehen, und ihr in den Saal zu folgen, wo sie ihre Unterredung bequemer fortsetzen könnten. Don Sylvio erzählte ihr jetzt sein ganzes Feen-Mährchen, die Geschichte des Sommer-Vogels, und die Erscheinung der Fee Radiante; und er gestund desto williger, daß seine mit Feen-Wundern angefüllte Einbildungs-Kraft einen grossen Antheil an diesem vermeynten Gesichte gehabt habe, da ihn Donna Felicia auf der andern Seite nicht ohne Vergnügen erlaubte die andere Hälfte dieses sonderbaren Phänomeni auf die Rechnung einer geheimen Divination oder Vorwissenschaft seiner Seele zu schreiben, der es ahnete, daß er in kurzem das Urbild dieses geliebten Schattenbildes finden würde. Wenn die Feen auch nur Geschöpfe unserer Einbildungskraft sind, sagte er; so werde ich sie doch immer als meine gröste Wohlthäterinnen ansehen, da ich ohne sie noch immer in der Einsamkeit von Rosalva schmachtete, und vielleicht auf ewig der Glückseligkeit entbehrt hätte, diejenige zu finden, die mein verlangendes Herz, seit dem es sich selbst fühlt, zu suchen schien. Er fuhr nunmehr fort, mit der völligen Begeisterung eines wahrhaftig eingenommenen Liebhabers, der aufmerksamen Felicia seine Empfindungen abzuschildern, und diese junge Dame fand sich unvermerkt so sehr davon gerührt, daß sie, ihres anfangs gefaßten Vorsatzes uneingedenk sich nicht enthalten konnte, ihm zu erzählen, wie sie ihn in der Rosenlaube schlafend gefunden, und von diesem Augenblick an sich nicht erwehren können, einen Antheil an diesem Unbekannten zu nehmen, der ihr die Gesinnungen, die ihr Bildniß und sie selbst ihm eingeflößt, desto angenehmer mache. Dieses Geständniß setzte unsern Helden in eine Entzückung, die er eine geraume Zeit durch nichts anders ausdrücken konnte, als daß er sich zu ihren Füssen warf, und ihre schönen Hände, eine nach der andern mit Küssen überhäufte, in denen er seine Seele hätte ausathmen mögen. Für eine zärtliche Schöne von Feliciens Alter ist vielleicht nichts gefährlicher als der Anblick der Glückseligkeit, womit ihre erste Gunstbezeugungen ihren Liebhaber berauschen; und man muß gestehen, daß die Gefahr nichts desto kleiner ist, wenn dieser Liebhaber so jung, so schön und so feurig ist als es Don Sylvio war.

In dieser Betrachtung, hoffen wir, werde man es der liebenswürdigen Felicia zu gut halten, daß sie vielleicht zu viel Nachsicht gegen ihren ecstatischen Anbeter hatte. In dieser süssen Trunkenheit der Seele, da sie ganz in Liebe und Wonne aufgelößt, die lebhaftesten Ausdrücke ihrer Empfindung noch zu schwach findet, kan man ohne Unbilligkeit nicht fordern, daß sie geschickt seyn soll, sich in diesem Gleichgewicht zu erhalten, welches uns die Weißheit der Moralisten vorschreibt. Diese erhabene Leute fordern freylich mit Recht, daß man nie zu viel thun solle; aber die Frage ist, was in dem Falle, wovon wir reden, zu viel sey, und durch was für, bisher noch unbekannte Mittel möglich sey, Weißheit und Liebe in so genauen Parallel-Linien fortlauffen zu machen, daß sich diese niemals von jener entfernen können.

Für ein paar junge Leute, wie Don Sylvio und die schöne Felicia in der vorbemeldten Verfassung ihres Herzens waren, ist die Zeit keine Folge von Augenblicken, sondern ein einziger unbeweglicher Augenblick, welcher ganze Jahre unbemerkt verschlingen würde, wenn sie nicht von äusserlichen Ursachen, oder der Erschöpfung ihrer eigenen Lebensgeister, aus einer so zauberischen Entzückung aufgeweckt würden. Sie befanden sich noch so wenig in dem letztern Falle, daß sie sehr erstaunt waren, von der Dame Laura zu vernehmen, daß es schon Zeit zum Frühstücken sey. Dieser Anzeige zufolge wurde beliebt, daß sich Don Sylvio auf eine kleine Weile beurlauben sollte, und so wenig hatte ihn das Anschauen seiner geliebten Felicia in vier ganzen Stunden sättigen können, daß es ihm fast unmöglich schien, sich nur auf etliche Augenblicke davon loß zu reissen.

Eine Weile darauf fand sich die ganz kleine Gesellschaft beym Thee-Tische der Donna Felicia zusammen. Don Eugenio und Don Gabriel bewunderten die sichtbare Verwandlung nicht wenig, die mit unserm Helden vorgegangen war; der erste hatte sich schon mit einer ganzen Rüstung von Gründen gewafnet, um die Feen aus ihren letzten Verschanzungen in seinem Gehirn heraus zu treiben; allein er fand zu nicht geringer Beschämung seiner Philosophie gar bald, daß alle Arbeit schon verrichtet war, und mußte sich selbst gestehen, daß ein paar schöne Augen in etlichen Minuten stärker überzeugen und schneller bekehren, als die Academie, das Lyceum und die Stoa mit vereinigten Kräften kaum in eben so viel Jahren zu thun vermöchten.

Drittes Capitel.

Abermalige Entdeckungen.

Die Gesellschaft hatte sich nach genommenem Frühstück in die Bibliotheck begeben, wo Don Gabriel sich eben beschäftigte, seinem jungen Freund und den Damen verschiedene physicalische Experimente vorzuzeigen, als man eine Art von Kutsche über den Schloßhof rollen hörte, welche die Aufmerksamkeit der Schüler unsers Philosophen unterbrach. Man denke, wie angenehm die Bestürtzung des Don Sylvio war, da er nach einer kleinen Weile seine geliebte Tante Donna Mencia in das Zimmer tretten sah.

Damit einem künftigen Kunstrichter, welcher sich vielleicht die rühmliche Mühe geben wird, dieses unser Werk gegen den tadelhaftigen Zahn des Zoilus und seiner Brüder, nehmlich, aller und jeder, welche sich (zu empfindlichster Kränkung unserer gerechten väterlichen Liebe zu diesem Kind unsers Witzes) unterfangen mögen, die Mängel und Gebrechen desselben boshafter Weise aufzudecken, zu schützen – damit, sagen wir, diesem gelehrten und vortrefflichen Manne, (dem wir hiemit für seine großmüthige Bemühung zum Voraus öffentlichen Dank erstatten) wenigstens die Arbeit erspart werde, (denn er wird ohne das genug zu thun finden) uns gegen den Vorwurf zu vertheidigen, als ob wir, wider alle Wahrscheinlichkeit, die weise und ehrwürdige Donna Mencia wie einen *Deum ex machina,* in einer mit zween ausgemergelten Dorf-Kleppern bespannten Kalesche nach Lirias geschleppt hätten, ohne eine bessere Ursache davon anzugeben, als weil wir ihrer daselbst nöthig haben: So sehen wir uns genöthiget, dem geneigten Leser, ehe wir weiter gehen, zu sagen; daß diese unerwartete Erscheinung in der That nicht aus unserm

Antrieb sondern aus Veranlassung des berühmten Barbiers bewerkstelliget worden, der in dieser Geschichte schon mehr als einmal aufgetretten ist. Dieser hatte bey einem abermaligen Besuch, den er Tages zuvor seinem Patienten zu Lirias gemacht, die Ankunft des Don Sylvio, und durch die Waschhaftigkeit des verschwiegenen Pedrillo verschiedene kleine Umstände erfahren, die ihn auf die Vermuthung brachten, daß ein Geheimniß hinter der Sache stecke. Mit diesen Neuigkeiten war Meister Blas spornstreichs nach Rosalva gerannt, wo man bereits Anstalt machte, unsern Helden in allen benachbarten Orten aufsuchen zu lassen. Donna Mencia war dadurch in keine mittelmäßige Unruhe gesetzt worden; denn da die Verbindung ihres Neffen mit der schönen Mergelina eine Clausul war, ohne welche die ihrige mit dem Herrn Rodrigo Sanchez von sich selbst zerfiel, so konnte sie unmöglich gleichgültig bleiben, da ihr Meister Blas mit einer geheimnißvollen Mine in die Ohren zischelte, daß, so viel er aus allen Umständen abnehmen könne, Don Sylvio nicht umsonst zu Lirias seyn müsse. Kurz, sie hatte die Sache wichtig genug gefunden, ihn in eigener Person zu reclamiren, und wenn man noch die tiefe Verachtung dazu nimmt, die ihr das graue Alterthum ihres eigenen Hauses gegen den neuen Adel einflößte, so wird man sich vorstellen, daß die Mine, die sie beym Eintritt in das Schloß zu Lirias machte, keine von den angenehmsten seyn konnte. Allein, wie sie ihren Neffen noch vollends in einer so gefährlichen Gesellschaft sah, als Donna Felicia und Hyacinthe nach ihren bekannten Grundsätzen waren, so stieg ihr Unmuth auf einen Grad, der ihrem Gesicht (welches ohnehin geschickter war, die Strenge der Tugend als ihre Schönheit auszudrücken) ein so Furien-mäßiges Ansehen gab, daß ihr zu ihrer hagern Gestalt nur noch etliche Schlangen um den Kopf und eine Fackel in der Hand fehlte, um eine von den grinsenden Grazien der Hölle vorzustellen. Allein da sie, aller dieser Annehmlichkeiten ungeachtet die Tante des Don Sylvio war, so wurde sie auf eine so ehrerbietige und verbindliche Art empfangen, daß sie sich genöthiget sah, das fürchterliche und drohende, womit sie ihr Angesicht bewafnet hatte, um etliche Grade zu mildern; ja die Schönheit und feine Gestalt des Don Eugenio besänftigte sie endlich so sehr, daß die beyden Damen, die sich auf den ersten Blick, den sie ihnen verlieh, gegen das andere Ende des Saals zurück gezogen hatten, wieder Muth faßten, und sich allmählich dem Sopha, wo Donna Mencia auf Bitten des Don Eugenio sich nieder gelassen, näherten, doch nicht ohne die Vorsichtigkeit, daß sie ihre Plätze nahe genug bey der Thüre nahmen, um im Nothfall sich durch eine schleunige Flucht retten zu können. Donna Mencia eröfnete nach einer kurzen Vorrede die Ursache, warum sie da sey, und bezeugte keine kleine Verwunderung über dasjenige, was die Ursache seyn könne, daß sie ihren Neffen zu Lirias finde. Don Eugenio antwortete ihr, daß er dieses Vergnügen einem blossen Zufall schuldig sey, und erzählte ihr hierauf, wiewohl mit Auslassung einiger Neben-Umstände, die Begebenheit, wo ihm der tapfere Beystand des Don Sylvio so nöthig gewesen war. Donna Mencia bezeugte eine so grosse Zufriedenheit darüber, daß sich ihr Neffe bey einer so schönen Gelegenheit des ritterlichen Blutes, das in seinen Adern floß, würdig bewiesen; daß die junge Hyacinthe sich aufgemuntert fand, ihren Antheil zum Lob unsers Helden beyzutragen.

Die erhabene Mencia ließ sich jetzt zum erstenmal herab, diese kleinen Geschöpfe mit einem zerstreuten Blick anzusehen. Wir haben ehemals schon bemerkt, daß Hyacinthe weder die Grösse, noch die Regelmäßigkeit der Züge, noch die vollkommene Feinheit der Gesichts-Farbe hatte, die zu einem gerechten Anspruch an das Prädicat der Schönheit gehören; die ungemeine Anmuth ihrer Bildung und ihrer ganzen Person war alles, was sie beym ersten Anblick gefällig machte; und da Donna Mencia, was die Annehmlichkeit betrift, vollkommen mit sich selbst zufrieden war, und über das noch den Vorzug einer majestätischen Grösse vor ihr hatte: so machte dieses alles zusammen genommen, daß Hyacinthe Gnade vor ihren Augen fand. Nach und nach beehrte sie dieselbige so gar mit einer Art von Aufmerksamkeit, und machte nur eben die Anmerkung, daß sie noch niemand gesehen habe, der sie so lebhaft an ihre verstorbene Schwägerin, Donna Isidora erinnere, wie dieses junge Frauenzimmer: als Don Sylvio, (der sich nicht getraut hatte ihr gleich unter die Augen zu kommen) mit Don Gabriel in das Zimmer trat. Das Lob, welches er kurz zuvor erhalten hatte, die gute Art, womit er sie begrüßte, und vielleicht auch die Figur seines Begleiters, die eine von denen war, womit man wenig Mühe hatte sich ein günstiges Auge von ihr zu erwerben, thaten eine so gute Würkung, daß Don Sylvio besser empfangen wurde, als er gehoft hatte. Don Gabriel kannte den Character der Dame von langem her, und da er boßhaft genug war, ihr die schönsten Dinge von der Welt in der Mode-Sprache der Zeiten Carls des 2ten vorzusagen, so sahe er sich, zu grosser Belustigung der übrigen Gesellschaft, unvermerkt mit der kurzweiligen Rolle eines erklärten Verehrers und Günstlings beladen. Jedermann trug das seinige bey, sie durch schwülstige Lobsprüche und Complimente im Geschmack des A m a d i s zu unterhalten; die Herren hatten für niemand Augen als für sie, und die jungen Damen affectirten ein so schüchternes und kindisches Wesen, daß sie aufgemuntert wurde, sich selbst um zwanzig Jahre jünger anzusehen. Sie that es, und wurde würklich nach und nach so munter, so gesprächig und so tändelnd, daß es – ein Jammer war.

Man hatte diese Comödie bereits eine geraume Zeit gespielt, und die nochmalige Anmerkung, welche Donna Mencia über die Ähnlichkeit der Hyacinthe mit Donna Isidora von Rosalva machte, hatte sie in eine umständliche Erzählung ihrer eigenen jugendlichen Begebenheiten verwickelt, womit sie die Aufmerksamkeit ihrer Zuhörer schon eine gute halbe Stunde abgemattet hatte; als man plötzlich ein grosse Geschrey und Getümmel hörte, das sich die Treppe herauf zu ziehen schien; Man unterschied gar bald die Stimme des Pedrillo, und in einem Augenblick darauf zeigte er sich persönlich, oder vielmehr er stürmte, ohne die geringste Achtung für die hohen Herrschaften, in das Zimmer hinein und schrie: Freude über Freude, gnädiger Herr, Pimpimp ist gefunden, Pimpimp ist wieder da – Meiner Six, ich kannte die verfluchte Carabosse den ersten Augenblick auf fünfzig Schritte; aber sie will ihn nicht her geben; sie hat ihn nicht gestohlen, sagt sie, und hängt mir noch, wer weißt, wie viel lose Reden an, ich möchte sie vor einer so ehrbaren Gesellschaft nicht wiederhohlen; aber Sapperment! ich blieb ihr nichts schuldig, Wurst wider Wurst, ich wusch ihr das Maul, wie sichs gehörte; die alte Vettel! sie hat ihn nicht gestohlen, sagt sie; sie will ihn niemand als Euer Gnaden selbst in die Hände geben, sagt sie; Sie will für den T**, daß man sie selbst vor den gnädigen Herrn Don Eugenio lassen soll; und da sagte ich: es ist Gesellschaft da, man hat keine Zeit sich von dir in die Hände gucken zu lassen, sagte ich, man weißt schon, alles was man wissen soll, sagte ich, gib du nur den Pimpimp her, und packe dich, oder beym Sapperment! sagte ich, ich will dir alle die Maulschellen und Stösse und Püffe in den Hintern dreyfach wieder geben, die ich vorgestern auf deine oder deiner Gevatterin, der alten Fanferlüschin, ihre Anstiftung gekriegt habe, sagte ich; aber es half alles nichts, und sie würde mit Gewalt in das Zimer hinein gedrungen seyn, wenn ich sie nicht beym Flügel gekriegt, und über sechs oder acht Stuffen die Treppe hinunter geschmissen hätte.

Wovon ist denn die Rede, mein Freund, fragte Don Eugenio? Wer ist die alte Frau, oder sagt sie nichts, das sie anzubringen habe? Gnädiger Herr, antwortete Pedrillo, wer sie ist, das wird sie selbst am besten sagen können; mein gnädiger Herr, Don Sylvio, behauptete für den Deixel, daß es die Fee Carabosse sey; aber wenn ich die Wahrheit sagen soll, so glaube ich, daß sie, mit Respect vor Eu. Gnaden zu sagen, eine Zigäunerin ist – Don Eugenio hörte kaum das letzte Wort, als er hastig von seinem Sitz auffuhr, und zum Zimmer hinaus eilte. Die Zigäunerin konnte vielleicht diejenige seyn, die er suchte, und zu gutem Glücke, betrog er sich diesesmal nicht in seiner Hofnung.

Die vermeynte Carabosse, welche unsern Helden des Morgens nach seiner Entweichung im Walde angetroffen hatte, war eben diese Zigäunerin, die wir eine Hauptperson in der Geschichte der Hyacinthe vorstellen gesehen haben. Der Leser erinnert sich vielleicht noch, daß der indiscrete Vorwitz des Corregidor von Sevilla diese würdige alte Dame genöthigt hatte, sich so weit als möglich von dieser Hauptstadt zu entfernen. Zum Unglück waren ihr Name, ihre Person und ihre Verdienste in jeder andern Provinz von Spanien so rühmlich bekannt, daß sie nicht wußte, wohin sie fliehen sollte, um nicht dem nehmlichen Schicksal, dem sie entgehen wollte, in die Hände zu lauffen. In dieser Noth fiel ihr Hyacinthe ein, von der sie durch eine von ihren alten Freundinnen erfahren hatte, daß sie auf dem Theater zu Grenada im Besitz der allgemeinen Bewunderung sey. Sie machte sich so unkenntlich als sie konnte, und kam an dem nehmlichen Tage in Grenada an, da Hyacinthe abgereißt war. Sie erfuhr von einer Schauspielerin alles, und einen guten Theil mehr als das, was man von des Don Eugenio Neigung und Absichten für Hyacinthen wußte. Diese Nachricht zeigte ihr ein Mittel, sich durch den Dienst, den sie im Stande war, diesem jungen Cavalier zu leisten, einen Beschützer und eine sichere Zuflucht zu verschaffen. Sie eilte also so sehr als sie konnte, um noch vor Hyacinthen zu Valencia anzukommen, und sie war würklich auf dieser Reise begriffen, als sie von ungefehr mit unserm Abentheurer zusammen kam. Einige Meilen über Xelva traf sie durch einen ähnlichen Zufall in dem Wirthshause, wo sie übernachtete, einen Verwalter des Don Eugenio an, der im Begriff war von einem Gut, so sein Herr in der Nähe von Valencia hatte, nach Lirias abzugehen. Von diesem erfuhr sie, daß sie nichts zu thun hätte als wieder umzukehren, wenn sie seinen Herrn sprechen wollte; und da sie ihm Sachen von der äussersten Wichtigkeit zu entdecken haben wollte, so war der Verwalter höflich genug, ihr seine Gesellschaft anzubieten. Sie kam also zu Lirias an, und das Schicksal wollte, daß es gerade zu einer solchen Zeit geschah, da die Anwesenheit der Donna Mencia ihre Entdeckungen gültig machen konnte. Don Eugenio kam in wenigen Augenblicken mit der Zigäunerin zurück. Hier bringe ich ihnen, sagte er zu Donna Mencia, eine Frau, die sich davor ausgibt, daß sie Eu. Gnaden eine verlohrne Nichte wieder zustellen könne. Die liebenswürdige Hyacinthe that vor Bestürzung einen Schrey, wie sie ihrer Pfleg-Mutter ansichtig wurde, und diese fiel, so bald sie Donna Mencia erblickte, zu ihren Füssen, und bat um die Vergebung einer grossen Übelthat, deren sie gegen diese Dame schuldig zu seyn bekannte. Sie erzählte hierauf mit allen Umständen des Orts und der Zeit, auf was für eine Weise es ihr geglückt habe, ihre Nichte, Donna Seraphina, als ein dreyjähriges Kind wegzustehlen; daß das junge Frauenzimmer, welches sie glücklich genug sey unter dem Namen Hyacinthe in dieser Gesellschaft wieder zu finden, eben diese Donna Seraphina sey, und daß sie zu dessen vollgültigem Beweiß eine kleine goldene Kette mit einem Creutz aufbewahrt habe, welches die kleine Seraphina am Halse getragen, als sie selbige geraubt habe. Man kan sich die Gemüths-Bewegungen, die eine so glückliche Entdeckung in unserer Gesellschaft erregen mußte, leichter vorstellen, als sie sich beschreiben lassen. Don Eugenio, der vor Freude ausser sich selbst war, würde der Zigäunerin gerne allen Beweiß ihrer Aussage geschenkt haben: Aber Donna Mencia war nicht so voreilig; sie examinirte die Zigäunerin über die kleinsten Umstände der Entführung mit der schärfsten Genauigkeit, und da sie durch die Antworten derselben völlig befriediget war, so betrachtete sie auch die Halskette, die sie für eben diejenige erkannte, womit sie selbst der kleinen Seraphina ein Geschenke gemacht hatte, da der alte Don Pedro sie ihrer Aufsicht übergeben. Kurz, nach einer Untersuchung, die über eine halbe Stunde daurte, wurde Hyacinthe für Donna Seraphina von Rosalva erkannt, und in dieser Qualität von ihrer Tante und von unserm Helden mit so vieler Zärtlichkeit umarmt, als jede dieser beyden Personen fähig war. Diese Entdeckung verbreitete eine ausserordentliche Freude durch das ganze Hauß, und Don Eugenio, welcher die seinige über die ganze Natur hätte ausgiessen mögen, ertheilte so gleich Befehle, noch diesen Tag und etliche folgende, durch alle nur ersinnliche Freudenbezeugungen zu Festtägen zu machen.

Viertes Capitel.

Beschluß dieser Geschichte.

Wir haben nunmehr, geneigter Leser, die Geschichte unsers Helden bis zu dem Zeitpunct fortgeführt, wo sie aufhört wunderbar zu seyn, oder, welches eben so viel ist, wo sie in den ordentlichen und allgemeinen Weg der menschlichen Begebenheiten einzuschlagen anfängt, und also aufhört zu den Absichten geschickt zu seyn, die wir uns in diesem Werke vorgesetzt haben. Don Sylvio, der nunmehr keine andere Feen erkennt als seine angebetete Felicia, und keine andere Bezauberung als die aus ihren Augen entspringt, ist auf dem Wege, glücklich, seines Glückes würdig, und wenn er anders, (wie wir hoffen,) lange genug lebt, seiner Zeit auch so gar weise zu werden. Wir könnten ihn also in so angenehmen Umständen mit bestem Fuge seiner Liebe und seinem glücklichen Gestirn überlassen, wenn wir nicht vermuthlich einige Leser oder Leserinnen hätten, die zu träge sind, sich die gänzliche Entwicklung dieser wundervollen Geschichte, so leicht es auch ist, sie zu errathen, ohne unser Zuthun, selbsten vorzustellen. Diesen melden wir also, daß noch an eben diesem Tage Don Sylvio seiner gnädigen Tante so wohl von den Verdiensten, so sich Don Eugenio um seine wieder gefundene Schwester gemacht, und von ihrer gegenseitigen Neigung, als von dem wunderbaren Anfang und glücklichem Succeß seiner eigenen Leidenschaft für die schöne Felicia von Cardena umständliche Nachricht gab. Es kostete wenig Mühe, die Einwilligung dieser Dame (bey welcher der Stolz über eine gewisse andere Leidenschaft ordentlicher Weise die Oberhand hatte,) zu der doppelten Verbindung, die ihr von Don Eugenio und von ihrem Neffen vorgeschlagen wurde, zu erhalten. Sie erröthete nun vor sich selbst, daß hundert tausend Ducaten sie fähig gemacht hatten, einen Procurator von Xelva und seine mißgebohrne Nichte einer Verbindung mit ihrer Familie würdig zu achten; und da sie eine gute Rechnerin war, so fand sie, daß mit vierzig tausend Ducaten jährlicher Einkünfte, welche Donna Felicia ihrem geliebten Don Sylvio zubrachte, der Glanz ihres Hauses viel besser wieder hergestellt werden könne. Diese Überzeugung wurde nicht wenig durch einen Artickel der Ehe-Pacten ihres Neffen befördert, worinn ihr, so lange sie lebte, eine jährliche Pension von sechs tausend Ducaten angewiesen wurde; ein kleines Einkommen, mit dessen Hülfe sie im Fall der Noth den Abgang des Herrn Rodrigo Sanchez würdiglich ersetzen zu können hofte.

So grosse Ursache man auch hatte zu glauben, daß unser Held von den Würkungen, welche die Feerey auf sein Gehirn gemacht, völlig hergestellt sey, so nöthig fand man, den leeren Raum, den die Verbannung der Feen darinn gelassen hatte, nunmehr mit den Ideen würklicher Dinge anzufüllen. Er entschloß sich also, durch eine Reise, die er in die vornehmsten Theile von Europa machen wollte, sich des Besitzes der schönen Felicia würdiger zu machen; Don Eugenio trieb die Freundschaft so weit, sich zu seinem Begleiter und Führer anzubieten; und unsere beyden Schönen waren mehr als großmüthig genug, in eine Trennung von zwey Jahren einzuwilligen, welche ihnen in einem Kloster zu Valencia, so sie indeß zu ihrem Aufenthalt erwählten, durch häuffige Briefe von ihren Liebhabern versüßt wurden. Diese zwey Jahre giengen endlich vorüber, und Don Eugenio und Don Gabriel brachten ihren Freund in einer Vollkommenheit zurück, die ihn für eine jede andere Person als seine Felicia unkennbar gemacht hätte; denn sie schien nichts weniger als erstaunt, durch die grosse Welt, und alle die Gelegenheiten, die er gehabt hatte, diese glücklichen Fähigkeiten entwickelt zu sehen, die ihr von Anfang an alles, was nur liebenswürdig heißt, von ihm versprochen hatten.

Diese liebenswürdige junge Wittwe, und ihre würdige Freundin Donna Seraphina, welche sich in dem Umgang mit Felicia und andern Personen von Verdiensten gleichfalls zu der vollkommenen Liebenswürdigkeit ausgebildet hatte, deren sie fähig war, willigten nun mit Vergnügen ein, ihre Sehnsuchtsvollen Liebhaber glücklich zu machen; und der ehrliche Pedrillo, der seinen Herrn begleitet hatte, und eben so aufgeweckt, sinnreich und spaßhaft, obgleich um ein gutes Theil höflicher und artiger als vorher zurück gekommen war, erhielt, zur Belohnung der Leiden, die er um seines Herrn willen auf der ehmaligen Wanderschaft nach dem bezauberten Schmetterling ausgestanden, und zur Vergeltung der getreuen Dienste, die er ihm auf seinen Reisen durch Europa geleistet, die schöne und kluge Laura, mit der Stelle eines Haußhofmeisters, die er vermuthlich noch jetzo, da wir dieses schreiben, in der liebenswürdigsten und glücklichsten Familie von ganz Spanien bekleidet.

ENDE.

Anhang

Zu dieser Ausgabe

Der Text der vorliegenden Edition folgt dem Erstdruck:

> Der Sieg der Natur über die Schwärmerey, oder die Abentheuer des Don Sylvio von Rosalva / Eine Geschichte worinn alles Wunderbare natürlich zugeht. Zwey Theile. Ulm, 1764. Auf Kosten Albrecht Friedrich Bartholomäi.

Die Orthographie und Interpunktion des Erstdrucks blieben gewahrt. Groß- und Kleinschreibung sind nicht vereinheitlicht worden; in vielen Fällen, etwa *Weile/weile*, ist kein Prinzip erkennbar, in anderen Fällen kann die Großschreibung von Adjektiven als Zeichen der Emphase verstanden werden; nach Doppelpunkt und Semikolon mag der Wechsel von Groß- und Kleinschreibung einen mehr oder weniger starken Einschnitt bezeichnen, aber der Autor, der später die Interpunktionszeichen sehr bewußt verwendete, ist hier deutlich mit der nachlässigen Hauskorrektur unzufrieden. Statt der im Original gesetzten Initialen an den Kapitelanfängen erscheinen im Neudruck Normalbuchstaben. *aͤ, oͤ, uͤ* werden als *ä, ö, ü*, Antiqua-Schrift für fremdsprachige Ausdrücke und Zitate innerhalb der Frakturschrift des Originals wird kursiv, der größere Druck für Hervorhebungen gesperrt wiedergegeben. Die Hervorhebung von Namen und Bezeichnungen handelnder Personen (*Sylvio von Rosalva*, *Pedrillo* usw., aber auch *Barbier*, *Fee/Feen*, *Gnom/Gnomen/Gnomide*, *der grüne Zwerg*, *Milchmädchen*, *Nymphe*, *Ondine*, *Papilion*) sowie geographischer Bezeichnungen wurde nicht übernommen. Statt der überlangen Gedankenstriche des Originals sind normale Gedankenstriche gesetzt. Bei unvollständigen Sätzen sind, Wielands eigenem in seiner Druckfehlerliste geäußerten Wunsch entsprechend, die Punkte vor den den Abbruch kennzeichnenden Gedankenstrichen getilgt. Gelegentlich fehlende schließende Anführungszeichen bei wörtlicher Rede sind ergänzt. Das Inhaltsverzeichnis vor dem 1. Teil wurde an den Schluß des Bandes gesetzt, das des 2. Teils in spitzen Klammern ergänzt, ebenso einige wenige fehlende Kapitelüberschriften. Wielands dem Erstdruck beigegebene Druckfehlerliste wurde eingearbeitet. – Die Ausgabe folgt vorsichtig der weiteren Aufforderung Wielands: »Viele andere kleinere nebst der häuffig fehlerhaften Punctuation wird der geneigte Leser von dem Herausgeber, der die Correctur nicht selbst besorgen konnte, selbst zu verbessern ersucht.« Offensichtliche Druckfehler (z.B. kopfstehende Lettern, fehlende Buchstaben oder Buchstabenwiederholungen) und eindeutige Interpunktionsversehen (wie doppelt gesetzte Kommata, Kommasetzung am Absatzende u.ä.) sind stillschweigend korrigiert. Darüber hinaus wurde an folgenden Stellen der Text korrigiert:

17,5f. Frauenzimmer *ungesperrt* 26,27 blieben] lieben
30,6 Abentheuer] Abentheure 50,16 alle] alle, 53,14 versetzte] versetze 59,31 habt] habe 60,14 nur] nun 63,18 seyn] sey
74 [Fußn.] digna,] digna. 78,30 wieder] wider 88,18 fühlen] fielen 95,24 Viertelstunde,] Viertelstunde. 104,20 hast,] hast
107,9 Licht] licht 111,11 können.] können, 111,21 alles] alles,
112,15 der hab] der, hab 118,26 Myrthen] Myrrhen 125,5 Seele,] Seele; 127,1 gestehen,] gestehen 130,19 den] dem
130,27 Zwerchsack] Zwercksack 136,30 seyd] seyds
143,33f. Sohn! // Warum] Sohn! warum 152,35 können,] können
154,25 nun] nur 182,8f. aufgewacht] aufgemacht 183,21 Laune] Laune, 184,27 sagt,] sagt; 188,14 glauben] glaubtn 190,7 alles?] alles: 190,20 aus,] aus. 190,29 Dummkopf] Dumfkopf
190,36 Respect] Respece 195,6 Streiche,] Streiche. 222,11 seyn] sey 222,12 Sylvio] Pedrillo 223,21 Radiante!] Radiante?
232,29f. Baccalaureus von Salmanca *gesperrt* 232,31 Pantagruel] Pantragruel 244,24 Sapperment!] Sapperment? 246,34 hatte] hatten
257,16 eine] ein 259,14f. zu machen] zu, machen 263,29 wußte] mußte 268,34 spielte,] spielte) 285,12 wohlgesittete] wohl, gesittete 287,18 nun] nur 299,17 suchte,] suchte; 309,15f. verdoppelten] verdoppelte 309,16 ihre] ihr 335,10 Sicherheit.] Sicherheit
341,2 antwortete] antworte 344,12 ihm] ihr 349,28 anwortete] antworte 354,2 mich] wich 374,23f. Zerstreuungen,] Zerstreuungen; 384,4 Sache,] Sache 392,29 hätte] hätten 414,30 daß] da
418,30 Agreda] Agenda 423,28 diesen] diesem 423,33 Sylvio] Sylphio 433,7 gestehe] gestehen 441,15 war,] war 441,31 welches] welche 444,18 gestohlen,] gestohlen 446,8f. Abentheurer] Abentheuer

Anmerkungen

Die Ergebnisse der Wieland-Forschung von Johann Gottfried Gruber bis zu den in der Auswahlbibliographie genannten Werken wurden bei der Ausarbeitung der Anmerkungen dort dankbar verwertet, wo die Richtigkeit der Angaben überprüft werden konnte. Die Anmerkungen erläutern nicht mehr gängige Bedeutungen mit Hilfe einschlägiger Wörterbücher, außerdem werden fremdsprachige Zitate identifiziert und übersetzt. Wenn möglich, wurde eine zeitgenössische Übersetzung benutzt.

Die Rekonstruktion des damaligen Bildungshorizontes erfordert den Rückgriff auf zeitgenössische oder historisch angelegte Nachschlagewerke. Benutzt wurden:

A	Grammatisch-kritisches Wörterbuch der hochdeutschen Mundart mit beständiger Vergleichung der übrigen Mundarten, besonders aber der oberdeutschon von Johann Christoph Adelung. Wien 1811.
DE	Deutsche Encyclopädie oder allgemeines Real-Wörterbuch aller Künste und Wissenschaften. Von einer Gesellschaft von Gelehrten. Frankfurt a.M. 1778.
G	Deutsches Wörterbuch von Jacob und Wilhelm Grimm. Leipzig 1854–1971. – Nachdr. München 1984.
H	Hederich, Benjamin: Gründliches mythologisches Lexicon. Leipzig 1770. – Nachdr. Darmstadt 1967.
HW	Historisches Wörterbuch der Philosophie. Hrsg. von Joachim Ritter und Karlfried Gründer. Stuttgart/Basel 1971ff.
HWA	Handwörterbuch des deutschen Aberglaubens. Hrsg. von Hanns Bächtold-Stäubli unter Mitw. von Eduard Hoffmann-Krayer. Berlin/Leipzig 1927ff. – Nachdr. Berlin / New York 1967.

JA	Allgemeines Gelehrten-Lexicon [...]. Hrsg. von Christian Gottlieb Jöcher. 4 Bde. Leipzig 1750–51. – Nachdr. Hildesheim 1981.
MD	Wieland: Werke. 1964–68. Bd. 1: Don Sylvio. [Siehe Lit.]
R	Rey, Alain: Le Grand Robert de la Langue Française. Paris 1985.
S	Fischer, Hermann: Schwäbisches Wörterbuch. Tübingen 1904–36.
W	Don Sylvio. In: C. M. Wielands Sämmtliche Werke. [Siehe Lit.]
W 1772	Don Sylvio. 1772. [Siehe Lit.]
Z	Zedler, Johann Heinrich: Großes vollständiges Universal-Lexicon. Halle/Leipzig 1732–54.

Nach Bedarf wurden auch *Pauly's Realencyclopädie der classischen Altertumswissenschaften,* hrsg. von G. Wissowa, München/Stuttgart 1893–1974, *La Grande Encyclopédie (Larousse)*, Paris 1971–76, und andere Nachschlagewerke benutzt. Dankbar konnte ich während eines längeren, durch die Alexander von Humboldt Stiftung ermöglichten Aufenthaltes in Göttingen den großen Handbuchbestand dieser Bibliothek sowie ihre zeitgenössischen Ausgaben und Übersetzungen benutzen.

Bei der Kommentierung wurde Kürze angestrebt, so daß der Kommentar oft lediglich die relevanten Teile eines zeitgenössischen Lexikon- oder Wörterbuchartikels bringt. Einen Ausnahmefall bilden Wielands teilweise umfangreiche Anmerkungen zu den Feenmärchen, mit denen er die Ausgabe letzter Hand versah, weil die Märchen seiner Meinung nach dem Publikum nicht mehr in dem für das Lesevergnügen erforderlichen Umfang bekannt oder jedenfalls gegenwärtig waren.

Das Ziel der Kommentierung ist, dem heutigen Leser eine Vorstellung von den Assoziationen zu vermitteln, die Wieland mit seinen Anspielungen bei seinem zeitgenössischen Leser wachrufen wollte. Ganz vorromantisch sieht er künstlerische Originalität nicht als Neuschöpfung, sondern als artistische Umformung und Neuinterpretation der Tradition. Es geht deshalb bei der Kommentierung nicht um den Nachweis von ›Einflüssen‹ und ›Entlehnungen‹, sondern um den Nachweis von Bezügen, die von einem belesenen Publikum wahrgenommen werden wollen, also um Relationen, die die Literaturwissenschaft mit Begriffen wie Intertextualität, Transtextualität, Hypo- und Hypertext präziser zu formulieren sucht. Die versteckten oder offenbaren Relationen äußern sich in der Abwandlung von Strukturen, Motiven, Typen und Personenkonstellationen, die der in einer anderen literarischen Tradition stehende Leser nicht mehr sofort bemerkt. Die Personenkonstellation Don Sylvio – Pedrillo ›zitiert‹ ganz deutlich diejenige von Don Quijote – Sancho Pansa; der intendierte literarische Genuß stellt sich ein, wenn der Leser die vielfachen Abwandlungen dieses Verhältnisses einigermaßen überschaut. Auch ist die Abkunft der Geschwister Don Eugenio und Donna Felicia von Gil Blas de Santillane, dem Helden eines bekannten Schelmenromans, für die Interpretation wichtig. Des weiteren waren dem Publikum des Jahres 1764 viele Feen aus der »Geschichte des Prinzen Biribinker« schon bei Crébillon begegnet; in der Rezeption konnte also mühelos ›intertextuell‹ ergänzt werden. Heute müssen wir uns mit einem Kommentar behelfen, der aus diesen Gründen entsprechend umfangreich geworden ist.

Nachbericht

7,7 *Minister:* Diplomat.

8,16 *schnackisch:* schnakig, drollig.

8,35 *Cato:* Schon in der antiken Literatur konnte ein ernster und sittenstrenger Mann ein C. genannt werden. Die hervorragendsten Vertreter dieser Tugenden waren Marcus Porcius C. Censorius (234–149 v. Chr.) und der Stoiker und Gegner Caesars Marcus Porcius C. Uticensis (95–46 v. Chr.), der eine Begnadigung ausschlug und, für Cicero der ernsteste und lauterste Mensch, den Freitod wählte.

9,10 f. *Sardonischen Concerte:* sardonisch: krampfhaft lachend; also: Konzert aus Lachkrämpfen.

9,31 f. *Hypochondrie:* Modephänomen, „»eine der beschwerlichsten

Krankheiten, welche ihren Sitz vornehmlich in dem Unterleib hat [...], Personen, welche viel sitzen, am meisten und heftigsten anfällt, und oft in Schwermuth und Melancholie ausartet; Malum hypochondriacum, Hypochondrialis, die Milzsucht, im Scherze die gelehrte Krankheit. Bey dem weiblichen Geschlecht heißt diese Krankheit die Hysterie. Oft ist es ein bloßes Modewort, manche Unarten des Herzens und der Erziehung dadurch zu bemänteln« (A).

9,32 *Spleen:* Milzsucht, Hypochondrie (vgl. Anm. zu 9,31f.).

9,35 *Galanterien:* galante Lebensart; auch: Geschlechtskrankheiten.

10,2 *Progressen:* Fortschritte.

10,5 *Papefiguier:* bei Rabelais jemand, der dem Papst die Feige zeigt, ihn mit einer obszönen Geste verspottet (Robert).

10,9 *Petriner:* »Nach Formulierung des rationalist. Theologen J. S. Semler (1725–1791) Anhänger des Petrus im Frühchristentum im Gegensatz zu den Paulinern« (MD). Hier: Katholik.

10,12 *Jubel-Jahr:* In der katholischen Kirche wird seit 1475 alle 25 Jahre ein Jubeljahr durch umfassenden Ablaß gefeiert.

10,13 *Janseni{\ss}mus:* Der niederländische Theologe und Bischof von Ypern Cornelius Jansen (1585–1638) vertrat mit Rückgriff auf Augustinus eine von der katholischen Lehrmeinung abweichende Gnadenlehre und eine streng moralische Reformbewegung, die besonders in Frankreich viele Anhänger hatte, u.a. Pascal und Racine.

10,14 *Concilium:* (lat.) Konzil; allgemeine (ökumenische) Versammlung, zu der sämtliche Bischöfe und Kardinäle einberufen werden, um wichtige Glaubensfragen zu klären.

10,20f. *Fall der Jesuiten in Frankreich:* Der Orden wurde 1764 in Frankreich unterdrückt, 1773 durch den Papst aufgehoben.

10,22 *grossen Drachen:* vgl. Offb. 12 und 13.

10,27 *durchnisterte:* durchnüsterte: durchschnüffelte.

11,1f. *Parabola:* (griech.-lat.) Gleichnis.

11,4 *Quesnell:* Pasquier Q. (1634–1719), Oratorianer, bedeutender jansenistischer Theologe.

11,5 *Herrn von Paris:* Auf dem Friedhof St.-Médard in Paris kam es ab 1730 am Grab des jansenistischen Diakons François de Pâris zu spektakulären Wunderheilungen, die von ekstatischen Konvulsionen begleitet wurden. Sie erregten sehr viel Aufsehen und wurden u.a. von Voltaire kommentiert. Der Friedhof wurde daraufhin geschlossen.

11,6 *Lermen:* Lärm: »heftiger Zank und Streit« (A).
11,15 *dermalen:* gegenwärtig.
11,16 *Dechant:* Dekan: kirchlicher Würdenträger.
12,3–8 *die Wahrheit … abzuscheiden:* Diese Thesen vertrat der von Wieland hochgeschätzte Anthony Ashley Cooper, 3. Earl of Shaftesbury (1671–1713) in *A Letter concerning Enthusiasm* (*Ein Brief über den Enthusiasmus*; 1709).
12,12 *veteres avias:* Altweibergeschwätz. Das Zitat steht nicht bei Juvenal, sondern bei Persius (34–62 n. Chr.), *Satirae* V,92.
12,36 *Medici:* (lat.) Ärzte.
13,1 *Vapeurs:* Blähungen, Launen; Modekrankheit, wie auch die Hysterie.
hysterischen Zufällen: Die Hysterie ist »eine Krankheit, welche bey dem weiblichen Geschlecht die Stelle der Hypochondrie vertritt, derselben […] ähnlich ist, und sich nur durch ein Zusammenziehen der Luftröhre und durch die Empfindung einer rollenden und drückenden Kugel im Leibe davon unterscheidet« (A).
13,2 *Podagra:* Fußgicht.
13,3 *Tisanne:* Ptisane: »ein kühlender Trank, welcher aus einem Theile geschälter Gerste und zwanzig Theilen Wasser gekocht, und mit Zimmet, Zitronenschalen, kleinen Rosinen u.s.f. angenehm gemacht wird« (A).

Erster Theil

17,12 *Succeßions-Krieg:* »Es bedarf wohl kaum der Anmerkung, daß unter dem Sukcessionskriege derjenige verstanden wird, der nach dem zu Ende des Jahres 1700 erfolgten Ableben Karls II. Königs von Spanien wegen der Thronfolge in dieser Monarchie und den davon abhangenden Staaten zwischen den Häusern Österreich und Bourbon und ihren Alliierten geführt wurde, und sich mit den berühmten Friedensschlüssen von Utrecht (1713–15) von Baden (1714) und endlich von Wien (1724) endigte« (W I,3 f.).
18,4 *abgesagte:* erklärte, entschiedene.
18,6 *Vestalen:* Vestalinnen: jungfräuliche Priesterinnen der Vesta, der römischen Göttin des Herdfeuers. Bei Übertretung des Keuschheitsgebotes wurden sie lebendig begraben.

18,7 *transcendentalen:* Wohl wegen der in der Philosophie Kants gegebenen Bestimmung dieses Begriffs ersetzt Wieland 1795 diese Vokabel durch »transitiv«; die Bedeutung bleibt dieselbe: »Von dieser Wundergabe, die Keuschheit und Enthaltung andern durch den bloßen Anblick mitzutheilen, deren sich unter andern auch die berüchtigte Antoinette Bourignon rühmte, spricht Bayle im Diction. Hist. et Crit. Tom. I unter dem Artikel Bourignon, in der Anmerk. *B.* Diese Gabe wird die übergehende oder durchdringende Jungfräulichkeit (*virginitas transitiva s. penetrativa)* und von dem Ehrwürd. Vater Peter Granfeld, Karthäuserordens, (in seinen *Elucidat. sacris super V. Libr. de Imaginibus veterum Eremitarum.* p. 645) mit einem sehr nachdrucksvollen Kunstworte die Infrigidazion genannt« (W I,5).

18,9 *Faunen:* Faun: römischer Naturgott, gilt als besonders lüstern.

18,20 *Anti-Grazien:* Die Grazien »waren die Göttinnen der Annehmlichkeit, Wohlthaten und Dankbarkeit. Ohne sie war nichts anmuthig und gefällig. Sie ertheilten den Menschen die Freundlichkeit, das aufgeräumte Wesen, die Holdseeligkeit und Gesprächigkeit« (H).

18,23 *Maltheser-Ritter:* Kreuzritterorden, dem die Insel Malta 1530 von Karl V. überlassen wurde. Er bekämpfte die Türken im Mittelmeer.

19,3 *Harpye:* »Sie hatten Gesichter wie Jungfern, aber Hände mit krummen Klauen, sahen dabei vor Hunger ganz bleich aus, und schmeißeten sogleich wieder von sich, was sie eingeschluckt hatten. Sie besudelten alles durch ihre unreine Berührung; und weil sie Flügel hatten, so schossen sie schnell hinzu, wo sie Speise vermerketen« (H).

Syrene: Die Sirenen locken mit ihrem Gesang die Seeleute heran und in den Untergang. »Sie werden als Jungfern mit schönen Gesichtern, langen fliegenden Haaren, alle in Vogelleibern und großen Hähnenfüßen gebildet« (H).

19,4 *Amphisbäne:* dünne, giftige Schlange; »hat einen so gar kurzen Schwanz, daß man ihn kaum vom Kopf unterscheiden kann. Daher kommt es, daß viele auctores geschrieben haben, sie habe einen doppelten Kopf, an jedem Ende einen« (Z).

19,30 *Cäsar:* vgl. Plutarch (um 46 – um 120), *Vita Caesaris* (*Leben Caesars*) 11.

20,5 *Gargoris und Habides:* »Nahmen zweyer uralter Könige in

Spanien, wovon der erste die Kunst den Bienen ihren Honig zu stehlen erfunden haben soll« (W I,8).

20,22 *polite Gelehrtheit:* politische Wissenschaften.

21,6f. *Vicarius:* (lat.) Pfarrer; eigtl. ›Stellvertreter‹, öfter eines Pfarrers, der mehrere Pfründen und keine Residenzpflicht hatte. Ämterhäufung war seit dem Mittelalter allgemein und verpönt.

21,8 *Verwandlungen des Ovidius:* In den *Metamorphosen* des Publius O. Naso (43 v. – 17 n. Chr.) werden aus der antiken Mythologie und Sage bekannte Verwandlungserzählungen nachgedichtet.

21,9f. *Amphion:* Sohn Jupiters mit Antiope; Erfinder der Leier.

21,16 *Pharamond ... Cyrus:* »Ritterbücher und heroische Romane aus dem vorigen Jahrhundert, wovon besonders die beiden letztern (Klelia und Cyrus) unstreitig mit unendliche Mahl mehr Nutzen gelesen würden (wenn es noch Mode wäre sie zu lesen) als ein großer Theil der modernen *Romans du Jour*, welche den Geschmack und die Sitten unsrer Zeit verderben helfen« (W I,10f.). Gautier des Costes de la Calprenêde (1610–63) hinterließ den unvollendeten Roman *Faramond ou l'histoire de France* (1661–71), Madeleine de Scuderi (1607–1701) veröffentlichte die umfangreichen höfischen Liebesromane *Clélie* (1654–60) und *Artamène ou le Grand Cyrus* (1649–53), die das Leben der französischen Hof- und Adelswelt überhöhend und zierlich stilisierend darstellen.

21,17f. *Abentheuern der zwölf Pairs von Frankreich:* die sechs vornehmsten Lehensfürsten und Bischöfe in Frankreich, die in den Dichtungen um Karl den Großen wichtige Rollen spielen. Vgl. auch *Don Quijote* I,49 (vgl. Anm. zu 25,30).

21,19f. *Ritter von der runden Tafel:* die Helden der berühmten Tafelrunde aus dem keltischen Sagenkreis um König Artus.

22,5 *peroriren:* »vom Katheder eine öffentliche Rede halten, welches gemeiniglich in den Schulen von Schülern geschieht, um sich in der Redekunst zu üben« (Z).

22,7 *von Distinction:* von Rang, vornehm.

23,6–8 *Empfindlichkeit ... Zärtlichkeit:* Im 18. Jh. wurde *empfindlich* oft im Sinne von ›empfindsam‹ und dem damit fast gleichbedeutenden ›zärtlich‹, d. h. ›gefühlvoll‹, verwendet. »Wenn Sie mich nur mit einer empfindlichen (zärtlichen) Miene belohnt hätte. Gell[ert]« (A).

23,29 *Schimären:* Phantasiebilder, Trugbilder.

24,17 f. *die elementarischen Geister:* Nach den okkulten alchimistischen Lehren besonders der Rosenkreuzer bewohnten Geister die vier Elemente: die Salamander das Feuer, die Undinen das Wasser, die Sylphen die Luft und die Gnomen die Erde. Vgl. das auch von Wieland benutzte Werk: N. Montfaucon de Villars (1635–73), *Le Comte de Gabalis ou Entretiens sur les Sciences Secrètes* (*Der Graf von Gabalis oder Unterhaltungen über die Geheimen Wissenschaften*; 1670).

24,20 f. *Schwehre ... electrische Feuer:* Die physikalischen Gesetze der Schwer- und Anziehungskraft sowie die Beobachtungen zu Magnetismus und Elektrizität beschreiben nach Wielands Ansicht natürliche Vorgänge, erklären sie aber nicht. Vgl. Anm. zu 28,21 f.

24 [Fußn.] *ut omne ... Lucret.:* Lucretius (um 99–55 v. Chr.) im Lehrgedicht *De rerum natura* (*Über die Natur der Dinge*) IV,594: »daß das ganze menschliche Geschlechte zu sehr nach Ohrenkitzel giert«.

25,10 f. *verworrenen Eindrücke ... deutlicher Erkenntniß:* Begriffe der rationalistischen Erkenntnistheorie, wobei »deutlich« das Endziel der distinkten, begrifflichen Vernunfterkenntnis angibt, »verworren« eine Wahrnehmung, worin sich bloße Sinneseindrücke mit unklaren Begriffen mischen.

25,18 *Feuer-Männer:* Irrlichter.

25,30 *Ritters von Mancha:* Miguel de Cervantes' (1547–1616) Roman *Don Quijote de la Mancha* (1605–15) ist inhaltlich und strukturell in mancher Hinsicht ein Vorbild für Wielands Roman.

26,13 *Witzes:* Witz: hier u. ö. im Sinne von ›Verstand, Geist, Klugheit‹.

26,18 *Schäckereyen:* »in der vertraulichen Sprechart« (A) ›Scherze‹.

26,24 *Grillen:* Einbildungen.

27,2 *zugeben:* zulassen.

27,29 *Tasso:* Der italienische Dichter Torquato T. (1544–95) litt zeitweilig an Verfolgungswahn, so daß ihn sein Gönner, der Herzog von Ferrara, »in ein Spital einsperren, und darinne so übel bedienen ließ, daß er auch des Nachts nicht ein Licht hatte, seine Verse aufzuschreiben« (JA).

27,35 *Haupt-Küssen:* Küssen: Kissen.

28,21 f. *Pythagorisch-Cabbalistische Philosophie:* »Diese Zeiten fingen sich mit Raymund Lullus an, und dauerten durch die andere Hälfte des fünfzehnten und durch das ganze sechzehnte Jahrhundert, wo nicht nur schwärmerische Köpfe, wie Pikus von Mirandola, Paracelsus, Jordan Brunus, Kardanus und ihres gleichen, sondern auch weisere Männer wie Marsilius Ficinus, Reuchlin, Franz Patricio (der Herausgeber der angeblichen Werke des Hermes Trismegistos und Zoroaster) und andere, in einem seltsamen Gemisch von Ägyptischen Räthseln, morgenländischen Bildern, und Griechischen Fabeln die tiefsten Geheimnisse der Geister- und Körperwelt zu entdecken vermeinten. Zu untersuchen, ob unter den Träumen dieser Männer und der ältern filosofischen Schwärmer, nach welchen sie sich bildeten, nicht viel – und vielleicht mehr – Wahres sey als in der Modefilosofie unsrer Zeiten, ist keine Sache für diesen Ort. Genug, daß der ernsthafte Ton, worin Don Sylvio die Begriffe und Grundsätze, welche seinen Einbildungen zur Grundlage dienten, von sehr ernsthaften Männern in sehr ernsthaften Büchern behauptet fand, begreiflicher machen hilft, wie er, mit der Anlage, die ihm der Verfasser gegeben, und in den Umständen, worein er ihn gesetzt hat, auf Schwärmereien habe verfallen können, welche, so ungereimt sie uns vorkommen, ihm ganz natürlich und vernünftig scheinen mußten« (W I,22f.).

28,29 *die wundervolle Haselnuß der Babiole:* »Die in ein Äffchen verwandelte Prinzessin *Babiole* hatte von dem König Magot, der sie zur Ehe verlangte, unter andern eine Olive und eine Haselnuß, welche beyde talismanisch waren, zum Geschenk bekommen. Als endlich auf der Flucht [...] die Noth sie zwang, die Olive anzubeißen, bekam sie durch das Öhl derselben ihre eigene Gestalt wieder, und wie sie die Nuß aufknackte, purzelte eine Menge von kleinen Baumeistern, Zimmerleuten, Maurern, Tischlern, Tapetzierern, Mahlern, Bildhauern, Gärtnern u.s.w. heraus, welche ihr in wenig Augenblicken einen prächtigen Palast mit den schönsten Gärten von der Welt aufbauten. [...] Nach der Tafel brachten ihr ihre Schatzmeister fünfzehn tausend Kisten voll Gold und Diamanten, wovon sie die Werkleute und Künstler, die ihr einen so schönen Palast gebauet hatten, bezahlte, unter der Bedingung, daß sie ihr geschwind eine Stadt bauen, und sich häuslich niederlassen sollten. Dieß geschah auch alsofort, und die Stadt wurde in drey Viertelstunden fertig, ungeachtet sie fünfmal größer als Rom war. – Dieß waren nun ziemlich viel Wunderdinge aus einer kleinen Haselnuß, sagt selbst die wundervolle Dame D'Aulnois, die Erfinderin dieses bewundernswürdigen Mährchens« (W I,23 f.). Sehr viele Motive kehren im 6. Buch, in der Geschichte des Prinzen Biribinker, wieder.

28,31 *der weissen Katze:* Märchen der Baronin d'Aulnoy (1650–1705); vgl. die Schilderung des Pavillons der Donna Felicia (Buch 5, Kap. 4.); vgl. auch Nachwort, S. 515 ff.

29,18 f. *Florinen, Rosetten, Brillianten, Cristallinen:* Gestalten aus den Märchen *L'Oiseau bleu* (*Der blaue Vogel*; Florine), *La Princesse Rosette* und *Le Rameau d'or* (*Der goldene Zweig*; Brillante) der Baronin d'Aulnoy und *Les quatre Facardins* (*Die vier Facardins*; Krystalline) des Grafen Antoine d'Hamilton (1646–1720).

29,22 *Caraboße:* »Es giebt bekannter Maßen zweyerley Arten von Feen, gute und böse. Ordentlicher Weise sind jene die schönsten Damen von der Welt, und diese die häßlichsten Mißgeburten, die man sich vorstellen kann. Von den letztern ist Karabosse eine der ausgezeichnetsten. In dem Mährchen *La Princesse Printaniére* wird sie als ein häßliches Thier geschildert, mit krummen Beinen, einem großen Höcker, schielenden Augen, einer kohlschwarzen Haut, und zu einem sehr kurzen dicken Leib mit einem so großen Kopfe, daß ihre Knie am Kinn anstießen. Sie kam in einem von zwey häßlichen kleinen Zwergen geschobenen Schubkarren an, um sich der Königin Mutter der Prinzessin Printanniére zur Säugamme anzutragen; und alle Thorheiten, welche diese gute Prinzessin in der Folge beging, mit allen daher entspringenden Unfällen, waren Wirkungen der abschlägigen Antwort, die man einer so liebenswürdigen Amme gegeben hatte« (W I,25 f.).

30,25 *Höckerich:* Torticoli, Gestalt in dem Märchen *Le Rameau d'or.*

31,9 *Immerschöne:* »S. das Mährchen *Jeune et belle* [*Jung und schön*] in den *Nouveaux Contes de Fées par Mad. de M.* p. 334« (W I,29). Verfasserin der *Contes nouveaux ou Les fées à la mode* (*Neue Märchen oder Die Feen nach der Mode*; 1698) war Gräfin Henriette Julie de Murat (1670–1746).

31,17 *Wasen:* Rasen.

31,35 *Fanferlysch:* »Nahme einer der vornehmsten Mitschwestern der Fee Karabosse. Fanferlüsch ist zwar nicht völlig so häßlich und so schlimm als Karabosse, aber doch boshaft genug, um ihre Freude daran zu haben, wenn sie den Leuten mit einer ehrlichen gutherzigen Miene einen schlimmen Streich spielen kann. Die edle Geschichtsschreiberin der Feen beschreibt sie als eine kleine Frau, einer Hand hoch; sie trug ein Kleid von Schmetterlingsflügeln, ein paar Stiefel von Nußschalen und einen Kranz von Dornenblüthe, und ritt auf drey Binsen durchs Kamin herab dreymahl im Zimmer herum, als sie der Königin erschien, welche keine Kinder hatte und die Fee Fanferlüsch beschuldigte, daß sie ihr's angewünscht habe. Zum Beweis, daß Sie mir Unrecht thun, sagte die Fee, kündig' ich Ihnen an, daß Sie in Jahresfrist eine Tochter haben sollen; aber ich besorge, sie wird Ihnen so viel Thränen kosten, daß Sie lieber keine Tochter haben wollten« (W I,30).

32,6 *Kolben:* Es »wurde eine Keule ehedem häufig ein Kolben genannt« (A).

32,19 *Gradationen:* Abstufungen, stufenweise Steigerungen.
beobachtet: beachtet.

32,20 *Lignon:* An diesem Nebenfluß der Loire spielt die Handlung in dem berühmten Schäferroman *L'Astrée* (1607–27) des Honoré d'Urfé (1586–1625).

33,23 *artigen:* artig: hier u. ö. im Sinne von ›hübsch, niedlich, nett‹.

33,29f. *der wohlthätige Frosch:* »Der wohlthätige Frosch, der in einem Mährchen dieses Nahmens das Wunderbare zu besorgen hat, ist eine Art Fee unter den Fröschen. Die ganze Zauberkunst dieser seltsamen Fee besteht in einer kleinen Rosenhaube (*petit chaperon de roses*) womit sie koeffiert zu seyn pflegt« (W I,34).

33,30 *Princeßin Mufette:* aus dem Märchen *Le Chaperon Rouge* (*Rotkäppchen*) von Charles Perrault (1628–1703).

34,17f. *Magotine … Concombre:* »Drey übel berüchtigte Feen. Magotine spielt ihre Rolle im grünen Serpentin; Ragotte die ihrige im König Hammel; und wem ist die zärtliche Konkombre aus dem witzigen und leichtfertigen *Ecumoire* unbekannt?« (W I,35). *Le Serpentin vert* (*Die grüne Schlange*) und *Le Mouton* (*Der Hammel*) sind von der Baronin d'Aulnoy verfaßt, die erotische Erzählung *L'Écumoire ou Tanzai et Neardarné, histoire japonaise* (*Der Schaumlöffel oder Tanzai und Neardarné, japanische Geschichte*; 1734) vom jüngeren (fils) Claude-Prosper-Joliot de Crébillon (1707–77).

35,14 *Buhlers:* Liebhabers, Verehrers.

35,17 *Indianer:* Inder.
Bonzen: allgemein und abschätzig für asiatische Priester und Mönche.

36,10 *Papilions:* Schmetterlings.

36,19f. *Reich des König Hammels:* In einer langen, das Märchenmotiv mit antiken Parallelen legitimierenden und parodierenden Anmerkung leitet Wieland 1795 »Schlaraffenland« von den *Historiae Verae* (den *Wahren Geschichten*) des griechisch-syrischen Schriftstellers Lukian (120–180) ab. Das Leben der Bewohner Elysiums oder der glückseligen Inseln wird im antiken ›Lügenmärchen‹ mit ironischen Häufungen und Wiederholungen geschildert: »Dort herrscht ein ewiger Frühling, (sagt er) die Weinreben tragen des Jahres zwölfmal reife Trauben, und alle übrigen Obstbäume dreyzehnmal. Aus den Kornähren wachsen statt des Waitzens wirkliche Brote, wie die Schwämme, hervor; Quellen von Wein, Milch und Honig und wohl riechende Salben ergießen sich in Menge durch die Auen und Haine; der Ort, wo die Seligen Tafel halten, ist die angenehmste Wiese, von hohen Bäumen umgeben, unter deren Schatten sie sich auf Blumen lagern. Die Winde tragen die Speisen auf, und bedienen einen jeden nach Belieben« (W I,39).

37,15 *Keficht:* Käfig.

37,26 *Princeßin Burzeline:* in der Ausgabe von 1795: »Trognon«. »Im goldnen *Zweige* der *Mad. D'Aulnois (Vol. II du cabinet des Fées.)*« (W I,41).

37,31 *erledigte:* befreite.

39,2 *Latona:* Jupiter zeugte mit der Göttin L. Apollon und Diana. Sie wurde auch nach ihrer Niederkunft von Juno verfolgt, während Jupiter sie zu schützen suchte. »So verwandelte er auch einige Bauern in Lycien, welche sie auf ihrer Flucht [...] nicht aus einem See wollten trinken lassen, auf ihr Bitten insgesamt in Frösche« (H). Die Verehrung der Frösche ist ein zentrales Motiv in Wielands satirischem Roman *Geschichte der Abderiten* (1781).

39,4–6 *Gracieuse, Bellebelle, die Schöne mit den goldnen Haaren:* Gestalten aus den Märchen *Gracieuse et Percinet* und *Belle-Belle ou le Chevalier fortuné* (*Belle-Belle oder der glückliche Ritter*) und *La Belle aux Cheveux d'Or* (*Die Schöne mit den goldenen Haaren*) der Baronin d'Aulnoy.

39,8 *irrender Ritter:* In den italienischen Renaissance-Epen sowie in den von Cervantes parodierten Ritterromanen »irrt« der Held durch die Welt, um zu Ehren Gottes und seiner Dame gefährliche Abenteuer zu bestehen. Vgl. die 1. Strophe des 1. Gesangs von Wielands Romanze *Der neue Amadis* (1771): »Von irrenden Rittern und wandernden Schönen / Sing, komische Muse, in freier irrenden Tönen«.

39,9 *Arcadischer Schäfer:* Arkadia auf der Peloponnes war die klassische Schäferlandschaft und erscheint oft auch in den Titeln der Schäferromane, z.B. in Sir Philip Sidneys (1554–86) *Arcadia* (1622).

Dulcinea: die Traumgeliebte Don Quijotes, zu deren Ehren er seine Ritterfahrt unternimmt.

39,10 *Amyrillis:* Amaryllis: Schäferin in Vergils (70–19 v. Chr.) *Eclogae* (*Hirtengedichte*) II,52; Ovid spielt in *Ars Amatoria* (*Liebeskunst*) II,267 und III,183 auf die Vergil-Stelle an.

39,27f. *Quecksilber-See … der Fee Lionne:* aus dem Märchen *La Grenouille bienfaisante* (*Der wohltätige Frosch*) der Baronin d'Aulnoy.

39,29f. *Aquavit-Flasche:* »Nachdem die Prinzessin Babiole eine Zeitlang in den Wolken, wohin sie von der bösen Fanferlüsch entführt worden, herum geirret hatte, stürzte sie sich endlich in einem Anfall von Verzweiflung von der schroffen Spitze einer hohen Wolke auf die Erde herab, um ihrem Leben und ihrer Qual zugleich ein Ende zu machen. Sie fiel in die Flasche, worin die Feen ihren Rataffia an die Sonne zu setzen pflegen; ein Fläschchen, welches größer und geräumiger ist als der größte Thurm in der ganzen Welt. Zum guten Glück für die arme Prinzessin war die Flasche leer, sonst würde sie wie eine Fliege darin ertrunken seyn, sagt die sinnreiche Verfasserin dieses unnachahmlich ungereimten Mährchens. Babiole mußte eine geraume Zeit in diesem gläsernen Gefängniß ausharren, wo sie von Luft und Thau lebte wie der Kameleon, und Tag und Nacht von sechs Riesen und sechs Drachen bewacht wurde, bis es endlich dem Prinzen ihrem Vetter und Liebhaber glückte, sie mit Hülfe einer großen bezauberten Fischgräte in Freyheit zu setzen« (W I,45).

40,4 *Apollo:* Als griechisch-römischer Gott der Dichtkunst mäßigt er den Romanschreiber.

40,14 *fischen und krebset:* sprichwörtlich: »der arm krebst, wenn der reich fischt« (G).

40,15 *Sancho:* S. Pansa, der Diener Don Quijotes, literarisches Vorbild für Pedrillo.

40,17f. *Saul … Crone:* vgl. 1. Sam. 9 und 10.

41,10f. *Seif-el-Muluk in den Persianischen Erzählungen:* »S. Mille et un jour Tom III. pag. 162« (W 1772, S. 58). *Les Mille et un Jour.*

Contes persans wurden 1712 von Pétis de la Croix herausgegeben, nachdem die 1704–17 von A. Galland erstmals ins Französische übersetzte Märchensammlung *Tausendundeine Nacht* ein großer Erfolg geworden war. Zu Seif-el-Muluk und dem Miniaturbild vgl. Jour XCIX–CVI.

41,13 f. *Maitresse des Königs Salomon:* vgl. 1. Kön. 11,1–3.

42,17–20 *berühmter Schriftsteller ... abgekommen:* »Fielding in Tom Jones III« (W 1772, S. 60); vgl. *Tom Jones*, Buch IX, Kap. 5; vgl. auch Anm. zu 232,30.

42,22 *Epicurer:* Epikureer: ein »Mensch, welcher die gröbern Arten des sinnlichen Vergnügens für sein höchstes Gut hält« (A).

45,9 *der vorgedachte:* der vorhin erwähnte.

46,27 *bey meiner Six!:* euphemistisch für: bei meiner Seele (S).

47,18 f. *alt-christlichem Geschlecht:* »Neue Christen nennt man in Spanien die Abkömmlinge von den Spanischen Mauren und Juden, welche vor und nach den Zeiten Ferdinands des Katholischen die christliche Religion angenommen haben; alte Christen diejenigen, die von den Gothen, welche Spanien vor dem Einfall der Mauren (i. J. 714) inne hatten, abstammen oder abzustammen vorgeben. Von alten Christen geboren zu seyn, war (wenigstens um die Zeiten, da Filipp der Dritte alle seine Maurischen Unterthanen aus Spanien vertrieb) ein Vorzug, worauf ein Spanier so stolz war als auf die höchste Ehrenstufe« (W I,57). Die Vertreibung fand nach einem Aufstand der zwangsbekehrten Mauren in den Jahren 1609–11 statt. Wie Pedrillo hebt Sancho Pansa diese Abstammung immer wieder hervor.

48,12 *Telesman:* Pedrillo meint »Talisman«.

48,19 *Dämonion ... Dina:* »Pedrillo ist bei aller seiner Belesenheit dem Fehler unterworfen, in seinen Erzählungen oder Anspielungen, Begebenheiten, Nahmen, Örter und Zeiten ziemlich unter einander zu mengen. Hier ist, wie man leicht sieht von Diana und Endymion die Rede« (W I,59). Diana war die jungfräuliche Göttin der Jagd, verliebte sich jedoch in den schönen Endymion.

48,24 *Maravedis:* »Ein Maravedi ist eine Kupfermünze, die den vier und dreyßigsten Theil eines Reals beträgt, welcher der achte Theil eines Piasters oder Spanischen Thalers ist« (W I,59).

49,21 *Muß:* Mus im Sinne von ›Speise‹; formelhaft für ein Dienstverhältnis, das Verköstigung umfaßt.

49,25 f. *merk' ich ... liegt:* weiß ich Bescheid (G).

49,34 *calecutisch:* nach der Stadt Kalikut in Indien, also: in unverständlicher Sprache.
50,5 *vorwitzig:* neugierig.
50,14 *Waldbruder:* Einsiedler (A).
53,21 *Carfunkeln:* Karfunkel(stein): roter Granat oder Rubin; ihm wurden geheimnisvolle Kräfte zugeschrieben.
53,24 *Salamander:* »Unter den vier Klassen der Elementargeister (deren wirkliches Daseyn, nach dem weisen Paracelsus, etwas ausgemachtes ist, wie es denn auch neuerlich durch die Erfahrungen des berühmten Geistersehers Schwedenborg bestätigt ist) nehmen die Salamander den obersten Platz ein. Sie bewohnen die Sfäre des Feuers, und sind sowohl die schönsten als geistreichsten unter den elementarischen Genien, sagt der begeisterte Graf von Gabalis. S. *les Entretiens sur les Sciences secrettes par l'Abbé de Villars*« (W I,67). Vgl. Anm. zu 24,17f.
53,31 *Gesicht:* Sehkraft, Sehen.
53,34 *Radiante:* die Strahlende.
54,34 *unbeweglich:* standhaft.
55,22 *blöckte:* bleckte.
56,6 *Stockzahn:* Backen- oder Weisheitszahn.
59,14 *Sanct Velten:* Sankt Valentin; hier euphemistisch für *Faland*, den bösen Feind, den Teufel: »Wenn der große Haufe noch Potz Velten! Oder daß dich der Velten gebraucht, so zielet er damit wohl nicht [...] auf den Nahmen dieses Heiligen [...] sondern Velten ist hier allem Anschein nach aus Valant verderbet« (A).
59,26 *gemein:* gewöhnlich, allgemein verbreitet.
60,7 *Kränke:* öfter »die fallende Sucht« (Epilepsie).
60,10 *Heuströffel:* eigtl. *Heustöffel* (schwäb.): Heuschrecke.
60,18 *Alie:* »Im Hammel des Grafen *Anton Hamilton*« (W I,78).
60,22 *Gratien:* Grazien: römische Göttinnen der Anmut; vgl. Anm. zu 18,20.
60,28 *billig:* hier u.ö.: angemessen.
60,31 *Pariser-Puppe:* Mode-Puppe, hauptsächlich in Frankreich hergestellt, um die neueste Mode zu propagieren.
62,19 *Zwerch-Sack:* (von *zwerch* ›quer‹) quer über die Schulter getragener Rucksack.
62,20 *Realen:* Real: alte spanische Silber- und Kupfermünze.
63,3 *Gegenfüßlern:* Antipoden; »diejenigen Menschen, welche den Theil des Erdbodens bewohnen, der unter uns ist, und uns also die Füsse zukehren« (Z).

63,5 *Atlas:* glänzender Stoff.

63,6 *Taffet:* Taft.

63,9 f. *Narcissen und Hyacinthen:* Anspielung auf die schönen Jünglinge dieses Namens in der antiken Mythologie.

64,11 f. *Maria von Agreda:* »Schwester Marie von Koronel, nach dem Ort ihres Aufenthalts *von Agreda* genannt, hat im siebzehnten Jahrhundert viel Aufsehens durch ein Buch gemacht, zu dessen Herausgebung sie, ihrem Vorgeben nach, von Gott und der heiligen Jungfrau ausdrücklich befehligt wurde. Dieses Buch führt den Titel, Mystische Stadt Gottes, und enthält eine angebliche Geschichte des Lebens der heiligen Jungfrau, aus unmittelbaren Offenbarungen, welche diese Nonne gehabt haben will, gezogen. Die Auszüge aus diesem wundervollen Buche, die man im *Journal des Savans* vom Jahr 1696 liest, scheinen die Censur, welche die Sorbonne, bey Gelegenheit einer Französischen Übersetzung desselben darüber ergehen ließ, und die freymüthige Erklärung unsers Autors hinlänglich zu rechtfertigen. *S. Bayle* unter dem Artikel *Marie d'Agreda*« (W I,83 f.). Das beliebte Buch *Die Geistliche Stadt Gottes. Mirackul Seiner Allmacht und Abgrund der Gnade* der Franziskanerin Maria de Jesus de Ágreda (1602–65) erschien noch 1768 in Augsburg und Dillingen, obwohl es schon 1681 wegen quietistischer Lehren (d.h. einer mystisch-passiven Religiosität) auf den Index gesetzt worden war.

64,12 f. *Erzählungen vom rothen Mützchen:* Märchen aus der Sammlung *Contes de ma mère l'Oye* (*Märchen von meiner Mutter, der Gans*; 1697) von Charles Perrault.

64,25 *Egoisten:* Solipsisten; sie vertreten die Lehre, daß nur das Ich wirklich und die Außenwelt bloße Vorstellung sei.

65,4 f. *Alexander … realisirte:* A. der Große (356–323 v. Chr.) unternahm 327–325 einen strapaziösen und verlustreichen Feldzug nach Indien. Der Weingott Bacchus soll bis nach Indien gekommen sein, um den Weinbau zu verbreiten.

65,18 f. *Miscellanien-Schreiber:* Miszellaneen, Miszellen: ›Vermischtes‹, gemischte Schriften.

65,20 *Digreßionen:* Abschweifungen.

66,12 *zeitig:* bereit, fertig.

66,24 *Materialisten:* »sind eine schlimme Sekte unter den Philosophen. Sie geben nichts als bloße Körper zu und leugnen, daß es Geister gebe, oder daß die Seele des Menschen von dem Leibe unterschieden« ist (DE).

Deisten: Die Deisten verwarfen den Begriff einer Offenbarung, nahmen aber aus Vernunftgründen die Existenz eines Gottes an.

66,24 f. *Pantheisten:* J. Lange, *Causa Dei et religionis naturalis* (*Über Gott und die Naturreligion*; 1727): »Pantheisten werden jene Atheisten genannt, die dieses Universum für Gott halten« (HW).

68,14 *Bocaz:* Giovanni Boccaccio (1313–75) schrieb 1348–53 den für die Entwicklung der Novelle vorbildlichen *Decamerone*, der erbauliche, heitere und frivole Erzählungen enthält.

68,15 *Lope de Vega:* Der spanische Nationaldichter Felix L. de V. (1562–1635) schrieb außer Dramen auch Liebesgedichte und war wegen leidenschaftlicher Liebesverhältnisse bekannt.

68,16 *Sotades:* verfaßte im 4./3. Jh. v. Chr. parodistische und obszöne Gedichte.

68,17 *Aloysia Sigea:* die spanische Schriftstellerin Luisa S. de Velasco (1530–69). Ihr wurde die Verfasserschaft eines skandalumwitterten obszönen Werks untergeschoben, das in vielen Ausgaben um die Mitte des 17. Jh.s erschien: *Aloisiae Sigeae Toletanae satira sotadica de arcanis Amoris et Veneris* (*Unzüchtige Satire von den Geheimnissen Amors und der Venus der Aloisia Sigea aus Toledo*; 1657). Verfasser war Nicholas Chorier (1612–92).

68,20 *Chrysostomus:* Der griechische Kirchenvater Johannes Chrysostomos (d.h. »Goldmund«, 345–407) war wegen seiner glänzenden Kanzelberedsamkeit und seiner Strenge als Patriarch von Konstantinopel bekannt.

68,22 *Aristophanes:* A. (385–445 v. Chr.) war der bedeutendste Vertreter der älteren, derben attischen Komödie.

69,1 f. *Procurator:* »Anwalt oder Sachwalter, der eines anderen Sache vor Gericht besorgt, wo man es als einen anständigeren Ausdruck für das gemein gewordene Advocat benutzt« (A).

69,10 *Rabulisterey:* Wortverdreherei, Haarspalterei.

69,17 f. *Beine … Atlas:* Kräftige Waden wurden als Zeichen von Potenz betrachtet: »Die volle Wade strotzte von Rüstigkeit und Manneskraft« (Musäus). Der gegen Jupiter rebellierende Titan Atlas mußte als Strafe den Himmel tragen.

69,29 *Adonis:* Geliebter der Aphrodite, Innbegriff männlicher Schönheit.

70,17 *einen Hidalgo:* einen Adligen.

71,22 *derogiren:* beeinträchtigen.

71,32 f. *Sancho des Grossen:* S. el Craso (der Dicke) herrschte 955–967, S. el Fuerte (der Starke) 1037–72 über León.

72,2 *im Geschmacke des Calot:* Jacques Callot (1592–1632) war wegen seiner grotesken Radierungen bekannt.
72,17 *Meerkatze:* Affenart.
72,25 f. *keinen Eintrag thäte:* nicht beeinträchtigen würde.
73,9 f. *Beywort ... Juno:* die Ochsenäugige; vgl. Homer, *Ilias* I,551. J. (Hera) ist die Gemahlin des obersten Gottes Jupiter (Zeus).
73,13 *Schaumlöffel des Prinzen Tanzai:* Anspielung auf Crébillons *L'Écumoire* (vgl. Anm. zu 34,17f.).
73,17 *Canape:* Kanapee: Sitzsofa.
73,36 *Venus Callipygos:* V. mit dem schönen Hintern; im Archäologischen Nationalmuseum in Neapel.
74,9 f. *Vandyk:* Der Rubens-Schüler Anthonis van Dyck (1599–1614) malte teilweise empfindsam anmutende Bilder vom Leben der höheren Stände.
74,11 *Ceres:* griechische Göttin des Getreides.
74,12 f. *Schöne mit den goldnen Haaren:* Anspielung auf das Märchen *La Belle aux Cheveux d'Or* der Baronin d'Aulnoy.
74,15 *Cypaßis:* Cypassis: »Nahme eines Kammermädchens der Geliebten des O v i d i u s, welche in den Augen dieses leichtsinnigen Liebhabers reitzend genug war, ihn ihrer Gebieterin zuweilen ungetreu zu machen. Er rühmt sie wegen ihrer Geschicklichkeit, die Haarlocken seiner Dame auf tausendfache Manier zu schmücken« (W I,101 f.). Das Zitat in der Fußnote: »Die du zu richten das Haar in tausend Manieren geschickt bist / Göttinnen waren allein wert deiner göttlichen Kunst« (Ovid, *Amores* II,8; MD).
75,1 *Grundsätzen des Pythagoras:* Der griechische Philosoph P. (570–496 v. Chr.) lehrte die durch Zahlenverhältnisse bedingte Harmonie des Weltalls.
76,7 *würklich:* wirklich (schwäb.): gerade jetzt, zu dieser Zeit.
76,13 *abgezogenen:* destillierten.
77,28 *Harpax:* Figur in den Komödien des Plautus (250–184 v. Chr.).
78,11 *Pistolen:* Pistole: spanische Goldmünze, Piaster.
79,4 *Cid:* der maurische Beiname (*Sidi* ›Herr‹) des spanischen Nationalhelden Rodrigo Diaz el Campeador (1043–99). Aus spanischen Volksballaden schuf Johann Gottfried Herder (1744–1803) seine Nachdichtung *Der Cid* (1803).
82,24 *Wechsel-Balg:* im Volksglauben mißgestaltetes Kind, das einer Wöchnerin von bösen Geistern anstelle ihres eigenen untergeschoben worden ist.

82,25 *Füsse sah:* Nach dem Volksglauben hatte eine Hexe breite Füße (HWA).

83,6 *Migonnet:* »Migonnet hieß der König, welchen die Feen der Prinzessin Weißkätzchen zum Gemahl bestimmten, ehe sie durch die Verwandlung in eine weiße Katze für ihren Ungehorsam bestraft worden war. Dieser König Migonnet hatte für einen Liebhaber, der sich anmaßt zu gefallen, eine seltsame Figur. ›Niemahls (sagt Madame D'Aulnois, seine Schöpferin) seitdem es Zwerge giebt, hatte man einen so kleinen gesehen. Sein königlicher Mantel war nur eine Elle lang, und schleppte doch um mehr als den dritten Theil auf dem Boden nach. Er hatte Adlersfüße, weil er aber keinen Knochen in den Beinen hatte, so mußte er auf den Knien fortrutschen. Sein Kopf war so groß wie ein Scheffelmaß, und seine Nase von einem so ansehnlichen Schnitt, daß er ein halb Dutzend Vögel darauf zu tragen pflegte, an deren Gesang er sich belustigte. Seine Ohren ragten eine Spanne lang über den Kopf empor, und sein Bart war so lang und dicht, daß Kanarienvögel darin nisteten.‹« (W I,115.)

83,11 f. *das würde gut lassen:* das würde (ihr) gut stehen.

83,14 *hordreich:* reich an Schätzen.

84,8 *Quadrupel:* spanische Goldmünze, eine vierfache Pistole.

84,12 f. *den Paß verrennen:* den Durchgang versperren.

84,16 f. *Ungeheuer von Africa:* Anspielung auf Horaz' Ode an Lalage »Integer vitae ...« (I,22).

86,34 *ein Gusmann:* ein Adliger, der mit Ehren in der Flotte oder im Heer gedient hatte.

87,8 *qui pro quo:* (lat.) Verwechslung.

87,20 *Äneas:* Aeneas wurde auf seiner Flucht nach der Niederlage Trojas von der libyschen Königin Dido aufgenommen, die sich aus Verzweiflung umbrachte, als er sie verließ (vgl. Vergils *Aeneis* IV).

88,26 *übermocht:* »übermögen [...] durch überlegenes Vermögen überwinden, ein im Hochdeutschen seltenes Zeitwort« (A).

89,29 *Galimathias:* Unsinn, unverständliches Gerede.

90,2 f. *Lädronnete:* aus dem *Märchen von der grünen Schlange* der Baronin d'Aulnoy.

90,14 *das wohlthätige Licht der keuschen Göttin:* das Mondlicht; die Göttin des Mondes ist Artemis (Diana).

90,16 *Medusa:* Sie war »von einer solchen Schönheit, daß Neptun selbst sich in sie verliebte, und da er seine Händel in dem Tempel der Minerva mit ihr hatte, so verdroß solches diese Göttin dermaßen, daß sie der Medusa schöne Haare in Schlangen verwandelte, und dabei machte, daß, wer sie ansah, sogleich in einen Stein verwandelt wurde« (H).

90,17f. *ungerochen:* ungerächt.

90,23 *zermürset:* zermörscht, zerquetscht; biblisch und veraltet (G).

91,8 *Lerm:* »In engerer Bedeutung, ein mit verworrenem Geschreye verbundener Auf- oder Zusammenlauf mehrerer« (A).

91,16 *niederschlagendes Pulver:* Pulver, »welches die Wallung im Geblüte vermindert« (A).

91,17 *schnellfüßige:* ironische Verwendung antikisierender Attributbildung.

91,18f. *Barbier ... öfnen:* die Barbiere (Bartscherer) übernahmen früher chirurgische Aufgaben; der Aderlaß wurde bei vielen Krankheiten angewendet.

91,24 *Anstösse:* »Was [...] anstößet, besonders von Krankheiten. Anstoß von dem Fieber« (A).

91,27f. *Theil der Seele ... Zwerchfell:* Schon bei Homer war das Zwerchfell (*phren*) Sitz der Gefühle und wurde mit der Seele (*thymos*) als eng verbunden gedacht; vgl. Platons *Kratylos* 419e.

93,25 *Temperier-Pulver:* Beruhigungsmittel.

93,31 *geschabte Nägel:* Abschabsel der Fingernägel, der Ecken des Tisches, der Mauer usw. wurden in Heil- und Zaubertränken früherer Zeiten viel verwendet (HWA).

93,34 *Krebs-Augen:* »steinartige Verhärtung, welche die Krebse im Magen haben« (A). Geriebene Krebsaugen wurden als Mittel gegen Epilepsie und Krämpfe benutzt (HWA).

94,14 *Hütchen des Prinzen Kobolt:* Prinz Luton kann sich mit Hilfe seines Hutes unsichtbar machen. Vgl. Anm. zu 230,7.

94,21 *Lindwürmer:* Drachen.

94,23 *Constipation:* Verstopfung; Pedrillo meint »Konstellation«.

94,33 *Gabelreuterin:* Hexe.

95,10 *Latwergen:* Latwerge: breiförmige Arznei.

96,9f. *Barbier von Bagdad:* Gestalt aus der Märchensammlung *Tausendundeine Nacht.*

98,6 *Gewehr:* Waffe.

98,10f. *König Ferdinands, des Catholischen:* Ferdinand von Aragonien heiratete 1469 Isabella von Kastilien. Sie eroberten 1492 Granada und beendeten so die Maurenherrschaft in Spanien. 1494 wurde ihnen vom Papst Alexander VI. der Ehrentitel »Reyes Católicos« (»Katholische Könige«) verliehen.

101,9 *Klopfstockischer Teufel:* Anspielung auf Friedrich Gottlieb Klopstocks (1724–1803) Epos *Der Messias* (1748), worin die höllischen Heerscharen auftreten.

102,11 *Popanz:* Schreckbild. »Zuweilen versteht man unter diesem Worte auch den Teufel« (A).

103,6f. *Don Quischotte:* vgl. *Don Quijote* I,8.

103,24 *altvettelische Zeug:* Altweibergeschwätz.

103,30–104,1 *Trajanischen ... Sylvius:* »Pedrillo hatte wahrscheinlich von seinen Knabenjahren her noch eine verworrene Erinnerung von dem Abenteuer, das dem Helden der Äneis mit dem Schatten des ermordeten Trojanischen Prinzen Polydorus begegnet: sein nicht allzu getreues Gedächtniß vermengt den Trojanischen Äneas mit dem Papst Pius II. welcher vorher den Namen Äneas Sylvius führte; die übrigen Verfälschungen der Umstände mischte seine aus den Ritterbüchern mit dergleichen Wunderdingen angefüllte Einbildung hinein« (W I,145f.).

104,22 *Salamanca:* vornehmste spanische Universität.

104,24 *Baccalaureus:* der niedrigste akademische Grad.

105,1f. *sieben Facultäten:* Pedrillo denkt an die sieben freien Künste (Artes liberales): Grammatik, Dialektik, Rhetorik, Arithmetik, Geometrie, Musik und Astronomie. Sie wurden in der »Artistenfakultät« als Grundlage für die Studien an den drei höheren Fakultäten (Theologie, Medizin und Recht) gelehrt.

105,4 *Florians Chronick:* wahrscheinlich *Epitomae de Tito Livio bellorum omnium annorum DCC Libri II* (*Zwei Bücher von Auszügen aus Titus Livius' sämtlichen Kriegen aus 700 Jahren*) des Lucius Annaeus Florus, der zur Zeit Hadrians (76–138) lebte. Das Werk wurde noch am Ende des 17. Jh.s als Schulbuch benutzt.

106,7 *Anstrich:* Labsal (S).

106,22 *Tiresias:* Teiresias: blinder thebanischer Seher.

106,29 *Marchstein:* Grenzstein, der »die Feld- oder Dorfmark bezeichnet« (A).

107,9 *lazurnen:* azurnen.

107,14f. *geprellt:* prellen: zur Strafe oder zum Scherz auf einem gespannten Tuch emporwerfen und auffangen. Vgl. *Don Quijote* I,7.

108,8f. *nicht unsichtbar sind:* »Don Sylvio würde vielleicht noch dreister gesprochen haben, wenn der große Geisterseher Swedenborg zu seiner Zeit schon bekannt gewesen wäre. In der That, warum sollte sein Innerstes nicht eben so wohl haben aufgeschlossen werden können als Swedenborgs? Indessen scheint uns doch Don Sylvio darin bescheidener, daß er, anstatt, wie dieser erstaunliche Mann, seinen Wahnsinn der göttlichen Barmherzigkeit zuzuschreiben, seine vermuthliche Gabe Geister zu sehen, nur für ein Pathengeschenck von einer Fee zu halten« (W I,152).

108,12 *ein Cherubin:* Cherub (Pl. *Cherubim*); die Seraphim und Cherubim waren die mächtigsten Engel (vgl. 1. Mose 3,24; Ez. 28,14; Jes. 6,2).

108,21 *vor:* vorher.

111,17 *Heustock:* Heuhaufen.

111,24 *Hecuba:* griech. *Hekabe*: Gattin des trojanischen Königs Priamos. Vermutlich denkt Pedrillo an die schöne Griechin Helena, die von Hecubas Sohn Paris entführt wurde, was den Trojanischen Krieg auslöste.

111,33f. *Tacamahaca oder Rossabarba:* nicht ermittelt.

111,36 *Silber-Moor:* Silbermoiré: mattschimmerndes Stoffmuster.

112,1 *Lolottchen: Lolo* ist in französischer Kindersprache Milch und Busen (Robert), die Amme, das Kindermädchen, der Alltag.

112,7 *Cicero:* Marcus Tullius C. (106–43 v. Chr.) wurde als die größte rhetorische Begabung Roms angesehen.

112,12 *Esel einem Propheten:* Bileam; vgl. 4. Mose 22,28ff.

113,11 *Finnen:* Pickel.

113,16 *Sammetblume:* Samtblume: Tagetes, Studentenblume

113,27 *kein Geld kein Schweitzer:* sprichwörtlich: »point d'argent, point de Suisse«, d. h.: (wenn) kein Geld, (dann) kein Söldner aus der Schweiz für die Garde.

113,28 *siebenzig Weise aus Morgenland:* Die Tradition kennt sieben Weise aus Griechenland und drei Weise aus dem Morgenland; vgl. Mt. 2,1. Vielleicht soll Pedrillo damit die siebzig Übersetzer des Alten Testaments ins Griechische (*Septuaginta*) verwechseln.

114,6 *anstund:* (oberdt.) dauerte.

115,9 *Commißion:* (frz.) Auftrag.

115,21 *Potz Herrich:* Euphemismus; *Potz:* Gottes, *Herrich:* Herr Jesus.

115,36 *Rohrdommel:* vgl. Jes. 34,11–15.

116,32 *Dilemmata:* Schlußweisen der antiken Logik. Pedrillos Argumentation, die Don Sylvio in Verlegenheit bringt, soll wohl an das im Zeitalter der Theodizee berühmteste Dilemma erinnern: Wenn die Welt Übel enthält, müßte Gott diese entweder nicht abwehren können oder nicht abwehren wollen. Beides ist mit dem Begriff eines allmächtigen und guten Gottes unvereinbar. Folglich enthält die Welt keine Übel.

117,16 *Sylphide:* weiblicher Luftgeist; vgl. Anm. zu 24,17f.

118,18 *Tibur:* Das heutige Tivoli mit seinen Sommervillen der reichen Römer wurde u.a. von Horaz und Catull gepriesen.

118,18f. *Tarent ... Daphne:* Die Umgebung von Tarent und das Tempetal wurden in der Antike wegen ihrer Schönheit gerühmt. – D. (in der Nähe von Antiochia) besaß einen dem Apollon geweihten und noch heute vorhandenen Lorbeerhain.

119,1f. *man muß ... Solon:* Worte des athenischen Staatsmannes S. (640–501 v. Chr.) an den lydischen Fürsten Krösus.

123,9 *Pyramus:* P. und Thisbe verkörpern in der Antike treue Liebe. P. erstach sich, weil er meinte, Thisbe sei von einem Löwen zerrissen worden. Als sie seine Leiche fand, erstach sie sich ebenfalls; vgl. Ovids *Metamorphosen* IV,55ff.

123,13 *Meister Blas:* Mit dem Namen spielt Wieland auf den Roman *Gil Blas de Santillane* (1715–35) von Alain René Lesage (1668–1747) an.

125,4 *Zeitung:* Nachricht.

125,7 *das englische Salz:* engl. *Epsom salts:* »Dieses Salz purgirt von unten und kühlt zugleich« (Z).
präsumtiven: mutmaßlichen.

125,7f. *in Zeiten:* rechtzeitig.

125,31 *Holzes:* Waldes.

126,11 *Dialecticus:* »Dialektik« wurde im 18. Jh. als Bezeichnung streng logisch verfahrender Begriffsanalyse und Diskutierkunst verwendet; als solche konnte sie auch als »Wortklauberei« (Z) verstanden werden.

126,32 *kleine Republiquen:* »Der Herausgeber dieser Geschichte hatte, als sie zum ersten Mahl im Druck erschien, die Ehre in einer ziemlich kleinen Republik zu leben, welches zu besserer Verständniß dieses ganzen Kapitels bemerkt werden mußte« (W I,182).

126,35 *Copey:* Kopie.

128,20 *Asclepiades:* griechischer Arzt aus dem 1. Jh. v. Chr. Man wußte im 18. Jh., daß »er die Vomitive und Purganzen verworfen, und überhaupt von dem innerlichen Gebrauch der Medikamente kein sonderlicher Freund gewesen, sondern mehr auf Diäteticam und Gymnasticam abgehalten« (JA) – und auch, daß seine Schriften nicht erhalten sind. Der Hinweis Pedrillos auf A. ist eine Parodie auf die von Wieland oft verspottete Gelehrtensitte, antike Parallelen zu völlig banalen Bemerkungen anzuführen.

129,29 *Cedrat:* süße italienische Zitronenart.

129,33 f. *haselirt:* tändelt.

130,27 f. *Alicanten-Wein:* Alicante: Provinz in Südostspanien.

131,9 *weil:* wohl in der Bedeutung ›während‹.

131,12 *Vadus mecus:* Vademecum (lat.); hier offenbar kein Reisehandbuch, sondern ein Geldbeutel.

131,28 *Guadalouppe:* Guadalupe: Stadt in der spanischen Provinz Cáceres mit berühmtem Marienheiligtum.

132,16 *Deixel:* euphemistisch für *Teufel.*

133,1–8 *Blätterprinzen ... Insel der Papilions:* im Märchen *Le Prince des Feuilles* (*Der Blätterprinz*) von der Gräfin Henriette Julie de Murat (vgl. Anm. zu 31,9), dem Wieland auch das Motiv der Jagd auf den blauen Schmetterling entnahm.

Prinzen von der Insel des ewigen Frühlings: im Märchen *Le Prince Adolphe et la Princesse de Félicité* (*Prinz Adolphe und die Prinzessin der Glückseligkeit*) der Baronin d'Aulnoy.

133,13 *Genien:* kindliche Flügelgestalten der antiken Mythologie, meist Knaben, oft als kleine Liebesgötter in Begleitung der Liebesgöttin Aphrodite (Venus) dargestellt.

134,5 *Zephyrus und der Flora:* Der Westwind Z. wurde »als ein junger Mensch, mit einem angenehmen und freundlichen Gesichte, Flügeln auf dem Rücken, und einem Kranze von allerhand Blumen auf dem Kopfe, gebildet [...] als er sie [F.] eines Males im Frühling herum irren sah, so wurde er von ihrer schönen Gestalt dermaßen eingenommen, daß er sie nicht nur mit aller Macht verfolgete, als sie vor ihm floh; sondern, da er sie einholte, und zu seinem Willen gehabt hatte, sie selbst zur Gemahlin behielt, und zur Morgengabe freie Willkür über die Blumen ließ« (H).

134,10 f. *Sünde, wenn man so was anschaue:* »Nehmlich weil die Göttin Flora unbekleidet vorgestellt war. Der Herr Pfarrer hatte nehmlich entweder den Verstand nicht, zu wissen, daß ein sehr wesentlicher Unterschied zwischen nackenden oder wenig bekleideten, und zwischen leichtfertigen und ärgerlichen Figuren ist; oder er affektirte aus Scheinheiligkeit es nicht zu wissen. Es wäre denn, daß man zu seiner Rechtfertigung sagen wollte, daß sich dieses Stück seiner Sittenlehre bloß auf den großen Haufen des Volkes beziehe, dessen Roheit und durch die Erziehung wenig geordneter Instinkt allerdings nöthig macht, daß man ihnen den moralischen Zügel stärker anziehe« (W I,193). Die bigotte und lüsterne Donna Mencia hat in ihrem Privatzimmer ein Bild mit einer Verführungs- oder Vergewaltigungsszene hängen, das der ›rohe‹ Pedrillo nach der ironischen Anmerkung nicht sehen dürfe, weil er es, anders als die Gebildeten, falsch auslegen würde.

135,6 *halter:* halt.

135,9 *Bad-Ehre:* Lendenschurz.

136,21 f. *anzuschmitzen:* anzuschmutzen.

137,18 *Distillationen:* Pedrillo meint »Distinktionen«.

138,23 *spückte:* spukte.

139,6 *Heilige Barbara:* Seit 1500 gehört sie zu den 14 Nothelfern.

139,20 *Physionomie:* Pedrillo meint »Chiromantie«.

139,32 *flicke:* flügge.

140,12 *Ligamenten:* sehnenähnliche Bänder zwischen beweglichen Knochenteilen. Pedrillo meint »Lineamente«, Linien in der Hand, welche »als etwas die innerliche Beschaffenheit des Gemüths anzeigendes zu beobachten sind, wie denn einige sogar aus solchen derer Menschen künftige Glücks- und Unglücksfälle zu beurtheilen sich unterstehen wollen« (Z).

140,18 *Schnips:* Schnaps.

140,19 *Realen:* vgl. Anm. zu 62,20.

142,3 *Suspection:* Verdacht.

142,29 *Fy:* Pfui.

143,19 *läßt gut:* sieht gut aus, paßt gut.

143,22 *wenn anders:* falls.

143,26 *Infantin:* früher Titel spanischer Prinzessinnen.

147,1 *der heiligen Elisabeth:* Pedrillo versteht »Elysium« als »Elisabeth« und denkt an die mildtätige E. von Thüringen (1207–31).

147,15 *beyfiel:* einfiel.

147,24 f. *Argonauten:* die griechischen Helden, die Jason auf dem Schiff Argo auf der Fahrt nach Kolchis begleiteten, um das Goldene Vließ zu holen.

147,25 *Hylas:* Liebling des griechischen Helden Herakles, der auf der Suche nach ihm die Argonauten verließ.

147,27 *gezückt:* gezogen.

148,25 *ein anderer Seneca:* Der Philosoph Lucius Annaeus S. (2–65 n. Chr.), Erzieher Neros, der ihn zum Selbstmord zwang, suchte pythagoreisches und epikureisches Gedankengut mit dem Stoizismus zu verbinden. Man warf ihm vor, daß er die Armut pries und Reichtümer anhäufte, Standhaftigkeit vor dem Tode predigte und selber »ziemlich zaghaftig gewesen« (Z).

148,28 *in einen Zusammenhang zu räsonniren:* durch vernünftige Überlegung einen Zusammenhang herzustellen.

151,7 *Rosinen-Sträuchen:* wilden Johannisbeersträuchern.

151,8 *leck:* lechzend, schmachtend (G).

151,21 *nöthig:* (schwäb.) voll unruhiger Geschäftigkeit (G).

152,2 *Regenbogen-Schüsseln:* »Ein Anspielung auf den Aberglauben des gemeinen Volks, daß aus jedem Regenbogen ein Schüsselchen von feinstem Gold herunter falle, welches seinen Besitzer reich und glücklich mache« (W I,219).

152,6–8 *dieser Jansenistische ... unwiderstehliche Wirckung:* Die vom Jansenimus (vgl. Anm. zu 10,13) und Quietismus (vgl. Anm. zu 64,11 f.) beeinflußte pietistische Erbauungsliteratur, die Wieland in Zürich kennengelernt hatte, beschrieb vielfach die Gnade als eine alles wirkende Kraft Gottes in der sie passiv empfangenden Seele; vgl. 1. Kor. 12,6 und Eph. 3,20.

152,10 *Zoroasters:* der altiranische Religionsstifter Zarathustra (um 628 – um 551 v. Chr.); hier Parodie des gelehrten Zitierens.

152,22 *Moon-Saamen:* Mohn wurde als Schlafmittel verwendet.

155,30–32 *Carmeliter-Nonne ... Johann Baptist:* Die Karmeliter (erste Klostergründung am Berge Karmel) und die Karmeliterinnen führten wie Johannes der Täufer ein strenges Leben in der Einöde; vgl. Mt. 3,1 f.

156,6 *Licentiat:* dem Baccalaureus (vgl. Anm. zu 104,24) folgender akademischer Grad.

159,7 *parafrasirt:* Pedrillo meint »metamorphosiert«, ›verwandelt‹.

159,9 *Rademante:* Pedrillo verdreht »Radiante«.

159,10 *Production:* Pedrillo meint »Protektion«.

159,13 *La mi:* Mißklang; gebildet aus den Tonsilben La und Mi.

161,4 *Landgutsche:* Gutsche: Kutsche.

161,10 *Achates:* treuer Begleiter des Aeneas.

162,15 *Königs Lear:* vgl. Shakespeares *King Lear* (1608) V,3.

162,19 *Singgedichte:* Gedicht, das für den Gesang bestimmt ist (G).

162,21 *Sappho's:* Die griechische Dichterin Sappho, die um 600 v. Chr. auf der Insel Lesbos lebte, wurde wegen ihrer leidenschaftlichen Liebesdichtung fast eine mythische Gestalt.

162,21 *Corinnen:* Korinna lebte um 500 v. Chr. in Böotien und soll mit Pindar gewetteifert haben.
neun Musen: Göttinnen der Künste, angeführt von Apollon.
163,4 *Wohlstands:* Anstands.
163,27f. *mystisch oder magisch das Wort Sympathie:* Sympathie, »in der sphäre naturmystischer vorstellungen von einer geheimen physischen oder physiologischen verbindung zwischen körpern anorganischer oder organischer natur«, bezeichnet »im bereiche der seelisch-geistigen kräfte« das »unerklärbare gefühl inneren zusammenhangs, seelischer gemeinsamkeit«, oft mit dem »beisinn der geheimnisvollen und rasch spürbaren inneren verbundenheit« (G).
164,18 *Abbé der Frau von Lisban:* In Jean François Marmontels (1723–99) *Heureusement. Conte moral* (*Glücklicherweise. Moralische Erzählung*; 1761) erzählt die Marquise von L. dem Abbé de Chateauneuf, wie ein kleiner Abbé für ein Gemälde des Marquis und der Marquise zu Hymen, dem Gott der Hochzeiten, Modell stand und, mit ihr allein gelassen, die Rolle dieses Gottes gern hätte übernehmen wollen. Ihr Zuhörer entpuppt sich natürlich als dieser Abbé.
164,20f. *Avicenna:* doppelbödig-ironische Berufung auf die Autorität des berühmten arabischen Philosophen und Arztes A. (980–1037). »Er soll, ob er gleich einen großen Philosophum agiren wollte, überaus wollüstig gewesen seyn, und durch allerlei Unmäßigkeit sein Leben verkürzt haben« (JA).
164,21 *Escobar:* Der spanische Jesuit Antonio E. y Mendoza (1589–1669) schrieb ein moraltheologisches Handbuch für Beichtväter, das sehr viele Auflagen erlebte: *Liber theologiae moralis viginti quatuor Societatis Jesu doctoribus reservatus* (*Buch der Moraltheologie, den 24 Doktores der Gesellschaft Jesu vorbehalten*; 1644, letzte Ausgabe 1659).
164,26 *Celadons:* Celadon: schmachtender Liebhaber in d'Urfés *L'Astrée* (vgl. Anm. zu 32,20).
165,8f. *sympathetische:* »sympathetisch« wurde durch Wieland ein Modewort des 18. Jh.s in Deutschland. Zur Bedeutung vgl. Nachwort, S. 523f.
165,13 *die anständigste:* die geeignetste.
165,17f. *Englischer Dichter … Schwester-Seelen:* nicht ermittelt; vielleicht ist Edward Young (1683–1765) gemeint, dessen *Night Thoughts* (*Nachtgedanken*; 1742–45) das Zeitalter der Empfindsamkeit stark beeinflußten.

165,18f. *Genii:* »Man glaubete, daß die Genii einer mittlern Natur zwischen den Göttern und den Menschen wären [...]. So bald ein Mensch gezeuget oder doch gebohren werde, so würden ihm sofort auch zwei Genii zugegeben, von denen der eine ein guter und weißer, der andere aber ein böser oder schwarzer sey« (H).

165,21 *Fibern und Fibrillen:* Muskel- und Nervenfasern und -fäserchen.

165,30–33 *Regulo Vasconi ... hörte:* Julius Caesar Scaliger (1484–1558), berühmter Polyhistor. »Da wir Scaligers Exercitationes contra Cardanum, worin diese Seltsamkeit für gewiß erzählt wird, itz nicht bey der Hand haben, so können wir die Stelle, wo sie zu finden ist, nicht näher angeben« (W 1772, S. 301). Sie ist zu finden in *Exotericarum exercitationum libri XV de subtilitate ad Cardanum CCCXLIII* (*Fünfzehn Bücher esoterischer Übungen*), Frankfurt a.M. 1576, S. 1079, unter der Überschrift: »Jocosa sympathia« (»Lustige Sympathie«). Die Geschichte von der Inkontinenz des baskischen Kleinkönigs ironisiert die am ›Kuriosen‹ interessierte Polyhistorie und die gelehrten Hinweise auf ihre Ergebnisse sowie einen schwärmerischen Begriff von Sympathie. *Sack-Pfeiffe:* Dudelsack.

166,14 *davor:* dafür.

166,17f. *Dea minorum Gentium:* (lat.) Göttin geringeren Ranges. *Gentes majores* waren die ursprünglich im römischen Senat vertretenen Geschlechter, *gentes minores* die später hinzugekommenen.

167,4 *P. Sanchez:* Thomas S. (1551–1610) verfaßte ein dreibändiges moraltheologisches Werk über die Ehe, »worinne er ziemlich frei geschrieben« (JA), d.h., er beschreibt kasuistisch-genau die einzelnen, unter Umständen bedenklichen Praktiken, was Wieland zu der Bemerkung veranlaßt, der Gelehrte habe »viel neue Sünden erfunden«.

167,33f. *allerseraphischste:* Seraph: Engel am göttlichen Thron; vgl. Anm. zu 108,12.

167,34 *H. Clara:* Sie lebte 1194–1253; Freundin und Nachfolgerin des heiligen Franciscus von Assisi, stiftete sie den Orden der Klarissinnen.

168,6 *ungefehr:* unabsichtlich.

168,23 *tiefsinnig:* trübsinnig, melancholisch.

169,2 *aufgeräumt:* gut gelaunt, munter.

171,14 *Zuniga:* Zuñiga: berühmter spanischer Hochadel.

171,27 *affectirst:* affektieren: »Den Schein von etwas zu haben suchen, ohne übereinstimmige Gemüthsverfassung im Äußern anzunehmen. Freundlichkeit affectiren« (A).

172,7 *der Vaticanische Apollo:* Anspielung auf die u.a. von Winckelmann beschriebene und gepriesene Statue des Apoll vom Belvedere.

173,3 *verzweiffelt:* fatal, verwünscht.

174,29 *Centauren:* Mischwesen der antiken Mythologie mit menschlichem Oberkörper und Pferdeleib.

175,13 *metaphrasirt:* Pedrillo meinte »metamorphosiert« (verwandelt).

176,4 *Ontologie:* Lehre vom Sein; »derjenige Theil der Welt-Weisheit, darinne die allgemeine Erkänntniß der Dinge abgehandelt wird. Diese Wissenschaft soll demnach diejenigen Lehren abhandeln, welche den Grund zu den übrigen legen« (Z).

176,26 *blödsinnige:* schwache.

177,3 *Trille:* (schwäb.) Kreisel.

177,5–7 *Cartesianer … cogito, ergo sum:* Cartesianer: Anhänger der Philosophie des René Descartes (lat. Cartesius; 1596–1650); seine Philosophie beginnt mit einem radikalen Zweifel an allem; durch den denkerischen Akt des Zweifelns sei aber die Existenz eines denkenden Subjekts erwiesen: »ich denke, also bin ich«.

177,17 *ex Scylla in Charybdin:* In antiker Mythologie sind S. und Charybdis zwei Ungeheuer in der Meerenge zwischen Sizilien und Unteritalien. Wollten die Seeleute die weniger gefährliche S. vermeiden, fielen sie der gefährlicheren Charybdis zum Opfer (vgl. *Odyssee* XII).

177,20 *Sensus communis:* (lat.) allgemeiner Menschenverstand; vgl. engl. *common sense.*

178,1 *Dualisten:* »Dualisten waren unter den Philosophen diejenigen genannt, welche beide Arten von Substanzen, materielle nämlich und immaterielle, zugeben, und man setzt ihnen die Monisten entgegen, nach welcher Meinung nur eine von beiden Gattungen in der Welt wirklich vorhanden ist« (DE).
Materialisten: vgl. Anm. zu 66,24.
Pantheisten: vgl. Anm. zu 66,24f.

178,2 *Idealisten:* »werden im allerweitesten Sinne genannt, die die Übereinkunft aller äußerer Empfindungen und Begriffe mit ihren Gegenständen leugnen, mithin behaupten, daß wir von den Gegenständen an sich und ihrer wahren Beschaffenheit nicht das mindeste wissen, noch wissen können« (DE).

Egoisten: im damaligen philosophischen Sprachgebrauch ›Solipsisten‹; vgl. Anm. zu 64,25.
Platoniker … Aristoteliker: Anhänger Platons (um 427–348/347 v. Chr.) und Aristoteles' (384–322 v. Chr.). Probleme des von Platon ausgehenden, in der Rezeption der Renaissance und Shaftesburys (vgl. Anm. zu 12,3–8 und Nachwort, S. 523 f.) vielfach abgewandelten objektiven Idealismus beschäftigten Wieland zeitlebens: Schwärmerei/Enthusiasmus, Wesen und Erscheinung, Identität des Schönen und Guten. Dagegen spielte der Logiker und Systematiker Aristoteles in seinem Denken eine weniger bedeutsame Rolle.
Stoiker: Im Stoizismus dominieren, im bewußten Gegensatz zum Epikureismus, Tugendgesetze, Pflichtgebot und die Lehre von der wahren Weisheit als Freiheit von allen Leidenschaften und Schicksalsgegebenheiten.

178,3 *Epicuräer:* vgl. Anm. zu 42,22.

178,3 f. *Nominalisten, Realisten, Occamisten, Abälardisten:* Hauptgegner im scholastischen »Universalienstreit«, d. h. in der Diskussion über das Verhältnis der Allgemeinbegriffe (Universalien) zum konkreten Einzelnen. Die Nominalisten, u. a. William Ockham (1285–1349), sahen in den Allgemeinbegriffen bloße Namen (lat. *nomina*), während die Realisten, u. a. Abälard (1079–1149), den Universalien Realität zuschrieben: »Es teilten sich nämlich die Schullehrer [Scholastiker] in 2 Sekten, deren eine die reales, die andere die nominales sich genannt […]. Ihr ganzer Streit kam bloß darauf an: ob die universalia was Wesentliches in der Natur oder nur ein bloßer Gemütskonzept oder Wort wäre« (Z).

178,4 *Averroisten:* Anhänger des arabisch-spanischen Philosophen und Arztes Averroes (1126–98), der den für die Scholastik maßgeblichen Aristoteles-Kommentar schrieb und in seiner philosophischen Auseinandersetzung mit der (islamischen) Theologie von einer doppelten Wahrheit ausging.
Paracelsisten: Der Mediziner und Alchimist Paracelsus (Philippus Aureolus Theophrastus Bombastus von Hohenheim; 1494–1541) war in den Augen des 18. Jh.s ein abstruser Schwärmer, der den »Stein der Weisen« gefunden haben wollte.
Machiavellisten: Niccolò Machiavelli (1469–1527) bzw. seine Anhänger unter den absolutistischen Fürsten lösten die Maximen politischen Handelns (Staatsraison) radikal von der antiken und christlichen Ethik.

178,5 *Rosenkreuzer:* ein seit dem Anfang des 17. Jh.s bestehender Geheimbund, der sich von einem 1388 geborenen Christian Rosenkreuz herleitete. Die Geheimlehren des Bundes sollten vor Krankheit und Schmerz schützen. »Rosenkreuzer« hatten sich als besondere Gruppe innerhalb der verbreiteten Freimaurerei etabliert. Vgl. auch Anm. zu 24,17f.
Cartesianer: vgl. Anm. zu 177,5–7.
Spinozisten: Baruch Spinoza (1632–1677) vertrat einen von den Zeitgenossen als Atheismus aufgefaßten Pantheismus.
Wolfianer: Christian Wolff (1679–1754) war der einflußreichste Philosoph der deutschen Aufklärung, der sich die Aufgabe stellte, alle Phänomene systematisch zu durchleuchten und begrifflich eindeutig zu erklären. Der Zweck der Philosophie sei die moralische Vervollkommnung und die mit ihr verbundene Glückseligkeit des Menschen.

178,6 *Crusianer:* Anhänger des Christian August Crusius (1715–75), der Professor der Theologie in Leipzig war. Er »hinterließ, seinen bekannten sonderbaren Meinungen und seiner Vorliebe für die Mystik und Schwärmerei ungeachtet, den Ruhm eines um die Philosophie zu seiner Zeit wirklich verdienten Mannes und eines sehr toleranten Menschenfreundes« (JA).
verschlungen hätte: »Man vergesse nicht daß dies vor mehr als dreyßig Jahren geschrieben wurde; und also keine Satire auf die Deutschen Metafysiker des Jahres 1795 seyn kann« (W I,259). Immanuel Kants (1724–1804) *Kritiken* erschienen 1781, 1788 und 1790, Johann Gottlieb Fichtes (1762–1814) *Grundlage der gesamten Wissenschaftslehre* 1794.

178,14 *policirten:* gesitteten, zivilisierten.

178,17 *Zehenten:* Der Zehnte (d.h. der zehnte Teil der Einkünfte) wurde von den Untertanen kirchlicher und weltlicher Herren als Abgabe verlangt.

178,18 *Jura stolae eintreiben:* Die Stola ist ein Teil der liturgischen Kleidung des Priesters. »Daher auch Jura Stolae genennet werden diejenigen Accidentien und Pfarr-Amtsgebühren, so denen Pfarrherren als eine Vergeltung für ihre Mühewaltung [...] gegeben und gereichet werden« (Z).

178,19 *überweisen:* überführen.

178,20f. *in geometrischer Methode:* stringente, nach Art der Mathematik durchgeführte Beweisführung (*more geometrico*) wie z.B. in der *Ethica* des Spinoza.

178,33 *wie ferne:* inwiefern.

178,36–179,1 *berühmten Streit … patientem:* eine auf Aristoteles zurückzuverfolgende und sehr verwickelte Diskussion über das Verhältnis zwischen erkennendem Subjekt und Objekt bei der Wahrnehmung des Einzelnen und des Allgemeinen. Die Konkretisierung des Vernunftbegriffes wird im ersteren Fall durch den sinnfälligen Gegenstand aktualisiert (*patientem*), im anderen Fall muß die Vernunft das potentiell Intelligible selbsttätig aktualisieren (*agens*) (HW).

180,4 *indirecte:* Pedrillo meint »direkt«.

180,21 *Reprehension:* Pedrillo meint »Apprehension« (Besorgnis).

181,27 *capitulirten:* kapitulieren: »wegen eines Vergleichs unterhandeln« (A).

182,7f. *Kunkel-Stuben-Märchen:* Kunkelstube: Spinnstube.

182,28 *sagt Salomon:* vgl. Pred. 3,1.

182,29f. *Corregidor:* Stadtrichter.

182,33–183,5 *wenn grosse … besieht:* »Alexander der Große pflegte zu sagen: an zwey Bedürfnissen erkenn' er daß er nur ein Sterblicher sey, am Schlaf und an der Neigung zum anderen Geschlechte. Wenn es ihm gefällig gewesen wäre, hätte er, außer dem demüthigenden Bedürfnisse, wovon Pedrillo spricht, noch an zwanzig andern Dingen merken können, daß es mit seiner anmaßlichen Gottheit nicht gar richtig stehe« (W I,266f.).

183,4 *weder Bisem noch Ambra:* die Parfums Bisam bzw. Moschus und Amber.

183,10 *beygefallen:* eingefallen.

183,15 *Präscription:* Pedrillo meint nicht ›Vorschreibung‹, sondern »Procrastination« (Verzögerung, Hinauszögern).

183,15f. *Circumherumschweiffung:* von lat. *circum* ›um, herum‹.

183,24 *Waschhaftigkeit:* Schwatzhaftigkeit.

183,30 *Gansspule: Spule* »nennet man den untern hohlen Theil an den größern Federkielen, und hernach auch eine jede noch ungeschnittene Feder mit ihrem Kiele« (A).

184,12 *Bileams:* vgl. 4. Mose 22.

184,28 *pläuen:* bleuen.

185,9 *hart an:* nah bei.

185,21f. *beerschwarze:* (schwäb.) tiefschwarze.

185,31 *Runkunkel:* Spott- und Scherzname für alte Weiber (G).

185,31f. *gelöffelt:* »Läffeln […] seine Liebe oder vielmehr Lüsternheit durch unanständige Bezeigungen und besonders durch dreistes Küssen, an den Tag legen […] caressieren« (A).

188,13 *subligirt:* Pedrillo meint »obligiert« (verpflichtet).
188,20f. *weder Artischokeles noch Pluto:* Pedrillo meint Aristoteles und Plato.
189,9f. *Demonstration:* Beweisführung.
189,10 *Euclides:* Die *Elemente* des griechischen Mathematikers Euklid (365–300 v. Chr.) bildeten bis ins 19. Jh. die Grundlage für den Mathematikunterricht.
189,11 *Remonstration:* Vorhaltung, Gegenvorstellung; Pedrillo meint »Demonstration«.
189,17 *Bacularii:* Pedrillo meint »Baccalaurei« (vgl. Anm. zu 104,24).
189,17f. *Patriarchen:* die alttestamentlichen Urväter; Oberbischöfe der Ostkirchen; auch Amts- und Ehrentitel der katholischen Kirche, z. B. für den Papst und für den Bischof von Venedig.
189,18 *Exarchen:* Vertreter des Patriarchen; Oberbischof über mehrere Bistümer in den Ostkirchen.
189,19 *Schöps-Keule:* Hammelkeule.
191,1 *Sausödel:* häßliches und schmutziges Frauenzimmer (G).
191,35f. *Pomeranzen-Baum:* »S. den Pomeranzenbaum und die Biene im 2ten Theile der Contes des Fees de Mad. D**« (W 1772, S. 352).
192,1 *transferirt:* Pedrillo meint »transformiert«.
193,7 *regalirte:* regalieren: reichlich bewirten, auftischen.
193,21 *Discretion:* (frz.) hier: Höflichkeit, Bescheidenheit.
195,1 *Durindana:* Schwert Rolands in *Orlando Furioso* 9,3. *Der rasende Roland* (1516) des Ludovico Ariosto (1474–1533) schildert in teils ernsten, teils phantastisch gesteigerten Episoden den Liebeswahnsinn des Ritters. Das ironische, reflektierende und parodierende Märchenepyllion war für Wieland vorbildlich.
195,2 *Stutzer-Degen:* Stutzer: eleganter Modegeck (dessen Degen nur Dekor ist).
195,9 *knottichten:* knotigen.
195,22f. *nichts angelegeners:* nichts Wichtigeres, kein größeres Anliegen.
197,17 *Zufall:* unerwarteter Vorfall.
199,6 *Stoßvogel:* »Ein jeder großer Raubvogel, welcher mit einem Stoße auf seine Beute fällt, dergleichen die Adler, Habichte, Falken u.s.f. sind« (A).
200,2 *Wohlstand:* Anstand.
200,26f. *Absatz:* Kontrast (A).

203,13 *apocryphisch:* nicht in den biblischen Kanon aufgenommen; zweifelhaft.
205,24 *Lucretia:* Der Selbstmord der tugendhaften Römerin, als sie von dem Prinzen Sextus geschändet worden war, löste 510 v. Chr. den Aufstand der Römer gegen den König Tarquinius Superbus aus.
205,26 *Cicero ... zurück zu halten:* Teilzitat aus Ciceros *De finibus bonorum et malorum* (*Über das höchste Gut und das höchste Übel*) V,48 f.
206,1 f. *Homerus ... Syrenen:* vgl. *Odysse* XII,184 ff.
206,12 *Circe:* vgl. *Odyssee* XII,45 ff.
206,18 *angezogenen:* beigezogenen, zitierten.
206,36 *einbilden:* vorstellen.
208,28 *dermalen:* zu dieser Zeit.
208,32 *Festino:* syllogistische Figur. Beispiel: »Kein Mensch, so bey sich selbst ist, bringt sich um. Einige Heiden haben sich umgebracht. Deshalb sind einige Heiden nicht bey sich selbst« (Z). *Barocco:* syllogistische Figur. Beispiel: »Alle wahre Gelehrsamkeit besteht in der Beurtheilungskraft. Einige Übungen des Verstandes bestehen nicht in der Beurtheilungskraft. Also sind auch einige Übungen des Verstandes keine wahre Gelehrsamkeit« (Z).
211,16 *sanct Jago:* der heilige Jakob.
212,1 *Escadronen:* Schwadronen (Kavallerieeinheiten).
214,13 *Circumflexen:* Pedrillo meint »Stichwunden«. Der Leser soll vielleicht an die Vokabel *circumcisio* (Beschneidung) denken.
215,16 *Argus:* Von den vielen Augen dieses Riesen war eine Hälfte immer offen, die andere im Schlaf geschlossen.
218,2 *sinnreiche:* sinnreich: »Fertigkeit im Nachdenken besitzend« (A).
218,6 *Alcorans:* Korans.
222,3 *Unstern:* unheilbringender Stern, Unglück.
223,15 *Grasmädchen:* eine »Magd, welche das für die Kühe in den Ställen nöthige Gras mit der Sichel abhauet, und nach Hause trägt« (A).
223,26 *Rastral-Geistern:* Pedrillo meint »Astralgeistern«. »Nach einiger Meinung ist dies der dritte Theil des Menschen. Es soll der Mensch aus dem Leibe, der Seele und dem Astral-Geiste bestehen. Dieser letztere wäre sowohl ein Cörper, doch weit dünner als der Leib. Er käme von den Geistern her [...]. Dieser Meynung sind Paracelsus, Helmontius, Jacob Böhme« (Z). Auch Wieland

nahm in seinem Lehrgedicht *Die Natur der Dinge* (1751) die Existenz einer Art Astralgeistes als Verbindungsglied zwischen Leib und Seele an.

223,34 *schmecken:* (schwäb.) riechen.

224,4f. *Maravedis:* Maravedi: kleinste spanische Kupfermünze (vgl. Anm. zu 48,24).

224,6 *berichten:* belehren.

Zweyter Theil

230,7 *Kobolt:* »Der Prinz Kobold, oder *le Prince Lutin*, ist der Held des letzten Mährchens im ersten Theile der *Contes de Mad. D.* Sein eigentlicher Name ist Leander. Er ist der Nebennbuhler eines sehr kleinen, sehr dicken, sehr buckligen und sehr übel gezogenen Prinzen, Nahmens Füribon, und hat, neben tausend andern schönen Eigenschaften, die Gabe sich unsichtbar zu machen, so bald er ein kleines rothes Hütchen mit zwey Pfauenfedern aufsetzt, womit ihn die Fee Gentille beschenkt hat« (W II,4).
Moustasche: »Der Pantoffel der Fee Mustasche hatte die Kraft, denjenigen, dem er an die Nase gehalten wurde, in einen tiefen Schlaf zu versenken. Die schöne und tugendhafte Neardarne machte die Probe davon an dem Genie Schonkilje, da sie sich endlich genöthigt sah, so schwer es auch ihrem Herzen fiel, sich von ihm los zu reißen. S. Crebillons *Écumoire, T. II. p. 274*« (W II,5).

230,8 *Gyges:* »Der Ring des Gyges hatte die nehmliche talismanische Kraft, unsichtbar zu machen, welche Ariost dem Ringe des Brünel und Mad. D. dem Hütchen des Prinzen Kobold zuschreibt. Cicero erzählt das Mährchen von diesem Ringe nach dem Plato, im neunten Kapitel des ersten Buches von den Pflichten« (W II,5).

230,9 *Trusio:* »Die königliche Fee Trusio spielt ihre Person in dem Mährchen vom Orangenbaum und der Biene im zweyten Theile der *Contes de Mad. D.*« (W II,5).

230,14f. *Schach Baham:* in Crébillons *Le Sopha* der Sultan, dem das Märchen erzählt wird.

231,10 *Schwindelköpfe:* Tolle, Verrückte (G).

231,21 f. *Stuffen-Jahre:* »Jedes siebente Jahr des menschlichen Lebens, weil in demselben allemahl eine merkliche Veränderung in dem Körper vorgehen soll« (A).

232,10 f. *Europäische Academie ... Pau in Bearn:* Unter den vielen Provinzakademien »depuis Pau jusqu'à Dunkerque« (»von Pau bis nach Dünkirchen«; Voltaire) scheint Pau in jeder Hinsicht Mittelmaß und Rückständigkeit verkörpert zu haben; vgl. Christian Desplat, *L'Académie Royale de Pau au XVIIIe Siècle*, Pau 1971, S. 124.

232,29 *Comischen Romans:* der *Roman Comique* (1651–57) von Paul Scarron (1610–60).

232,29 f. *Baccalaureus von Salamanca:* der Roman *Le Bachelier de Salamanque* (1736) von Alain René Lesage.

232,30 *Findlings: Tom Jones, the History of a Foundling* (*Tom Jones, die Geschichte eines Findlings*; 1749) von Henry Fielding (1707–57).

232,31 *Candid:* Der philosophische Roman *Candide* (1759), in welchem Voltaire (1694–1778) den kosmologischen Optimismus Leibniz' durch das von Krieg, Naturkatastrophen und allerlei Unglück geprägte pikareske Leben des Helden ad absurdum führt.

232,31 f. *Gargantua und Pantagruel:* die phantastisch-grotesken Romane *Les horribles et espouvantables aventures de Pantagruel, roy des Dipsodes* (*Die schrecklichen und entsetzlichen Abenteuer von Pantagruel, König der Dipsodier*; 1532) und *La Vie inestimable du grand Gargantua, pere de Pantagruel* (*Das unschätzbare Leben des großen Gargantua, des Vaters von Pantagruel*; 1534) von François Rabelais (1494–1553).

232,33 *die Wahrheit mit Lachen gesagt:* Mit dem versteckten Horaz-Zitat wird die moralisch-satirische Intention beansprucht: »Ridentem dicere verum« (*Satirae* I,24). Vgl. auch Johann Jakob Christoffel von Grimmelshausen (1622–76) im *Simplicissimus* (1668–69): »Es hat mir so wollen behagen / Mit Lachen die Wahrheit zu sagen« (Vorrede zur Ausgabe 1671).

232,34 *Schelmerey:* Schurkerei.

233,14 *frostigen:* ohne Gefühl und Leben.
Capucinaden: Die Kapuziner waren als derbe Moralprediger bekannt; vgl. Schillers *Wallensteins Lager* (1798) I,484.

233,25 *Launcellot Gobbo:* »Nahme eines *Clowns* (einer Art von H a n s w u r s t oder K a s p e r l e) in dem Shakspeariscen Lustspiele, d i e z w e y e d e l n V e r o n e s e r« (W II,11).

234,10 *Sylvanen:* Silvanus: römischer Waldgott, der oft mit den Faunen und Pan in Verbindung gebracht wurde.

235,16–18 *der bucklichte Sohn ... wollte:* »Was in der zu Nürnberg herausgekommenen Deutschen Übersetzung des so genannten Kabinets der Feen ein Gänsemädchen ist, ist im Original eine *Dindonniere* oder ein Truthühnermädchen. Sie war eigentlich die Tochter der Königin des Landes der Freude, welche das Unglück gehabt hatte, in die Gewalt des bösen Königs des Landes der Thränen zu fallen. Der böse König sperrte sie in einen Thurm, wo es ihr ohne den Beystand der guten kleinen Maus sehr übel ergangen wäre. In diesem Thurme kam die Königin mit der Prinzessin Joliette nieder, welche ihr aber die böse Fee Konkaline entführt, und, da sie sich endlich den schlimmen Begegnungen der Fee durch die Flucht entzogen hatte, von dem Sohne des bösen Königs, einem sehr garstigen jungen Herrn, zu einem Hühnermädchen bestellt wurde. Der Prinz verliebte sich nach und nach gar heftig in sein Hühnermädchen; aber das Mädchen wollte nichts von ihm sehen noch hören. ›Nun begab sichs einsmahls, (sagt Md. D.) daß der Sohn des bösen Königs voller Unwillen gegen Jolietten sich unter einen Baum warf, wo er denn so sehr anfing zu weinen, so sehr, daß er heulte wie ein Kalb. Sein Herr Vater hörte es; er steckte den Kopf zum Fenster hinaus, und fragte ihn: Was hast du da, daß du so heulst? Was für eine dumme Aufführung ist das? Der Prinz antwortete schluchzend: ich weine, weil mich unser Hühnermädchen nicht lieben will. Wie, rief der König, sie will dich nicht lieben? Das wollen wir wohl sehen! Sie soll dich lieben, oder sie soll sterben!‹ u.s.w. S. Die gute kleine Maus, im zweyten Theile der *Contes de Mad. D.*« (W II,14f.).

237,30–33 *Prinz der glücklichen Insel ... Amatus:* Gestalten im Märchen *L'Oranger et l'Abeille* (*Der Orangenbaum und die Biene*) der Baronin d'Aulnoy.

242,20f. *keine Einbildung ist, daß ich dich liebe:* »Diese Empfindung, welche, wie wir hoffen, von Kennern des Herzens der Natur sehr gemäß befunden werden wird, ist deswegen zu bemerken, weil sie die erste Vorbereitung zur Entwicklung, nehmlich zur Entzauberung unsers Helden ist« (W II,26f.).

242,32 *Cimmerischen Gebürge:* »Jetzo erreichten wir des tiefen Ozeans Ende. / Allda liegt das Land und die Stadt Kimmerischer Männer. / Diese tappen beständig in Nacht und Nebel und niemals / Schauet strahlend auf sie der Gott der leuchtenden Sonne / [...] / sondern schreckliche Nacht umhüllt die elenden Menschen« (*Odyssee* XI,13–19; Übers. J.H.Voß).

243,10 *Dithyrambische:* (von griech. *Dithyrambos* ›ekstatisches Kultlied zu Ehren des Dionysos‹) Begeisterte.

245,24 *Anscheinungen:* Merkmale, Anzeichen.

247,12 *Pagoden:* So »heißet auch ein jedes von den Götzen-Bildern, die in den Tempeln, Pagoden genannt, befindlich sind« (Z).

247,29f. *sich ... befand:* »als [...] herausstellte« (in der Ausgabe 1795: »war«).

249,14 *nicht anständig war:* nicht gefiel, nicht paßte.

249,31 *Waldteufel:* Satyr (A).

250,11 *Karpe:* Karpfen.

251,7 *jenes Bräutigams:* Jakobs; vgl. 1. Mose 29,17–25.

251,11f. *Cremnitzer Ducaten:* Das slowakische Kremnitz besaß eine Münzprägestätte.

251,29 *Lüminöse:* »Nahme einer sehr liebenswürdigen Fee in *L'heureuse Peine*, einem Märchen der *Mad. de Murat.* Eine andre gleichen Nahmens ist diejenige, welche sich die Mühe giebt, die Erziehung des berühmten Prinzen *Angola* zu vollenden« (W II,41).

254,26 *Lethe:* »Die Seelen in Elysium würden nicht vollkommen glücklich seyn, glaubten die Griechischen Dichter, wenn das Andenken alles in ihrem Leben ausgestandenen Ungemachs ihre Ruhe stören könnte. Sie dichteten also, daß jede Seele, ehe sie in Elysium übergehe, aus dem Flusse Lethe ein gänzliches Vergessen ihres vorigen Zustandes trinke. Die guten Dichter dachten nicht daran, daß diese Seelen mit eben diesem Zuge auch das Vergessen ihrer selbst einzogen, und folglich aufhörten, die nehmlichen Personen zu seyn, welches eben so viel ist, als gar nicht mehr zu seyn« (W II,45f.).

256,35 *Liebkosungen:* Lobsprüche, Schmeicheleien.

258,24 *Tu si ... sentias:* »Nichts ist uns leichter (sagt der junge Charinus bei Terenz zu seinem Hofmeister Byrrhia, der ihn ermahnt, sich seine hoffnungslose Liebe zu der schönen Filumena aus dem Sinne zu schlagen) ›Nichts ist uns leichter als kranken Leuten einen Rath zu geben, wenn wir selbst gesund sind. An meinem Platze würdest du ganz anders denken‹. *Andria Act. II. Sc. I.*« (W II,52f.).

259,11 *Accidentia:* (lat.) eigtl. ›Zufälligkeiten‹, d.h. nur einem Einzelnen Zukommendes, nicht dem Allgemeinen, dem Wesen Notwendiges.

259,17 *ausschweiffend:* übertrieben, abwegig.

262,10f. *Schellen an ihren Kappen:* »Die Schellen an den Kleidern, waren ehedem ein Zeichen der Pracht und finden sich von dem Priesterkleide Aarons an bis tief in die mittlern Jahrhunderte [...]. Nachmals war dieses Stück der ehemaligen Kleiderpracht den Hof- und öffentlichen Narren überlassen« (A).

265,15 *Niedlichkeit:* Wohlgeschmack, Köstlichkeit.

266,1 *Symphonie:* »Composition, die allein auf Instrumenten hervorgebracht wird« (Z).

268,3 *mit sich selbst vergleichen:* mit sich selbst ins reine kommen, sich klar werden.

268,11 *Aspecten:* Stellungen der Planeten.

270,13 *Rousseau:* Im Vorwort zu seinem Roman *Julie ou La nouvelle Héloïse* (1761) schreibt Jean-Jacques R. (1712–87): »Niemals hat ein keusches Mädchen Romane gelesen; und diesem habe ich einen so bestimmten Titel vorangestellt, daß man gleich beim Öffnen des Buches wisse, woran man sich zu halten hat. Diejenige, die trotz dieses Titels eine einzige Seite zu lesen wagen wird, ist ein verlorenes Mädchen« (Übers. Gellius/Leube).

270,25–27 *Weisen ... lassen:* vgl. Anm. zu 24,17f., Nachwort S. 522.

271,26 *Collegio:* Collegium (lat.): akademische Vorlesung.

273,18 *Basilisken:* Basilisk: Mischwesen aus Drache und Hahn mit tödlichem Blick.

273,32f. *Albertus Magnus:* Der Dominikaner A.M. (1193–1280), hervorragender Theologe und Philosoph, Professor in Köln und Bischof in Regensburg, »doctor universalis« genannt, galt in der volkstümlichen Überlieferung als Zauberer und soll den Stein der Weisen gefunden haben.

273,34f. *Teresias ... wechselsweise Mann und Weib:* vgl. Ovids *Metamorphosen* III,320–340.

274,3f. *vis inertiae:* (lat.) Kraft der Trägheit: »Die Kraft, wodurch ein Körper demjenigen widersteht, der den nehmlichen Raum, in welchem er sich befindet, einnehmen will« (W II,76).

274,24 *gerechtere:* berechtigtere.

276,15 *Biscayer-Trommel:* Biscaya (Vizcaya): Name einer Provinz in Nordwestspanien.

276,20 *Succeß:* Erfolg.

276,23 *Theorbe:* Baßlaute.

277,16–27 *Instinct … sittlicher Schönheit:* Anspielung auf die platonisierende Lehre Shaftesburys (vgl. Anm. zu 12,3–8) von der letztendlichen Identität des Schönen mit dem Guten, von einer angeborenen, aber auch zu entwickelnden »moral grace«, die aller Ethik vorgeordnet ist.

280,3 *goldnen Regen:* witzig-erotische Anspielung auf den Mythos von der vom Vater eingesperrten Danae. Zu ihr kam Jupiter als ein goldener Regen; »Danae, welche meinte, daß es wahrhaftiges Gold wäre, fing es in ihrem Schooße auf, wobey sie, wie auf einem geschnittenem Steine vorgestellet wird, auf dem Bette lag« (H).

281,21 f. *altfränckische:* altertümliche (nach Art der fränkischen Vorfahren).

281,30 *Reverenz:* Verbeugung.

285,14 *Collation:* Erfrischung, Mahlzeit.

288,19 *eitel:* leer.

289,29 *Ansehen:* Aussehen.

289,32 *schlechtem:* schlichtem, einfachem.

290,3 *Beate:* Bezeichnung für Frauen, die ein geistliches Kleid anlegen, ohne ein Gelübde abzulegen; Betschwester (Larousse).

292,7 f. *Er schien sich so viel mit seiner Figur zu wissen:* Er schien sich so viel auf seine Figur, sein Äußeres einzubilden.

292,25 *niederträchtige:* demütige, bescheidene.

295,31 f. *Misphragmuthosis:* nicht ermittelt.

296,14 *Gueridon:* kleiner runder Tisch mit einem Fuß.

297,18 *Daphne:* Die Nymphe wurde von Apollon verfolgt und rief ihren Vater, den Flußgott Peneus, um Hilfe an, der sie, als Apollon sie erhaschte, in einen Lorbeerbaum verwandelte; vgl. Ovids *Metamorphosen* I,485–567.

297,28 *Beguine:* Begine: Angehörige einer klösterlichen Laiengemeinschaft.

301,7 *heben:* aufheben, beseitigen.

301,26 *Ines:* Vermutlich Inês de Castro, die 1354 mit dem portugiesischen Kronprinzen Dom Pedro heimlich vermählt wurde. Sein Vater ließ sie 1355 in Coimbra ermorden. Die Liebesgeschichte behandelt Luís Vaz de Camões (1524/25–80?) in den *Lusiaden* (1572; 3. Gesang); in der Tragödie Houdard de la Mottes (1723) wurde sie ein europäischer Erfolg.
Roxelane: R. war die Gattin des Sultans Soliman II., der 1553 den von ihr des Hochverrats bezichtigten Thronerben Mustapha um-

bringen ließ. Der Stoff wurde für Marmontels *Contes Moraux* (1716) und zahlreiche Tragödien benutzt, u.a. in Christian Felix Weisses (1726–1804) *Mustapha und Zeangir* (1761).

307,24 *Caprice:* (frz.) Laune.

307,24f. *Convenienz:* Konvention.

310,8 *Narcissus:* Der Narziß (Narkissos) der griechischen Mythologie verliebte sich in sein eigenes Spiegelbild.

310,10 *den Zügel zu verhängen:* den Zügel hängen zu lassen.

317,23 *Ritter vom Graal:* »Wir kennen diese Ritter vom heiligen Graal aus einem Auszuge, den uns Herr Bodmer von dem gereimten Ritterbuche Parzifal, in Hexametern, welche eine sehr gute Würkung thun, geliefert hat. Seh. den 2ten Theil der Calliope, S. 35 u. f.« (W 1772, S. 168).

318,20–24 *Daphnis oder Coridon ... Seladon:* stereotype Gestalten der traditionellen Schäferdichtung. Der griechische Dichter Longos (2. Jh. n. Chr.) schrieb die Liebesgeschichte *Daphnis und Chloe*, C. heißt ein liebeskranker Schäfer in Vergils *Eklogen*, S. (Celadon) ein Liebhaber in d'Urfés *Astrée* (vgl. Anm. zu 32,20).

318,25 *Zephirs:* Westwinde.

318,28 *Hebe:* griechische Göttin der Jugend und Mundschenkin der Götter.

319,13 *historischen Glauben:* Glaube als »der Beyfall, welchen man einem Satze gibt, um des Zeugnisses eines andern willen«. Mit »historisch« wurde der Unterschied zwischen Vernunfts- und Geschichtswahrheiten angezeigt: »die historische Erkenntniß, da man einer Sache und ihrer Gründe bloß kundig ist [...] im Gegensatz der wissenschaftlichen, scharfsinnigen oder vernünftigen Erkenntniß« (A).

319,18–20 *das Mährchen vom blauen Bart ... rothen Mützchen:* Märchen aus der Sammlung *Contes de ma mère l'Oye* von Perrault (vgl. Anm. zu 64,12f.).

319,25 *Paläphatus:* »Paläfatus soll ein Athener gewesen seyn, und noch vor Homer gelebt haben. Ihm oder doch einem Verfasser gleichen Nahmens schrieb man das Buch περὶ ἀπιστῶν von unglaublichen Dingen zu, welches sich in Gale's Sammlung der *Opusculorum Mythologicorum* befindet. Nach der Anzeige des Suidas hat dieses Werk aus fünf Büchern bestanden, wovon sich aber nur das erste erhalten hat. Sein Zweck war eigentlich den historischen, fysischen und moralischen Sinn in den alten Fabeln und Göttermährchen aufzuspüren; und man glaubte, er sey darin so glücklich gewesen, daß es zum Sprichwort wurde, denjenigen, welcher ungereimten und unglaublichen Dingen einen Anstrich von Wahrscheinlichkeit zu geben wußte, einen neuen Paläfatus zu nennen, sagt der gelehrte Ausleger Homers Eustathius *ad Odyss. XIX p. 688.*« (W II,137).

321,14 *Anmuthung:* Zuneigung (G).

324,19 *regaliren:* auftischen.

324,31 *anzuliegen:* »dringend und unaufhörlich [zu] bitten« (A).

326,4 *Strabo:* Der Grieche S. (63 v. – 20 n. Chr.) war »nach aller Gelehrten Urtheil der vornehmste Geographus« (Z).
Martiniere: wahrscheinlich Anspielung auf Bruzen la Martinières (1683–1749) 1726–39 erschienenes Werk *Historisch-politisch-geographischer Atlas der gantzen Welt. Ins Deutsche übersetzt von Christian Wolffen*, Leipzig 1744–49.

326,29 *dero:* (veralteter Gen. Pl. von *der*) deren.

327,19 *obgedachten:* oben erwähnten.

327,29 *Vezier:* Wesir: oberster Minister des Sultans in islamischen Staaten.

328,19 *Galenus:* Der griechisch-römische Gelehrte G. (129–199), Arzt des Kaisers Marcus Aurelius, »hat auf 500 Bücher verfertiget, so von der Medicin handeln« (Z).

328,32 *Canarien-Sect:* süßer, starker Wein von den Kanarischen Inseln.

330,16 *ausgesetzt:* getadelt.

330,22 *Caramussal:* mächtiger Zauberer in Hamiltons *Les quatres Facardins.*

330,27 *fiel ... bey:* stimmte zu.

331,13 *Caprosine:* vgl. lat. *capra* ›Ziege‹.

331,14f. *Zufälle:* hier: Unglücksfälle.

333,11 *Serail:* (pers.-türk.) Palast.

333,23 *Concetti:* (ital.) geistreiche Wortspiele.

333,27f. *Academie Francoise:* Académie Française: berühmte, im 17. Jh. in Paris gegründete Vereinigung zur Pflege der französischen Sprache und Literatur.

333,32 *Melisotte:* von griech. *melissa* ›Biene, Honig‹.

333,34 *verschrieb:* verschreiben: durch ein Schreiben zukommen lassen; verordnen.

333,36 *Lulli:* der französische Komponist Jean Baptiste Lully (1632–87).

334,13 *Morgensterne:* Morgenstern: mit Stacheln besetzte Keule oder Kugel.

334,24 *erkiesen:* erwählen.

335,11 *Padmanaba:* Zauberer in der *Histoire de la Sultane de Perse et des Visirs* in der Sammlung *Cabinet des fées* (vgl. Nachwort, S. 515).

336,24 *Paphos:* Heiligtum der Venus auf Zypern.

337,15 *Galactine:* vgl. griech. *gala*, Gen. *galaktos* ›Milch‹.

337,34 *Insel auf dem festen Lande:* In *Don Quijote* verspricht der Ritter ständig seinem Schildknappen die Statthalterschaft über eine Insel, dieser zieht aber das Festland vor; vgl. etwa I,26.

338,32 *Lasur-Stein:* Lapislazulistein: Schmuckstein, meist blau, aus verschiedenen Mineralien.

341,6 *Wohlstand:* Anstand.

341,29 *schwärmen:* phantasieren, verrückt sein.

343,19 *Ariadne ... Bachus:* Als Theseus A. verlassen hatte, fand sie der junge Bacchus und vermählte sich mit ihr. Diese Hochzeit war ein beliebtes Motiv auf antiken Gemmen.

346,25 *Soriten:* in der Syllogistik Fang- oder Kettenschlüsse.

349,5 *zu einem dreyfachen Hummel: Hummel* kann auf schwäbisch zwar vereinzelt auch männlich sein, der Text spielt mit dem Genuswechsel jedoch eher auf das gleichlautende *der Hummel* ›Zuchtstier‹ an (G).

350,25 *überflüßig:* im Überfluß, reichlich.

353,5 *trojanischen Pferd:* das riesige hölzerne Pferd der Griechen vor Troja, das die Trojaner als Geschenk der vermeintlich abgezogenen Griechen in die Stadt zogen. In ihm hatten sich einige Griechen versteckt, die dann nachts die Tore Trojas öffneten (vgl. Vergil, *Aeneis* II,13 ff.).

353,6 *Eselin des Silenus:* Der dickbäuchige und kahlköpfige Halbgott der Trunkenheit taumelt entweder einher oder reitet auf »einem kleinen krummen Esel« (H).

356,32 *Weberknopf:* »kunstgerechter knoten, womit der weber zerrissene fäden verknüpft« (G).

357,7 *Meynung:* Absicht.

358,33 *Titon:* Aurora, die Göttin der Morgenröte, liebte Tithon so sehr, daß sie ihm von Zeus Unsterblichkeit erbat. Sie vergaß aber, auch ewige Jugend für ihn zu erbitten, weshalb er als ein hinfälliger Greis zuletzt in einer Wiege gepflegt werden mußte.

360,12 f. *Ammons-Horn:* Jupiter Ammon wurde als Gott der Schafzucht mit Widderhörnern dargestellt.

360,21 *Actäon:* Der Jäger Aktaion belauschte Diana, die Göttin der Jagd, als sie in einer Quelle badete. Sie besprengte ihn zur Strafe mit Wasser, worauf er in einen Hirsch verwandelt und von seinen eigenen Hunden zerrissen wurde.

361,8 *Ondinen:* Undinen; vgl. Anm. zu 24,17f.

362,10 *Najaden:* Quellnymphen.

362,12 *gediegenem:* geronnenem.

363,1 *Caraculiamborix:* vgl. *Don Quijote* I,1.

363,35 *gehofmeistert:* (von *Hofmeister* ›Erzieher adliger Söhne‹) geschulmeistert.

364,8 *Grafen von Gabalis:* vgl. Anm. zu 24,17f.

364,13 *Gradationen:* Abstufungen, stufenweise Steigerungen.

365,25 *Semele:* »So wenigstens versteht der Graf von Gabalis die mythologische Erzählung von der schönen Semele, welche von den Blitzen ihres Liebhabers Jupiters verzehrt wurde, weil sie die Thorheit gehabt hatte, ihn beym Styx schwören zu lassen, daß er ihr einmahl in der ganzen himmlischen Herrlichkeit erscheinen wollte, in welcher er seiner lieben Gemahlin Juno beyzuwohnen pflegte« (W II,208).

366,1 *Flox:* vgl. griech. *phlox* ›Flamme‹.

368,31 *Gichter:* (schwäb.) Krämpfe.

370,35 *Preciöse:* »Les Précieuses« (um 1625–45) waren eine um die Verfeinerung und Eleganz der Sprache bemühte Gruppe von Schriftstellerinnen (u.a. Madame de Scudery und Madame de La Fayette). Die affektierten Auswüchse wurden von Molière (1622–73) in den Komödien *Les Précieuses ridicules* (*Die lächerlichen Preziösen*; 1659) und *Les Femmes savantes* (*Die gelehrten Frauen*; 1672) verspottet.

372,1 *Tritonen:* Triton »war einer von den berühmtesten Meergöttern, insonderheit aber Neptuns Trompeter [...]. Er war von oben bis an die Beine einem Menschen gleich, nur hatte er statt der Haare Wassereppich, und statt der Haut kleine blaulichte Schuppen, unter den Ohren Kiemen, blaue Augen, einen breiten Mund und Zähne, wie wilde Thierzähne« (H).

372,32 *Eintrag thun:* schaden.

375,29 *wilde Männer:* Hier ist an die heraldischen Gestalten auf Wappenschildern zu denken.

376,25f. *wie er sehr weißlich davor hielt:* wie er klugerweise für möglich hielt.

377,11 *Wallfisch:* Lukian erzählt in den *Historiae verae* I,30, wie ein Schiff von einem riesigen Walfisch verschlungen wird und seine Besatzung in dem Bauch dieses Tieres ganze Länder durchwandert.

378,32f. *Discant-Stimme:* höchste Singstimme.

378,34 *Castraten:* Durch Kastration bleibt die Sopran- bzw. Altstimme der Knaben erhalten; sie läßt sich weiter entwickeln und ins Virtuose steigern, weshalb Kastraten in Oper und Kirchenmusik bis ins 19. Jh. sehr beliebt waren.

379,11f. *Schotten- … Gewächse:* Schotenpflanzen.

379,18 *Mandarins:* Mandarin: hoher chinesischer Staatsbeamter.

379,21 *Kürbis:* vielleicht Anspielung auf Senecas gegen den verstorbenen Kaiser Claudius um 54 n. Chr. verfaßte Satire *Apokolokyntosis* (griech., ›Verkürbissung‹). Der Kürbis wurde als Symbol der Stupidität verwendet und der Hohlkopf Claudius als grausamer Trottel in die Unterwelt verbannt, nicht wie in der ebenfalls von Seneca gehaltenen offiziellen Trauerrede als »divus« in den Kreis der Götter aufgenommen.

382,20 *Betrachtungen … à priori:* Der Kürbis ist unfähig, empirische Beoachtungen zu machen, und verlegt sich deshalb auf erfahrungsunabhängige Sätze und Schlüsse.

383,21 *Abrede:* Beredung, Verabredung (G).

387,16 *Carbonnade:* auf dem Rost gebratenes Fleisch (Rostbraten).

388,6f. *Compliment:* Gruß mit einer Verbeugung (A).

389,8 *Gassensteine:* Pflastersteine (G).

391,35f. *Calender-Macher:* Die Kalender enthielten Horoskope und Wahrsagungen.

392,13 *Vorhaus:* Vorraum, Hausflur.

392,24 *Calot:* Jacques Callots Stiche enthielten neben Schilderungen der Greuel des Krieges auch derb-realistische Szenen aus dem Volksleben; vgl. Anm. zu 72,2.
Hogarth: William H. (1697–1764) war besonders durch die von Lichtenberg kommentierten satirischen, das Verbrechen, das elende Leben der Ärmsten und die Dekadenz der Oberschicht schonungslos schildernden Kupferstiche berühmt geworden.

392,26 *Hexen-Sabbath:* den Hexen nachgesagtes nächtliches Treiben, besonders während der Walpurgisnacht auf dem Blocksberg im Harz.

393,8f. *goldnen Apfel:* Der trojanische Prinz Paris teilte Aphrodite diesen Preis der höchsten Schönheit vor Hera und Athene zu, nachdem die Göttin ihm im Falle ihres Sieges die schöne Helena versprochen hatte.

395,32 *Flora:* römische Frühlings- und Vegetationsgöttin.

396,8 *Titian und Guido:* Tiziano Vecellio (1476 oder 1489–1576) und G. Reni (1575–1642), wegen ihres Kolorits geschätzte italienische Maler.

397,19f. *Sanct Thomas von Aquino:* Der bedeutendste Theologe und Philosoph des Mittelalters T. v. A. (um 1225–74) hob die Berechtigung der Philosophie neben dem Glauben hervor.

399,6 *Der einzige Biribinker:* Biribinker als einziger.

400,26 *Merlin:* Zauberer und Ratgeber des Königs Artus. Sohn einer Jungfrau und eines Teufels. Er starb nicht, sondern wurde von seiner Geliebten, der Fee Vivian, in ewigen Schlaf versenkt.

401,3 *Jomelli:* Niccolò J. (1714–74), italienischer Komponist.

401,23 *des fünften Sinnes:* des Tastsinns.

401,35 *Bentleys:* Richard Bentley (1662–1742), berühmter englischer Homer-Philologe.

401,36 *Scribleris:* Jonathan Swift (1667–1745), Alexander Pope (1688–1744) und andere englische Satiriker bildeten 1712 gegen geistlose Pedanterie den berühmten »Scriblerus Club«. Durchgängiges Spottbild war die fiktive Gestalt Martin Scriblerus, den Pope z. B. gelehrte Anmerkungen gemeinsam mit Richard Bentley publizieren läßt.

402,4 *Indianischen:* Indischen.

403,18 *Figuren:* rhetorische Figuren, Redekunst.

406,19 *Hippogryfen:* Hippogryph: Roßgreif; Flügelroß in Ariosts *Orlando furioso* IV,18. In Wielands *Oberon* (1780) Synonym für Pegasus.

407,29 *Cacamiello:* (ital.) Honigscheißer.

408,15 *die neunzehnte Welt:* »Ist nach dem Bericht des Wessirs M o s l e m in *Ah quel Conte*, eine Welt, wohin sich die Genien, Zauberer, (und warum nicht auch die K ö n i g e in den Feenmährchen?) zurück ziehen, wenn sie müde sind, auf dieser unsrer Welt (man weiß noch nicht die w i e v i e l t e sie ist) lange Weile gehabt zu haben« (W II,276).

409,7 *ungeräumte:* ungereimte.

409,8 *gut:* gutgläubig, einfältig (A).

409,23f. *gewisse Republicken:* Anspielung auf Wielands Heimatstadt Biberach, die reichsunmittelbar war.

409,29 *Die vier Facardins:* vgl. Anm. zu 29,18f. Nachwort S. 516.

410,2 *Elegie des Tibullus:* Tibull (54 v. – 19 n. Chr.) schrieb u. a. erotische Elegien. Zur Beurteilung im 18. Jh.: »Antonius Possevimus fiel allezeit auf die Knie, wenn er den Tibullum lesen wolte, und bat Gott, er möchte ihn bewahren, damit er sich durch die Schönheit der Verse desselben nicht zur Geilheit verleiten ließe« (JA).

410,10 *Vorwitz:* Neugierde.

411,28f. *diamantnen Quaderstücken:* »Die Verschwendung kostbarer Materialien war was der berühmte Schach-Baham an einem Mährchen am meisten liebte. *Je ne me rappele pas*, sagte er von dem politischen und astronomischen Mährchen, welches ihm Moslem erzählt, *qui'l y en ait beaucoup, où l'or et les pierreries soient aussi libéralement employés* [...]. *Cela est d'une beauté, d'une grandeur, d'une magnificence inconcevable.* ›Was mich betrifft, (setzte Seine Hoheit hinzu) so bald ich in einem Mährchen viel Edelsteine sehe, und wenn es nur falsche wären, so interessiert es mich unendlich; und, ernsthaft von der Sache zu reden, ich wüßte nichts anders das mich bis auf einen gewissen Grad rührte. Vergiß es nicht, Wessir! Ein wenig Truthähne, (weil sie, man sage was man will, ihren Werth haben) viel Diamanten, und laß die Kunstrichter sagen was sie wollen!‹« (W II,282.)

412,21–28 *Einwohnern des Saturnus ... diese:* Der niederländische Naturwissenschaftler Christiaan Huygens (1629–95) verbesserte das Fernrohr und entdeckte den Ring um den Planeten Saturn. Der Zoologe Jan Swammerdam (1637–80) hatte ungefähr gleichzeitig bahnbrechende mikroskopische Untersuchungen durchgeführt. In Voltaires satirischem Roman *Micromégas* (1752) muß der Riese Micromégas (griech., ›kleingroß‹) vom Stern Sirius in die Verbannung gehen und wandert mit einem Begleiter vom Planeten Saturn durch das Weltall. Auf der Erde angekommen, können diese Riesen die Menschen nur durch ein Vergrößerungsglas entdecken. In der Ausgabe 1795 verweist Wieland auf Huygens und Voltaire.

412,31f. *Lucian in seinen wahrhaften Geschichten:* Gemeint sind Lukians (vgl. Anm. zu 36,19f.) *Wahre Geschichten*, die die Phantastereien der Abenteuerromane ins Komische übertreiben.

414,14 *Haberrohr:* Hirtenflöte.

415,23 *Alten und Neuern:* antike und moderne Autoren.

415,30 *Orlando des Ariost:* vgl. Anm. zu 195,1.

416,2 *Cabbalisten:* »Die Cabbala practica bestehet hauptsächlich darinnen, daß sie vermeinen, durch den Gebrauch derer Göttlichen Namen, gewisser Charactere und anderer abergläubischer

Dinge die Geister zu berufen [...] und andere Wunderwercke zu verrichten« (Z).

416,26 *eines Grans:* Gran (von lat. *granum* ›Korn‹): sehr kleines Gewicht, Apothekergewicht (0,06 g).

416,28 *Paläphatus:* vgl. Anm. zu 319,25.

417,8 *Herodot:* Der Grieche Herodotos (um 485–425 v. Chr.) wurde mit seinem Werk zum »Vater der Geschichtsschreibung« (Cicero).

417,11 *Tacitus:* Der römische Historiker Publius Cornelius T. (um 55–120) war wegen seiner *Annalen* und *Germania* berühmt. *Hume:* Der britische Philosoph und Historiker David H. (1711–76) veröffentlichte 1754–62 eine vierbändige *History of Great Britain*, seinen größten Publikumserfolg.

417,21 *vor:* für.

417,29 *Präsumtion:* Annahme, Vermutung.

418,16f. *überweisen:* überführen, überzeugen.

418,29f. *Maria von Agreda:* vgl. Anm. zu 64,11f.

418,30 *zum Beyspiel:* als Beispiel.

419,13 *Gilblas von Santillane:* vgl. Anm. zu 123,13.

419,35 *Induction:* Schließen aus einer oder mehreren Tatsachen auf eine allgemeine Gesetzlichkeit.

419,36 *Schlußreden:* Syllogismen, logische Schlüsse (A).

420,2f. *gründliches:* philosophisch Begründetes.

421,23 *ad spectatores:* (lat., ›an die Zuschauer‹) im Theater die direkte Anrede ans Publikum durch die Schauspieler.

421,25 *hinkenden:* schleppenden (A).

422,10 *finis secundarius:* (lat.) Nebenzweck.

422,23–27 *Sancho Pansa ... Herzogin:* vgl. *Don Quijote* II,30ff. *Zauberern und Mohren:* vgl. *Don Quijote* I,17.

424,14f. *Dido ... Höhle:* vgl. *Aeneis* IV,165–172 und Anm. zu 87,20.

424,19f. *Lebensgeister:* »eine höchst feine flüssige Materie, welche in dem Gehirn erzeugt wird, und sich vermittelst der Nerven durch den ganzen Leib vertheilet, um ihm Empfindung und Bewegung zu ertheilen« (A).

424,20 *zerstreue:* schwäche. *die Fibern abspanne:* die Muskeln oder Nerven entspanne.

424,25 *galant:* aufgelegt zu Liebesabenteuern.

424,33f. *Verehrern ... Cristall-Inseln:* In Crébillons Märchen *Ah quel Conte!* (*Oh welch ein Märchen!*) wird die spröde und überhebliche Prinzessin Cristalline von einer ›galanten‹ Fee verwünscht, so daß die Prinzessin zwar selber sehr amourös wird, gleichzeitig aber bei den Männern Impotenz hervorruft, so daß diese ihr nach vergeblichen Liebesmühen alle sehr demütig begegnen.

425,3 f. *vermochte sie ihn:* veranlaßte sie ihn.

427,12 *romantisches:* »Romantisch, aus dem Franz. romantesque, welches gleichfalls von Roman abstammt, aber nur in engerer Bedeutung von vorzüglich angenehmen und gleichsam bezaubernden Gegenden üblich ist, so wie sie in den Romanen und Ritterbüchern beschrieben werden« (A).

428,10 f. *Quintchen:* Quentchen: winzige Menge.

428,29 *Bel zu Babel:* Pedrillo spielt auf die apokryphe alttestamentliche Schrift *Vom Bel zu Babel*, V. 2, an: »Nun hatten die zu Babylon einen Abgott, der hieß Bel: dem mußte man täglich opfern zwölf Malter Weizen und vierzig Schafe und drei Eimer Wein.«

430,5 f. *meinen Kopf auch setzte:* »Indessen sagt man noch im gemeinen Leben, seinen Kopf aufsetzen, eigensinnig, hartnäckig sein« (A).

431,20 *gar:* ganz.

432,29–433,1 *übel erhaltener:* schlecht unterdrückter.

437,22 *Divination:* Ahnung.
Vorwissenschaft: Vorherwissen.

438,25–28 *Gleichgewicht ... zu viel thun solle:* Gleichmut, *aequitas animi* (Cicero), wird in der antiken Moralphilosophie von Demokrit bis zu Seneca als vorbildliche Haltung in Freude und Schmerz gepriesen.

438,36 *ein einziger unbeweglicher Augenblick:* Der auf Platon zurückgehende Begriff *nunc stans* (stehendes Jetzt) wurde von der scholastischen Theologie, der Mystik und der von ihr geprägten Erbauungsliteratur als Bestimmung der Ewigkeit gegenüber der Zeitlichkeit benutzt.

439,25 *Academie:* die von Platon begründete Philosophenschule.

439,26 *Lyceum:* Apollontempel und Sportanlagen mit einer Wandelhalle, worin Aristoteles seine Schüler unterrichtete.
Stoa: Säulenhalle, worin sich die nach ihr benannten Stoiker versammelten.

440,15 *Zoilus:* Der kynische Philosoph Zoilos von Amphipolis wurde wegen seiner scharfen und schiefen Homer-Kritik das Urbild des tadelsüchtigen Kritikers.

440,27 *Deum ex machina: deus ex machina* (lat.): Gott aus der Maschine. Im antiken Theater schwebten die Götter in einer kranähnlichen Maschine auf die Bühne, um überraschend in die Handlung einzugreifen und einen sonst unlösbaren Handlungsknoten doch noch zu lösen.

441,15 *Clausul:* Klausel, Bedingung.

441,21 f. *ihn … zu reclamiren:* ihn zurückzufordern.

443,23 f. *Carls des 2ten:* des spanischen Königs Carlos II. (1661–1700).

443,29 *Amadis: Amadís de Gaula* (1508), Roman von Garci Rodríguez de Montalvo; erfolgreichster Ritterroman mit keltisch-bretonischen Sagenstoff; unzählige Bearbeitungen.

443,31 *affectirten:* spiegelten vor.

445,9 *für den Deixel:* auf Teufel komm raus.

448,27 *Succeß:* Ausgang.

Literaturhinweise

1. Ausgaben

C. M. Wielands Sämmtliche Werke. [Ausgabe letzter Hand.] Leipzig: Göschen, 1794–1811. – Reprogr. Nachdr. Hamburg: Greno, 1984. [*Don Sylvio*: Bd. 11 und 12. 1795. Zit. als: W I und II mit Seitenzahl.]

Wielands Gesammelte Schriften. Hrsg. von der Deutschen Kommission der Preußischen Akademie der Wissenschaften, der Akademie der Wissenschaften der DDR, der Berlin-Brandenburgischen Akademie der Wissenschaften. Berlin: Weidmann, 1909ff. Berlin: Akademie-Verlag, 1954ff. [Unabgeschlossene hist.-krit. Ausg.] – Nachdr. der 1. Aufl. Abt. 1 und 2. Hildesheim: Olms, 1986–87.

Christoph Martin Wieland: Werke. 5 Bde. Hrsg. von Fritz Martini und Hans Werner Seiffert. München: Hanser, 1964–68. [*Don Sylvio*: Bd. 1. 1964. Bearb. von F. M. und Reinhard Döhl. S. 7–372. Anm. S. 876–891. – Zit. als: MD.]

Christoph Martin Wieland: Ausgewählte Werke in 3 Einzelbdn. Hrsg. und mit Nachw. von Friedrich Beißner. München: Winkler, 1964–65.

Die Abentheuer des Don Sylvio von Rosalva. Leipzig: Weidmanns Erben und Reich, 1772. [Zit. als: W 1772.]

Christoph Martin Wieland: Der Sieg der Natur [...] oder die Abentheuer des Don Sylvio von Rosalva [...]. Hrsg. von Jan Philipp Reemtsma, Hans und Johanna Radspieler. Zürich: Haffmans, 1997. (C. M. Wieland: Werke in Einzelausgaben.)

2. Briefe

Wielands Briefwechsel. Hrsg. von der Deutschen Akademie der Wissenschaften zu Berlin durch Hans Werner Seiffert. Berlin: Akademie-Verlag, 1963ff. [Zit. als: Briefe.]

3. Bibliographien

Günther, Gottfried / Zeilinger, Heidi: Wieland-Bibliographie. Berlin/Weimar 1983.

Ottenbacher, Viia / Zeilinger, Heidi: Wieland Bibliographie 1983–1988, 1989–1992 und 1993–1996. In: Wieland-Studien. 3 Bde. Sigmaringen 1991–96.

Schelle, Hansjörg: Nachträge und Ergänzungen zur Wieland-Bibliographie. In: Lessing Yearbook 1984ff.

Vgl. außerdem unter (4) Jørgensen und Schäfer.

4. Zu Leben und Werk

Brender, Irmela: Christoph Martin Wieland. Reinbek 1990.

Gruber, Johann Gottfried: Christoph Martin Wieland. Leipzig 1815. – Nachdr. der erw. Ausg. von 1827 in der Göschen-Ausg., Hamburg 1984.

Jørgensen, Sven-Aage / Jaumann, Herbert / McCarthy, John / Thomé, Horst: Wieland. Epoche – Werk – Wirkung. München 1994.

Schaefer, Klaus: Christoph Martin Wieland. Stuttgart 1996. (Sammlung Metzler. 295.)

Sengle, Friedrich: Wieland. Stuttgart 1949.

Starnes, Thomas C.: Christoph Martin Wieland. Leben und Werk. 3 Bde. Sigmaringen 1987.

5. Zu *Don Sylvio*

Blackall, Eric A.: The Emergence of German as a Literary Language. 1700–1775. Cambridge 1959.

Brenner, Peter: Kritische Form. Zur Dialektik der Aufklärung in Wielands Roman »Don Sylvio«. In: Jahrbuch der Deutschen Schiller-Gesellschaft 20 (1976) S. 162–183.

Erhart, Walter: Entzweiung und Selbstaufklärung. Christoph Martin Wielands »Agathon«-Projekt. Tübingen 1991.

Fink, Gonthier-Louis: Naissance et Apogée du conte merveilleux en Allemagne 1740–1800. Paris 1966.

Hillmann, Heinz: Wunderbares in der Dichtung der Aufklärung: Untersuchungen zum französischen und deutschen Feenmärchen.

In: Deutsche Vierteljahrsschrift für Literaturwissenschaft und Geistesgeschichte 43 (1969) S. 76–113.
Jahn, Wolfgang: Zu Wielands »Don Sylvio«. In: Wirkendes Wort 18 (1968) H. 5. S. 320–328.
Jørgensen, Sven-Aage: Der fromme Wieland. In: Zwischen den Wissenschaften. Festschrift für Bernhard Gajek. Hrsg. von Gerhard Hahn [u. a.]. Regensburg 1994.
Kayser, Wolfgang: Entstehung und Krise des modernen Romans. Stuttgart 1955.
Klotz, Volker: Das europäische Kunstmärchen. München 1987.
Kurrelmeyer, William: Gil Blas and Don Sylvio. In: Modern Language Notes 34 (1919) S. 78–81.
Kurth, Lieselotte E.: Die zweite Wirklichkeit. Studien zum Roman des 18. Jahrhunderts. Chapel Hill 1969.
Kurth-Voigt, Lieselotte: Wilhelm Ehrenfried Neugebauer. »Der teutsche Don Quichotte.« Ein Beitrag zur Geschichte des deutschen Romans im 18. Jahrhundert. In: Jahrbuch der Deutschen Schillergesellschaft 9 (1965) S. 106–130.
Marx, Friedhelm: Erlesene Helden. Don Sylvio, Werther, Wilhelm Meister und die Literatur. Heidelberg 1995.
McCarthy, John: Fantasy and Reality. An Epistemological Approach to Wieland. Bern / Frankfurt a. M. 1974.
Mayer, K. Otto: Die Feenmärchen bei Wieland. In: Vierteljahrschrift für Literaturgeschichte 5 (1892) S. 374–408, 497–533.
Meyer, Herman: Der Sonderling in der deutschen Dichtung. München 1963.
Michelsen, Peter: Lawrence Sterne und der deutsche Roman des 18. Jahrhunderts. Göttingen 1962.
Nobis, Helmut: Phantasie und Moralität: das Wunderbare in Wielands »Dschinnistan« und der »Geschichte des Prinzen Biribinker«. Kronberg (Ts.) 1976.
Preisendanz, Wolfgang: Die Auseinandersetzung mit dem Nachahmungsprinzip in Deutschland und die besondere Rolle der Romane Wielands (Don Sylvio, Agathon). In: Nachahmung und Illusion. Hermeneutik und Poetik. Bd. 1. Hrsg. von H. R. Jauß. München 1964. S. 72–95.
Sagmo, Ivar: Über die ästhetische Erziehung des Eros. Zu Wielands »Don Sylvio von Rosalva«. In: Text & Kontext 9 (1981) S. 185–197.
Scheffel, Michael: Formen selbstreflexiven Erzählens. Eine Typologie und sechs exemplarische Analysen. Tübingen 1997.

Schönert, Jörg: Roman und Satire im 18. Jahrhundert. Stuttgart 1969.
Stern, Guy: Saint or Hypocrite?: A study of Wieland's »Jacinte episode«. In Germanic Review 29 (1954) S. 96–101.
Tarot, Rolf / Scherer, Gisela: Kunstmärchen. Erzählmöglichkeiten von Wieland bis Döblin. Berlin 1993.
Wilson, W. Daniel: The Narrative Strategy of Wieland's »Don Sylvio von Rosalva«. Bern 1981.
Zimmermann, Christian von: Reiseberichte und Romanzen. Kulturgeschichtliche Studien zur Perzeption und Rezeption Spaniens im deutschen Sprachraum des 18. Jahrhunderts. Tübingen 1997.

Nachwort

Wielands Romane *Der Sieg der Natur über die Schwärmerey, oder die Abentheuer des Don Sylvio von Rosalva / Eine Geschichte worinn alles Wunderbare natürlich zugeht* (1764) und *Geschichte des Agathon* (1766–67) leiteten eine neue Epoche in der Geschichte des deutschen Romans ein. Lessing schrieb in der *Hamburgischen Dramaturgie* im 69. Stück, *Agathon* sei in Deutschland »der erste und einzige Roman für den denkenden Kopf, von klassischem Geschmacke«. Es wäre nicht abwegig, dies Urteil im Hinblick auf *Don Sylvio* abzuwandeln und ihn als den ersten deutschen Roman für den ästhetischen Kopf, von modernem Geschmack zu charakterisieren. Wenn Wieland mit *Agathon* den Prototyp des deutschen Bildungsromans schuf, so war ihm mit dem gleichzeitig entstandenen *Don Sylvio* der Anschluß an den modernen englischen und französischen Roman gelungen.

Wer war dieser Senator und Kanzleiverwalter der kleinen schwäbischen Reichsstadt Biberach, dem im Jahre 1764 dieser Wurf gelang? Christoph Martin Wieland (1733–1813) war der Sohn des ersten Geistlichen der Stadt und hatte als frühreifes Kind die pietistische Internatschule Klosterbergen besucht, aber auch eine Zeitlang bei einem rationalistisch geprägten Verwandten gelebt und den Aufklärungsphilosophen Christian Wolff (1679–1754) studiert. Vor allem hatte er eine Unmenge gelesen – von Klopstock bis Voltaire, deren Lektüre im Internat nicht erlaubt war. Wielands produktive Rezeption der modernen und antiken Literatur war außerordentlich – schon mit achtzehn Jahren hatte er eine ganze Reihe empfindsamer Dichtungen und ein großes klassizistisches Lehrgedicht geschrieben. Er brach sein Studium der Rechtswissenschaft in Tübingen um der Poesie willen ab, um zwei Jahre im Hause des Schweizer Literaturpapstes und Gottsched-Gegners Johann Jakob Bodmer (1698–1783) zu verbringen. Dort dichtete er, schrieb sogar eine Patriarchade und entfaltete eine reiche literaturpolemische Tätigkeit. Er füllte dort den Platz Klopstocks aus, der 1751 als *Messias*-Dichter vom dänischen König nach Kopenhagen berufen worden war. Wie Klopstock gab er mit diesem Schritt eine normale bürgerliche bzw. akademische Laufbahn auf und begab sich in die Abhängigkeit von Mäzen und Markt – oder in die eines Hauslehrers von seinen Brotgebern. Verständlicherweise brach seine Verlobte Sophie Gutermann, später von La Roche, unter diesen Umständen mit ihm und ging eine konventionelle Ehe ein. Nach zwei Jahren im Hause Bodmers lebte er weitere fünf Jahre als Schriftsteller und Privatlehrer in der Schweiz und spielte mit dem Gedanken, einen Verlag für Übersetzungen zu gründen. Als es jedoch dem Vater gelang, ihm die Stelle eines Senators in Biberach zu verschaffen, die er kurz darauf mit der einträglichen Stelle eines Kanzleiverwalters verbinden konnte, verließ er 1760 schleunigst die Schweiz, ohne sich von Freunden und von seiner neuen Verlobten Julie von Bondeli zu verabschieden.

Als Wieland seinen ersten Roman veröffentlichte, war er kein Unbekannter, war er vielmehr aufgrund seiner Lehrgedichte, seiner Epik, seiner Hymnen und Oden sowie seiner frommen und erbaulichen *Briefe von Verstorbenen an hinterlassene Freunde* (1753), der *Sympathien* (1756) und der *Empfindungen eines Christen* (1757) bereits ein berühmter Dichter. Er hatte darüber hinaus einige Dramen geschrieben und stand in Biberach kurz vor der Vollendung der ersten deutschen Übersetzung von Shakespeares Dramenwerk. Aber er wußte ernüchtert, daß er weder wie Klopstock als seraphischer Dichter leben noch wie Pope die Schriftstellerei als Profession betreiben konnte. Jedenfalls noch nicht, denn eine unabhängige Schriftstellerexistenz blieb sein Ziel.

Die *Empfindungen eines Christen* enthalten einen bigotten Angriff auf den Anakreontiker Johann Peter Uz, gekoppelt mit einer kaum versteckten Aufforderung zur Intervention an die geistliche Obrigkeit. Dies hatte ihm seinerzeit den Ruf eines Scheinheiligen eingebracht, den Lessing sogar öffentlich der Heuchelei verdächtigte. Längst war Wieland nicht mehr dieser fromme Eiferer, eine Kehrtwendung hatte er aber öffentlich noch nicht vollzogen. Aus diesem Grund ist es verständlich, daß er den übermütigen, scheinbar nur frivolen Roman zuerst anonym erscheinen ließ. Es gab auch weitere Gründe für diese Zurückhaltung, denn auch der ernstere *Agathon* wurde zuerst anonym publiziert, während Wieland sich etwa zu dem Epos *Cyrus* (1759) und der »moralischen Geschichte« *Araspes und Panthea* (1760) namentlich bekannt hatte.

Hier zeigt sich ein anfängliches Zögern des schon berühmten Schriftstellers, sozusagen allen künstlerischen Ernstes als Romanautor hervorzutreten. Wieland hat sich dann später, als sich die Gattung nicht zuletzt durch ihn etabliert hatte, stets zu seinen Romanen bekannt. Symptomatisch für das sich wandelnde Ansehen der Gattung Roman ist Lessings poetologische Bemerkung in der *Hamburgischen Dramaturgie*: Lessing wünscht, dem *Agathon* den von Wieland vermiedenen Titel eines Romans zu geben, und will die traditionelle Kritik an der Gattung nicht gelten lassen: »Roman? Wir wollen ihm diesen Titel nur geben, vielleicht, daß es einige Leser mehr dadurch bekömmt. Die wenigen, die es drüber verlieren möchte, an denen ist ohnedem nichts gelegen« (69. Stück, 28. Dezember 1767).

Der Roman stellte also eine in der klassizistischen Poetik noch nicht legitimierte Gattung dar, obwohl das Publikum seit dem 17. Jahrhundert eifrig pikareske und ›galante‹ Romane sowie Robinsonaden las. Die Skepsis der Kritik hing in Deutschland mit dem Verfall der Gattung zu Anfang des 18. Jahrhunderts zusammen. Aus der ersten Jahrhunderthälfte ragen nur Johann Gottfried Schnabels *Wunderliche*

Fata einiger Seefahrer (1731–43), nach Tiecks Neuherausgabe 1828 *Insel Felsenburg* genannt, und Christian Fürchtegott Gellerts *Leben der schwedischen Gräfin von G**** (1746–48) heraus. Sie erneuerten zwar mit Publikumserfolgen die Gattung, aber Schnabels Werk enthält neben seiner Utopie bzw. kollektiven Robinsonade besonders in der Fortsetzung viele Elemente des abgewirtschafteten Abenteuerromans, und ähnliches gilt zu einem gewissen Grad auch für Gellerts Werk. Sein empfindsamer Roman schenkt zwar dem Seelenleben viel mehr Aufmerksamkeit, analysiert es jedoch noch vorwiegend unter dem Gesichtspunkt der Moral, und die vorbildliche Gelassenheit der Hauptpersonen in den heikelsten Lagen wurde in einer Epoche der psychologischen Zergliederung ambivalenter Gefühle zunehmend unglaubhaft.

Erst mit den frühen Romanen Wielands entstand eine deutsche Romankunst, die sich mit der französischen und englischen messen konnte. In diesen modernen Romanen war nicht eine möglichst bewegte Handlung, die zum Teil keineswegs fehlt, sondern eine differenzierte Darstellung der durch die Handlung sich bildenden bzw. auf die Handlung reagierenden Charaktere wichtig. Die moralisch-didaktischen Briefromane Samuel Richardsons, vor allem *Pamela or Virtue Rewarded* (*Pamela oder Belohnte Tugend*; 1740) und *Clarissa Harlowe* (1748–49), schildern psychologisch sehr eindringlich die Konflikte vorbildhafter Heldinnen und laden zu einem einfühlenden, identifikatorischen, kurz: empfindsamen Leseverhalten ein. Dieser Romantyp wurde dann auf dem Kontinent inhaltlich und formal mit Jean-Jacques Rousseaus *La nouvelle Héloïse* (1761) und Sophie La Roches *Das Fräulein von Sternheim* (1771) weiterentwickelt und gipfelte 1774 in Deutschland in Goethes *Werther*, der eine Reihe von Nachahmungen auslöste.

Von der Empfindsamkeit wandte sich Wieland gerade in diesen Jahren ab und konnte keinen Gefallen an den in dieser sublunarischen und gefallenen Welt theologisch oder anthropologisch gleich unwahrscheinlichen »Engelsgestalten« (Hamann) finden, wie viele andere, die eher die Richardson-Parodie Henry Fieldings *The History of Joseph Andrews and His Friend Mr. Abraham Adams. Written in Imitation of the Manner of Cervantes, Author of »Don Quixote«* (*Die Geschichte von Joseph Andrews und seinem Freund, Herrn Abraham Adams. Geschrieben in Nachahmung der Manier des Cervantes, Autor von »Don Quijote«*; 1742), die er ein »comic epic poem in prose« (»komisches episches Gedicht in Prosa«) nannte, und seinen großen Roman *The History of Tom Jones a Foundling* (*Die Geschichte von Tom Jones, einem Findling*; 1749) goutierten.

Fielding setzte sich in seinem Vorwort zu *Joseph Andrews* von den in *Don Sylvio* erwähnten barocken Romanen *Clelia* und *Cyrus* ab und schrieb im Vorwort zu seinem zweiten komischen Roman *Tom Jones*, daß er »endeavoured to laugh mankind out of their favourite follies and vices« (»bestrebt war, die Menschheit aus ihren Lieblingstorheiten und -lastern herauszulachen«). Die scheinbare Unmittelbarkeit und Wahrheit des empfindsamen Briefromans wird in diesem Romantyp durch einen distanzschaffenden Erzähler ersetzt, der die Handlung vermittelt, ihre Fiktionalität oft spielerisch hervorhebt und ihren Sinn mit einem fiktiven Leser diskutiert.

An diese Werke knüpft Wieland also mit der von Lessing beanstandeten Titelgebung »Geschichte des …« an, wobei »Geschichte« eben nicht Faktizität, nicht die historische, sondern die psychologische, d. h. ›philosophische‹ Wahrheit bedeutet. Diesen poetologisch wichtigen Anspruch erläutert der »Vorbericht« zu *Agathon*: Der Roman als vollgültiges Kunstwerk soll in Übereinstimmung mit den Forderungen der Aristotelischen Poetik eine der philosophischen analoge poetische Erkenntnis enthalten, die höher steht als die partikuläre Tatsächlichkeiten betreffende historische Wahrheit.

Einen philosophischen Anspruch stellt auch *Don Sylvio*, den Wieland in einem Brief an seinen Freund und Verleger Gessner folgendermaßen ankündigt:

> Es ist eine Art von satyr. Roman, der unter dem Schein der Frivolitat philosophisch genug ist, und wie ich mir einbilde, keiner Art von Lesern die *austere* ausgenommen, Langeweile machen soll. Indessen muß ich doch gestehen, daß er so beschaffen ist, daß weder der Nahme Wieland, noch Orell, Geßner und Compagnie noch viel weniger der Name einer Republik darauf stehen darf, welche so sever ist, daß ein Ball schon hinreichend ist, alle Patrioten zu allarmieren und selbst aus dem Munde der Unmündigen und Säuglinge Weissagungen von dem Untergange eines solchen zweyten Ninive hervorzuzwingen.
>
> (5. August 1763; in: *Briefe* III,169f.)

Über die Frivolität hat man sich schnell und geschäftstüchtig geeinigt: *Die Geschichte des Prinzen Biribinker* als Teil des Romans erschien in schönen Separatausgaben für Liebhaber und Herrenzimmer. Dies ist verständlich, denn der Prinz Biribinker kommt in der Märchen- und Bücherwelt auch ohne Don Sylvio aus, während der spanische Edelmann ihn nötig hat, um aus der Feenwelt in die wirkliche Welt des Romans zurückzufinden.

Aber was ist, worin besteht das Philosophische des Romans? Er liest sich auf den ersten Blick als eine leichte, komödienhafte Variation über das Don-Quijote-Thema: Don Quijote liest Ritterromane und projiziert die als reale Geschichte aufgefaßte Fiktion in seine Lebenswelt. Er ist ein heroischer und tragischer Schwärmer, der in der Nachfolge edler Ritter für Gerechtigkeit kämpft, mehrmals verprügelt wird und trotz Verlust von Backenzähnen und Rückkehr ins Dorf in einem Käfig als Verrückter doch wieder auszieht und erst nach nochmaliger Begegnung mit der brutalen Wirklichkeit auf dem Todesbett seinen Wahn einsieht.

Don Sylvio verschlingt Feenmärchen und erkennt gleichfalls keinen Unterschied zwischen Fiktion und Wirklichkeit. Aus kompensatorischen Tagträumen treten die Feen in seine Lebenswelt. In der Nachfolge schöner und edler Prinzen zieht er hinaus, um eine verzauberte Fee zu befreien, sucht Glück und Liebe – nicht, das Unrecht in der Welt zu bekämpfen. Der in ein Phantom verliebte Narr wird aber recht bald durch die Begegnung mit einer Frau von Fleisch und Blut geheilt. Sie heiraten, nachdem er die nötige Bildungsreise absolviert hat. Das ist finanziell möglich, denn die schöne junge Frau entpuppt sich als eine reiche Witwe.

Handelt es sich also um ein Rokokowerk, in welchem die Ritterromane lediglich durch die modischen »contes des fées« ersetzt sind? Die Zitate aus und Anspielungen auf *Don Quijote* sind Legion, und wenn der Leser sie nicht sieht, macht der Erzähler oder eine der Personen ihn oft darauf aufmerksam. *Don Quijote* ist wichtig – und das gilt auch für die Feenmärchen. Charles Perrault (1628–1703) hatte mit seinen volksnahen *Contes de ma mère l'Oye* (*Märchen von meiner Mutter, der Gans*; 1697) angefangen, die für Don Sylvio fast ohne Bedeutung sind. Die *Contes des fées: ou les enchantements des bonnes et mauvaises fées* (*Feenmärchen oder die Zaubereien der guten und bösen Feen*; 4 Bde., 1697) und *Les Contes nouveaux ou Les fées à la mode* (*Neue Märchen oder Die Feen nach der Mode*; 4 Bde., 1698) der Baronin d'Aulnoy (1650–1705), die er sehr gut kennt und zwanzigmal zitiert, ›veredeln‹ diese Märchen, indem sie Prinzen und Prinzessinnen sowie eine Unmenge von Feen einführen. Diese Sammlungen wurden in dem Sammelwerk *Le Cabinet des fées* (1785–89) abgedruckt, das Wieland für seine Ausgabe letzter Hand benutzt.

An sie schließen sich die von der Gräfin Henriette Julie de Murat (1670–1716) geschriebenen *Contes de fées* (1798) und *Les nouveaux contes de fées* (1710) an. Als dritte Gruppe kommen die arabischen und persischen Märchen hinzu, die im ersten Jahrzehnt des 18. Jahrhunderts übersetzt, von Wieland eifrig gelesen und in *Dschinnistan* adaptiert wurden. Als vierte Gruppe sind die Märchen des Antoine d'Hamilton (1646–1720) und Claude Prosper Jolyot de Crébillon (1707–77) zu erwähnen; sie sind eigentlich literarische Satiren und Parodien, die amoralisch, frivol und stilistisch elegant die Motive der älteren Sammlungen ins Absurde und Groteske wandeln. Don Sylvio hat offenbar vor allem die Märchen der Baronin d'Aulnoy gelesen, geheilt wird er aber durch ein Märchen à la Crébillon, dessen Parodien Wieland fast überbietet.

Die französisch geprägte Rokokokultur des deutschen Hochadels lernte Wieland auf dem in der Nähe Biberachs gelegenen Schloß Warthausen, der Residenz des Grafen Stadion, gut kennen. Dort wohnte auch seine frühere Verlobte als Frau des Sekretärs des Grafen G. M. La Roche. Die *Komischen Erzählungen* (1765) und *Don Sylvio* sind virtuose Rokokowerke, und Wielands stilistische und kompositorische Meisterschaft zeigt sich auch in diesen Gattungen. Die Verserzählungen wurden 1771 und *Don Sylvio* schon 1769 ins Französische übersetzt, der Roman erschien 1786 in einer Neuübersetzung als Band 36 der Serie *Le cabinet des Fées*.

Die im Text erwähnten Feenmärchen wurden zu Anfang von den Französischkundigen gelesen, dann aber ins Deutsche übersetzt und erreichten so ein größeres Lesepublikum in Deutschland. Es erschienen u. a.: F. E. Bierling, *Das Cabinet der Feen*, 9 Bde., Nürnberg 1761–65; Anne-Claude Philippe de Caylus, *Neue Feen- und Geister-Märchen*, 2 Bde., Leipzig 1768; C. M. Wieland, *Dschinnistan oder auserlesene Feen- und Geistermärchen / theils neu erfunden, theils neu übersetzt und umgearbeitet*, 3 Bde., Winterthur 1786; und schließlich F. J. Bertuch, *Blaue Bibliothek aller Nationen*, 12 Bde., Gotha 1790–1800. Sie erlebten offenbar besonders in den sechziger Jahren eine große, aber nicht andauernde Popularität, weshalb sich der Märchenliebhaber Wieland genötigt sah, zum besseren Verständnis des Werkes in der Ausgabe letzter Hand zahl- und umfangreiche Erklärungen, Nacherzählungen und Zitate aus den französischen Märchen beizusteuern.

Auch in der Wieland-Forschung gerieten die ›modischen‹ Feenmärchen weitgehend in Vergessenheit; man ließ sich inhaltlich nicht auf sie ein und sah deshalb auch die *Don Quijote*-Nachfolge des Romans fast ausschließlich in der ironischen Darstellung des den beiden Helden fehlenden Fiktionsbewußtseins. Die Erziehung des naiven Lesers zum Fiktionsbewußtsein spielt im ›komischen‹ Roman allerdings schon seit Cervantes eine große Rolle, die neuere Forschung zu *Don Sylvio* betont deshalb als die eigentliche Innovation die im Roman enthaltene Kritik des identifikatorischen Leseverhaltens, das von den empfindsamen Lesergemeinden praktiziert wurde – und eine solche Gemeinde hatte der junge Wieland durchaus gehabt, wie die *Sympathien* und die *Empfindungen eines Christen* bezeugen. Das eigentlich ›Philosophische‹ des satirischen Romans bestehe also, so die These, in der durch Komik und Ironie erfolgten Freisetzung des Lesers bzw. seiner Einübung in eine differenzierte und distanzierte Leserrolle.

Dieser Deutungsansatz ist für das Verständnis des Romans sehr ergiebig, klammert jedoch die wichtige Fragen aus, die schon Thomas Abbt und andere zeitgenössische Rezensenten stellten, Fragen nach der inhaltlichen Funktion der von Wieland so ausgiebig und mit spürbarem Hochgenuß verwendeten Feenmärchen sowie nach deren im Titel durch die Gegenüberstellung von »natürlich« und »wunderbar« so nachdrücklich hervorgehobenen ›Entmythologisierung‹. Die Feenmärchen als solche bedrohten kaum ernstlich die seelische Gesundheit der jungen Generation. Worum ging es also bei ihrer eifrig betriebenen ›Entmythologisierung‹?

Der »Nachbericht des Herausgebers« belehrt uns augenzwinkernd, der Roman könnte völlig grundlos als eine Satire auf religiöse Schwärmer gelesen werden. Der Jansenist im »Nachbericht« wittert nämlich in ihm eine blasphemische »Allegorie oder Parabola« auf die Lehre des Paters Quesnel und auf die vieldiskutierten Wunder, die sich 1727 auf dem Friedhof Saint-Médard ereignet haben sollen.

Das ist ein in seiner Mehrdeutigkeit taktisch geschickter Zug. Dem beunruhigten Herausgeber wird von einem gelehrten und frommen Dechanten bestätigt, daß der Roman keine verdeckte Satire auf die Religion sei, und jeder dennoch religiös argumentierende Kritiker gerät nach diesem Gutachten in die komische Rolle dieses Schwärmers. Der fromme Priester fügt noch hinzu, auch die heiligen Väter hätten sich »der beißenden Ironie gegen den herrschenden Aberglauben bedient«.

Welcher Aberglaube war aber der herrschende? Da die katholische Reformbewegung des Jansenismus in Wielands Leben nur von beschränkter Wichtigkeit war, könnte man im Roman eine Kritik am schwärmerischen Pietismus sehen, eine Abrechnung mit einer zur Zeit der Niederschrift des Werkes kaum abgeschlossenen Phase im Leben Wielands. In dieser hatte er eifrig Heiligenviten und interkonfessionelle Erbauungsliteratur gelesen und selber die von Lessing als schwärmerisch bezeichneten Schriften *Briefe von Verstorbenen an hinterlassene Freunde* und *Empfindungen eines Christen* veröffentlicht.

Aus biographischen Zeugnissen geht hervor, daß Wieland in seinen frivolen Dichtungen mit dieser Phase seines eigenen Lebens und den daran beteiligten frommen Frauen satirisch abrechnen wollte. Noch in einem Gespräch mit Böttiger am 17. Februar 1796 heißt es:

> Ich selbst lebte damals blos in platonisirenden Morgenträumen und […] wohnte in Zürich bei einer *Devoten* im Hause, die mich durch ihre frömmelnde Sprödigkeit oft in vergötternde Ekstasen, oft in Verzweiflung setzte. Ihr zu Gefallen dichtete ich damals

> die *Empfindungen des Christen.* Als mir später die Schuppen von den Augen fielen, ergrimmte ich besonders über diese heilige Prüderie und affectirte Züchtigkeit, und die Marter, die mir damals jene tantalisirende Fromme, mit der ich unter Einem Dache wohnte, angethan hatte, die Erfahrungen, die ich damals gemacht hatte, haben gewiß vorzüglich viel dazu beigetragen, daß ich zu meinen Gedichten dem Anschein nach so wollüstige und lockende Themen genommen [...]. Ich wollte gewissen Tartufen und Keuschheitskrämerinnen dadurch wehe thun. (Starnes II,486)

Zu der Satire gesellt sich aber etwas anderes. Wie sowohl Friedrich Sengle in seiner großen Monographie als auch Fritz Martini in seinem Nachwort zu *Don Sylvio* betonen, unterbrach Wieland die Arbeit am ernsteren *Agathon*, um diesen heiteren Roman zu schreiben, weil seine Geliebte Christine Hogel, ein katholisches Mädchen aus nicht-akademischer Familie, schwanger war und er sehr dringend Geld für ihre Niederkunft brauchte. Der dreißigjährige verklemmte Platoniker erlebte mit ihr eine glückliche, gelöste Sinnlichkeit, eine utopische, märchenhafte Liebe, die in den Roman einging – und Wieland an den Rand einer gesellschaftlichen Katastrophe führte: Er wollte Christine (Bibi) heiraten, ihre Eltern wollten nur in eine katholische Trauung einwilligen, die Wieland, der durch die Hilfe des Vaters evangelischer Senator und Kanzleiverwalter der halbparitätisch regierten Reichsstadt geworden war, wohl die Existenzgrundlage entzogen hätte. Ihre Eltern entführten sie, seine Eltern, von seinen früheren Verlobten Sophie (von La Roche) und Julie von Bondeli unterstützt, sorgten dafür, daß er eine gesellschaftlich passende konventionelle und konfessionell korrekte Ehe einging.

Anders als in den *Abderiten* spielt im Roman die gesellschaftlich-politische Satire kaum eine Rolle; nur an einer Stelle (Buch 3, Kap. 5) bricht die Saeva indignatio des bedrängten Kanzleiverwalters hervor, dem man wegen Querelen im Biberacher Senat kein Gehalt auszahlte. Dagegen wird die satirische Koppelung des Märchenhaften mit religiöser Schwärmerei nicht nur im »Nachbericht«, sondern immer wieder im Roman selbst vorgenommen. Es sei hier nur auf das 1. Buch, Kapitel 12 hingewiesen, in welchem die von Don Sylvio erlebte Erscheinung der Fee Radiante mit den Visionen »unsrer frommen Landsmännin, der Schwester Maria von Agreda« (64,10–12) gleichgesetzt wird. Es dreht sich hierbei keineswegs um ein beliebiges spanisches Kuriosum aus der ersten Hälfte des 17. Jahrhunderts. Das beliebte Buch der Franziskanerin Maria de Jesus de Ágreda (1602–65) erschien in dreibändiger deutscher Übersetzung als *Die Geistliche Stadt Gottes. Mirackul Seiner Allmacht und Abgrund der Gnade* 1715, 1716, 1718 und 1768 im benachbarten Augsburg, obwohl es schon 1681 wegen quietistischer Lehren auf den Index gesetzt worden war. Gerade quietistische Autoren wurden von Pietisten gern rezipiert, Maria Ágreda kann aber schließlich auch bei den Katholiken Biberachs beliebt gewesen sein.

Der Erzähler nimmt angesichts des Glaubens an Feen sowie an Visionen und Wunder gänzlich unspekulativ seine Zuflucht zu gesunder Vernunft, Plausibilität und Common sense:

> So wie es nemlich allen Egoisten [d. h. Solipsisten] zu trotz, Dinge gibt, die würklich ausser uns sind, so gibt es andre, die blos in unserm Gehirn existiren. Die erstern sind, wenn wir gleich nicht wissen, daß sie sind; die andre sind nur, in so fern wir uns einbilden, daß sie seyen. (64,25–29)

Wie unterscheidet man aber zwischen Erfahrung und Einbildung? Psychologisch viel eindringlicher als im *Don Quijote* wird erzählt, auf welche Weise Don Sylvio ein Opfer seiner Phantasie, seiner Einbildungskraft werden konnte, aber der Erzähler gesteht selber ein, daß die Visionen der Maria Ágreda und die Feen des Don Sylvio weder empirisch noch theoretisch zu widerlegen sind. Darf man den Zeugnissen der frommen Nonne und des ehrlichen Don Sylvio also doch nicht Glauben schenken? Sind Wunder a priori unmöglich?

Poetologisch war der Begriff des Wunders nicht verpönt. Das Wunderbare als Mythologie hatte im antiken Epos seinen festen Platz und wurde besonders in der Poetik der Schweizer hervorgehoben, denen Wieland nahegestanden hatte. Die Wunder, die Gott im Alten Testament wirkte und die in den biblischen Epen von den Schweizern in der Nachfolge Miltons besungen wurden, waren noch dazu wahr. Die kargen biblischen Berichte wurden in »Patriarchaden« dichterisch verlebendigt – theologische und poetologische Sphären wurden vermischt. Diese Entwicklung erreichte ihren Höhepunkt bei Klopstock und dem jungen Wieland.

Auch philosophisch war wenig gegen die Kategorie des Wunderbaren einzuwenden. Gott hat, so der Philosoph Gottfried Wilhelm Leibniz (1646–1716), unsere Welt als eine der möglichen geschaffen, andere Welten sind folglich denkbar und also möglich. Eine Welt mit sprechenden Tieren wie in der antiken Fabel ist möglich, aus unserer Sicht zwar wunderbar, aber nicht widernatürlich oder unvernünftig, denn eine andere konsistente heterokosmische Gesetzlichkeit als die unsere ist denkbar und damit auch als Dichtung legitimiert. Was spricht also gegen das Feenmärchen als eine Spielart des Wunderbaren? Nach Wieland: gar nichts, denn Märchen sind eine Gattung, sind wie andere Gattungen Spiele der Einbildungskraft mit eigener Gesetzlichkeit. Im modernen Roman der Aufklärung kann es allerdings keine sprechenden Tiere, keine Feen, überhaupt keine Wunder geben, sondern nur den Glauben an Wunder als ein psychologisches, d. h. natürlich zu erklärendes Phänomen. In unserer Welt, der Welt des Don Sylvio, ist das Wunderbare keine Seins-, sondern eine Bewußtseinskategorie.

Don Sylvio hat aber nicht nur Wunderbares erlebt, sondern beruft sich in der Diskussion mit Don Gabriel auf historische Zeugnisse, auf verläßliche Quellen, worauf dann Don Gabriel die ›historische‹ Quelle des Märchens von Biribinker als Fiktion enthüllt. Die in der Diskussion erfolgte Diskreditierung von Zeugen, die etwas überliefern, »was keine Analogie mit dem ordentlichen Lauf der Natur, in so fern sie unter unsern Sinnen liegt« (S. 417), wendet sich natürlich auch gegen einen sich auf historisch überlieferte Wunder und Zeichen berufenden christlichen Glauben. Lessing unterscheidet zwischen notwendigen Vernunftwahrheiten, die allein Beweiskraft haben, und zufälligen Geschichtswahrheiten, die von Wundern nur berichten, die als Berichte nichts beweisen und keinen auf sie gestützten Glauben rechtfertigen können. Wieland argumentiert entsprechend mit den Begriffen Analogie und Empirie, die ›philosophischen‹ Intentionen beider sind ähnlich.

Wieland setzt sich in seinem satirisch-philosophischen Roman nicht von den Märchen ab, dafür deutlich, jedoch auch mehrdeutig mit dem Schwärmertum auseinander. Eine adäquate Interpretation darf die Mehrdeutigkeit nicht übersehen. Liest man genau, findet man nämlich immer wieder Aussagen, deren Satire rationalistische Systeme und aufklärerische Dogmen trifft und sie mit den religiösen gleichsetzt. Unmittelbar neben der skeptischen Bemerkung über Maria von Ágreda heißt es beispielsweise:

> Seit der Erfindung der Vergrößerungs-Gläser haben die unsichtbaren Dinge ein böses Spiel, und man braucht nur ein Geist zu seyn, um alle Mühe von der Welt zu haben, die Leute von seinem Dasein zu überzeugen. (S. 63 f.)

Unsichtbares ist natürlich mit den besten optischen Instrumenten nicht zu sehen, aber auch die ›Anziehungskraft‹ ist unsichtbar und mit dem Vergrößerungsglas nicht zu entdecken. Es gibt zwar »die Anziehungs-Kraft, die Elasticität, das electrische Feuer, und andere natürliche Ursachen« (S. 24), eine Kraft ist erkennbar, aber nicht das, was sie eigentlich ist. Man spürt und beschreibt ihre Wirkung, nicht ihr Wesen. In der Ausgabe des *Don Sylvio* von 1795 in den *Sämmtlichen Werken* macht eine Anmerkung zu der pythagoräisch-kabbalistischen Philosophie dies überdeutlich:

> Zu untersuchen, ob unter den Träumen dieser Männer und der ältern philosophischen Schwärmer, nach welchen sie sich bildeten, nicht viel – und vielleicht mehr – W a h r e s sei als in der Modefilosofie u n s r e r Zeiten, ist keine Sache für diesen Ort. (S. 463)

Die empiristische Skepsis hinsichtlich der wissenschaftlich-rationalen Erklärbarkeit aller Phänomene betrifft nicht nur die Natur, sondern auch die ›moralische Welt‹, in welcher die »Anziehungs-Kraft« unter dem Namen »Sympathie« eine große Rolle spielt. Hier offeriert der Erzähler dem Leser zu gefälliger Auswahl eine Reihe von gleich viel und wenig sagenden Erklärungen, die bei Platon anfängt und mit der modernen Naturwissenschaft aufhört:

> Es mag nun seyn, daß die Seelen solcher sympathetischen Geschöpfe in einem vorherigen Zustande, sich schon gekannt und geliebt haben [...] oder daß eine musicalische Gleichstimmung ihrer Fibern und Fibrillen auf eine mechanische Art diese Würkung hervor bringt: Genug, daß diese Sympathie sich eben so würklich in der Natur befindet, als die Schwere, die Anziehung, die Elasticität, oder die magnetische Kräfte. (S. 165)

›Sympathie‹ war ein zentraler Begriff in der schwärmerischen Phase Wielands, sie bleibt ein wichtiger Begriff auch seines an Shaftesbury angelehnten Platonismus – und für den Roman, wobei sich der Erzähler nicht eindeutig festlegen läßt, sondern alle Auslegungen aus wechselnder Perspektive ironisiert. Den durch Feenmärchen psychologisch erklärbaren Einfluß seiner nur zu sehr beflügelten Einbildungskraft auf seine schwärmerische Liebe zum Miniaturgemälde gesteht Don Sylvio im Gespräch mit Donna Felicia ein, läßt aber die natürliche Erklärung nur zur Hälfte gelten, und erst dann, als sie ihm in Übereinstimmung mit platonischer Metaphorik »erlaubte die andere Hälfte des sonderbaren Phänomeni auf die Rechnung einer geheimen Divination oder Vorwissenschaft seiner Seele zu schreiben, der es ahnete, daß er in kurzem das Urbild dieses geliebten Schattenbildes finden würde« (S. 437). Die ernsten Platoniker unter den Lesern müssen sich jedoch andererseits vom Erzähler belehren lassen, daß als Fall einer »Jocosa Sympathia« – so die Kapitelüberschrift bei Scaliger – ein baskischer Kleinkönig betrachtet werden kann, der bei Sackpfeifenmusik immer seine Hosen naß machte (S. 165).

Shaftesburys Ironie ist Wieland ebenso wichtig wie dessen antisystematischer Platonismus, der Wieland einen Weg aus der Sackgasse zeigt und ihm erlaubt, etwas als Ertrag mitzunehmen. Shaftesburys Bedeutung für den Roman, in welchem Wieland sich von der Schwärmerei emanzipiert, ist neben dem Vorbild Fielding überall spürbar, schlägt er in seinem Essay *A Letter Concerning Enthusiasm* (*Ein Brief über den Enthusiasmus*) doch vor allem »the test of ridicule« (»die Probe der Verspottung«) vor, um wie der Dechant bei Wieland Frömmigkeit und Schwärmerei zu unterscheiden: »GOOD HUMOUR is not only the best Security against Enthusiasm, but the best Foundation of Piety and true Religion« (»Gute Laune ist nicht nur die beste Sicherheit gegen Schwärmerei, sondern die beste Grundlage für Frömmigkeit und wahre Religion«; Section III).

Soll die Geschichte Biribinkers nun ein solcher »test of ridicule« sein, dem Don Sylvios Schwärmerei unterworfen wird? Die Kapitel »Merkwürdiges Abentheuer mit dem Salamander und dem Froschgraben« (III,2), »Das artigste Abentheuer in diesem ganzen Buch« (III,9) und »Das höchstklägliche Abentheuer mit den Gras-Nymphen« (IV,8) sowie andere mehr brachten schon abwechselnd Pedrillo und Don Sylvio zu der allerdings nur momentanen Erkenntnis, daß die wunderbaren Erscheinungen ein Produkt der Einbildungskraft sind. Der Ausgang all dieser Abenteuer ist wiederum märchenhaft, und der Erzähler bekennt unverfroren, daß »unsre Geschichte so seltsam und wunderbar ist als irgend eine von denen, mit deren Anhörung sich der weise Sultan von Indien, Schach Baham, die Zeit zu vertreiben geruhte« (S. 230). Das Poetische findet in Don Sylvios Suche nach dem blauen Sommervogel ihren schönen und komischen Ausdruck; ohne seine verrückten Träume wäre er in der schlechten Wirklichkeit steckengeblieben. Statt der häßlichen Mergelina gewinnt er nun wenn nicht die Prinzessin und das halbe Königreich, so doch eine schöne Adelige mit einigen Gütern. Geraten wir am Ende in die Nähe der blauen Blume der Romantik und damit in eine Opposition: Poesie und Prosa statt Schwärmerei und Natur?

Eine derartig plane Interpretation verbieten die nach dem Muster des *Don Quijote* eingeschalteten Erzählungen, vor allem das Märchen vom leicht zu entflammenden Prinzen Biribinker, der morgens auf die Suche nach seiner angebeteten Galactine auszieht, abends den Reizen einer neuen, von ihm erlösten und verständlicherweise dankbaren Fee nicht widersteht, der er dann am folgenden Morgen einen moralischen Vortrag hält, seiner geliebten Prinzessin aufs neue ewige Liebe schwört und die Suche nach ihr mit bewährter Treue fortsetzt.

Ironisiert diese Märchenparodie die Abenteuer des naiven, unschuldigen, aber auch schwärmerisch leidenschaftlichen Don Sylvio? Auf den ersten Blick scheint sie ein reines Gegenbild zu sein, aber es werden Parallelen angedeutet, die das Verhältnis komplizierter machen. Don Sylvio hat wie Biribinker eine belehrende Ader und hält dem armen Pedrillo gern Vorträge, vor allem neigt auch er ein paarmal zur »Zerstreutheit«. Der im Märchen (bewußt) »Zerstreute« vergißt wegen idealischer Meditationen und Träume die niedere Natur bzw. seine Leiblichkeit so sehr, daß sie sich selbständig macht; der Platoniker wacht plötzlich auf und befindet sich zu seinem Staunen in einer sehr verfänglichen Lage. Das passiert nicht nur dem zärtlichen und geistigen Salamander Flox, sondern auch Don Sylvio muß entdecken, daß er einmal leidenschaftlich entrückt die häßliche Mergelina küßt, die nur mit der abscheulichen Gnomide zu vergleichen ist, in deren Armen der flatterhafte Biribinker zuletzt aufwacht. Ebenso bedenklich ist, daß er sich mehrmals, durch »Zerstreutheit« unaufmerksam geworden, von der derben, promiskuösen und stark nach Knoblauch riechenden Kuhmagd Maritorne abküssen läßt.

Erzählt Don Gabriel also die uneingestandenen erotischen Wunschträume Don Sylvios? Die Märchenparodie à la d'Hamilton ist völlig amoralisch, die Verurteilung der Feen durch Hyacinthe ist so absurd wie der parodistische Versuch des gattungsbewußten Don Eugenio, doch noch eine Moral aus dem Märchen zu destillieren. Die Opposition ›gut‹ und ›böse‹ ist in dieser Märchenwelt durch ›sexuell verlockend‹ und ›abstoßend‹ ersetzt, die erotische Treue ist das einzige Band unter ihren Gestalten; diese Treue wird immer wieder gebrochen, am schlimmsten von Biribinker, dem aber trotzdem von der höchsten Instanz dieser Märchenwelt, dem Zauberer Caramussal, sowie von seiner Prinzessin alles vergeben wird. Er bekommt seine Prinzessin, sein Königreich und lebt in bestem Verständnis auch mit seinen ehedem intimen Freundinnen, den reizenden Feen, die immer wieder mit ihren Liebhabern am Hof erscheinen. Die Moral von der arg strapazierten Bewährungsgeschichte ist: die Märchenwelt ist moralisch unvollkommen, was aber dem Liebesglück nicht im Wege steht, weil am Ende die höhere Macht eingreift, die in der besten aller möglichen Welten hinter den Kulissen alles zum Besten lenkt.

Schon Peter Michelsen hat in seinem Buch *Lawrence Sterne und der deutsche Roman des 18. Jahrhunderts* klar erkannt, daß die ›Feerei‹ im Roman von dessen ›Realität‹ nicht dementiert wird, sondern in ihr ihre Erfüllung findet. Die ›Wirklichkeit‹ des Buches ist eine Utopie, die Wieland in dem Märchen von Biribinker zwar parodiert, aber auch versteckt. Er glaubte nicht mehr an sie, konnte sich aber auch nicht dazu entschließen, diesen Glauben völlig aufzugeben.

Wie sind nun die Utopien gestaltet, und wo liegt Utopia? Der glückliche Don Sylvio hat am Ende statt der krötenhaften, aber reichen Mergelina eine schöne und noch reichere achtzehnjährige Geliebte. Diese junge Witwe träumt nicht nur von »arcadischen Schäfereyen und zärtlichen Liebesbegegnissen« (S. 161) wie Don Sylvio von Feen, sondern kann ihre Träume in Wirklichkeit umsetzen, weil sie das nötige Geld dazu besitzt. Sie hat es aber nicht einfach so, hat es auch nicht geerbt, sondern erworben, hat »sich den frostigen Armen eines so unpoetischen Liebhabers als ein Ehmann von siebenzig Jahren ist, aus keiner andern Absicht überlassen, als weil die Reichthümer, über welche sie in kurzem zu gebieten hoffte, sie in den Stand setzen würden, alle die angenehmen Entwürfe zu realisieren, die sie sich von einer freyen und glücklichen Lebensart, nach den poetischen Begriffen, machte« (S. 161). Die schöne, zärtliche und weltkluge Witwe hat genau das getan, was der schöne, zärtliche und weltfremde Jüngling nicht tun wollte. Sie hat des Geldes wegen geheiratet, denn es kostet Geld, Liebe und Poesie zu verwirklichen.

Um den Zusammenhang von Geld und Liebe weiß auch die adelsstolze Donna Mencia, die sofort feststellt, daß die Familie auf dem Nachbargut zwar reich, aber nicht uradelig wie die Rosalvas ist. Der Bruder Donna Felicias versichert denn auch Don Sylvio im Laufe des Ent-Täuschungsprozesses, weder Gärten noch Schloß von Lirias seien feenhaft, wie dieser geglaubt hat, sondern geerbt von seinem Großvater Gilblas von Santillane; auch sei seine Schwester keine Fee, sondern eine Enkelin des Gilblas aus zweiter Ehe, wie das Taufregister eindeutig beweise.

Mit anderen Worten: Der Ahnherr der Familie ist der Titelheld eines Schelmenromans, der dem damaligen gebildeten Leser bekannt gewesen sein dürfte: *Histoire de Gil Blas de Santillane* (1715–35) von Alain René Lesage (1688–1747). Gil Blas ist dort der Sohn einer Kammerzofe und eines Stallmeisters. Er gelangt als Diener immer vornehmerer Herrschaften durch Bestechungen, geschickte Kupplerdienste usw. zu hohen Ehren und wird geadelt. Nach seinem Sturz zieht er sich auf sein Gut zurück und heiratet zum zweiten Mal. Über seine Nachkommen schreibt der alte Schelm am Ende des Buches den mehrdeutigen Satz: »Der Himmel hat mir zwei Kinder geschenkt, für deren Vater ich mich im frommen Glauben halten darf.«

Die ›reale‹ Welt im Roman ist also nicht das reale Spanien, sondern das Spanien des Romanhelden Gil Blas. Daß sich Donna Felicia als die Enkelin eines hochgekommenen Schelmen entpuppt, ist ein intertextueller Deutungshinweis neben vielen anderen, aber er ist ein wichtiger. Der Leser darf sich nach diesem Hinweis nicht groß über ihre handfeste Lebensplanung wundern, ja, er muß davon ausgehen, daß die Herrschaften zu Lirias mit solchem Stammbaum nicht das sind, was sie zu sein scheinen. In ihrer Welt stellt sich auch, aber auf andere Weise, die Frage nach Wahrheit und Täuschung.

Die von Don Eugenio angebetete Hyacinthe erzählt ihren Lebenslauf. Als kleines Kind von einer Zigeunerin geraubt, mußte sie für Geld tanzen und singen, empfand aber immer dunkel, daß sie etwas Besseres sei. Daraus schöpft sie die Kraft, ihre Unschuld, ihre Jungfräulichkeit unversehrt in einem Bordell, dann in einem Haus, in dem sie als Maitresse festgehalten wurde, und schließlich auch als Schauspielerin zu bewahren. Deshalb möchte Don Eugenio sie trotz des Standesunterschiedes heiraten, sie will ihn, sagt sie, jedoch nur ehelichen, falls sie ehrlicher Leute Kind ist. Gott sei Dank taucht die Zigeunerin wieder auf und führt das glückliche Ende herbei. Hyacinthe ist natürlich die verschwundene Donna Seraphina von Rosalva, die Schwester Don Sylvios. Die komödienhaften Ehen am Ende sind gesichert.

Auch die Geschichte Hyacinthes enthält Handlungsfetzen und Namen aus dem Roman Lesages – nur sind die so benannten Personen bei Lesage keineswegs so tugendhaft wie in Hyacinthes Lebenslauf. Vor dem Hintergrund der amoralischen Märchenparodie, die sich die Damen gern erzählen lassen und über eine naive Frage Don Sylvios erotisch wissend lächeln, muß sich der Leser fragen, was sich hinter den zu wahrenden Formen der Bewährungsgeschichte eigentlich verbirgt. Spricht Hyacinthes allerdings wenig vertrauenswürdige Kammerfrau die Wahrheit, wenn sie Pedrillo zu verstehen gibt, daß ihre Herrin nicht ganz so tugendhaft sei, wie sie behauptet?

Ist diese Geschichte als eine erbauliche und etwas zu lang geratene Einlage in der Art von Richardsons *Pamela or Virtue Rewarded* (1740) zu lesen? In diesem Roman kann die Kammerzofe Pamela, die ihre Tugend sorgsam gehütet hat, zuletzt den Adligen heiraten, der sie vergebens zu verführen suchte: Tugend bekehrt also Untugend und sichert sozialen Aufstieg. Auf der Textoberfläche wiederholt sich zwar die Geschichte der verfolgten, standhaften und deshalb belohnten Tugend, aber ist sie bei Wieland nicht eher eine Parodie wie Fieldings *Joseph Andrews* (1742), in welchem Pamelas Bruder Titelheld und Kammerdiener ist und alle Anschläge auf seine Tugend von seiten seiner Herrin und der mannstollen Kammerzofe Mrs. Slipslop siegreich zurückweist? Die Belohnung bleibt nicht aus. Es zeigt sich am Ende, daß der keusche Joseph aus edler Familie ist und daß er wie Donna Serafina in zartem Alter geraubt worden war. Die Ironiesignale sind in beiden Fällen unüberhörbar.

Der Roman enthält also nicht nur eine Satire auf religiöse Schwärmerei, sondern auch auf bürgerlich-empfindsame Romankonventionen. Muß das Mädchen, das der tugendhafte Held liebt und das ihn liebt, immer tugendhaft gewesen sein? Ist eine reiche, zärtliche und lebenskluge Witwe von achtzehn Jahren nicht eine bessere Wahl als eine arme Jungfrau?

Kehren wir zu den Umständen zurück, in welchen der Roman entstand. Wieland schrieb ihn zwar in heiteren Stunden, aber auch unter schwerstem ökonomischen Druck, nicht für eine Lesergemeinde, sondern »für die Meisten« und unter dem peinigenden Gefühl des radikalen Frontwechsels:

> Ich muß von itz an biß nächster Ostern wenigstens 40 bis 50 Louis haben oder ich bin unwiderbringl. verlohren. Ohne diesen harten Umstand würde ich nimermehr ein Buch geschrieben haben, wie Don Silvio ist (zumal nichts so ausschweiffendes als ein gewißer Conte de fées im 2ten Theil, der zwar nicht völlig so leichtfertig ist als der écumoire des Crebillon, aber doch frey genug um einem ehmals so severen Autor wie ich war, keine Ehre zu machen.
>
> (An Gessner, 20./21. Oktober 1763; vgl. *Briefe* III,197)

Der Roman enthält Wunsch- und Tagträume des Biberacher evangelischen Senators und Kanzleiverwalters von einem Glück mit der liebevollen und vielleicht nicht sehr moralischen, jedenfalls aber armen und katholischen Bibi, die nur in einer Märchenwelt in Erfüllung gehen können – bzw. in einer realen Welt, die in ihrer Gesetzmäßigkeit Märchenstruktur hätte. Es ist ein hochartistisches, wenn auch hie und da flüchtig geschriebenes Werk, in welchem sich der Verfasser über die Erkenntnis hinwegzutrösten sucht, daß er nicht in Lirias, sondern in Abdera lebt.

Wielands Anspruch besteht aber zu Recht, daß er nicht nur in *Agathon*, sondern auch in diesem anscheinend frivolen Werk philosophisch genug ist, denn ironisch und ernst spielt es ästhetisch mit den anthropologischen, epistemologischen, poetologischen und ökonomischen Fragen, für die er im Gegensatz zu früher keine fertige Lösung bereithielt. Als Dichter des Rokoko antizipierte Wieland schon mit seinen Biberacher Dichtungen eine »ästhetische Erziehung des Menschen« in der fiktionalen Vorwegnahme eines märchenhaft-utopischen Zustandes, in dem die Spannungen zwischen »Natur« und »Schwärmerei« überwunden sind.

Inhalt

Die Abenteuer des Don Sylvio von Rosalva . 5

Nachbericht des Herausgebers, welcher aus Versehen des Abschreibers zu einem Vorberichte gemacht worden 7

Verzeichniß der Capitel des Ersten Theils

Erstes Buch

1. Capitel. Character einer Art von Tanten . 17

2. Cap. Was für eine Erziehung Don Sylvio von seiner Tante bekommen 21

3. Cap. Psychologische Betrachtungen 23

4. Cap. Wie Don Sylvio mit den Feen bekannt wird 26

5. Cap. Seltsame Thorheit des Don Sylvio. Seine Liebe zu einer idealischen Princeßin 30

6. Cap. Abentheuer mit dem Laubfrosch. Warum Don Sylvio nicht gemerkt, daß der Frosch keine Fee war 33

7. Cap. Don Sylvio findet auf eine wunderbare Art das Bildniß seiner geliebten Princeßin 36

8. Cap. Reflexionen des Autors und des Don Sylvio 40

9. Cap. Folgen des Abentheuers mit dem Sommervogel. Der Leser wird mit einer neuen Person bekannt gemacht 44

10. Cap. Worinn Feen, Salamander, Princeßinnen und grüne Zwerge auftretten 51

11. Cap. Ein Gespräch zwischen Pedrillo und seinem Herrn. Zurüstungen zu der beschlossnen Wanderschaft 58

12. Cap. Unmaßgebliche Gedanken des Autors 63

Zweytes Buch

1. Cap. Ein Exempel, daß Sprödigkeit den Zorn der Venus reitzt 67

2. Cap. Ein Gemählde im Geschmacke des Calot 72

3. Cap. Gespräch zwischen der Tante und dem Neffen 76

4. Cap. Muthmassungen des Don Sylvio. Er verabredet seine Entweichung mit dem Pedrillo 80

5. Cap. Ein Spatziergang, Klugheit des Don Sylvio 85

6. Cap. Don Sylvio wird in die Gärten der Fee Radiante verzückt. Seltsames *qui pro quo* so daraus entsteht. Unangenehme Folgen desselben 87

7. Cap. Don Sylvio kommt wieder zu sich selbst. Unterredung mit dem Pedrillo. Wie geschickt dieser die vermeynte Fanferlüsch zu entfernen weißt 91

Drittes Buch

1. Cap. Heimliche Flucht unsrer Abentheurer. Wortstreit, der zwischen ihnen wegen eines Baums entsteht, den Pedrillo für einen Riesen ansieht 100

2. Cap. Merkwürdiges Abentheuer mit dem Salamander und dem Froschgraben 106

3. Cap. Worinn Pedrillo auf eine sehr unangenehme Art aus dem Schlaf geweckt wird 114

4. Cap. Was die Einbildung nicht thut 117

5. Cap. Worinn die Geschichte nach Rosalva zurück kehrt 123

6. Cap. Unterredung beym Frühstück. Eifersucht des Don Sylvio 128

7. Cap. Abentheuer mit der Zigäunerin . . . 139

8. Cap. Don Sylvio ermüdet sich über dem suchen des blauen Schmetterlings, und schläft nach einer guten Feld-Mahlzeit ein 149

9. Cap. Das artigste Abentheuer in diesem ganzen Buche 153

10. Cap. Wer die Dame gewesen, welche Pedrillo für eine Fee angesehen 160

11. Cap. Eines von den gelehrtesten Capiteln in diesem Wercke 166

12. Cap. Ein weiblicher Dialogus 168

Viertes Buch

1. Cap. Worinn der Autor eine tiefe Einsicht in die Geheimnisse der Ontologie an den Tag legt 176

2. Cap. Ein Beyspiel, daß ein Augenzeuge nicht allemal so zuverläßig ist, als man zuglauben pflegt 179

3. Cap. Worinn Don Sylvio sehr zu seinem Vortheil erscheint 194

4. Cap. Die Gesellschaft langt in einem Wirthshause an 198

5. Cap. Der Autor hoft, daß dieses Capitel keiner Kammer-Jungfer in die Hände fallen werde 201

6. Cap. Exempel eines merkwürdigen Verhörs 207

7. Cap. Eine kleine Abschweiffung nach Lirias, wobey der Autor eine nicht unfeine Kenntniß des weiblichen Herzens sehen läßt 216

8. Cap. Das höchstklägliche Abentheuer mit den Gras-Nymphen 221

⟨Verzeichniß der Capitel des Zweyten Theils

Fünftes Buch

Cap. Worinn der Autor das Vergnügen hat, von sich selbst zu reden 229

ap. Worinn sich Pedrillo sehr zu seinem theil zeigt 234

3. Cap. Innerliche Anfechtungen des Don Sylvio 241
4. Cap. Die Weissagungen des Pedrillo fangen an in Erfüllung zu gehen 245
5. Cap. Erscheinung der Fee. Wie gefährlich es ist, wenn einer ein Frauenzimmer antrift, das seiner Liebste gar zu ähnlich sieht . . . 250
6. Cap. Unverhofte Zusammenkunft 255
7. Cap. Gegenseitige Gefälligkeiten 258
8. Cap. Streit zwischen der Liebe zum Bilde und der Liebe zum Original 265
9. Cap. Was für gefährliche Leute die Philosophen sind 269
10. Cap. Wie kräftig die Vorsätze sind, die man gegen die Liebe faßt 271
11. Cap. Geschichte der Hyacinthe 275
12. Cap. Fortsetzung der Geschichte der Hyacinthe 284
13. Cap. Don Eugenio setzt die Erzählung der Hyacinthe fort 303
14. Cap. Beschluß der Geschichte der Hyacinthe. Eine Vermuthung des Don Sylvio. Vorbereitungen zu einem Intermezzo, wobey wenige Leute lange Weile haben werden 316

Sechstes Buch

1. Cap. Geschichte des Prinzen Biribinker . . 326
2. Cap. Fortsetzung der Geschichte des Prinzen Biribinker 354
3. Cap. Anmerkungen über die vorstehende Geschichte 409

Siebentes Buch

1. Cap. Merkwürdige Entdeckung. Sonderbare Verschwiegenheit des Pedrillo 421
2. Cap. Anfang der Entwicklung 432
3. Cap. Abermalige Entdeckungen 440
4. Cap. Beschluß dieser Geschichte . . . . . 448⟩

Anhang

Zu dieser Ausgabe 453
Anmerkungen 455
Literaturhinweise 505
Nachwort 509

Romane der deutschen Literatur

IN RECLAMS UNIVERSAL-BIBLIOTHEK

Ebner-Eschenbach, Das Gemeindekind. 222 S. UB 8056

Eichendorff, Ahnung und Gegenwart. 405 S. UB 8229

Fontane, Cécile. 277 S. UB 7791 – Effi Briest. 349 S. UB 6961 – Frau Jenny Treibel. 225 S. UB 7635 – Graf Petöfy. 247 S. UB 8606 – Irrungen, Wirrungen. 184 S. UB 8971 – Mathilde Möhring. 141 S. UB 9487 – Die Poggenpuhls. 126 S. UB 8327 – Schach von Wuthenow. 168 S. UB 7688 – Der Stechlin. 485 S. UB 9910 – Stine. 124 S. UB 7693 – Unwiederbringlich. 309 S. UB 9320

Gellert, Leben der schwedischen Gräfin G***. 176 S. UB 8536

Goethe, Aus meinem Leben. Dichtung und Wahrheit. Bd. 1. 843 S. UB 8718, Bd. 2. 423 S. UB 8719 – Die Leiden des jungen Werther. 164 S. UB 67 – Die Wahlverwandtschaften. 269 S. UB 7835 – Wilhelm Meisters Lehrjahre. 661 S. UB 7826 – Wilhelm Meisters theatralische Sendung. 389 S. UB 8343 – Wilhelm Meisters Wanderjahre. 565 S. UB 7827

Grimmelshausen, Der abenteuerliche Simplicissimus Teutsch. 838 S. UB 761

Gutzkow, Wally, die Zweiflerin. 477 S. UB 9904

Hauff, Lichtenstein. 453 S. UB 85

Heinse, Ardinghello und die glücklichen Inseln. 715 S. 32 Taf. UB 9792

Hölderlin, Hyperion. 184 S. UB 559

Hoffmann, Die Elixiere des Teufels. 376 S. UB 192 – Lebens-Ansichten des Katers Murr. 517 S. UB 153 – Meister Floh. 235 S. UB 365

Jean Paul, Leben des Quintus Fixlein. 328 S. UB 164 – Siebenkäs. 800 S. UB 274

La Roche, Geschichte des Fräuleins von Sternheim. 416 S. UB 7934

Ludwig, Zwischen Himmel und Erde. 219 S. UB 3494

Meyer, Jürg Jenatsch. 288 S. UB 6964

Moritz, Andreas Hartknopf. 284 S. UB 18120 – Anton Reiser. 568 S. UB 4813

Novalis, Heinrich von Ofterdingen. 255 S. UB 8939

Raabe, Die Akten des Vogelsangs. 240 S. UB 7580 – Altershausen. 157 S. UB 7725 – Die Chronik der Sperlingsgasse. 223 S. UB 7726 – Das Odfeld. 291 S. UB 9845 – Pfisters Mühle. 253 S. UB 9988 – Stopfkuchen. 247 S. UB 9393

Reuter, Schelmuffsky. 207 S. UB 4343

Rosegger, Als ich noch der Waldbauernbub war. 314 S. UB 8563

Schlegel, D., Florentin. 119 S. UB 8707

Schlegel, F., Lucinde. 119 S. UB 320

Schnabel, Insel Felsenburg. 607 S. UB 8419

Stifter, Die Mappe meines Urgroßvaters. 323 S. UB 7963

Tieck, Franz Sternbalds Wanderungen. 584 S. 16 Taf. UB 8715 – Der Hexensabbat. 336 S. UB 8478 – William Lovell. 744 S. UB 8328

Wieland, Geschichte der Abderiten. 400 S. UB 331 – Geschichte des Agathon. 687 S. UB 9933

Philipp Reclam jun. Stuttgart

Die deutsche Literatur

Ein Abriß in Text und Darstellung in 17 Bänden
Herausgegeben von Otto F. Best und Hans-Jürgen Schmitt

IN RECLAMS UNIVERSAL-BIBLIOTHEK

---

1. *Mittelalter I.* Hrsg. Hans Jürgen Koch. 351 S. UB 9601
2. *Mittelalter II.* Hrsg. Hans Jürgen Koch. 330 S. UB 9605
3. *Renaissance, Humanismus, Reformation.* Hrsg. Josef Schmidt. 372 S. UB 9609
4. *Barock.* Hrsg. Renate Fischetti. 366 S. UB 9613
5. *Aufklärung und Rokoko.* Hrsg. Otto F. Best. 341 S. UB 9617
6. *Sturm und Drang und Empfindsamkeit.* Hrsg. Ulrich Karthaus. 334 S. UB 9621
7. *Klassik.* Hrsg. Gabriele Wirsich-Irwin. 331 S. UB 9625
8. *Romantik I.* Hrsg. Hans-Jürgen Schmitt. 319 S. UB 9629
9. *Romantik II.* Hrsg. Hans-Jürgen Schmitt. 307 S. UB 9633
10. *Vormärz.* Hrsg. Florian Vaßen. 335 S. UB 9637
11. *Bürgerlicher Realismus.* Hrsg. Andreas Huyssen. 340 S. UB 9641
12. *Naturalismus.* Hrsg. Walter Schmähling. 336 S. UB 9645
13. *Impressionismus, Symbolismus und Jugendstil.* Hrsg. Ulrich Karthaus. 358 S. UB 9649
14. *Expressionismus und Dadaismus.* Hrsg. Otto F. Best. 336 S. UB 9653
15. *Neue Sachlichkeit, Literatur im ›Dritten Reich‹ und im Exil.* Hrsg. Henri Roger Paucker. 319 S. UB 9657
16. *Gegenwart I.* Hrsg. Gerhard R. Kaiser. 409 S. UB 18067
17. *Gegenwart II.* Hrsg. Gerhard R. Kaiser. 381 S. UB 18031

Auch in Kassette erhältlich

Philipp Reclam jun. Stuttgart

Wieland

Die Abenteuer des Don Sylvio von Rosalva